À SOMBRA DA
IMORTALIDADE

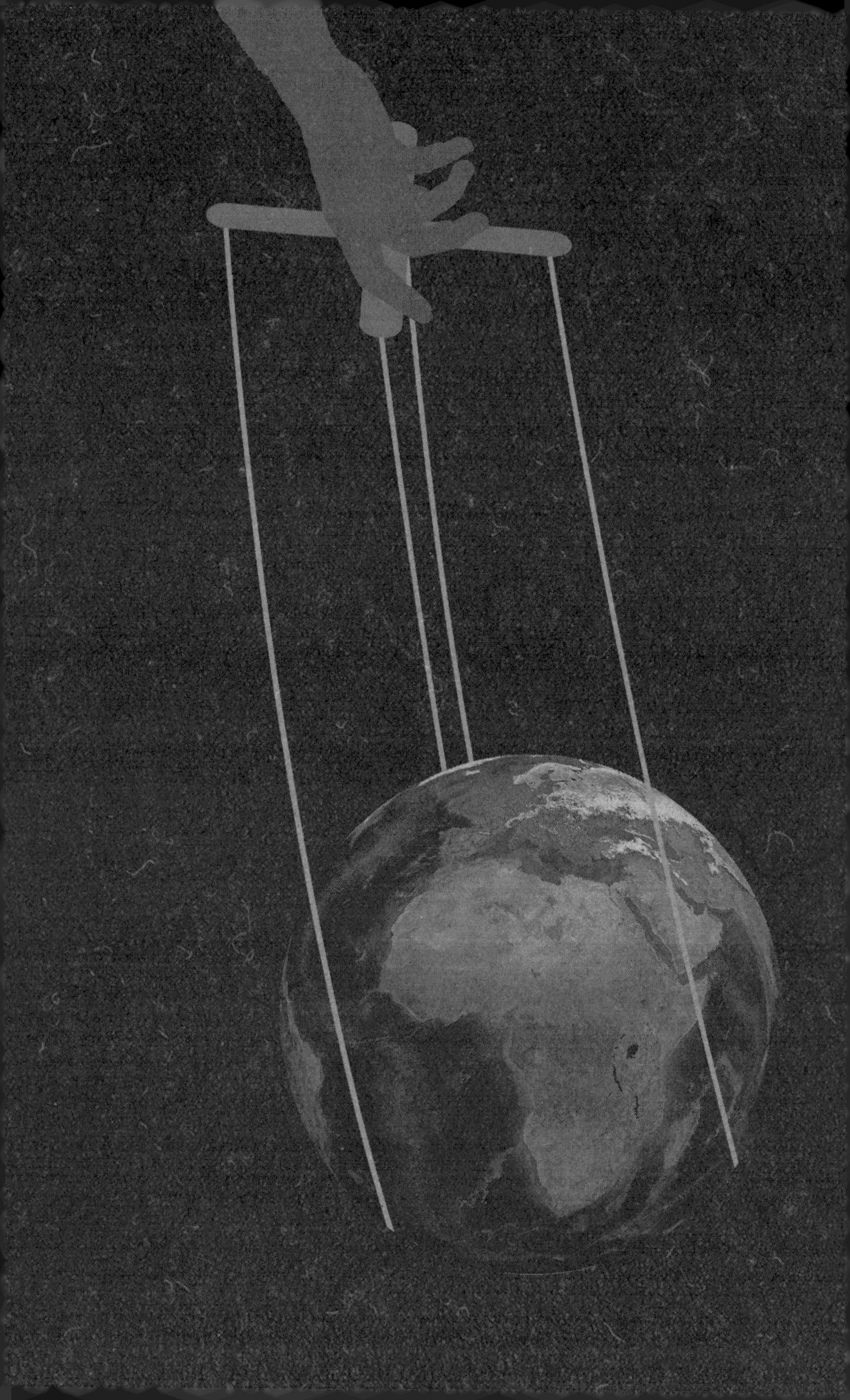

DYLAN RICARDO

À SOMBRA DA IMORTALIDADE

LIVRO I

partners coerência

DIREÇÃO EDITORIAL
Lilian Vaccaro

PRODUÇÃO GRÁFICA
Giovanna Vaccaro

PREPARAÇÃO
Érica Hayashibara

REVISÃO
Bianca Gulim

CAPA
Luiz Gustavo

DIAGRAMAÇÃO
Michael Vasconcelos

DADOS INTERNACIONAIS DE CATALOGAÇÃO NA PUBLICAÇÃO (CIP)

Ricardo, Dylan
À sombra da imortalidade: livro I / Dylan Ricardo. – 1ª edição – São Paulo: Coerência, 2021

ISBN: 978-65-89850-08-3

1. Ficção brasileira 2. Horror I. Título

CDD: 869.3

Grupo Editorial coerência

partners coerência

São Paulo
Avenida Paulista, 326,
cj 84 - Bela Vista
São Paulo | SP – 01.310-902
www.editoracoerencia.com.br

Ainda que ofusque e aqueça, que reverbere a ousadia dos sonhadores, que alimente de energia a flor perfumada, que nutra de vida as criaturas e assoberbe de destemor a alma dos esperançosos, será um dia o sol engolido pelas trevas. E exercerá a natureza o que faz de melhor: a destruição.

É questão de tempo.

INTRODUÇÃO

Há três anos fui assediado por um recorrente pesadelo que atormentou a minha vida por algumas semanas. E aquele exaustivo transtorno era tão vigoroso que me solapava de madrugada, estapeava a minha paz, erguia-me do leito suado, ofegante, espavorido, roubando-me o sono até o amanhecer.

E quando se foi — tão inesperadamente quanto se apresentara —, a agonia de sua permanência em minha memória insistiu em deixar lavrada uma semente, uma ideia — daquelas que se entranham como um cancro e não largam.

Dia e noite, não havia mais concórdia, tornou-se aquilo uma obsessão que perseverava, martelava, torturava. Uma incômoda coceira na alma que atividade alguma fazia sumir, a não ser o exercício da escrita. E a ele me entreguei como uma tentativa de exorcizar o peso que sentia.

Converti-me então em um escritor assombrado por um tema ainda nebuloso, por algo enigmático, apavorante, cuja falta de clareza me incitava a exercitar a imaginação, a criar, a mergulhar nos recônditos da psique para, em suas frestas, buscar resquícios de imagens e respostas às minhas inquietações.

O fatídico sonho mais se assemelhava a uma visão contumaz, que reprisava cada vez que eu punha a cabeça sobre o travesseiro e era colhido pelo cansaço. Só não afirmo que era uma alucinação pelo fato de eu estar dormindo.

Nele, com a face encoberta por sombras, um homem surgia, e digo ser um homem porquanto assim me parecia, no entanto qualquer coisa anunciava que não era humano.

De boa altura e plácidos movimentos, percebi ter ele na cabeça uma cartola, na mão, uma bengala, e trajar vestes negras, elegantes, de corte antigo, ao estilo do século XIX. Ainda notei que a autoridade de sua presença era perturbadora.

A despeito de seu rosto ocultar-se, posso jurar que sorria. Sei que sussurrava, mas eu não conseguia entendê-lo. Às vezes eu desviava os olhos por reparar que os dele desciam sobre mim como as garras de uma águia.

E eu sentia tanto horror que permanecia ali onde estava, quieto, mudo, sem mexer um músculo, encurralado no fundo de uma passagem relativamente estreita, com paredes de tijolos expostos, sem saída, e fria; foi o que pude notar nos primeiros sonhos, depois entendi tratar-se de um beco.

Ainda havia, na onírica ambiência penumbrosa, ruas sujas, enlameadas, salpicadas por gélidas poças de água escura, algum lixo espalhado, postes antigos de luzes fracas, e algo no ar, algo que tornava tudo fosco, borrado, difícil de distinguir, como uma neblina feita de medo.

Embora fosse noite e eu estivesse preso em uma ruela fechada, apavorado e com a visão turva devido ao nevoeiro, de alguma forma eu sabia quanto aos pormenores arquitetônicos, não de todo, mas o suficiente para poder afirmar que havia prédios antigos, praças, escadarias e estátuas.

E não me pergunte como eu sabia de tudo isso. Creio ser normal e compreensível que saibamos – mesmo sem ver – o que se encontra em nossos sonhos, já que eles são produzidos por nossa própria mente.

Pensei bastante sobre o tema e, à custa de muitas ponderações, cheguei à conclusão de que o sonho se dava no período oitocentista, e aclimatado no que figurava ser uma sociedade vitoriana. Como sou um ávido consumidor de filmes e livros relativos a essa época, entendi tratar-se da mais evidente influência de tudo o que eu via e lia, e que aquelas imagens tão reais e intimidantes nada tinham de misteriosas. Sendo todas somente frutos de "memórias literárias", que despertavam durante o meu sono.

Porém, certa feita, durante um desses sonhos horripilantes, percebi que a bengala comumente empunhada pelo assustador estranho sem rosto se havia transformado em outra coisa, em um livro de capa negra, em um livro tão negro – ainda mais negro que as sombras que tudo tomavam – que se destacava no medonho ambiente tenebroso como um buraco na escuridão.

Então bizarras coincidências começaram a acontecer ao longo dos meus dias. Passei a ver livros negros por todos os lugares! Tomos esquecidos sobre produtos nas prateleiras dos mercados, sobre o teto de um carro branco estacionado, sendo levados por transeuntes, nas mesas dos restaurantes, nos balcões das padarias, e até em um banco de praça. Livros de capa preta pareciam estar invadindo o mundo, e eu os encontrava com inquietante frequência, porém, a despeito da notória curiosidade que integra meu caráter, lá os deixava, onde quer que estivessem pousados.

Por toda a minha vida jamais encontrei um livro esquecido sobre qualquer lugar — revistas rasgadas e jornais velhos, sim, mas livros nunca —, e em razão disso me pareceu bastante incomum dar com tantos, em tão curto espaço de tempo, ainda sendo todos daquela cor lutuosa. E minha mente de escritor, prolífica, romântica, questionadora, pôs-se a fantasiar, fazendo-me crer que alguém, ou alguma coisa, esmerava-se por me enviar uma mensagem.

O que aquilo queria dizer? O fato não me cheirava a uma simples coincidência, mas a uma clara evidência de algo. De quê? A resposta estava no sonho, e mais especificamente naquele homem. No tal sujeito de aparência refinada, de trejeitos apurados e rosto desconhecido. Quem era ele? O que desejava?

Como uma punição, os sonhos continuaram, noite após noite, por vezes durante os raros cochilos diurnos, e seguiram religiosamente o mesmo roteiro repetitivo: eu, preso em um beco sem saída, esfumaçado, escuro, de muros altos e, a poucos passos, impedindo a minha fuga, o homem de cartola e livro na mão.

E aquilo já se havia tornado tão constante que o meu receio começou a familiarizar-se com a trágica circunstância; abrandou, todavia sem desvanecer. A angústia persistia, a tensão antes de buscar o leito, a odiosa expectativa, a resistência ao sono, tudo continuava, mas não como dantes.

Parece-me que o ser humano, por pior que seja o contexto no qual se veja inserido, de alguma forma encontra forças para adaptar-se. Ele aceita, torna-se resignado. Isso talvez ocorra em virtude da aparente imutabilidade da situação, da absoluta desesperança de que algo se altere. Creio que o influencia também o dever natural de se manter vivo, são e pronto para, se possível, seguir sua jornada existencial.

•

Pelos meus cálculos, a insana tortura madrugadora deve ter durado umas três semanas, e eu já estava exausto de ser procurado por aquele insistente fantasma que, à sua maneira, parecia estar ali para pedir algo, ou impor a realização de uma tarefa. Até levei em consideração buscar a ajuda de um psiquiatra. Talvez algum fármaco me devolvesse a tranquilidade de uma boa noite de sono. Não cheguei a tanto.

Pelo tempo em que fui vitimado por aquele pesadelo, não me furtei de fazer apontamentos, de preencher páginas e mais páginas com ideias, relatos e impressões, afinal, para um escritor, tal evento tão atípico não deixa de instigar a inspiração.

Eu, que sempre fui afeito à literatura de horror, que há muito penejo sobre temas lúgubres, que sou um apreciador embasbacado do estilo dos grandes literatos que versam sobre o assunto, vi-me capturado por um enredo no qual exercia a dúbia honra de ser protagonista. Não foi agradável...

Fosse como fosse, eu sabia que aquela experiência iria gerar uma criação literária, não tinha qualquer dúvida, o que eu não imaginava era que seria algo tão grande. Achei que seria no máximo um conto de algumas laudas; trinta, quarenta, não sei.

Lembro-me até dos vários temas sobre os quais me propus a escrever, eram enredos diferentes deste que o leitor tem agora nas mãos. E, por mais inusitado que possa parecer, senti na ocasião que o homem misterioso não concordava com nenhum, até que eu cheguei ao que aqui se apresenta. A partir dele, quando a ideia começou a germinar, os sonhos cessaram. Estranho, não?

À época, pela metade do ano de 2018, eu me dedicava a escrever uma compilação de dez contos de horror chamada *Contos Noturnos*, e a ideia de encaixar *À Sombra da Imortalidade* na obra me passou pela cabeça, pois eu acreditava que seria fisicamente possível. Vale mencionar que, naquele tempo, este livro sequer havia sido intitulado, tampouco passava das dez páginas iniciais.

No entanto, a narrativa tomou um vulto inesperado, desenvolveu-se para além de minhas expectativas, parecia não ter mais fim, e, por imposição da abundância do conteúdo, fui obrigado a torná-la um novo trabalho.

Desconfio – e até me sinto um tanto ridículo em afirmar isso – que aquele homem invadiu os meus sonhos com a finalidade de aportar neste romance, é o que meu imaginativo macabrismo me força a concluir. Talvez essa tenha sido a sua intenção.

Cada vez que descrevo o ameaçador personagem da obra é a ele que me reporto, e, sempre que lhe atribuo algum pensamento, percebo que muitas ideias, ainda que não em sua totalidade – pois, se o fossem, o livro não seria de minha autoria –, foram geradas por uma inteligência alheia. Quase como se durante a elaboração da obra os palpites de um espectro me houvessem influenciado.

Eu jamais soube o real significado daquele pesadelo que me assolou há três anos, tampouco o verdadeiro propósito do ser que nele me visitou, apenas desconfio, como já mencionei. Porém, o insólito evento me serviu de inspiração – uma inspiração imposta – para, de lá para cá, por todo esse tempo, desenvolver o meu livro.

Sim, foram três anos de minha vida arqueado sobre estas páginas, às vezes durante o dia, mas na maior parte do tempo à noite, de madrugada, ouvindo sussurros, sentindo presenças, arrepios na nuca, toques no ombro, notando passos no corredor, e em muitos momentos percebendo um estranho torpor nas mãos, como se alguém, além de mim, as utilizasse para dar vazão às próprias ideias.

Correndo o risco de aparentar ter sofrido uma estafa mental ou ainda de acreditarem que estou mentindo, preciso narrar um evento do qual não fui apenas testemunha, mas partícipe. Algo que me impressionou profundamente, que me fez perceber o quanto aquele sonho, e a obra dele resultante, haviam afetado o meu equilíbrio.

Certa madrugada, diante do *notebook*, na penumbra do quarto, eu escrevia. O silêncio noturno auxiliava o fluxo da imaginação, e as trevas, ainda que violadas pela alva e incômoda luminosidade da tela do equipamento, serviam para tornar minha introspecção criativa aclimatada ao teor do enredo que eu partejava com certa dificuldade. O trabalho seguia, como tantas vezes.

Eu buscava frases, situações, diálogos, descrições. Procurava criar paisagens e nelas encaixar cenas. Pelejava por entrar na cabeça dos personagens, por sentir seus medos, suas dúvidas, seus desejos. A obra ainda estava no início, e os naturais obstáculos surgiam com frequência para impedir a concepção das características de cada um deles.

Em dado momento, ouvi um discreto ruído vindo da cozinha e fui prontamente arrebatado do estado de concentração. De início pensei tratar-se de algum animal, talvez um rato, apesar de nunca ter visto qualquer um pelas dependências. Levantei-me e fui averiguar.

Entrei no cômodo na ponta dos pés, com todo cuidado, e acendi a luz na expectativa de surpreender o suposto pequeno invasor. Até verifiquei se havia algo fora do lugar. Nada, não havia qualquer coisa em desordem.

Então, quando voltei a apagar a luz, posso jurar que ouvi as teclas do *notebook* serem pressionadas, golpeadas a uma velocidade impetuosa. A adrenalina incendiou o meu estômago, e um arrepio percorreu todo meu corpo. Atravessei a escuridão para regressar ao quarto.

Antes de entrar, parei próximo ao umbral; o som havia cessado, mas, por algum motivo, temi encontrar alguém, a despeito de achar a possibilidade extremamente remota. Em síntese, invadi o cômodo, e ele estava como eu o havia deixado, escuro e poeirento. Tratei então de examinar o texto: não tinha nada de novo, sequer uma vírgula.

Foi o cansaço? É provável. Mas assustou!

Não houve incidentes semelhantes ou qualquer perturbação do meu sono pelos três anos que se seguiram. Aparentemente as bizarrias relacionavam-se ao processo inicial de criação. À luta que foi para que o tema se mostrasse. Mas quem sabe?

Por fim a obra surgiu, e nela trago dois protagonistas que se destacam, exatamente como em meu sonho. Um deles, acuado, perseguido, manipulado, aturdido, inocente, cuja existência foi convertida em um beco sem saída, repleto de sombras ameaçadoras e decisões difíceis; o outro, no absoluto controle dos eventos, impiedoso, inabalável, sarcástico, manipulador, calculista, seguro de seus atos, sádico, de mente clara e plenamente cônscio das decisões a serem tomadas.

São dois personagens antagônicos que se embatem em um duelo psicológico de inquietante tensão, como os lados opostos da mesma consciência, na qual o bem e o mal travam uma guerra pelo controle da vida.

Jones Philips, um jovem cidadão inglês do século XIX, cumpridor de seus deveres, cidadão exemplar, súdito da rainha Vitória, dedicado funcionário da editora Stafford, irmão amoroso e noivo apaixonado, certa noite, por imposição profissional, vê-se metido em uma trama que mudará a sua vida.

Ele conhece o estranho escritor Sacratus Lucian Fergelus, um estrangeiro, alguém peculiar, elegante, de maneiras buriladas, educação primorosa, viajado, excêntrico, vivido, com muitas histórias para contar e uma obsessão: publicar um livro.

Desse singular encontro ocorrido em uma taverna abandonada, de ambiente crepuscular, à meia-noite, desenvolve-se o sinistro enredo no qual a angústia e o carregado sentimento de sufocação permeiam cada trecho.

Jones, em vista das terríveis circunstâncias que passam sucessivamente a vitimá-lo, precisa lidar com o horror dos dias, com a constante insegurança, com a expectativa da tragédia e ainda mudar seu comportamento ordeiro para combater a malignidade inclemente que o persegue.

Como eu, ele se torna escravo de um livro de capa negra e refém de alguém apavorante.

O leitor tem nas mãos duas obras que se alternam, se mesclam como os estranhos ingredientes de uma poção mágica. Dois livros, um pleno de eventos históricos, que passeia pelas épocas e culturas do mundo, revelando intrigas inimagináveis, fatos desconhecidos pelos olhos dos acadêmicos e do grande público, e o outro, que se passa no período em que realmente a trama se desenrola, na Londres vitoriana do século XIX, mais precisamente entre 1875 e 1876.

Almejo que este sinistro rebento literário, oriundo de uma onírica inquietação diabólica, possa agradar aos gostos macabros dos leitores mais dedicados e exigentes.

Boa leitura.

I

Londres, 1875. No assento acolchoado do interior de uma negra carruagem, que vez por outra saltitava ao passar pelo asfalto irregular daquele bairro afastado, sentava-se Jones Philips, funcionário da editora Stafford.

Segurando-se para resistir aos solavancos, ali estava por haver sido designado para encontrar um autor. Como era recém-contratado, viu-se na obrigação de comprovar seu empenho, de mostrar dedicação ao serviço, e a contragosto resolveu, com um sorriso na face cansada, aceitar aquela estafante incumbência, apesar do encontro ter sido marcado à meia-noite.

O homem estava exausto, sonolento e levemente aborrecido, pois o dia de trabalho fora extenuante. Muitas pessoas desejavam ter seus escritos publicados, e ele havia passado várias horas lendo as mais absurdas idiotices grafadas em um número infindo de laudas.

Certamente que Jones achara bastante incomum que o compromisso houvesse sido definido em uma taverna, naquela área da cidade, e naquele horário, mas não podia recusar. Encarava a situação como derivada da mente excêntrica de um artista.

O renomado senhor Benjamin Stafford, proprietário da editora, no dia anterior o havia chamado ao escritório para dar-lhe esse encargo. Revelando-lhe que conhecia limitadamente o trabalho do escritor, pois já havia lido parte de seu livro, e que, por isso, passara uma noite sem dormir.

Afirmara o velho editor, um tanto nervoso, que o conteúdo da obra era perturbador, extremamente imaginativo, e que, por vezes, beirava a insanidade. Acrescentando que exatamente por isso era interessante. Que era algo jamais escrito. Eram histórias referentes a um misterioso personagem que atravessava eras, contadas com tamanho realismo que assustaria o mais cético e causaria tremores ao mais destemido. Os textos eram compostos de narrativas minuciosas e descritivas, tal se o próprio autor fosse uma testemunha.

Relatara ainda que a obra era sucesso na França, nos Estados Unidos, em Portugal, na Espanha, na Itália e na Alemanha, e que agora o foco do exótico autor era a Inglaterra. Mostrara a Jones uma carta enviada pelo escritor, na qual este externava o desejo de ter sua obra publicada pela editora.

E muito inflamara a atenção do jovem funcionário de vinte e cinco anos o estranho selo que, ao pé do escrito, surgia, o ouroboros de uma cobra com três letras em estilo gótico ao centro: SLF.

Stafford, interessado pelo tema e intencionando boas vendagens, achara a proposta sedutora, pois o apelo comercial dos livros de mistério e horror lhe parecera motivo suficiente para considerar uma possível publicação. O autor, na carta, narrara que estava hospedado em Londres, e que seria oportuno que uma reunião fosse definida para discutirem os detalhes. Assim fora, e seguindo as incomuns instruções da missiva designara o novo funcionário para encontrá-lo.

Através dos vidros da janela da carruagem, Jones pouco podia ver; as brumas de uma neblina cinzenta tomavam cada esquina, permitindo apenas que ele pudesse vislumbrar com dificuldade alguns notívagos cavalheiros portando bengalas e conversando serenamente com senhoras de difícil vida fácil. Mais à frente, alguns marinheiros embriagados urinavam em uma parede enquanto trocavam palavras e riam. Vultos disformes surgiam ou desapareciam, envolvidos por aquele denso nevoeiro.

O trote dos cavalos, o barulho das rodas e o açoite do cocheiro, desferido no lombo dos animais na intenção de acelerá-los, o incomodavam, mas, sem isso, ele não se deslocaria, e decerto que caminhando não iria enfrentar aquela concentrada névoa.

Sentado no banco de veludo vermelho, Jones já começava a se arrepender de ter acolhido com tamanha disposição a tarefa. Pensava no conforto e calor de seu leito, e em uma maravilhosa xícara de chá antes de dormir. E tal aconchegante pensamento o fez suspirar enquanto umedecia os lábios, quase sendo capaz de sentir o aromático perfume daquela bebida quente emanado do bule.

E perdido em acolhedores pensamentos foi trazido à realidade por um abrupto solavanco, a carruagem havia parado. Seu chapéu, posto sobre o banco, tombou no piso de madeira.

Três fortes pancadas no teto o avisaram da chegada. Jones apanhou o chapéu de um golpe, bateu com ele na perna, na intenção de limpá-lo, abriu a porta e desceu, olhando ao redor. Em seguida, pagou ao cocheiro, que dali, silencioso, cuidou de sair às pressas.

O ambiente era dos mais inóspitos. Era o lugar ideal para um crime, escuro, brumado, silencioso e deserto. De um beco próximo, Jones pôde ouvir o praguejar de um ébrio e o som de vidro sendo espatifado. Murmúrios afastados o assustaram. Em pé, buscando distinguir o ambiente, apenas conseguiu identificar uma abafada voz feminina que parecia conversar. Percebeu também os sussurros de uma canção qualquer e o ruído das rodas de carruagens passando distante.

O estridente som do apito de um guarda surgiu subitamente, e depois identificou o que lhe pareceu ser uma correria, mas tudo o que ouvia, com exceção do vidro quebrado, parecia muito distante. Ele estava só, e talvez fosse melhor assim. Definitivamente não possuía nenhuma vontade de esbarrar com os frequentadores daquele local. "Onde eu fui me meter?", inquiriu-se, inseguro.

Uma discreta brisa dispersou um pouco o copado nevoeiro e fez surgir a emanação da luz do poste, que lançou providencialmente seu lume fraco sobre o ambiente, assim ele pôde perceber uma taverna a alguns passos. Então, puxou do bolso um pequeno papel no qual conferiu o endereço, utilizando com dificuldade o feixe emitido pela debilitada luz.

— É aqui — sussurrou, meneando a cabeça.

Ao abrir a porta, que rangeu os oxidados engonços, não percebeu apenas que o local estava escuro e com pouca mobília dispersa, mas abandonado. O silêncio era absoluto e a penumbra, ameaçadora. A luz daquele poste apenas estendia-se ao assoalho por alguns palmos, o resto da frouxa luminosidade vinha de uma janela lateral mais afastada, pois dela o lampejo de um luar enfraquecido iluminava parcialmente o interior da taverna. Jones até duvidou de que aquele fosse o local do encontro, mas suas dúvidas se dissiparam quando ao fundo do imóvel, sentado e voltado para a porta, um homem alto levantou-se, saindo das sombras.

— Ah, senhor Philips, seja bem-vindo!

II

Jones assustou-se por um momento. A entonação e o conteúdo da frase eram amistosos, pois foram proferidos de um jeito cordial, no entanto havia algo naquele timbre seguro e grave. Algo que, de alguma forma, tomou todo o ambiente, e quase ressoou dentro de sua cabeça tal se ela fosse uma caverna. Ele apertou os olhos, na intenção de distinguir as feições daquele homem, mas foi inútil. Um leve tremor o dominou e ele não se atreveu a responder, sequer a mover-se.

Ao atravessar a taverna para aproximar-se, o cavalheiro o fazia com elegância. Tinha à mão uma bengala e na cabeça uma cartola. Suas roupas, pelo que Jones pôde perceber, eram de extremo bom gosto. Cobria-lhe um casaco negro, calças de fino corte e caros sapatos que o discreto brilho da lua fazia luzir. Era alto, talvez um metro e oitenta e cinco, e se portava com discreta afetação, como se pertencesse à realeza.

E, por fim à sua frente, trocou a bengala de mão, passando-a para a esquerda, com a qual retirou chapéu, para em seguida lhe estender a direita.

— Muito prazer, senhor Philips. Sacratus Lucian Fergelus.

Jones, ao apertar a mão firme do homem, que se curvou parcialmente em sinal de respeito, de imediato sentiu um calafrio, mas atribuiu a inesperada reação ao frescor da madrugada.

Sem dúvida que aquele cavalheiro era uma pessoa incomum, a começar por ter exigido que o encontro fosse realizado em um local tão atípico. Por mais uma vez, inutilmente, Jones tentou enxergá-lo, porém suas feições não podiam ser distinguidas com clareza, pois a penumbra as escondia parcialmente.

— Muito prazer senhor... Fergelus — respondeu.

— Acompanhe-me, por gentileza — disse já se dirigindo ao local de onde havia saído, ao que foi seguido prontamente.

Ambos se sentaram, e Fergelus, pondo a bengala sobre as pernas e a cartola na mesa, acendeu o pequeno castiçal de três velas que o aguardava. Nesse momento, as longínquas badaladas do Big Ben soaram meia-noite.

— Ah! O velho coração da Inglaterra bate! Senhor Philips, sua pontualidade é espantosa. Essa invejável característica de seu povo agrada-me profundamente — disse Fergelus. E acrescentou: — Devo desculpar-me pelo aspecto deste ambiente. A discrição é, sem dúvida, uma de minhas virtudes mais presentes. Se há algo que aprendi na vida, senhor Philips, é que assuntos importantes devem ser tratados em lugares onde seja possível ouvir os próprios pensamentos. Decerto que esta edificação — disse gesticulando com suavidade ao mostrar o ambiente — é desprovida de conforto, mas, como tenho certos gostos peculiares pelo silêncio e pela penumbra, achei por bem que aqui fosse realizado nosso primeiro encontro. Espero que não se sinta incomodado.

O brilho das velas tornou parcialmente visível o semblante daquele estranho indivíduo, podendo Jones, ante o brando oscilar dos lumes, apreciá-lo. Era pálido, de profundos olhos negros. Seus longos cabelos escuros descansavam atrás das orelhas, caindo-lhe próximo aos ombros. Possuía, abaixo do nariz quase grego, um bigode muito bem descrito que não tocava a pequena barbicha cuidadosamente aparada e com leveza proeminente. As sobrancelhas eram simétricas e um pouco arqueadas, e os lábios vermelhos davam mais destaque à alva tonalidade da pele. Os zigomas realçavam-se discretamente.

— Não se preocupe, senhor Fergelus. De fato este é um ambiente diferente, mas não vejo problema. Decerto que estranhei o local. Esperava que essa taverna estivesse em funcionamento. Por qual razão está nesse estado?

— Muito gentil de sua parte ser tão compreensivo — agradeceu. E olhando ao redor explicou: — Eu soube que o proprietário estava em dificuldades financeiras e mantinha este estabelecimento fechado. Resolvi adquiri-lo.

— É seu, então? — Surpreendeu-se Jones.

— Sim. Agora é. Sempre desejei ter uma propriedade em Londres, e uma taverna, sem dúvida, é uma curiosa aquisição. O porão é magnífico, nele há todo o sossego de que necessito para trabalhar. — E voltando-se para Jones, iniciou: — Então, como foi o passeio?

— Passeio?

— Sim. Teve alguma dificuldade de encontrar este local?

— Ah, não, não! O cocheiro sabia exatamente a localização.

— Fico feliz em ouvir isso — suspirou olhando para a janela. — A noite está agradável. O clima londrino sempre me atraiu. Há um mistério em cada esquina, principalmente de madrugada. E essa neblina é absolutamente inspiradora! Grandes obras foram e ainda serão escritas nesta cidade. Não acha?

— O senhor tem razão, mas quanto a neblina, para ser sincero, prefiro um bom dia ensolarado.

— Sem dúvida que prefere — disse modificando bruscamente o tom. Prosseguiu: — Senhor Philips, como o senhor bem o sabe, enviei uma carta ao senhor Stafford, expondo minhas intenções de ter uma obra publicada por sua editora.

— Sim, e ele ficou feliz por isso. Falou-me que o senhor é conhecido em alguns países.

— Não verdadeiramente. Minha obra é, mas, como disse, sou muito discreto. Estive pensando, meu livro já foi publicado na França, na Alemanha, em Portugal, dentre outros países, e não vejo razão para que não o seja aqui, na Inglaterra.

— Concordo!

— Depois de tantas experiências na vida, um estranho sentimento tomou-me, senhor Philips...

Fergelus tornou-se introspectivo, parecendo divagar. Recostou-se mais relaxadamente na cadeira e, afagando a barbicha, continuou:

— O de expor a minha história. Narrar fatos que, por serem incomuns e importantes, não devem ser varridos pelo tempo. Ah, o tempo! Muitos desconhecem como a sua excessiva extensão é tediosa. A previsibilidade, com maestria, orna de desânimo a existência. Não há mais surpresas, a similaridade é absoluta, e a sufocante repetição converte-se em um claustro. Quiçá, minha obra seja apenas fruto do aborrecimento. Quem sabe o ato de escrever não passe de uma nova atividade usada meramente para exercer a função de uma bengala... como esta — disse erguendo a bengala que tinha sobre as longas pernas —, um apoio para que seja menos penoso deslocar-se pela vida. Algo um tanto excêntrico que busque, talvez, substituir o insuportável enfado por algo que traga razão à existência. Uma meta pessoal, e não objetivos aprisionados em obrigações. Meta, decerto bem lucrativa para as editoras.

— Perdoe-me, senhor, não entendi. O senhor disse sua história?

— Não! Queira desculpar, eu quis dizer meus contos! O registro de minhas ideias incomuns — disse com um breve sorriso. — O senhor já leu?

— Infelizmente não posso dizer que sim.

— Ah, então me permita presenteá-lo!

E, pondo a mão no bolso do casaco, dele Fergelus retirou um exemplar, que entregou a Jones.

— Agradeço, senhor. Lerei, sem dúvida.

— Está em inglês, naturalmente — brincou Fergelus.

— É uma boa notícia.

— Sua ironia agrada-me demasiadamente. É assim que a vida deve ser vivida, senhor Philips, com ironia. Quando se vive muito, esse é o melhor remédio para o tédio. Creio que irá achar o livro muito interessante...

Jones aproximou das velas o livro grosso, pesado e negro, que só não lhe chegou aos olhos à semelhança de uma bíblia devido ao ouroboros gravado na capa. Em letras góticas de um dourado fosco enxergou o título: *À sombra da Imortalidade*.

— Sim, senhor Fergelus... de nada adianta aborrecer-se e levar a vida como uma penalidade... Devemos aproveitar, pois, afinal, ninguém vive para sempre.

Fergelus girou a cabeça em direção a Jones, em silêncio e com uma estranha expressão, olhando-o fixamente com aparente amargura. Como se Jones houvesse dito uma bobagem.

— Desculpe-me se pareço deselegante, é apenas curiosidade — disse Jones demonstrando interesse —, mas o senhor parece-me jovem, e de boas posses. E refere-se à "experiência de vida" e a ter "vivido muito"...

— Ah! — interrompeu Fergelus, erguendo a mão, bem-humorado —, não me pergunte a idade que tenho. O senhor não acreditaria. — E, mudando de assunto, prosseguiu: — Senhor Philips, estou hospedado nesse hotel — disse enquanto punha um papel sobre à mesa —, peço-lhe que leia.

Jones ergueu o papel diante da vela.

— Sim, sei onde fica...

— Muito bem — disse, tomando de volta a pequena lauda branca. — Quando achar conveniente leve-me o contrato. Terei prazer em assiná-lo.

— O senhor Stafford irá redigir o mais rápido possível, senhor. Tenho certeza disso.

— Não com tanta pressa, espero. Ser escritor de uma obra de sucesso tem suas vantagens, e viajar é uma delas. Pretendo ficar algum tempo neste maravilhoso país.

— É bom ouvir isso!

— Pois bem — disse Fergelus levantando-se, ao que foi seguido por Jones —, aguardarei ansioso, mas, como disse, sem pressa. Já está bem tarde, devo ir-me. Ainda tenho muito que organizar. Hoje, trabalharei no hotel, pois o porão ainda não está convenientemente preparado.

Estranhando a segunda referência ao porão, Jones observou:

— Os porões londrinos são frios, senhor Fergelus. Percebo que o senhor não os conhece, e insisto para que tenha cuidado com a saúde.

— Agradeço, sensibilizado pela simpática preocupação, mas lhe asseguro que sou extremamente saudável. Conheço muitos porões, tenha certeza. Eles oferecem o silêncio necessário para que as reflexões despontem.

Naquele instante, uma estranha fraqueza impôs que Jones se apoiasse na mesa.

— Sente-se bem, senhor Phillips?

— Sim, sim, foi só uma tontura passageira.

— Creio que o senhor anda trabalhando muito.

— É verdade. Já estou melhor.

Ambos caminharam em silêncio até a porta, e já do lado de fora Fergelus a trancou, pondo a chave no bolso, e virando-se se dirigiu a Jones:

— O senhor poderia dar-me o papel em que o endereço deste imóvel está escrito?

— Sim, claro. Aqui está — disse, prontamente retirando o papel do bolso.

Fergelus o pegou, o dobrou com cuidado, e o guardou no bolso em que havia posto a chave. Jones estranhou aquele comportamento, mas não fez caso.

— Foi um prazer conhecê-lo, senhor Philips. Que seja o senhor a levar-me o esperado contrato. Será agradável poder vê-lo novamente — disse, despedindo-se com elegância, mais uma vez arqueando-se com leveza.

— Certamente, senhor, o prazer será meu.

Ao afastar-se, quando estava a poucos passos, Fergelus virou-se calmamente.

— Aproveite a sua xícara de chá, e tenha uma boa noite de sono.

III

O horário e a importância daquele encontro fizeram com que Stafford permitisse a Jones chegar ao trabalho mais tarde, e ele pôde ter uma boa manhã de sono, porém, antes de ser carregado pelas madrugadoras asas da fadiga, não lhe foi possível esquecer aquela estranha reunião. "Que homem perturbador! E que nome incomum!", pensava.

Deitado sobre a acolhedora cama, envolto em confortáveis lençóis, Jones contemplava o bailar da luz do lampião estendida no teto de madeira do quarto enquanto questionava-se se deveria realmente encontrar Fergelus outra vez, pois bastante desagradável foi a brutal sensação de insegurança. Não obstante, ele fingira bem, fora educado, prudente e profissional, o que lhe fora custoso, pois se vira envolvido de uma forma macabra pelo penetrante olhar impiedoso daquele homem.

Então, virando a cabeça em direção à pequena mesa próxima ao leito, viu o livro presenteado descansando ao lado de alguns papéis. Imbuído de uma mórbida curiosidade, levantou-se, agarrou-o rapidamente e regressou à cama, para nela cair com todo o peso do exausto corpo.

"Vamos ver do que se trata..."

Pondo seus óculos de pequenos aros redondos, e com cuidado instalando as hastes curvas atrás das orelhas, Jones aproximou o lampião e, abrindo a obra em uma passagem qualquer, começou a ler...

...Muitos ainda buscarão destruí-lo utilizando-se dos meios mais incomuns e desesperados, mas todos falharão, pois, além de extremamente forte e dotado de fantástica inteligência, ainda o escuda a dádiva da imortalidade. Nenhum ser humano será capaz de enfrentá-lo, muito menos de vencê-lo, não haverá um digno sequer de tentar. Em todos os seus incontáveis séculos de vida, jamais surgiu ou surgirá qualquer força, natural ou não, capaz

de derrotá-lo. O senhor é um estranho produto da natureza. Da mesma natureza que dizem ter sido elaborada pela onipotente divindade invisível. É o ser sagrado e maldito, que sob a forma de um homem vagará pelas eras a acumular riqueza e conhecimento. O ser que viverá entre os Efêmeros, deles extraindo energia. E o mágico elixir que o protegerá...

Jones pôs o livro de lado, retirou os óculos e, balançando levemente a cabeça, suspirou. "Excessivamente místico e enigmático! O senhor Stafford quer publicar isso? Bem, ele é o patrão."

Às duas horas da tarde, já em pleno calor do trabalho, Jones havia esquecido o peculiar encontro, estava absorto nos afazeres da labuta como se buscasse ocupar os pensamentos com a rotina, na intenção de abrandar as inquietudes. Checava contratos, corrigia textos, lia frases e examinava encadernações. Porém, vez por outra enrugava a testa, tão preocupado quanto curioso.

Aquele encontro, apesar de ter ocupado um curto espaço temporal, não lhe saía da cabeça. O breve colóquio com Fergelus o impressionara profundamente. Aquele homem de gestos brandos e aristocráticos, até teatrais, e comedidas maneiras reais escondia algo. Seu olhar parecia enxergar a alma, os mais recônditos pensamentos. Suas perguntas pareciam retóricas, tal se magicamente já houvesse lido a consciência de seu manipulado interlocutor.

"Como ele sabia sobre o chá?", inquiriu-se, parando por um momento. "Ah! Que bobagem! Aqui todos bebem chá. Deve ter sido uma piada."

E sua divagação silenciosa foi quebrada subitamente, quando Stafford o chamou.

— Jones, por favor, venha ao meu escritório!

— Imediatamente, senhor.

Ao entrar no pequeno e acolhedor escritório, uma cadeira lhe foi oferecida, e Jones sentou-se ante a pesada mesa negra de carvalho de Stafford, que logo iniciou a conversa:

— Então, Jones, o que achou do nosso próximo autor contratado?

— A obra do senhor Fergelus será realmente publicada por nós?

— Mas é claro! Ela é mística, magnífica, de um realismo assustador. Se não fosse uma fantasia, eu poderia jurar que é um diário. Ontem, em casa, pude lê-la com mais cuidado e fiquei maravilhado. Claro, também aturdido, mas esse é o ponto. Creio que faremos boas vendas.

— Ele presenteou-me com um livro.

— Mesmo! Que interessante! E você já folheou, pelo menos?

— Sim, senhor.

— O que achou?

— Perturbador.

— Exatamente! Essa é a palavra. Esse autor refere-se ao personagem como "Ele". Em nenhum momento cita o nome do protagonista. O livro é narrado na terceira pessoa. Os ambientes são os mais diversos, desde desertos a planícies verdejantes. Com maestria ele narra os eventos mais singulares, como se deles houvesse sido testemunha. Interessante, não é? Guerras em reinos já extintos, conversas íntimas de reis, até particularidades sobre o dia a dia de sociedades antigas. São tantos detalhes que cheguei a pensar que esse homem tivesse presenciado tudo. Veja só, que absurdo! Que primorosa imaginação ele possui! E que dedicado trabalho de pesquisa! É realmente impressionante. Essa é sem dúvida uma obra que honrará o nome da editora. Chamei você aqui para avisar sobre o contrato do senhor Fergelus. Você o levará o mais rápido possível!

Jones esmerou-se para não demonstrar inquietação ante aquela ordem.

— Sim, senhor. Será um prazer.

— Sem dúvida que será. Espero conhecê-lo em breve. Diga-me, Jones, como ele é?

— Tão perturbador quanto o que escreve.

— Ah! Magnífico! Andei pesquisando com colegas editores de outros países. Eles me disseram que o livro foi um sucesso. Claro que algumas ideias expostas não foram muito agradáveis para certos setores religiosos, mas uma polêmica de vez e quando é bom para os negócios. O mais estranho é que esse senhor Fergelus parece não ser simpático à publicidade pessoal. O empenho que ele teve em escrever o livro e em publicá-lo é radicalmente oposto à vontade que possui em mostrar-se. Estranho isso, mas são coisas de escritor. Se levarmos em consideração o conteúdo da obra, esse comportamento é de se esperar! Ah! Essas excentricidades dos artistas...

— Ele tocou rapidamente nesse assunto.

— Pois bem, Jones. É só isso. De volta ao trabalho! E não esqueça, você terá outro encontro com Fergelus. Prepare-se, seja cordial. Quem sabe ele nos conceda os direitos para a publicação de outras obras. Ah! Já ia esquecendo, será à meia-noite.

Jones suspirou.

IV

Mesmo concentrado em seus afazeres profissionais, Jones passou o dia inquieto, como se o molestasse uma pedrinha inconveniente dentro do sapato. Aquele desconforto lhe furtava a paz, pois em sua vida reinava a quietude, uma calmaria quase monótona, e dela ele retirava a previsibilidade que tornava a existência mais segura. Até certo ponto isso lhe agradava, pois era se deixando ter uma rotina que ele controlava os acontecimentos. A estabilidade lhe era cara.

Esse traço peculiar de seu caráter o levara a sentir-se realmente incomodado diante de alguém tão desconcertante quanto Fergelus. Para ele, os ingleses eram previsíveis, irônicos e fleumáticos, não lhe causavam sobressalto, mas aquele autor, apesar dos ares sarcásticos e de parecer muito erudito, vivido e seguro de seus atos e palavras, tinha algo de assustador, e ao mesmo tempo de instigante. Cada frase que proferia deixava transparecer um cuidado prévio, como se as houvesse ensaiado, como se elas o pudessem denunciar. Era o que Jones pensava.

Jones perdera o pai havia dois anos. O estado de saúde do zeloso patriarca da família Philips se havia agravado logo após o regresso de uma viagem aos Estados Unidos; tinha então 65 anos. Ambos, pai e filho, eram muito ligados. O velho senhor Philips havia criado o seu rebento com carinho, provendo-o de tudo o que era necessário para uma boa educação.

Nos seus últimos meses de vida, despontaram sinais de insanidade, e em razão disso quase fora internado. Talvez, o choque causado por ver seu pai enlouquecer tenha provocado em Jones essa inclinação ao controle. Após seu doloroso falecimento, o rapaz empregara-se em vários locais, mas fora na editora Stafford que encontrara estabilidade.

O primeiro encontro entre Jones e Stafford se dera de forma incomum. Ao final de um logo dia de infrutíferas buscas por um emprego, Jones, estafado, fora atraído pelos livros expostos em uma vitrine, e ali permanecera de pé. Ao seu lado, quase magicamente, surgira um distinto senhor, era Stafford.

Ambos conversaram por alguns minutos sobre livros, sobre obras conhecidas, autores e outros assuntos relacionados à literatura. E Jones, percebendo o semblante compreensivo e genuíno interesse do simpático cavalheiro, relatara que estava buscando um emprego. Ao ouvir isso, Stafford o convidara a entrar, revelando ser o proprietário daquela editora, para em seguida oferecer-lhe uma ocupação.

Ali, Jones trabalhava havia apenas seis meses, e sentia que finalmente tinha encontrado o seu lugar. Dedicados funcionários, um salário digno, um trabalho interessante e a possibilidade de encontrar-se com vários autores tornavam seus dias menos tediosos. Claro que, vez por outra, reunia-se com pessoas que não pareciam pertencer ao meio literário, com pessoas desprovidas da consciência de que para ser um bom escritor é necessário ler profundamente e escrever com afinco.

Jones entendia que a dedicação à escrita era necessária para desenvolvê-la. A sensibilidade, o interesse e a entrega eram, sem dúvida, o alimento para um bom texto. E tais pessoas, por mais interessadas que fossem, não possuíam esse talento, mas ele buscava incentivá-las, mesmo percebendo ser inútil. Jones não era arrogante, odiava as pessoas que, para se sentirem superiores, precisavam humilhar outras. Isso o tirava do sério. Talvez fosse essa uma das únicas coisas que o aborreciam realmente. Ele odiava a revoltante capacidade que alguns indivíduos possuíam de demonstrar insensibilidade. Entretanto, quando tinha a sorte de encontrar um verdadeiro autor, sentia-se gratificado. Alguém que realmente dedicava-se com vigor a algum tema, aprofundando-se em desenvolvê-lo com inteligência e estilo. Isso lhe fazia brotar a admiração.

Quanto à sua mãe, Jones a havia perdido no momento do nascimento, e esse fato abalara profundamente os nervos de seu pai. Ela falecera durante o parto da criança, e, ao longo de sua vida, isso o acompanhara como uma espada de Dâmocles. Por muito tempo, sem razão, sentira-se culpado, tendo seus pensamentos se tornado a própria tortura do bico da águia no fígado de Prometeu, no entanto a presença do pai, sempre compreensivo e dedicado, ajudara-o por demais a livrar-se daquele peso.

Outra pessoa que o auxiliara fora a sua irmã mais velha, Lilian, uma moça independente, determinada, dona dos próprios pensamentos. Ela havia nascido apenas dois anos antes de Jones, mas parecia ser sua irmã mais nova. Inteligente e aguerrida, tinha opiniões para além de sua época. Morava só havia seis meses em um aconchegante quarto alugado do primeiro andar da casa de uma senhora, e ainda não havia casado, o que era incomum para a sociedade na qual vivia.

Ser dona do próprio nariz a agradava, ter seu espaço, sua rotina e ocupação lhe faziam sentir-se segura, útil e encorajada. Lilian dedicava-se a conquistar melhores condições de vida para as crianças do orfanato no qual trabalhava, e em razão disso pressionava o Estado com protestos ou artigos que enviava para jornais e instituições privadas para que fizessem doações. Vez por outra enviava cartas a figuras de destaque da aristocracia e do governo. Com frequência saía às ruas para alimentar os pedintes, fato que já a envolvera em algumas dificuldades com a polícia.

Lilian era esbelta, elegante, com médios cabelos negros e lisos. De tez clara, salpicada por leves sardas, tinha o rosto ligeiramente arredondado e a voz de quem sabia convencer. Era em seus olhos castanho-claros que Jones buscava a paz dos bons conselhos. Ouvir sua irmã trazer-lhe palavras de afeto e conforto abalava qualquer contrariedade, pois o poder de persuasão daquela mulher forte era fruto de uma esmerada inteligência e sensibilidade.

Mas na vida de Jones havia alguém tão especial quanto Lilian, alguém que ele amava e com quem esperava algum dia se casar: Elisabeth.

Ambas, ela e Lilian, se conheciam, tendo o meio educacional infantil as aproximado. Elisabeth Chapman era professora de uma pequena escola, e sempre que possível ia a orfanatos dar aulas gratuitas. Foi em uma dessas aulas que as duas se tornaram amigas.

Pouco tempo depois, por uma incrível coincidência, Jones a conhecera na editora. Ela havia entrado no estabelecimento em busca de um livro e tomada pelo clima literário passara horas folheando obras. A editora não era apenas um espaço para publicações, mas também para vendas. Lá havia uma sala para que obras fossem expostas e adquiridas, e foi nesse local onde se viram pela primeira vez.

Eles já estavam juntos havia dois anos. Ela o ajudara a aceitar a morte do pai. Era nela e em Lilian que ele encontrava o apoio de que tanto necessitava.

Tendo finalizado mais um dia de trabalho, Jones seguiu para casa. Pensativo e vagaroso caminhava pelas nubilosas ruas londrinas com o livro de Fergelus chamuscando nos pensamentos. Deixara-o sobre a escrivaninha, a esperar a próxima leitura. Queria ler o máximo que pudesse, pois sabia que, durante o encontro que se avizinhava, lhe seria perguntado sobre o conteúdo, mas não apenas isso; o fato é que fora acometido por uma mórbida curiosidade em ler a obra.

A pequena parte que lera, de excêntrica narrativa, apesar de ter-lhe provocado estranheza, servira para instigar seu apetite literário. Sem dúvida era algo que jamais lhe havia passado pelas mãos. O tema lhe parecia um pouco forçado, um tanto insano, mas interessante. Ademais, ele sabia que não poderia julgar toda uma obra apenas pelo conteúdo de uma pequena passagem. Alguns livros já o surpreenderam, e ele tinha convicção de que aquele seria um deles. Aprofundar-se-ia na criação, para conhecer a mente do criador.

Havia o fato, também, de Jones sentir-se satisfeito pela animação de Stafford, pois soubera, logo quando fora trabalhar na editora, que vinte e cinco anos antes seu patrão havia perdido para uma firma rival os direitos de publicação do livro David Copperfield, de Charles Dickens, e que aquilo se tornara um trauma. Soubera também que seu patrão, apesar de tudo, se havia tornado um bom amigo do grande escritor, morto havia cinco anos, e que o falecimento do homem o abatera.

Pelas ruas, enquanto desbravava a neblina e o frio, Jones tratou de levantar o colarinho do casaco para impedir que o insistente e discreto vento gelado acarinhasse a sua nuca.

O fim do ano se aproximava, e, apesar da existência do jovem ter por base a rotina, era impossível que não passasse por sua cabeça os imprevistos que a chegada de 1876 lhe reservava. Aquele ano gelado já lhe trouxera a surpresa de um exótico encontro, e talvez outras peculiares eventualidades batessem à sua porta.

V

Após ter saboreado a sua rotineira xícara de chá, dessa vez às pressas devido ao adiantado da hora, Jones já estava entre as aconchegantes cobertas e com o livro de Fergelus nas mãos. Então pôs seus óculos, aumentou a chama do lampião e passou a folheá-lo.

— *À sombra da imortalidade* — murmurou com um suspiro de estafa o título escrito na capa, em caracteres dourados no estilo gótico, logo acima do ouroboros.

Ao virá-la, percebeu despontar logo na primeira página outro ouroboros de cobra semelhante ao da encadernação. Parou por alguns segundos para admirar aquele símbolo, e até afagou-o com as pontas dos dedos, devagar, compenetrado. Logo abaixo havia o nome do autor: Sacratus Lucian Fergelus.

Jones sentiu o peso do livro, manuseou-o sem pretensões de aprofundar-se, sonolento olhou-o de uma forma geral, e folheando-o sem disposição, apenas por uma opaca curiosidade, abriu-o desinteressadamente, em uma página qualquer, já próxima do fim. Começou a ler:

Século XVIII. No chamado século das luzes ele vivia nas trevas, permanecia como nas centúrias precedentes, apartado, incógnito. Para as crianças era o pavoroso ser mencionado pelos pais na intenção de erradicar o mau comportamento; para os adultos era o calafrio repentino sem razão definida, era o medo do desconhecido.

Manter-se oculto era fundamental, pois, caso assim não o fosse, decerto que seria caçado como um animal selvagem. Sua experiência lhe havia mostrado com precisão que os Efêmeros não aceitam as diferenças, julgam que tudo e todos têm a incumbência espontânea de encaixar-se nas suas particulares e infantis verdades estabelecidas.

A natureza dos mortais é voltada à perpetuação da ignorância e do medo. Foi assim e sempre será. Suas regras de conduta e leis são embasadas em atrasos culturais, e a partir delas é estabelecido o certo e o errado. Seu sistema de valores é alicerçado em uma moral que absolutamente lhes falta. A hipocrisia reina como incontestável monarca em suas mentes doentias e limitadas. Eles são inacreditavelmente repetitivos, parecem fadados a buscar a própria desventura.

Depois de tanto vagar pelo mundo dos Efêmeros, ele já havia visto um número infindo de mortes. A transitoriedade a ninguém poupava, ceifava crianças, velhos, homens e mulheres. Ela, mais que tudo, era impiedosa e presente. A brevidade era a maior inimiga, contra a qual o combate era impossível. A ninguém poupava, fosse benevolente ou cruel. Atacava-os das mais variadas maneiras, e sempre os vencia. A morte tem uma imaginação espantosa, além de perversões inquietantes.

Aqueles que creem dominar a realidade estão encarcerados a ela, e, por mais que busquem esquecer que o tempo é seu maior inimigo, este jamais se olvidou de massacrar suas aparências para depois extingui-las. Eles, os Efêmeros, da cimalha de seu plinto de arrogância, continuam a acreditar que não estão à mercê dos desagradáveis caprichos estéticos dos anos, até que as primeiras rugas despontam. E quando se dá o fato, buscam acobertá-lo com cosméticos, como se tão fácil fosse quanto simular o caráter impostor.

Se o tempo é irmão da vetustez e arquiteto da experiência, sem dúvida é provedor do sofrimento. Do sofrimento e da morte. Morte que brinca a cada segundo com a fugaz existência dos Efêmeros, pois, por mais que seguros se sintam, e que até estejam, seja contra qualquer enfermidade ou violência, jamais estarão imunes à fragilidade do organismo, e este deveras está visceralmente atrelado ao tempo.

— Isso é até interessante! — resmungou arqueando as sobrancelhas. Voltou a ler.

Em 1702, enquanto uma epidemia de febre amarela aos poucos dizimava 10% da população de Nova York — província de então trinta e oito anos, assim batizada em homenagem a James, duque de York —, por suas ruas ele caminhava, contemplando a agonia dos pedintes, que morriam ao relento. E aquele abandono só lhe trazia a certeza de que, de todos os confusos sentimentos que chafurdavam nas entranhas dos Efêmeros, a indiferença era o pior.

Não havia como entendê-los, e essa incompreensão não era apenas derivada do fato de ele jamais ter pertencido à humanidade, mas advinda também dos séculos de observação. Eles não se ajudavam, e até buscavam prejudicar uns aos outros. Faltava-lhes compaixão.

Naquela cidade ainda em construção, como em muitas outras que conheceu no perfazer dos séculos, ele deparou-se com a pior face da insensibilidade, porém esta não era oriunda da absoluta falta de benevolência dos mais abastados com os desprovidos, pois tal sempre foi a regra. A crueldade em evidência relacionava-se particularmente a um Efêmero doentio além do esperado. A alguém cuja atividade noturna era massacrar crianças.

A maldade emanada dos pensamentos de tal pessoa havia gerado uma bruma energética que a circundava de tal forma que foi facilmente percebida por ele. E, em razão disso, intuiu que tal prática lhe poderia causar problemas futuros, pois as investigações que as autoridades empreenderiam para encontrar o indivíduo fatalmente, em algum momento, lhe destruiriam a paz. Sua natureza o atraiçoaria, e a ele seriam atribuídos aqueles atos. Seria perseguido, como fora antes, por muitas vezes. A bestialidade daquele assassino sádico precisava ser contida. Tal homem deveria sair de seu caminho.

Sendo possuidor da capacidade de ouvir pensamentos...”

Jones parou de ler, enrugou a testa e murmurou:

— Ouvir pensamentos! Isso está ficando ainda mais interessante! Não é à toa que o senhor Stafford quer publicar este livro!

E novamente retornou à leitura:

Sendo possuidor da capacidade de ouvir pensamentos, escutou a mente perturbada daquele homem, e assim pôde se informar com minúcias acerca da terrível atividade por ele exercida. Era um homem que aparentava ser inofensivo, um simples marceneiro de semblante agradável, compleição robusta e maneiras simples, mas que se embebia em uma ferocidade poucas vezes vista, e por ela se deixava levar para cometer brutais assassinatos em nome do deleite. Nada mais. Era um construtor de casas que destruía lares. Que trágica ironia.

Sua percepção jamais o havia frustrado, desde os seus tempos na Suméria — quando matara a própria mãe enquanto ainda lhe habitava o ventre, sorvendo-lhe todo o sangue em um momento de sede descontrolada...

— Bebeu o sangue da mãe?! — Espantou-se. — Suméria?! Agora isso se tornou confuso!

Jones estava absolutamente envolvido pela história. A inquietude e a curiosidade o tomaram por completo. Mal conseguia parar sobre o leito, e o sono já o havia abandonado.

O ambiente do quarto tornara-se assustador, o tremular da luz do lampião passou a ornar o teto de sombras, que pareciam dançar ao redor de uma fogueira. O apito de um guarda quase o fez saltar da cama. E ele continuou:

...desde seus tempos na Suméria — quando matara a própria mãe enquanto ainda lhe habitava o ventre, sorvendo-lhe todo o sangue em um momento de sede descontrolada.

Aquele homem de pacóvias maneiras, apesar da insuspeita aparência, era um covarde e impiedoso homicida. Era um monstro vil que apenas para deliciar-se destruía famílias. A sede de sangue que possuía inevitavelmente levaria a população a empreender uma grande caçada em busca de vingança, e isso lhe poderia causar sérios contratempos. O povo erraria o alvo e ele seria exposto.

Ele descobriu que aquele indivíduo era mais perverso que muitos reis que conhecera, e não foram poucos. Teria de livrar-se dele, e logo, antes que a plebe usando de sua notória e histórica inconsequência batesse à sua porta.

Foi em uma madrugada tão escura quanto as noites das regiões mesopotâmicas que ele, quieto, mas vigilante como a cobra que aguarda o roedor, ocultou-se nas trevas do interior da afastada residência do criminoso, local onde a doentia atividade era exercida. Era para o interior daquela construção que o homem carregava suas pequenas vítimas, e lá ele matava as crianças que capturava.

O espaço, simples e desarrumado, cheirava a medo e se assemelhava a um abatedouro, repleto de ferramentas cortantes penduradas, de serras, bacias, trapos, martelos e alicates, entre outros interessantes objetos que, sem dúvida, despertariam a macabra imaginação de um obstinado matador.

E imóvel permaneceu tal uma das imponentes esculturas que o recepcionara no porto de Roma, ele e suas recordações. Então fechou os olhos e respirou o perfume quase imperceptível das camadas de sangue coagulado, e isso só aguçou sua sede, já ampliada pela expectativa.

Ao perceber a chegada do marceneiro homicida, esperou que entrasse, trancasse a porta e se aproximasse, para subitamente se lançar sobre ele; como uma sombra furiosa, ou um demônio esfomeado, a uma velocidade inerente à sua condição. O homem mal teve tempo de entender o que acontecia, foi dominado de imediato.

De seus dentes incisivos laterais superiores, como em tantas outras vezes que se vira em semelhante situação, brotaram amoladas presas, que se alongaram, brancas, finas e resistentes como sedentas estalactites. Após ter rasgado a jugular do assassino com as resistentes unhas, introduziu a boca no maior dos cortes, sugando com avidez todo o sangue que foi possível.

A poça escura que se formou afastando-se do corpo mais parecia uma alma enegrecida abandonando a matéria que a aprisionava. Um espectro se arrastando em pena sobre o piso sujo. Ele sorveu com prazer o néctar rubro que nutria de vida aquele algoz de crianças...

Jones estava chocado. Por algumas vezes já lera contos de horror, mas aquele, sem dúvida, era diferente. Ainda, para unir-se ao pavor trazido pelo texto, havia o fato de ter conhecido quem o tinha escrito e ter sido vítima de sua inquietante presença. Deste, Jones não podia esquecer, e tendo sua obra nas mãos achou que já começara a dar os primeiros passos para entender a mente do autor.

VI

Naquela noite Jones teve um sono tumultuado, repleto de sobressaltos e despertares inesperados. Ele quicava na cama como se mãos invisíveis o sacudissem. Por vezes o ar lhe faltava, seus pés tornaram-se excessivamente frios e os lábios, bastante desidratados. E em um desses forçados avivamentos, por alguns minutos se pôs a contemplar a janela, por onde a densa fumaça do *fog* movimentava-se como um pesado navio em mar preguiçoso. Via surgirem rostos na neblina que algodoava a madrugada e com o lampião apagado percebia estranhas sombras trazidas às paredes pela débil iluminação da rua.

Seu quarto estava diferente: o cômodo convertera-se em uma câmara assustadora. O papel de parede em duas cores escuras, um azul desbotado e um marrom esmorecido – estando a tonalidade azulada sobre a que se assemelhava a de castanha queimada –, lembrava uma paisagem. Como um céu escurecido a tombar sobre uma penumbrosa planície. E lhe regressou à mente a casa do marceneiro. Imaginou aquela paisagem diante de sua porta. Imaginou aquele homem caminhando para a morte.

Sua imaginação fora tomada pelo envolvente e mórbido estilo de escrita de Fergelus. Suas minúcias e descrições e seus comentários cuidadosos. Era quase como os efeitos do láudano, talvez do absinto, substâncias tão experimentadas em reuniões mais discretas.

E lembrou-se do que Stafford falara com relação ao personagem. Seu nome jamais era dito e a obra estava na terceira pessoa. Como se o autor fosse uma testemunha dos eventos narrados.

Qual seria a fonte daquela inspiração? As passagens mais sombrias haviam tão somente brotado da mente vultuosa de um escritor imaginativo? Teria Fergelus lido sobre esse crime em algum lugar, e, a partir daí, criado aquele fantástico trecho? Tudo seria fruto só de uma extensa pesquisa? Jones começava a perceber o despontar de uma obsessão.

Seu leito já untado de suor era a prova irrefutável de como visceralmente fora afetado por aquele enredo bizarro. Decerto que não dormiria bem depois de pousar os olhos sobre a inquietante, mas interessante obra. Porém, apesar de perceber que o livro definitivamente não deveria ser aberto antes do repouso noturno, sentia que a estranha mágica por ele emanada seria perdida caso fosse lido de dia. Era sem dúvida uma obra que exigia escuridão, silêncio e um grau dedicado de atenção; o cérebro faria o resto.

Jones se havia deixado levar pelas medonhas imagens da selvageria promovida pelo personagem que Fergelus criara, mas apesar de tudo mal podia esperar o momento de continuar o romance. Havia naquelas páginas um estranho feitiço, um apelo irresistível, como um canto de sereia que atrai embarcações para acúleos rochedos e incautos marinheiros para a morte. Assim era como Jones se sentia, alguém que navegava com os olhos pelos mares da imaginação, sendo atraído para a ponta amolada de dentes sanguinários.

No dia seguinte, a noite maldormida lhe cobrava o débito do sono, e ele decidiu pedir a Stafford para sair mais cedo. No entanto, o pedido não tinha por base apenas a fadiga, mas a necessidade de falar com Lilian. Ela, que o ouvia sempre e que era tão amadurecida quanto dinâmica, sem dúvida teria uma valiosa opinião a dar sobre o livro. Ele lhe mostraria a obra.

Naquela manhã, ao encontrar Stafford, percebeu que ele parecia sonolento, tal se houvesse passado a noite em claro. Seus gestos estavam mais vagarosos que o normal, e ele demonstrava uma clara falta de energia. O fato lhe chamou a atenção, e Jones, preocupado com a saúde do patrão, antes de fazer-lhe o pedido, inquiriu-o sobre a situação.

— Senhor Stafford, bom dia!

— Bom dia, Jones. Posso ajudá-lo em algo?

— Era a pergunta que eu estava prestes a lhe fazer. O senhor hoje, se me permite a ousadia, parece particularmente afadigado.

— Sim, sim, é verdade! Ontem abri o livro do senhor Fergelus e não consegui mais parar de ler. Fui dormir bem tarde e terminei por desmaiar de cansaço já a altas horas da madrugada. Não sou mais tão jovem quanto antes, e não posso dar-me ao luxo dessas extravagâncias noturnas. Despertei pela manhã com a obra sobre o rosto. Incrível a passagem sobre a mãe! Realmente incrível! O senhor Fergelus aprofunda-se no tema, relatando a origem do personagem. Absolutamente assustador! Você chegou nessa parte?

— Ainda não. Apesar de me ter tomado a atenção, não me atrevi a dormir tarde, afinal, tinha que estar aqui hoje... Durmo cedo...

Um pouco constrangido, Jones resolveu mentir, pois achava que não convinha a um empregado revelar ao patrão que dormia tarde quando tinha a obrigação de chegar pontualmente ao trabalho.

— Claro, Jones. Claro... — aquiesceu Stafford de forma jocosa. E alterando a inflexão, veio com uma ideia extravagante: — Sabe, Jones, acho que vou convidar o senhor Fergelus para um jantar. Seria interessante conhecê-lo melhor.

— Não duvido de que será uma noite memorável.

O comentário anterior de Stafford o instigara ainda mais a ler o livro, principalmente a tal passagem citada. "A origem do personagem!", pensou Jones. "Essa, sem dúvida, deve ser uma revelação impactante! Um trecho que vale a pena ser lido. Quero ver até onde vai a imaginação do senhor Fergelus."

E, compondo-se, continuou, um tanto sem jeito:

— Senhor Stafford, preciso sair mais cedo hoje...

— Ora! Tudo bem, Jones. Pode ir! — interrompeu-o de imediato, sem esperar que o pedido fosse preenchido com alguma explicação, enquanto oscilava uma das mãos.

— Obrigado, senhor...

Aquele velho homem estava tão cansado que talvez mal houvesse entendido com clareza o significado da frase.

VII

Com a mão sobre a argola de ferro presa no centro da porta, Jones golpeou a madeira três vezes e aguardou.

O pequeno jardim da entrada da casa estava seco, apesar de ser perceptível o esforço que alguém empreendera em mantê-lo vivo. Definitivamente o inverno londrino era fatal para as flores. A terra aparentemente úmida não cumpriria seu papel de mãe das sementes até a chegada da primavera. Daquele arenoso útero nada iria brotar.

Jones olhou para a terra e foi tomado pela imaginação. Concebeu em sua mente a imagem de um pequeno grão oculto por camadas escurecidas. Escondido do nevoeiro, em profunda treva. Talvez recostado a uma pedra a cochilar enquanto aguardava o chamado da natureza trazido pelo despontar dos primeiros raios solares. E de imediato surgiu-lhe a associação com o personagem de Fergelus ao ventre materno.

Uma estranha semente destruidora, a desabrochar sua essência assassina já desde a origem.

E o som da fechadura sendo girada interrompeu aquele fugaz devaneio.

— Ah! Bob Jones! Como vai? Entre! Entre!

A velha senhora Pritchett surgira como sempre, pondo para além dos quatro dedos de porta aberta, cautelosamente, sua cabeça coroada por alvos cabelos, que mais se assemelhavam a uma camada de neve alisada pelo vento.

— Venha, Bob! Entre logo. Está frio.

Jones tirou o chapéu e saudou a velha senhora.

— Como vai, senhora Pritchett? É um prazer revê-la.

— Sim, sim... Quer um pouco de chá?

— Não no momento. Agradeço. Vim ver, como a senhora sabe, Lilian.

— Sim, claro. Pode subir — permitiu a senhora apressando-se em fechar a porta.

— Obrigado. Com licença.

Após retirar com certo esforço o grosso casaco que o protegia do clima, pendurou-o sobre um gancho preso à parede. O mesmo fez com seu chapéu.

À mão, levava uma maleta, em cujo interior além de algum material de trabalho havia o livro de Fergelus. E dirigindo-se à escada, tratou de galgá-la com desembaraço, fazendo ranger um dos degraus. Foi em direção ao quarto de Lilian, bateu na porta e esperou.

Sempre que ia àquela velha casa visitar a irmã, era impossível não recordar a sua infância. O rilhar das dobradiças enferrujadas em muito se assemelhava ao da residência na qual havia morado com seu pai, o estalido da madeira antiga era o mesmo. Até o corrimão por onde acabara de deslizar os dedos evocava os jocosos instantes do passado em que, por um similar, entre gargalhadas escorregava quando em tenra idade. A face de seu pai em sua memória era constante; aquele velho senhor o tornara o homem que era hoje, e lembrar-se dele lhe umedecia os olhos.

Por fim se abriu a porta e Lilian surgiu sorridente. Linda e jovial, como sempre.

— Jô! Como vai? — inquiriu atirando-se em seus braços.

— Tudo bem, Lilian! Como você está?

— Cansada! Trabalhando muito!

— Imagino! Espero que sem mais problemas com as autoridades.

— Quem sabe amanhã...

Jones balançou a cabeça ternamente, em brando sinal de reprovação, e continuou:

— Sempre que venho aqui, a senhora Pritchett me chama de Bob Jones. Quem diabos é Bob Jones?

Lilian riu, dirigiu-se à cômoda e dela ergueu uma bandeja com uma xícara e um bule de chá quente.

— Foi alguém que passou pela vida dela, talvez um amor antigo. Quem sabe? Ela me falou rapidamente um dia desses. Sente-se.

Ambos sentaram.

— Você ia tomar chá... Não quero usar a sua xícara...

— Ora, bobagem...

— Desculpe aparecer assim, sem avisar...

— Você sabe que não há problema! Como vai Elisabeth?

— Muito bem, e quando ela está bem, eu também estou — concluiu, decidido.

— Que bom! Espero que você não esteja aqui para me pedir algum conselho amoroso. E o casamento, quando será?

— Não... Não se preocupe. O casamento? Espero que muito em breve.

— Eu também. Ela é uma boa moça.

— A melhor. Depois de você, é claro.

— Digamos que ambas temos qualidades superiores em igual intensidade.

— Não tenho a menor dúvida disso.

— Jô. Percebo uma preocupação escondida. Estou errada? — observou Lilian. — Vamos, Jô, conte-me. O que aconteceu? — inquiriu enquanto punha chá na xícara que estava sobre a mesa entre os dois. — Qual é o problema?

Jones abriu a maleta e dela retirou o livro. Erguendo-o na altura de sua cabeça.

— Esse.

— Um livro.

— Seu apurado poder de observação é estarrecedor — ironizou Jones.

Lilian, conhecendo o humor do irmão, esboçou um carinhoso sorriso.

— Qual o problema com ele? Não consegue lê-lo?

Agora ambos riram.

— O problema é o conteúdo e... o autor.

Lilian enrugou a testa em sinal de curiosidade.

— Fale-me a respeito, Jô. O que tem esse livro? O que há com o autor? Tantos livros já lhe passaram pelas mãos. O que esse tem de especial?

Jones abriu o livro e leu:

— Sacratus Lucian Fergelus.

— O que é isso?

— É o nome do autor.

— O nome já me parece tema para um livro. De onde ele é?

— Não faço ideia.

— Hum... Sacratus é latim, sem dúvida. Significa sagrado.

— Sagrado?

— Sim. Isso é o que dá ter perdido as aulas de latim. Lucian é um nome comum, mas Fergelus, não faço ideia. Qual o tema do livro?

Jones tornou-se sério, e suspirando discretamente explicou:

— Não sei ao certo, é a história de alguma coisa, um homem, um ser estranho, que aparentemente é imortal e, pelo que entendi, vaga pelas eras fazendo sabe-se lá o quê.

— Que estranho, mas qual a razão do autor e da obra lhe perturbarem tanto? Certamente que o nome perturbou até a mim...

Lilian levantou-se, desapareceu por alguns segundos e regressou com outra xícara nas mãos. Após se servir, eles beberam.

— Hum! Adoro o chá que você faz.

— Aprendi no orfanato. Mas diga-me. Agora você despertou a minha curiosidade! Qual a dificuldade em ler esse livro? Letras muito pequenas?

— Antes fosse. Encontrei com esse homem à meia-noite em uma taverna escura e abandonada. Em um bairro pouco hospitaleiro. Ele é o novo autor com o qual o senhor Stafford vai assinar contrato. É uma pessoa muito estranha, e o que ele escreve me perturba. É uma história diferente, incomum. Li ontem à noite, antes de dormir, e me provocou alguns distúrbios.

— Leia para mim algum trecho. Tenho dormido demais. Creio que uma noite de insônia será proveitosa — disse Lilian, tão interessada quanto irônica.

Jones, rapidamente, com certa ansiedade, abriu o livro:

— Lerei para você o que ainda não li, o início. Até vou pular a introdução, não quero me prender a nada. Será uma surpresa para nós dois.

— Vamos, estou ansiosa! — gesticulou Lilian.

E Jones iniciou a leitura.

VIII

Há cerca de quatro mil anos, enquanto a Europa Ocidental ainda engatinhava na Idade da Pedra, no sul da Mesopotâmia, ao final da Era do Cobre e já no início da Era do Bronze, prosperava uma interessante e evoluída civilização. Os sumérios.

— Começou bem! — interrompeu Lilian. — Talvez eu deva levá-lo para as crianças. Parece ser bem didático.

— Escute o resto — preveniu Jones, continuando:

Esse curioso e bravo povo, com o tempo, aprendeu a dominar a natureza, para dela extrair recursos indispensáveis ao seu sustento. E progredindo sempre, construiu grandes cidades, dentre as quais as principais eram Nippur, Uruk, Girsu e Ur.

Nelas, vindos pelas águas do Tigre e do Eufrates, comerciantes do Golfo Pérsico aportavam para comprar grãos, que eram levados para a Península Arábica. O lucrativo negócio evoluiu até tornar-se a Suméria consideravelmente abastada.

Seu povo conheceu a opulência e o desenvolvimento social e econômico propiciado pela irrigação daqueles importantes rios, sendo tomado pela esperança que traz o sentimento de segurança no futuro.

Aquela laboriosa nação de grande intelecto tinha suas crenças religiosas, acreditava que cada cidade era governada por um deus. Enlil, deus do vento, governava o ar e a terra na cidade de Nippur. Enki, deus da água e do mundo, era adorado em Eridu. Udu, deus da justiça e da verdade, era venerado em Larsa. E Inanna, conhecida pelos babilônios como a deusa da fertilidade Ishtar, era reverenciada em Uruk. Mais tarde, esta, para os gregos, se tornaria Afrodite, e depois, para os romanos, Vênus.

E para esses deuses edificaram monumentos, os zigurates, que eram construções em forma de pirâmides terraplanadas. Esses fantásticos prédios consistiam em vários andares sobrepostos, em que cada pavimento superior possuía área menor que o inferior. Como caixas que se erguem tendo por base a maior, para após as subsequentes, a última e pequena descansar solitária no topo. Cada edificação era considerada a morada de uma divindade.

Só para construir a sua base, eram necessários mil e quinhentos homens e um árduo trabalho que se estendia por longos cinco anos. Essas obras podiam ser vistas a uma distância de vinte quilômetros. Aquela civilização estava em franca ascensão.

Pelos espaços da urbe, sob o implacável sol, que gerava um calor de cinquenta graus, circulavam pedreiros, escribas, comerciantes, carpinteiros, escravos, forasteiros, agricultores, navegadores e artesãos. A população crescia demograficamente e em conhecimento, mas, apesar do fantástico avanço nas áreas da medicina, da hidráulica, da matemática, da química, da física e da astronomia, a cultura era primitiva, como era natural naquela época. Havia superstições e misticismo.

Parte da Suméria era cercada por quatro mil hectares de campos de cereais. A irrigação feita com as águas dos dois grandes rios trouxe magnífica produtividade ao plantio, tornando aquele povo, que antes era nômade, em sedentário. Entretanto, vamos nos ater ao deserto, ao ponto cuja cidade mais próxima era Ur. Cidade onde havia o grande zigurate erguido durante o reinado de Ur-Nammu, fundador da terceira dinastia suméria. Sendo essa edificação o santuário do deus Nanna. Uma urbe desenvolvida que possuía trinta e quatro mil habitantes, sendo um deles uma mulher especial.

Uma mulher que, coagida a uma fatal jornada, foi levada ao deserto para ser morta, e que em uma estranha madrugada o daria à luz.

– Ele quem? – perguntou Lilian.

– O personagem! Se você não me deixar terminar, não irá saber.

Lilian riu, e Jones prosseguiu:

Aqui, faz-se necessário dissertar acerca dos eventos ocorridos antes de seu nascimento. Sua mãe era uma escrava que trabalhava com tecedura. Uma linda mulher, pálida, jovem e desesperada, que se vira diante de uma estranha gravidez, na qual o ser que habitava seu ventre, já nas primeiras semanas da problemática gestação, dava sinais de uma doentia inquietude. Movimentava-se demasiadamente tal se o útero fosse uma prisão, e sua presença provocava, além de um grande desconforto, dores insuportáveis.

E ainda se somavam àquela constante agonia frequentes desmaios e uma profunda fraqueza. Sua força de trabalho tornara-se inexistente, era apenas uma boca a mais. Alguém cuja extenuação trazia prejuízo ao seu proprietário.

Após alguns meses, para o impiedoso senhor, dono de uma grande tecelagem, aquela inaceitável situação tornara a escrava inútil, e este, ao perceber que não só seu futuro serviçal decerto já estaria condenado a nascer morto, mas também que a mulher tinha os dias contados, decidira desfazer-se das propriedades. Daria um fim a ambos.

E aquele perverso homem, durante a semana, enquanto ocupava-se com outros afazeres, planejava o crime, sentia nas mãos o sangue de suas indefesas vítimas vindouras, a escrava e seu filho, pois em seus pensamentos já havia determinado a morte dos dois.

Chegado o momento, com paciência e frieza, o homem esperara a madrugada, e quando esta tombara o silencioso manto de trevas sobre as habitações de pedra, ele cuidara de retirar a pobre mulher de seu alojamento, e a arrastara para além dos muros da grande cidade de Ur.

Andejara pelo deserto, decidido a executar seu plano macabro, tendo ao lado a atormentada grávida exaurida, que arfava, gemia, e a cada passo demonstrava sua extrema dificuldade em locomover-se.

A fragilidade robustecera, e as quedas eram constantes. Se ela não sucumbisse ao penoso percurso, morreria mais adiante, assassinada. Seu destino estava selado. Seria brutal, e em poucos instantes. A golpes de faca.

Aquelas duas figuras, cobertas por tecidos, mais pareciam dois disformes fantasmas a vagar sobre as geladas areias do deserto noturno. Sendo apenas discretamente iluminadas pela lua, que a tudo testemunhava, passiva e silente...

— Pare um pouco, Jô, já estou sem fôlego... — reclamou Lilian.

— Eu leio, mas é em você que falta fôlego? Isso, sem dúvida, é estranho.

— Você entendeu o que eu quis dizer. Vamos dar um tempo nessa história. Ainda não vi nada de perturbador. É um conto interessante, até didático. Uma aventura que instiga a imaginação. Ele deve ter pesquisado muito para poder dar todas essas informações.

— O senhor Stafford disse uma coisa que ainda não me saiu da cabeça — afirmou Jones, fechando o livro.

— Que não aumentaria o seu salário? — brincou Lilian, esboçando de súbito um belo par de olhos risonhos.

— Disso eu tenho certeza — concordou Jones, meneando a cabeça com ar desconsolado. — Refiro-me a um comentário que ele fez sobre o autor. Disse que a narrativa é tão cuidadosa e detalhada que parece ter sido feita por uma testemunha.

— Ou por alguém com fantástica imaginação — completou Lilian. — Assim são os autores, senão não escreveriam. Você não está me dizendo que acredita realmente que esse homem tem quatro mil anos de idade. Ora, Jô... Que espantoso absurdo!

IX

Já estava tarde, o relógio na parede do cômodo anunciava que eram quase dez horas, e Jones precisava ir. Ele voltou a pôr o livro na maleta e levantou-se.

— Agora tenho que me despedir. Não posso me atrasar para o trabalho. O senhor Stafford me mata. Como sempre, o chá estava perfeito, e a companhia mais ainda. Obrigado por me receber e ouvir. Brevemente voltarei, ainda quero discutir algumas ideias.

— Eu é que agradeço, Jô. Precisamos conversar mais, sobre coisas reais. Sobre seu casamento, por exemplo. Não tenho visto Elisabeth ultimamente. Que tal se sairmos juntos?

— Excelente ideia! — concordou arqueando as sobrancelhas. — Falarei com ela. Sem dúvida que ela ficará muito feliz! Poderemos passear, conversar, comer e relaxar. Esquecer um pouco do trabalho.

Caminharam até a porta, que foi aberta por Lilian.

— Tome cuidado quando estiver andando por essas ruas. A neblina está muito espessa.

— Não há problema. Posso ocultar-me de quem quer que seja. O *fog* é um excelente esconderijo — brincou.

Beijaram-se, e Jones meteu-se pelo corredor, chegando à beira da escada. Antes de descer, ouviu a porta fechar-se, e foi inevitável não parar por um instante, apoiado no topo do corrimão, e lembrar-se dos velhos tempos, quando ele e Lilian brincavam com o pai.

Ele desceu com cuidado, temendo que os degraus rangessem; não queria acordar a excêntrica senhora Pritchett, mas a mulher dormia tarde. Lá estava ela olhando pela janela, esfregando os vidros, mexendo-se como um roedor enjaulado, sem distinguir nada. A neblina mesclava-se à paisagem, envolvendo postes, desfocando luzes, a tudo tomava como a fumaça da chaminé de um trem.

— Bob Jones, já está indo?

— Sim, senhora. Tenho que ir rápido, acordo cedo...

— Claro! Mas não corra, você pode escorregar. Eu mesma, outro dia, quase que me acidento na cozinha.

— Seja mais cuidadosa, senhora! Tenha uma boa noite.

Jones pôs o casaco, abotoou-o até o nó da gravata, subiu a gola, agarrou o chapéu, despediu-se com um gesto vagaroso e saiu. A porta bateu às suas costas.

O *fog* estava bem pior do que ele esperava. O vapor copado de um sujo branco pardacento invadia cada brecha da cidade, se espalhava, parecia nuvens pesadas que haviam tombado do céu para cegar a humanidade. Jones sentiu-se como se preso ao interior de uma caverna de gelo, na qual um estranho silêncio tornava tudo sufocante e ameaçador. Ele sabia que em uma noite como aquela certamente as pessoas buscariam ficar em seus lares, no entanto sempre haveria algum tipo de barulho, e talvez assim fosse melhor, pois qualquer som oriundo daquela quietude funesta poderia ser de imediato percebido.

Era impossível ver as estrelas; se ele não houvesse verificado o relógio, jamais poderia distinguir se era dia ou noite. Ele apertou a maleta nas mãos, subiu ainda mais a gola do casaco, verificou se todos os botões estavam fechados, firmou o chapéu e caminhou.

O único ruído era dos seus sapatos, e ao perceber o fato decidiu andar com mais cuidado, pois não queria chamar a atenção de ninguém. Mal podia ver as paredes das casas, nem sequer o asfalto. Vez por outra estendia o braço, temendo dar de cara com um poste, enquanto diminuía o passo por recear tropeçar em algo.

O caminho figurava estar mais longo, e por vezes diferente. A neblina parecia um demônio enganador, cujo infausto propósito era o de ludibriar a sua percepção para lhe confundir o norte. Com extrema dificuldade Jones buscou localizar os postes de iluminação, pois, estando erguidos nas esquinas, seriam excelentes pontos de referência.

— Ah, lá está um! — murmurou.

Ao cruzar a rua, achou ter ouvido outros passos a alguns metros de sua retaguarda, o que o assustou um pouco. "Devo me apressar! Está ficando perigoso!"

Jones estava inquieto, não apenas pelo fato de afligir-se por sua segurança, mas por desejar chegar ao lar o quanto antes para continuar aquele texto. Precisava saber o desfecho daquela trama envolvente, dado que uma brutal curiosidade lhe corroía o cérebro.

O livro parecia queimar dentro da maleta, tal se bradasse por ser lido. E imagens lhe vieram à cabeça: a penosa marcha da mulher grávida que seria morta, o encontro com Fergelus na escuridão da taverna, o abrasador sol do inóspito deserto, a morte brutal do assassino de crianças. Ele quase podia sentir o clima quente, a areia entre os dedos e as pedras cortantes sob os pés descalços. Por pouco não pôde enxergar, entre as brumas da neblina, o povo havia muito desaparecido circulando sobre animais, e suas rudimentares edificações, que agora eram apenas ruínas antiquíssimas. "Que lugar interessante! Nunca parei para pensar sobre essa terra. Sobre essa civilização."

Enquanto divagava, mais ruídos lhe chamaram a atenção. Agora estavam bem audíveis: eram passos, e estavam próximos. Jones olhou para trás, como se fosse possível ver algo, e tratou de acelerar o ritmo. A insegurança já despontava, tomando-lhe os pensamentos, e ele se esqueceu do livro, da Suméria e do deserto, passando a temer por sua vida.

"Onde estão as carruagens?"

Não lhe foi possível suportar aquela pressão, afinal ele não era um daqueles heróis dos livros que com tanto cuidado corrigia antes de serem impressos. E começou a correr, esbarrando nos postes, escorregando nas poças de água, e quase dando com a cara nas paredes dos prédios que surgiam como mágica quando a neblina afrouxava. O medo de ser atacado lhe entranhou na alma, mas, a despeito do pânico, suas pernas funcionaram.

Entre sua casa e o endereço de Lilian, a distância não era pequena, poucas vezes ele havia caminhado até lá, e agora percebia que estava fora de forma. Seus joelhos doíam, o suor já lhe escorria pela face, enquanto o oxigênio – elemento a que, por ser tão comum, poucos dão importância – testava sua limitada capacidade pulmonar.

Faltavam poucas quadras para chegar ao destino, essa agradável informação deu-lhe a fachada de uma loja que, apesar da neblina, identificou ser muito próxima de sua casa. Ele parou, descansou até reabilitar-se o suficiente, e seguiu, ainda com passos acelerados, sem correr, pois o corpo não permitia.

E inesperadamente tombou, as pernas não suportavam mais qualquer esforço, e a calçada molhada, como um violento aríete se chocou contra o seu peito, tirando-lhe por alguns segundos o ar que lhe restava. Foram-se o chapéu e a maleta. O baque causara-lhe um ligeiro torpor, que se dissipou de imediato. Ele tratou de levantar-se o mais rápido que pôde, agarrando o chapéu, porém, quando já esboçava a intenção de recolher a maleta, ouviu alguém falar:

— Deixe isso aí!

Eram dois homens cujas feições a neblina ocultava. Estavam muito próximos e em atitude ameaçadora. A linguagem corporal sinalizava que estavam prestes a atacar. Jones, apesar da dificuldade em enxergar, pôde distinguir um brilho oriundo da mão de um deles. Uma leve cintilação que refletia a luz fraca do poste. Era uma faca.

Apesar do pânico, de mal conseguir mover-se, e mesmo atacado pela adrenalina que explodiu em seu estômago, mecanicamente ele agarrou a maleta, e a atitude desobediente irritou o homem da faca, que deu um passo à frente.

— Eu disse para deixar a maleta! — ameaçou, elevando a voz e erguendo a lâmina.

Jones estava em uma situação extremamente difícil, talvez à beira da morte. Pensou em reagir, mas seria loucura lutar com dois homens naquela circunstância. Ele decerto seria esfaqueado e morreria ali, sem ajuda, em silêncio, coberto por aquela maldita névoa gelada que ensaiava ser a sua mortalha.

E, no momento em que decidiu deixar a maleta sobre a calçada e correr, algo fantástico aconteceu. Algo que jamais lera em nenhum livro. Um evento tão assustador que mesmo se Jones vivesse por quatro mil anos jamais esqueceria. Nem sequer por um dia.

Uma robusta lufada de ar, como um sopro de leão enfurecido, derrubou-lhe o chapéu da mão ao mesmo tempo que dispersou parte da neblina que o cercava. Ele sentiu uma presença deslocar-se ao seu lado, como se um terceiro malfeitor estivesse escondido, mas não parecia ser um homem. Era como se a brisa ganhasse vida, e quase uma forma.

À sua frente um borrão escuro sacudiu-se com uma velocidade impressionante, passando a atacar os dois criminosos. Era como uma sombra, algo negro que se desfocava pela extrema aceleração do movimento. Alguma coisa que não podia ser percebida pela limitada capacidade dos olhos humanos.

O homem com a faca teve a garganta arrebentada de imediato; o rasgão simplesmente surgiu, como se feito por garras invisíveis. A faca lhe saltou, e ambas as mãos agarraram o próprio pescoço, que jazia em tiras. O arrepiante som da carne rasgada, seguido pelo ruído do sangue jorrando, fez o outro assustar-se a ponto de gritar e cair de costas. E este, ao tentar levantar-se para fugir, foi novamente arremessado ao solo, com um impacto fortíssimo. Jones pôde ouvir o som de ossos sendo quebrados, como o ruído que surge quando se pisa em um grande acúmulo de folhas secas. Parecia o crepitar de uma fogueira. Diante de Jones toda a carne do rosto daquele homem foi arrancada. Como se tira uma camisa.

E, enquanto o homem da faca tombava no chão, com os olhos arregalados e as mãos empapadas de sangue, o outro urrava sem face e com os olhos literalmente saltados, apenas presos por dois cordões de nervos.

Petrificado, Jones permaneceu absolutamente estático diante do horripilante espetáculo, mas, retomando as forças e temendo ser a próxima vítima daquela mágica diabólica, agarrou a maleta, e tendo por última visão aquele rosto de caveira, que parecia uma máscara de um baile a fantasia, pôs-se a correr em completo desespero.

X

Chegando à sua casa, bateu a porta, trancou-a, largou a maleta, o chapéu, e desabou no chão, envolto pela escuridão do cômodo. Ele tremia descontroladamente, em absoluto pânico. Jamais vira algo semelhante, nem sequer imaginava que aquilo pudesse existir, e quase duvidou de sua sanidade. Perguntava-se o que teria acontecido, se tudo havia sido uma alucinação provocada pelo medo, pela neblina, pela estafa e pelas impressionantes leituras, mas logo se convenceu de que fora testemunha da mais inacreditável monstruosidade.

Jones levantou-se tonto, segurando-se onde podia, despiu-se rapidamente, retirando o pesado casaco, que deixou sobre o tapete da sala, e afrouxando o colarinho correu até o quarto, onde, após acender o lampião, buscou água de uma jarra para molhar o rosto. Ele esfregou a face como se tentasse apagar da memória as horrendas imagens que havia testemunhado. Estava ofegante, quase sem ar. Movimentava-se pelo quarto, inquieto, suando, trêmulo e desorientado. Sua mente desorganizara-se de tal forma que lhe fugia o mais rudimentar raciocínio.

E, caindo sobre a cama, envolveu a cabeça com as mãos geladas e estremecidas. Não sentia as pernas, estavam muito fracas e bambas. O coração parecia querer explodir, golpeando-lhe o peito vigorosamente. Seu corpo estava fora de controle.

Apesar de tudo, era fundamental buscar o equilíbrio, respirar fundo e procurar a calma, que parecia impossível de ser encontrada.

Por uma hora ele permaneceu sentado sobre o leito, quase tão imóvel como uma estátua, com os olhos fitos na parede. Então, com a tensão praticamente debelada, aos poucos voltou a si e, mais calmo, ergueu-se com cuidado, desnudando-se para banhar-se.

Já deitado, sentiu que definitivamente não dormiria. Como conseguir fechar os olhos e ter uma revigorante noite de sono depois daquele episódio? Aquela loucura jamais seria esquecida!

Jones não encontrava nenhuma explicação racional para aquele massacre. Sem dúvida que tais atos foram praticados por algo que sabia exatamente o que estava fazendo. E ele inquiriu-se sobre a razão de também não ter sido agredido.

Aqueles homens foram trucidados como se nada fossem. Eram homens altos, fortes e acostumados à violência, e decerto que saíram à noite para praticá-la. Entretanto, foram vítimas dela. Não tiveram tempo sequer de esboçar uma reação, qualquer movimento de defesa. Não souberam o que acontecera, em nenhum momento. Simplesmente morreram. Passaram de caçadores a caça.

E lhe veio um bizarro pensamento, algo que ele relutou a crer pelo horror que lhe provocava.

"Será que o senhor Fergelus tem alguma ligação com...", e a ideia lhe pareceu estúpida, sem qualquer fundamento, todavia, inexplicavelmente, seu instinto teimava em fazer aquela estranha associação. Qualquer coisa em sua consciência parecia obstinar-se em alertá-lo. Ele estava realmente assustado, e sentia-se inseguro dentro de sua própria casa. "O que tem uma coisa a ver com outra?", perguntou-se.

— O livro! — lembrou-se quase aos gritos.

Ele saltou da cama, correu até a sala, para achar a maleta jogada no assoalho, abriu-a com tamanho desespero que os papéis em seu interior espalharam-se, desorganizados. Ele os deixou onde caíram, apenas agarrou a obra e voltou ao quarto, para logo deitar-se, aproximar o lampião e buscar a passagem que havia lido à casa de Lilian.

— Aqui está!

E, quando começava a sussurrar a primeira frase, interrompeu a leitura.

"Não! Depois voltarei a esse trecho. Se é para ler o livro, farei a coisa direito. Começarei pela primeira página."

— Vamos ver... Hum! A dedicatória...

O inimaginável se oculta como uma serpente vigilante na escuridão da realidade desconhecida.

— O que isso quer dizer? Parece uma ameaça... — concluiu virando a página. — A introdução! Vamos a ela...

Quero crer que o tédio sentido por todos os mortais é um mal cuja essência contém em si o germe da própria transformação, e, sendo ele dessa forma, converte-se em algo mutável, passageiro, atrelado ao instante, à situação, que ora o tonifica, ora o enfraquece.

O tédio é natural e temporário quando não atado ao âmago daquele que o vivencia. No entanto, quando seu hospedeiro se vê enclausurado na compulsória imortalidade, e dela colhe a perpétua, repetitiva e imposta contemplação dos fatos — que se reprisam ad aeternum *como reflexos que se defrontam —, o enfado, que deveria ser fugidio, entranha-se à essência.*

Imaginar-se detido à inflexibilidade da história humana — que como o planeta gira, mas não se afasta do eixo —, sem estar fadado à transitoriedade, é inconcebível para o intelecto cerceado pela ignorância, e essa é a característica substancial dos seres racionais que perecem, pois o entendimento dos homens é incapaz de atingir esferas mais elevadas.

Se os indivíduos morredouros, onustos pelo desagrado, alardeiam acerca do descontentamento que vivenciam com os infaustos episódios da existência, e de como a desgastante rotina a tudo torna previsível e enfadonho, nada sabem eles de como essas cotidianas ocorrências podem afetar alguém que foi destinado a viver eternamente.

Shakespeare pôs nos lábios de Hamlet — além do veneno — o anúncio de que após a morte o resto é silêncio, mas, quando a morte não existe, aquele que não perece pode assegurar que tudo não passa de tédio.

Esta obra não se refere tão somente aos destemidos atos de um personagem empenhado em uma inimaginável missão secreta, mas às meditações de um ser que do encargo ao qual foi forçado a cumprir coletou o veneno de uma impiedosa monotonia.

Posso afirmar que, além de este livro trazer em suas páginas uma grandiosa aventura, traz desconfortáveis reflexões a respeito da humanidade, oriundas de quem a observa com profunda atenção há muitos e muitos séculos.

Nascido em uma inóspita região impiedosamente ensolarada, não apenas geograficamente distante, mas apartada por um incontável espaço temporal, o protagonista deste romance veio ao mundo em uma época de bárbaros conflitos. A ciência ainda estava em gestação, não havia desabrochado como a conhecemos, e tão excêntricas eram as manifestações da natureza para a mente primitiva que muitos as classificavam como intervenções de deuses.

Naquela era inculta e selvagem, reis inclementes de olhar severo, de palavras arrogantes, de mandos cruéis, digladiavam-se para expandir territórios, consolidar poderio e avolumar riquezas. Sedentos por conquistas, os monarcas acresciam às suas fileiras soldados e escravos, que não tardavam em se tornar parte silenciosa da imensidão desolada do deserto. Assim como eles mesmos se tornariam, a despeito da crença de que eram agraciados pelas benesses de suas idolatradas divindades fantasiosas.

O tempo implacável cuidou de dissolver seus tirânicos reinados, de transformar em escombros as suas magníficas fortalezas e de fazer tombar suas colossais estátuas grotescas. As ancestrais dunas do deserto trataram de engolir seus tesouros roubados, seus sonhos de poder, seus aguerridos exércitos e seus próprios esqueletos.

Eles passaram, assim como suas descendências, mas outros surgiram mais belicosos, mais indiferentes ao sofrimento humano, e ainda mais gananciosos, para experimentar o mesmo fim. Inevitável, temido, merecido.

Gerações e mais gerações sucumbiram ao corrosivo e irrevogável desgaste das eras. Sucessivas civilizações, conquistadas ou conquistadoras, partiram carregadas pelas garras da finitude. Inumeráveis monarquias orgulhosas foram tragadas pelo esquecimento. O que então se mostrava invencível, glorioso, deífico, curvou-se ante o trono da transitoriedade. Como tudo o que respira, ou foi erigido, será algum dia.

Após uma profunda pesquisa histórica de muitos anos que me levou às cadeiras das mais variadas bibliotecas do mundo, depois de explorar ruínas antiquíssimas no Oriente Médio, de percorrer a aridez mesopotâmica, de traduzir pergaminhos, de audaciosas viagens por exóticas regiões do globo, de quilômetros de laudas escritas e de um estafante esforço intelectivo, por fim entrego às mãos e trago aos olhos do devotado leitor do século XIX este romance imortal. E quando utilizo essa palavra não tenho por intenção ornar a assertiva com qualquer laivo de arrogância; desejo tão somente explicitar a incomum condição do personagem, que, tal qual uma sombra, intocável, imperecível e ameaçadora, vaga pelas frases deste trabalho. Nada mais.

O incansável protagonista transita pelas eras como um fantasma ancestral. Andeja por velhas aldeias de terras conflituosas, hospeda-se em imponentes castelos medievais, desbrava labirínticas florestas, percorre dunas infinitas de territórios inóspitos, transpõe ofuscantes montanhas de neve e segue sua jornada obrigatória abaixo do sol, da chuva, por terra, por mar. Envolve-se em guerras, agrega-se a culturas diversas, testemunha cruéis epidemias, incorpora-se a violentas milícias, seduz nobres, cativa magnatas, domina líderes políticos, erige uma fortuna, e, por certo tempo, busca a própria identidade. E de tudo o que vivencia coleta conhecimento.

Oculto entre os indigentes dos guetos, ou inserido nos ambientes sociais abastados, ele cruza o tempo como um solitário andarilho, tendo por regra aprender e adaptar-se, para depois influenciar. Por vezes empreende fugas, sendo ora exitoso, ora aprisionado. Conhece a pobreza, a imponência, a miséria dos campesinos e a vaidade dos senhores. Observa a injustiça dos Estados, a fome das nações, as moléstias que aniquilam os povos, a corrosão que deforma o coração humano.

Depara-se com a feroz natureza dos homens, a cavalo brande sua espada e trava grandiosas batalhas acompanhando tropas invasoras, ou repele ataques ao lado de exércitos defensores. Relaciona-se com personalidades históricas, com grandes navegadores, com reis, com silvícolas de paraísos tropicais; testemunha eventos célebres, envolve-se em episódios que mais tarde seriam registrados nos anais, e por muitas vezes interfere em fatos, manipulando-os para modificar o destino da humanidade.

E com a incessante fluência dos séculos seu poder agiganta-se, seja financeiro, seja na habilidade de ingerência mental. Ele converte-se em um indiscutível especialista na alma humana, infiltra-se onde lhe convém, influencia vontades e comportamentos, dominando todos que o cercam. Porém, a despeito da irrefutável soberania que exerce, nenhuma paz o contempla. Surge então a inquieta necessidade de registrar sua própria história, e, como certo dia fiz, ele estabelece a meta de escrever um livro.

A obra, carregada de minúcias dignas de um magistral observador, repleta de informações sobre os bastidores dos grandes episódios históricos, abarrotada de intensas reflexões existenciais, dentre outras coisas, parecia referir-se à sua relação com a humanidade, suas decepções, seus interesses, suas dúvidas e suas idiossincrasias.

O entendimento da importância de sua condição, e das tantas realidades temporais que vivenciou ao longo dos milênios, o impeliram a não permitir que tudo se tornasse apenas lembranças. Ele precisava escrever, precisava narrar o que tinha visto, e tal obrigação autoimposta converteu-se em algo tão forte quanto seu poder, talvez mais.

Ele, o imortal — de idade incalculável, identidade desconhecida e experiência inatingível —, presenciou a evolução das sociedades, desde a ascensão dos sumérios ao progresso do pensamento científico contemporâneo, instruindo-se, com o perpassar das consecutivas centúrias, acerca da obstinada constância do comportamento dos povos e de suas peculiaridades. Ele viu civilizações principiarem, seu florescimento e sua queda. Viu as árvores mais antigas secarem e morrer, montanhas serem erguidas pela natureza, animais se extinguirem, lendas nascerem, as grandes descobertas e invenções.

Esse ser excepcional, de modos refinados, perspicácia aquilina e esplêndida erudição, transita entre os homens como o vento, como as palavras, como o próprio ar que respiram, sugestionando-os com sutileza ímpar para que se moldem ao extraordinário plano que pretende concretizar. E sobre esse relevante plano não discorrerei, ele vai além da obra a que se propôs escrever o imortal. Que o leitor o descubra nas páginas deste livro, afinal de nada me valeria ter escrito uma obra tão extensa para revelar em uma breve introdução um elemento de tamanha magnitude.

Creio ser desnecessário atestar que este é um trabalho de ficção, voltado para as mentes aprimoradas, para os que não se deixam aturdir com inquietantes narrativas. No entanto, ainda que cônscio do elevado grau de discernimento dos leitores, vejo-me na incumbência de trazer esta observação, pois certamente sei que, pelo fato de a fantasia estar mesclada à realidade, tal estratégia literária poderá confundir a muitos.

Desejo que a imaginação dos que lerem a minha obra não lhes pregue peças!

Sacratus Lucian Fergelus.

— Interessante! Muito interessante! — murmurou.

"Realmente instiga a ler, por mais assustador e enigmático que seja! Tenho que admitir, o senhor Fergelus escreve muito bem."

Jones virou algumas páginas e regressou ao texto que lera tão esmeradamente para a irmã. Ainda trêmulo pelo evento presenciado, tratou de agradecer ao acaso, e às suas pernas, o fato de continuar com vida. Como conseguiria esquecer o que havia presenciado? Quem acreditaria nele? Contaria a alguém?

Aos poucos sua inquietação foi serenando, e seus dedos pararam de tiritar como as patas de uma aranha com frio. A calma, gradativamente, colheu seu espírito assustado e ele retomou a leitura. O que poderia fazer além disso?

Aquelas duas figuras, cobertas por tecidos, mais pareciam dois disformes fantasmas a vagar sobre as geladas areias do deserto noturno. Sendo apenas discretamente iluminadas pela lua, que a tudo testemunhava, passiva e silente.

Já a uma considerável distância da imensa cidade-Estado, os pequenos pontos luminosos das tochas dos vigias sobre os elevados muros pareciam longínquas estrelas exaustas a oscilar seus últimos arquejos. A árida quietude do deserto só era rompida pelo discreto assobio da brisa intermitente e vez por outra pelo roçagar do que parecia ser algum animal rastejante.

Então, caindo sobre a terra fria, esgotada, dolorida, a escrava esperou o seu destino. O homem, em sepulcral silêncio, retirou da cintura um afiado punhal de fio duplo, cujo metal refulgiu tênue sob o lume pálido da lua, tal uma lanterna empunhada pela morte. Aproximou-se vagarosamente, e curvando-se agarrou-lhe os cabelos, acercando a lâmina assassina de sua garganta.

Aqueles eram seus últimos segundos de existência. Ali estava ela, prostrada em algum lugar entre o Tigre e o Eufrates, de madrugada, há quase quatro mil anos, prestes a ser degolada e esquecida pela história.O pavor tomou-lhe as entranhas com tamanha fúria que despertou a criança que ao ventre guardava, e desta uma cólera profunda desabrochou, um ódio poderoso e visceral, que, ao mesclar-se com o próprio instinto de sobrevivência da escrava, transmitiu força suficiente a ela para arrancar a arma da mão de seu senhor, e golpeá-lo com uma animalesca ferocidade.

A lâmina perfurou-lhe o olho esquerdo, entrando em seu crânio até o cabo. O homem deu apenas um grito e caiu. A mulher, alimentada pela maléfica energia da criança, e com os olhos em chamas, jogou-se sobre o fracassado assassino, continuando a apunhalá-lo, dez, vinte, trinta, cem vezes, até que apenas restasse um amontoado de carne disforme e ossos retorcidos. Depois, ergueu-se vitoriosa e contemplou o seu feito macabro.

E num ímpeto bestial atacou-lhe o apetite de todos os escravos do mundo, então ela largou a faca e como um diabólico predador caiu de joelhos ao lado do cadáver completamente mutilado, devorando-o e bebendo de seu sangue.

Quando voltou a si, ao recobrar a consciência e inteirar-se do evento ocorrido, percebeu que o seu ato repugnante fora comandado por aquele que aprisionava no útero.

Sua face, besuntada de sangue, esculpia-lhe uma perturbada e horrenda máscara de selvageria. Sentia nacos de carne entre os dentes, e o gosto da morte na boca.

Percebeu, enfim, o que lhe ocupava o corpo, pois sentira sua força e influência. Ali estava escondida uma estranha criatura. Algo jamais nascido de um ser humano.

E naquele exato momento como se houvesse despertado de um entorpecimento de vinte e cinco anos, um fato de sua infância finalmente fez sentido. Uma lembrança muito distante, que, com o tempo, tornara-se anuviada e semelhante a uma fantasia infantil. Recordou-se ela de um ritual praticado por seu pai, uma enigmática cerimônia envolvendo estranhos cantos, cadáveres e sangue.

As imagens surgidas do abismo de sua memória não eram nítidas, mas lá estavam guardadas, adormecidas no inconsciente, e foram associadas de imediato ao assustador episódio.

Jones estava mudo, absolutamente estarrecido. O livro lhe caiu das mãos como se as houvesse trespassado. Mal conseguia pestanejar. Ele não acreditava no que havia lido. Aquela hedionda narrativa lhe embrulhou o estômago, fez tremer a sua alma. Decerto que passaria a noite sem dormir.

XI

— Jones! No meu escritório! — ordenou Stafford apontando para a negra porta envernizada de maçaneta cinza, na qual, à altura dos olhos, sobre uma placa de um prateado fosco, seu nome estava escrito em letras brancas.

Jones estava exausto, mal havia repousado. A cena daqueles homens sendo mortos jamais sairia de sua memória. Deveria ter chamado a polícia? Certamente não. O que diria? Que uma sombra os matara?

Apresentar-se como testemunha daquele crime animalesco sem dúvida o tornaria de imediato o suspeito número um; ademais, sua vida já estava embebida em problemas suficientes. Sua rotina mudara radicalmente desde que conhecera Fergelus, não encontrava mais paz, e, se antes seus pensamentos pertenciam a Elisabeth, hoje eram propriedades da perturbação.

O que o inquietava não era apenas o conteúdo do livro, ou o crime do qual havia sido espectador, mas a razão de ele mesmo não ter sido morto. Qual o motivo de ser poupado? Era muito estranho pensar que, aparentemente, fora protegido por aquela coisa sinistra. Pelo menos, era o que lhe parecia.

Para Jones era extremamente enigmático que no preciso momento em que corria sério risco de morrer aquilo tivesse aparecido. Do nada. E após promover uma carnificina o deixado ir.

A didática, mas pavorosa história também o impressionara bastante; ele passara toda a madrugada revirando-se entre as cobertas, que, apesar de quentes, quase perfumadas e acolhedoras, não evitaram seus tremores.

A soma do evento, do conteúdo da leitura e de sua fuga facilitada o estava debilitando, ele sentia-se inquieto, nervoso, e mal sabia como seria capaz de concentrar-se para, depois de tudo, ainda ter ânimo de ler ou trabalhar.

— Sente-se, Jones — determinou Stafford balançando a cabeça em direção a uma cadeira.

Jones se sentou.

— Chegou o dia, meu rapaz! Hoje você irá encontrar nosso futuro contratado... Digo futuro, pois ele ainda não assinou o contrato, mas já é certo que o fará. Você irá levar a papelada para ele. E seja sociável! Sei que você anda trabalhando muito, e isso me alegra, mas cuide-se mais. Saia! Divirta-se!

— Irei fazer isso, senhor.

— O encontro, como eu já lhe informei, será bem tarde...

— À meia-noite — completou com visível desânimo.

— Isso mesmo! E amanhã tire o dia de folga. Você tem se dedicado muito ao trabalho.

"Claro, senão perco o emprego", pensou, por pouco não externando em palavras.

— Aqui está — falou entregando-lhe uma pasta. — Você parece cansado.

— Mais do que o senhor imagina.

— Ah! Já ia esquecendo — inteirou Stafford erguendo as sobrancelhas. — Recebi um bilhete do senhor Fergelus, e ele disse que lhe deu o endereço do hotel onde está hospedado...

— Sim, sei onde fica.

— Mas ele mudou de ideia. Disse que agora tem vizinhos barulhentos e que prefere um local onde possam conversar sem serem molestados por falatórios.

— Será na taverna do primeiro encontro? — perguntou, esmorecido, já sabendo a resposta.

— Isso mesmo. Ele disse que a arrumou de forma adequada. Pode ir, Jones. E fique com o contrato depois de ele assinar. Vá direto para casa e durma. Durma a manhã toda, à tarde e à noite — decretou com um sorriso. — Deixarei essa preciosidade em suas mãos. Traga quando estiver descansado, no dia seguinte. Trate de tirar essas olheiras.

— Sim, senhor. — Aquiesceu levantando-se.

Entretanto, antes de sair da sala, Stafford o interpelou, interessado:

— Jones, você tem lido o livro que o senhor Fergelus lhe deu?

— Sim, senhor. É sem dúvida uma estranha história...

— Uma história que vai vender muitos livros! Pode ir — decretou sacudindo as mãos.

Após sair do escritório, a primeira providência que tomou foi chamar o garoto de recados e enviar dois bilhetes, um para Lilian e o outro para Elisabeth, marcando um encontro. Cumpriria aquela incumbência, mas depois aproveitaria a sua folga levando para passear as duas mulheres de sua vida.

Escolheria um bom lugar, um agradável restaurante.

A desconfiança de Jones sobre a implicação de Fergelus naquele massacre era notória, ele não pensava em outra coisa, no entanto sabia que poderia estar fazendo um julgamento tão precipitado quanto infantil. Ele tinha a consciência de que provavelmente estava criando uma associação do fato com os textos lidos, e desconhecia a razão de tal pensamento. Tudo parecia até improvável; não obstante algo chamuscava em seu instinto, como se a sua alma buscasse adverti-lo.

Ele sabia que Fergelus estava em Londres havia pouco tempo, e que um evento como aquele jamais havia acontecido na cidade. Isso pesava em sua suspeita e influenciava seu julgamento, por mais inverossímil que fosse uma ideia tão insana.

Movendo-se entre um e outro encargo, Jones circulava pelo *hall* da editora quando foi abordado pelo senhor Robert Spencer, o funcionário mais antigo, que parecia bem agitado.

— Você viu isso? — inquiriu, exibindo um jornal. — Que coisa medonha! Jamais vi algo dessa natureza acontecer em Londres. Em um local público! Uma rua! Ninguém mais está seguro!

Spencer tremia, realmente assustado. Aquele distinto senhor de cinquenta e dois anos, mas que aparentava ser mais velho uma década, não era conhecido pela coragem ou por opiniões mais contundentes sobre qualquer assunto. Era discreto, e vez por outra causava estranheza ao ser flagrado pensativo, olhando para algum dos contratados da firma.

Apesar de trabalhar com Stafford já havia bastante tempo, ambos não eram amigos íntimos. E Jones, vez por outra, o achava um oportunista em razão de certas condutas.

Ao segurar e erguer ante os olhos o fino papel do *London Gazette*, Jones estancou, assustado. Ali estava a notícia.

Enrugando a testa e arrumando os óculos, ele moveu os lábios em uma leitura silenciosa que mais se assemelhava a uma oração secreta: "Dois corpos brutalmente mutilados foram encontrados hoje de madrugada por policiais que faziam sua costumeira ronda pelos arredores de..." e pulando algumas linhas deparou-se com a perturbadora frase "... apesar dos profundos ferimentos, pouco sangue foi encontrado ao redor dos cadáveres, e absolutamente nenhum em suas veias".

Em silêncio, ele devolveu o jornal e voltou ao trabalho.

XII

Mais uma vez no interior da carruagem negra, Jones seguia de encontro a Fergelus, sentindo-se em um funesto *déjà-vu*. As mesmas ruas, a neblina espessa, o trote dos cavalos, o intermitente saltitar das rodas sobre as saliências do asfalto, as esquinas escuras, o cocheiro — que, apesar de não ter mostrado o rosto, estranhamente evocava o de antes — e a desagradável impressão de estar entregue à própria sorte o remetiam à noite em que conhecera aquela peculiar figura. Um escritor tão incomum quanto os contos que escrevia.

Exausto, ele suspirou, se espreguiçou, recostou-se no assento, massageou a nuca e esfregou os olhos. Aquele era o último lugar em que gostaria de estar, no entanto o compromisso, por mais assustador e oneroso que fosse, o ajudaria profissionalmente, pois acreditava que Stafford o veria com melhores olhos, quiçá a ponto de aumentar o seu salário.

Ele estava seguindo as regras de um bom funcionário, cumpria ordens com dedicação, até extrapolando suas atribuições, e em razão disso sentia estar cultivando seu futuro, preparando o caminho para uma boa condição financeira, ou pelo menos confortável. Assim, poderia finalmente casar-se com Elisabeth.

Seu chapéu estava ao lado, encimando a maleta, que continha o valioso contrato. Vez por outra ele a olhava para certificar-se de que ainda estava ali, demonstrando o zelo que caracterizava sua personalidade. E de quando em quando a arrumava no lugar para que não despencasse no assoalho de madeira da irrequieta carruagem.

Da janela toldada ele passou a contemplar as esfumaçadas figuras noturnas que perambulavam pelas ruas londrinas. Envoltas pelo *fog*, eram borrões, perdidas massas sem face vindas sabe-se lá de onde. Algumas eram pequenas e cambaleantes, outras grandes, elegantes, com cartolas alongadas.

Aqueles vultos fantasmais abraçados pelas espessas brumas negrejadas o remeteram à madrugada anterior, e ele se recordou da mancha escura e viva que havia visto, tão rápida quanto o vento, tão apavorante quanto a morte, e de uma ferocidade predadora inimaginável. Porém, as que ali estavam eram apenas pálidos arremedos, pois em nada a ela se assemelhavam. E lembrou-se também da face descarnada do homem de olhos arrancados, e da quantidade absurda de sangue jorrado da garganta do que empunhava a faca. Recordou-se de correr, correr como um prisioneiro desesperado que consegue fugir da guilhotina.

Ele guardaria aquele nefasto segredo para si ou contaria a Lilian?

De um tranco, a carruagem parou. Dessa vez, seu chapéu não caiu. O silencioso cocheiro golpeou o teto três vezes, avisando da chegada.

Jones agarrou o chapéu e a maleta e saltou. Fechou a porta e pagou ao homem, cuja face não conseguiu distinguir por estar oculta atrás de uma gola alta. Este agradeceu com um leve meneio de cabeça e se foi, estalejando seu açoite no costado das bestas negras que conduziam o coche.

Eram o mesmo lugar, a mesma luz e a mesma calçada, mas em absoluto silêncio. Sem ébrios praguejadores, murmúrios, apitos ou correrias. Nenhum som de carruagens, só o da sua, que se afastava aos poucos.

Com passos cautelosos ele se aproximou da porta da taverna e relutou em girar a maçaneta, tentou enxergar o interior do local através da embaciada janela. Moveu-se para obter um melhor ângulo e apertou os olhos para focar com maior esmero. A luz do poste não ajudava, tampouco a da lua, que naquela noite parecia estar tão cansada quanto ele. E foi em frente, abriu a porta.

As dobradiças gemeram, preguiçosas, com um som fino que lembrava o ranger da escada da senhora Pritchett. E, por associação, veio-lhe à cabeça a imagem de Lilian.

— Senhor Philips, é um prazer revê-lo.

Lá estava ele, e parecia mais alto. Sentado no mesmo lugar, aparentemente vestindo a mesma roupa; tudo era uma insana repetição do primeiro encontro.

— Entre! Está frio aí fora — solicitou já se aproximando com sua característica elegância teatral.

— Senhor Fergelus — cumprimentou com um meneio de cabeça. E, fechando a porta, ergueu a pasta e completou: — Trouxe o seu contrato.

— Esplêndido!

Fergelus parecia mais jovem, e realmente mais alto. Jones atribuiu isso à percepção mais cuidadosa que vem com o segundo encontro.

Ambos se cumprimentaram com um aperto de mãos.

— Por favor, siga-me. O senhor já conhece este lugar. Espero não o ter incomodado com a mudança do local do nosso encontro.

— Não, senhor. Incômodo nenhum.

— O senhor mente bem, senhor Philips — disse com aparente bom humor. — O hotel está lotado; creio ter ouvido algo a respeito de uma convenção. O barulho é desagradável, e os ruídos mais irritantes são oriundos do quarto ao lado do meu. Eu não desejava que fôssemos incomodados, por isso escolhi a taverna. Venha, siga-me, quero mostrar-lhe o porão. Creio que sua decoração já se faz apropriada para noites de trabalho.

Ambos se dirigiram à mesa da qual Fergelus se havia levantado, a mesma de antes, e lá o mesmo castiçal de três velas novamente foi aceso. Pavio por pavio, com a calma de quem tinha todo o tempo do mundo. Fergelus o ergueu um pouco acima da cabeça, e surgiram sombras que lhe deformaram a face.

— Venha, senhor Philips, lhe asseguro que estando ao meu lado não há o que temer. Serei o portador da luz. Por aqui, por favor — disse quase que solenemente enquanto de forma branda gesticulava.

Jones, rapidamente, através do véu da penumbra, pôde observar a taverna. Ela era como todas as outras que ele havia visto, nada de especial. Havia várias mesas, cadeiras e um balcão empoeirado, atrás do qual se erguia um armário repleto de garrafas vazias. Nas paredes sujas ainda se podia ver alguns quadros pendurados, cujas gravuras eram ocultadas pelas trevas. Em outros pontos, apenas formatos quadrangulares mais claros, de quadros retirados, destacavam-se, demonstrando o quanto de poeira havia sido acumulada ao redor. No teto, ao centro, um lustre redondo de madeira, como uma grande roda de carruagem, circundado por apoios para velas, ensaiava querer desabar. O local parecia abandonado havia décadas.

Eles caminharam até o canto de uma das paredes, e lá surgiu uma penumbrosa escadaria que aparentava descer ao inferno. Oculta, ele não a tinha percebido quando ali estivera pela primeira vez. Seus degraus, gastos, poeirentos, rilhavam a cada passo, e davam acesso até o pavimento inferior, que era muito mais abaixo.

Enquanto desciam, sombras bailavam no teto e pelas paredes laterais, que eram muito próximas. As chamas das velas tremulavam e filetes negros de fumaça desprendiam-se, girando em espiral quando se elevavam. Jones contemplava o ambiente com atenção, via o mofo, as manchas, o reboco amarelecido despontar da tinta descascada e as teias de aranha espalhadas pelos cantos; tudo atestava que o lugar não era frequentado havia muitos anos.

A descida era acentuada, não havia corrimão, e ele nem sequer desejou tocar aquelas paredes infectas para apoiar-se. Temeu ser vitimado por uma queda.

"Só me falta cair e quebrar a cabeça", pensou.

— Não se preocupe, senhor Philips, o senhor não cairá — de súbito disse Fergelus, como se adivinhasse seus pensamentos.

Ao final da estreita escadaria, uma velha porta de pintura descascada foi aberta, e mais um rangido soou abafado. No ambiente que surgiu, já havia outros castiçais acesos, e a luminosidade trazida era satisfatória para que o contrato fosse lido. A sala estava limpa e decorada, sem muita pompa, mas era o suficiente para ser usada sem desconforto.

Havia um amplo tapete negro com detalhes em linhas vermelhas, e sobre ele uma pesada mesa envernizada e elegante, na qual estavam quatro castiçais acesos com seis velas em cada, alguns papéis, canetas de pena e frascos de tinta. Duas garrafas de vinho ao lado de um par de taças completavam o quadro.

As paredes eram de tijolos sem qualquer pintura ou trato, e o teto baixo, de madeira escura, cruzado por alguns canos oxidados. Em uma das extremidades do aposento havia uma pilha de caixas com grande quantidade de garrafas vazias, tendo ao lado um robusto armário negro empoeirado, no qual várias outras garrafas de vinho descansavam deitadas em apoios especiais. Um segundo armário, à esquerda, estava repleto de livros e estatuetas aparentemente muito antigas. A fuligem dispersada pela chama das velas criara um negrejado círculo no teto, o que lembrava a Jones um abismo. Vez por outra, nas caixas do canto, se podiam ouvir discretos ruídos, o que comprovava a presença de ratos. Aranhas vagarosas subiam por uma coluna de cimento que ligava o piso ao teto.

Duas confortáveis cadeiras, largas e acolchoadas, de tecido vermelho no assento, no encosto e nos apoios para os braços, postas frente a frente, esperavam por ambos.

Fergelus depositou o castiçal sobre a mesa e estendeu a mão em direção a uma das cadeiras.

— Senhor Philips, por gentileza, queira sentar-se. O local ainda não está de todo hospitaleiro, mas a despeito disso é um ambiente intimista e tranquilo que me auxilia a pensar.

E levando o dedo indicador, tocou a boca, cobriu os lábios vermelhos, pedindo silêncio, e sussurrou:

— Escute... Escute como é ruidosa a quietude. Este é o mundo do pensamento. Aqui, o único barulho que pode incomodar é o do atrito dos dentes do passado. Vamos ver o contrato.

XIII

Em um ambiente bem iluminado como aquele, Jones pôde, enfim, ver a face do homem sem que esta estivesse de alguma forma oculta por sombras, e entender ainda mais que estava diante de alguém enigmático, elegante, refinado, com excelente dicção e invejáveis maneiras. Fergelus movia-se como um felino. Com gestos serenos, quase hipnóticos, deslocava-se tal se descrevesse um comedido balé.

Suas roupas pareciam feitas sob medida. A única parte branca da vestimenta era a camisa, que, coberta por um escuro e bem talhado colete de cetim, destoava da obscuridade das vestes. O tecido do paletó não aparentava ter qualquer ruga, e o negror da calça não expunha sequer um grão de poeira. Cada uma daquelas peças, sem dúvida, surpreenderia o mais meticuloso alfaiate.

Sua pele era branca, talvez além do normal, e os cabelos muito negros, enquanto o nariz parecia ter sido feito à mão por um cuidadoso escultor grego. Seus olhos, quando fixos, desnudavam a alma de forma ameaçadora e evidenciavam segurança, de igual maneira deixavam transparecer resquícios de fastio.

Fergelus pôs a cartola que tinha à mão sobre a mesa e sentou-se. Jones fez o mesmo, para em seguida abrir a maleta e dela retirar os papéis.

— Aqui estão, senhor Fergelus. Espero que consiga enxergar.

Fergelus esboçou um sorriso irônico.

— Minha visão é perfeita, senhor Philips, lhe asseguro. O senhor não tem ideia do que esses olhos já viram.

E após manusear o contrato sem muita atenção, de forma rápida, como se o reservasse para ler depois, colocou-o sobre a mesa.

— Posso lhe servir um pouco de vinho?

— Sim, por favor, mas só um pouco.

Fergelus ofereceu uma das taças a Jones, para logo, com prudência, nela verter a bebida, e depositar a garrafa sobre a mesa.

— O senhor não vai beber comigo?

— Dentro em pouco.

E entrecruzando os dedos pálidos, descansou os pulsos sobre o abdome.

— O que achou do livro? — inquiriu.

Jones rebaixou os cantos da boca e levantou as sobrancelhas em sinal de admiração.

— Extremamente interessante! Jamais li nada igual!

— Fico feliz que tenha sido de seu agrado.

Jones, após tomar um gole de vinho, disse:

— É um tanto assustador; o senhor tem muita imaginação. E os detalhes de cada evento nos transportam para o local.

— É verdade. Quando já se viu muito, a imaginação parece dar lugar apenas à lembrança. Veja, por exemplo, os mais idosos. Estes vivem a falar de seus velhos tempos. Decerto que eles ainda possuem imaginação, todos eles a tem, mas esta — disse contemplando o teto encarvoado, com leve ar melancólico — torna-se mais enfraquecida ante a memória. Os eventos acumulados ocupam muito espaço, e as recordações invadem de tal forma a quase não dar mais lugar a idealizações.

— Lembranças? O senhor esteve pelos lugares que cita na obra, e foi testemunha de algum evento peculiar?

— Senhor Philips... Nem sempre para um escritor que narra sobre a realidade de outras terras é necessário ter andejado por elas, mas decerto que precisei do auxílio das viagens que frequentemente empreendo para que pudesse discorrer com mais propriedade sobre os temas. E quanto aos eventos... Bem, aí está o segredo do autor.

— Senhor Fergelus, estou intrigado. De onde surgiu o personagem?

Fergelus fez pender a cabeça com discrição e esboçou um sorriso quase imperceptível.

— Do abismo do tempo. Da eternidade. O personagem foi moldado pelas eras, mas nasceu com sua própria natureza. Pela realidade brutal da sociedade humana ele foi ensinado a sobreviver, a esconder-se, a dissimular, a manter-se distante dos aglomerados. Posso dizer que ele é quase como uma daquelas aranhas – disse apontando para alguns insetos que subiam por uma das paredes. – Elas se apartam de nossa presença tão somente para sobreviver e atacam quando ameaçadas ou quando necessitam de alimento. São animais fascinantes, mas precisam se conservar ocultos aqui, neste porão frio e escuro, para não serem exterminados. Assim é o protagonista. Ele é como os seres noturnos, alados ou não, tão execrados pelos que não os compreendem. Ele é filho das trevas, do silêncio, da imortalidade.

– Uma palavra chamou-me a atenção. Quem são os Efêmeros, são os seres humanos?

– Sim. Que nascem e morrem. São seres transitórios e limitados tanto no intelecto quanto organicamente. Seu período de existência é muito curto. E recusam-se a aproveitá-lo convenientemente – replicou Fergelus servindo-se do vinho.

– Pelo que percebo, o personagem não é humano. O que ele é?

– Ele é a origem de muitas histórias. De lendas culturais. Por ser imortal, pôde vagar por várias culturas e sociedades através das eras, e delas obter o sustento necessário para continuar a existir.

– Sustento? O senhor refere-se ao sangue dos Efêmeros?

– Vejo que o senhor leu o livro com dedicação – constatou olhando fixamente para Jones, o que lhe causou certa comoção e arrepios –, isso me deixa por demais satisfeito. Beba.

Jones tomou mais um gole de vinho e prosseguiu:

– Continuo em dúvida sobre o que ele é.

– Senhor Philips, se o senhor ainda não chegou a essa parte do livro, não serei eu que irei revelar – observou em tom bem-humorado. – Continue sua leitura que brevemente discutiremos sobre os temas lidos. Não quero roubar-lhe a surpresa de interessantes revelações.

– O senhor tem razão – aquiesceu com uma expressão de serenidade.

Jones preocupava-se com a hora, não queria ser atacado novamente. E, após tomar mais um gole de vinho, depositou a taça sobre a mesa e buscou o relógio no bolso do colete, preso por uma fina corrente prateada.

Com o dispositivo na palma da mão, abriu sua tampa redonda, deixando aparecer a fotografia de Elisabeth.

— Posso ver? — indagou Fergelus estendendo a mão.

— Claro — relutante, mas receoso de cometer alguma grosseria, Jones entregou o relógio, que com interesse foi contemplado por Fergelus.

— Não sabia que era casado, senhor Philips.

— Não sou. É minha noiva.

— Uma mulher muito bonita, sem dúvida. Como se chama?

— Elisabeth.

— Consagrada a Deus.

— Como disse, senhor?

— "Consagrada a Deus", é o significado do nome. Do hebraico Elisheva, a esposa de Aharon, irmão de Moshê. O senhor é um homem religioso, senhor Philips?

— Considero-me um homem que crê, mas não sou um dedicado praticante.

Fergelus devolveu o relógio e tomou um pouco de vinho.

— Vejo que o senhor está preocupado com a hora. Teme ser vítima de alguma violência?

Jones, de imediato, lembrou-se do bizarro evento.

— Devo confessar que sim. A cada dia as ruas estão mais perigosas.

— Mas se o senhor crê, decerto que se sente protegido.

— Sim, é verdade, mas prefiro não me arriscar.

— Essa é uma astuta política de segurança. "Reze, mas não se esqueça de tomar seus remédios" — ironizou. — Muitos se sentem protegidos por deuses, por santos, ou até pelos espíritos de achegados familiares falecidos, mas jamais se deram ao trabalho de levar em consideração a possibilidade de estarem sendo guardados por outra coisa.

Jones estranhou aquela incomum afirmação.

— Como o quê, senhor?

Fergelus, visivelmente desconversando, levantou-se, ao que foi imitado por Jones.

— Senhor Philips, não quero ser o causador de algum atentado contra a sua vida. O senhor tem razão, já está tarde. Creio que deva retirar-se para sua própria segurança.

E virando-se bruscamente, apanhou uma das penas negras sobre a mesa, embebeu sua ponta no pequeno frasco de tinta e, de imediato, assinou o contrato.

— Aqui está.

— Obrigado senhor — agradeceu guardando o documento na maleta —, e aqui está a sua cópia. Fergelus a segurou, pondo-a sobre a mesa.

Apesar de achar a conversa tão interessante quanto incomum, Jones queria ir-se, pois já era uma hora da manhã, e ele estava cansado e receava ser agredido mais uma vez.

— Acompanhe-me, o levarei até a porta.

Fergelus apanhou o candelabro e, seguido por Jones, subiu as íngremes escadas, atravessou a taverna e chegou até a saída.

À porta, apertaram-se as mãos.

— Foi um prazer, senhor Philips. Espero que possamos conversar mais vezes sobre o livro. Suas opiniões me interessam. Continue a ler, achará estimulante.

— Tenho certeza que sim. Foi uma madrugada muito interessante, senhor. Tenha um bom dia.

Fergelus fechou a porta com o candelabro erguido e afastou-se até o fundo da taverna, para regressar ao porão. Seus passos foram acompanhados pelo atento olhar de Jones.

"Será que ele vai passar a madrugada aí?"

E novamente aquela tontura incomum o abateu. Era a segunda vez que encontrava Fergelus, e como na anterior sentiu suas forças sendo sugadas, porém, ao distanciar-se da taverna, experimentou o retorno da energia, ao tempo em que foi acometido por uma bizarra e perigosa ideia. Relutou, mas, vencido pela curiosidade, buscou a proteção da neblina e de um beco para permanecer por mais alguns minutos observando aquele lugar abandonado. Ele desejava saber se Fergelus sairia e, se o fizesse, para onde iria.

Por mais temor que sentisse, a compulsão em bisbilhotar o arrebatou. No entanto, após cerca de meia hora parado, no frio, começou a questionar-se se aquela atitude era digna de alguém que afirmava raciocinar. A porta ainda mantinha-se fechada, e ele, exausto.

"O que estou fazendo aqui?!", recriminou-se. E, quando se preparava para partir, distinguiu um discreto ranger de dobradiças vindo da taverna.

Em estado de alerta, a tensão o dominou, trazendo uma forte descarga de adrenalina ao seu estômago. "É ele! Ele vai sair! Espero que não venha nesta direção."

E, da escuridão do beco, esmerou-se em ver através da espessa bruma que tomava cada centímetro da rua, podendo observar com certa dificuldade Fergelus trancar a porta, pôr a chave no bolso do casaco preto e caminhar.

Jones, a uma razoável distância, o seguiu com extremo cuidado. Era impossível confundi-lo com qualquer inesperado transeunte que ali surgisse, pois Fergelus possuía um meneio corporal característico que se destacava pela elegância. Parecia um rei caminhando por entre súditos. Impassível e invulnerável.

Aquela cansativa e arriscada escolta noturna já durava meia hora quando Jones resolveu desistir. Não havia razão para insistir em tal bobagem, e ele não encontrou qualquer motivo por tê-la iniciado, a não ser uma doentia curiosidade.

Eles já haviam cruzado várias ruas, abreviado o caminho por becos, dobrado esquinas e desviado de carruagens solitárias; agora só lhe restava o cansaço. E mais forte que o temor de ser agredido novamente era a vontade de sentir os afagos dos lençóis de sua cama, a maciez do colchão lhe ocupava os confusos pensamentos. Eram quase duas horas da manhã, e mesmo tendo o dia de folga, precisava dormir.

"Que estranha hora e lugar para fazer um passeio! Ele não teme essas ruas?"

E mal havia concluído o questionamento quando inesperadamente, saído da neblina, surgiu um vulto que parecia ser o de uma mulher.

Jones parou de imediato e esgueirou-se pelo nevoeiro na intenção de não ser percebido. Passou a observar com muita atenção. Realmente era uma mulher, a inquestionável silhueta de um vestido lhe fez ter a certeza de que sua percepção não se havia enganado.

A mulher, sem temer e sem demora, se aproximou do autor como um felino que se achega à presa, lentamente, segura de seu objetivo, e ambos estabeleceram uma inaudível conversação que se estendeu por alguns segundos. Contidos risos femininos logo despontaram, e os dois, juntos, de braços dados, trataram de sair daquela rua, para, ao que tudo indicava, seguir em uma direção proposta por ela.

Era uma moça, uma jovem, que, decerto com o objetivo de criar uma imagem elegante, carregava um caro guarda-chuva aparentemente de origem francesa. Talvez presente por algum cliente.

Entendendo o que ali se passava, ele deixou o estranho escritor aproveitar o seu resto de madrugada nos braços daquela notívaga trabalhadora das ruas.

Jones ainda vagou por algum tempo, até ouvir o som das rodas de uma providencial carruagem surgida como por encanto, e tratou de apanhá-la.

XIV

Jones despertou com mansidão e encarou o mundo, mas logo foi colhido pelas algias da realidade e do corpo. A tensão que lhe apertava a nuca mais parecia a do nó da corda de uma forca. Seus ombros e costas exibiam o desconforto de quem havia cochilado sobre uma alfombra de pedregulhos.

Já muitos dias antes ele necessitava de uma boa noite de sono, e aquela breve folga, que deveria ser providencial, mostrara-se fracassada. Ele havia chegado à sua casa pouco depois das três da manhã para mergulhar na cama, e sem demora entregar-se à sedução da sonolência, no entanto a inquietude provocada pelo arroubo detetivesco da madrugada não lhe havia trazido agradáveis resultados.

Se Stafford o incumbira de uma missão, esta havia sido cumprida; o contrato estava devidamente assinado e agora ele precisava descansar. Definitivamente não estava acostumado a esse tipo de vida.

Apesar da prostração, o discreto e revigorante ânimo que ainda sentia era devido ao fato de mais tarde ir encontrar-se com Elisabeth e Lilian para se entregar à paz, à tentativa de esquecer um pouco seus turbulentos dias recentes.

Jones se espreguiçou, sendo impossível sair da cama. O relógio relatava que não era tão cedo, os ponteiros anunciavam dez horas da manhã, mas seu corpo ainda suplicava por repouso.

"Vou ficar bem aqui! Eu mereço!", pensou, resoluto em não arredar qualquer esfalfado membro daquela cama de maciez sedutora, e ainda aos suspiros divagou: "Mais tarde será maravilhoso. Boa comida, boa companhia, um pouco de diversão, música e relaxamento...".

Porém, ao voltear a cabeça, aquela expressão de júbilo evaporou tão rápido quanto uma gota de chá sobre as areias do deserto, pois de súbito constatou a presença do livro de Fergelus descansando na cômoda.

Por alguns instantes ficaram a se olhar, Jones e a maldita obra de capa preta. Ele relutou em tocá-la, mas foi vencido pela curiosidade. Com um suspiro deixou-se levar por algo inexplicável e agarrou o livro.

Logo abriu na página em que havia posto um papel qualquer como marcador, encaixou os óculos na máscara de exaustão que lhe ornava a fronte e começou a leitura.

As imagens surgidas do abismo de sua memória não eram nítidas, mas lá estavam guardadas, adormecidas no inconsciente, e foram associadas de imediato ao assustador episódio.

Ela estava só e jamais poderia voltar à cidade, decerto que seria sentenciada à morte pelo assassinato de seu proprietário. Restava-lhe tão só vagar pelo deserto. E açoitada pelo frio noturno ela caminhou.

A mulher tremia, tinha sede e fome, sentia-se à beira da inexistência, abandonada, entregue ao acaso que fatalmente despontaria sob a forma de uma cobra venenosa ou alguma agressiva tribo.

E, enquanto caminhava sem destino, arrastando os pés cansados sobre geladas e amoladas pedras, aquela escrava recordava sua infância, o incomum ritual feito pelo seu pai, passando a estabelecer uma associação entre ele e um medonho fato ocorrido.

Havia alguns meses, em uma caravana de escravos que cruzava o deserto em direção à Suméria, ela encontrava-se aprisionada. Havia centenas de homens e mulheres, que em fila seguiam de forma indolente sob os açoites de um sol agressivo. Cobertos por andrajos, pareciam integrar um séquito fúnebre e adoecido de almas em pena. O árduo caminho já engolira algumas vidas, deixando corpos espalhados, que em breve seriam devorados pelas cálidas e esfomeadas areias do deserto.

Resignada ao seu infausto porvir, ela se entregara ao acaso; nada podia fazer a não ser aquiescer à realidade e lutar para manter-se viva.

E fora ao início do anoitecer, quando regressava o sol ao seu berço do horizonte, e a lua despertava empalidecida, trazendo rasgões enrubescidos ao céu como o sangue dos açoites nas costas de um escravo, que acontecera um ataque.

Uma tribo aguerrida e bem armada, como um insano enxame de abelhas, investira contra a caravana, que havia detido o passo na intenção de descansar. A agressão fora inesperada, certeira e violenta. O pânico fora tremendo.

Muitos soldados sumérios foram abatidos, outros se evadiram buscando sobreviver. O embate fora de uma brutalidade inimaginável, nunca se vira tanto sangue sobre os montes sinuosos daquele deserto. A escrava, em absoluto desespero, correra para proteger-se e, buscando a proteção de uma duna mais elevada, ali ficara, em silêncio, ouvindo os gritos dos que estavam sendo mortos. Após algum tempo, sentindo-se segura e exausta, adormecera por horas.

Ao despertar com o abrasante beijo do sol, se erguera, e cambaleando regressara para testemunhar a horrenda cena da carnificina finalizada. O sangue sobre os corpos reluzia, brilhava como vinho encorpado, e de alguns pescoços ainda se podia ver esguichos aos poucos se enfraquecer.

Sua visão estava embaciada não apenas pelo tórrido suor, ou pela extrema comoção, mas pela integral estafa, ela se sentia intoxicada pela exaustão e desespero. Mal conseguia manter-se de pé, e achara que ali fosse morrer. Ela tombara de joelhos; os pulsos lhe doíam, pois ainda estavam amarrados com uma tira de couro.

Então, vindo de algum lugar, ela percebera um homem aproximando-se com uma espada na mão, e desejara que ele fosse sumério, pois preferia continuar em sua condição de escrava a morrer. Porém, não era.

Ela seria assassinada.

Já ao seu lado, o homem a chutara com vigor, e ela caíra sobre a escaldante areia, ali permanecendo imóvel e entregue ao medonho destino que se avizinhava. Com violência, ele bradara algumas palavras em um idioma por ela desconhecido, e de imediato erguera sua espada para desferir o golpe fatal.

Naquele momento, com a lâmina reluzente empunhada como uma bandeira, a cabeça do guerreiro explodira, desaparecera ante os olhos atônitos e turvos da escrava.

Por estar profundamente esvaída em cansaço, ela atribuíra o evento a um sonho. A incandescente luz solar, que lhe cobria o rosto e a tudo ofuscava, também aturdira a sua visão já deveras abatida, e a realidade passara a assemelhar-se a um intoxicante pesadelo. Ela sentia-se envenenada, em um estado tão visceral de torpor que nada mais podia distinguir, e passara a divagar como um moribundo. Subitamente uma silhueta parecida à de um homem surgira, e sua estatura era gigantesca. A ele, ela atribuíra a morte do guerreiro tribal.

Fora-lhe impossível distinguir a face de seu salvador, tampouco discernir qualquer detalhe que o pudesse identificar. Ela sabia que ele não era sumério, e que tampouco pertencia à tribo que havia emboscado a caravana. Ele não era um escravo. E tinha fogo nos olhos.

Ali, abaixo do sol candente, sobre a duna consistente e tórrida, aquele homem a tomara para si. Deitara-se sobre ela e a possuíra. Ela desmaiara.

Horas depois, uma numerosa tropa de sumérios bem armados chegara, e os escravos e os soldados feridos foram levados à cidade.

Jones, reflexivo e assombrado, por fim cessou a leitura, deitou o livro sobre o peito e olhou para o teto, imaginando toda aquela cena. "Mas que aventura impressionante! Que mulher corajosa! E como sofreu!"

A história se tornara ainda mais arrebatadora, mas havia o que fazer. Por mais que o enredo o tomasse extraordinariamente, decerto que ele não poderia se conservar sobre o leito por todo o dia. Iria divertir-se um pouco ao lado de Lilian e Elisabeth.

Ele precisava se levantar, necessitava se erguer do macio colchão tal a escrava do mesopotâmico tapete arenoso, e sair daquela cama para se banhar e buscar a todo custo esmerar-se em conseguir melhor aparência.

XV

— Veja só essas olheiras! — espantava-se Lilian balançando a cabeça e enrugando os cantos da boca.

— Como posso ver minhas próprias olheiras? — ironizava Jones.

— Jô, acho que você não conhece um objeto chamado espelho...

Enquanto a amorosa e divertida ironia dos dois irmãos floreava o tão esperado encontro, Elisabeth ria com a mão sobre os lábios. O relacionamento de ambos sempre a divertiu. Ela os conhecia havia dois anos e em nenhum momento fora testemunha de qualquer desentendimento entre eles.

— Decerto que conheço esse aprisionador de almas — respondeu.

— Tenho certeza que sim, e deve ter ficado muito tempo em frente a ele, por isso se atrasou para o encontro que você mesmo marcou.

— Parem! — suplicava Elisabeth em meio a risos. — Eu já estou com a barriga dolorida de tanto rir.

O sorriso iluminado de Elisabeth hipnotizava Jones. Quando ela ria, os olhos profundamente azuis se apertavam, ela ruborizava e exibia os dentes pequenos, alvos, emoldurados por lábios macios. Vez por outra lhe caía na venusta face pálida uma mecha dos áureos cabelos angelicais como se um dos raios do sol o afagasse, e com a mão de frágeis dedos finos ela depositava a madeixa rebelde atrás da pequena orelha.

Sua inteligência era como a de Lilian, acesa, crítica, instigante, desafiadora, e essas qualidades além de as aproximarem haviam cativado o coração do jovem.

O restaurante não estava repleto. Ao fundo, senhores de semblantes graves pareciam segredar sobre temas importantes; um deles deliciava-se com um cachimbo.

Alguns cavalheiros encurvados sobre o balcão conversavam enquanto bebiam cervejas cujas espumas lhes embranqueciam os vastos bigodes. Outros, sentados com suas famílias, brincavam com os filhos. Os garçons circulavam levando pratos esfumaçados e aromáticos. Elegantes senhoras bebiam chá e riam discretamente, como se a fazer inconvenientes comentários acerca da vida de alguém. Era um ambiente aconchegante e familiar, de barulho moderado, pois a quantidade de pessoas que ali estava permitia que as conversas fluíssem sem que fosse necessário elevar o tom.

Aparentemente a copada neblina fora o motivo para que muita gente se mantivesse em casa. O dia estava bastante escurecido e frio, os raios solares dispersavam-se pelo denso nevoeiro, e ao esvaecerem traziam o enfraquecido esplendor que adornava a cidade com uma coloração cinzenta. Um relógio havia badalado três horas da tarde, mas parecia noite.

Jones, com a mão sobre a de Elisabeth, animado conversava com Lilian:

– Precisamos sair com mais frequência. Sinto falta de poder sentar e conversar com vocês, sem pressa, sem preocupação ou qualquer obrigação pendente. O trabalho está me tomando muito tempo. Gosto da editora, mas tenho uma vida.

– Sem dúvida, Jô, e vocês – disse Lilian meneando a cabeça em direção a ambos – têm que passar mais tempo juntos. O trabalho é importante, mas não podemos ser escravos dele, principalmente quando lidamos com um autor excêntrico que exige encontros à meia-noite.

– Como disse? – indagou Elisabeth com vivo interesse.

– Me referi a um novo autor que assinou contrato com a editora – explicou. – O tal do Sagrado.

– Sagrado? – repetiu Elisabeth, rebaixando as sobrancelhas.

– É o nome dele, ou pseudônimo. Não sei.

– Você tem razão, Lilian – admitiu Jones cortando um pedaço do bolo que estava sobre a mesa –, mas por enquanto tenho que aceitar certas incumbências exóticas, afinal estou nesse emprego há pouco tempo e não posso me dar ao luxo de recusar tarefas.

– Eu entendo, Jô, mas andar pela cidade de madrugada não me parece algo inteligente.

Nesse momento, Jones lembrou-se do estranho massacre que testemunhara, e Lilian, como se adivinhando, tocou no assunto:

— Você viu a notícia recente publicada no jornal? Dois homens foram encontrados mortos, mutilados, e sem sangue no corpo. Isso não é assombrosamente estranho?

— Que horrível! — Chocou-se Elisabeth. — Eu não li nada sobre isso, mas essa particularidade do sangue lembrou-me a notícia da moça do guarda-chuva, você leu?

— Que moça? — interrogou Jones, quase saltando da cadeira.

— Não, não li sobre isso. Do que se trata? — inquiriu Lilian, curiosa.

— Vi essa notícia logo pela manhã. Uma desagradável forma de começar o dia — lamentou-se Elisabeth balançando a cabeça com brandura em claro sinal de desânimo, e continuou: — Uma moça, jovem, como muitas que trabalham pelas ruas à noite, buscando clientes para ter o que comer.

— O que houve? Você falou em guarda-chuva... — insistiu Jones, assustado.

— Sim, essa moça também foi encontrada sem sangue nas veias! Como isso é possível? Li que ela estava com a jugular cortada, e ao lado do corpo a polícia achou um guarda-chuva francês. Os repórteres adoram esses detalhes misteriosos.

Jones empalideceu e fechou os olhos. Lilian, ao perceber essa desconcertante reação, tornou-se séria.

— Jô. Você está bem?

— Sim... Sim, foi só uma ligeira tontura. Devo estar trabalhando demais.

— Você ficou pálido de repente...

— Nada que uma boa refeição e descanso não resolvam — adiantou-se Jones antes que Lilian terminasse a frase. — Ando muito noturno ultimamente, e isso me desgasta.

— Acho que o velho Stafford está o explorando — disparou Elisabeth com seriedade.

— O senhor Stafford é uma boa pessoa. Ele não faria tal coisa, afinal, me deu folga hoje.

— Era o mínimo depois de ter pedido para você arriscar a vida — rebateu Lilian.

— Ora, não exagere! É trabalho. O contrato é importante, e o senhor Fergelus é um escritor muito interessante.

Elisabeth tornou-se circunspecta repentinamente, como se, por fim, chegasse a uma conclusão após muito pensar, mas tratava-se tão só de uma recordação, que parecia a ter atingido como uma pedra.

– Que estranho... – disse trazendo uma das mãos ao queixo.

– O que, Elisabeth?

– Esse nome é familiar. É esse o tal Sagrado a que você se referiu? – perguntou, dirigindo-se a Lilian.

– Sim! O primeiro nome dele é Sacratus.

Elisabeth abriu levemente a boca e arqueou as sobrancelhas.

– Sim! Sim, eu sei quem é, agora me lembro! – E voltando-se para Lilian disse: – Você se recorda de uma amiga que hospedei em minha casa por uma semana? Acho que há pouco mais de um ano...

– Uma francesa? Marguerite? Sim, me lembro, claro. A que adorava vinho e vivia com sono...

– Sim, essa! Ela me falou sobre um livro que estava fazendo sucesso na França. Era esse o autor. Sacratus, alguma coisa, Fergelus.

– Lucian – completou Jones.

– Exatamente! Sacratus Lucian Fergelus! – disse Elisabeth, que congelou por um momento, esboçando uma expressão de profundo espanto. Ela passou a falar com a cadência de quem busca na memória uma esfumaçada informação, e prosseguiu: – Agora que falamos nisso... lembrei de outra coisa que... Marguerite me disse... Ela estava assustada, pois em sua cidade ocorreram alguns casos estranhos...

– Casos estranhos? O que você quer dizer com isso? – perguntou Jones.

– Sim, bem estranhos! Eu não havia pensado nisso até ouvir o nome desse autor. É curioso como o cérebro funciona, associei o nome dele ao que Marguerite me relatou, pois foram assuntos que se seguiram. Agora me recordo! Ela me disse que encontraram pessoas assassinadas em sua cidade, e sem sangue no corpo, exatamente como ocorreu aqui! E isso há mais de um ano. Muito estranho! Ao ler o jornal, nem pensei nisso...

– Ora, mas essa história está se tornando um mistério digno de um conto de horror! – brincou Lilian.

Jones já começara a fazer um desagradável vínculo de informações que o punham de pelos eriçados. As coincidências eram aterradoras.

"Será que o senhor Fergelus... Não! Não é possível, ele é um escritor. Exótico, assustador, é verdade, mas só um escritor com muita imaginação". Em seguida, congelou, "Eu mostrei a foto de Elisabeth a ele!".

Após uma magnífica refeição e conversas animadas, nas quais os tempos de infância foram não só profundamente relembrados, mas, dentre gargalhadas, bem detalhados, Jones olhou para o relógio; eram dezenove horas em ponto, ele precisava partir. No dia seguinte, finalmente, poria nas mãos de Stafford o tão desejado contrato, talvez até pudesse falar em um aumento de salário e não precisasse mais encontrar-se com aquele escritor tão incomum. Sua tarefa estaria cumprida.

— O que acham de irmos agora?

Ambas oscilaram as cabeças em concordância.

— Comi muito! — disse Elisabeth rindo aos suspiros enquanto alisava a própria barriga. — Tentarei caminhar até a porta.

— Jô, você precisa de algum...

— Não! Desta vez tudo é por minha conta. — Balançou as mãos.

Jones levantou-se, caminhou até o balcão, retirou a carteira do bolso e pagou pelo jantar. Quando regressava para a mesa, acidentalmente seu olhar transitou pela vitrine do restaurante e algo lhe chamou a atenção. Um homem alto deslocava-se pela calçada, para sumir de imediato de seu campo de visão.

— Fergelus! — murmurou.

Ele correu até a vidraça e com os olhos arregalados tentou achar aquela pessoa por entre a espessa bruma, mas o estranho já havia desaparecido.

Jones fez um ligeiro sinal com a mão, chamou as moças, que se levantaram.

— Vou buscar uma carruagem. Iremos os três, deixarei cada uma em sua casa.

Ao saírem do restaurante, uma carruagem negra aproximou-se vagarosamente, como se adivinhasse que seria chamada.

XVI

Com a cabeça no travesseiro, Jones contemplava o teto do quarto. Seu olhar fito nas pequenas manchas e discretas rachaduras venosas parecia rastrear em um mapa a melhor saída de uma região turbulenta. Nunca em toda a sua vida observara um único lugar com tamanha atenção, introspecção e frequência.

Decerto que ter escoltado as moças, cada uma, até suas respectivas residências, servira para abrandar um pouco o seu desassossego, mas agora ele achava que ambas seriam preocupações constantes.

"Será que era ele? O que estaria fazendo ali, em frente ao restaurante? Não, não era ele! Estou sendo exagerado!"

E, perdido pela inquietante neblina das assustadoras divagações, mais uma vez ouviu o chamado do livro.

Quando estava só, meditativo, em sua cama, essa compulsão se mostrava robusta. Era uma curiosidade que Jones sentia ser incomum, e que o arrebatava de maneira irresistível. Ele não sabia se aquela compulsão era proveniente do fascínio pelo enredo ou se estava envolvido por alguma macabra feitiçaria.

Tomou-o, então, uma forte vontade de inteirar-se acerca do desfecho da história que havia iniciado, e entre suspiros de desânimo percebeu estar enredado na teia daquela impressionante novela.

Tornara-se um vício ler alguma passagem antes de dormir. Sua mórbida curiosidade aflorara, estabelecendo o que já lhe parecia ser uma desgastante rotina noturna.

Jones pegou o livro, aproximou o lampião, pôs os óculos e o abriu, continuando a história:

Horas depois, uma numerosa tropa de sumérios bem armados chegou, e os escravos e os soldados feridos foram levados à cidade.

Todas aquelas lembranças afloraram durante seu solitário e estafante percurso. Quem seria aquele homem de incomum compleição que aparentava emanar chamas dos olhos? Qual a razão para ele simplesmente não lhe ter tirado a vida? Por que apenas a tomara como mulher, para logo desaparecer, como se ali estivesse especificamente para aquela finalidade? E o que acontecera com a cabeça do outro homem? Como fora possível que seu crânio se desfizesse daquela maneira?

A escrava pensava e pensava. As imagens, pouco a pouco, ao longo do laborioso trajeto, se iam tornando nítidas como se as copas intricadas da fumaça do tempo se dispersassem e os fatos do pretérito emergissem com limpidez. Até que ela chegou à conclusão de que nada do que acontecera meses antes havia sido um sonho provocado pelo calor do deserto, ou, havia anos, pela imaginação infantil.

Ela sentiu com assustadora clareza, mas sem saber ao certo a razão desse entendimento, que havia uma conexão entre o ritual, o homem com os olhos de fogo e o ser que estava em seu ventre.

As luzes da cidade havia muito tinham desaparecido, engolidas pela distância, pelo capuz da noite e pelas dunas. Ela andou por horas, sobrando-lhe apenas o silêncio, o vento gelado do deserto e a lua que pousava sobre as pedras seu véu diáfano, a iluminar o impassível mundo penumbroso de infinda areia.

No horizonte, os primeiros raios de um sol desanimado já começavam a despontar, ornando aos poucos o céu mesopotâmico com feixes açoitados de abrasado rubor. Depois de vagar por quilômetros, ela tombou sobre a areia, sem forças, sem esperanças, sem fôlego, e aguardando a morte adormeceu, exausta.

Quando a escrava abriu os olhos percebeu que estava no interior de uma rudimentar edificação, cujas frestas lhe informavam que era dia claro. Limpa, banhada e com tecidos novos sobre o estafado corpo, não havia nenhuma mancha de sangue em suas novas roupas, tampouco arranhão que não tivesse sido devidamente cuidado.

Curiosa, ela esfregou os olhos embaciados pela estafa e examinou o local, mas sem ousar sair do leito rústico em que se prostrava, feito de trapos e peles de animais sobre uma larga prancha de rocha polida.

As paredes daquela construção eram feitas de barro endurecido e pedras encaixadas; havia fendas, aparentemente para que o ar circulasse, e do teto quadrado e baixo desciam ossos humanos amarrados entre si. Ela identificou, também, alguns esqueletos de cobra que pendiam do alto. Viu, a um canto do cômodo, alguns crânios empilhados, e isso lhe provocou temor.

O sonoro e saibroso bafejo do velho deserto trazia uma brisa quente que fazia aqueles sombrios penduricalhos balançarem, e o leve choque dos sinistros artefatos espalhava um ruído oco, bizarro e penetrante pelo ambiente.

Havia jarras de barro sobre uma pequena estrutura de pedras sobrepostas, e de imediato lhe veio o pensamento de que aqueles recipientes poderiam conter água.

Gemendo ela saltou da grosseira cama, e descreveu penosos movimentos, que eram limitados pelas algias; buscou os vasos, que de fato estavam cheios do líquido tão desejado. De todos bebeu até a última gota, para logo tombar no piso arenoso, e ali desmaiar.

Só tempos depois novamente veio a si, vendo-se posta sobre o leito, mas dessa vez não estava sozinha, havia uma velha ao seu lado. Uma idosa que aparentava ser uma sacerdotisa, pois lhe ornava a face uma pintura cerimonial, uma tinta vermelha que se espalhava semelhante a sangue, em grossos traços feitos com as pontas dos dedos. A velha deu-lhe água de um recipiente que tinha nas mãos enrugadas.

Em seus pulsos abundavam estranhos braceletes com símbolos desconhecidos, e ao redor do pescoço um peculiar colar balançava, exibindo ao pingente o símbolo circular de uma cobra a morder o próprio rabo.

Jones buscou a primeira página do livro, e lá estava o ouroboros, o emblema do ciclo da evolução voltada para si mesmo, o distintivo que guarda a ideia de movimento, de continuidade. O símbolo de Fergelus.

E, fixando os óculos com mais esmero, regressou à página, continuou a leitura:

A sacerdotisa pôs uma das mãos sobre o ventre da escrava ao mesmo tempo que lhe surgiu à fronte sulcada pela idade e pelos rigores do sol um discreto sorriso enigmático. E sua voz finalmente pôde ser ouvida, mas não só pela padecida grávida, também por aquele que ela guardava no útero.

A sacerdotisa falou:

— Ele virá. Em breve, ele virá. Ele que terá início, mas jamais terá fim, surgirá como filho do deserto e senhor do tempo. Ele será a própria história. Vagará pela humanidade como soberano das eras e mestre da noite. Ele que nascerá sem nome, será chamado de Sagrado. Gerado sob a luz, mas adotado pela escuridão, o ser infinito se aproxima, para a desgraça dos homens.

Jones leu o trecho uma segunda vez e fechou o livro. Estava petrificado, entorpecido por um monstruoso e visceral pavor.

XVII

Sorridente e não cabendo em si de tanta satisfação, Stafford tomou às mãos o contrato entregue por Jones.

– Magnífico! Agora seremos a primeira editora da Inglaterra a publicar uma obra do senhor Fergelus. Magnífico! – Animou-se, folheando o documento.

Jones não se sentia orgulhoso por aquela conquista. Em nada a notícia o fazia sentir-se como um funcionário exemplar que havia perpetrado um grande feito. Ele estava desanimado, abatido, preocupado com a perspectiva da presença do tão inquietante escritor tornar-se constante.

O comentário de Elisabeth sobre as mortes que ocorreram na França não saía dos seus pensamentos, tampouco o caso da moça do guarda-chuva, muito menos o crime que presenciara. Este, sem dúvida, o acompanharia para o resto da vida. Imagens passeavam pela tela de suas suspeitas, e ele fantasiava, criava conexões absurdas, construía teorias inacreditáveis, expondo para si mesmo, para o seu próprio senso crítico, a profundidade do abismo para o qual sua mente fértil o estava carregando.

"Parece uma grande estupidez de minha parte achar que há qualquer ligação entre o senhor Fergelus e esses crimes. E o que ele teria a ver com a sombra esquisita que matou aqueles homens? Não sei! Mas... há algo... alguma coisa que não está me dando paz. Há um incômodo que precisa ser resolvido!", refletia enquanto contemplava o rosto entusiasmado de Stafford.

E surgiu-lhe uma ideia:

– Senhor Stafford – iniciou. – O senhor tem o relatório das vendas referentes à obra do senhor Fergelus em outros países?

— Sim, estão todos aqui — respondeu estendendo a mão em direção a uma gaveta. — Solicitei uma investigação detalhada, afinal, uma pesquisa de mercado é fundamental para saber se realmente a obra é vendável.

— Poderia me ceder? Também quero estar ciente dessas informações.

Na verdade, Jones queria traçar um roteiro que mostrasse os locais onde Fergelus esteve antes de chegar a Londres, e a partir daí pesquisar em algum lugar, talvez nos arquivos de jornais locais, sobre crimes peculiares cometidos nessas localidades. Era uma ideia que demonstrava, sem dúvida, o seu estado de obsessão.

— Ah! É bom saber que você está interessado nisso! Muito bem, Jones! — elogiou Stafford, mostrando-se animado com a aparente dedicação do funcionário.

— Obrigado, senhor. Eu gostaria de pedir-lhe outra coisa. Creio que não será de seu agrado, mas é necessário, pois se trata de um problema de saúde.

Stafford, de imediato, modificou a expressão da face corada, fazendo balançar além do normal o seu bigode branco. E com visível preocupação, inquiriu o rapaz:

— Qual o problema, Jones? Você está doente?

— Creio que sim, senhor. Quero lhe pedir para sair mais cedo. Pretendo ir ao médico. Não tenho andado lá muito bem esses dias. O senhor deve ter percebido.

— Eu e todos os funcionários! Bem... — disse alisando o bigode — venho notando a sua profunda diligência nos assuntos da editora. Por duas vezes trabalhou de madrugada... Isso está sendo muito bem observado, Jones. E não só por mim. Em pouco tempo você se tornou um dos melhores funcionários, atrevo-me a dizer que talvez o melhor... Não conte isso a ninguém!

— Não contarei, senhor. Não podemos fomentar a discórdia.

— Viu? É exatamente disso que estou falando! — Alegrou-se, apontando para Jones e se mostrando bastante encorajado diante da frase que acabara de ouvir. — Você faz o seu trabalho e não conta vantagem. Não sai por aí alardeando alguma grande obra feita... Como esta — disse levantando as páginas do contrato que ainda tinha em mãos, como se fosse um tesouro impossível de ser largado. — Você se dirige a mim e só a mim, é assim que deve ser! Pois bem, Jones, saia mais cedo e cuide-se. Tenho planos para você...

E após proferir aquela frase Stafford parou como se repensasse a decisão tomada. Jones se preocupou, enquanto o homem continuava:

— Não, espere, farei melhor. Vá ao médico. Que você tenha uma semana de folga! Que tal isso? — Balançou-se esboçando uma simpática jovialidade.

— Não sei o que dizer, senhor Stafford! Muito obrigado! Descansarei o quanto for possível, e irei ao médico para regressar pleno de energia.

— Faça isso, Jones! Faça isso!

E, abrindo uma das gavetas do amplo armário atrás de sua confortável cadeira, Stafford retirou a pesquisa solicitada, para logo passá-la às mãos do jovem e trêmulo funcionário.

— Cuide bem disso, Jones — exigiu com seriedade, voltando a folhear o contrato, tal qual uma criança que ganha o brinquedo desejado e não consegue mantê-lo longe dos olhos. E subitamente seu semblante tornou-se grave, ele parecia ter encontrado algo que merecesse mais atenção.

Ao notar aquela reação, Jones temeu que houvesse cometido algum erro.

— Está tudo em ordem, senhor Stafford?

— Sim, claro! Claro! Só achei peculiar a tonalidade da tinta da assinatura do senhor Fergelus. Parece sangue.

Com os papéis já em sua maleta, Jones agora só teria que empreender uma profunda pesquisa para, finalmente, solidificar a certeza que deveras já possuía.

Não lhe agradava mentir para seu simpático patrão. Jones o respeitava, e depois daquelas declarações mais ainda. As palavras de Stafford fizeram com que ele se sentisse mal em ter faltado com a verdade, no entanto, se discorresse acerca dos reais motivos que o levaram a fazer tal pedido, sem dúvida que seria vítima de um desagradável sermão. Expor suas suspeitas a Stafford seria um suicídio profissional.

Chegando às pressas à saída da editora, Jones prontamente retirou seu casaco e chapéu dos ganchos de apoio ao lado da porta, vestiu-se para enfrentar o frio e retirou-se. Ele já havia ganhado a rua quando ouviu a porta abrir-se novamente às suas costas e virou-se, curioso. Era um dos funcionários.

— Jones! — Surgiu o homem esbaforido. — Aonde vai com tanta pressa? Não me ouviu chamar?

— Não, não ouvi, peço desculpas...

— Tudo bem. Isso é para você. — Entregou um pequeno envelope. — Um mensageiro trouxe...

— Ah! Obrigado! — agradeceu com um sorriso, para logo enfiar o bilhete no bolso. E, despedindo-se, se meteu pelas brumas.

A algumas quadras dali havia uma pequena taverna irlandesa chamada Captain Murphy, lugar onde vez por outra os funcionários da editora Stafford se encontravam para beber cerveja e conversar. O local em nada se assemelhava ao adquirido por Fergelus, pois era bem frequentado. Ouvia-se música, servia-se boa bebida e ainda possuía um excelente aquecimento.

Jones precisava de luz para ler aqueles papéis, e uma boa fonte luminosa era um artigo de luxo que as ruas londrinas definitivamente não ofereciam. A neblina a tudo tomava, a tudo invadia sem reservas, como um grotesco, disforme e imenso animal que se espraia, imprudente, sobre um leito gelado de esquinas enlameadas.

Ele planejava sentar-se à mesa mais afastada, ao fundo, pois queria total privacidade para fazer anotações. Deixaria tudo organizado para quando estivesse de posse das informações que tanto desejava. Registraria os locais onde Fergelus estivera, e as datas. Depois, procuraria arquivos em redações de jornais. Faria a comparação dos períodos em que ocorreram os crimes. Se Fergelus estivesse em cada cidade durante os eventos, poderia ser uma infausta coincidência, mas serviria para fortalecer as suas suspeitas.

E, se assim o fosse, o que ele faria? Avisaria a polícia? Quem iria acreditar naquela história se nem ele estava de todo convencido? Talvez fosse melhor, antes de qualquer atitude, reunir-se com Lilian e Elisabeth para contar tudo. Contar sobre a mulher do guarda-chuva e, claro, sobre o horrendo evento que testemunhara. Só esperava que ninguém do trabalho o visse ali, naquela taverna, depois de ter pedido para ausentar-se por motivos médicos. Sem dúvida que tal notícia chegaria aos ouvidos de Stafford, e certamente que seria trágico para a sua reputação.

Jones caminhava com muita pressa, pois a tensão da expectativa o envolvia tanto quanto aquela consistente neblina. De um golpe, ele puxou o relógio do bolso do colete pela corrente, que quase lhe escapuliu da mão, e os ponteiros lhe informaram de que ainda era cedo, havia tempo. Quem sabe ele até conseguisse ir a algum jornal após dar termo à sinistra pesquisa.

Apesar das ruas escurecidas, em parte pela fumaça das fábricas, os postes, mesmo emanando lumes abatidos, davam uma boa ajuda. Algumas pessoas circulavam despreocupadas, e ruidosas carruagens cruzavam o nevoeiro enquanto do alto das boleias os cocheiros se cumprimentavam com rápidos acenos. De quando em quando um nauseabundo odor de fezes de cavalo pairava, e Jones, em vista disso, cuidava para não pisar onde não devia.

Londres, desde 1858, passava por uma grande reforma sanitária promovida pelo engenheiro Joseph Bazalgette, e esgotos haviam sido construídos por toda a cidade na intenção de resolver o duradouro problema da higienização urbana, no entanto, a despeito disso, fétidos eflúvios ainda teimavam em macular os olfatos.

Por ali, uma ou outra criança, junto a familiares, saltava a balbuciar pedidos. Mendigos andrajosos exibiam o oco de seus chapéus velhos e puídos, no intuito de amealhar alguma quantia, e ainda cães sem dono perambulavam sem destino. Enfim, a vida seguia.

"Saí do meu trabalho para fazer essa loucura!", lamentava-se. "Meu futuro com Elisabeth depende desse emprego! Não posso largar minha função no meio do expediente para brincar de detetive! Maldita hora em que conheci o senhor Fergelus!"

Já em frente à taverna, ele agarrou de imediato a maçaneta da porta de entrada, que foi aberta tão rápido quanto fechada para evitar a invasão do frio. Um pequeno sino preso ao alto tilintou, e o som estridente chamou a atenção do *barman*, que com um erguer de dedo alertou ao jovem garçom sobre a chegada de mais um cliente.

Jones estava gelado e inquieto, e a taverna, quente e serena. Ele retirou o chapéu e o casaco, pendurou-os nos suportes da parede, junto a outras vestes que ali estavam, e se dirigiu à mesa mais afastada, sendo seguido pelo garçom incumbido de atendê-lo, e este lhe ofereceu um cardápio. Ele o pegou e agradeceu; pediu um café. O homem foi-se, e Jones se sentou, abrindo a maleta, de onde retirou a papelada.

— Vamos ver — murmurou espalhando sobre a mesa toda a pesquisa. E, vasculhando os dados com atenção, seus olhos se iluminaram ao encontrar o que buscava.

— Sim! É isso! *À sombra da imortalidade*... Aqui está!

Ele muniu-se de um bloco de papel e de um lápis, passando a escrever com absoluta atenção todos os países e as datas, enquanto cochichava com a própria perturbação.

– Estados Unidos... 1873. Hum... Portugal, Espanha e França... 1874.

O garçom aproximou-se e depositou o fumegante café sobre a mesa.

– O senhor vai fazer algum pedido? – inquiriu enquanto manuseava uma pequena toalha verde. Da mesma coloração da porta de entrada.

– Ficarei só com esse café. Agradeço – disse voltando ao trabalho. – Itália e Alemanha... até a metade de 1875. O senhor é bem ocupado, senhor Fergelus...

E emudecendo pensou: "Agora, Inglaterra, final de 1875, quase 1876".

Bebendo apenas um gole do café, que lhe queimou a boca, Jones pagou e saiu. Fizera o trabalho rápido. A pesquisa era exata e discorria sobre o número de livros vendidos, o preço dos exemplares, o lucro obtido, os países e as datas.

Com tudo anotado, agora ele só precisava vasculhar os arquivos de uma redação de jornal.

XVIII

Mal havia saído da taverna e, aos trancos, se meteu em uma carruagem, ordenando com autoridade ao cocheiro, cuja face estava envolta em um cachecol, que se dirigisse imediatamente à London Gazette. Estava trêmulo, seu estômago revirava-se.

— Maldito café irlandês! — praguejou.

Qualquer notícia publicada sem dúvida estaria registrada nos arquivos daquele periódico, um tradicional jornal londrino com 210 anos de existência. Ali, Jones tinha um conhecido que certamente o ajudaria. Não era um grande amigo, mas poderia lhe facilitar a busca e ainda evitar suspeitas. Ele diria ao homem que o material procurado seria para uma pesquisa relativa a uma obra a ser publicada pela editora.

No interior da carruagem, enquanto massageava a barriga, pôde respirar um pouco. Agora não dependia mais dele, só dos cavalos. A primeira parte do seu plano desesperado fora concluída, todas as anotações necessárias já estavam imersas na escuridão de sua maleta. Faltava a conclusão da segunda parte, que se avizinhava, porém a parte final ainda lhe era nebulosa. Ele não sabia ao certo como proceder após estar com tudo em mãos, pois permanecia receoso em procurar a polícia.

No entanto, mesmo apreensivo ante a decisão de buscar as autoridades, mentalmente já ensaiava tal encontro: "Chegarei à delegacia, procurarei o inspetor e em sua mesa espalharei todos estes papéis. Falarei sobre a moça do guarda-chuva, sobre as mortes nos outros países, sobre a estranha personalidade do senhor Fergelus, mas não posso mencionar a sombra assassina. Isso afetará, e muito, a minha credibilidade... Devo, antes, aconselhar-me com Lilian?".

Após cerca de meia hora, ao perceber que a carruagem havia reduzido a velocidade, Jones enfiou a mão no bolso para buscar moedas, pois desejava efetuar imediatamente o pagamento e não permanecer nenhum minuto a mais ali dentro. Ele estava profundamente ansioso. Os dados que nem sequer possuía estavam atravessados em sua garganta seca e quase lhe queimavam o paladar como o desagradável café bebido com tanta afobação. E lá, no bolso, encontrou o bilhete que lhe fora dado ao sair da editora.

— Ah! Depois vejo isso! — sussurrou, desprezando o envelope e agarrando algumas moedas.

Finalmente chegou ao destino, e antes que a carruagem parasse por completo ele saltou muito rápido, pondo na palma do cocheiro as moedas que havia encontrado.

Jones entrou correndo no London Gazette, e seu afã foi percebido por algumas pessoas. Com um sorriso nervoso ele buscou disfarçar a agitação, cumprimentado a todos com um ligeiro balançar de cabeça, para depois dirigir-se ao porteiro.

— Boa tarde, senhor. Eu gostaria de falar com o senhor Arthur Johnson. Creio que a esta hora ele esteja na redação.

— A quem devo anunciar? — inquiriu com formalidade.

— Senhor Jones Philips, da editora Stafford.

— Queira aguardar...

Os minutos duraram anos, mas Jones, sentado e imerso em profunda inquietação, esperou contando cada segundo. E enquanto o precioso tempo escorria no painel do elegante relógio de madeira preso à parede do saguão, ele pensava em Lilian e Elisabeth, passando a se questionar se estava procedendo da maneira correta. Afinal, não apenas ele estava envolvido em toda aquela bizarra aventura, mas também as duas pessoas mais importantes de sua vida. E por um instante avaliou se a desistência era uma opção, todavia a curiosidade o envolvera de tal maneira a fazer com que se sentisse não apenas entorpecido, mas encorajado.

Instantes depois, o porteiro despontou ao fundo do corredor, acompanhado pelo senhor Arthur Johnson, que com uma expressão de curiosidade caminhava encarando Jones.

— Senhor Jones Philips... que surpresa! O que faz por aqui?

Apertaram-se às mãos, e Jones iniciou:

— Senhor Johnson, é um prazer vê-lo. Espero não estar incomodando, sei que é muito atarefado...

— Não se preocupe! É um prazer poder ajudá-lo no que for possível.

— A editora incumbiu-me de uma pesquisa, e, se for conveniente, gostaria de olhar alguns arquivos de notícias antigas.

— Hum! Dados para algum livro, suponho.

— Sim. Isso mesmo.

— Não há problema. Siga-me.

O repórter agradeceu ao porteiro, que regressou ao posto, e ambos, Jones e Johnson, seguiram pelo corredor em direção aos arquivos.

— Do que se trata? — perguntou Johnson, já deixando transparecer a peculiar curiosidade de um repórter.

— Crimes ocorridos entre 1873 e este ano.

— Não são tão antigos, creio que será fácil de encontrar.

— Espero que sim, mas são crimes ocorridos em outros países. França, Estados Unidos, Itália, Alemanha, Portugal e Espanha.

— Hum! Que tipo de crimes?

— Crimes estranhos — enfatizou buscando disfarçar seu brutal interesse. — Talvez o senhor se recorde. As vítimas estavam sem sangue no corpo.

— Ah! Sim! Claro que me lembro! — disse com espanto. — Isso causou certo alvoroço na redação. Será realmente fácil de encontrar.

— É bom saber disso...

— Estamos investigando também outros crimes idênticos que ocorreram aqui. Há alguns dias. O senhor deve ter lido a respeito, senão não teria vindo...

— Sim, é verdade.

— Estranho! Muito estranho! Já são três mortos em Londres...

E, guiando Jones até uma daquelas salas escondidas, Johnson pôs-se diante de vários arquivos. A minuciosa averiguação surtiu o efeito desejado.

— Aqui está! — disse em tom mais elevado. — Fique à vontade. Infelizmente não poderei desfrutar por mais tempo de sua companhia, a redação está em chamas. Muitas notícias... O senhor sabe como é...

— Sem dúvida. Não desejo tomar mais do seu tempo. Agradeço o valioso auxílio.

Após despedirem-se, Johnson partiu, deixando Jones exatamente onde ele queria estar.

E ali, sentado sobre uma desconfortável cadeira, passou a empreender a irrequieta busca.

Algumas páginas empoeiradas o fizeram espirrar, outras provocaram coceira em seus dedos. E lauda após lauda era vista e posta de lado, transferindo pilhas de folhas erigidas a um flanco da mesa para o outro. O processo repetiu-se por mais algumas vezes, até que a palavra "sangue" congelou o diligente olhar de Jones.

Ali estava: Estados Unidos, 1873. Ele tratou de cuidadosamente separar a notícia em um ponto vazio da mesa. E as outras se seguiram: Portugal, Espanha e França, 1874. Itália e Alemanha, 1875.

Agora, viria a comparação das datas. Se houvesse alguma discordância, talvez isso lhe trouxesse alívio, quiçá até ele estivesse desejando que ocorresse. Tudo seria resolvido ali mesmo, no silêncio e na solidão daquela sala apinhada de caixas, de armários e papéis amarelados. Mas não foi o que aconteceu. Tudo conferia. Cada mês em que os crimes foram cometidos encaixava-se no período exato em que Fergelus estivera nos países. As cidades eram as mesmas. Todas.

Jones respirou fundo e fechou os olhos por alguns segundos. Aquilo serviria de prova? A polícia o ouviria?

Ele tratou de enfiar os papéis na maleta, e dali sair imediatamente. Iria à polícia. Não havia mais nada a fazer. Era um dever; mesmo que de alguma forma viesse a ser ridicularizado, seu sentimento naquele instante era o de denunciar Fergelus.

"Quem diria?! Um criminoso internacional aqui, em Londres, e prestes a publicar um livro pela minha editora!", pensava, assustado.

E, saindo do London Gazette, entrou na primeira carruagem que surgiu, era a mesma da qual ele havia desembarcado.

— Polícia, rápido! — gritou para o cocheiro.

Recostado ao assento do veículo, seu corpo chacoalhava enquanto ele pensava em Lilian e Elisabeth. E, sem motivo aparente, lhe veio à cabeça o bilhete que guardava no bolso. O bilhete que havia recebido à porta da editora, antes de chegar à taverna.

"O bilhete! Esqueci completamente...".

Após inserir a mão no bolso e dele retirar o envelope, desdobrou o pequeno papel.

Quando as letras que ali estavam lhe passaram pelos olhos, Jones congelou, não conseguiu mexer a mão, nem sequer piscar os olhos. Estava petrificado enquanto a carruagem sacolejava.

Uma breve tontura lhe desceu sobre as têmporas, e por um instante achou que perderia os sentidos. Era um bilhete de Elisabeth:

"Uma incomum coincidência ocorreu hoje. Encontrei o senhor Fergelus. Dá para acreditar nisso? Depois de falarmos tanto dele. Achei este fato tão interessante que resolvi lhe enviar um bilhete. Beijos."

— Cocheiro! Vamos mudar de direção! — bradou pela janela. E, após informar o destino, a carruagem seguiu para a casa de Elisabeth.

XIX

Jamais um trajeto se fez tão longo, ou intoxicado por tanta expectativa. Jones sentia que o agressivo chacoalhar experimentado era devido mais ao tremor produzido por seu desespero que pelo descontínuo calçamento peculiar àquele trecho da cidade.

Por uma eternidade ele viu-se prisioneiro do frio e desconfortável compartimento de madeira. A cabine acolchoada se tornava cada vez menor e mais asfixiante, enquanto a neblina que a rodeava parecia ter abocanhado o mundo.

O coche convertera-se em um barulhento claustro no qual o maior ruído era o dos seus caóticos pensamentos. O torpor era tanto que ele mal se dava conta de que possuía pernas, não obstante esmerava-se em manter-se firme sobre o banco forrado por um negro tecido.

Se Elisabeth era importante em sua vida, toda a aflição daquela impiedosa espera fez com que a sua própria existência se resumisse aos olhos dela. Ele jamais conseguiria viver sem o seu amor. Preferia ser internado em um hospício ou morrer.

Nenhum carinho de Lilian conseguiria arrancar-lhe do coração a dor que lá se instalaria se algo ocorresse à mulher que ele amava. A cada minuto naquele solitário e sacolejante reservado de madeira, Jones envelhecia cem anos.

E por fim a carruagem se deteve, ao tempo que, ofegante, Jones sentiu seu coração disparar. De imediato ele saltou, efetuou o pagamento do percurso e correu.

Tal qual uma fera encarcerada que almeja a liberdade, ele se lançou sobre a porta da residência de Elisabeth, e pôs-se a golpeá-la como se a quisesse derrubar.

— Elisabeth! Elisabeth! — gritou enquanto descia os dois punhos na madeira como um par de martelos sobre uma bigorna.

E a porta abriu-se.

— Jones! Meu Deus! O que aconteceu?!

— Você está bem?! — disse abraçando-a, quase sem ar.

— Claro que estou! O que houve?!

— Recebi o seu bilhete!

— Sim, mas... O que há? Por que você está tão agitado? — indagou, assustada, convidando-o a entrar.

Já à sala, sentados no sofá, Jones, trêmulo, foi aos poucos serenado pelos carinhos de Elisabeth e pela certeza de sua segurança. Ela lhe afagou o rosto suado, e disse calmamente:

— Jamais lhe vi nesse estado! O que aconteceu?

— Eu achei que havia acontecido algo com você...

— Como o quê? — inquiriu arqueando as sobrancelhas.

— Eu não sei... Você encontrou o senhor Fergelus...

— Sim, foi uma coincidência estranha...

— Mas como ele sabia que você... era você?!

— Jones, você está muito nervoso! Acalme-se! — disse de forma terna, pendendo a cabeça levemente para o lado. — O senhor Fergelus me abordou na floricultura, a duas ruas daqui, e disse que me reconheceu de uma foto que você mostrou. A foto que há nesse relógio — disse apontando para o relógio enfiado no bolso de Jones. E, segurando a corrente que lhe pendia da cintura, Elisabeth retirou o dispositivo do pequeno bolso do colete e o abriu, revelando a foto. — Viu?

Jones não sabia o que pensar.

— O senhor Fergelus foi muito gentil. Falou-me de algumas viagens que fez. Até comentou, rapidamente, sobre o livro. Ele disse que você é um de seus dedicados leitores, e lhe fez muitos elogios. Disse também que você é uma excelente companhia — afirmou com ar orgulhoso, acrescentando: — Ele até me contou um segredo... — falou tentando conter o riso.

— Um segredo?!

— Sim. Ele deixou escapar, sem querer, e pediu que eu não lhe contasse. Ele falou que, por ter observado a sua dedicação e cansaço, enviou um recado ao senhor Stafford pedindo que lhe desse uns dias de folga. Não foi atencioso da parte dele?

— Muito... — ironizou enquanto vinha à sua mente a frase dita por Stafford no momento em que lhe informava da inesperada folga prolongada: "Isso está sendo muito bem observado, Jones. E não só por mim".

— Ele é um tipo estranho. Parece ter resposta para tudo, e guarda no olhar um mistério que assusta. Lembrou-me os atores de teatro com seus maneirismos lentos. É quase como se estivesse a interpretar algum personagem de Shakespeare. Ele se expressa como se fosse bem mais velho do que aparenta. Ele é da nobreza? Se não for, parece.

— Não faço ideia.

— Foi uma conversa agradável, mas não muito demorada. Mencionei rapidamente sobre meu trabalho, e sobre o de Lilian.

— Você falou de Lilian para ele? — assombrou-se.

— Sim, falei. Não vejo problema algum! Ele demonstrou real interesse em nossas atividades. E na sua também. Ele aparenta ser uma pessoa que vive em estado de introspecção, como se tivesse muito no que pensar.

— Ultimamente eu é que vivo nesse estado...

— Acho que o charme dele foi percebido pela senhora Chaimovich. Ela até desmaiou... Pobrezinha, espero que esteja bem!

— Quem?

— Não se lembra da senhora Chaimovich, a proprietária da floricultura? Você já comprou várias flores para me oferecer. Seu esquecimento só demonstra há quanto tempo não me dá rosas...

— Vou comprar todas as rosas já plantadas pelo ser humano! Porei cada uma delas aos seus pés! — prometeu segurando as mãos de Elisabeth.

— Não exagere!

Com o tempo os assuntos ramificaram-se, e esfumou-se a desagradável temática inicial. Jones se mostrava mais calmo, afinal, nada de mal havia ocorrido a Elisabeth. Ambos passaram um longo período a conversar sobre variados tópicos: a editora, as aulas ministradas por Elisabeth, o clima, as dificuldades do trabalho de Lilian etc. Em nenhum momento sendo lembrado Fergelus ou os estranhos crimes recentes. E riram, beberam chá, falaram sobre o futuro casamento e se beijaram.

Passou-se o tempo e veio a hora de partir. Jones despediu-se com um nó de chumbo no peito, e entre abraços, beijos e carinhos jurou que o seu amor duraria até que Deus envelhecesse.

Quando o rosto de Elisabeth desapareceu atrás da porta fechada, uma mescla de relaxamento e inquietação assolou a alma do jovem, e ele entendeu que o amor é o medo da perda.

Se naquela trama havia algo de bom trazido por Fergelus, era a consciência de que o amor verdadeiro pode se tornar ainda mais forte.

Já à rua, caminhando pensativo, Jones sentia ter se libertado do peso que o comprimia quando ali chegara. As sacas de chumbo que lhe soterravam a alma converteram-se em plumas, graças ao sorriso de Elisabeth e a convicção de que ela estava bem. Seus ombros, que, rijos, se haviam erguido devido à tensão, rebaixaram-se, aliviados. Tal desespero só o havia atacado após a morte de seu pai.

Ele estava tão leve que até pensou que, se em um momento de infante alegria resolvesse saltar, poderia alçar voo. Entretanto, seu instinto lhe cochichava que aquela paz não duraria por muito tempo.

Um pouco mais à frente reparou que a floricultura mencionada por Elisabeth estava em via de fechar-se, e desviou seu percurso para encontrar a senhora Chaimovich.

— Boa noite, senhora. Lembra-se de mim? Sou Jones Philips, noivo de Elisabeth...

— Senhor Philips, claro que lembro! Já há algum tempo que não o vejo! Como vai?

Jones, apesar do tempo que não a via, lembrou-se de imediato daquela voz, pois era agradavelmente ornada por um carregado sotaque do leste europeu.

— Bem, obrigado! Era essa a pergunta que eu ia lhe fazer. Eu soube que a senhora teve uma indisposição...

— É verdade, mas foi apenas um desmaio. Já estou bem.

— Elisabeth me disse que presenciou o seu mal-estar. Ela ficou preocupada.

— É muita bondade dela! Diga-lhe para não se preocupar. Estou bem melhor.

— Senhora, desculpe-me por insistir neste assunto, mas aquele cavalheiro que esteve aqui com Elisabeth... Ele de alguma forma foi o causador? A senhora assustou-se com algo que ele disse?

A velha senhora tornou-se pálida além do normal, como se novamente fosse desmaiar.

Jones aproximou-se na intenção de ampará-la, caso o fato se repetisse, mas foi gentilmente repelido.

— Devo ter confundido aquele senhor com outra pessoa. Fui tola...

— Desculpe-me mais uma vez. Não quero despertar-lhe recordações dolorosas, mas a senhora poderia falar sobre o assunto? Se for de sua vontade, claro!

— É como eu disse, confundi aquele cavalheiro com outra pessoa. É impossível que o homem... ou... a coisa que foi vista tenha sido ele...

— A coisa?!

— Apesar de minha idade ainda tenho pesadelos com aquilo. Na época eu tinha sete anos, era uma criança quando a minha mãe contou-me a história. Hoje, tenho mais de sessenta — disse um tanto sem jeito, acrescentando: — O senhor sabe que uma mulher não deve falar sobre a própria idade...

— Entendo perfeitamente, senhora, eu jamais lhe pediria isso...

Com relutância, a senhora Chaimovich, após um suspiro e um breve silêncio reflexivo, relatou o que tanto a afligia:

— O senhor não vai acreditar... Essa história tem quase quatrocentos anos em minha família! Tem a ver com a minha tetravó...

Aquela senhora parecia relutante em mencionar o caso, mas com visível esforço prosseguiu:

— Aproximava-se o ano novo, mas ela não tinha consciência de nada disso. Era pequena. Os dias eram diferentes, mas iguais. O senhor sabe...

Para uma criança, as coisas são simples. Minha família, como tantas outras na região, criava ovelhas, e em certa época começou a ocorrer uns problemas estranhos. As ovelhas morriam...

— Algum tipo de doenças de rebanhos?

A senhora Chaimovich olhou fixamente para Jones, meneando a cabeça com suavidade em sinal de negação.

— Não, senhor, elas foram mortas. Muitas delas. Famílias perderam rebanhos inteiros.

— Foram mortas? Como isso aconteceu?

— Sempre pela manhã, cedo, elas apareciam mortas, com as gargantas cortadas e sem uma gota de sangue no corpo... Essa história vem sendo passada pelas gerações de minha família. Como eu disse, minha mãe me contou.

Jones ficou em silêncio, mas, não se contendo, perguntou:

— Senhora Chaimovich, o que aquele cavalheiro que aqui esteve tem a ver com isso?

— Creio que nada... Por isso digo que o confundi. Seria um absurdo! Essas coisas ocorreram há praticamente quatrocentos anos!

— Estou confuso. Por favor, explique-me com mais detalhes...

— Minha tetravó fez um desenho do que viu. Por sinal muito bem-feito. Tenho esse papel em minha casa... em algum lugar. É uma relíquia de família. O homem que ela desenhou era inacreditavelmente parecido com o senhor que aqui esteve, mas... não pode ser ele — disse, nervosa. — Contarei o que aconteceu. Exatamente como minha mãe me contou: uma madrugada minha tetravó despertou sem motivo. Tudo estava silencioso e escuro. Levantou-se da cama, foi ao quarto de seus pais e eles estavam dormindo. Não sei ao certo por qual razão ela passou a andar pela casa... coisas de criança... — gesticulou —, e ouviu um som estranho do lado de fora. Mais tarde lhe foi explicado que eram ruídos de ossos sendo quebrados. E, na inocência de alguém com aquela idade, abriu a janela, e lá estava ele entre o rebanho.

— Aquele cavalheiro?!

— Não! — espantou-se. — Claro que não! Não pode ser ele, mas seu rosto é igual ao do homem do desenho.

— O que o homem que a sua tetravó viu estava fazendo? — insistu Jones, espantado.

— Ele estava se alimentando com o sangue das ovelhas. Mamãe me contou que minha tetravó pôde ver sua boca manchada de sangue. O céu estava aberto e a luz da lua permitiu que ela observasse tudo. Em um momento ele também a viu, e ela ficou petrificada. Então, ele voltou-se em sua direção e calmamente pôs o dedo indicador sobre a boca, ordenando que fizesse silêncio, e desapareceu, se tornou como um borrão, uma sombra muito rápida. Como uma fumaça negra que a ventania leva. No dia seguinte encontraram quatorze ovelhas mutiladas, e todas estavam sem um pingo de sangue nas veias. Algum tempo depois, acho que naquele mesmo mês, ela soube que na cidade vizinha oito bebês desapareceram. Jamais foram encontrados. Não, senhor, claro que não era aquele cavalheiro! Como poderia ser? Isso foi há mais de trezentos anos!

XX

Em sua cama, Jones não conseguia dormir. A insônia tornara-se uma rotina. Mais uma vez o teto despontava ante seus olhos como as paredes de uma cela. As noites imitavam-se, como espelhos que se encaram.

Fergelus roubara-lhe a paz das madrugadas, a tranquilidade do sono e a placidez dos dias. Ele estava com olheiras, enfraquecido e sem apetite, sentia diminuída a sua energia. A preocupação o estava devorando. Mal sabia como ainda não se prejudicara no trabalho. Se continuasse nesse ritmo, seria vítima de um esgotamento físico e mental, e fatalmente seus dedicados dias na editora estariam contados.

Revirando-se sobre o leito, Jones pensava na mulher que amava. Era impossível para ele crer que aquele encontro havia sido uma coincidência. Elisabeth lhe remetera um bilhete, mas certamente fora Fergelus que lhe enviara um recado. Suas preocupações mostraram-se cruelmente fundamentadas. E, depois das informações obtidas no jornal, as suspeitas que tanto o fustigavam acerca da culpabilidade do escritor se haviam robustecido.

"O senhor Fergelus pode ser um homicida perigoso, frio e manipulador!", meditava atemorizado. "Devo desistir de ir à polícia? Talvez seja muito arriscado! Seria prudente pedir conselhos a Lilian? Devo envolvê-la nisso?"

O único ponto obscuro, literalmente, era aquela sombra assassina. E Jones perguntava-se o que teria sido aquilo. Para ele, por mais inverossímil, o que quer que aquele vulto diabólico fosse decerto que tinha alguma ligação com Fergelus, mas em que grau lhe era impossível saber.

Se em algum momento ele achara que o fato de obter aquelas informações poria o autor em suas mãos, agora percebia que não só ele, mas as duas pessoas que mais amava estavam nas pálidas mãos de Fergelus.

O estranho testemunho daquela senhora o impressionara profundamente; decerto que tudo poderia ser apenas fruto das confusas fantasias de uma criança, mas algo de incomum ali havia. Algo de muito perturbador. A imagem que a tetravó daquela senhora guardara por todos os seus anos não poderia ser simplesmente oriunda de uma exagerada criatividade infantil. O evento a marcara até a alma. E ela também havia se referido a uma sombra, a um assustador borrão.

— Que história foi aquela sobre bebês mortos?! — sussurrou.

Jones, prostrado sobre o colchão, deixou-se envolver por divagações, e passou a refletir sobre a folga solicitada por Fergelus. Aos poucos começava a nutrir algumas teorias fantásticas.

"Por que ele pediria para o senhor Stafford me dar folga? Claro que não foi por preocupar-se com a minha saúde! Seria para que eu tivesse tempo de ler o livro? Para ter a tarde livre e pudesse ir ao jornal descobrir tudo? Talvez ele quisesse provar-me que, mesmo eu obtendo as informações, nada faria, por preocupar-me com a segurança de Lilian e Elisabeth... Ele está me manipulando! Quer mostrar o poder que tem sobre mim! Isso é diabólico! Certamente que foi encontrar Elisabeth apenas para atar-me as mãos. E quando falou com ela nada deixou escapar sobre o pedido que fizera ao senhor Stafford. Ele queria realmente que eu fosse informado!"

A exaustão mental começara a instalar-se, Jones sentia-se como um animal acuado, como um peixe em um aquário, ou como uma ovelha em um cercado. Quiçá como uma das ovelhas da tetravó da senhora Chaimovich.

E outra vez ele apanhou o livro, que estranhamente começava a tornar-se parte de sua própria vida. Como um alimento. Talvez a obra se houvesse convertido no entorpecente usado para amainar sua curiosidade, ou ainda no fogo que poderia estar sustendo um inconsciente macabrismo. Ele queria ler aquela última passagem:

A sacerdotisa falou:

— Ele virá. Em breve, ele virá. Ele que terá início, mas jamais terá fim, surgirá como filho do deserto e senhor do tempo. Ele será a própria história. Vagará pela humanidade como soberano das eras e mestre da

noite. Ele que nascerá sem nome, será chamado de Sagrado. Gerado sob a luz, mas adotado pela escuridão, o ser infinito se aproxima, para a desgraça dos homens."

— Sagrado... Sacratus — balbuciou Jones, e continuou:

Os dias seguiram, quentes e secos, e as noites, frias e silenciosas. A sacerdotisa, de certo modo, havia adotado a escrava, mas não por um motivo altruísta. Ela sabia o que estava por vir, pois havia sido informada pelos murmúrios noturnos do deserto. A lua sussurrara em seus ouvidos uma assustadora notícia, convocando os seus serviços para a grande chegada. Seus sonhos eram visitados por seres disformes e fantasmais, por apavorantes criaturas que a instruíam em como deveria portar-se.

Ali, naquela habitação rústica, ela vivera por anos a aguardar pacientemente "a escrava fugida que matara o seu senhor". Aquela que fora entregue à escuridão pelo próprio pai.

Esperara por toda sua existência pelo momento inevitável daquele advento.

A velha dedicava-se a alimentar a mulher e a cuidar de sua segurança, provendo-lhe de tudo o que era necessário para que sobrevivesse, pelo menos até o parto. Essa era a primeira parte de sua função.

A fome que a escrava sentia, com o tempo, se tornou incomum, brutal, insaciável, pois era o apetite daquele que estava sendo gerado em seu útero maldito. Se ela bebia água e comia carne cozinhada de ovelha, nos dias que antecederam ao parto as refeições não mais a satisfizeram. Seu apetite convertera-se em algo animalesco. Então, passou a comer a carne crua dos animais abatidos, e isso ainda não foi o bastante. Em certo momento, ela mesma passou a atacar os animais e a matá-los para beber seu sangue, pois nele estava a energia vital.

Ela os secava por completo, mas ainda continuava a emagrecer. Nenhum alimento lhe fornecia vitalidade; estava esvaindo-se, e aquela fraqueza era o claro sinal de que a sua função como reprodutora estava chegando ao fim. Este era o anúncio derradeiro do grande nascimento que ocorreria, ali, em uma miserável choupana no meio do deserto da Mesopotâmia, há quase quatro mil anos.

Na noite anterior ao parto, a escrava foi narcotizada pela velha. Em sonho, lhe fora ordenado que assim agisse para evitar ser morta e devorada. Era certo que a escrava não podia ser abatida, uma vez que seu papel era fundamental, portanto a anciã deveria ser muito cuidadosa.

À velha cabia cumprir as duas fases, que também lhes tinham sido determinadas em sonho. A primeira consistia em cuidar da escrava, como até então vinha fazendo, providenciando todo o alimento necessário para que se mantivesse fortalecida, tendo também de protegê-la do estado animalesco que surgiria. E a segunda, e final, prover por determinado tempo os cuidados com aquele que nasceria.

Após adormecer profundamente, em razão da substância ingerida, a mulher foi amarrada no leito rústico, e ali permaneceu até voltar a si. Quando despertou se mostrou enlouquecida e dominada por uma sede monstruosa. Ela se debatia na intenção de livrar-se das cordas para beber do sangue da velha. Estava absolutamente descontrolada e precisava ser detida sem que se ferisse. Esse comportamento atestava que o parto estava em marcha.

A escrava, em um insano estado bestial de cólera, agitava-se desordenadamente, gritando, uivando e espumando, mas era necessário que permanecesse no interior da construção, aprisionada, para a sua segurança e para a daquele que estava a caminho.

A brisa do deserto trazia estranhos murmúrios. Lamurientos cânticos que remetiam a escrava às lembranças da infância. Eram os cânticos de seu pai. Anúncio de que um ser peculiar se avizinhava. A criança que não era criança, o homem que não era homem, o deus que não era deus. O originado que jamais pereceria.

A escrava possuía limitada consciência do que estava acontecendo. Decerto que estava ciente de seus atos, dos animais que destroçara, do sangue que bebera e de toda a violência que promovia, mas seu comportamento era instintivo, apenas precisava alimentar-se. E sentia que o sangue era a fonte única de sua energia, porém sua mente experimentava o que não era verdade, pois estava sob o comando dele.

Seu apetite era a fome dele. Sua brutalidade era a selvageria dele. Seu instinto de sobrevivência era o impulso de autopreservação dele. Sua vida a ele pertencia. Ela era um meio e ele, a finalidade.

E ao final do dia mais abrasador, cálido como jamais se vira em deserto algum, no qual o sol parecia querer incendiar a humanidade antes de fugir amedrontado, despontou a noite mais gélida. Erigiu-se uma escuridão glacial, uma treva cortante que até então nunca fora contemplada por qualquer ser vivo. O vento soprou como um suspiro de desalento, as nuvens cobriram o céu como se o universo se enlutasse, a lua ocultou-se apavorada, e os insetos não se atreveram a deixar suas pequenas tocas.

O ambiente tornara-se pesado, quase irrespirável, ornado pela temerosa expectativa do infortúnio.

Nessa madrugada, envolta pelo funesto breu noturno, e salpicada pelos fracos lampejos arremessados por uma tocha que havia sido inflamada pela velha, a escrava fugida que vagara pelo deserto expirou como presa abatida que tem a força vital devorada nas próprias entranhas. Suas vísceras foram consumidas e seu sangue, bebido até o derradeiro pingo por aquele que se punha a nascer, a despontar de seu ventre, agora forte o suficiente para rasgar o abdome de sua mãe e apresentar-se ao mundo.

Jones vagarosamente fechou o livro, fitando-o sem desviar os olhos, sem pestanejar; estava em choque. Sentia-se como que em um transe macabro, reconhecendo a presença da própria morte em seu quarto.

Por alguns segundos, sem mover-se, permaneceu com as mãos sobre a obra, não sendo capaz de soltá-la. Sua respiração descompassada ritmava o movimento do livro, que estava apoiado sobre o tórax.

E, em absoluto silêncio, o pôs de lado. Nada pensou, pois não conseguia. Estava abalado demais para raciocinar.

XXI

Sentado na borda da cama, imóvel como uma gárgula de face assustada que contempla um precipício, Jones olhava para a janela. Nada de surpreendente dali surgia, apenas uma luminosidade um pouco mais forte, langue, emergente, sinal de que o sol se esforçava por brilhar, o que se mostrava inútil, pois as brumas ainda estavam presentes, assim como o frio.

Ele imaginava as pessoas pelas ruas, a seguir suas vidas, sua rotina. Gente perdida em pensamentos tão comuns, em sonhos e desejos. Trabalhadores despertando para as fábricas, enfermeiras regressando para suas casas após a estafante labuta dos hospitais, policiais deixando turnos, indigentes abrigando-se da algidez matinal. Todos desinformados, inocentes dos fatos que só ele conhecia.

Decerto que se Jones soubesse como sua vida iria mudar jamais teria ido àquela taverna à meia-noite. Em tempo algum aceitaria ser partícipe daquele primeiro encontro. Que houvesse se recusado! Que fosse despedido por desobediência, incompetência, preguiça, ou por qualquer outro motivo! A ignorância, para Jones, naquele instante, era sinônimo de benção.

A editora não valia tal suplício. Não era merecedora de suas noites de insônia, de sua estafa, do seu trabalho noturno, de sua angústia com relação à segurança de Lilian e Elisabeth. Emprego nenhum significava tanto.

E ele recordou as palavras de Fergelus no primeiro encontro: "Depois de tantas experiências na vida, um estranho sentimento tomou-me, senhor Philips, o de expor a minha história. Narrar fatos que, por serem incomuns e importantes, não devem ser varridos pelo tempo".

E tal comentário, proferido com tanta introspecção, fez Jones pensar: "E se eu pedisse demissão? O que interessa a esse homem é publicar seu livro na Inglaterra! Se eu nada mais tiver a ver com isso, talvez ele me deixe em paz". No entanto, ponderou: "Não posso fazer isso, Elisabeth se decepcionaria. Nosso casamento depende desse emprego... Que argumento eu usaria para pedir demissão de um trabalho tão importante? O de que estou sendo perseguido por uma sombra?".

Jones estava confuso, via-se intimidado por um sufoco insolúvel, pois passara a noite em claro e a estafa, física e mental, não lhe permitia raciocinar com nitidez. Ele esfregou o rosto, alisou o cabelo e suspirou. Seu relógio marcava nove horas da manhã. Pelo menos aquela folga lhe servira de alguma coisa, ele jamais conseguiria trabalhar em tal estado. Sua vida, que antes se erigia sobre a organização, que outrora se embebia em relativa placidez, agora estava de cabeça para baixo.

Os crimes, a sombra, sua irmã, sua noiva, a papelada com as provas, aquelas desconcertantes frases lidas, a história da senhora Chaimovich, tudo se mesclava em um único pensamento constante. Em seu cérebro fervia um bule de chá.

O livro negro estava sobre a cama, ao seu lado. Vez por outra, quando Jones o olhava, era arrebatado por uma doentia vontade de ler. Como um vício irresistível aquela obra lhe despertava uma curiosidade assustadora. Talvez isso acontecesse com outras pessoas, e por isso fosse um sucesso de vendas.

"Se eu procurasse o senhor Fergelus e tivéssemos uma conversa definitiva...", refletia. "Seria uma boa ideia? Se eu dissesse tudo o que penso e fiz até agora? Talvez o problema se resolvesse de uma vez."

Até o momento, Fergelus nada havia feito contra ele, assim sendo, seu maior inimigo tornara-se o ato de acumular informação e não poder usar. Sua mente, em razão disso, parecia avolumar-se, a fazer efervescer os perturbados conteúdos que o estavam enlouquecendo.

"Esse maldito terror é só mental. Ninguém que eu conheça foi ferido, apesar de haver a possibilidade. E se eu simplesmente esquecesse tudo, resolveria? Se eu fechasse os olhos para todas as evidências, teria paz? Fergelus venceria, mas eu também, pois teria minha vida de volta..."

Jones não percebera que, enquanto divagava, havia segurado o livro. Estava com a obra nas mãos sem sequer notar.

"Não posso continuar sozinho com todos esses pensamentos! É necessário dividir com alguém! Vou à casa de Lilian contar tudo. Falarei com Elisabeth também. Já devia ter feito isso há muito tempo. Poupá-las pode ser perigoso, elas precisam ser informadas."

E seu espanto foi tremendo quando contemplou de olhos arregalados o que estava a agarrar. Aquele maldito objeto simplesmente aparecera em sua mão. E num ímpeto desesperado o arremessou no chão. Pondo-se em um estado de tensão tão excessivo que por um momento achou que gritaria.

Seus nervos, definitivamente, o estavam traindo. Quiçá também sua sanidade. Ele se mostrava desequilibrado, mas ainda possuía consciência suficiente para perceber isso.

"Vou deitar um pouco... Preciso me acalmar..."

A ansiedade o acompanhara por toda a noite. Estava à beira de um sério ataque. Tal inquietude, aos poucos, dava ar de tornar-se desespero, e ele precisava recuperar o equilíbrio, pois não podia sair às ruas naquele estado.

Deitou-se. Suas pálpebras, então, pesaram como duas guilhotinas de chumbo que, vagarosas, descem na cerviz da consciência, e o excessivo cansaço físico e mental, como um narcótico, tratou de agir em seu corpo envolvendo-o com o torpor irresistível que o levou a um profundo sono.

— Desperte, senhor Philips!

Jones abriu os olhos, e o pavor passou a o dominar com tamanha intensidade que nem sequer pôde movimentar um dedo. Primeiro ele contemplou o teto, mas depois, ao passear os olhos por sua extensão, projetou-os em direção aos pés da cama. Diante de seu semblante estarrecido um homem alto e bem trajado sorria enquanto o observava. Fergelus estava em seu quarto.

Trêmulo e sem desviar o olhar de sua face, que se mostrava absolutamente calma e impassível, Jones arrastou-se até a cabeceira do leito, ali ficando quase em posição fetal no mais entorpecido silêncio; seu corpo se havia tornado como uma pesada rocha. E a voz encorpada daquele homem assustador ecoou pelo aposento:

— Uma vez, há muito tempo, em uma cidade chamada Nishapur, na Pérsia, conheci um grande homem. Era um poeta, matemático e astrônomo, e como se isso não bastasse ainda acrescentava às suas qualidades o fato de ser um grande bebedor de vinho. Neste momento, senhor Philips, me vem uma frase à cabeça. Frase certa feita proferida por ele para justificar não só o tempo que dedicava à sua arte ou a afeição que nutria pela noite, mas, claro, também para enunciar seu apreço pela bebida: "Eu estava com sono e a sabedoria me disse: a rosa da felicidade não se abre para quem dorme; por que te entregares a esse irmão da morte? Bebe vinho! Tens muitos séculos para dormir".

Fergelus, em silêncio e vagarosamente, caminhou ao longo do quarto, indo em direção à janela. E, lá parando, contemplou a rua.

— Essas frondosas brumas que infestam a sua magnífica cidade podem ser comparadas aos entraves da consciência humana. Além delas nada se vê, mas isso não implica que nada exista. Vocês — disse virando-se —, Efêmeros, estudam o passado, e projetam desejos para o futuro, mas estão presos ao presente. Um presente transitório que fatalmente se perderá no tempo, algum dia.

"Para a eternidade não há passado, tampouco futuro, só o presente, e ela também está presa a ele, mas de uma forma diferente. O presente da eternidade não é transitório, é constante. Ele, para quem não é Efêmero, também é uma cela. Um claustro de repetição.

"Muitos Efêmeros acham a existência tediosa, pois ainda não se deram conta de que ela é apenas um suspiro da eternidade. A chama de um fósforo que se apaga antes de o palito ser consumido. Vivem a queixar-se acerca da miséria dos seus anos, quando poderiam torná-los algo que vale a pena ser vivido.

"Por mais tempo que o senhor viva, senhor Philips, nunca viverá o bastante, pois estará preso não apenas à transitoriedade física, mas à estreiteza do pensamento. E por mais inteligência que tenha, seu raciocínio e seus sonhos tão somente caberão no limitado espaço de seus dias.

"Muitos homens querem perpetuar-se através do registro de suas ideias, por isso escrevem livros. Saiba, senhor Philips, que, se eles assim agem, eu também posso. Com uma diferença: enquanto eles buscam eternizar-se em razão de serem passageiros, eu procuro através da escrita deixar registrada a própria eternidade que existe em um mundo transitório. E com isso não quero impor que se lembrem de mim, assim como, por pedantismo, eles desejam.

"Isso não é arrogância, é tédio, é querer que os fatos vividos não se percam. Além, claro, da compreensão de que há eventos realmente importantes que devem ser transmitidos.

"Vi grandes civilizações engatinharem, desenvolverem-se e desaparecerem. Vi grandes guerras começarem, trazerem morte e devastação, para depois silenciarem. E repetirem-se, exatamente da mesma maneira. Muitas e muitas vezes.

"Vi árvores curvarem-se de velhice, mares secarem, montanhas serem esculpidas pelo vento, e tantos cometas quanto há estrelas no céu. Conheci mais pessoas que a soma dos habitantes de sua época. E o senhor acha, senhor Philips, que não tenho o que dizer? O senhor passará, não eu. Assim como a humanidade, que busca a cada dia sua extinção."

Apontou para o livro que estava no chão.

— Essa obra é o diário da imortalidade. É um documento histórico escrito pela mão da própria eternidade. Nada, senhor Philips, nada me impedirá de divulgá-lo!

Fortes golpes na porta trouxeram Jones de volta ao mundo. Despertara de sobressalto, completamente encharcado de suor, engasgado, estremecido e angustiado. Suas têmporas latejavam, os olhos ardiam, ele mal conseguia controlar o movimento das mãos, e a cama estava úmida, banhada por uma excessiva transpiração. Seu coração agredia o peito, agitava-se, saltava, como se desejasse fugir por entre as grades das costelas.

Tudo não passara de um pesadelo, de um sonho tão real quanto os móveis do quarto que via à sua frente. O feixe pálido de um sol tuberculoso descia pela janela, espraiava um tímido lampejo no assoalho do aposento, e Fergelus não estava mais ali.

No entanto, aquele pesadelo só não era mais assustador que o fato de ver o livro que ele havia arremessado no chão cuidadosamente depositado sobre a cômoda.

XXII

Jones saltou da cama como um peixe que se debate em solo quente, limpou os olhos com as costas dos punhos fechados e correu em busca de água. Bebeu um pouco, esfregou o líquido na nuca e banhou o rosto.

As pancadas na porta continuavam.

– Mas que diabos! – bradou.

Cobrindo-se de qualquer jeito com um roupão agarrado de algum lugar, seguiu para ver do que se tratava. Tamanha foi a pressa que mal conseguiu amarrar a tira de pano presa à cintura daquele longo quimono cinza.

Ao abrir a porta deparou-se com um garoto. O menino retirou o chapéu surrado em sinal de respeito e lhe entregou um envelope.

– Senhor Jones Philips? Bom dia. Tenho uma mensagem para o senhor.

– Uma mensagem? Obrigado. Espere um pouco!

Com afobação ele tomou o papel nas mãos, para depois buscar algumas moedas, que foram recebidas com alegria. O rapaz partiu e Jones fechou a porta. Caminhou em direção ao quarto.

"De quem será? Que não seja do senhor Fergelus!", desejou com preocupada ironia.

E sentando-se na cama, com o semblante esculpido em curiosidade, rasgou o envelope, quase destruindo o conteúdo.

"Ao Senhor Jones Philips.

Bom dia. Espero que se encontre bem.

Se for conveniente, eu gostaria de vê-lo o mais rápido possível.

Sua fugaz passagem pelo London Gazette despertou-me o faro de repórter.

Ademais, estou de posse de algo que o senhor esqueceu, e preciso devolver.

Arthur Johnson"

— Essa, agora! — suspirou.

Jones vasculhou a maleta, dela retirou os papéis por duas vezes, não deu por falta de nada. E durante a busca convenceu-se de que não seria uma boa ideia relacionar-se com um repórter, era muito arriscado.

O encontro de Fergelus com Elisabeth lhe havia sacudido a consciência, tudo parecia muito perigoso para que ele agisse sem ponderação. O sinistro escritor, aparentemente, mantinha seus olhos negros em todos os lugares, até mesmo surgia em sonhos. Jones quase podia sentir a presença dele, ali, a um canto do quarto, encostado à parede como um fantasma curioso que observa com criminosa cautela e prazer doentio.

Aquele pesadelo o havia abalado muitíssimo, fora inacreditavelmente real, mas fora o fato de a obra ter surgido sobre a cômoda que fê-lo arrepiar-se até a alma.

"Eu o retirei do chão? Jamais fui sonâmbulo! Como diabos aquele livro foi parar ali? O senhor Fergelus esteve aqui! Mas... como?! Como isso é possível! Por onde entrou?"

Jones voltou-se para o papel e leu a mensagem novamente. Estava indeciso, não sabia o que fazer, mas decerto que algo precisava ser feito, e logo. O instinto gritava em seus ouvidos que havia um cerco, e que ele se estava fechando. A sensação de não ter para onde correr, de não ter a quem pedir ajuda e de nem sequer poder partilhar seus medos com alguém já começara a lhe apertar a garganta.

A sufocação de um homem sem apoio, que brada por ajuda, que grita por um naco de concórdia, porém despenca no abismo da desesperança, já principiava a lhe arrebatar o equilíbrio.

Ele desviou os olhos da pequena lauda rabiscada que prendia entre os dedos trêmulos e, com horror, passou a contemplar o livro. E aquele objeto negro, retangular, com pouco mais de uma polegada de grossura, pousado sobre o móvel como uma ave de mau agouro, muito lhe pareceu um ataúde.

Jones largou o bilhete, se levantou, caminhou até a janela para olhar a rua e lembrou-se das brumas a que Fergelus se referira no sonho. Recordou-se de todo aquele estranho discurso e da ênfase dada à frase final.

Em seu semblante desenhava-se não apenas o receio, mas a profunda curiosidade que a proposta de Johnson havia trazido. Ele se perguntava o que aquele homem queria, além de inquirir-se sobre o que havia esquecido no London Gazette.

"Irei vê-lo!", finalmente decidiu. "Sim... irei vê-lo, mas com cautela. Talvez não seja algo tão importante assim, e realmente posso ter esquecido alguma coisa no local. Apesar de não ter a menor ideia do que seja. Afinal lembro-me de ter saído às pressas. Foi um dia difícil..."

Após alguns segundos, seus pensamentos abandonaram Johnson, seus olhos esqueceram a rua, e passearam sem pressa pelos vidros da janela, depois pelo papel de parede, indo em direção à cômoda. Ali, deslizaram sobre alguns papéis, cadernetas, lápis e objetos, até chegarem ao livro. Olhou-o fixamente, como um viciado contempla o ópio que tenta evitar. Sua face estava tensa e seus dedos roçavam uns nos outros. Um ligeiro calafrio lhe afagou as costas. Ele se voltou em direção àquela obra amaldiçoada que só lhe trouxera escabrosidades e preocupações, encarou-a como uma ameaça.

O livro mantinha-se impassível, quase inocente, em silêncio tumular, mas vigilante, tal uma fera que apenas aguarda a aproximação da presa para devorá-la.

Quando era aberta, a obra bem poderia ser comparada a uma esfaimada bocarra que mastiga a paz do leitor. Aquela era a bíblia de Fergelus, o resumo de sua complexa e doentia personalidade.

E, rebaixando as sobrancelhas em sinal de introspecção, ante o livro Jones lembrou-se de mais algumas minúcias do sonho, de algumas frases dispersas, pomposas, mas profundas. E todas lhe soaram como uma declaração, como um anúncio. Fergelus lhe trouxera uma mensagem que badalava como uma mescla de conselho e aviso. Seu nome fora claramente citado durante o sombrio monólogo, e com aquele timbre inabalável, grave, sentencioso, que tanto o estremecia.

Jones se viu perante uma bifurcação, tendo de um lado a loucura e do outro a realidade.

O louco desconhece a sua condição, e esta só é percebida por quem o observa. Jones era tratado como um homem perfeitamente normal, mentalmente saudável e equilibrado, portanto certamente que ele não havia perdido o juízo. Só lhe sobrara, então, a realidade, a aceitação de que tudo o que estava acontecendo não era uma fantasiosa e enfermiça criação de sua mente, mas tão só a verdade. Porém, mesmo assim, mesmo refletindo com vigoroso empenho, ele ainda mantinha inflamada uma chama de dúvida. Era fantástico demais para ser real! Como podia aquilo ser possível?

E lhe veio mais uma vez, contudo mais detalhadamente, a frase que Fergelus com tanta introspecção e solenidade proferira à janela: "Essas frondosas brumas que infestam a sua magnífica cidade podem ser comparadas aos entraves da consciência humana. Além delas nada se vê, mas isso não implica que nada exista."

Aquela era uma afirmação muito precisa. Ele estava asseverando que existe algo além do que a lógica humana aceita. Estranhas realidades que fogem aos olhos limitados e aos pensamentos circunscritos ao que foi estabelecido como verdade absoluta e indiscutível. Naquele livro estava toda a história. Estava o que ele precisava saber sobre Fergelus.

Ele o leria com atenção, pois definitivamente acabara de convencer-se de que isso era fundamental. Não mais resistiria.

Os músculos de seu braço se retesaram, e este vagarosamente afastou-se do corpo, para direcionar a mão estremecida àquela obra. Seus dedos a tocaram, e ela foi erguida.

No momento daquela decisão, ele lembrou-se da impactante e ameaçadora afirmação de Fergelus: "Nada, senhor Philips, nada me impedirá de divulgá-lo!".

– E nada, senhor Fergelus, nada me impedirá de protegê-las! – disse com convicção, referindo-se a Lilian e a Elisabeth.

Em silêncio, Jones olhou o livro, depois se dirigiu à cama, curvou-se sobre ela, arrumou o travesseiro e finalmente, deitando-se, iniciou a leitura.

XXIII

E ao final do dia mais abrasador, cálido como jamais se vira em deserto algum, no qual o sol parecia querer incendiar a humanidade antes de fugir amedrontado, despontou a noite mais gélida. Erigiu-se uma escuridão glacial, uma treva cortante que até então nunca fora contemplada por qualquer ser vivo. O vento soprou como um suspiro de desalento, as nuvens cobriram o céu como se o universo se enlutasse, a lua ocultou-se apavorada, e os insetos não se atreveram a deixar suas pequenas tocas.

O ambiente tornara-se pesado, quase irrespirável, ornado pela temerosa expectativa do infortúnio.

Nessa madrugada, envolta pelo funesto breu noturno, e salpicada pelos fracos lampejos arremessados por uma tocha que havia sido inflamada pela velha, a escrava fugida que vagara pelo deserto expirou como presa abatida que tem a força vital devorada nas próprias entranhas. Suas vísceras foram consumidas e seu sangue, bebido até o derradeiro pingo por aquele que se punha a nascer, a despontar de seu ventre, agora forte o suficiente para rasgar o abdome de sua mãe e apresentar-se ao mundo.

Emudecida pelo horror, a velha sacerdotisa a tudo testemunhou com os olhos esbugalhados. Certamente ela sabia no que se havia envolvido, afinal seus anos foram dedicados à longa espera por aquele momento, mas entre apenas imaginá-lo e presenciá-lo a distância era colossal.

Por alguns instantes lhe foi impossível mover-se, o terror lhe encarcerou as pernas como se engolidas por areia movediça. O assombro envolveu seu corpo de tal maneira que ela pôde sentir o peso da idade como o mais fatigante veneno. Talvez até o arrependimento lhe houvesse atacado, a culpa houvesse crepitado em seu peito ancião como lenha na fogueira, mas era tarde, muito tarde. Ela se havia convertido em prisioneira da palavra empenhada e das determinações impostas que se via obrigada a seguir. Ela não passava de uma peça em um jogo misterioso, de uma serviçal das trevas, e como tal deveria agir.

O cadáver fresco, mutilado sobre aquele grosseiro catre, se prostrava banhado em sangue e entranhas. E sobre seu ventre rasgado, que se havia tornado um abismo, envolta por partes do intestino a criança que não era criança assemelhava-se a um pássaro ferido, a uma pequena ave aconchegada em um ninho umedecido por vísceras.

Ela debatia-se em um monstruoso berço amaldiçoado, se agitava em silêncio, em nenhum momento pranteando. E de seus olhos totalmente escuros manava o profundo negror da madrugada, como o anúncio de funestos dias vindouros.

A velha aproximou-se dos despojos trucidados, e envolvendo o bebê com as mãos removeu-o com cautela, banhando-o para retirar todo o sangue que o ungia. Robusto e saudável o ser era do sexo masculino, e nascera com dentição completa.

Ela o cobriu com trapos e o depositou a um canto da habitação, para depois desamarrar o corpo da escrava, que com relativo esforço arrastou para um ponto afastado, e lá o enterrou.

Jones descansou a obra sobre a cama e levantou-se. Iria encontrar Johnson e depois Lilian e Elisabeth.

Ao entrar no London Gazette, Jones foi de imediato abordado pelo senhor que o havia recepcionado em sua última visita. A expressão do simpático cavalheiro de proeminente abdome demonstrava que ele fora reconhecido.

— Bom dia, senhor. Seria equivocado de minha parte deduzir que o senhor está aqui para encontrar o senhor Arthur Johnson?

— O senhor está correto, e tem excelente memória.

— É o que diz a minha esposa — brincou. — Por gentileza, queira aguardar, eu o informarei de sua presença.

— Obrigado — agradeceu tocando o chapéu.

Jones sentou-se e agarrou um dos jornais depositados sobre uma pequena mesa. Saltou-lhe aos olhos a frase "*Dieu et mon droit*", escrita no logotipo da publicação. Um brasão composto de um leão ao lado de um unicórnio figurava no topo do papel.

– Deus e meu direito... – murmurou traduzindo.

A frase era bem mais antiga que a própria empresa, fundada em 1665, e identificava o lema de Henrique V., referindo-se ao direito divino do governo monárquico.

Logo no primeiro texto, datado daquele dia, vinte e seis de outubro de 1875, terça-feira, uma proclamação feita pela rainha o entediou, e o desinteresse fez com que ele devolvesse de imediato a publicação ao local de onde a havia retirado.

Em poucos minutos, tal a última vez, Johnson apareceu.

– Senhor Jones Philips! Eu estava pensando no senhor!

– Espero que, no futuro, o senhor ocupe sua mente com imagens menos enfadonhas.

O dito jocoso fez despontar um ligeiro sorriso na preocupada face de Johnson.

Apertaram-se as mãos.

– Admito que estranhei o seu bilhete. Não me recordo te ter esquecido nada aqui.

– Ah! Mas o senhor esqueceu... Siga-me, por favor.

Ambos dirigiram-se ao subsolo.

Johnson arrastou duas cadeiras, pondo-as ao lado de uma mesa. Os dois se sentaram em silêncio. O repórter, em seguida, depositou sobre o móvel uma pasta recheada de papéis, abrindo-a. A primeira página continha escritos que Jones reconheceu de imediato como sendo sua caligrafia.

– O senhor deixou este papel cair. Alguém o encontrou no chão – disse Johnson erguendo a folha.

– Mesmo? Não dei por falta de nada...

– Suas anotações são muito interessantes. Há pouca coisa, é verdade, mas o suficiente para afoguear minhas ideias. Lembro que o senhor disse que queria pesquisar sobre crimes estranhos ocorridos a partir de 1873. Não foi isso?

Jones relutava em manter aquela conversa, mas estava certo de que saberia como reter informações de Johnson. O olhar do repórter mais parecia o de uma atenta coruja; o homem fitava-o tal se buscasse em sua face os descuidos da mentira, ou qualquer indício de que algo importante lhe estava sendo sonegado. Sem dúvida ele já fizera aquilo antes. O diálogo, aparentemente informal, muito se assemelhava a um interrogatório policial.

— Sim, para a editora — respondeu esforçando-se em não tremer a voz.

— Isso mesmo! Foi o que o senhor disse. As poucas informações deixadas fizeram-me ser atacado por um grande apetite investigativo... e fui retrocedendo os anos. Não encontrei muito, mas creio que as informações são interessantes. Talvez gerem uma boa reportagem.

Jones sentiu seu coração acelerar. Se Johnson escrevesse sobre aquilo, Fergelus saberia, sem dúvida; e não só ele, mas Lilian e Elisabeth estariam em perigo.

— O que o senhor encontrou?

— Veja isso — disse passando a Jones um registro antigo.

Eram duas páginas muito velhas, ao que tudo indicava partes de um arquivo, pois um número de série havia no rodapé de cada uma. No cabeçalho constava o nome de uma universidade, que não podia ser identificada, pois o mofo havia subtraído metade do enunciado.

Jones viu duas datas e alguns dados: 1434, França, Reinado de Carlos VII, e 1702, cidade de New York.

— Essas duas notícias são interessantes, a primeira tem 441 anos. Pelo pouco que consegui enxergar das letras apagadas, li que duas jovens foram encontradas em Paris, no século XV, mortas e sem sangue no corpo. O outro registro tem 173 anos — disse Johnson. — Veja que curioso — enfatizou batendo o dedo indicador sobre a folha. — Andei pesquisando os “crimes dos corpos secos” e creio que tem alguma relação.

— Crimes dos corpos secos? — repetiu Jones, admirado.

— Crimes em que os corpos foram encontrados sem sangue. É como nos referimos na redação aos homicídios ocorridos aqui — explicou. Prosseguiu: – Quanto às duas jovens francesas, os dados são muito escassos, mas o segundo caso diz mais. Apesar dessa vítima ter sido encontrada absurdamente mutilada, não havia sangue no local. Pelo menos não a quantidade que deveria haver...

Jones estancou quando lhe veio à mente a cidade de New York, narrada na história de Fergelus. "O marceneiro matador de crianças!", pensou.

– Desculpe-me, mas como isso se relaciona aos crimes? – inquiriu fingindo descrença. Jones buscava, com discrição, desencorajar Johnson a prosseguir com aquilo. Continuou: – Nunca passou pela cabeça da polícia que os crimes poderiam ter sido cometidos em outro lugar, tendo sido os corpos levados ao local onde foram encontrados? E o que um crime ocorrido há mais de cem anos teria a ver com isso?

– As investigações não dizem isso – teimava Johnson. – Havia nacos de carne espalhados pelo local, e os corpos não pareciam ter sido arrastados. A polícia investigou um raio de cem metros, e não achou absolutamente nada. As vítimas morreram exatamente onde foram encontradas. Podemos estar lidando com um criminoso que copia crimes do passado.

Jones calou-se. Pelo visto Johnson estava tão obcecado com aquilo quanto ele.

– Quero perguntar-lhe uma coisa... – disparou o repórter, silenciando por um instante como se buscasse a melhor forma de prosseguir.

A expressão de Johnson quando proferiu aquela frase, sua mudez repentina e compenetrada, definitivamente não agradaram a Jones. O homem parecia estar tecendo uma teia, ou engatilhando a arma das palavras antes de disparar uma certeira indagação, e ele concluiu:

– Sei que o senhor me disse que estava sob ordens da editora quando veio fazer a pesquisa, mas quem realmente precisa dessas informações? Quem é o autor do livro?

Se Jones se sentia senhor da situação, agora ela se invertera, e ele estava acuado. Aquela fora uma pergunta direta, cuja resposta decididamente não poderia ser dada.

– Senhor Johnson... – desconversou. – Sei que este é um assunto relevante para o senhor, mas infelizmente não poderei ajudá-lo. Minha pesquisa é sigilosa pelo fato de ela ser parte integrante do material para um novo livro. O editor, senhor Benjamin Stafford, pediu-me segredo absoluto. O senhor sabe como são essas coisas, não se pode falar sobre o enredo de um livro antes de ele ser publicado. Se assim eu agir, não só perderei o emprego, mas decerto que responderei legalmente.

O ânimo de Johnson esmoreceu, mas a decepção em seu rosto só não era mais dominante que a curiosidade. Aquele era um excelente argumento.

– Entendo perfeitamente, senhor, mas, como diligente repórter que sou, continuarei as minhas buscas...

– Não tenho dúvidas quanto a isso, e lhe desejo sucesso – disse Jones sorrindo e levantando-se. – Agora, se me permite, realmente preciso ir. Tenho muito trabalho pela frente.

Ele agarrou a página que lhe fora devolvida, cumprimentou Johnson e saiu da sala.

XXIV

Jones sabia que aquele inconveniente repórter se tornaria uma pedra no sapato, que ele não desistiria, e desconfiava que tal empenho lhe pudesse custar a vida. O interesse que demonstrara pela história era mais que evidente, pois seus olhos deixaram transparecer que não estava apenas imbuído de curiosidade, mas de extrema coragem, e que aquele mistério lhe causava desconforto. Ele iria fuçar como um rato em busca de alimento, iria cavar como uma incansável toupeira.

Seria aconselhável que Johnson não desse tanta importância ao tema, que o encarasse como o capricho de uma mente fértil, até como uma tentativa de abrandar a monotonia que por vezes assola uma redação de jornal. Melhor escrever sobre a beleza do novo colar da rainha.

"Agora, vou encontrar Lilian. Contarei tudo!", decidiu enquanto apressava-se pelos corredores do London Gazette.

Jones tinha pressa, e dali saiu em disparada. Por duas vezes o chapéu quase saltou de sua cabeça. Ele estava engasgado com todas aquelas informações e quase afogado nos sentimentos que despertavam.

— Senhor, tenha cuidado! — gritou, espantado, o agradável porteiro que sempre o recebia. Certamente por achar tal correria irresponsável e extravagante.

Na rua, muito agitado, ele sacou o relógio do bolso como quem agarra uma arma, e viu que eram duas horas da tarde.

"Onde estão as carruagens?"

Jones buscou-as por todos os lados, sem, contudo, ser capaz de encontrá-las, e correu ofegante. Sua cabeça pesava como uma saca de trigo; não lhe cabiam mais tantas imagens, medos e notícias desagradáveis. Lilian o acalmaria.

Ao dobrar uma esquina, a poucos metros encontrou estacionado entre as brumas o tão desejado veículo negro, parado como se o aguardasse, e dois bons cavalos de cuja respiração brancas emanações esfumaçadas saltavam. O frio era intenso, e toda aquela correria lhe provocara uma incômoda tontura.

Ele percebeu, ao aproximar-se, que um cliente fora dispensado antes sequer de abrir a porta. O cocheiro parecia estar de folga.

"Diabos! Ele terá que me levar! Pagarei o dobro!"

— Não está livre? — perguntou.

O homem de rosto coberto apenas meneou a cabeça positivamente, e Jones entrou, informando o destino.

— Vamos logo, senhor. Tenho pressa!

Os cavalos foram açoitados sem piedade, seus lombos carnosos se contraíram e suas patas socaram o asfalto, pondo a carruagem em movimento a uma velocidade extrema. De imediato, Jones foi arremessado contra o fundo, para depois tombar ao piso, escapando-lhe o chapéu. Ele tentava agarrar-se de todas as formas. A maleta já lhe martelara a cabeça por duas vezes.

— Ei! Calma! — gritou para o cocheiro, que parecia nada ouvir.

A carruagem continuava chacoalhando mais que o normal, muito mais. Não havia como segurar-se, e Jones colidia com todas as partes de seu interior. Ainda não conseguira sentar-se, e temia que os vidros se estilhaçassem. O que seria mortal.

— Ei! Você está louco, homem?! — bradou, enfurecido.

Após os óculos serem arrancados de sua face, como se um demônio invisível o esbofeteasse, veio a primeira pancada na cabeça. Jones pôs a mão sobre o ferimento e sentiu o sangue.

— O senhor é surdo ou quer me matar?! Pare essa carruagem, agora!

Outra pancada quase o desacordou. Ele girava como um brinquedo dentro de uma caixa que é agitada por uma agressiva criança. E veio a terceira pancada na cabeça. Nesse momento ele sentiu que a carruagem estava sobre duas rodas. Ia virar a qualquer momento.

Um enorme estrondo seguido de violentos relinchos e alguns gritos tomaram todo o ambiente. O barulho foi ensurdecedor e a confusão, tremenda. Jones estava de cabeça para baixo, com o tórax sendo comprimido pela quina do banco. A carruagem havia tombado.

Prontamente se formou ao redor um aglomerado de pessoas agitadas, que gritavam. Alguns homens subiram no veículo e abriram a porta, que agora estava na parte de cima. Alguém saltou para dentro na intenção de socorrê-lo.

— Calma, senhor, calma. A carruagem virou!

— Se o senhor não me houvesse informado, eu jamais teria percebido!

Aquela resposta, apesar da situação trágica, trouxe bom humor ao prestativo estranho que tentava ajudá-lo.

— O senhor está bem? Que loucura! Jamais em toda a minha vida vi uma coisa dessas acontecer! — disse o homem.

E estendendo o braço para o alto o sujeito solicitou ajuda dos outros que ali estavam como abutres sobre uma carcaça fresca. Passaram a levantá-lo com cuidado.

— Vamos, senhor, vamos sair daqui!

Jones, antes de ser puxado para fora, teve tempo de enfiar os óculos quebrados dentro da maleta e pegar o chapéu, que estava totalmente amassado.

Dois policiais surgiram no momento em que seus pés finalmente tocaram o asfalto.

— Chamem um médico! — gritou um dos transeuntes.

— Não! Não é necessário! — respondeu Jones, pondo as duas mãos na região lombar enquanto curvava o corpo para trás, e o gesto fez seu rosto se deformar em dor. O som do estalejar dos ossos pôde ser ouvido.

Um dos policiais passou a observar o local com mais esmero, parecendo buscar alguém.

— Onde está o cocheiro? — gritou com autoridade, dirigindo-se ao grande número de pessoas barulhentas que ali se aglomerava. — Alguém viu o cocheiro? — repetiu.

Todos passaram a procurá-lo, olhando de forma inquieta ao redor e comentando coisas incompreensíveis. O murmúrio era alto, e ninguém se entendia. Uma criança chorava enquanto alguém acalmava os cavalos, que estavam muito nervosos.

A rua estava repleta de curiosos, o espetáculo trouxera vendedores à frente de suas lojas e alguns cachorros, que pareciam divertir-se com toda aquela agitação.

Outras carruagens começaram a se achegar vagarosas, parando próximo, passando os seus cocheiros, do alto, a contemplar aquele evento incomum com faces preocupadas. Dois desses cocheiros desceram de seus assentos e aproximaram-se. Espantados, se dirigiram aos policiais.

— Essa carruagem é de nossa firma! Como diabos veio parar aqui? Ela foi roubada há mais de uma semana!

— Essa é uma carruagem roubada? — indagou um dos policiais.

— Sim, senhor. A firma prestou queixa. Essa carruagem foi roubada de madrugada, há mais de uma semana, e o cocheiro desapareceu. Ninguém sabe onde ele está! Sumiu!

O policial voltou-se novamente para a multidão, passando a gritar com ainda mais autoridade:

— Onde está o cocheiro dessa carruagem?!

— Ele está desaparecido há mais de uma semana — respondeu um dos cocheiros.

— Não me referi a isso, senhor — disse com impaciência o policial. — Quero saber quem a estava guiando!

O homem calou-se.

— Como se chama, cavalheiro? — perguntou o oficial voltando-se para Jones.

— Sou Jones Philips, senhor.

— O senhor viu o rosto do cocheiro? Poderia identificá-lo?

Naquele instante, Jones percebeu algo realmente estranho. Notou que ultimamente não vira mais rosto de cocheiro algum, tampouco ouvira suas vozes. Nos últimos tempos, todos estavam de rosto coberto e singularmente silenciosos. Não mais avisavam da chegada, apenas golpeavam o teto da carruagem. Não o cumprimentavam, nem sequer agradeciam o pagamento.

— Não, senhor. Não vi. Infelizmente não posso identificá-lo.

Suas costas doíam; Jones teve muita sorte em não se ferir mais seriamente. Sem dúvida aquele evento fora bastante perigoso e incomum. Tão incomum quanto o fato de ninguém ter encontrado o cocheiro. O homem sumira tal um coelho na cartola. Era como se um fantasma houvesse guiado a carruagem.

Seguindo os conselhos do policial, ele procurou uma enfermaria, e depois de devidamente medicado voltou para casa.

Mais um dia sem ver Lilian.

XXV

Deitado sobre o colchão, agora utilizado para tentar serenar as dores, Jones movia-se como uma pesada placa tectônica que desliza em busca de ajustamento. As algias lhe fustigavam a carne como verdadeiros terremotos. Ele vivenciava os efeitos tardios de todas as violentas piruetas, os sacolejos e as pancadas no interior da carruagem.

Suas costas estavam destruídas, e a cabeça mais ainda. Os músculos dos braços tremiam, e os joelhos, inchados e doloridos, pulsavam como dois corações comprimidos.

O pescoço, de tão tenso, lembrava-lhe o tronco de uma árvore, sua cerviz estava tão dura quanto o teto por ele observado, e pelos feixes musculares dos ombros espalhavam-se intermitentes espasmos. Ele sentia no tórax o peso de um paquiderme sentado.

E diante de toda sua infausta realidade ele refletia, buscava analisar o evento com a consciência que ainda lhe restava, pois pensar era o único ato que não lhe provocava dor, pelo menos não dor física.

"Eu poderia ter quebrado o pescoço! Como foi possível uma coisa dessas acontecer? Ninguém na Inglaterra guia cavalos de tal maneira! Mas onde foi parar o cocheiro? E se não foi um acidente? Ora, como poderia não ter sido?!"

Jones parecia imerso em delírios, em fantasias geradas pelo excessivo susto, ou quem sabe suas profundas meditações estivessem aos poucos já descortinando o véu do estranho mistério que o cercava. E inevitavelmente Fergelus lhe roubou os pensamentos, como sempre fazia nos momentos de tensão.

"Se esse homem teve relação com o que aconteceu, qual a razão de dar-se a tanto trabalho? Se ele me quisesse morto, creio que eu já estaria. Seria outro aviso? Hum... o encontro que ele teve com Elisabeth não surtiu o efeito esperado, e ele precisou ser mais enérgico, precisou me mostrar quem está no comando... Sim, talvez seja isso! Queria dar-me uma lição!"

E, mudando de semblante, relaxou as feições, balançou a cabeça em sinal de negação e tratou de se contrapor ao absurdo que havia pensado.

"Não, não é possível que ele tenha a ver com tudo de ruim que acontece em minha vida! Preciso me acalmar, estou delirando! Pensar dessa forma me parece muito forçado para alguém como eu!"

E o que lhe restava fazer além de permanecer ali, entediado sobre a cama, pleno de dores e de confusas cogitações? Ele se fez tal pergunta, e a resposta tornou-se evidente: ler o livro.

"Estou preso a essas páginas", lamentou-se. "Sou um dos personagens de uma história de horror, escrita por alguém perturbado..."

Sentindo-se vencido, com dificuldade ele estendeu o braço, agarrou o par de óculos reserva para encaixá-los no topo do nariz. Em seguida trouxe a obra de Fergelus para si, e apoiando-a sobre o peito a abriu e continuou aquela história:

A velha aproximou-se dos despojos trucidados, e envolvendo o bebê com as mãos removeu-o com cautela, banhando-o para retirar todo o sangue que o ungia. Robusto e saudável o ser era do sexo masculino, e nascera com dentição completa.

Ela o cobriu com trapos e o depositou a um canto da habitação, para depois desamarrar o corpo da escrava, que com relativo esforço arrastou para um ponto afastado, e lá o enterrou.

Hoje, a escrava é apenas mais uma entre tantas ossamentas ocultadas pelas dunas. É um fóssil a aguardar as pás dos arqueólogos. Sob os grãos do infindo e desértico tapete, multíplices histórias mantêm-se anônimas, e esta também seria uma delas, se aqui não estivesse registrada.

Apesar da avançada idade, a sacerdotisa sentia nos músculos debilitados uma incomum energia, e com clareza percebia ser estimulada por um maléfico vigor. Aquela força sinistra a possibilitava empreender severas tarefas, e uma delas era alimentar e esconder a criança até que atingisse a idade de sua independência. O que não foi um trabalho fácil. Por anos, a criança foi nutrida com a carne crua de ovelhas, e vez por outra, trazido pela sacerdotisa, com o sangue de algum mercador.

A carne crua era necessária aos seus primeiros anos de existência para que fosse alicerçada a sua vitalidade, mas o sangue, este era fundamental, e desde cedo já deveria ser sorvido. O sangue humano lhe fortalecia mais do que o de qualquer outra espécie, lhe trazia toda a energia do corpo pelo qual havia circulado, além dos pensamentos, das memórias e das próprias sensações vivenciadas. No sangue estava o registro do que se havia visto, ouvido, saboreado ou cheirado, e ainda as emoções experimentadas. Por essa razão, gradativamente a criança passou a compreender a mecânica do raciocínio dos Efêmeros. Segredos, medos, culpas, crimes, rancores e sonhos, tudo, pois a alma da carne estava no sangue. As informações obtidas através do sangue, ao porvir, lhe agraciariam com uma incalculável fortuna.

O sangue consumido legava os vindouros anos dos fornecedores, o tempo de vida que a natureza havia programado às células, e desse tempo advinha o profundo revigoramento físico. Não que ele necessitasse desses anos, pois era imortal; no entanto, era nessa energia que estava contida a capacidade de regeneração incrivelmente rápida dos ferimentos. A cura acelerava-se devido ao tempo acrescentado.

O sangue também aligeirava vivamente a absorção do aprendizado, o que lhe possibilitava guardar informações sem que nada fosse esquecido. No futuro, ter uma boa memória o ajudaria a adaptar-se a diversas sociedades.

Com o tempo sua compleição avigorou tanto quanto seu poder, que se punha a aumentar para, no porvir, ser devidamente dominado e utilizado conforme sua vontade. Às vezes ele acompanhava a sacerdotisa em suas refeições, pois nenhum alimento lhe fazia mal, mesmo o consumido pelos Efêmeros. Ele até apreciava o sabor, os temperos, as misturas, mas seus nutrientes ao entrarem em seu organismo eram de imediato desintegrados, pois de nada lhe serviam.

Seus dentes desenvolveram-se, sendo os incisivos laterais superiores acúleos e retráteis, como as garras de um felino. Eles possibilitavam uma perfuração mais precisa no local por onde seria retirado o sangue absorvido. Da mesma forma eram suas unhas, que podiam, ao seu comando, se prolongar limitadamente e regressar ao estado inicial. Inquebráveis, eram utilizadas para dilacerar a pele da presa, facilitando a extração de seu sangue; o que seria de grande ajuda, pois dessa forma evitaria deixar as marcas de seus dentes, dispersando qualquer suspeita sobre a sua existência. Mas essa maneira de ocultar-se ele só descobriria mais tarde.

O sono não era um grande problema, pois a energia trazida pelo sangue ingerido estocava-se em seu organismo, e isso era suficiente para mantê-lo desperto por meses. A falta deste não lhe prejudicava seriamente, apenas lhe trazia a necessidade do descanso.

A capacidade de influenciar pensamentos solidificava-se aos poucos, sendo-lhe possível, por vezes, até lê-los, caso houvesse interação verbal, pois era através da fala que as ideias se expunham, e estas ao chegarem à sua apuradíssima audição traziam o rarefeito material da consciência. Essa habilidade o mantinha seguro, protegendo-o contra más intenções e mentiras — vícios inerentes ao caráter dos Efêmeros. Porém, com o tempo, esse poder evoluiria, e a própria presença do indivíduo já seria suficiente para que as emanações de sua mente pudessem ser ouvidas.

Ainda na infância, seu corpo desenvolveu a capacidade de movimentar-se a uma velocidade excepcional, muitíssimo superior à dos Efêmeros. Havia momentos que a limitada eficiência da visão humana não o podia perceber, mas apenas distinguir uma sombra, um esfumaçado borrão escuro. Ele era a rápida e estranha brisa surgida em locais fechados. Para muitos, ele seria definido como um fantasma.

Jones interrompeu a leitura, passando a meditar sobre aquela última passagem. "A sombra! Esse trecho é a precisa descrição do que vi!"

Qualquer um somaria as evidências e chegaria a uma conclusão, mas não Jones. Havia um claro bloqueio em sua mente, um bloqueio erigido pela lógica. Um pertinaz entrave que o impedia de perceber o que já se fazia evidente havia muito tempo.

Os indícios da verdade apontavam em uma única direção, indicavam o rumo que sua racionalidade rejeitava seguir. Em seu íntimo, talvez ele soubesse disso.

Por mais que se obstinasse em nutrir o bom senso, no âmago havia uma contenda entre a negação e a força das provas.

Sendo um homem racional e equilibrado, um amadurecido inglês filho do século XIX, decerto que negaria com veemência a existência de algo tão inconcebível, apesar de ser tão comum em sua época os chamados "contatos com o outro mundo".

Entretanto, era impossível explicar ou contradizer o que lhe saltava aos olhos quase que diariamente. Ele tinha as suas crenças religiosas, que não eram tão solidificadas – o intelecto não o permitia –, e, apesar de uma ou outra contradição, julgava-se um indivíduo sensato; mesmo possuindo recentes vinte e cinco anos. Idade em que muitos, ainda levados pela imaturidade, chafurdam na estupidez.

Todas as cartas estavam postas à mesa de suas considerações, e ele não poderia mais continuar a negar o que estava diante de seus olhos.

Se havia uma perigosa sombra a vagar pelas ruas de Londres, outra existia na mente de Jones. Uma sombra que escurecia seu raciocínio, impedindo-o de ver a verdade. Mas esta estava fadada a ser iluminada pelo sol das irrefutáveis evidências.

E vagarosamente, voltando a face em direção às laudas daquela obra diabólica, com certa dificuldade, pois lhe doía o pescoço, ele prosseguiu a leitura:

Certa madrugada, enquanto a velha dormia no leito em que havia expirado a escrava, recostado sobre uma duna gélida ele contemplava o céu, sentia o sopro do deserto no rosto, como se segredos murmurados pelas eras. Via cometas rasgarem o firmamento e constelações salpicadas, nuvens a navegar se arrastando por um oceano de trevas.

A imensidão escura daquele arenoso e silente abandono sempre lhe trazia uma sensação profunda e estranha, algo que ele não sabia definir; talvez fosse a solidão, pois não havia outros de sua espécie, jamais haveria. Ele era único.

Ele ainda não sabia muito de si, e a consciência sobre sua natureza demoraria a despontar, viria com o tempo, mas jamais traria todas as respostas.

Quilômetros se estendiam às suas costas até o Mar Vermelho e à frente até o Golfo Pérsico. Ele sentia-se como uma daquela estrelas que contemplava, um ponto perdido no meio do nada.

Seus pés descalços aprofundavam-se na álgida areia, e essa sensação de frescor ele jamais esqueceria. Introspectivo, ali permaneceu repleto de pensamentos.

Então, a alguns metros, sobre o imenso tapete de areia, ele percebeu uma discreta movimentação. Algo se deslocava silente e vagaroso, a parecer uma pequena sombra. Ele não conseguiu identificar do que se tratava, mas notou que se aproximava cada vez mais. Sua visão noturna era perfeita, porém, estranhamente, naquele momento de nada lhe valeu.

Seu apurado instinto não alertou para o perigo, como era comum acontecer, e por isso ele intuiu a inexistência de qualquer ameaça. Cauteloso, apenas aguardou.

E em segundos, a poucos palmos dos seus pés, saída da escuridão surgiu uma imensa serpente negra, de fina e bifurcada língua bailarina. Ela se elevou como uma rosa que rompe afagada pelo véu lunar, e parecia aprontar um salto. Ambos, quietos, se entreolharam. A lua refletiu sobre a escurecida extensão daquele animal um brilho desbotado, um fulgor opaco que identificava a sua robustez e longa dimensão.

Para qualquer Efêmero, aquele seria um momento medonho, no qual o pavor despontaria com toda a sua cólera, mas não para ele. E dos olhos negros, brilhantes e profundos daquele enigmático ofídio surgiram imagens que lhe eram desconhecidas. Homens com estranhas vestes banhadas em sangue, brutais confrontos entre exércitos, espadas sendo brandidas e cavalos em disparada.

Eram guerras ainda não ocorridas, entre povos que nem sequer existiam. Ele viu estátuas com faces de animais, e reis em tronos sendo adorados como deuses. Viu imensas explosões, dispositivos brilhantes e artefatos desconhecidos sendo manuseados. Observou construções de estranhos formatos e tumbas repletas de exóticos símbolos. Inúmeros corpos de braços abertos, presos a longas estacas, e soldados envoltos em capas vermelhas.

Em verdade, os olhos abismáticos da serpente lhe traziam imagens que pelos vindouros milênios aos seus próprios se mostrariam. E tão silencioso quanto surgira, o horripilante animal se foi, mergulhou na escuridão noturna, desapareceu, e a quietude se tornou sepulcral.

É no silêncio que as reflexões florescem, que surgem ideias incomuns. E ao entender que ao seu redor não havia grades, tampouco cercas, a não ser as de pedra que guardavam as ovelhas, também compreendeu que não havia quem o impedisse de explorar a região, só a prudência.

Tinha, então, quinze anos humanos, e jamais havia ultrapassado os limites de distância estabelecidos pela sacerdotisa, pois ainda não chegara o tempo de ir-se. Porém, ele sentiu o irresistível chamado da curiosidade, a compulsão pela descoberta. Aquele ânimo, sem dúvida, lhe havia sido assomado pelo macabro encontro com a serpente.

Ele nunca fora a uma povoação, e desejou conhecer uma cidade, estava curioso quanto aos Efêmeros. Ele já havia provado do sangue dos mercadores, que em caravanas passavam, mas esse alimento não era frequente, pois consegui-lo em quantidade despertaria suspeitas quanto à sua existência.

A sacerdotisa desempenhava um papel importantíssimo nesse ponto, pois cabia a ela a captura das vítimas, que, desaparecidas, eram tidas apenas como imprudentes pessoas engolidas pelos perigos do deserto.

Do sangue experimentado, ele colhera imagens de outras terras, vira rostos queimados de sol, tendas empoeiradas, tecidos coloridos, animais exóticos, edificações ornadas por estranhos desenhos. E sua imaturidade lhe convenceu de que não era suficiente apenas capturar registros das memórias alheias, lhe impôs o desejo de testemunhar tudo, de tocar, de cheirar, de conhecer novos territórios, de ver com os próprios olhos.

E, de modo veemente, arrebatador, lhe aflorou um desejo mórbido de observá-los em seu hábitat, algo semelhante à estranha obsessão que leva o predador a contemplar a presa antes de consumi-la.

Ele ergueu-se da duna na qual por um bom tempo estivera sentado, decidido a andar, andar até a cidade mais próxima, para observar, ouvir, sentir e aprender.

Algo o avisava de que ainda não era o momento, mas ele não deu ouvidos, entendeu que não haveria perigo se primasse pela cautela e permanecesse envolto nas sombras noturnas.

E foi, vagou sozinho pelo deserto, tal um espectro perdido. Quiçá como a escrava antes de concebê-lo. Por cerca de uma hora, talvez mais, apenas caminhou, no absoluto vazio da silente paisagem erma e escurecida.

No alto, as nuvens pareciam uma manada de alvos elefantes a se deslocar, preguiçosa e aos poucos; quando se ajuntaram, converteram a madrugada em um manto que a tudo cobria. A noite se fez ainda mais tenebrosa.

Pequenas pedras espalhavam-se por todo o piso arenoso, e galhos secos erigiam-se, ondulavam, entrelaçavam-se como cabelos. Além do murmúrio do vento, que parecia lhe aconselhar a regressar, nenhum outro ruído havia, talvez apenas o de seus pensamentos.

Jones sentia-se exausto e dolorido, suas mãos tremiam e os olhos já embaciavam. Aquele, sem dúvida, fora um dia absolutamente incomum, assustador, pleno de surpresas, de inquietações e dúvidas.

Após um ligeiro acesso de tosse, as dores que o molestavam se tornaram ainda mais desagradáveis e em vista disso o livro foi fechado.

Ele precisava dormir um pouco.

XXVI

Pela manhã, ainda de olhos fechados, seu primeiro movimento instintivo foi o de tocar a própria cabeça, exatamente no local do ferimento, que pulsava no compasso de uma leve goteira.

Ali, posto por uma velha enfermeira, havia um curativo. Aquela pequena bandagem branca, que se destacava em contraste com seus cabelos negros, decerto que provocaria perguntas, indagações que se tornariam repetitivas e incômodas. Jones achou que seria aconselhável retirá-la. E assim agiu, com cuidado para que a lesão não abrisse.

Depois de remover a pequena bandagem umedecida, ele passou a ponta do dedo sobre o local para constatar a gravidade de sua extensão, e não encontrou nada de tão surpreendente. O corte era fino e ao redor da quase imperceptível fissura havia uma mancha arroxeada, que com o tempo desapareceria.

Seus joelhos ainda doíam, assim como as costas e os braços, mas ele poderia fingir normalidade. Talvez ninguém reparasse seu ligeiro claudicar. Já com a bandagem seria diferente: todos, de imediato, a perceberiam.

Aquelas pequenas férias estavam lhe saindo bastante penosas e já se haviam convertido em um inferno incrustado na paz de seus dias. A cama, que antes figurava como um abrigo no qual ele desfadigava o corpo e a alma da labuta, agora se tornara uma cela que nada mais propiciava além de inquietantes lucubrações.

O leito era seu canto mais frequentado, sendo o livro de Fergelus uma obrigatória companhia e quase um alimento. Aquilo já lhe soava como um culto, ou no mínimo uma obsessão.

Apesar das dores, ele precisava banhar-se para encontrar Lilian, e essa ideia fixa não lhe abandonava os pensamentos. Em sua irmã ele buscaria o conforto dos bons conselhos, e o apoio de uma consciência burilada pela serenidade.

Jones achou por bem caminhar a maior parte da distância, evitando as carruagens; só as utilizaria quando o desconforto estivesse insuportável. Quem sabe um bom movimento não lhe servisse apenas de salutar exercício, mas também como um meio de dispersar as algias.

"Andar um pouco me fará bem. Espero não ser atropelado por um cavalo...", ironizou.

Por fim ele saiu da cama, erguendo-se com dificuldade e entre gemidos. E o movimento executado por seu tronco dolorido em muito lembrou o ponteiro dos segundos de um velho relógio, que quase resvala no painel do dispositivo ao descrever sua hipnótica trajetória.

Cerca de meia hora depois, Jones já caminhava pela rua, ou tentava. Cada choque de seus pés sobre o asfalto encarvoado propagava dores que percorriam os músculos, como se insetos carnívoros subissem por suas pernas. Seu corpo latejava quase ao ritmo de um metrônomo e vez por outra ele precisava parar para apoiar-se. No entanto, persistia, e sua mente colhida pelos últimos eventos seguia os rigores da matéria, deixando-se levar por sombrias concepções.

Os transeuntes, como sempre, trajavam negro para evitar a ação da perpétua e nociva bruma fabril nas vestes mais claras. Roupas encardidas eram inaceitáveis para a elegância que todos buscavam ostentar. E aquela funesta tonalidade jamais ornou sua vida com tamanha conveniência.

Uma multidão de vultos cortava a neblina com desenvoltura, como personagens de um invernoso pesadelo que ali estavam para não o deixar esquecer-se do quão lutuosa pode ser a existência.

O sol, por mais que teimasse em brilhar, tinha seus raios desvanecidos pela frondosa cerração industrial que ocultava cada prédio, cada casa, carruagem, poste, animal ou pessoa. Londres era uma bolha opaca de escuridão e frialdade, e os que essa grave capital habitavam se haviam convertido em sombrios detalhes de sua paisagem.

E durante o incômodo, tenebroso e barulhento itinerário, uma ideia germinou. Jones parou, por alguns segundos avaliou aquele pensamento intempestivo, encarquilhou a testa, coçou o queixo e logo mudou de rumo, se dirigindo à agência central dos correios.

O planejamento era o de enviar uma mensagem a Lilian. Aquela seria sua garantia caso algo irreversível lhe ocorresse durante o percurso. Decerto que o bilhete jamais chegaria antes dele, seria esperar demais, no entanto isso não seria problema, já que no papel iria constar um pequeno e importante registro de seus medos; ele serviria para alertá-la quando fosse recebido.

A rota escolhida com cuidado não seria longa, ele apenas desviaria por poucos quilômetros. Ademais, a área lhe era bem conhecida e o caminho já havia sido traçado. Bastaria atalhar por alguns becos e cruzar poucas praças.

Apesar da ideia por um momento lhe ter parecido infantil, ele estava convencido de que provas escritas valiam bem mais que qualquer comentário. O bilhete seria uma precaução que, pelo menos parcialmente, lhe desfadigaria a alma. Além disso, se tornaria uma evidência clara e incontestável que afirmaria para qualquer um a existência de sérios receios quanto à sua própria segurança.

Tendo por fim alcançado a edificação, que, imponente, se erigia em estilo arquitetônico grego, Jones parou por um instante e apoiou-se à sua alva fachada. Ele estava cansado, ofegante, suado e dolorido. Os joelhos latejavam.

E, pelo curto espaço de tempo que permaneceu de pé, lhe foi impossível não recordar que ali, naquele imóvel, cuja construção finalizara em 1829, seu pai começara a trabalhar como entregador aos 15 anos, e que aos 21 já administrava um setor.

E lembrou-se também de outra história contada, que em 1850, já com 40 anos, pouco antes de ele nascer, seu pai havia sido despedido por contenção de despesas, e que o homem, determinado que era, para obter seu emprego de volta apelara para o próprio Sir Robert Smirke, o afamado e competente arquiteto cujos traços clássicos haviam criado aquele conhecido prédio.

A peculiar agitação na rua Le Grand de St. Martin era a de sempre. Várias e ruidosas carruagens passavam de um lado a outro, confusos falatórios incessantes mesclavam-se, tornando as frases incompreensíveis, e um número incontável de pessoas circulando tornava o trecho um inquietante pandemônio.

Jones mal conseguia ordenar os pensamentos. A despeito do nauseante futum que vez por outra surgia para empestear a alma, todos seguiam a vida, sem se dar conta daquele odor ou do frio que gelava os ossos.

Uma senhora de triste semblante e negra echarpe vendia jornais, enquanto um velho de barba vermelha, sem bigodes, deslocava-se sossegado com uma cesta sobre a cabeça. Dois senhores, um de cachimbo, colavam cartazes em uma parede, e mais à frente um vendedor ambulante divulgava algo em um tabuleiro posto sobre uma armação de madeira. Um homem vendia vassouras presas a um feixe. Um garoto engraxate, de expressão cansada, lustrava o sábado de um cavalheiro de pomposas vestes. Uma idosa sentada sobre um batente esmolava com uma criança sobre o colo. Um homem de bengala, com cartazes de madeira presos aos dois lados do corpo, anunciava um *show*.

Aquela localidade, ao norte de Newgate Street e Cheapside, e ao sul de Aldersgate Street, era oposta à que Lilian morava. Ele precisava se apressar.

Por pouco mais de meia hora ele esperou no interior da agência, até que muitos dos que ali estavam fossem devidamente atendidos, e por fim chegando a sua vez, tratou de rabiscar a mensagem:

"Lilian, você e Elisabeth correm perigo. Estive na London Gazette e obtive importantes informações sobre crimes similares aos ocorridos recentemente em Londres. Acredito que o assassino seja o mesmo, e que o senhor Fergelus esteja envolvido. O livro deste homem está me perturbando."

Remeteu a mensagem e tratou de sair dali imediatamente.

Com um esforço sobre-humano, e beirando o arrependimento pelo envio do bilhete, Jones ainda conseguiu andar por um longo caminho antes de ser capturado pela fadiga. Não tardou para que a absoluta incapacidade física quebrasse a resistência de sua teimosia e o forçasse a usar uma carruagem, mas antes de se aventurar no interior do veículo ele tratou de observar muito bem o rosto do cocheiro.

O percurso não foi extenso, pois auxiliado por cambaleantes passos ele já havia ganhado terreno, isso à custa de penetrantes dores e tantos gemidos quanto estrelas no céu toldado que tinha sobre sua cabeça. Ele arrastou-se como pôde, e até onde conseguiu alcançar.

Ao chegar diante da casa da senhora Pritchett, o cocheiro deu sinal, gritou com voz rouca de seu elevado assento:

— Chegamos, senhor!

"Eis a diferença!", concluiu instantaneamente, em referência ao inquietante e suspeito silêncio dos outros.

Ele saltou da carruagem e pagou ao homem, que agradeceu com um sorriso.

— Tenha um bom dia, senhor!

— Bom dia — respondeu.

Antes de usar a argola presa à porta para anunciar sua chegada, Jones recostou-se à cerca para recuperar um pouco do fôlego. Suas têmporas pulsavam, seus ombros doíam, filetes de suor lhe desciam pelas costas, e ele temeu que mais tarde pudesse ser vítima de alguma indisposição mais severa, pois suas vestes úmidas pela transpiração já começavam a esfriar em razão do clima.

Sem mais esperar, ele subiu a pequena escada de dois degraus em frente à porta, usou a aldrava e aguardou. Como sempre, a senhora Pritchett, cautelosa, abriu a porta.

— Bom dia, senhora Pritchett.

— Bom dia, Bob Jones! É bom vê-lo! — disse convidando-o a entrar. — Sua irmã está um pouco enferma. Culpa do clima...

— Espero que não seja nada grave...

— Claro que não! Ela é saudável!

— Tenho certeza que sim.

— Eu mesma andei dando alguns espirros... Um nariz entupido é algo tão deselegante... Se em uma criança é preocupante e em um adulto é embaraçoso... Ah! Em uma idosa é um péssimo sinal!

— Não se preocupe, senhora Pritchett. Basta se cuidar. Há de ser algo passageiro...

— Claro... Claro... Pode ir, suba! — Apontou para a escada.

— Espero que a senhora se recupere logo. Com licença.

Jones estava com tanta pressa que nem sequer lembrou-se de retirar o chapéu, ou o casaco. Meteu-se escada acima saltando sobre degraus como uma rã, apesar das dores, enquanto a senhora Pritchett resmungava qualquer coisa.

Só ao chegar próximo à porta do quarto de sua irmã é que lhe veio à mente esse pormenor, e, após golpeá-la com nervosismo, ali mesmo passou a retirá-los.

Ele pôde ouvir um espirro vindo do interior do aposento, alguns passos, e a fechadura ser aberta. Lilian surgiu com um sorriso, e um lenço nas mãos.

— Jô! Como vai? Que surpresa! Você veio em um péssimo dia! Sairá daqui doente...

— Não tem importância! Precisamos conversar — disse, entrando rápido e jogando bruscamente o casaco e o chapéu sobre uma cadeira. Já a maleta carregou consigo até a mesa, depositando-a sobre o móvel. — Quero que você veja uma coisa.

— Certo... — falou com surpresa. E percebendo a forma como Jones se locomovia, perguntou, preocupada: — Você está mancando?

— Você não vai acreditar. Sofri um acidente de carruagem.

Lilian emudeceu.

— A carruagem virou... — completou.

— Hoje?!

— Ontem.

— Ontem?! E só agora você me diz?! Elisabeth sabe disso?

— Não! Mas não foi nada grave! Sente-se. Temos coisas mais importantes para tratar.

— E essa marca roxa na cabeça? Você foi ao médico?

— Já! Está tudo bem! Só estou com algumas dores. O senhor Stafford deu-me alguns dias de folga, e estou me recuperando bem. Não se preocupe. Sente-se — insistiu.

Lilian sentou-se.

Jones, agitado, tirou da maleta alguns papéis e o livro de Fergelus.

— Esse livro novamente... — disse Lilian com uma expressão de terna censura.

— Sim, escute com atenção. Desde que encontrei o senhor Fergelus, minha vida está a fazer estranhas piruetas. Há coisas que ainda não lhe contei, mas, tendo em vista os últimos acontecimentos, é necessário que você saiba de tudo.

Lilian ouvia com atenção.

— Relutei muito em me convencer do que vou lhe dizer, mas creio que esse livro é real! Tudo o que consta nele realmente aconteceu! Ele é como um diário, como um relatório. Há coisas ocorrendo hoje, aqui em Londres, que comprovam isso. Antes de vir para cá lhe enviei um bilhete...

— Enviou-me um bilhete?

— Sim. Foi algo que me passou pela cabeça. Ele terá o carimbo dos correios, e será uma prova, um registro oficial de minhas suspeitas, caso algo me aconteça. Você o receberá em breve, guarde-o!

— O que pode acontecer com você? Do que você está falando, Jô? — inquietou-se.

Jones estava muito nervoso, e prosseguiu:

— Acho que o senhor Fergelus é um assassino, algum tipo de ser imortal... Calma — disse sacolejando as mãos —, eu sei como isso soa, mas escute-me! Ele me apareceu em um sonho, mas o pior não foi isso! Sabe aqueles crimes dos quais falamos, o da moça e o dos dois homens que apareceram sem sangue? Eu fui testemunha. Eu estava lá. Vi o senhor Fergelus com a mulher antes de ela morrer. Vi os homens serem atacados por uma sombra. Fui ao London Gazzete e fiz uma pesquisa. Mortes iguais aconteceram pelos países em que o senhor Fergelus esteve. Eis a prova — disse erguendo os papéis. — A mesma coisa, corpos sem sangue. O acidente com a carruagem... Acho que não foi um acidente. Foi um aviso! Um aviso do senhor Fergelus! Os cocheiros sempre estavam com o rosto coberto! Ele encontrou-se com Elisabeth, como se fosse por acaso, mas não foi. Acho que ele é o homem, ou a coisa, que a tetravó da senhora Chaimovitch viu na infância, e também é quem matou o marceneiro...

Jones expunha todas aquelas informações ao mesmo tempo, em um único fôlego, sem sequer perceber a confusão que estava fazendo. Qualquer um que o ouvisse juraria estar diante de um louco, ou de, no mínimo, alguém aprisionado em sérias divagações que precisavam ser tratadas com medicamentos.

— Marceneiro? — perguntou Lilian, desconcertada.

— Sim, mas isso foi no início do século passado. A mãe dele foi uma escrava...

— Como?! — Lilian jamais estivera tão confusa como naquele momento. Jones falava coisas absurdas, e sem parar. Não havia a menor lógica no que ele estava narrando.

— Uma escrava! Mas isso não foi no século passado, isso foi na Suméria, há quase quatro mil anos!

— Jô! Calma! — ordenou erguendo-se com a autoridade de uma irmã mais velha. — Sente-se! Respire devagar! Eu não estou entendendo!

— Você e Elisabeth estão em risco. Eu escrevi isso no bilhete! Todos estão em risco! Ele não é um homem, acho que nem é humano! As mortes que ocorreram na França, foi ele. Em outros países também.

Jones aparentava estar à beira de um ataque de nervos, suas mãos tremiam e se agitavam, e seus olhos se haviam aberto ao limite.

— Jô! Espere! — acalmou-o Lilian segurando-o pelos ombros. — Sente-se!

— Aqui estão as provas. Reportagens de crimes ocorridos onde ele esteve. E este — levantou outro papel — é o relatório das vendas dos livros... Eu fiz uma associação das datas...

— Jô! Espere um pouco! — gritou Lilian, nervosa.

Ofegante, Jones obedeceu, e em silêncio desabou sobre a cadeira, quase sem ar.

— Jô! Você é pessoa mais equilibrada que eu conheço. Queria que você pudesse se ouvir agora. Acho que está estafado pelo excesso de trabalho, parece estar doente, sentindo dores. Esse tal acidente pode ter contribuído para isso. O conteúdo desse livro também — disse apontando para a obra de Fergelus. — Acho que você precisa de férias, e com urgência. Um descanso profundo sem dúvida que irá fazer muito bem.

— Esses papéis provam tudo! — continuou.

Lilian agarrou os papéis e pôs-se a lê-los rapidamente.

— Veja as datas, tudo se encaixa!

— Jô! Muitas pessoas estiveram nesses países ao mesmo tempo que o autor. Você pesquisou as escalas do navio? O tempo em que ele permaneceu atracado em cada porto? Viu a lista de passageiros e comparou cada nome que saiu e voltou para o navio? Você tem ideia do número de passageiros que viajam por mês de um país para o outro?

Jones calou-se. Era um detalhe que havia deixado passar.

— Acha que estou mentindo!

— Claro que não! Não acho que você está mentindo, acho que você acredita realmente no que está dizendo, mas só o fato de crer não quer dizer que seja verdade. Não há mentiras aqui, há confusão. E você mesmo pode perceber isso. Veja como você está!

— Será que estou ficando como papai?

Aquela frase calou Lilian como um golpe na face. Lágrimas lhe vieram aos olhos, mas ela as segurou. Precisava ser firme, manter o controle e ajudar seu irmão.

— Não, Jô! Você nunca ficará como papai, nem eu. Acalme-se. Acho que a estafa e essa maldita leitura estão o deixando confuso. Só isso. Acontece com muita gente. O excesso de trabalho somado à falta de descanso e a preocupações constantes causam abalos psicológicos.

Jones ouvia, mas, depois de tudo pelo que passara, era mais fácil crer que Fergelus era imortal do que acreditar em Lilian.

— Desculpe vir aqui desse jeito — lamentou-se, cabisbaixo. — É que estou preocupado com você e Elisabeth... Não quero que ela me veja assim...

— Eu sei, mas preocupe-se com você também. Nós estamos bem, seguras e com saúde. Bem, não tanta saúde — disse apontando para o próprio nariz avermelhado enquanto fungava. — Todos esses papéis e teorias mostram o tempo que você gastou com isso — afirmou pondo tudo de volta na maleta. — Você precisa de um bom descanso. Use o tempo que o velho Stafford lhe deu para relaxar. Fique longe do que possa lhe prejudicar. Livre-se desse livro e não encontre mais esse homem. Vamos tomar um pouco de chá. Se acalme. Tudo está bem.

O fato de Jones ter comparado seu estado mental com o do pai passou a preocupar Lilian.

XXVII

Quando chegou à sua casa, Jones caiu em si, e o baque lhe machucou a consciência. Ele sentiu-se incrivelmente envergonhado, pois em presença de Lilian jamais se portara daquela forma. Ele havia perdido o controle e isso comprovava o quanto os recentes eventos estavam lhe influenciando. Estaria a sua dedicada irmã com razão?

O importante detalhe do navio escapara-lhe por completo. Era uma relevante informação, fundamental para consolidar qualquer suspeita. Ali, definitivamente estaria a resposta.

"Não, não vou buscar nenhuma lista de passageiros. Essa maldita obstinação ainda não chegou a esse ponto, e isso levaria muito tempo! Deixarei como está. Essa história está me roubando o sono, a sanidade, a vida!"

As manchas roxas em seu corpo estavam mais perceptíveis, exceto a da testa. Elas se haviam espalhado como uma praga, e as dores tornaram-se ainda mais desconfortáveis. Custava-lhe se mover, seus ombros estavam quase tão endurecidos quanto os ossos que ocultavam. Uma ligeira pontada na cabeça já começava a incomodar.

"Descanso, é disso que realmente preciso. Dormir bem, e muito."

No leito, após um banho laborioso, no qual cada tentativa de esfregar-se fora seguida por um gemido, Jones sentia-se como em uma tumba: deitado de costas, imóvel, de olhos abertos e com os dedos entrelaçados sobre o peito. Só o corpo dolorido e a tempestade de pensamento o convenciam de que não era um cadáver.

"Não posso estar ficando como papai! Não posso!"

E, na quietude do quarto, enquanto lamentava-se, lhe veio a imagem do deserto à noite, trazida pela minuciosa descrição que havia lido no livro, e ele quase pôde sentir sua plena solidão, seu absoluto silêncio, seu forçoso estímulo à reflexão. Talvez até à sua paz. E Jones perguntou-se como seria a percepção do isolamento e o medo do desconhecido que aquela experiência traria.

Vagar por tal retiro arenoso, desbravando as trevas noturnas, decerto que de alguma forma seria perigoso, mas a profunda introspecção vivenciada quiçá fizesse valer a pena. Conhecer uma área que era gelada sob o luar, quase onírica, mas que, ao sol, convertia-se em um verdadeiro inferno, expondo a face da própria morte, poderia ser quase uma experiência religiosa.

Ter o livro à mão convertera-se em um hábito compulsivo. Mantê-lo descansado sobre um móvel próximo era um ato espontâneo.

De onde estava, a obra parecia sussurrar um chamado ou emanar uma tênue vibração, e isso tornava impossível que, vez por outra, não fosse olhada de soslaio.

Naquele cômodo a importância do volume mais se assemelhava à da fogueira acesa ao centro de um acampamento, mas dele calidez alguma desprendia, apenas o frio. Um frio que quase gelava o ambiente, e mais que isso, fazia estremecer a alma.

E Jones quase podia sentir a pulsação fluida de suas páginas, tal se o sombrio exemplar fosse o próprio coração de sua casa, ou o latejo de seu medo.

Não obstante suas dores corporais, a aguilhoada que sentia na cabeça e a perturbação causada pela conversa com Lilian, ele iria continuar a lê-lo, não mais havia possibilidade de parar.

Ele levantou-se com dificuldade, esboçou um esgar de agonia, apoiou-se no encosto da cama, e de pé parou por um segundo para respirar na intenção de relaxar os músculos doloridos; em seguida caminhou até a cômoda, sobre a qual o livro estava. Ali, o apanhou e regressou.

Deitando-se, abriu-o no ponto que havia marcado. Iniciou a leitura:

Pequenas pedras espalhavam-se por todo o piso arenoso, e galhos secos erigiam-se, ondulavam, se entrelaçavam como cabelos. Além do murmúrio do vento, que parecia lhe aconselhar a regressar, nenhum outro ruído havia, talvez apenas o de seus pensamentos.

Tendo caminhado por uma área muito vasta, ele resolveu correr, pois subitamente fora tomado pela imensa vontade de experimentar na face os afagos da brisa gelada, como também de sentir a prazerosa sensação de liberdade trazida pelo deslocamento rápido. Apesar da baixa temperatura, a natureza de sua matéria lhe fornecia uma brutal resistência, tanto ao frio quanto ao calor. Sua vestimenta, de panos e peles, não seria suficiente para aquecer um Efêmero, mas isso era algo que ele jamais seria.

E ele correu, correu tão rápido que mal conseguiu distinguir os próprios pés, e por vezes nem sequer experimentar a saibrosa alfombra sob eles. As pegadas que deixou na areia só não durariam mais que as civilizações que floresciam na região, todavia estas o bafejo do tempo se encarregaria de varrer para baixo do tapete da história.

Por mais inalcançáveis e ligeiras que fossem suas passadas, a lua permanecia imutável, dependurada em um tecido negro de furos oscilantes. Ela seria sua confidente, talvez até sua cúmplice. Aquele globo alvo, gelado, como um olho solitário ou como uma marmórea bandeira içada no mastro sombrio de um barco invisível, ao longo dos séculos testemunharia a evolução de sua existência.

Depois de haver transposto um largo território, ele parou, e nenhum cansaço sentiu. Cessou os movimentos em razão de algumas luzes distantes lhe terem chamado a atenção. Era a cidade de Eridu, e, mais à direita, Ur. À esquerda de Eridu, um pouco mais afastada, estava Uruk, e, do outro lado, à direita de Ur, despontavam Nina, Urukag, Girsu e Lagash. Ele havia encontrado a Suméria.

De pé, a tudo ele apreciava com a peculiar admiração que só olhos inexperientes podem vivenciar. À sua direita estava o Golfo Pérsico, de onde um rio fluía, e mais à frente, bipartindo-se, despontavam o Eufrates e o Tigre.

Por um momento lhe veio a dúvida se deveria seguir ou regressar, pois seu instinto pleno de cautela lhe avisava de que aquela era uma região perigosa, no entanto a curiosidade que já o dominava era maior que a recomendável prudência, afinal, para ele, tudo era novo; ainda não havia conhecido outras terras do mundo ou os povos que elas habitavam.

Seus olhos, até então, se haviam limitado tão somente ao ambiente no qual morava, à velha sacerdotisa, às ovelhas, à noite, à lua, ao dia e seu sol, também a uma vasta quantidade de areia, pois ainda era jovem para perambular por lugares distantes. Sua imortalidade não era de todo conhecida, se havia iniciado pouco tempo antes, havia apenas quinze anos, e a ignorância acerca daquela condição era motivo de acautelar-se.

As longínquas e bruxuleantes luzes observadas eram as das tochas dos vigias que sobre elevados muros montavam diligente guarda, e devido a isso ele intuiu que teria que ser ainda mais cuidadoso, que teria que fugir do luar, pois o lume pálido do astro lúrido de quando em quando lançava feixes pelas frestas das nuvens.

E, caindo no solo arenoso, ele se esmerou para não ser percebido, arrastou-se sorrateiro como uma cobra em direção àquela fortaleza.

Quando já estava muito próximo percebeu que a extensão dos muros entrava pela escuridão e que os elevados portões eram grossos. A cidade era praticamente inexpugnável, mas não para ele.

Observando acuradamente, distinguiu que as trevas dominavam um trecho daquela monstruosa fortificação, mais do que aos outros, e entendeu que seria aconselhável usar aquele preciso local como passagem.

Ele estava diante da cidade de Ur, local onde a mulher que o concebera havia sido escravizada.

Sua natureza lhe havia presenteado com olhos incomuns, olhos que, além de enxergarem a uma distância infinitamente superior à alcançada pela restrita visão dos Efêmeros, ainda possuíam a capacidade de ver à noite. E esta, sem dúvida, era uma grande vantagem em uma intricada circunstância como aquela.

Ao aproximar-se do muro, como uma discreta sombra, em nenhum instante foi visto pelos guardas, e pôde tranquilamente escalá-lo, sem qualquer problema ou esforço adicional, a uma velocidade impressionante. Ele era como o pó soprado pelo vento madrugador, como a fumaça que a moderada brisa dispersa. Leve como um pelo de animal, porém mais resistente que aqueles próprios muros.

A cada dia ele reparava estar mais forte, e uma habilidade nova descobria. Algo o fazia crer que se tornaria mais poderoso com o passar do tempo, e ainda mais inteligente com a constante ingestão do sangue dos Efêmeros. O sangue o renovava, o robustecia, lhe trazia resistência, tornava seu raciocínio límpido e sua percepção, depurada.

E, alcançando o topo da muralha, que então se havia tornado piso, dali ele olhou o deserto do qual havia saído, para em seguida contemplar a cidade que dormia. Mas logo, sem demora, tratou de atravessar aquela superfície de pedra aplainada para, por fim, logo começar a descer pelo outro lado.

Quando seus pés finalmente tocaram a areia gelada daquela urbe grandiosa, ele sentiu-se em um mundo novo, desconhecido, ameaçador, diferente de tudo o que havia visto até então. E passou a explorar o lugar, movendo-se sutilmente como os negrejados filetes de fumaça que dispersavam as tochas presas àquelas grossas paredes.

Havia iluminação, mas sua célere mobilidade o tornava quase vaporoso, imperceptível à observação dos Efêmeros. Ele era como o vulto de uma pantera, era tal uma nuvem negra e muito delgada que havia descido do firmamento para passear por entre os homens. Era a própria noite.

Ali, ele admirou centenas de habitações erigidas com apuro em forma quadrangular, feitas de pedra, barro e madeira. Viu vegetações espalhadas que brotavam do solo ou do alto das construções. Havia pequenos barcos e navios ancorados à beira de um grande rio, estátuas de faces misteriosas, ovelhas em cercados, poços cheios de água e pequenos córregos alongados, que se repartiam como veios.

Aquele povo parecia muito organizado. Vivia com toda a fartura que a água pode fornecer. Era, sem dúvida, uma nação com certo grau de conforto e, ao que tudo indicava, bastante preocupada com a segurança.

Extasiado ante o ordenamento urbano, ele compreendeu que as habitações seguiam um padrão de posicionamento, circundavam uma bem maior, que parecia ser de onde emanava o comando. Em seus pensamentos, ele comparou as pequenas casas às moscas, e a maior, à carcaça de algum animal.

A construção maior era o Grande Zigurate de Ur, santuário do deus Nanna. Divindade lunar e protetora da cidade.

Por muito tempo ele vagou sem ser percebido e, sem hesitação ou problemas, vasculhou com calma e atenção boa parte da cidade adormecida, seus trechos mais recônditos e suas partes mais penumbrosas. Transpôs pequenos muros cobertos por sebes, desviou de cactos, de outeiros, de urzes, de murtas e de troncos caídos. Atravessou corredores frios de rocha vermelha, cruzou umbrais encimados por arcos de pedra, escalou muros ornados por curiosos afrescos, galgou telhados escorregadios e subiu por simétricas escadarias.

Porém, foi no momento em que pensava ter tudo sob controle que a sede despontou, inesperada. Ele havia se deixado levar de tal forma por toda aquela fantástica e encantada novidade que esquecera por completo de nutrir-se, e sua natureza lhe estava cobrando o deslize. O corpo pedia alimento.

Os dentes incisivos laterais superiores começaram a pulsar, e aquele era o sinal de que o instinto de sobrevivência o dominaria. Ele precisava de sangue.

Ele era jovem, ainda não havia adquirido experiência suficiente para dar-se limites, para saber acerca das reações psíquicas, corporais e instintivas que eclodiriam aos instantes críticos. Só bem mais tarde ele compreenderia que aquela era uma reação espontânea que procurava protegê-lo sempre que o perigo rondava.

O esforço empreendido na travessia do deserto o havia enfraquecido e, jamais, jamais ele poderia se inserir em uma circunstância arriscada sem estar fortalecido pela ingestão de sangue. O risco de ser aprisionado era muito grande.

Não havia mais tempo, seria fatal regressar sem alimentar-se, pois o longo percurso lhe roubaria as energias que já se mostravam debilitadas. E suas presas involuntariamente já estendiam-se, fortes e acúleas, em busca de alguma fonte de sangue.

Naquela era, ele ainda não havia desenvolvido a técnica de cortar a jugular com as unhas, utilizava apenas os dentes. O que fatalmente traria suspeitas sobre os estranhos ferimentos.

Só então ele entendeu que caíra em uma ardilosa armadilha criada pela curiosidade.

Seus sentidos aguçados haviam se expandido de tal maneira que o perfume ferruginoso do sangue se tornou mais encorpado, e tão presente quanto o seu próprio corpo. Ele até podia ouvi-lo correr pelas veias dos indefesos moradores que dormiam no interior das construções próximas.

O horizonte já começava a ser rasgado pelos primeiros açoites do rubro fulgor solar, e aquela cor que salpicava o firmamento só aumentou a sua angústia. Ele precisava voltar, mas não sem se alimentar.

E, arrebatado pela sede incontrolável, foi guiado por sua natureza até uma daquelas habitações para beber da jugular de todos que ali repousavam. Era uma família de cinco membros.

Na penumbra, ele aproximou-se da face de cada um, lhes cheirou os cabelos e sentiu da serena respiração a vida ser exalada. O hálito manso desprendido da essência de seus corpos era tal qual a brisa das noites enluaradas, era como a aragem que percorre o deserto carregando na corcova os mais ancestrais segredos.

Então, uma estranha vibração, como a de um diapasão mudo, fluiu de sua mente, invadindo os relaxados pensamentos daqueles Efêmeros, o que lhes causou o torpor necessário para que permanecessem imóveis, sem despertar. Para eles tudo era como um sonho esfumaçado.

E vagarosamente, deixando as presas escorregarem em toda a sua extensão, pousou suas pontiagudas extremidades na carne tenra dos pescoços, perfurando-a. Dois filetes acarminados escorreram das pequenas aberturas, descrevendo uma curva trajetória que circundava a garganta, como aquele par de antigos rios que alimentava a cidade de vida.

De olhos fechados ele sugou o líquido grosso e viscoso de todos, sentindo a seiva se espalhar por sua boca, embeber a língua, tomar as gengivas, besuntar os dentes e descer pela garganta.

A poção vital nutriu seu organismo de uma energia mágica cuja assombrosa potência podia ser percebida por todas as regiões de seu corpo. A particularidade impressionante foi que o sangue de cada organismo tinha sabor único, distinguia-se um do outro.

E surgiram imagens, recordações que não eram de seu passado, odores desconhecidos, sensações invasoras, estranhos desejos e medos. Eram memórias diferentes, de pessoas diferentes, que se mesclavam, se unificavam, como distintos temperos arremessados no caldo de um recipiente.

As emoções experimentadas por cada um dos que ali se esvaíram tornaram-se as suas, pois o sangue carregava consigo a própria identidade daqueles em cujas veias corria.

Poder-se-ia dizer que todos que sucumbiam às suas presas renasciam aprisionados na escuridão de suas entranhas.

Talvez verdadeiramente ele se alimentasse de almas.

Ele secou aqueles corpos, deixou-os quase como o couro das ovelhas abatidas que a velha sacerdotisa expunha ao sol. Largou-os prostrados em seus leitos, que então se haviam convertido em suportes mortuários. Tornou-os ressequidos cadáveres sobre jazigos de trapos.

Agora, precisava ir-se o mais rápido possível. Já estava feito. E, sem dúvida, haveria consequências.

Com um suspiro, Jones fechou o livro, permanecendo alguns segundos com ele entre as mãos, que, posicionadas daquela maneira, pareciam preparar-se para uma oração. O que não aconteceu.

A cena descrita com tantas minúcias lhe remetera ao próprio local, como se ele testemunhasse o evento, como se estivesse ao lado daquelas pessoas. Quase podia sentir o cheiro do lugar, experimentar o clima, contemplar o céu estrelado, ouvir o fluxo das águas dos rios e até observar a dança das tochas vigilantes. Esse efeito tornara-se comum, pois a escrupulosa narrativa de Fergelus era hipnótica.

E os músculos do seu pescoço dolorido tremeram, surgindo um pequeno espasmo no exato lugar em que o sangue das vítimas havia sido extraído. Ele esfregou a área com a mão, para depois verificar a ponta dos dedos; estavam limpas. Sua dúvida era até quando.

XXVIII

Como há muito não ocorria, Jones dormiu bem, sem inquietudes, insônia ou pesadelos. A noite transcorreu pacífica, sem visitas oníricas indesejadas, ruídos suspeitos ou sobressaltos de ansiedade. A fadiga apagou sua consciência tal qual o sopro de um extenuado ancião sobre a morrediça chama de um toco de vela.

O corpo ainda lhe doía, mas o tempo e o descanso seriam terapêuticos.

Naquela manhã ele decidiu não mais meter-se a detetive ou fomentar histórias bizarras nos pensamentos. Levaria a vida que tinha antes e usaria aquelas pequenas férias para descansar. Nada mais.

Continuaria a ler o livro, mas evitaria promover exóticas associações ou estimular insanas fantasias. Não mais poria a quem amava em perigo, tampouco a si.

Dedicar-se-ia ao trabalho e ao planejamento do matrimônio. Seguiria as regras.

Eram dez horas da manhã e, após uma discreta série de exercícios, de se ter escanhoado, se banhado, e de uma pequena refeição, ele se pôs ao lado da janela para saborear uma xícara de chá.

Em silêncio, Jones passeou o olhar meditativo pela extensão da rua esfumaçada enquanto trazia a chávena quente aos lábios, e do líquido bebericava, para logo depositar a peça de louça no pires, em um movimento espontâneo de vaivém, como o de um boneco manipulado pelo hábito.

Nada de novo havia naquele conhecido panorama. O *fog* constante trespassado por silhuetas apressadas agitava-se, sonolento, como a saia de uma preguiçosa bailarina. Uma ou outra carruagem passava, com candeeiros luzentes presos aos ferros da boleia. E a vida em pálida dinâmica o entediava.

Ele abandonou o letárgico cenário, caminhou e sentou-se em algum lugar. Com as pernas cruzadas, sentiu que as dores nos joelhos haviam diminuído. Claros indícios de que em alguns dias estaria renovado.

O livro, como sempre, estava sobre a cômoda, mas ele só o tocaria mais tarde, pois queria um tempo para si, para pôr os pensamentos em ordem. Sentia-se como a descansar após uma batalha. Os últimos dias haviam sido agitados.

No entanto, aquele sossego foi interrompido por batidas na porta. Foram três ou quatro golpes secos que o apanharam de surpresa.

"Outro bilhete?", pressagiou aos lamentos.

Jones se levantou, pôs a xícara sobre a cômoda, ao lado da obra de Fergelus, vestiu um roupão e foi atender.

Grande surpresa o tomou ao ver diante de si Arthur Johnson com um sorriso, tocando a ponta do chapéu, enquanto pendia a cabeça quase imperceptivelmente.

— Bom dia, senhor Philips! Espero não ter chegado em hora inoportuna.

"O que esse homem quer?!", inquiriu-se quase com um grito silencioso.

— Não! De forma alguma! Entre — disse deslocando-se para o lado, na intenção de abrir passagem.

Johnson retirou o chapéu e entrou, observando o ambiente com curiosidade.

— Em que posso ajudá-lo, senhor Johnson? Se o assunto é referente ao que conversamos na London Gazette, creio não ter mais nada a dizer — disparou.

— Entendo perfeitamente, senhor Philips, e peço desculpas por incomodá-lo, mas é que surgiram alguns detalhes interessantes que eu gostaria de dividir com o senhor. Não levará muito tempo.

Jones suspirou e sentiu-se acossado diante da ameaçadora segurança daquele homem, mas manteve a serenidade. Ele não queria ter aquela conversa, como também não desejava ser grosseiro, ou despertar qualquer tipo de suspeita. E convidou-o a se sentar. Recostando-se depois na poltrona ao lado de uma pequena lareira.

Depois de instalado em uma cadeira, Johnson pôs sua maleta sobre as pernas, de lá retirando um livro.

— O senhor conhece o autor desta obra?

Jones ficou petrificado. Era o livro de Fergelus.

"Onde ele conseguiu isso?!"

Percebendo a expressão de espanto esboçada, Johnson, como bom repórter que era, sentiu estar no caminho certo. Jones permanecia mudo. Estava muito abalado.

— O senhor sente-se bem? — perguntou Johnson.

— Sim, sim, claro...

— O senhor conhece o autor desta obra? — repetiu.

— Sim, conheço. A editora mandou-me ao seu encontro para tratar de assuntos relativos a um contrato de publicação.

— Entendo... O senhor já leu este livro?

— Não! — contestou.

Jones pensou rápido, afinal o livro ainda não havia sido publicado na Inglaterra. Johnson esboçou um discreto sorriso, e meneando a cabeça continuou:

— Li boa parte desta obra. Dediquei-me com afinco, pois acho que tenho aqui uma boa reportagem. É, sem dúvida, um livro muito estranho.

— Onde o senhor o conseguiu?

— É uma edição dos Estados Unidos. Pedi a um amigo que me enviasse. Era esse ou um da Alemanha...

— Senhor Johnson, perdoe-me, mas poderia explicar-me o que está acontecendo? Creio não estar entendendo.

E Johnson deu início à explicação que traria Jones de volta ao inferno:

— O senhor esteve na London Gazette por duas vezes. Na primeira afirmou ter ido para fazer uma pesquisa sobre os crimes dos corpos secos...

"Novamente essa medonha expressão", pensou Jones.

— Disse que a editora Stafford o havia incumbido disso.

— Sim, é verdade.

— Afirmou que eram dados para um livro. Dados sobre crimes estranhos ocorridos entre 1873 e 1875, na França, Estados Unidos, Itália, Alemanha, Portugal e Espanha.

— Sim. Lembro-me disso.

Jones não conseguia entender como Johnson havia associado o livro de Fergelus à sua estada na London Gazette.

— Bem, após nossa segunda conversa, passei a pesquisar com mais afinco, pois aquele dado que encontrei chamou-me a atenção. Lembra-se? A estranha história ocorrida em 1702?

— Sim, lembro...

— A história consta neste livro — disse tocando o dedo na capa da obra —, descobri por acaso! Quanto ao outro evento, o das duas jovens, ainda não achei, mas se estiver escrito aqui é questão de tempo até que eu encontre.

Jones fingiu espanto.

— O que há de estranho nisso? O autor soube do fato e o escreveu.

— Também pensei dessa forma, senhor Philips...

— Senhor Johnson... O que esse livro tem a ver com toda essa história? — disse, interrompendo-o.

— O senhor disse-me que estava pesquisando para um livro, mas não há livro! O senhor estava buscando informações para uso próprio.

Jones surpreendeu-se.

— Mas por qual razão eu agiria dessa maneira?

— Pelo fato de o senhor já haver lido este livro — disse agitando a obra nas mãos — e ter feito a associação que eu fiz! Eu estive na editora Stafford, e com certo esforço consegui obter informações acerca de novos autores, e só havia um. Esse tal de Fergelus.

"O senhor me disse que os dados que desejava eram para um novo livro, mas o livro já estava terminado! O contrato de publicação comprova isso! Este livro também! — disse erguendo o volume mais uma vez. — Então, os dados eram para o senhor!

"Daí para frente reuni informações sobre os crimes ocorridos entre 1873 e 1875, como o senhor fez quando esteve no jornal, depois pesquisei os locais onde Fergelus esteve, e para isso pedi auxílio a amigos que trabalham com navegação, e consegui a lista de passageiros que estiveram em todos esses países, mais especificamente nas cidades onde os crimes ocorreram. Ainda estreitei a busca para associar os dias. Com extremo trabalho, cheguei a três pessoas: uma senhora de sessenta anos, um senhor que vive há quinze anos sobre uma cadeira de rodas, e Fergelus.

"Minha teoria é a seguinte: o senhor leu o livro e associou o crime de 1702 aos crimes ocorridos em Londres, depois disso passou a achar que Fergelus tivesse algo a ver com eles. Mas, não satisfeito, queria confirmar as suspeitas, então buscou informações sobre crimes similares aos ocorridos aqui recentemente. Finalmente encontrando-os nos lugares em que Fergelus esteve, antes de chegar à Inglaterra.

"Desconfio que Fergelus seja um autor insano que busca inspiração na morte, e para obter material para livros ele comete crimes. O crime que o inspirou foi o de 1702, então ele o repetiu. Como continuará a repetir em cada país em que sua obra for publicada. Assim gera material para futuros livros."

A explicação de Johnson era perfeita, mas havia dois detalhes que ele não sabia: Jones tinha sido testemunha de um homicídio duplo, e havia visto Fergelus com uma mulher na noite anterior ao dia em que ela fora encontrada assassinada.

— Senhor Johnson — disse, simulando abalo —, eu jamais em toda a minha vida ouvi uma história tão extravagante quanto essa! Eu não li esse livro, não suspeito que ninguém seja um assassino...

— Então — disse Johnson interrompendo-o com veemência —, qual o motivo de o senhor ter ido à London Gazette pesquisar aqueles crimes para um livro que não existe?

— Mas esse é o ponto! No nosso segundo encontro, eu lhe disse que não podia falar sobre esse novo livro, pelo fato de ele ainda não ter sido escrito. Eu seria acionado judicialmente.

— Senhor Philips, peço que me perdoe, mas meu faro não está mentindo. Há algo por trás de tudo isso. Creio que Fergelus é um assassino que se inspira em crimes do passado, e que o senhor sabe algo a respeito disso, mas por temor reluta em revelar. Estive no hotel onde ele está hospedado, o Langham, e me foi dito que ele apenas usa o local para receber recados da editora, jamais dorme por lá. E permita-me divulgar outra relevante informação, algo que ainda não disse... Antes de vir para cá, estive no necrotério, onde se encontra um corpo que foi recolhido à margem do Tâmisa. Um novo corpo com a jugular cortada. Esse corpo é de um cocheiro que desapareceu há mais de uma semana. A carruagem dele, que também estava desaparecida, está registrada em um boletim policial como sendo um veículo recentemente envolvido em um acidente. E desse acidente o senhor foi vítima.

Jones congelou, seu estômago borbulhou, fervido na mais cálida adrenalina. E enquanto procurava conter-se, Johnson continuava:

— Não há como saber ao certo o que ocorreu. O que se sabe é que o pobre homem foi assassinado. É surpreendentemente estranho que a carruagem dele roubada estivesse sendo ocupada pelo senhor, e que ninguém até o momento tenha identificado quem a guiava no momento do acidente!

— Eu não tenho absolutamente nenhum conhecimento sobre isso! — quase esbravejou com voz trêmula. — Senhor Johnson, suas teorias beiram a insanidade! O senhor tenta envolver-me em algo que foge à minha compreensão, e definitivamente desconheço seus motivos! Parece acusar-me de algum delito, sem provas, e usando de suspeitas embasadas em fantasias diz que tenho envolvimento com um criminoso! Peço respeitosamente que se retire!

— Sinto muito se o ofendi...

Johnson levantou-se, cumprimentou Jones com respeito, e antes de partir retirou do bolso um bloco de anotações, no qual rabiscou algo.

— Senhor Philips, eu o entendo mais do que imagina. Vou deixar meu endereço, caso mude de ideia.

XXIX

Aquela conversa definitivamente o deixou de cabelos em pé. Johnson havia efetuado um trabalho exemplar de investigação jornalística. Suas pesquisas foram minuciosas e dedicadas; ele era um autêntico detetive da profissão, um verdadeiro cirurgião do seu ofício. E sua explanação era sólida, minuciosa e convincente, apesar de, em alguns pontos, só haver claras conjecturas. Se ele continuasse com isso, e decerto que iria, Jones estaria em grande risco, assim como Lilian e Elisabeth.

"Estamos todos em perigo, até o senhor Johnson!", trêmulo, refletiu.

Jones imaginava o que teria ocorrido caso expusesse abertamente suas reais suspeitas e durante o inquietante diálogo com o repórter afirmasse acreditar que Fergelus não se inspirava em crimes de um distante passado, mas que ele próprio, por ser imortal, os havia cometido. Certamente Johnson o acharia um louco, com toda razão, e tal ideia também lhe passava pela cabeça.

A paz que ele almejou com tanta dedicação diante da janela não passou de uma quimera, de um sonho impossível limitado ao curto espaço de tempo em que bebeu de uma xícara de chá. Se havia esfacelado a esperança de regressar à vida pacífica. A vida que tinha antes de conhecer o autor.

Johnson iria esmiuçar tudo, até conseguir sua grande reportagem.

A casa parecia haver encolhido, mostrava-se tão exígua quanto sufocante. Jones vagava pelos cômodos como se perdido em um labirinto, tateando os umbrais, examinando as janelas, como se buscasse uma saída.

As paredes, que dantes se erigiam como os pilares da fortaleza de um lar aconchegante, pareciam ter-se convertido nos muros de um presídio. E essa asfixiante percepção era tão só o prolongamento do que ele vivenciava no interior de sua própria cabeça.

A situação se havia agravado, pois agora um repórter curioso e destemido entrara no jogo, e seguramente, quando possuísse mais dados, publicaria a história toda. Como convencê-lo a parar?

"Será que existe alguma forma de o senhor Fergelus ser combatido? Talvez haja algo no livro, qualquer coisa, que aponte uma vulnerabilidade...", refletia. "Não, ele não seria tão estúpido a ponto de se expor dessa maneira..."

Jones entrou no quarto e apanhou a obra com um ímpeto que quase a fez saltar de suas mãos. O livro pulsou em suas palmas, formigou na ponta de seus dedos estremecidos como se adquirisse vida.

"Vale a pena tentar! Deve haver alguma informação importante! Agora tenho um bom motivo para continuar a ler."

Ele sentou-se na cadeira, afastou a xícara que estava sobre a cômoda e abriu o livro. Pondo-se a ler com atenção:

Poder-se-ia dizer que todos que sucumbiam às suas presas renasciam aprisionados na escuridão de suas entranhas.

Talvez verdadeiramente ele se alimentasse de almas.

Ele secou aqueles corpos, deixou-os quase como o couro das ovelhas abatidas que a velha sacerdotisa expunha ao sol. Largou-os prostrados em seus leitos, que então se haviam convertido em suportes mortuários. Tornou-os ressequidos cadáveres sobre jazigos de trapos.

Agora, precisava ir-se o mais rápido possível. Já estava feito. E, sem dúvida, haveria consequências.

O sol já havia despontado quando ele chegou à habitação, e as ovelhas baliam como se emissárias de péssimas notícias. Ele sentia-se repleto de energia, e sua mente jamais estivera tão clara.

O sangue colhido das próprias veias dos Efêmeros distinguia-se do que lhe era comumente oferecido pela sacerdotisa. Do que a velha dispunha era transportado em jarros, e assim ela agia por questão de segurança, pois era preciso matar em pontos distantes para não ser vista próxima à construção.

A mulher se tornara uma assassina eficiente e brutal, a todos enganando com sua aparência frágil. Aproximava-se das caravanas como uma mendiga, e só à noite cometia seus crimes. Seu corpo era pequeno e suas mãos, pouco firmes, mas sua alma era nutrida por uma energia misteriosa que lhe imbuía de estímulo e resistência para assassinar.

Quanto aos corpos, ela os enterrava, não deixando para trás nenhum resquício. Todos os mercadores achavam que os desaparecidos haviam se perdido no deserto, que haviam sido picados por cobras, ou alcançados por qualquer outra fatalidade, jamais imaginando o que verdadeiramente se tinha passado.

Na Suméria, aquele início de manhã transcorreu pacífico, mas agitado, como é próprio de cidades grandes, e ainda também por boa parte da tarde a rotina habitual se estendeu sem qualquer quebra da normalidade. Enquanto os engenheiros expandiam as fronteiras erigindo obras que seriam abocanhadas pelas eras, os pescadores jogavam suas redes para recolher o sustendo de muitos. Mulheres transportavam jarras e odres de água, oleiros criavam cabaças e potes de barro, meninas fiavam tecidos e tapetes, rapazes aguerridos treinavam seus corpos para futuros embates, sacerdotes rezavam e acendiam suas piras sagradas, crianças corriam chacoalhando colares de coral, anciãos retiravam a lanugem de ovelhas, escravos suspendiam materiais pesados, ao passo que mercadores tangiam seus lentos dromedários.

No entanto, foi inevitável que em algum momento os cadáveres dos integrantes daquela família fossem encontrados, e quando se deu o fato houve grande agitação em Ur, um alvoroço jamais visto. A notícia espalhou-se pelas ruas e casas como uma pestilência, pondo aquele povo em desespero, e os soldados, em alerta.

De Ur, o relato dramático acerca do infausto evento se propagou para Eridu, cidade mais próxima. E os barcos que subiam o Eufrates do atormentado convés levaram a informação para Larsa e Uruk. A notícia cruzou o Mediterrâneo até chegar ao Tigre. Todas as cidades-Estado robusteceram sua segurança: Kutallu, Bad-tibira e Umma reforçaram seus pesados portões. Os governantes de Shuruppak, Lagash, Urukag, Girsu e Nina proibiram a presença do povo nas ruas após a chegada da noite.

Em pouco tempo, as cidades mais afastadas, como Tutub e Eshnunna, já haviam espalhado alguns combatentes pelas ruas. E Der, a mais distante, que estava além do rio Tigre, utilizou o perigoso artifício de soltar cobras por alguns pontos no alto dos muros.

O exército sumério não abandonou suas muralhas para empreender qualquer busca, preferiu reforçar a segurança duplicando em todas as cidades o número de vigias.

No topo de todas as fortificações, por quase a totalidade de seu contorno, as tochas ardiam e crepitavam, a lembrar infernais coroas em chamas. Aquela região nunca fora tão iluminada. A área ao redor de muitas cidades passou a ser patrulhada por grupos armados com espadas, lanças e escudos.

O ferimento encontrado no pescoço das vítimas assombrou os sacerdotes sumérios, alertando-os para a presença de demônios. E a criança morta, com apenas alguns meses de vida, lhes trouxe a suspeita da ação de Lamashtu, a deusa maligna. Um demônio feminino que se alimentava da carne e do sangue dos recém-nascidos.

O enterro dos cadáveres seguiu todo o ritual religioso, pois os sacerdotes acreditavam que, se assim não agissem, seriam geradas, a partir daquelas almas, entidades maléficas chamadas Ekimmu. Para eles, quando alguém tem uma morte violenta e não é sepultado de forma correta, cria-se um tipo de fantasma demoníaco que dedica seus dias a atormentar pessoas até levá-las à loucura, e posteriormente ao suicídio.

Alheio a tudo isso, ele lembrava-se do gosto magnífico que possuía o sangue retirado ainda cálido. E sentia em seu corpo a reação causada pela ingestão daquela preciosa substância energética. Em verdade ele mal podia esperar para voltar àquela cidade.

O sangue dos Efêmeros lhe depurava, organizava seus pensamentos e ampliava suas habilidades. Os nutrientes lhe fortaleciam, tornando seus sentidos extremamente mais apurados. Após degustar aquela seiva, sua audição aprimorou-se de tal forma que conseguiu ouvir a pulsação e o batimento cardíaco da velha. Sua visão alcançou distâncias imensas, também conseguindo distinguir as menores partículas. O olfato passou a capturar odores sutis, impossíveis de serem percebidos pelos Efêmeros. Podendo até, por mais imperceptíveis que se apresentassem, diferenciá-los sem qualquer dificuldade.

Só mais tarde ele entenderia que o sangue não era fundamental para mantê-lo vivo, não da forma como os alimentos e a água são para os Efêmeros. Muito tempo ainda fluiria para que ele percebesse que sua imortalidade não estava vinculada ao ato de bebê-lo.

O sangue era de extrema importância, pois exercia o papel de expandir os seus sentidos, sua força e suas demais habilidades, e isso certamente o ajudaria a se defender contra tentativas de captura. Só no futuro ele compreenderia que a incontrolável sede de sangue, quando aflorava, era fruto mais da exigência psíquica que orgânica, pois no intelecto estava o instinto de preservação da liberdade. E só lhe era possível resistir ao encarceramento tendo energia para isso.

O sangue punha em ação as suas incomuns aptidões. Acionava, dentre outros, o poder de ler pensamentos, de influenciar vontades, de mover-se com extrema velocidade, e sua força descomunal. Cabia à ingestão de sangue manter aqueles estranhos dons em funcionamento, dando-lhe, assim, a possibilidade de não ser aprisionado.

Passar um longo período sem ingerir sangue não o levaria à morte, mas à extrema fraqueza, e consequentemente ao esmorecimento das habilidades fantásticas que lhe permitiam manter sua independência. A privação dessa substância não o afetaria apenas fisicamente, mas também intelectualmente, debilitando seu privilegiado raciocínio.

O sangue complementava a sua imortalidade, como o perfume à rosa.

— Aí está! Basta mantê-lo sem beber sangue! Será extremamente fácil fazer isso... — murmurou com um sarcasmo pesaroso, para logo voltar a ler.

O sangue também ativava sua capacidade de assimilação de idiomas, tornando-o capaz de falar ou escrever com fluência qualquer língua, ou dialeto, bastando apenas ouvi-la ou lê-la. O fato era que seu cérebro já continha a semente de toda a linguagem humana, a audição ou leitura apenas apressava o "encaixe" entre o estímulo e o adormecido conhecimento preexistente. Isso seria de extrema importância para que ele se adaptasse com maestria às novas sociedades e culturas.

Na noite seguinte, ele percebeu algumas tochas a poucos quilômetros da habitação. Viu chamas que tremulavam, perdidas, em meio à escuridão do deserto, a parecerem estrelas que resolveram descer às areias, desgarrando-se da teia de sua constelação.

A velha, mostrando-se inquieta, também notou a suspeita movimentação do que lhe pareceu ser uma tropa. Ela sabia que eram os sumérios, pois certamente havia sido informada sobre a imprudente aventura que ele empreendera na madrugada, e a tal insensatez atribuía o aparecimento daquele grupo. Aquele povo jamais se havia aproximado tanto.

Não havia discussão quanto ao fato de ter sido um tolo descuido da parte dele agir de tal forma. Deixar-se levar pela perigosa e incauta curiosidade juvenil, para depois ter aniquilado uma família, pusera tudo em risco.

Apesar de ambos estarem instalados a uma distância considerável das cidades-Estado, sempre havia a possibilidade de que patrulhas chegassem àquela morada, pois as várias caravanas que passavam próximas decerto que haviam informado sobre sua existência. Havia a questão, também, dos constantes desaparecimentos de alguns mercadores trazerem profunda desconfiança e temor daquela área. A frequência das desaparições tornara-se tão elevada que muitas cáfilas passaram a levar escolta armada, enquanto outras optaram por mudar a sua rota, classificando a região como amaldiçoada.

Esse afastamento, aos poucos, foi tornando o sangue humano cada vez mais raro, o que lhe aumentou a sede. E isso, em pouco tempo, o faria cometer seu segundo erro. O mais fatal.

Jones fechou o livro e, por baixo dos óculos, esfregou os olhos. A vista já estava a cobrar descanso, mas apesar disso ele sentia-se bem melhor, pois as dores haviam diminuído com o passar dos dias. Permanecer deitado o ajudara por demais. Decerto que ainda restavam algias espalhadas, mas sem dúvida que se dissipariam gradativamente.

Aquelas pequenas férias foram providenciais, a despeito de todos os eventos ocorridos, e mesmo tendo sido solicitadas por Fergelus, fato que ainda o incomodava.

E ele acreditou já estar apto a regressar ao trabalho.

“Amanhã voltarei à editora”, resolveu.

XXX

Após golpear cuidadosamente com o nó do dedo por três vezes a porta do escritório de Stafford, Jones ouviu seu velho patrão dar-lhe permissão para entrar.

— Bom dia, senhor Stafford.

— Ah! Jones, bom dia! Como você está?

— Muito bem, senhor. Vim agradecer-lhe pelo período de folga.

A despeito de Jones saber que a ideia fora originada de Fergelus, achou que seria um bom exercício de diplomacia fazer aquele agradecimento. Ademais, Stafford não estava ciente de que a sigilosa informação já lhe havia chegado aos ouvidos.

— Não há necessidade! Agradeça-me fazendo um excelente trabalho — Sorriu.

— Certamente que sim, senhor.

— Ótimo! Escute, Jones... Você tem vestimenta para ocasiões formais?

— Sim, tenho. Há alguma solenidade planejada?

— Sim, uma ocasião muito especial! — disse, esboçando um largo sorriso e abrindo os braços, para em seguida deixar as mãos caírem sobre a mesa. — É um momento que venho esperando já há algum tempo! Não me recordo se já lhe falei a respeito disso... Bem, haverá um jantar em minha residência, com poucas pessoas, e quero a sua presença.

— A minha, senhor?! — Surpreendeu-se.

— Mas é claro! É um assunto de seu interesse, afinal você está envolvido na negociação. O convidado especial é o senhor Fergelus. E, como você se dedicou tanto a esse contrato, é evidente que estará presente!

Jones foi pego de surpresa, não sabia o que dizer, e sua mudez era devida à certeza de que a ocasião não passaria de uma perigosa armadilha elegante e acolchoada. Ele esboçou um sorriso sem graça e balançou a cabeça positivamente.

— Sim... Claro, senhor. Será um prazer...

— Confirmarei o dia, oportunamente...

— O senhor o conheceu? — disparou interrompendo-o, imbuído por uma inquieta curiosidade.

— Não... Ainda não... Comunicamo-nos por bilhetes. Eu envio recados ao seu hotel, e a resposta sempre é trazida por um garoto, um desses mensageiros de saguão. Finalmente irei conhecê-lo! Confesso que estou apreensivo! Sua mente deve ser muito incomum!

"O senhor nem sabe o quanto!", pensou Jones, com um estranho olhar.

— Bem, é só isso, Jones! Vamos ao trabalho! — disse em tom jocoso apontando para a porta.

Aquela era uma péssima notícia para se receber, mas o surgimento de algo inquietante e desagradável já era aguardado, pois Jones, em razão dos recentes eventos, mantinha seus instintos e suas expectativas em alerta.

O percurso de seus dias não se mostrava mais pavimentado pelos altos e baixos de uma inconstante gangorra de concórdias e revezes, tampouco exibia a descontinuidade de uma montanha-russa de ocorrências pacíficas e afligentes, a estrada se mantinha constante, igual, alinhada e repleta de fatalidades.

Durante suas atividades na editora, ele não foi capaz de esquecer sequer por um segundo o iminente encontro. A odiosa inquietude lhe tomava os pensamentos de tal forma que concentrar-se era impossível.

"Será uma noite curiosa e temerária! Absolutamente incomum! Discreto como diz ser, é estranho que o senhor Fergelus tenha aceitado participar do jantar. É impossível saber o que pretende...", refletia com genuína preocupação.

"Não tenho dúvidas de que todos correrão perigo mortal! Acho que o senhor Fergelus quer divertir-se à custa da inocência alheia... não sei. Em nossos encontros, sinto nele certa necessidade de expor o que realmente pensa, mas algo o impede. Sempre se mostra comedido."

E, caindo em si, conscientizou-se dos sinistros episódios ocorridos em Londres.

"Não... não posso sentir nenhum tipo de solidariedade! Ele é perigoso! Muito perigoso!"

Apesar de tudo, Jones sentia-se de certa forma privilegiado, não por ter sido chamado ao jantar por Stafford – quiçá por ordem do próprio Fergelus –, mas por ser possuidor daquele livro, pois dele extraía informações que ninguém na Inglaterra possuía; à exceção de Johnson, e de, certamente, mais uns poucos britânicos que em outras terras poderiam ter adquirido a obra.

No entanto, mesmo se um grande número de pessoas possuísse aquele sombrio impresso, definitivamente estas não teriam, como ele, a mesma relação com o conteúdo, ou tão lúgubre conexão com o autor.

Ele sabia de algo que ninguém sequer desconfiava: que aquele livro não era como os outros, e que seu autor poderia não ser humano. Mas Jones ainda relutava em entregar-se a tão inacreditáveis suspeitas, sentia-se como um pêndulo a balançar sobre a certeza e a negação.

Apesar da crise que tivera em frente a Lilian, em que expusera o que pensava sobre Fergelus, os conselhos de sua irmã ainda martelavam em sua memória como um fator que se esmerava em dissuadi-lo. Não obstante, o papel de Johnson influenciava a sua tendência a aceitar aquela realidade fantástica.

Ainda havia a preocupação com o próprio estado mental, pois o fantasma dos últimos dias de vida de seu pai o perseguia. Talvez o que Jones quisesse realmente fosse ouvir da boca do autor que aquela obra era a mais pura verdade.

"Será que em algum momento, em algum lugar, alguém já vivenciou o que estou passando? Se o senhor Fergelus é o personagem do livro, decerto que deve ter havido em alguma época alguém que o descobriu. Não é possível viver por tanto tempo escondido! E se alguém realmente o desmascarou, o que fez? E o que o senhor Fergelus fez?"

O livro ainda não havia sido publicado no país, e, para a felicidade de Stafford, o seria por ele. O velho Stafford, como Lilian o chamava, estava saltitante. Mal sabia o que tinha nas mãos. E Jones lembrou-se da frase dita por Fergelus quando presente naquele estranho sonho: "Esta obra é o diário da imortalidade. É um documento histórico escrito pela mão da própria eternidade".

"Quem verdadeiramente é esse homem, ou o que é ele?", perguntava-se.

O texto daquele livro havia se tornado o absinto de Jones, quiçá o láudano que inebriava de ansiedade suas noites sobre a cama. Seu conteúdo entrava por seus olhos tal o entorpecedor ópio que abraça o cérebro e domina a consciência.

Era o narcótico que o viciava e prejudicava, mas que fomentava uma atração doentia, instigando-o com a audaciosa curiosidade que brota ante um perigoso desafio.

Ele ansiava chegar o quanto antes à sua residência para continuar a ler, ao mesmo tempo que desejava fugir de Fergelus, esquecer tudo aquilo e voltar à sua vida controlada, em que a previsibilidade a tudo mantinha em equilíbrio.

A um canto mais discreto da editora, afastado dos demais empregados, entre manuscritos, livros e contratos, em silêncio Jones buscava verdadeiramente dedicar-se a seus afazeres, não apenas pelo fato de ser um funcionário perfeccionista, mas também na intenção de abrandar os pensamentos que o atacavam. Tentava com afinco, apesar de mostrar-se impossível, se desvencilhar de tantas reflexões, dúvidas e receios.

Contudo, a despeito de tantas análises perturbadoras, algo que viu ali, a apenas alguns metros, talvez o tenha assustado bem mais do que as imagens que aterrorizavam a sua mente. Ele viu Johnson, com discrição, sair da sala de Stafford.

Se Jones já estava se sentindo com a corda, ou com dentes, no pescoço, agora ele entendeu estar em um beco sem saída. O ar lhe faltou como se estertorasse em agonia, e a percepção de estar caindo em um poço sem fundo comprimiu seu peito em angústia. Ele engoliu em seco.

"O que esse homem veio fazer aqui?!", estremeceu.

O repórter estava realmente decidido a ir em frente com aquilo; sua dedicação era tão enervante quanto admirável. Certamente ele não procuraria a polícia, pelo menos não por enquanto, pois caso o fizesse sem dúvida teria sua reportagem perturbada pela investigação que se instauraria. Johnson permaneceria calado até obter o que desejava: alguma prova irrefutável da culpa de Fergelus.

Para Jones, foi impossível seguir o dia trabalhando com o costumeiro empenho. De tudo fez um pouco, mas sem o esmero que o caracterizava. Estava na corda bamba, equilibrando-se com Lilian e Elisabeth nas mãos.

"O senhor Johnson não deve ter mencionado meu nome, pois, se o houvesse feito, o senhor Stafford já me teria chamado ao escritório..."

Apesar do *fog*, que se assemelhava ao bafejo de um incêndio, o dia fora excepcionalmente claro naquela quinta-feira. A luminosidade trouxera um esplendor embaciado, suficiente para destacar a manhã e a tarde. Mas aquele fulgor, com o passar das horas, aos poucos se converteu em uma tonalidade sombria. Os postes acesos passaram a manar uma débil radiância, que se assomava ao inevitável clima melancólico, e o lusco-fusco abateu as ruas com um plúmbeo langor.

A cada deitar do sol, Londres esmorecia embebida em sua fumaça narcótica, tal se a própria cidade fosse uma imensa casa de ópio. A jornada arrastara-se, o trabalho nunca fora tão penoso. Jones, à porta da editora, buscava coragem para enfrentar a caminhada. Ao contrário da paisagem, sua mente estava em chamas.

Já coberto pelo grosso casaco, ele arrumou a gola para aquecer o pescoço enquanto observava o abatido movimento dos transeuntes, que mais pareciam sombras flutuando em um pesadelo. E, após fixar o chapéu com esmero, apertou a alça da maleta com a mão trêmula, e passou a caminhar.

A todo passo ele era acometido por lembranças, por figuras que lhe saltavam aos olhos. Eram as imagens do livro. E surgiram muros imensos, grossos, largos, dos quais ao cimo, em fileiras, a perder-se de vista, destacavam-se archotes bailarinos. Feixes que oscilavam ao vento do deserto.

Ele viu a palidez do luar pousando ao topo das dunas frias, e a serpente negra, surgida sabe-se lá de onde, a trazer estranhas e mágicas revelações.

Aquele era um panorama absolutamente distinto de tudo o que despontava quando ele andava pelas ruas de sua cidade. Era outra realidade, outro tempo. Era a época perdida que Fergelus trazia à memória, pois, afinal, ninguém esquece os fatos marcantes da própria infância.

Desde o incidente, Jones relutava em fazer uso de carruagens, pois a sensação de vulnerabilidade que experimentara ao sacolejar naquele veículo o havia traumatizado profundamente, isso sem falar na insegurança que o agredia sempre que se lembrava dos soturnos cocheiros de face coberta. Mas certamente que as utilizava, com imenso receio e pouca frequência, tendo o cuidado de dar uma boa olhada no semblante de quem as conduzia.

Ele não podia circular por Londres a pé; essa prática seria penosa, estúpida, e se à noite o fizesse os riscos seriam imensos, pois havia a possibilidade de ser atacado, como fora por aqueles bandidos. Era necessário vencer esse medo a todo custo.

E foi pensando nisso que, imbuído não só de coragem, mas de revolta ante a própria fraqueza, levantou a mão e chamou um coche.

XXXI

Prostrado ao leito, com a cabeça mergulhada em dois travesseiros sobrepostos, Jones havia descansado a obra sobre o tórax. E enquanto fitava um ponto qualquer, se sentia como um defunto mortalmente instalado sobre os tecidos de cetim do interior de um macio ataúde. Quiçá como uma compenetrada e esmorecida oferenda no topo de um acolchoado altar de sacrifício.

O edredom cobria até pouco acima do seu abdome, dando-lhe mais uma sensação de aperto, de encarceramento, que de aconchego. Era quase como se fosse uma das vítimas da velha sacerdotisa, um daqueles ancestrais e incautos beduínos, que ali, sob uma duna de lençóis, estivesse enterrado.

Se o personagem daquele detestável romance nutria-se de sangue, Jones parecia se alimentar com as palavras do perturbador e original texto. Ele as bebia a contragosto, por compulsão, mais que para encontrar uma brecha de fraqueza na couraça aparentemente inexpugnável de Fergelus. E quando seus lábios sussurravam cada frase lida, o sabor do odioso trecho quase amargava o seu paladar.

Jones afagou a lateral do livro, introduziu uma das unhas por entre as páginas e o abriu no local que havia marcado, fixou os óculos com um leve toque em sua pequena haste central e começou a ler:

> *A frequência das desaparições tornara-se tão elevada que muitas cáfilas passaram a levar escolta armada, enquanto outras optaram por mudar a sua rota, classificando a região como amaldiçoada.*
>
> *Esse afastamento, aos poucos, foi tornando o sangue humano cada vez mais raro, o que lhe aumentou a sede. E isso, em pouco tempo, o faria cometer seu segundo erro. O mais fatal.*

Depois de haver provado o sangue fresco daquela família, o das ovelhas passou a não mais saciá-lo. Os animais eram puro instinto, apenas confusão, em seus primitivos cérebros não havia o que se pode chamar de consciência da identidade, tampouco raciocínio. Ademais, a substância extraída de suas veias só continha débeis paliativos que se tornaram inúteis.

Com efeito, à conta de sua imaturidade, ele havia experimentado o sangue humano prematuramente, e, por conseguinte, saltado por sobre a fase que o dos animais o manteria satisfeito.

Mas o descontrole que ele vivenciava não se perpetuaria, era fruto de sua inexperiência, pois afinal estava sobre a Terra havia poucos anos, nem sequer ainda possuía a compreensão da eternidade que tinha pela frente. As informações e os eventos necessários à aquisição de experiência ainda não se haviam apresentado; só com o tempo.

Com o passar das épocas ele veria coisas com que nenhum Efêmero do pretérito havia sonhado, e tudo lhe serviria de escola para trazer o crucial discernimento que se instauraria em sua personalidade.

Sucediam-se as semanas, e nas espaldas de cada uma delas os meses eram transportados à equivalência do fardo mais fatigante. O fastio e a revolta de um pássaro encarcerado já salpicavam indícios de como seria a sua vida. Se o tempo é a impiedosa sentença dos mortais, para os que não perecem é a própria agonia.

A continuidade de uma rotina letárgica, sem quaisquer afazeres significativos, converte os minutos em um atroz calabouço cujas paredes são ornadas por repetições ad infinitum. *Ser uma obrigatória testemunha das mesmas ocorrências e paisagens é, sem dúvida, uma sentença que faz aflorar a insanidade na mente mais equilibrada.*

E se assim o era para o mais ignorante dos Efêmeros, decerto que para alguém da natureza dele não poderia ser diferente.

Com frequência a misteriosa serpente o visitava, sempre no mesmo lugar e horário. Suas aparições se haviam tornado rotineiras, mas não diárias. E sua presença era sentida de uma maneira que ele não compreendia.

A percepção de sua chegada era espontânea, como o despontar inesperado de uma emoção, de uma certeza, de uma sensação que, por mais abstrata, reunia evidências que a tornavam uma convicção.

A assombrosa cobra negra, de vibrátil língua ameaçadora, achegava-se silenciosa, riscando a areia com movimentos sinuosos e compassados, a esculpir na seca, gelada e macia superfície os desenhos de suas besuntadas escamas. E quando se punha diante dele, erguida com autoridade, dos seus olhos afloravam imagens que traziam informações ainda incompreensíveis.

Ali estavam as eras vindouras nas faces de reis, nas épicas batalhas, nas criações dos inventores, nas descobertas das ciências, nas doenças destruidoras, nos massacres impiedosos, nas quedas de impérios, nas ascensões de monarquias, tudo. Os olhos noturnos daquele ofídio eram arquivos do futuro.

E tão plácida quanto aparecia, ela o deixava, esgueirando-se, imponente, para emudecida desaparecer na escuridão do deserto.

A velha permanecia distante, reflexiva, a tudo observando com misteriosa taciturnidade, enquanto, vez por outra, introspectiva tocava o colar que tinha pendurado ao pescoço, um colar cujo adereço era uma cobra exatamente igual à que o procurava. Uma cobra em posição circular, cuja boca mordia a ponta da cauda, localizada na parte superior.

As ameaçadoras patrulhas sumérias não mais apareceram, tinham cessado suas atividades já havia muito. Para o sossego da sacerdotisa, aquelas temidas tochas movediças que se deslocavam ao horizonte se apagaram. Decerto que os soldados se haviam convencido da inutilidade de um contínuo rastreio por regiões tão além das cidades-Estado.

Isso o fez sentir-se mais seguro. E essa sensação o influenciaria a incorrer em um brutal equívoco: visitar novamente uma das cidades.

E quase um ano depois de seu arriscado passeio a Ur, em uma madrugada de céu límpido, em que as fulgentes estrelas se semelhavam a pequenos e faiscantes orifícios em um tecido negro, outra vez sua curiosidade o dominou; mas não só isso, a lembrança do gosto do sangue passou a torturá-lo. Ocupando seus pensamentos por longos dias.

Ele já intuíra o que a ingestão daquele líquido causava em seu corpo, tinha conhecimento da força que brotava, da velocidade e da extrema depuração dos sentidos. Para ele, aquele era um elixir mágico, uma poção encantada que o tornava especial.

Naquela noite, a abóbada sidérea era adornada por uma imensa lua cheia, mais pálida e brilhante que o normal, a fazer com que o deserto revelasse a imensidão de seu vazio.

Ante a labiríntica vastidão das dunas tortuosas ele foi tomado pela ânsia de aventura, por uma robusta compulsão em explorar, e a cidade outrora investigada de imediato lhe veio à mente. Ele se recordou de suas ruas, das quase infindas moradas, das estranhas esculturas, dos rochosos passadiços, dos muros protetores, dos barcos e do sangue.

E sentiu-se fraco, sonolento, exaurido, impregnado por um peculiar desânimo, que ele até poderia classificar de características mortais. O corpo não mais respondia aos desejos de sua natureza, pois se haviam debilitado as assombrosas habilidades que o apartavam dos Efêmeros. Sentiu também suas presas vibrarem com discrição, já em via de despontarem, e vinculou aquela reação aos efeitos do longo tempo sem beber sangue humano.

Naquela idade, enquanto os sapientes seres transitórios naturalmente vivenciavam seus preambulares apetites carnais, ele experimentava os exordiais vislumbres de seus poderes. E como ainda era muito jovem para saber que tal sensação poderia ser controlada, não se conteve e deu vazão aos instintos que então se mostravam dominantes. Resolveu que iria buscar sangue.

O esfalfamento havia avariado a sua assombrosa capacidade de locomoção rápida, e, em razão disso, ele entendeu que suas últimas forças seriam suficientes tão só para o trajeto de ida. Mas aquele entrave não o inquietou, pois sabia que após alimentar-se poderia regressar tão velozmente quanto à primeira vez. Isso era o que a sua puerilidade o fazia crer.

O percurso era muito longo, e para voltar ele dependia do sucesso da incursão. Nada poderia dar errado. Certamente os sumérios estariam ainda mais protegidos, pois sua visita anterior os havia instigado a acirrar a segurança, e, mesmo já tendo decorrido um extenso espaço de tempo, as defesas continuavam erguidas. Isso seria um perigoso empecilho, mas ele não se afligia ante a possibilidade de fracassar. Estava convencido de que seria um sucesso, e tão simples quanto fora antes. O sangue o esperava.

E pelo silencioso deserto ele caminhou com cautela, atravessando aos poucos sua desolada amplitude intimidante. Os enigmáticos sons oriundos da imensidade negra causariam os mais avassaladores sobressaltos a qualquer Efêmero, mas a ele propiciavam conforto. Aquele alentador sentimento era um ensaio do profundo apreço pelas trevas, que apenas se solidificaria em sua madureza, pois a longevidade o ensinaria que era na escuridão que a essência de tudo podia ser percebida.

E a brisa madrugadora daquele inóspito local o procuraria pela eternidade, pois ele jamais a esqueceria.

A absoluta serenidade de tal monstruoso retiro dissipava qualquer incômodo da audição, em contrapartida provia de ruídos seus pensamentos, abarrotando-os de dúvidas acerca de sua própria natureza. E, durante a marcha, as imagens exibidas pelos olhos da cobra lhe vinham à mente, com elas surgindo perguntas que por muitos séculos não seriam respondidas.

Vez por outra ele corria, para depois tornar a andar na intenção de poupar energia. A arrogância da inexperiência o traíra, os impacientes arroubos da juventude somados aos anos de isolamento o instigaram àquele comportamento imprudente. Conduta que não traria bons resultados.

Após um longo tempo, finalmente ele chegou à fortaleza, buscou o abrigo de uma duna e ali permaneceu a contemplar aquela impressionante construção.

Extremamente exaurido, mal sabia se conseguiria escalar o alto muro, cujo topo estava ainda mais iluminado pelo excesso de tochas.

A dura caminhada havia levado mais tempo que o previsto, e exigido mais esforço que o suportado. O cansaço era profundo. Aquela exaustão jamais experimentada anunciava que seu estado físico esmaecera consideravelmente. Ele podia sentir a fadiga invadir os músculos, o peso do sono apertar seus olhos e um ligeiro arquejar lhe comprometer a respiração.

Muito naquela área se havia modificado, o lugar quase fervilhava de guardas, e um número incontável de archotes agitados arremessava lumes ofuscantes que se estendiam por boa parte da área que contornava a muralha.

Aquele povo realmente havia aprendido uma amarga lição, e jamais se deixaria novamente levar pelo descuido. Parecia preparado para uma guerra. O medo os tinha tomado a ponto de acicatar a coragem da reação.

No cume da fortaleza, por toda a extensão, um vasto número de lanças se movimentava como um campo de trigo que é soprado por vento brando.

Ele podia ouvir a conversa dos tensos vigias, e por vezes até ver suas faces coradas pelo sol se iluminarem sob as luzes tremulantes da grande quantidade de tochas.

A consciência de sua fraqueza quase o fez desistir, mas a teimosia de sua impetuosidade o instigou a continuar. Ele já podia sentir as presas despontadas lhe tocarem o lábio inferior.

O território estava muito bem resguardado, não havia como aproximar-se da cidade sem ser visto, mas ele não podia desistir, pois agora seu único pensamento era alimentar-se na intenção de ter forças para regressar. Tinha sido apanhado pela armadilha da precipitação. Mais uma vez caíra no alçapão da imaturidade.

Então, arrependeu-se de sua insensatez, aprendendo com isso uma valiosa lição.

E, assim, doravante seria a sua vida, uma sucessão de descobrimentos que lhe trariam assombrosa experiência.

Os olhos de Jones ardiam e já começavam a se fechar, pois suas pálpebras exaustas pesavam tanto quanto os enormes portões de Ur. Ele sentia-se afadigado como o personagem. Naquele momento aflorara quase que uma unificação entre ambos, trazida pela extenuação fora do comum que se instalara em seu corpo.

As dores o atormentavam, mas, não como antes, se haviam enfraquecido, tal o "garoto que não morreria jamais". E demorado bocejo o fez abrir a boca quase em toda a extensão, sendo ele calmamente levado pelo torpor do sono à escuridão da consciência.

XXXII

Naquela manhã, Jones decidiu chegar mais cedo à editora, pois o tempo de ócio do conturbado recesso o fez sentir-se como um desregrado preguiçoso. Não obstante o esforço que empreendia nos horários do ofício, e de se ter dedicado além de suas forças a determinadas publicações – principalmente a de Fergelus –, ele acreditava que poderia fazer mais, pois sempre lhe vinha à mente o futuro casamento com Elisabeth, e empenhar-se em seus afazeres profissionais tornaria possível a realização do tão aguardado evento. Ademais, distanciar-se um pouco daquele livro seria salutar.

Chegar com antecedência significava ter a paz necessária para trabalhar sem ser incomodado, sem pressa. Ele poria em dia o que quer que estivesse em atraso e organizaria tudo para a próxima semana.

Naquele trecho o *fog* havia abrandado, e graças ao horário poucas pessoas caminhavam pelas ruas. Ali, cruzando sua trilha, ele via operários de puídos casacos indo para as fábricas; eram homens que se arrastavam, cansados, em busca do pão para suas famílias, e se então limpos estavam, mais tarde suas faces encarvoadas se mesclariam à cinzenta paisagem londrina. Uma ou outra carruagem circulava, vagarosa, em busca de passageiros, enquanto um ébrio solitário de gravata desarrumada apoiava-se em uma parede. Talvez tentando deslocar-se até a sua casa depois de uma noitada com amigos.

Aproximava-se das sete horas da manhã, e uma calmaria relaxante imperava naquela área; os ruídos característicos da cidade eram dispersos, intermitentes, distantes, quase cuidadosos, e traziam à serenidade reflexões que só o silêncio pode fazer brotar.

Quando Jones estava próximo à editora, distinguiu dois homens de pé, conversando, e reconheceu em um deles o senhor Robert Spencer, o velho e discreto funcionário da empresa. O outro tinha as feições convenientemente encobertas pela neblina, e gesticulava com certa veemência. Os murmúrios que desprendiam eram inaudíveis e lhe chegavam aos ouvidos como escassos gemidos abafados.

Spencer meneava a cabeça, aquiescendo ao que pareciam ser instruções, vez por outra dizia algo breve, pois sua atenção estava voltada às palavras daquele homem, que agora se punha de costas, postura que instigou ainda mais a curiosidade de Jones.

E como se abalroando em uma parede ele interrompeu os passos, para logo retroceder alguns metros com a intenção de observar com cautela, escondeu-se à curva de uma esquina. Nem sequer soube por que agiu de tal forma.

O furtivo encontro lhe pareceu bastante suspeito ou no mínimo incomum para aquela hora. A maneira com que Spencer olhava ao redor em muito anunciava o caráter sigiloso da inusitada confabulação. O homem se mostrava tenso e aparentava temer ser descoberto. E, ao apertarem-se as mãos, se separaram, indo ambos em direções opostas. O desconhecido desapareceu por entre as brumas, e Spencer tomou o rumo da editora.

Jones ainda surpreendeu-se ao perceber que ali havia um terceiro homem, um pouco mais afastado. Alguém de rosto coberto por uma gola alta, que, como ele, também parecia observar aquele estranho encontro com profundo interesse. E este, coxeando com discrição, passou a seguir Spencer.

Um doentio e irresistível interesse o arrebatou plenamente, fazendo-o esquecer de imediato os motivos que o forçaram a sair de casa tão cedo. Jones olvidou suas obrigações com a editora, os textos que tinha por dever corrigir, os contratos que precisava ler, e ainda o livro de Fergelus. E, passando a ter a resolução de tal mistério como meta, entendeu que precisava, a todo custo, ver o rosto do homem que havia conversado com Spencer.

Estático por alguns segundos, tal se as brumas o pressionassem contra a parede da esquina, de súbito ele moveu-se num ímpeto indescritível de curiosidade e resolveu seguir o estranho.

Nenhuma paz lhe era mais possível, no trabalho, em casa, ou às ruas. Não havia mais hora ou motivo para que tremores, suspeitas e tensões o atacassem. Ele tornara-se um homem obcecado que em tudo via tramoias, ameaças e mistérios.

E como Jones havia mudado! Se antes a calma o dominava, o equilíbrio era sua regra e o sorriso franco sua mais patente característica, agora olheiras comprovavam as noites maldormidas, e as rugas na testa sinalizavam a constante presença da preocupação.

Metendo-se neblina adentro, Jones rastreou com inquietude e presteza toda a dimensão das zonas mais esfumaçadas, distinguindo com dificuldade alguém vestido de negro que se afastava com muita pressa. Ele acelerou as passadas, e pôs-se no encalço daquele homem com cautela e empenho.

"Não pode ser o senhor Fergelus! Esse aí é mais baixo!", concluiu.

Célere, aquele cavalheiro movia-se com apreciável agilidade, parecendo agir como se empreendesse uma fuga. Decerto que a conversa com Spencer o fazia portar-se daquela maneira, e isso tão só comprovava que algo estranho se havia passado entre ambos. Jones intuiu que fora testemunha de uma trama.

E foi no momento em que a acelerada figura saltou para o interior de uma carruagem que seu semblante pôde ser visto com clareza, apesar da neblina. Era Johnson!

"Senhor Arthur Johnson!", espantou-se Jones, congelando o passo.

Enquanto a carruagem se distanciava ao som dos açoites que desciam, violentos, sobre o lombo dos cavalos, Jones também era açoitado, no estômago, pela surpresa e pelo medo.

"O senhor Spencer está passando informações ao senhor Johnson. É claro que é sobre o senhor Fergelus! O que mais seria?"

Na editora, durante todo o dia, Jones não conseguiu tirar os olhos de Spencer, que agia da forma mais natural do mundo. Conversava, dava ordens, discutia contratos, anotava isso, anotava aquilo, circulava pelos cômodos com desenvoltura como vinha fazendo por tanto tempo, até contava piadas. Aquele velho funcionário tinha acesso a arquivos antigos, a documentos e a contratos em que só Stafford podia pôr as mãos. Pelos anos que ali trabalhava se havia tornado uma figura acima de qualquer suspeita, e por isso gozava da confiança do patrão.

"Inacreditável! Esse homem está recebendo dinheiro para fornecer arquivos privados da editora! Por qual motivo ele agiria dessa forma se não fosse por uma recompensa? Depois de tantos anos trabalhando aqui... Não posso denunciá-lo, mesmo tendo provas! Já estou muito envolvido! Não seria estratégico me meter nesse problema! Tudo poderia piorar! Eu já tenho culpa suficiente em tudo isso, afinal o senhor Johnson jamais estaria bisbilhotando se eu não o fosse procurar no jornal!"

Jones estava abismado: havia um espião na editora. E, para confirmar isso, surgiu-lhe à memória a frase dita por Johnson durante o encontro em sua residência: "Eu estive na editora Stafford, e com certo esforço consegui obter informações acerca de novos autores, e só havia um. Esse tal de Fergelus".

– Com um esforço consegui obter informações... – murmurou Jones repetindo a frase, e concluiu: – Informações fornecidas pelo senhor Spencer!

"O senhor Fergelus quer publicar sua obra na Inglaterra, a todo custo, para mim isso está muito claro, e qualquer um que o atrapalhar estará correndo risco. O senhor Johnson não é meu inimigo, e creio que deveria avisá-lo quanto a isso. Mas se eu contar o que sei, e ele puser em seu jornal, então eu é que estarei em perigo. Eu, Lilian e Elisabeth. Não... Jamais poderei relatar o que vi a alguém! Bem, ainda resta a possibilidade de ele avisar a polícia de que sou perigoso e devo ser levado a um manicômio..."

Jones sentia-se emaranhado em uma teia pegajosa, sufocante, de fios manipuladores. Estava cercado pela descrença, pela falsidade e pelo perigo. A incredulidade de Lilian, somada à deslealdade de Spencer, à insistência de Johnson e à intimidação de Fergelus, o colocaram em uma posição extremamente delicada.

A única reação aconselhável seria não fazer absolutamente nada. Deixar Johnson e Spencer livres para cavarem suas próprias sepulturas, e viver com essa culpa. Ele não poderia envolver-se ainda mais.

A aparição de Fergelus em seu pesadelo o intimidara profundamente.

Naquele final de tarde, antes de deixar a editora, Jones foi chamado por Stafford, que, feliz pelo novo livro a ser publicado brevemente, estava alheio a todos esses perigosos e confusos acontecimentos.

– Jones, meu caro, prepare sua melhor roupa. Já tenho a data do nosso jantar com o senhor Fergelus. Será no próximo sábado.

– Amanhã! – Assustou-se Jones, quase gritando.

– Ora, claro que não! Como poderia ser? Calma, homem. Qual o motivo desse nervosismo? Temos ainda uma semana! É tempo o suficiente para que eu providencie tudo. Amanhã? Mas que ideia...

– Sim, senhor... Claro!

– Teremos poucos convidados. Leve sua noiva. Se não me engano, você tem uma, não é?

– Sim, senhor, tenho...

– Pois a leve. Será uma noite inesquecível.

Jones não duvidava disso.

XXXIII

Ao lado da pequena lareira emoldurada por uma arcada de tijolos, Jones aquecia-se na sala. Taciturno, angustiado e meditativo, com os pés sobre a otomana bordada e o corpo na tenra poltrona – que por mais confortável não o desfadigava –, seus olhos vagavam, inquietos, pelo recinto.

Em outras circunstâncias aquele ambiente seria acolhedor, agradavelmente familiar, estaria coroado pela aura da segurança de um lar, mas, no sinistro contexto em que se debatia a sua realidade, passou a se mostrar tão nublado e melancólico quanto as ruas.

Devido à mórbida introspecção que o regia, ele contemplava o cômodo com um semblante grave, via o esguio armário marrom, que encostado à parede descia do teto, repleto de livros cuidadosamente arrumados lado a lado, praticamente colados uns aos outros. Uma cadeira de assento acolchoado – na qual Johnson havia sentado – e um pequeno candelabro sobre o batente de madeira negra na parte superior da lareira.

No chão, espalhava-se o carpete. Ele jamais havia examinado com mais apuro aquela alcatifa cinza e vermelha, que já estava ali desde antes de sua chegada. Os desenhos, sob a luz bruxuleante do fogo, eram hipnóticos; os rubros lembravam poças de sangue com prolongamentos laterais semelhantes a patas de aranha. Os cinzentos seguiam o mesmo padrão, mas sua presença ali apenas destacava os mais escuros. As gravuras remetiam a frutas arremessadas contra um muro. Talvez às crinas de cavalos despenteadas pelo bafo morno de um deserto.

No papel de parede que embrulhava todo o ambiente, predominava um verde-musgo descorado, ornado por flores negras, cinza e brancas que subiam presas a caules curvos e marrons, e tudo parecia um mapa venoso ou rachaduras sinuosas.

Vez por outra, a lenha crepitava na boca incandescente da lareira, e as chamas agitadas lançavam sombras no teto amarelado, do qual um lustre circular descia como um pêndulo, ou como uma fúnebre espada sobre sua cabeça.

Os vidros esbranquiçados da janela evidenciavam a severa intempérie que agredia as ruas, enquanto a face de Jones revelava o clima similar que lhe abatia a alma.

E, fazendo cair os chinelos, ele movimentou os dedos dos pés, que estalejaram, para em seguida descer o braço e tocar a maleta ao lado da poltrona. Dela retirou o livro negro de leitura inevitável — a bíblia de suas noites —, passando a lê-lo com a ajuda do lume das encorpadas espadanas da lareira:

Então, arrependeu-se de sua insensatez, aprendendo com isso uma valiosa lição. E assim doravante seria a sua vida, uma sucessão de descobrimentos que lhe trariam assombrosa experiência.

Ele se encontrava em um perigoso dilema. Caso não ingerisse sangue, o regresso seria penoso, quiçá impossível; certamente tombaria sobre a areia, seria encoberto por uma tempestade e ali ficaria sabe-se lá por quanto tempo. Se procurasse a sua "poção mágica", poderia ser capturado. E se nada fizesse, ao dia seria encontrado por alguma patrulha. Sua única opção era a de arriscar-se a procurar sangue o mais cuidadosamente possível, para que dali pudesse fugir em segurança.

O sangue que dantes era uma finalidade tornara-se um meio desesperado.

Enquanto sua inquietude era nutrida pela expectativa de ser capturado, as horas escorriam, o que em pouco tempo extinguiria a noite. Naquela época, por desconhecer sua condição de imortal, ele temia ser ferido ou até morto, apesar de uma sensação misteriosa informar-lhe de que isso seria impossível.

Não havia sombras para que ele pudesse ocultar seus movimentos, a não ser a das dunas, mas estas lhe mantinham parado. Qualquer tentativa de locomoção seria denunciada pelo luar, ou pelo fulgor das tochas que engolia a mais discreta penumbra.

E, no momento em que suas esperanças estavam quase se esvaindo, foi quando ele ouviu aproximar-se uma pequena patrulha de cinco homens fortemente armados. Um grupo de guardas que aparentemente estava a circundar uma diminuta extensão da fortaleza, talvez na intenção de checar algum detalhe das defesas.

Ali estava a sua chance, teria de ser muito rápido e eficiente, porém, apesar de ter a surpresa ao seu lado, ele se encontrava bastante debilitado, o que seguramente não lhe garantiria sucesso no vindouro combate. Mas ele apagou de seus receios quaisquer limites, pois o instinto o levou a esquecer a profunda exaustão, o extremo perigo e o medo.

Ele esperou o pequeno pelotão se aproximar e mesmo sem a proteção das trevas atacou-o com todo o vigor que lhe restava. Os guardas assumiram posição de defesa, sacando suas lâminas amoladas — que reluziam à luz das tochas. Ele, de pronto, foi repelido com gritos e golpes de espada.

O confronto estabeleceu-se tumultuado e estrondoso. Uma lança atravessou--lhe a perna direita, enquanto um gládio lhe desceu à cabeça, arrancando-lhe uma orelha. Os guardas se espalharam, mantendo-se a pouca distância. O que demonstrava a estratégia oriunda de um bom treinamento.

Apesar de cercado, e desprovido de sua peculiar velocidade e força, não se deu por vencido, removeu a lança de sua coxa, e a enterrou no pescoço do Efêmero mais próximo, para logo lançar-se sobre ele e beber do sangue que esguichava do ferimento.

Os outros, ao perceberem seu semblante furioso, e as ameaçadoras presas que lhe ornavam a dentição, assustaram-se, no entanto mais apavorados ficaram ao ver o corte da coxa se fechar tão rápido quando havia sido aberto, e a orelha perdida se recompor de imediato, brotando de seu crânio como uma rosa amaldiçoada. E nem ele esperava que aquilo ocorresse.

Ele continuou a beber do sangue do guarda caído, e sentiu sua energia regressar, pulsante, quase narcótica, como uma explosão de força, de poder, de esperança. E o guerreiro que pelejava para se desvencilhar de sua esfomeada mordedura estacou o desesperado espernear para arrefecer como um animal que capturado pelo caçador desiste da vida.

Apesar de aguerridos, os soldados ao verem aquela cena macabra sentiram medo, um medo que jamais haviam vivenciado em batalha, e hesitaram. Os combatentes tão bravos, experimentados, estremeceram; as gélidas espadas vacilaram em suas mãos enfraquecidas pelo pavor e eles petrificaram.

De um salto, ele usou as garras que haviam crescido parcialmente, e com um golpe certeiro destroçou o pescoço de um dos homens, enquanto os que restaram vivos, sentindo-se incapazes de vencer aquela luta selvagem, correram em desespero e aos gritos. A algazarra extremamente ruidosa não só foi ouvida, mas vista pelos vigias dos muros, que de lá desceram, trazendo com eles muitos mais.

O sonoro alvoroço foi tempestuoso e estava em via de piorar; se avizinhava uma abundância de combatentes enlouquecidos e ruidosos, sacudindo venábulos, gládios e broqueis. Daqueles guerreiros enfurecidos ele jamais daria conta, pois, apesar de se ter nutrido, ainda se sentia fraco em razão do pouco sangue tragado.

E, aproveitando os segundos que lhe restavam antes de fugir, tratou de beber o máximo que lhe foi possível, para em seguida correr em direção ao deserto. Correu como jamais havia corrido.

A quantidade de sangue ingerida era suficiente apenas para ter suas habilidades moderadamente recuperadas, e isso tornou sua retirada um sucesso. Ele desapareceu na escuridão, enquanto centenas de soldados perplexos, frenéticos, exageradamente barulhentos e com tochas erguidas nas mãos trépidas dispersavam-se por toda a área.

Os portões de Ur estavam tão iluminados que podiam ser vistos a longa distância, e os alucinados gritos daqueles Efêmeros, ouvidos com clareza.

Já bem afastado da fortaleza, em um local seguro, com todo peso ele tombou sobre a areia, caiu ofegante no frio tapete do deserto silencioso e, deitado, passou a contemplar a lua. O pálido medalhão iluminado, que testemunhara sua assombrosa aventura, o olhava então como se o condenasse pela imprudência.

Jamais ele havia passado por coisa semelhante. O que fizera o impressionou sobremaneira. E instintivamente ele tocou a própria coxa, apertou-a, esfregou-a; ali não havia nenhum ferimento ou dor. Nada. Ele ergueu a mão e afagou a orelha: estava intacta, como se nunca houvesse sido cortada. O sentimento experimentado foi o de invencibilidade, porém havia a dúvida e a surpresa inerente a quem tem diante de si um enigma.

Ele arquejava, mas não pelo esforço que empreendera em fugir. Aquele estado era uma reação psicológica oriunda do ato praticado, pois sua juventude ainda não lhe possibilitara o equilíbrio necessário para saber lidar com eventos dessa natureza. Isso só viria com o tempo. E ele meditou sobre a facilidade com que havia matado, rápido, sem culpa, sem medo, sem hesitar, quase sem pensar. Não vacilou em nenhum momento, apenas o fez com a espontaneidade de quem respira.

A negrejada face do firmamento já se punha a receber os cálidos afagos dos primeiros raios da manhã. E cada estrela começava a se esfumaçar. Ele tinha consciência de seu erro, e arrependia-se, pois sabia que consequências surgiriam. Decerto que não só a guarda se fortaleceria, mas buscas seriam efetuadas para capturá-lo. As patrulhas seriam mais frequentes, tornando insegura a sua permanência naquela região. Ele seria caçado.

O estado de angústia no qual Jones sentia-se afogado agora se mesclava a uma sensação de inquietude ameaçadora. Ele olhou para a janela, e depois para a porta. A insegurança estava presente naquele aposento, sentada ao seu lado, embebendo-o tal uma funesta e densa neblina. Sufocando-o como o *fog* das ruas.

Seu coração palpitava, e suas mãos tremiam. Seus pés, apesar da proximidade das chamas da lareira, lhe pareceram estranhamente gelados.

E dos recônditos penumbrosos da sala emergiram seus medos mais profundos, a sensação de que a qualquer momento poderia morrer.

XXXIV

Sábado, onze horas da manhã. Na carruagem, Jones estava a caminho da casa de Elisabeth. Ia avisá-la sobre o jantar que ocorreria dali a uma semana.

Definitivamente a ideia de levá-la não o agradava, muito menos de ele ser obrigado a ir, mas não havia desculpas para uma recusa; Stafford não aceitaria. Seria bastante antipático de sua parte inventar qualquer justificativa, e, por mais que a reunião aparentasse soprar os ares da informalidade, não deixava de ser um compromisso profissional.

Ele sentia a cabeça pesar, a ânsia de escapar de tudo aquilo era quase uma presença física dentro de seu corpo, como uma doença do intelecto que rumina a mesma ideia incessantemente.

De vista derribada, ele fixou os olhos em um ponto qualquer do piso daquele veículo sacolejante, e lhe pareceu que ali se resumia o mundo. Seu universo sombrio agora era habitado por constantes receios e desesperanças. Ele mal pestanejava ou se mexia, tendo os poucos movimentos ditados pelas irregularidades do asfalto.

As mãos unidas esfregavam-se, tal se massageassem as reflexões que brotavam de seu silêncio. Ele parecia enfermo e ao semblante exibia o cartaz da insônia e da apreensão. O desassossego o fazia sentir-se como outra pessoa, alguém que ele detestava e de quem queria manter distância.

Quando pensava que antes de conhecer Fergelus sua vida estava estruturada e feliz – apesar da perda do pai –, meneava a cabeça em sinal de profunda reprovação, e se lamentava em compungida quietude.

Era-lhe impossível não avaliar que em algum ponto longínquo da história alguém já havia passado por aquilo, e ainda mais inconcebível não meditar com temor sobre o que teria ocorrido com essa pessoa, ou com os que ela amava.

E de súbito foi arrebatado daquelas entranhadas ponderações por pancadas à janela. Era o cocheiro.

– Senhor... Tudo bem?!

– O que houve?!

– Chegamos. Eu chamei, mas o senhor não saltou...

– Queira perdoar... – disse abrindo a porta.

Estava em frente à casa de Elisabeth.

Um par de leves pancadas foi suficiente para que a porta fosse aberta. Jones foi recebido com um imenso sorriso, um caloroso abraço e um demorado beijo, que quase não foi correspondido. Sua apaixonada noiva percebeu esse detalhe.

Após deixar a maleta, o chapéu e o casaco na entrada, ele caminhou de mãos dadas com Elisabeth até a sala.

O grau de severidade que ornava a sua fronte preocupada trouxe receio à moça, que iniciou a conversa em um tom inquieto.

– O que aconteceu?

– Problemas... Problemas...

– Divida-os comigo, então.

– Temos um jantar para ir, na casa do senhor Stafford. Será no próximo sábado, creio que por volta das vinte horas...

– Mesmo? Hum! Isso é um problema?

– Isso faz parte dele...

– Você nunca foi insociável. Creio que será um acontecimento interessante...

– Ah! Muito... Sem dúvida! – ironizou. – O senhor Fergelus estará lá. Ele é o convidado de honra!

– Ora! Mas essa é uma boa oportunidade para mostrar talento, inteligência e profissionalismo! Qual a dificuldade? Jantar na residência de seu patrão será muito bom! Quem o convidou? Ele?

– Sim, foi – respondeu, relutante por desconfiar de que havia o dedo de Fergelus naquele convite.

– Está vendo! Ele admira seu trabalho. Sabe que você é dedicado à editora.

— Eu sei disso, ninguém pode negar esse fato. Ele propôs o jantar em homenagem ao senhor Fergelus e me convocou, pois participei de todo o processo... o do encontro com o autor... o da assinatura do contrato... até o dos calafrios...

— Calafrios?

— Bobagem! — disse com um rápido sacolejo de mão.

— E qual o motivo de você dizer que isso é um problema?

— Preciso lhe contar uma coisa. Algo sobre o senhor Fergelus.

O tom sombrio que Jones usou em sua frase despertou o interesse de Elisabeth, que passou a mostrar-se muito curiosa.

— O que é? Você descobriu algo sobre ele?

— Sim, e já faz tempo. Estive com Lilian e falei sobre isso. Ela não acreditou. E creio que nem você acreditará. De tudo o que vi até agora, cheguei à conclusão de que o senhor Fergelus é... algo diferente...

— Algo diferente? — repetiu.

Elisabeth mostrava claros sinais de não estar entendendo. Parecia perdida.

— Eu o achei bem equilibrado, educado, inteligente... O que você quer dizer com... algo diferente?

Jones relutava em dizer, pois sem dúvida não era algo fácil de revelar.

— Deixe-me organizar os pensamentos... Ele me deu o livro, e o estou lendo. Todas as noites.

— O livro que ele vai publicar aqui?

— Sim. Ele trouxe esse dos Estados Unidos, e me presenteou. Passei a lê-lo sempre antes de dormir.

— Bondade dele ter presenteado...

— É um livro muito estranho! O enredo é incomum e assustador. Mas não é só isso, há coisas estranhas ocorrendo em Londres que creio terem relação com o personagem da obra.

— Ora, Jones! Como isso é possível? O que está acontecendo em nossa cidade que se relaciona à obra do senhor Fergelus?

— Assassinatos! — disparou sem relutância.

Elisabeth congelou o olhar em Jones, e seu semblante mesclou afligimento com incompreensão.

— Explique-me isso com cuidado!

— Não há forma mais diplomática de relatar algo dessa natureza, então direi o que acredito estar acontecendo.

— Faça isso!

— Lembra-se do dia em que saímos, eu, você e Lilian, e comentamos sobre os crimes ocorridos recentemente? Foi quando você falou sobre sua amiga francesa...

— Sim, Marguerite! O que ela tem a ver com isso?

— Escute! O senhor Fergelus estava na França quando aqueles crimes ocorreram, ele estava lá para publicar o livro. Assim como na Alemanha, Estados Unidos e outros países. Os crimes são similares aos descritos no texto. Fui à London Gazette falar com um repórter que conheço e ele interessou-se pelo tema. Passou a investigar, ele pensa como eu... ou quase...

— Espere um pouco. Você está me dizendo que o senhor Fergelus é um assassino?

— Ele não é só isso...

Jones cessou a agitação que demonstrava, buscou forças para dizer o que fatalmente faria com que Elisabeth o achasse ridículo.

— Ele é o próprio personagem do livro!

Elisabeth sobressaltou-se.

— Você sabe que eu não li esse livro. Então é uma biografia! Quem é o personagem?

— Uma biografia... Sim! Podemos classificar dessa forma! O personagem da obra é um imortal que, para manter os estranhos poderes que possui, precisa beber sangue de seres humanos. Ele os chama de Efêmeros. Eu não contei isso ao repórter, ele jamais acreditaria. Ele crê que o senhor Fergelus é um assassino que se inspira em crimes cometidos há muitos anos.... mas... esses crimes, ele mesmo cometeu! Eu mesmo fui testemunha de dois deles, dos que ocorreram aqui! Vi a moça assassinada... aquela dos jornais... a do guarda-chuva... andando com o senhor Fergelus antes de ser encontrada morta... Ora! Só pode ter sido ele!

Elisabeth estava boquiaberta e completamente emudecida, nem sequer conseguia piscar seus olhos azuis.

— No livro ele cita uma sombra, mas não é propriamente uma sombra. É um borrão que surge por causa da velocidade de seu deslocamento. São os tais poderes aos quais me referi. Eu vi esse vulto atacar dois homens e matá-los. Creio que o senhor Arthur Johnson, o repórter, corre risco de vida por estar investigando as atividades do senhor Fergelus...

— Você tem consciência do que está dizendo? — inquiriu Elisabeth em tom sentencioso, erguendo-se subitamente do sofá.

— Completa! Sei que parece um absurdo, uma insanidade, mas é a verdade. Tudo se encaixa, e eu sou a prova disso, pois vi essa sombra agir. O senhor Fergelus é imortal e tem cerca de quatro mil anos.

Elisabeth caiu no sofá com todo o peso, colocando as mãos sobre o rosto enquanto ria.

— Meu querido, você é um excelente ator! Estou abismada! Mas que coisa fantástica! Não! Eu não esperava! — disse gargalhando e de olhos arregalados. E, ao espalmar as mãos nas coxas com um único golpe, continuou: — Eu não conhecia esse seu lado. Estou realmente impressionada!

Jones estava pasmo; era realmente impossível convencer alguém daquela loucura. Se Lilian não levara em consideração nenhuma de suas palavras, e agora Elisabeth, Johnson jamais acreditaria. Fizera muito bem em não ter procurado a polícia. Ele estava sozinho.

— Agora que você já brincou, fale-me do jantar. Meu Deus, Jones! Você me enganou direitinho!

Jones suspirou, não adiantava insistir naquele assunto. Só esperava não a ter posto em perigo ao revelar tudo. E, tentando ocultar seu profundo desânimo, seguiu:

— Será informal, mas claro que haverá formalidade. O senhor Stafford disse que convidou poucas pessoas. Será algo íntimo.

— E convidou você! Que maravilha! Isso é uma prova de confiança!

Elisabeth já parecia ter esquecido completamente a conversa. Para ela o tema era tão fantástico que merecia ser tratado como uma piada. Ele não comentaria mais nada sobre isso.

— Que bom que você me fez rir, eu bem que estava precisando. Ontem recebi uma notícia triste. Sabe a senhora Chaimovich, da floricultura? Está desaparecida há três dias. Que coisa horrível! Uma senhora idosa sumir dessa maneira é assustador. Como isso é possível?

— Muito estranho! — comentou Jones, para de imediato questionar-se se Fergelus teria algo a ver com o ocorrido.

— Que tal se almoçássemos juntos? — indagou Elisabeth inclinando-se em direção a ele enquanto lhe apertava a mão.

— Essa ideia me passou pela cabeça...

O almoço transcorreu como naturalmente se desenrola esse tipo de encontro entre apaixonados: contínuos risos, comentários espirituosos, olhares embevecidos e mãos nervosas que, buscando contato a todo instante, propiciam o breve esquecimento dos problemas mais espinhosos.

Elisabeth era o oásis de águas melífluas cercado por um amargo e inóspito deserto de preocupações. Sua presença abrandava a inquietude mais profunda, e trazia a Jones a revigorante esperança de um futuro de felicidade.

E, enquanto ela degustava uma torta de limão a pequenas colheradas, Jones observava seu perfil. A simetria com que seus cabelos loiros contornavam a testa lembrava-lhe um arco dourado, e as finas sobrancelhas a alpendres protetores, nos quais ele se abrigava das intempéries da vida recostado ao leito de celestiais olhos azuis.

Eles passaram um largo período juntos e, entre conversas aleatórias, planejaram o futuro. Falaram de um lar, de filhos, e de como eles seriam inteligentes por terem um pai leitor e uma mãe professora. Discutiram em qual cômodo da casa seria a biblioteca e se teriam animais de estimação. Idealizaram a decoração dos cômodos, viagens juntos, passeios por locais históricos, e ainda riram ao imaginar a reação de Lilian quando fosse chamada de tia.

Ao final da tarde, plenos de satisfação, despediram-se à porta com um beijo apaixonado.

À esquina da casa de Elisabeth, Jones questionava-se sobre o que teria ocorrido à senhora Chaimovich. De pé ele observava a floricultura, que estava fechada.

"Não posso culpar o senhor Fergelus por tudo, mas certamente que esse desaparecimento é bem suspeito, levando em consideração o que ela me relatou... Pobre mulher! Se realmente ela caiu nas garras daquele homem, ou seja lá o que ele for, brevemente aparecerá sem vida."

XXXV

Já recostado na maciez relaxante da velha poltrona da sala, com os pés descalços sobre a tenra otomana, Jones, ante a lareira acesa, e de livro em punho, refletia acerca do espantoso cenário:

"Como se combate um imortal? A obra me diz que sua imortalidade é uma condição independente daquelas habilidades, pois elas só são adquiridas pela ingestão de sangue.

Ora, em uma sociedade civilizada como a nossa, onde não há a barbárie dos tempos ancestrais, é compreensível que ele não precise usar desses poderes para defender-se, não sendo, portanto, obrigatório beber sangue. Porém, a ausência dessa substância causa-lhe enfraquecimento, decerto que não a ponto de ser morto, afinal, ele é imortal. Claro que ele não se tornará humano, mas sua energia será reduzida, talvez o assemelhando a uma pessoa comum.

Creio que a única forma de combatê-lo é impedir que beba sangue, só assim poderá ser capturado. Mas isso realmente é impossível! Não há a menor possibilidade de que eu consiga realizar essa façanha!

Ele não precisa ingerir alimentos como nós, isso está no livro, mas nem beber água?! Ele é feito de quê?!"

Enquanto meditava, algo assustador lhe passou pela cabeça, e ele saltou da cadeira:

"Se ele é capaz de ler pensamentos, saberá que já estou ciente de sua identidade! Saberá que contei a Lilian e a Elisabeth! Ainda se informará da existência do senhor Johnson e do senhor Spencer!"

O raciocínio de Jones era diabolicamente preciso e imbuído de uma veracidade perturbadora. A única forma de combater Fergelus seria visando seu encarceramento, não a sua extinção. E ele só poderia ser aprisionado após um longo período de abstinência de sangue humano. Fato que, aparentemente, jamais aconteceria.

Ele continuaria a matar para apagar os indícios de sua existência, ou por qualquer outro motivo.

Jones, apertando o livro nas mãos estremecidas, olhava para o fogo enquanto insistia em ruminar aqueles pensamentos assustadores:

"Até agora, em Londres, ocorreram quatro mortes: as duas primeiras foram daqueles homens. Ele fez isso para que a publicação de sua obra não fosse atrasada, caso algo grave me ocorresse. Só posso interpretar dessa maneira, pois não vejo razão para ele proteger-me. A segunda foi a daquela mulher... Não tenho explicação, talvez desejasse aumentar seus poderes por ter se sentido ameaçado. A quarta foi a do cocheiro, que certamente deve ter reagido. Encaro essa morte como uma maneira de obter a carruagem, e assim poder me dar um aviso." Jones esfregou o rosto, estava suando. "Talvez haja uma quinta morte... a da pobre senhora Chaimovich!"

E seus olhos, como das outras vezes, foram atraídos para aquelas letras áureas de exangue opacidade; se dirigiram aos caracteres góticos que sobre a capa negra do livro grosso assemelhavam-se à inscrição de uma lápide tumular. Por alguns segundos ele permaneceu apenas observando seus contornos, suas pontas e ligeiras curvas, ainda o ofídio ali desenhado, para logo abrir a obra e, com a alma pesada, recomeçar a ler:

A negrejada face do firmamento já se punha a receber os cálidos afagos dos primeiros raios da manhã. E cada estrela começava a se esfumaçar. Ele tinha consciência de seu erro, e arrependia-se, pois sabia que consequências surgiriam. Decerto que não só a guarda se fortaleceria, mas buscas seriam efetuadas para capturá-lo. As patrulhas seriam mais frequentes, tornando insegura a sua permanência naquela região. Ele seria caçado.

E se descerrou o cortinado do firmamento, surgindo o dia como o desabrolhar de uma rosa triste, perfumando com quentes e fúlgidas emanações a terra da qual só a devastação havia brotado. Sobre a desidratada planície, cravada por aduncas e emurchecidas vegetações, ele continuou deitado, buscando ocultar-se. As pedras ancestrais pareciam avisá-lo para dali não se retirar, para proteger-se da natureza dos Efêmeros, mas era necessário que ele regressasse à modesta habitação em que vivia.

Após permanecer sobre aquele leito arenoso por um bom tempo, ergueu-se com cautela, de imediato contemplando o que ao longe parecia ser uma nuvem negra e densa. Uma névoa escura que, pesada e preguiçosa, fluía do solo, subindo do ponto exato onde se situava a morada da velha. E o pouco sangue que sorvera deu-lhe capacidade suficiente para que seu olfato sentisse um odor que desconhecia. Uma mescla de carne e fumaça.

Ele não entendeu o significado de fragrância tão incomum, mas sabia que algo terrível havia acontecido. E, concentrando-se para usar do vigor que lhe restava, reuniu suas energias e pôs-se a correr rápido naquela direção.

À medida que cuidadosamente aproximava-se, aos poucos ia percebendo a absoluta destruição que reinava. Uma furiosa tempestade parecia ter açoitado aquela terra, deixando em tudo um nauseabundo odor de queimado. Nada estava de pé.

De início notou que a construção fora demolida por completo, depois observou que todas as ovelhas haviam sido degoladas, para mais adiante, sobre pedras, ver o corpo da velha, totalmente rijo e enegrecido, do qual fogo e uma concentrada fumaça emanavam.

Tal se fosse o tronco de uma árvore derrubada, os membros do cadáver abriam-se como galhos, simulando um abraço mortal; tendo nas extremidades dos braços garras negrejadas que se encurvavam a parecer grandes aranhas fumegantes.

Os cabelos haviam sido consumidos pelas chamas, e seu crânio carbonizado mais parecia as curvas de um jarro carcomido e enodoado por fuligem. À boca, só o negrume dos dentes lhe saltava, não mais havia lábios, tampouco olhos, nariz ou orelhas.

Os soldados da tropa suméria, que então eram pontos negros a distanciar-se no horizonte, a haviam executado e incinerado, aniquilando também tudo o que puderam naquele terreno. Para eles, ela era uma perigosa feiticeira que havia enviado um espírito demoníaco para atacar a cidade.

Após o precipitado assalto noturno que ele empreendera, os sacerdotes de Ur, em nome do deus Nanna e da segurança da população, ordenaram que fosse feita uma busca minuciosa pela região. Todos deveriam ser interrogados imediatamente, e, se os ameaçadores soldados encontrassem qualquer prova de atividades de bruxaria, os perpetradores deveriam ser mortos.

Vasos cheios de sangue foram descobertos naquela morada, e por isso tudo fora destruído. A velha fora assassinada a golpes de espada, para depois ser calcinada impiedosamente.

Agora ele estava só. E sua jornada havia começado.

Durante os primeiros meses ele vagou pelo deserto como um espectro em pena, incorporando-se a caravanas nas quais obtinha abrigo, anonimato e vez por outra sangue humano.

Para não despertar suspeitas, mantinha-se no limite de sua fraqueza, nutrindo-se para conservar as habilidades apenas na intenção de defender--se contra ataques moderados. Aprendeu a controlar sua sede, também o despontar involuntário das presas, e descobriu que isso era vital para sua segurança.

Foram longos anos, nos quais conheceu a ganância e a insaciável sede de cobiça dos Efêmeros. Todos eram iguais, e tinham em suas mentes confusas apenas um pensamento: o próprio bem-estar. E, em nome desse sentimento, eram capazes das maiores traições e atrocidades.

Cada Efêmero vivia como se só ele existisse no mundo. Eles desprezavam as necessidades e os desejos alheios. Roubavam, ludibriavam e matavam com uma facilidade impressionante. Definitivamente não eram confiáveis, pois eram escravos das ambições que jamais conseguiam satisfazer.

O doentio apego dos Efêmeros aos bens que conseguiam adquirir era de uma infantilidade absoluta e revoltante; eles os protegiam tal se fossem carregar para o túmulo cada objeto que achavam ser de sua propriedade. Mal sabiam que tais posses eram tão transitórias quanto eles mesmos. Nada é de ninguém.

Ele observou que os Efêmeros, com o tempo, mudavam fisicamente, tornando-se iguais à velha sacerdotisa. Seus cabelos, quando não caíam, adquiriam uma tonalidade branca, e suas faces pareciam ser entalhadas por um escultor pouco dedicado.

Eles apodreciam gradativamente. Muitos se encurvavam e adoeciam, enquanto outros pareciam conservar o vigor, mas, todos, sem exceção, um dia bafejavam o último suspiro.

Eles viviam como se a morte não os fosse procurar, preferindo negar com veemência a sua existência. Faziam planejamentos como se absolutamente nada os pudesse impedir de realizá-los, tal se não estivessem à mercê dos desvarios do acaso.

Estavam certos de ter tudo sob controle, mas a verdade era que não passavam de ridículos, simples e miseráveis marionetes dos caprichos da aleatoriedade.

Se com uma mão um Efêmero ajudava, com a outra cobrava pelo auxílio. Nada era por altruísmo, tudo tinha um preço, porém, quando eram vítimas dessa infausta mecânica de relacionamento, sentiam-se insultados, pondo-se a praguejar contra a vida.

Eram crianças perigosas e egoístas.

Por algum tempo, solitário, ele andejou pelo deserto arábico, afastando--se da Suméria até chegar à região localizada ao norte da Mesopotâmia; terra que depois se chamaria Assíria, e dali seguiu em direção ao Mar Mediterrâneo.

Os vastos espaços desabitados o isolaram do convívio humano, fato que o conservou por vários meses sem provar sequer uma gota de sangue. Ele estava exausto.

Aquele território fora, até então, o mais inóspito que havia conhecido. Sua sensação de sufocamento não era apenas causada pelo clima de calor insuportável, mas pela fraqueza gerada por aquele estado de abstinência forçada.

À margem do Mediterrâneo, já à terra que seria denominada Fenícia, ele conheceu as três grandes cidades portuárias que entrariam para a história: Biblus, Sidon e Tiro. E tendo esse mar ao flanco direito, percorreu sua vasta orla passando pela Palestina até chegar ao Sinai, já próximo ao Egito, onde montou um pequeno acampamento.

Aquele estranho mundo era grande, mas a mente dos Efêmeros que por ele se espalhavam como moscas, demasiadamente limitada. E isso ele achava um bizarro contraste. De todos que conhecera, não havia sequer um que buscasse aprimorar o intelecto. Almejavam apenas conforto; e para obtê-lo criaram a ilusão do "trabalho para não ter que trabalhar", jamais aproveitando o limitado tempo de vida que possuíam. O sonho sempre estava à frente, no horizonte, no futuro, em momento algum sendo vivenciado ao presente. Que era só o que tinham.

Os Efêmeros desperdiçam o tempo que não têm, ocupando-o com atos que lhes trarão arrependimentos quando envelhecerem. Que grande contradição é nascer para morrer, e, mesmo sabendo disso, dilapidar momentos prazerosos que nunca se repetirão!

Uma noite, pôs-se ele sentado ao solo frio do Sinai, região assim chamada por causa de Sin, deus da lua, também conhecido como Nanna, e, encostado a uma grande pedra, contemplou o céu estrelado do Mar Mediterrâneo, viu os astros refletirem em suas águas calmas e escuras. Estava perdido, sozinho, fatigado e sem objetivos.

Ali percebeu que havia feito uma grande jornada e aprendera bastante. Que havia observado e vivenciado tudo o que lhe fora possível: o pensamento, o comportamento, a cultura e as palavras daqueles seres transitórios. Acumulando experiência e conhecimento.

E, naquele instante de visceral introspecção, inesperadamente lhe invadiu uma sensação distinta, pois havia sentido uma presença. Um fluxo de energia passeava pela noite como o rodopiar de uma brisa soprada pelas trevas. Era a serpente negra.

Após um longo período sem procurá-lo, o sombrio ofídio finalmente o visitava, sorrateiro, aproximando-se ondulante, como lhe era de costume. E, achegando-se elegante, parou aos seus pés, recolhendo sua estrutura maleável, a criar com o corpo um enroscado pedestal, de onde ergueu o tronco e a assombrosa cabeça.

Seu silêncio só era quebrado pelo discreto silvo que aflava enquanto fazia tremer a língua fina e bipartida. E ampliou-se o som quase imperceptível daquele brando sussurro, a se tornar a clara e pausada voz cochichada que lhe trouxe uma assombrosa revelação:

— Ouve! Ouve com tua imortal essência! És o nascido que jamais perecerá. Aquele que, surgido como primeiro, será o último. O único e sem igual. És filho do tempo. Tua jornada de conhecimento aqui principia. Desce da terra de Sin para conhecer a terra dos homens. Ouve, unigênito da eternidade! O sangue humano é teu protetor, mas a solidão e a cautela são tuas seguras moradas. Sê cuidadoso, pois ardilosos são os Efêmeros, com eles conviveste por quarenta anos, deles desconfia, mas com eles instrui-te. Observa-os e observa-te, descobre-os e descobre-te. Examina a ignorância e cresce em sabedoria. Em meus olhos viste o porvir e ele influenciarás. Já estás pronto para vagar pelas eras. Teu destino és ser quem és. E assim será até o fim dos tempos.

Depois daquela mística e perturbadora exposição, a serpente retornou às sombras e desapareceu.

E, tendo atingido a idade humana de quarenta anos, seu envelhecimento cessou por completo. Aquela seria sua forma para sempre. Havia chegado finalmente à plena evolução orgânica. No entanto, a maturidade e o conhecimento seriam adquiridos progressivamente, pelos séculos vindouros.

Ao alvorecer, pouco antes de romper plenamente a ofuscante flor celeste, ele ergueu-se do solo, olhou para o horizonte e desceu do Sinai.

Aturdido, mas maravilhado, Jones suspirou, pôs o livro aberto sobre as pernas e fez tombar a cabeça no encosto da poltrona. No teto, seus olhos distinguiram imagens projetadas do que havia lido, viu montanhas, mares, dunas, a lua e as estrelas. Até tentou imaginar como seria a serpente e a sensação de sua presença. Sentiu na face o gelado vento noturno do deserto e o cálido sopro da manhã mediterrânea.

Aquela narrativa o tinha arrebatado de tal maneira que ele se convenceu de que não conseguiria dormir sem ler até onde lhe fosse possível. Violentaria os olhos, desafiaria o cansaço, poria à prova sua resistência, mas não desistiria até que fosse impossível continuar.

O relógio anunciava que era quase meia-noite, mas o sono ainda não havia invadido a sua consciência; ele estava mais que desperto, e bastante curioso.

Enquanto tremiam as chamas da lareira, queimavam as espadanas de seu raciocínio. Jones não desejava apenas dar vazão ao inegável interesse sombrio que lhe havia dominado, mas sentia ser fundamental continuar na dedicada busca pelos pontos fracos de Fergelus.

E ele trouxe o livro de volta a altura do peito, pendeu a cabeça em sua direção e retornou à leitura.

XXXVI

Tão infinito quanto ele foi o número de seus passos sobre a Terra. Uma contínua e incansável andadura que percorreu épocas inteiras, desde a ascensão ao desaparecimento de civilizações.

O transcorrer do tempo não é percebido pelos que estão emaranhados em sua teia impiedosa, apenas pode ser assimilado tardiamente, e com espanto, quando o que é iniciado, por fim, chega ao inevitável termo. Desse modo torna-se possível que as futuras gerações estudem os registros das obras das anteriores. Todavia, não era assim para ele. Ele era o próprio tempo, e o curso das eras mostrava-se aos seus olhos tão claramente quanto a sucessão de dias e noites.

E, enquanto ele percorria sua extensa estrada temporal, surgia a cerâmica nas Américas, e no norte da África erigiam-se as pirâmides — monumentos ao ego humano que custaram a vida de um número imensurável de escravos. Depois, com o natural escorrer dos longos ciclos, na Ásia, fundou-se o império Assírio, vindo adiante o código de Hamurabi, para mais tarde, na China, estabelecer-se a dinastia Shang e na Anatólia — atual Turquia — o império dos hititas. Na Europa alçou-se a mística estrutura de pedra chamada Stonehenge, sendo inventada a metalurgia do bronze.

Os períodos históricos fluíam como o sangue pelas veias dos Efêmeros, surgindo o novo império egípcio, enquanto a civilização maia entrava em seu período pré-clássico. No Peru, apareceram os primeiros trabalhos em metal, e a Melanésia era povoada.

No moroso desdobrar dos séculos, sua maturidade foi aos poucos se estabelecendo, como a consciência sobre sua natureza e a compreensão acerca da cautela que deveria permear seus anos. Ele aprendia a cada segundo, tornara-se o somatório da própria história humana.

E surgiu a primeira cidade na China, depois os primeiros ideogramas. Naquela época deu-se a composição dos Vedas e aflorou o Bramanismo. Foi a era do apogeu da civilização egípcia, na qual o poder dos faraós simbolizaria com maestria o grau de insanidade, arrogância e crueldade presentes na mente de quem acredita ser uma divindade. Trezentos anos depois, apareceu o judaísmo, os fenícios desenvolveram o alfabeto, para só mais tarde expandir sua navegação comercial.

O império hitita ruiu, como tudo que é criado pelas mãos humanas, e o Egito tinha seu último faraó, Ramsés III. Cinco séculos depois Roma era fundada.

Os impérios brotavam como ervas daninhas em um jardim, engatinhavam, se ampliavam, promoviam conflitos e regressavam ao pó, tal se dava com a própria existência. Os confrontos sangrentos eram apenas fatos instantâneos, eventos nos quais vidas eram desperdiçadas em troca de absolutamente nada. Toda aquela primitiva selvageria, no futuro se converteria tão somente em registros distantes, em textos de velhos papiros amarelados ou de livros empoeirados de história.

Mais tarde, o império assírio também caiu, e os judeus passaram a ser cativos na Babilônia. A crônica da existência dos Efêmeros era escrita com sangue, tendo por autor o orgulho, e a esse execrável sentimento eles se entregavam com fantástica devoção.

E com o escoar das eras, nasceu Confúcio, um dos poucos Efêmeros que lhe despertou respeito. Havendo também o período clássico grego, que lhe aguçou o interesse, e a guerra do Peloponeso, enquanto surgia ao sul do México o povo Zapoteca, que se intitulava "povo das nuvens".

Definitivamente o tempo não estaciona. Ele gera e destrói, nutre e seca. Os ponteiros de seu relógio ao princípio afagam, mas depois descem furiosos, como uma inclemente cimitarra.

Nessa época a magnífica biblioteca de Alexandria era fundada, Roma tiranizava a Itália central, para depois dominar a Espanha, e só mais adiante conquistaria a Macedônia e a Grécia. Eis as atividades preferidas dos Efêmeros: capturar, humilhar, escravizar, lucrar, para depois destruir!

E enquanto ele instruía-se em artes, soube pela boca de um escultor sobre a morte da grande rainha do Egito, chamada Cleópatra.

Cem anos se haviam passado quando lhe chegou a notícia de que Roma invadira a Grã-Bretanha e a China conquistara a Mongólia. A China, que, apesar de inventar o papel e de criar a bússola, que a despeito da poesia, das artes e das ciências, demonstrava, como todos os outros povos, ser voltada a massacres.

Não importava a religião que professassem ou a raça a que pertencessem, tampouco o desenvolvimento de suas ciências, os Efêmeros eram iguais. Sua natureza era direcionada à aniquilação. Os conselhos da serpente negra nunca lhe haviam soado tão verdadeiros. Para cada Efêmero que buscava fazer algo construtivo, e até louvável, havia milhões que se empenhavam em promover o mais pútrido dos atos. Ele definitivamente não podia confiar em ninguém.

Dois séculos depois se estabeleceu o período clássico da civilização maia, e nele o urbanismo chegou ao auge. E ele observou, curioso, que, assim como a vida dos sumérios, a desse povo era centrada nas urbes e baseada na agricultura. Eles possuíam até cidades-Estado, tinham templos e pirâmides.

E, verificando essa interessante similaridade cultural, ele notou como os Efêmeros se repetiam, mesmo em sociedades diferentes, com que jamais tiveram contato. Era como se estivessem presos a um pensamento pré-estabelecido, a um procedimento natural e análogo, apenas modificado por alguma particularidade étnica.

Como o andejar da mais pesada tartaruga, dois séculos se passaram; os vergéis feneceram para dar lugar a outras rosas, que também sucumbiriam. Renovou-se a humanidade em presença, não em comportamento. Novos embates, novos massacres, novas doenças surgiram no palco do teatro da desgraça dos homens. E finalmente caiu pelas mãos dos visigodos o Império Romano do Ocidente, em 476, século V.

Roma, que promovera tantos genocídios, que escravizara tantos povos, mas que havia trazido avanços arquitetônicos ao mundo, estava a se esfacelar.

O tempo continuava a girar suas inebriantes e contínuas engrenagens, prosseguia a triturar como os dentes de uma fera, pois a história não estacionava. A maquinaria dos fatos seguia gerando eventos cíclicos: nascer, crescer, morrer. Se assim o era com qualquer ser vivo, com as sociedades e seus reinos se dava da mesma forma.

Mas os Efêmeros não se destruíam apenas através da violência que lhes era inata, a ignorância também fornecia um imenso auxílio; doenças se propagavam a parecer um castigo divino. A insalubridade lhes causava males profundos, e centenas, milhares, às vezes milhões morriam anônimos, como formigas pisoteadas pelos pés de crianças que brincam.

A morte e o sofrimento lhes sorriam com pestilências e enfermidades de seus próprios organismos negligenciados pelos excessos.

Enquanto isso Roma permanecia erguida, e continuaria por mais 977 anos, pois outra parte de seu império ainda vivia, a do oriente. E esse reino sobreviveu até 1453, quando foi invadido pelos otomanos sob o comando do sultão Maomé II, o conquistador, vindo a cair definitivamente.

Ao longo da história, a carnificina promovida pelos Efêmeros sempre se mostrou apoteótica e interminável. A ferocidade e a sede de conquista, como um contumaz fantasma, sempre assombrou a humanidade desde sua aurora. Não há como mencionar qualquer era sem citar abundantes quantidades de sangue derramado, mas dessa incessante mortandade ele obtinha proveito, pois foi em muitas guerras que encontrou alimento. Os campos de batalha forneciam-lhe rios de sangue, que ao interminável percurso do tempo o ajudariam a nutrir-se com extrema frequência e satisfatoriamente.

Porém, 396 anos antes do Império Romano do Ocidente cair, ele seria traído pela forçada abstinência. Era, então, o ano 80, e ele estava em Cartago, cidade costeira do norte africano, ao tempo em que os domínios do imperador continuavam a expandir-se por toda a região mediterrânea, chegando a uma área de cinco mil quilômetros. Estendia-se do Egito até a Bretanha.

Não lhe era possível deslocar-se por qualquer faixa de terra, ao dia ou à noite, sem encontrar pelotões espalhados. As patrulhas estavam por toda parte, pois uma frota romana aportara à cidade e a quantidade de homens armados era incontável. Esse fato o impossibilitou de nutrir-se, e sem sangue não havia como se defender, por conseguinte enfraqueceu no momento em que as ameaças eram inúmeras.

Ele estava ciente de que corria perigo, mas não podia se arriscar a ser visto em ação, pois, caso o fosse, certamente seus atos seriam registrados na história, e isso desorganizaria o rumo natural dos acontecimentos futuros. Era necessário apenas esconder-se e aguardar a oportunidade de obter sangue para abandonar a região. Esse sentimento de precaução ele intuíra com o passar do tempo, e tal cautela o preservaria anônimo por muitos séculos.

E foi em uma noite que a pequena casa em que ele se escondia foi invadida por soldados fortemente armados, com espadas, lanças, escudos e tochas erguidas. Não havia como reagir. Os combatentes estavam empreendendo uma busca para a aquisição de escravos. Levaram-no sem resistência.

Ele foi acorrentado e aprisionado em um dos navios que zarpou naquela mesma madrugada em direção a Calaris, uma cidade na ilha da Sardenha, de lá seguindo para Roma. A capital do império.

Encarcerados no porão do navio estavam muitos outros escravos, de diversas regiões e de idiomas variados. Havia escravos epirotas, cimbros, teutões, cartagineses e de outras nacionalidades, e ele não entendia aquelas linguagens, pois a falta de sangue o impedia.

Estava tão debilitado que suas habilidades psíquicas de nada lhe valiam, mas assim tinha que ser, pois era preciso permanecer incógnito.

A embarcação cruzou o Mar Tirreno, margeou o porto de Óstia, já à península do império, e entrou no rio Tiberis. E, ajudada pelo vento, singrou vinte e um quilômetros de água até finalmente aportar em Roma.

Entre empurrões, gritos e açoites, uma guarnição retirou os escravos do navio, que acorrentados e em fila foram levados à cidade.

Aquele espetáculo despertou a curiosidade de muitos dos cidadãos que transitavam. Homens, mulheres e crianças cobertos por mantos das mais variadas cores paravam para ver as novas aquisições do império. Alguns apenas olhavam, enquanto outros comentavam algo entre si e sorriam.

E ele contemplava o novo ambiente que surgia. As construções eram pomposas e bem elaboradas, seguiam um padrão de arquitetura que lhe despertou a atenção. A maioria era de cor clara e composta de altos pilares polidos encimados por telhados grossos e bem trabalhados.

Aquele povo definitivamente preocupava-se com a estética e organização. Pedras sobrepostas milimetricamente e de esmerado talhe criavam colunas simétricas que, lado a lado, pareciam peças em um jogo de tabuleiro. Havia estátuas por toda parte, e nas mais diversas posições, todas esculpi-

das com extremo cuidado. Guerreiros com espadas e capacetes ostentosos montados a cavalo e em posição de batalha, leões sendo mortos por lanças, combatentes elevando escudos, e imperadores de braços erguidos, como se estivessem ali a discursar em silêncio. Esculturas de mulheres com pesados jarros sobre a cabeça ornavam pequenos pedestais quadrados, enquanto outras seguravam o teto de algumas construções.

Carroças passavam a cada segundo com os mais variados produtos em seu interior. Havia barulho, muito barulho, e conversas em diversos idiomas. Era uma cidade cosmopolita.

Havia ursos acorrentados, leopardos em jaulas e elefantes sendo puxados por vários indivíduos de tez muito escura. Caixas com cobras, gaiolas com exóticos roedores, e todo tipo de ave, algumas que serviriam para alimento, outras de plumagens coloridas que certamente iriam adornar o poleiro dos compradores. Alguém tocava uma flauta enquanto três homens muito pequenos dançavam. Lá estavam prostitutas, adivinhos, malabaristas, soldados, mendigos e artistas de rua.

Ele observou na diferença das faces e nas variadas tonalidades da pele a patente multiplicidade de procedências a coabitar naquele espaço. Um infindo número de trajes caracterizava as diversas culturas que por ali se espraiavam.

Muitos usavam colares brancos compostos de acúleos dentes de animais, braceletes de metal, pulseiras de couro trançado e anéis de prata ou ossos. Alguns vestiam mantos de pele de leão e cordas amarradas à cintura.

E, cercados por soldados de reluzentes capacetes, puídas capas vermelhas, escudos arranhados, longos dardos e gládios afiados, os escravos foram divididos e postos em grupo ao interior de jaulas dispostas sobre grandes carroças, sendo levados, diante de todos, em um espetáculo humilhante pelas ruas da cidade.

No decorrer do percurso, em meio à multidão, um corredor foi aberto, e nos flancos o povo gritava, enlouquecido, saltava extasiado, se acotovelava, erguia as mãos e brandia os braços. O barulho era ensurdecedor.

Nos topos das moradas, dos prédios, nas laterais das carroças, e por todos os lugares, estandartes rubros tremulavam, exibindo aos tecidos quatro letras: SPQR. Senatus Populusque Romanus, *o Senado e o*

Povo Romano. E, em muitas dessas bandeiras, no cimo das hastes que as alçavam, havia uma águia dourada de asas abertas, que observava, silenciosa, com um austero semblante. Ao contrário da farta população, que se esgoelava e ria em agitado festejo.

Jones desviou os olhos do livro e os esfregou como se buscasse despertá-los; eles pareciam em chamas, como a lenha que ardia na boca da lareira. Eram duas horas da manhã, e tão certo quanto o horário era a impossibilidade de dar fim à leitura.

A expectativa presenteada pelo cuidadoso relato o punha inquieto, as minúcias eram fascinantes, as informações, surpreendentes. A viva descrição da arquitetura, das pessoas e da atmosfera guardava uma riqueza inebriante. Todavia ele já começava a demonstrar os primeiros sinais de estafa.

A despeito das reclamações do corpo, seu interesse era profundo, e ele entendeu que deveria seguir até o limite. Até o momento em que o sono abatesse sua resistência, dominasse seu interesse e derrotasse sua curiosidade.

Ele agitou a cabeça e continuou bravamente.

XXXVII

Dentro da gaiola de grossas barras de ferro na qual ele fora arremessado, havia um prisioneiro que exibia extrema debilidade. Semiconsciente, estremecido, recostado a uma das extremidades, o homem, ferido durante a captura, tinha um trapo enrolado no braço, em que se pintava uma mancha avermelhada. Vez por outra, entre calafrios e gemidos, ele a tocava, para em seguida deixar a mão cair sobre a perna e suspirar de dor.

Vendo aquele detento enfraquecido, lhe veio uma ideia: aquela seria a fonte da qual beberia. Ali percebeu uma chance de ingerir sangue, mesmo que fosse uma limitada quantidade, apenas para acrescentar um pouco de energia ao seu corpo extenuado. Mas isso se daria no devido tempo, não em frente a milhares de pessoas. Sua estratégia seria a de ficar o mais próximo possível dele, e aguardar.

O barulho havia aumentado substancialmente, a turba indócil gritava, descontrolada e festiva, mas não apenas pela extensão das longas ruas, alaridos vindos do interior de uma imensa construção também podiam ser ouvidos. Era a corrida de bigas que acontecia no Circus Maximus.

Cento e cinquenta mil espectadores se acotovelavam dentro daquela arena de seiscentos e vinte e um metros de comprimento por cento e dezoito metros de largura. O ruído dos brados insanos tornara-se retumbante.

O Circus Maximus era um estádio, a maior arena de entretenimento de Roma. Localizada entre os montes Aventino e Palatino, dois dos sete sobre os quais a cidade fora construída, a edificação espalhava os clamores do povo como uma tempestade.

E tendo chegado ao final desse imenso estádio, as carroças tomaram o rumo da esquerda, indo em direção ao Amphitheatrum Flavium, *ou*

Coliseu. Construção que se localizava exatamente no meio de três montes: Esquilinus, Palatinus e Celius. Ali terminaria a jornada.

Com cento e oitenta metros de comprimento, cento e cinquenta de largura e doze andares, a edificação podia comportar mais de cinquenta mil espectadores. No local era realizado o que eles chamavam de Munera, ou combate entre gladiadores.

O governo era de Tito Flávio, filho de Vespasiano. Ele havia inaugurado o Coliseu.

Foi em seu reinado que as cidades de Herculano, Pompéia e Estábia foram destruídas pelo Vesúvio. Tito Flávio havia capturado Jerusalém antes mesmo de ser imperador, pondo fim à primeira guerra judaico-romana. Fora ele que sitiara e destruíra o segundo Templo de Jerusalém, no ano 70. Deixando a cidade em ruínas.

E de um solavanco as carroças pararam, sendo os prisioneiros retirados de suas gaiolas a gritos e chicotadas, para serem forçados a entrar naquela magnífica e colossal construção. Foram levados ao subterrâneo. Dentre eles não havia gladiadores, mas apenas gado para o abate.

O local estava lotado, os militares romanos haviam decidido que, para intensificar a diversão, os escravos capturados deveriam ser jogados ao centro do estádio, onde seriam mortos, para o delírio dos espectadores.

As galerias abaixo do Coliseu eram sombrias, geladas e cheiravam a sangue, suor e medo. Nas paredes, tochas debilitadas iluminavam parcialmente os abafados e estreitos corredores de pedra, nos quais se podia ouvir, vindos do alto, os ecos dos brados do povo sedento de sangue.

Eles chamavam aqueles passadiços de Hipogeu, e ali, além de gladiadores, havia jaulas com diversos animais selvagens que seriam erguidas no momento oportuno para que, magicamente, libertassem as feras de alçapões localizados ao piso do estádio.

Os pesados grilhões frios foram retirados de todos, pondo-se a guarda em alerta contra qualquer tardia tentativa de rebelião. O metal das correntes tilintou no ríspido e empoeirado assoalho de pedra, enquanto o aço das espadas retinia nas paredes.

Todos sujos, fracos e doentes, alguns sangrando, outros tossindo, cambaleavam, seguravam-se como podiam, uns nos outros, ou nas paredes altas e grossas, apenas aguardando o inevitável momento de serem lançados à morte.

O prisioneiro ferido, por ele observado, não mais suportando o esforço, tombou, pondo-se a arquejar no solo poeirento, onde se viam manchas escuras de sangue endurecido, tal se ali mesmo fosse expirar. E, vendo isso, ele acreditou ser o melhor momento para alimentar-se.

Gesticulando para um dos soldados, o fez entender que iria erguer o enfermo, mas, quando se debruçou sobre seu corpo, de imediato sugou seu corte, que era profundo, e sentiu aos poucos a energia regressar ao organismo.

Gradativamente ele escutou os vários pensamentos de todos que ali estavam; uns eram de desespero, outros de prazer. Pensamentos que começaram sussurrados, incompreensíveis, como murmúrios distantes trazidos pelo vento, para depois explodir aos gritos, trazendo revelações, segredos, desejos. E ele continuou, sugou todo o sangue, sem que isso fosse percebido.

O homem morreu em segundos, deitado, sereno, poupado de um sofrimento maior.

Após um breve instante de tensa espera, o momento, por fim, havia chegado, e o terror entre os aprisionados era monstruoso. A aflição trazida pela expectativa da morte fazia vibrar o ambiente em consonância com o apavorado estremecer dos corpos. Entre gritos e empurrões, todos foram encaminhados à parte de cima, à arena da morte.

Era evidente o intuito dos militares em promover um massacre, pois os cativos estavam desarmados. Muitos se recusaram a obedecer, demonstravam com agitação o imenso pânico que sentiam. Esses eram golpeados com ainda mais violência pelos soldados, sendo forçados a caminhar.

Depois de todos terem galgado uma escadaria de pedra, surgiu um corredor, e um largo portão ao fundo se abriu, fazendo a luz do sol invadir por alguns metros aquela escuridão desesperadora. O dia desbravava as trevas, e com ele trazia o fulgor que guiaria os prisioneiros até o terrível destino.

Por fim, todos entraram no Coliseu, e a multidão gritou, extasiada, como se desejasse fazer ruir o céu. O trovejar dos brados calou as aves e as esperanças.

Na arena, homens de armaduras, lanças, redes, espadas e escudos se voltaram para os que acabavam de surgir, e em seus olhos se podia ver a destruição, o pesadelo, a loucura, o anseio pela violência e a própria morte, que sorria.

Vários corpos estavam espalhados pelo solo, membros cortados, braços, pernas, cabeças, animais mortos e tantas poças sangue que mal se podia notar a areia.

A multidão continuava a gritar, a balançar os punhos cerrados para o alto, em um arrebatamento insano, feliz, que só os Efêmeros sabiam demonstrar perante o espetáculo da morte.

E, pela primeira vez diante de tanta ignorância, ele sentiu raiva. Queria destruir a todos, desejou derrubar ali, naquele lugar, todo o Império Romano. Toda a humanidade. Suas crenças estúpidas, sua injustiça, seu egoísmo, sua arrogância e seu orgulho.

Seu desprezo pelos homens foi tamanho que, por um instante, quase sentiu ser um deles. Do piso, colheu uma espada, e pondo-se em posição de combate esperou a primeira investida. O banho de sangue iria começar.

O primeiro gladiador que o atacou tinha nas mãos um pequeno bastão com uma corrente presa, cuja ponta era ornada por uma esfera de ferro. E essa arma era girada acima da cabeça como um redemoinho metálico e pesado.

O golpe desferido não foi certeiro, passou a poucos centímetros de seu rosto, mas a reação foi precisa e fulminante. Com a espada que tinha na mão atravessou o pescoço daquele homem até a empunhadura, o que provocou um esguicho de sangue fenomenal. E a plateia pareceu adorar o que havia ocorrido, pois gritou ainda mais alto.

O segundo gladiador teve as vísceras expostas por um golpe na barriga, que foi rasgada de ponta a ponta. Seus intestinos derramaram-se pelo solo, seguidos por uma imensa quantidade de sangue. O homem tombou em seguida, com todo o peso.

O terceiro, ao atacá-lo, teve um dos braços arrancado à altura da dobra, para depois ter o olho penetrado pela ponta de sua espada e logo perder a cabeça, que foi separada do corpo a grande velocidade.

E um por um, ele os ia vencendo, com técnica e força. Passando a rir sempre que matava. Aquilo se tornara uma diversão. Ele tinha a todos nas mãos, e quase gargalhava de prazer ao abatê-los.

Cada vez que matava, ele se curvava sobre o corpo, afagava o ferimento e dele retirava um pouco de sangue, que logo em seguida usava para besuntar o rosto. Por vezes até lambia os dedos e demonstrava prazer com o sabor.

Aquele bizarro comportamento levou parte da multidão a refrear os gritos, como se o horror de seu ato a estivesse assustando, mas disso ele duvidou.

Dois outros gladiadores, percebendo o perigo que corriam, decidiram se unir para atacá-lo. O primeiro teve o nariz decepado, para depois ter o coração perfurado por sua espada, e o segundo, ao tombar ferido na barriga, foi desmembrado vivo e com selvageria pelos golpes de sua lâmina.

E, sem que ninguém esperasse, ele voltou-se contra os prisioneiros, que reagiram inutilmente, e matou todos. A ninguém deixou vivo sobre as areias do Coliseu.

Agora, a multidão estava calada, o povo, os nobres e soldados emudeceram, todos haviam engolido a desrespeitosa histeria e a sádica alegria enfermiça e faziam um silêncio jamais visto entre aquelas imensas paredes sujas de sangue. E tal reação o fez sentir-se muito bem.

Tito Flávio estava presente e, levantando-se de seu trono, saudou o novo guerreiro que surgia ante seus olhos perplexos, enquanto os soldados invadiam o local para capturá-lo. Eram dezenas, e ele teve de se entregar, pois precisava conter sua fúria. Já havia feito o suficiente.

Ao ser encarcerado, passou horas refletindo se havia perdido o controle, se poderia ter sido mais prudente no espetáculo que dera. Concluindo que, apesar de ter experimentado o esplêndido sabor de sua natureza, aquilo, como se dera, jamais poderia acontecer novamente; pois decerto que atos tão incomuns entrariam para a história. Seriam registrados em documentos que fatalmente informariam acerca de sua existência.

Várias horas já haviam passado e tendo chegado a madrugada, no cubículo da cela de paredes frias e piso úmido, ele aguardou pacientemente até predominar o silêncio. Logo percebeu que o espaço de tempo entre as rondas dos guardas se havia dilatado, e que isso lhe daria a oportunidade de fugir.

Então, após certificar-se da ausência de vigias, com cautela ele encurvou moderadamente as barras de ferro de seu cárcere, escapando pelo pequeno espaço criado. Mas, antes de ir-se, tratou de pôr os ferros em sua posição inicial, para que nada fosse percebido.

Ele se ocultaria na escuridão noturna para alimentar-se enquanto fugia. Beberia o máximo de sangue que lhe fosse possível, pois a jornada seria longa e perigosa. Agora ele era um fugitivo do Império Romano.

Por algum tempo andarilhou as margens do Rio Tiberis, sorvendo o sangue de qualquer um que cruzasse seu caminho; não foram muitos, mesmo assim ele tomou o extremo cuidado de, ao longo da trilha, esconder os corpos sob as terras romanas.

E, seguindo o percurso inverso ao do navio que o havia trazido, finalmente chegou à orla do Mar Tirreno.

Como clandestino em uma embarcação que lá estava atracada, ele alcançou a Mauritânia Tingitana, uma colônia romana ao noroeste da África, na região do Magreb, parte norte do que se tornaria Marrocos. E aportando em Tingis esperou o momento certo para descer da nau e percorrer a margem do Atlântico. Alguns quilômetros depois, por fim, abandonou o território do Império Romano.

Em Roma ele correra um risco bastante elevado, e isso o ensinara uma valiosa lição: a de jamais passar longos períodos sem beber sangue quando estivesse em territórios conflituosos. Ele encarou a experiência como um aprendizado de extrema importância, e essa advertência da memória o acompanharia para sempre.

As regiões perigosas, apesar de ameaçarem seu anonimato, eram as que mais forneceriam o alimento necessário para sua proteção física e seu progresso intelectual, pois nelas o sangue derramado era um produto abundante. Evitá-las era praticamente impossível; se assim o fizesse sua jornada e educação não seriam completas.

A crueldade e a barbárie dos Efêmeros não tinham limites, só precedentes, bem como a contradição que os dominava, e nesse preciso tema a religião desempenhou um papel fundamental. Ela fomentava o terror, reprimia os instintos e as ideias humanas de forma profundamente eficaz. Mantinha o intelecto encarcerado na cela mais sombria da ignorância. Causava guerras, atraso social, jurídico e ainda a disseminação de doenças. Assim deu-se ao século XIV, no ano de 1350, no então Condado de Barcelona.

A fome e a enfermidade conhecida como peste negra se haviam instalado naquelas terras, trazendo uma profunda crise no modo de produção feudal, o que consequentemente levou a um colapso na economia. A miséria e a violência alastravam-se, como os cadáveres.

As lúgubres asas da morte trouxeram a sombra do sofrimento e da destruição sobre a cabeça dos Efêmeros. Corpos espalhavam-se amontoados pelas ruas enquanto carroças os recolhiam para serem queimados. O pânico e o caos tornaram-se deformados e pustulentos fantasmas que assombravam todas as casas. A ninguém poupava a morte, desde crianças até idosos eram levados por suas garras embrutecidas, e assim um terço da população da Europa foi devorada.

E como se não bastassem os constantes golpes das desgraças cotidianas, as ações de uma cruel e selvagem instituição ainda viriam acrescentar mais pavor às pessoas. Uma corporação chamada de Inquisição, que era tão nociva quanto a medonha enfermidade homicida.

Homens impiedosos arrebatados por um entranhado fanatismo assassinavam pessoas inocentes em nome de suas questionáveis verdades, e o poder que lhes assistia era desproporcional à importância que verdadeiramente tinham. A Igreja, que era tão mal informada quanto o povo, cumpriu o hediondo papel de associar-se ao infortúnio vigente, quando deveria combatê-lo.

E foi essa realidade que o recebeu ao chegar a Barcelona.

A fumaça dos corpos queimados empesteava cada recôndito da cidade com uma fétida neblina escurecida, e muitos cadáveres envoltos em panos bem amarrados estendiam-se enfileirados aos cantos das ruas, a esperar pelas carroças.

As carnes enegrecidas dos despojos incinerados em muito lhe fizeram recordar da velha sacerdotisa morta pelos sumérios; aquelas eram memórias distantes, que, como todas, estariam presentes e se somariam para integrar a sua identidade.

A confusão estabelecida estava fora de controle. Havia bairros em que os soldados não mais se atreviam a entrar, locais sem ordem ou lei que estavam entregues às mais terríveis brutalidades. Os chamados "homens de Deus" tampouco por lá ousavam circular, preferindo ostentar sua arrogância, exibir suas joias e esvoaçar suas capas perfumadas em residências mais abastadas. Os hipócritas afirmavam que o que se passava à cidade era um castigo divino.

Sabendo-se imune àquela moléstia que a todos abatia sem piedade, um lugar como aquele lhe seria vantajoso, pois a morte se havia tornado tão presente quanto as pulgas. Ali era moradia da absoluta desordem.

E do alto das igrejas de pedra os santos contemplavam o mar de sujeira e cediças patologias com absoluto desdém. A imutabilidade de suas ridículas fisionomias atestava um profundo desprezo pela condição humana. Estátuas cujas faces congeladas em expressões de beatitude jamais abriram a boca para protestar contra as atrocidades cometidas em seu nome.

Por noites ele se alimentou sem dificuldade. Banqueteou-se com crianças, mulheres, soldados, idosos, prostitutas, freiras, padres, muçulmanos, judeus e cristãos.

Se havia um sentimento que realmente não o tomava era o do preconceito. Os Efêmeros eram iguais, não havendo sequer um que pudesse viver sem que lhe corresse sangue nas veias. As diferenças eram geradas pela ignorância, pela perpétua estupidez característica da humanidade, pois a morte igualava a todos.

Os religiosos cristãos eram os que mais lhe agradava aterrorizar. Os abastados sacerdotes insensíveis e bebedores de vinho, que comiam à mesa dos nobres, muitas vezes deitando em suas camas, o divertiam. A esses ele tratava com especial dedicação. Antes de matá-los os interrogava com ironia, perguntando onde estava a ajuda do deus que adoravam. Por muitas vezes os fazia engolir os próprios anéis de diamante enquanto lhes perfurava os olhos com o crucifixo que carregavam ao pescoço.

O sangue daqueles homens era gorduroso e impregnado por sentimentos de escárnio e orgulho. Para eles, sempre se apresentava como o Diabo, e tinha muito prazer em vê-los tentar barganhar antes de morrer.

Era o período da transição do reinado de Alfonso XI, que havia morrido, para o de Pedro I de Castela, seu filho, e as intrigas da nobreza estabeleceram-se ao interior dos castelos. Porém, os conluios secretos do poder, como sempre, estavam distantes do entendimento popular. O que deveras o povo sabia era da existência da pobreza, das doenças e da violência. Esse era o perpétuo e inevitável tripé que embasava a plebe, desde a Suméria.

O conflito pelo domínio era uma regra permanente na sociedade humana, assim como a constante presença dos abastados e dos miseráveis. Por entre ambos ele muito vagou, descobrindo que o que os diferenciava era o dinheiro, nada mais. O que não o tinha, o desejava, e o que o possuía, queria sempre mais.

A ambição era a característica mais presente nos Efêmeros. E, por todos os séculos que viveu sem que soubessem de sua existência, ele tinha em si que as razões do excesso desta era um mistério.

A educação e a insipiência eram as duas faces da mesma moeda enferrujada. As sociedades sempre o figuraram como o deus Jano, regente do Lácio, cujo par de rostos apontam em direções contrárias. Porém, se neste a disposição dos semblantes representava o passado e o futuro, naquela figurava como o lucro e o atraso.

A serpente negra não mais aparecera para trazer-lhe conselhos; ela havia desaparecido, ela e seus avisos inquietantes que apenas o recheavam de perguntas acerca de sua própria identidade.

Se a sua peculiar condição o imbuia de segurança, em contrapartida o mistério o instigava às dúvidas, pois em verdade ele não sabia quem era ou qual era a finalidade daquelas habilidades. Decerto que eram para que pudesse se defender, não havia descrença quanto a isso! Mas por qual razão? Por que eram necessários tantos segredos e proteção? Ele era inteligente o suficiente para raciocinar sobre esse fato, mas, apesar dessas incertezas vez por outra o perturbarem, ele procurava não criar um inferno mental, apenas vivia e seguia os conselhos do enigmático ofídio. Agindo por intuição e conforme a sua natureza.

Algumas das ruas de Barcelona eram estreitas e desertas, e em muitas havia batentes de janelas dos quais plantas pendiam, a maioria mortas. Tudo era cinza. Nas planas calçadas de pedras quadrangulares sempre se podia ver algum lixo, feno encarvoado, caixas entulhadas, dejetos de animais, e agora corpos.

E foi em uma dessas vias, no final de uma tarde escurecida pela fumaça das fogueiras, que ele viu um homem sendo levado por soldados e um sacerdote da Inquisição. Mais uma vez estavam os Efêmeros a agir com brutalidade. Ele não seria indiferente à oportunidade que se apresentava.

Dirigindo-se ao sacerdote, ele perguntou para onde aquele homem estava sendo levado, e lhe foi dito que o miserável estava sendo preso por bruxaria.

Ele riu, na verdade gargalhou, afirmando diante de todos que o bruxo era ele, e que aquele cidadão era inocente, pois um bruxo reconhece outro. Para comprovar isso, cuspiu no crucifixo que o eclesiástico exibia pendurado.

O sacerdote abismou-se com tamanho desrespeito, e deu um passo para trás, enquanto os soldados de imediato puseram-se em prontidão para prendê-lo.

Ali mesmo ele matou a todos, rasgando-lhes a jugular com uma espantosa precisão, inclusive a do prisioneiro. E de cada um sugou o sangue.

Diante da realidade vigente naquela urbe, seis corpos a mais na rua suja não causaria qualquer estranheza.

Até então ele nunca havia bebido tanto. Em Barcelona sentiu-se como que diante de uma mesa bem guarnecida, daquelas em que basta estender o braço para agarrar a desejada iguaria. Todos eram presas fáceis, e qualquer circunstância se apresentava embebida em assombrosa conveniência.

Repetidamente, debruçado nos batentes dos topos das catedrais, como uma majestosa e assustadora gárgula petrificada pela satisfação, ele contemplava toda a miséria da humanidade, vícios, medos, falsidades e suplícios, sentindo tê-la nas mãos.

Da cimalha das santas construções que se espalhavam pela urbe cristã, ele observava o desespero dos homens, o grito das mulheres e os cadáveres das crianças, como se fosse um deus que de seu trono diverte-se ante a indigência das almas.

Em presença da morte que assombrava a cidade, foi quando mais forte e vivo se sentiu.

No entanto, ainda que convencido da proteção fornecida por aquela pestilenta localidade, o tempo que ali se mantivera se havia tornado suficiente, e o sedutor apelo da jornada o capturou.

Sempre que permanecia por longo tempo em algum lugar, uma irresistível vontade de ir-se o arrebatava, e ele entendia aquele envolvente arroubo como parte dos misteriosos desígnios da serpente negra. Era fácil compreender que sua trajetória tinha por finalidade a instrução, mas a que tudo levaria ainda lhe era hermético.

Tendo deixado uma Barcelona destruída pela epidemia, ele atravessou Andorra, para finalmente entrar em território francês e, a partir da fronteira, guiado por um místico incitamento, por uma impetuosa curiosidade, cruzou pouco mais de setecentos quilômetros até chegar à região da Normandia.

Seu roteiro lhe pareceu determinado, como que traçado por uma força cautelosa que cuidava para que não houvesse quaisquer contratempos. Sem sequer nutriu-se a contento, tampouco enfrentou as adversidades inerentes à região, apenas manteve-se vigilante e cônscio de que algo o guiava e protegia.

Em maio de 1431, ele já estava na cidade de Rouen e lá presenciou a execução na fogueira de uma jovem de dezenove anos acusada de heresia.

Junto à multidão que tomava a Place Du Vieux Marché — Praça do Velho Mercado — ele viu aquela linda menina ruiva vestida de branco ter seu corpo consumido gradativamente pelas impiedosas chamas da ignorância. Somente depois, em 1456, seu processo seria revisto e ela inocentada das acusações, mas era muito tarde. Joana D'arc já estava morta havia mais de duas décadas.

Pelos anos consecutivos àquele fato, ele continuou a jornadear pela França, e conheceu suas tavernas, seus deleites, suas revoltas, sua pobreza e seu submundo.

Era o reinado de Carlos VII, e o país estava em guerra com a Inglaterra, a chamada Guerra dos Cem Anos. O clima de constante tensão aportava nos ânimos, e a violência explodia nas ruas. Em razão da sua condição de estrangeiro ser percebida com facilidade, ele corria mais risco do que os nativos, e por isso precisava estar pronto para defender-se, pois cruzar a França daquela maneira era arriscado para qualquer um.

Apesar de já estar devidamente trajado como um autêntico francês, e de exibir nas vestes o requinte de quem era possuidor de riqueza, decerto que ainda seria tratado com desconfiança. Todavia, ali decidiu estabelecer-se por algum tempo na intenção de ambientar-se à sociedade, pois desejou seguir as instruções da serpente e conhecer as peculiaridades daquele povo.

Ler pensamentos e influenciar vontades era uma vantajosa capacidade que não apenas o possibilitava evitar situações perigosas, mas também de adquirir invejável lucro financeiro. Sua fortuna crescera consideravelmente, assim como sua inteligência e experiência. Na França foi onde ficou por quatro anos, lá constatando toda a decadência moral da nobreza, da aristocracia e do clero.

As noites francesas quase sempre eram regadas a excelentes bebidas e preenchidas com luxuosas festas, nas quais a aristocracia exibia toda a sua arrogância e fortuna. O escárnio pelos pobres era frequentemente seguido por hiperbólicas gargalhadas e comentários de gostos duvidosos. Ele, por sua elegante presença e modos esmerados, já se havia tornado conhecido, destacando-se entre os nobres e os sacerdotes, que a todo o momento o convidavam para suntuosos festins.

Quando flanava pelos salões iluminados das grandes casas e castelos, de taça em punho, pelos imponentes cômodos ele averiguava o profundo desprezo que se nutria por todos os cidadãos andrajosos que se arrastavam pelas ruas infectas da cidade.

Foi em Paris, ao término de uma dessas extravagantes festas, promovida no jardim de uma ostentosa mansão, que ele foi convidado a permanecer em companhia de duas lindas jovens. Duas irmãs que, decididas a não o disputar, resolveram dividi-lo.

Mais tarde, em um luxuoso quarto de envernizada mobília de boa madeira, de tapetes vistosos e cortinas de linho bordado, de madrugada, ambas, demonstrando profunda desinibição, desnudaram-se uma à outra, para logo o convocarem à maciez de um majestoso leito ornado com os mais encantadores tecidos. Sobre perfumadas fronhas recostadas como duas sedutoras ninfas se puseram a aguardá-lo.

Envolto pelos corpos tenros e aromáticos das duas fascinantes divas, ele percebeu o sereno pulsar de suas veias, o compassado latejar de suas artérias e a respiração ofegante, que, com brandura, fazia palpitar a dois pares de seios pequenos e rosados.

E escorregando pelas frias cobertas de cetim, buscou as alvas coxas de uma das irmãs, lhe abrindo vagarosamente as pernas, para ali encontrar a artéria femoral.

Suas presas penderam com cautela, e próximas à virilha se aprofundaram na carne alva. A dor foi sentida, mas encarada como fruto da calidez do momento. E aos poucos o sangue que circulava pelo interior daquele talhe escultural escoou, desceu pela sua garganta como o méleo vinho guardado nas adegas reais.

A moça expirou, e sua face tornou-se qual a das cariátides que ele havia contemplado em Roma.

Sem absolutamente nada perceber, e envolta pela balsâmica penumbra do luxuoso aposento, a outra jovem afagava os cabelos da que acabara de converter-se em cadáver. E ele, vagaroso, para ela dirigiu-se, cobrindo suas carnes macias com o corpo, para em seguida lhe morder o pescoço, e de lá extrair toda a seiva que a mantinha viva.

Jones arregalou os olhos, enquanto o livro saltou de suas mãos. Aquela revelação o chocara profundamente.

"As duas jovens francesas! O senhor Johnson me falou sobre isso! Essa história está registrada naquele documento! Se ele está lendo o livro, como acredito que esteja, e chegou a essa passagem, certamente que agora crê ter suas suspeitas confirmadas! Pobre senhor Johnson... Não sabe que foi o próprio senhor Fergelus que cometeu esse crime!"

A negra letra L desenhada pelos ponteiros finos no painel branco do relógio anunciava a terceira hora da madrugada; mesmo assustado com a descoberta, Jones precisava dormir, pois seus olhos já incandesciam de cansaço, como carvão quente em fim de fogueira.

Ele levantou-se, pôs a obra sobre a poltrona e caminhou até o quarto.

XXXVIII

No decurso da tensa madrugada, seu sono foi perturbado inúmeras vezes por contínuos despertares. Ele saltava da cama como se sacolejado por uma força invisível, mas tudo não passava de sua mente se recusando a relaxar.

Os eventos que o livro expunha se haviam tornado mais detalhados, realistas e assombrosos. Nas páginas surgiam nomes, datas e fatos históricos narrados com espantosa minúcia. Fergelus era um vasto arquivo das eras, pelas quais não apenas vagava, mas nos quais interferia.

Se Jones não estivesse tão estafado fisicamente e esgotado psicologicamente, decerto que jamais teria conseguido dormir, pois abandonar a obra após a narrativa de tantos eventos relevantes era um exercício oneroso.

Inevitavelmente, suas pálpebras pesaram como o maior dos navios, pondo-se seus músculos a desenrijar aos poucos, até que, se tornando inerte como um defunto, foi severamente abatido pelo absoluto torpor.

Após oito horas de sono pesado e ininterrupto, ele abriu os olhos e sentiu nos pés o estranho afago de algo que roçagava por baixo das cobertas. E pareceu-lhe aquilo uma matéria endurecida, mas maleável, e desconfortavelmente gélida.

Então, apoiando cuidadosamente os cotovelos no colchão, ele ergueu parcialmente o tronco para investigar, e viu que os lençóis ondulavam com serenidade. Havia alguma coisa viva movendo-se sorrateiramente.

Aos poucos, o que quer que fosse aquilo começou a subir pelo seu corpo, tornando-se espesso a ponto de causar-lhe incômodo às pernas.

A princípio ele pensou em pular da cama e correr, mas o medo e a cautela lhe enrijeceram; enquanto seus olhos, apesar da penumbra, conseguiam distinguir com certa clareza aquela vagarosa aproximação. Algo se deslocava em direção ao seu abdome, e em poucos segundos despontaria à borda do cobertor que o ocultava até a cintura.

Quando seu raciocínio tornou-se mais límpido, duvidou do que acabara de perceber. E tal pensamento o paralisou: em tudo lhe lembrava aquilo uma cobra.

Ele estava certo. Saindo da manta, a cabeça do animal trouxe parte do corpo, que se arrastou pela sua barriga, até deter-se ao tórax. E aos poucos, quase docemente, o monstruoso ofídio ergueu-se ante seus olhos esbugalhados. Era uma serpente enorme, que mesmo na penumbra fez perceber sua coloração negra.

Lentamente ela rastejou até o peito de Jones toda a sua dimensão, ali se depositando em espiral, e aquele peso quase o sufocou. Ele podia ouvir o silvo do animal, como uma proferida sentença de morte, e até ver sua língua, impaciente, oscilando dividida como um besuntado diapasão pontiagudo.

Seu crânio alongado pendeu, tranquilo, direcionando os severos olhos para a face transtornada de Jones, e após eternos segundos de profundo silêncio um murmúrio surgiu:

— Ouve! Ouve com tua mortal essência! És o instrumento da verdade. Um dos escolhidos para entregar à humanidade a palavra daquele que não morre. És um dos primeiros, que não serão os últimos. Ouve, rebento da transitoriedade! Outros surgirão quando não estiveres mais presente. Cumpre à tua época o que te foi imposto e aprende com o que registra teus olhos. Não estorves o fluxo da palavra, ou a tua será emudecida. Realiza, sem obstruir, aquilo para o que foste eleito.

De um tranco Jones pulou da cama, cobrindo o rosto com as mãos. Seu baque foi pesado e doloroso, pois ele havia se chocado contra o assoalho de madeira como uma fruta que despenca do mais alto galho.

E após abalroar o solo, arrastou-se em desespero e aos gritos o mais distante que pôde, procurou a janela, de cujas frestas brotavam filetes da luz matinal. Ele ergueu os braços e a abriu de imediato.

Além dos travesseiros sobrepostos, do colchão torcido, dos lençóis remexidos e das fronhas amarrotadas, não havia absolutamente nada na cama, só a desarrumação própria gerada pelo mais tormentoso e horrendo sonho.

Era seu segundo pesadelo. No primeiro fora visitado por Fergelus, e agora pela própria serpente. E em ambos ele percebeu claramente um aviso, um anúncio de que não deveria ser um obstáculo à publicação e divulgação do livro. Sem dúvida que estava lidando com forças muito além de sua compreensão. Talvez com forças maiores até do que o entendimento do próprio Fergelus.

Ao meio-dia, sentado na poltrona, apavorado, por todo o tempo que ali esteve ele evitou entrar no quarto. Nem sequer havia ordenado o leito.

Sobre o tórax ainda sentia o peso da sólida presença daquele animal, a frialdade de suas escamas, o movimento sufocante, a perturbadora energia emanada de seus olhos.

Jones, mecanicamente, esfregou o peito, como se buscando limpá-lo, tal se tentasse inconscientemente se desfazer da desagradável sensação de ter experimentado sobre ele a assustadora pressão do corpo sinuoso de uma cobra.

Ele tentava entender a mensagem que havia recebido, buscava interpretá-la como sua capacidade cognitiva lhe permitia:

"Eu sou o instrumento da verdade? Um dos escolhidos? O que isso quer dizer? Hum... Creio que se refere ao meu trabalho na editora. Eu sou um dos que possibilitará que as palavras do senhor Fergelus sejam divulgadas... O que mais poderia ser?

Sou um dos primeiros, que não serão os últimos? Sim! Entendo! Eu e todos os envolvidos na publicação! Não só os de aqui, mas os que contribuíram em outros países! É isso! E depois de morrermos, outras pessoas irão lidar no futuro com a edição do livro! Claro! É o que ela quis dizer quando se referiu ao fato de eu não estar mais presente?"

E suas conclusões continuavam:

"Cumprir à minha época o que me foi imposto? O que significa? Que devo me dedicar à publicação do livro no meu tempo... Neste século!

Aprende com o que registra teus olhos... Aprender o quê? Que o senhor Fergelus é invencível? Aprender com todas as informações históricas que o livro traz? Eu não sei!

Não estorves o fluxo da palavra, ou a tua será emudecida... Não há dúvida de que isso foi uma ameaça!

Realiza, sem obstruir, aquilo para o que foste eleito? Isso me parece bem claro!"

Jones havia entendido perfeitamente a apavorante comunicação e já estava a par de que aquele era o terceiro aviso. Ele não se livraria daquilo facilmente, teria que cumprir com dedicação as ordens que havia recebido e, pelo visto, agora, qualquer tentativa de rebelião seria mortal.

Estava sendo mantido vivo com um propósito, e deveria empenhar-se em realizá-lo. Mas havia uma diferença entre ele e os outros funcionários: ele conhecia a verdade, e isso tornava sua situação ainda mais difícil.

Jones se sentia como um escravo, como um títere manipulado por mãos impiedosas. Ele era um autêntico trapezista sem rede, um alpinista sem corda, e com um punhal em sua garganta. Se no primeiro sonho Fergelus havia aparecido, e isso, por si só, já atestava a seriedade da circunstância, agora a própria serpente o visitara – sinal de que tudo se tornara ainda mais grave.

E, com o livro nas mãos, novamente sentiu-se obrigado a lê-lo, não apenas pela exigência de sua nociva bisbilhotice, ou por estar buscando fragilidades nos poderes de Fergelus, mas em razão do aterrorizante evento. Estava acorrentado àquele suplício diário, que agora se havia tornado uma ameaçadora imposição.

Ele abriu a obra e continuou:

Sem absolutamente nada perceber, e envolta pela balsâmica penumbra do luxuoso aposento, a outra jovem afagava os cabelos da que acabara de converter-se em cadáver. E ele, vagaroso, para ela dirigiu-se, cobrindo suas carnes macias com o corpo, para em seguida lhe morder o pescoço, e de lá extrair toda a seiva que a mantinha viva.

O último suspiro emanado pela sedutora boca da beldade francesa mesclou-se a um fraco gemido, e seus lábios antes carnudos, vermelhos, úmidos, ressecaram na placidez de uma morte trêmula, célere e prazerosa.

Ele ergueu-se desnudo, apreciou-as sem vida sobre a cama, e ambas muito lhe pareceram virginais gravuras de ninfas pinceladas em um painel pelo mais zeloso artista. Os dois pares de braços brancos e finos pousavam nos travesseiros de tecido azul; as pernas firmes, torneadas e inertes jaziam frias sobre o leito morno, enquanto os olhos abertos, opacos, fitavam o teto esculpido em alto relevo. Seus rostos lívidos beiravam a beatitude.

Arqueando-se sobre os corpos, ele não olvidou de utilizar as unhas para rasgar as perfurações feitas na pele alva e perfumada das irmãs defuntas. Truque que manteria sua existência incógnita.

Por certo aquele trágico evento seria investigado com absoluta dedicação pelas autoridades, visto que as jovens eram da aristocracia. Ele não duvidava de que uma caçada se estabeleceria e de que todo o país seria vasculhado.

A despeito de sua posição, ele não estaria livre de suspeitas e poderia ser acusado. Esse era um risco que ele não queria correr. A fuga de Paris deveria ser empreendida o quanto antes, naquela mesma noite.

O ato cometido não fora derivado de um impulso, tampouco ele se havia deixado levar pelos encantos das jovens. O fato era que aquela cidade já o entediara e em seus pensamentos ele desejava deixá-la.

Sua conveniente amizade com os cidadãos mais abastados dera-se por ele ter afirmado ser um rico comerciante de terras distantes, além do fato de seus conselhos financeiros haverem trazido lucro a alguns aristocratas. E ele conseguia esse feito lendo os pensamentos dos economistas e banqueiros da corte, o que lhe era também extremamente proveitoso.

Assim é que ele se havia inserido no meio dos mais prósperos, e podia, mediante favores, se manter seguro. Isso lhe facilitava também, durante a madrugada, poder perambular pelo submundo e alimentar-se dos Efêmeros mais descuidados.

Aqueles que sabiam dessas andanças noturnas entendiam que ele estava à caça de aventuras sexuais e em razão disso mantinham-se calados. Mas agora ele havia provado do sangue de pessoas importantes.

Apesar de estar forte e bem nutrido, era proibido comprometer a sua identidade. Defender-se contra um pelotão, de forma explícita, seguramente causaria um abalo na história. Então, o conselho da serpente lhe veio à mente: "O sangue humano é teu protetor, mas a solidão e a cautela são tuas seguras moradas".

Assim seria, ele iria regressar à sua solitária jornada. Deixaria a França.

Durante alguns meses, em segredo, ele cruzou o país, mantendo o máximo de discrição, pois ao longo do percurso constatou em várias localidades que jornais haviam divulgado notícias sobre o crime. A busca pelo assassino instaurou-se em todo o território francês, assim como uma repressão militar e policial mais vigorosa.

A guarda invadia casas, derrubava portas de tavernas, vasculhava navios, conventos e cada estalagem do reino. Ainda, sob ordens do rei, mesmo sem a severidade habitual com a qual lidava com o povo, interrogava fidalgos.

Não se sentindo seguro, ele redobrou os cuidados, e foi compelido pela misteriosa influência que jamais o abandonava a seguir rumo ao Ducado de Saboia, Estado chefiado por uma antiga família de nobres, presente desde o século X no território do Reino da Borgonha.

A família era uma instituição que sempre lhe causara estranheza. O mais próximo que ele havia chegado dela fora quando morava com a sacerdotisa.

Ele não entendia a razão de os Efêmeros associarem o amor ao ato da reprodução, pois acreditava que trazer um ser inocente a um mundo corrompido era prova mais que suficiente para que tal sentimento fosse descartado. Os Efêmeros tinham uma péssima relação com a morte, e por estarem cientes dela buscavam eternizar-se através dos filhos. Para ele, essa era a marca maior do egoísmo e da crueldade.

Os Efêmeros impunham às suas crias seu próprio modo de pensar, seus gostos, suas opiniões e seu comportamento. Reproduziam nelas crenças e defeitos de caráter, assim perpetuando ideias e preconceitos. Eis a causa da imutabilidade moral do mundo.

Tendo percorrido mais de quatrocentos quilômetros, por fim chegou ao ducado, todavia ali não seria o seu porto, pois ainda pisava em solo francês, e o influxo que o guiava exigia que mais terras fossem transpostas. E ele tratou de obedecer ao instinto, que sabia estar manipulado pela mágica autoridade que o orientava. Margeou toda aquela área, ocultando-se, fugindo, embrenhando-se por difíceis atalhos e veredas tortuosas, para descer em direção ao Mar da Ligúria e depois entrar em Nice, então território de Saboia.

Por ali, ao cruzar a limitada extensão costeira, alcançou a terra que só em 435 anos se chamaria Reino da Itália. Poucos quilômetros adiante, encontrou Mônaco, cidade pertencente à República de Gênova.

Ele havia regressado à região de onde fugira havia 1356 anos.

O ano era 1436, a região estava sob o pontificado de um Papa que incentivava o tráfico de escravos. O Papa era Eugênio IV, que, no futuro, seria morto por envenenamento.

As terras eram divididas em cidades-Estado ao norte, e pelos Estados Papais e o Reino de Nápoles pelo resto da península.

Assim os Efêmeros viviam, divididos em sua própria terra. A soberba punha em conflito famílias abastadas, umas contra as outras, promovendo guerras e massacres.

As épocas se sucediam, e os Efêmeros permaneciam os mesmos: arrogantes e egoístas. Capazes de tudo, não apenas para manter sua propriedade, mas para apoderar-se da dos outros. Esse era mais um dos traços marcantes da humanidade: a sede pela posse.

Os homens fomentavam o desejo de eternizar os bens pilhados por todas as gerações vindouras, e criavam seus filhos com esse pensamento, os instruíam para que se achassem superiores a todos, pelo fato de acumularem bens. Mal sabiam, os pobres miseráveis, que a morte os igualaria ao mais humilde dos mendigos. Até aos animais.

No novo território ele encontrou uma cópia daquele que havia deixado. Pobreza e nobreza andavam juntas, mas completamente separadas. O idioma mudara, mas não a realidade. Habitações miseráveis e castelos pomposos era um contraste que comprovava as seculares diferenças promovidas pela imutável injustiça. E um muro vivo separava violentamente essa disparidade social, um muro composto de homens armados. Esse padrão era seguido em todos os lugares e as épocas: pobres treinados, voltados contra pobres esfomeados, na intenção de proteger aqueles que exploravam a todos. Que grande contradição cria a ignorância! Os Efêmeros estavam encarcerados à sua natureza perniciosa. Era um povo fadado a perpetuar a própria desventura.

Durante o árduo percurso, ele deparou-se com muitos camponeses, não conseguindo invadir o pensamento de nenhum, tampouco influenciá-los de alguma forma. Suas habilidades precisavam ser revigoradas o quanto antes, pois a região demonstrava ser inóspita a forasteiros.

Com frequência, tropas bem armadas circulavam a cavalo, a todo o momento olhando-o com desconfiança. Ele não desejava que se repetisse o que lhe havia ocorrido tantos séculos antes. Ser aprisionado definitivamente não fora uma experiência agradável.

Seria um infausto e estranho capricho do destino se novamente, no mesmo território, o evento tornasse a acontecer. Se antes, ao século V, caíra nas mãos do imperador Tito Flávio, agora, no século XV, mais de mil anos depois, decerto que não desejava ser hóspede dos calabouços do rei Sigismundo.

Ele cruzou discretamente toda a República Sereníssima de Gênova, passando pelo território de Módena, Bolonha — um dos Estados Papais — e parte de Florença, então governada pela família Médici, dirigindo-se para as margens do Mar Adriático. O cansaço já começava a instalar-se perigosamente, e ele decidiu buscar alimento.

Jones friccionou os olhos, fez uma careta e pendeu a cabeça, que foi suportada pela mão como uma pesada rocha. E com o cotovelo sobre o braço da poltrona, naquela posição congelou por algum tempo, com o livro apoiado nas pernas. Estava cansado.

Apesar de ter dormido tanto, sentia as energias sugadas. Aquele pesadelo o despertara de tal maneira que ainda conservava os tremores do susto. Alimentara-se pouco durante o dia, pois a história o envolvera de forma a esquecer as próprias necessidades.

Havia horas estava sentado, e suas costas reclamavam. Por toda a manhã e tarde ali estivera, lendo devotadamente, quase que entorpecido, que encantado por aquela magnífica aventura. O sol já se havia ido, e pelo céu estendia-se o manto da escuridão.

Dentro de uma semana, na casa de Stafford, ele veria Fergelus. O autor estaria em uma sala com vários convidados, inclusive Elisabeth, e todos o tratariam com respeito, talvez, considerando sua maléfica habilidade de comunicação, até com certa idolatria. No entanto só ele saberia da verdade, e isso não lhe traria qualquer vantagem, apenas medo.

XXXIX

Pela manhã, quando chegou à editora, Jones surpreendeu-se com a misteriosa atmosfera que tornava o ambiente sombrio. Havia outro *fog* espalhado pelos cômodos, uma neblina invisível que a todos consumia em inquietude.

Era impossível não notar os semblantes transtornados dos funcionários e a consternação que tudo dominava com um peso lúgubre. Murmúrios seguidos de um fúnebre e vagaroso balançar de cabeças pendidas era o compungido sinal de que algo muito grave havia acontecido.

Em cada canto da sala, um pequeno grupo conversava em voz baixa, como se tivesse medo de ouvir as próprias palavras.

Alguns empregados, ao perceberem sua chegada, cuidaram de se aproximar visivelmente desanimados, balançando as mãos como se desejassem apagar o que sabiam. E os olhos avermelhados que lhes saltavam eram anúncios que bem informavam da impactante notícia que traziam.

— Jones! Que tragédia! Que coisa horrível! Ainda não posso acreditar!

Jones permaneceu calado, não se atreveria a perguntar coisa alguma, preferiu deixar as informações fluírem contra a sua vontade. Apenas iria aceitar o golpe cuja intensidade desconhecia, e buscaria forças para recuperar-se do que quer que fosse.

E os pesarosos contratados, por fim, lhe transmitiram o assombroso relato:

— O senhor Spencer morreu!

Jones arregalou os olhos e manteve-se em silêncio, enquanto os assustados homens continuavam:

— Ele caiu da janela do quarto! O corpo foi encontrado por um transeunte na manhã de ontem! A polícia está investigando...

Espontaneamente a imagem da estranha e sigilosa conversa entre Spencer e Johnson surgiu em seus pensamentos, para em seguida despontar a face de Fergelus.

"Impossível ser uma coincidência!", alarmou-se. "Foi ele! Foi o senhor Fergelus! E ele sabe que eu sei disso! Sabe também que nada poderei fazer, por temer que aconteça o mesmo comigo, ou com Elisabeth e Lilian! Ele está eliminando todos que, de alguma forma, possam prejudicar a publicação do livro!"

E o funcionário prosseguia com a narração:

– O que se sabe é que a janela estava aberta, pois os vidros não estavam quebrados. Estão dizendo que foi suicídio! Pobre senhor Spencer... Que morte trágica! Cair do quinto andar... Morrer desse jeito...

– Senhores! – disse Stafford em tom doutoral, surgindo de seu escritório.

O burburinho cessou e todos se voltaram em sua direção.

– O senhor Robert Spencer era um funcionário antigo e querido. O que ocorreu abalou a todos. Resta-nos seguir com a vida e recordar os bons momentos. Rezem pela sua alma. As investigações estão sendo feitas, e é quase certo que foi suicídio. Que Deus tenha piedade! Deixemos nas mãos das autoridades. É só o que podemos fazer.

A inflexão de Stafford foi encarada com estranheza por Jones; o homem não estava tão emocionado quanto deveria, mas talvez aquela fosse a sua peculiar reação de abalo. Quiçá estivesse em choque e ainda não houvesse assimilado de todo a gravidade do evento.

– Pois bem, senhores. Trabalhemos. É só o que está ao nosso alcance. O fato já ocorreu e nada mais pode ser feito. Aprendamos a seguir nossos dias sem a presença de nosso querido senhor Robert Spencer. Dediquemos nossas orações a ele. Bom dia.

Antes de voltar à sua sala, Stafford gesticulou para que Jones o seguisse.

No cômodo, a porta foi fechada, e em silêncio Stafford apontou para uma cadeira. Jones sentou-se.

– Terrível o que aconteceu, não? – iniciou ele.

– Sim, senhor, sem dúvida. Eu não conhecia o senhor Spencer tão bem, mas é uma notícia muito triste.

– Sim, Jones, decerto que é! Suicídio é algo chocante!

– Já está comprovado que foi suicídio?

— Acredito que foi. Creio que quando terminarem as investigações esta será a conclusão. O que mais poderia ser? Robert era um homem pacífico, não tinha inimigos, trabalhava aqui há muitos anos, sempre discreto e dedicado. Não éramos chegados, mas ele já se havia tornado parte da editora.

— Entendo...

— Ultimamente ele andava mais introspectivo que o normal... Devia estar com algum problema. Nunca se sabe verdadeiramente quem é quem, ou o que uma pessoa tem na cabeça. Muitas se mostram de uma forma, mas são de outra. Nem sempre falam sobre seus problemas...

— É verdade...

— Pois bem, lembre-se, sábado se aproxima. Quero você descansado e ativo. Será uma noite especial. A publicação dessa obra é importante para reerguer a editora.

— Reerguer?! — repetiu Jones, quase interrompendo Stafford, e expondo no rosto a mais autêntica dúvida.

— Como disse?

— Desculpe, senhor, mas não entendi. O senhor disse reerguer a editora?

— Eu disse?! — Sorriu Stafford, assustado. — Não... Eu quis dizer que a publicação é importante, como seria para qualquer editora. Chamei-o aqui apenas para lembrá-lo de sábado.

Jones estava confuso; algo incomum se passava, a temperatura da conversa havia mudado. Stafford deu a impressão de estar nervoso, pois gaguejava e aparentava mentir. Por certo que a notícia da morte de Spencer fora um abalo, porém havia qualquer coisa a mais, algo que não lhe foi possível identificar com precisão. A expressão do homem assemelhava-se à de quem guarda um segredo que deve ser protegido a todo custo.

— Não esqueci por um só segundo... — respondeu.

— Muito bem, Jones! — elogiou com uma gentileza quase simulada. — Pode ir! Bom trabalho, a despeito das notícias...

Ao deixar o escritório e fechar a porta, de seu interior ouviu um profundo suspiro. Havia algo de errado com Stafford.

— Reerguer a editora! — murmurou Jones.

Aquela frase solta não lhe saiu da cabeça.

E, durante o trabalho, cochichos imperaram pelos cômodos; vez por outra Jones ouvia algum comentário referente ao caráter de Spencer, avaliações que descartavam a possibilidade de suicídio, mas disso ele já sabia. Ele estava certo de que o velho funcionário havia sido assassinado, e lamentava o fato de que aquilo já se havia tornado uma macabra rotina. Corpos amontoavam-se ao seu redor.

Enquanto pelos cantos das dependências se espalhavam confusas análises da brutal ocorrência, Jones refletia:

"O senhor Johnson não deixará isso passar sem uma boa investigação. Ele não descartará a possibilidade de que o senhor Fergelus esteja implicado. Sua apuração irá associar tudo. Ele é inteligente, e claro que se sentirá ameaçado. O que fará? Ele não pode publicar nada nem procurar a polícia até que possua provas mais sólidas. Sua dedicação ao caso irá aumentar, e o perigo será maior. Acho que seus dias estão contados..."

Aproximava-se o final da tarde quando dois homens de vastos bigodes, acompanhados por um policial fardado que mancava discretamente, entraram na editora, pararam à porta por alguns minutos, comentaram algo e observaram a sala como se procurassem por alguém. Jones reparou que eles chamaram um dos funcionários e que, após este ser interpelado, apontou em direção ao escritório de Stafford.

Os homens estavam muito sérios e silenciosos e, enquanto atravessavam a sala, seus olhos alertas vasculhavam o ambiente com peculiar atenção. Eles pareciam seguros de si e com um propósito.

Meia hora depois de ambos terem entrado no gabinete, Stafford saiu, nervoso, e convocou o primeiro funcionário que viu para que o acompanhasse. E à medida que um funcionário saía, outro era chamado. Eles desapareciam por cerca de quinze minutos, para ressurgirem inquietos e ofegantes.

Curioso, Jones achegou-se a um dos que lá haviam estado, e o inquiriu:

— O que está acontecendo? Quem são esses homens?

— É um interrogatório! A polícia veio investigar a morte do senhor Spencer!

Jones estremeceu. Estava a minutos de ser interpelado pela polícia, olho no olho, e isso era algo extremamente arriscado. Ele jamais havia passado por uma situação semelhante e, levando em consideração tudo o que sabia, poderia deslizar em suas declarações e causar suspeitas. Poderia até expor o que definitivamente não deveria ser revelado.

Aqueles homens aparentavam possuir experiência na atividade investigativa, e treino suficiente para perceber qualquer comportamento controverso. Ele teria que manter a calma e responder às perguntas com equilíbrio.

Sua vez de encarar as autoridades aproximava-se, e ele sentia-se como um criminoso prestes a ser descoberto.

"O que será que perguntarão? Eu mal conhecia o senhor Spencer!"

Ao sair o último funcionário, Stafford mais uma vez despontou apreensivo e vasculhou a editora com um olhar inquieto, para logo erguer a mão em sua direção. A hora havia chegado.

Jones, procurando manter a calma, caminhou até o escritório, entrou, a porta foi fechada e ele foi convidado a sentar-se. Stafford estava presente. O policial fardado estava próximo à porta, a parecer uma estátua, em posição elegante e com os braços às costas. Um dos homens punha-se sentado relaxadamente à beira da mesa de Stafford enquanto o outro andava pelo cômodo.

— Boa tarde, senhor Philips — cumprimentou-o o que estava sobre a mesa.

— Boa tarde, senhor!

— Eu sou o detetive Eglington, e esse — disse apontando para o outro — é o detetive Lawford. Estamos aqui para lhe fazer algumas perguntas sobre o senhor Robert Spencer.

Jones começou a suar.

— Há quanto tempo o senhor trabalha aqui, senhor Philips? — inquiriu curvando-se levemente, como uma águia que prestes a se alimentar arqueia-se sobre o peixe capturado.

— Uns oito meses...

— Então durante oito meses o senhor conviveu com o senhor Spencer?

— Sim.

— Conversavam muito?

— Não muito.

— Qual a razão? Não se davam bem?

— Nossa relação não era íntima.

— Mas em oito meses de trabalho diário, cinco dias por semana, no horário comercial, há de se estabelecer algum tipo de amizade, não acha?

— Pode ser, mas creio que depende das afinidades.

— Então os senhores jamais conversaram sobre assuntos pessoais?

— Não que eu me lembre...

— Como o senhor classificaria o senhor Spencer?

— Como eu classificaria? — repetiu.

Jones se viu acuado pelos olhos inquisidores dos detetives, que pareciam desejar acusá-lo de alguma coisa, ou, no mínimo, apanhá-lo em uma mentira.

A sensação de desconforto era sufocante; cinco pessoas na pequena sala de Stafford eram suficientes para tornar o lugar apertado. Não que o ambiente fosse tão diminuto, mas a situação o havia tornado, como se o cômodo bem representasse a angústia que Jones sentia.

Os homens mais se assemelhavam a duas aves de rapina, e o terceiro, o que estava fardado, imóvel, silencioso, de vista baixa, mantinha-se em uma discrição tensa, como se a qualquer momento fosse saltar para agarrá-lo.

Jones controlou-se e respondeu:

— Era dedicado ao trabalho, cumpria suas obrigações. Como todos. Tinha um bom relacionamento com os funcionários...

— O senhor nunca percebeu nada de incomum no comportamento dele?

— Não, senhor, nada. Era uma pessoa perfeitamente normal.

— Nos últimos dias ele não demonstrou nenhuma conduta estranha à de costume, algo que lhe chamasse a atenção? Nervosismo, inquietação, mau humor, ou impaciência?

— Não. Nada. É como eu disse, não éramos íntimos, e ele sempre me pareceu uma pessoa equilibrada.

— O senhor acha que uma pessoa equilibrada se jogaria de uma janela?

— Sem dúvida que não.

— Então, pelo que tudo indica, ele não era tão equilibrado assim! A não ser que ele realmente fosse, e que não tenha se jogado por uma janela... Se o senhor diz que ele sempre lhe pareceu estável, esse comportamento suicida é incomum. Em sua opinião, senhor Philips, o que poderia ter acontecido? O que o senhor acha que aconteceu com o senhor Robert Spencer?

— Detetive Eglington, eu não saberia lhe dizer. Eu não faço a menor ideia.

— Senhor Philips... — Agora era Lawford que falava.

— Os senhores só conversavam sobre assuntos relativos ao trabalho?

— Quase sempre sim.

— Ah! Quase sempre! Então não era sempre?

— Foram tão poucas as vezes que realmente não me recordo de quais teriam sido os temas. Talvez sobre o clima...

Jones não se atreveria a dizer que achava Spencer um oportunista, um homem desprovido de posição definida sobre qualquer matéria. Alguém cuja monótona discrição parecia sempre estar a esconder sua falsidade.

— Entendo — disse Lawford coçando a cabeça. — Então, o senhor acha que essa ausência de intimidade poderia atestar um comportamento profissional de excessiva dedicação ao trabalho?

— É possível.

— Se esse trabalho era tão importante para o senhor Spencer, como aparentava ser, o senhor também poderia afirmar que ele jamais faria algo para perdê-lo, ou de alguma forma prejudicar a editora?

— Não creio que ele faria tal coisa.

— Hum... Nesse caso, ele seria incapaz de retirar algo importante das dependências da empresa sem permissão da administração. Como documentos, por exemplo. O senhor acha que ele seria capaz de fazer isso?

— Eu realmente não sei, senhor.

— Ora... Vamos lá, senhor Philips! O senhor não tem nenhuma opinião pessoal sobre o senhor Robert Spencer?

Apesar da seriedade do momento, e da extrema necessidade de manter-se calmo, Jones já estava a irritar-se. Talvez fosse essa a intenção dos detetives.

— Não, senhor. Não tenho absolutamente nenhuma opinião sobre o senhor Spencer — disse demonstrando leve alteração na voz.

— Tudo bem, senhor Philips. Não temos mais perguntas. Agradecemos o seu tempo e colaboração. Pode ir.

Jones levantou-se, cumprimentou a todos e saiu da sala, indo para os fundos da editora. Precisava pensar.

"Mas que tipo de perguntas foram aquelas?! Eu não tenho a menor ideia se o senhor Spencer seria capaz de retirar document..."

Antes de dar termo àquele pensamento, ele foi atacado por outro que o golpeou com violência. Seus olhos abriram-se além do normal e a mão espontaneamente lhe ocultou a boca quando surgiu a lembrança de uma frase dita por Johnson no momento em que estivera em sua casa: "... reuni informações sobre os crimes ocorridos entre 1873 e 1875, como o senhor fez ao jornal, depois pesquisei os locais onde Fergelus esteve..."

Ali estava a resposta.

"O senhor Johnson estava muito bem informado sobre os países em que o senhor Fergelus esteve! Lembro-me que os citei, mas foi muito rapidamente, e disse que eram informações para um livro... Ele soube de tudo da mesma forma que eu... através da pesquisa de mercado! Era sobre esse documento que os detetives falavam! Foi esse o documento que o senhor Spencer pôs nas mãos do senhor Johnson! Como os detetives souberam disso?"

E a explicação para esse mistério fez-se clara para ele:

"Eles só poderiam saber da existência desse papel por intermédio do senhor Johnson! Ora! Eu estou ficando louco ou esses detetives têm alguma relação com ele?! Será que eles o conhecem?

Se os três conversaram, eles devem estar cientes das suspeitas do senhor Johnson, e a pressão que fizeram no interrogatório, ou depoimento, seja lá como isso se chama, comprova isso! Passei mais tempo lá dentro, os outros funcionários foram dispensados sem demora!

Os policiais devem pensar que meu silêncio é sinal de alguma implicação! Certamente acham que tenho alguma informação sobre a morte do senhor Spencer!"

Sem dúvida, aquele foi um péssimo início de semana para Jones.

XL

Cerca de uma hora depois de os policiais haverem partido, Stafford saiu do escritório, muito sério, e a gravidade de seu semblante foi notada por todos. Ele dirigiu-se ao centro da sala e acenou para que os funcionários se aproximassem. Sua postura insinuava que faria algum pronunciamento. O que realmente aconteceu.

Esfregando as mãos de maneira ansiosa, e com um olhar severo ele pôs-se a falar:

— Senhores, hoje é um dia triste para a editora. Perdemos de maneira trágica o funcionário mais antigo. O senhor Robert Spencer trabalhava na empresa há mais de vinte anos e acompanhou-me na divulgação de várias publicações de sucesso. Será deveras uma ausência insubstituível. Hoje fecharei mais cedo em sinal de respeito, e colocaremos à porta um pano negro para demonstrar nosso luto. Quem desejar, pode ir para casa. Eu sairei agora. Boa tarde a todos...

Alguns empregados mais pesarosos foram cumprimentá-lo, e por poucos minutos as conversas fluíram em tom compungido.

No entanto, nenhuma exibição de piedade varreria da memória de Jones o comportamento que seu patrão tivera ao escritório, quando o chamou mais cedo. Certamente ali, diante de todos, o homem parecia abalado e envolto pela aura do mais sincero desânimo, como deveria estar em face da notícia de um falecimento tão sinistro, mas aquele estado de apreensão parecia não ser fruto unicamente do evento. Ademais, havia aquela frase solta que Stafford deixara escapar sem querer, a frase que fazia referência a reerguer a editora. Ela ainda lhe martelava as suspeitas.

Jones não estava convicto se suas suposições tinham fundamento ou se eram meramente resultantes de sua imaginação. Na verdade, a única coisa que sabia era que estava envolvido em algo extremamente perigoso, algo que muitas vezes já havia provado ser mortal, e que deveria fazer tudo que estivesse ao seu alcance para não só manter a sua segurança garantida, mas a de Elisabeth e de Lilian. Estas eram suas duas maiores preocupações e prioridades.

Ele cumprimentou a todos, um por um, inclusive a Stafford, exibindo a face mais triste que conseguiu retirar do bolso. Seu lamento, apesar de fidedigno, não lhe roubaria noites de sono, afinal ele e Spencer não eram tão íntimos. Logo agarrou o casaco e saiu da editora.

Jones vestiu o resistente capote durante a caminhada, enfiou o braço por uma das mangas, depois pela outra, e aquele par de túneis acolchoados nunca pareceram tão longos. Sua intenção era afastar-se daquele funesto bulício para pensar. E se dar aos pensamentos ultimamente era a sua mais frequente atividade.

Mergulhado em labirínticas elucubrações, as respostas se repetiam, e ele regressava ao princípio do raciocínio, como se preso à viperina efígie circular que ornava a capa do livro que lhe assombrava as madrugadas.

Era-lhe impossível decidir algo, e a sensação de impotência pesava como um pedregulho sobre as espaldas. Suas mãos estavam presas às cordas de um manipulador, ele era um boneco, como todos ao redor de Fergelus.

Jones almejava sentar-se em algum lugar e relaxar o quanto lhe fosse possível, e em razão disso buscou a velha taverna Captain Murphy. A mesma onde havia bebido o café que lhe revirara o estômago.

Entrou e sentou-se à mesma mesa dos fundos, vendo aproximar-se o mesmo garçom. Que o interpelou educadamente.

— Boa tarde, senhor. Aceita um café?

Jones o olhou com admiração devido à lembrança do mal-estar causado pela bebida.

— Boa tarde. Não! Prefiro chá.

— Mais alguma coisa?

— Quente.

— Em um minuto! Com licença — disse o rapaz, retirando-se com aparente mau humor. E enquanto aguardava o regresso do homem sua mente não parava de torturá-lo.

"Agora o senhor Johnson está me perseguindo, pois acredita que devo ter alguma informação importante! E tenho! Mas não é a que ele espera. Meu silêncio certamente lhe trouxe suspeitas. Talvez ele ache que eu estou ligado aos crimes, ou que de alguma maneira esteja em conluio com o senhor Fergelus. Espero que ele ache que apenas tenho receio de envolver-me, isso já seria uma vantagem! O que é a mais pura verdade! Porém, agora é muito tarde. Estou envolvido até a testa em toda essa confusão. E a polícia me tem como suspeito. Pelo menos foi o que percebi com aquelas perguntas..."

O garçom aproximou-se e depositou a xícara sobre a mesa.

— Aqui está, senhor! Bom proveito!

— Obrigado.

O rapaz meneou a cabeça e afastou-se, seguiu sua rotina desviando das poucas pessoas que por ali conversavam.

Arqueado sobre a mesa da taverna, Jones passou a degustar o chá com relativa calma enquanto observava o movimento dos fregueses. Ele segurava a xícara com as duas mãos à medida que passeava os olhos curiosos por todos os lugares.

"Gladiador!", pensou, "Até um gladiador! O que esse homem não fez na vida? Homem... Não sei se posso me referir a ele dessa maneira!"

E durante a aparente serenidade de superficiais reflexões, algo lhe chamou a atenção. Passando pela calçada, além dos vidros da fachada da taverna, ele viu Stafford andando com a pressa de quem foge, ou esmera-se por salvar um irmão da forca.

O homem cruzou a vidraça tão rápido quanto um pássaro risca o céu, sua afobação era tanta que dispersava nacos da neblina.

O semblante de Jones se modificou instantaneamente e passou a exibir com clareza a vontade que acabara de dominar a sua alma. Ele ergueu a cabeça, seus olhos se iluminaram, suas mãos tremeram e um pouco de chá caiu sobre a mesa.

"Não! Por que eu iria atrás do senhor Stafford?".

Ele relutava, não havia razão concreta para seguir aquele homem, mas alguma coisa assustadora havia despertado seu instinto. Sua curiosidade ao incendiar-se enviou um chamado que em segundos tornou-se irresistível, e essa reação era devida ao estado de alerta no qual a recente conversa com Stafford o havia embebido.

"O senhor Stafford é uma excelente pessoa, está imune a qualquer desconfiança..."

– Com os diabos! – disse em tom elevado, para de imediato levantar-se e correr ao balcão, sobre o qual deixou algumas moedas.

"Eu não deveria estar fazendo isso!", criticava-se enquanto agarrava o casaco, a maleta e o chapéu.

– Onde ele está?! – sussurrou.

Em poucos minutos, sem dificuldade, Jones distinguiu a elegante e característica silhueta de seu patrão, afastando-se com o auxílio de uma bengala, e pôs-se a segui-la.

A cada passo culpava-se, achando-se um homem perturbado ou alguém de caráter duvidoso que desconfia de quem lhe estendera a mão. E percebia também, enquanto caminhava, que seu estado mental já estava a lhe pregar peças. Já estava a meter-lhe em situações estranhas, obrigando-o a comportar-se de forma questionável.

"Estou com problemas! Não é possível que todos estejam envolvidos! O que estou fazendo?!"

E quanto mais se recriminava, mais apressava o passo. Movia-se quase que involuntariamente, guiado por um irreprimível impulso.

Stafford com frequência olhava para trás, e Jones temeu ser descoberto, mas em nenhum momento sua presença foi percebida. O homem estava tão nervoso que por duas vezes deixou cair a bengala, e aquele descuido trouxe ao então jovem perseguidor mais certeza de que qualquer coisa de incomum se passava.

Já estava escurecendo, e o *fog* o ajudava a ocultar-se, mas ainda era cedo; as ruas estavam movimentadas e isso lhe dava uma vantagem. A de misturar-se. Se estivesse só, decerto que seria mais fácil identificá-lo.

Ele não entendia a razão de Stafford estar indo naquela direção e por que se mostrava tão nervoso. Claro, poderia ser apenas uma mudança de itinerário, não havia nada de anormal nisso, mas Jones não estava convencido. Estava obcecado.

Ele viu quando Stafford entrou em uma carruagem parada, que de pronto se pôs em movimento. Iria perdê-lo de vista. Talvez fosse melhor assim, pois ainda se sentia culpado por desconfiar daquele homem que sempre o tratara com dignidade.

Porém, a despeito do remorso, ele estava resoluto. "Agora que cheguei a esse ponto, irei até o fim...", e levantou o braço, chamando outra carruagem. Seria difícil seguir Stafford por entre a neblina, mas ele tentaria.

Antes de entrar no veículo, Jones instruiu rapidamente o boleeiro a seguir o coche que estava à frente, apontando com um dedo, que tremulava como uma bandeira em tempestade, para em seguida lhe prometer uma boa remuneração. O homem estranhou o pedido, e a desconfiança foi percebida.

Jones precisava pensar rápido.

— É meu avô! — justificou. — Ele tem problemas com bebida. Quero impedi-lo de embriagar-se. Vamos!

Acreditando ou não naquela escusa, o fato foi que o homem obedeceu. Certamente pensando na recompensa.

E iniciou-se a caçada. A cada curva, o saltitar da carruagem lhe trazia à memória o dia em que quase morrera. O acidente lhe havia deixado sequelas psicológicas. As dores físicas não mais o importunavam, todavia a certeza de sua fragilidade e a convicção de que a qualquer momento poderia passar por aquilo novamente o mantinham inquieto. A sensação de insegurança estava presente sempre que saía de casa; ele sentia claramente que sua vida estava em risco, e sabia que a curiosidade talvez fosse sua pior inimiga.

Em meio a todo o chacoalho, Jones percebeu um estranho detalhe: Stafford nada tinha avisado ao cocheiro sobre o destino, ele simplesmente entrara na carruagem, e ela partira. "O senhor Stafford estava sendo esperado...", deduziu.

Após algum tempo, aquele trajeto lhe pareceu familiar. Jones, com surpresa, passou a reconhecer o percurso. As esquinas sujas, os imóveis comerciais antigos, até a irregularidade do terreno. O coche havia entrado no bairro da taverna abandonada de Fergelus.

"Não é possível! Se o senhor Stafford estiver indo para onde estou pensando, não poderei mais confiar em ninguém!"

Assim foi. A carruagem do velho editor entrou na rua que Jones conhecia bem. Era a rua da sombria taverna. E por aquela via diminuiu a velocidade.

Com vigor e rapidez, ele golpeou o teto do coche, que em segundos parou. Para evitar suspeitas faria o resto do percurso a pé, pois aquele trecho era o mais afastado e deserto, sua carruagem seria facilmente vista por Stafford.

Ele tratou de pagar com muita pressa ao cocheiro, que, seguindo suas instruções, deu a volta para que o veículo não fosse percebido. E com passos apressados Jones seguiu, percebendo mais adiante que a carruagem de Stafford iria parar.

Escondendo-se no mesmo beco da noite em que seguira Fergelus, ele passou a observar, quieto, ofegante, trêmulo e com o coração bombardeado por uma inquietante expectativa. Os cavalos pararam exatamente em frente à taverna, mas não só Stafford saltou: o cocheiro o seguiu, descendo do alto de seu assento de couro.

Por alguns instantes ambos conversaram parados diante da porta, sendo parcialmente ocultados pela neblina e penumbra, para depois entrar. Porém, antes de desaparecerem no interior do estabelecimento, a luz pálida do poste os iluminou rapidamente e Jones pode ver o rosto do homem que acompanhava Stafford.

Aquela face lhe era profundamente familiar, ele já a havia visto, mas não recordava em que situação. O rosto estava em sua memória, guardado em algum lugar.

Um pormenor que ele percebeu foi que o homem parecia ser coxo, mas de uma forma suave. Nada que se destacasse aos olhos de quem não prestasse muita atenção.

"Isso está ficando muito estranho!"

Estar ali era extremamente arriscado, e ele não se atreveria a se aproximar mais do que já havia feito. Em um instante de ousadia, ele até pensou em entrar na taverna e esgueirar-se pelo salão, mas sua consciência o convenceu de que fatalmente seria descoberto, e de que isso poderia lhe custar a vida. Já lhe bastava saber que Stafford, de alguma forma, estava muito mais envolvido com Fergelus do que ele imaginava.

— Senhor Stafford! — sussurrou, abismado. — O que o senhor veio fazer aqui?

"Quem é esse cocheiro? Eu o conheço, mas... de onde?!"

Já era o suficiente. Jones tratou de sair dali correndo.

XLI

No quarto, sentado na cadeira ao lado da escrivaninha, vez por outra Jones soprava a xícara de chá que tinha nas mãos para amornar o líquido escuro que desprendia espirais de fumaça branca, e enquanto o saboreava cuidadosamente, com pequenos goles, esmerava-se por entender o que havia testemunhado.

"Tudo parece um complô diabólico... Qual é a relação do senhor Stafford com o senhor Fergelus? Quem era o homem que o acompanhava? Seria ele que estava guiando o coche que virara e quase me matara? E se todos os cocheiros de rosto coberto forem um só, ele? Sua estatura é a mesma, a forma de gesticular, o físico, tudo! De onde eu o conheço?! Eu sei que já o vi! Todo esse horror está me parecendo uma das obras do senhor Poe. Preciso contar a alguém, mas só posso confiar em Elisabeth e Lilian."

Se Jones naturalmente não se sentia confortável em fazer comentários pessoais diante dos funcionários da editora, agora veria espiões em todos os lugares e jamais revelaria qualquer pensamento. À rua estaria sitiado por desconhecidos, e deles também desconfiaria. O pouco de paz que ainda possuía esfacelou-se, desapareceu ante a imagem de seu patrão entrando na taverna. Ele se sentia cercado por Fergelus, por Johnson, por Stafford, pela polícia, pelos empregados da empresa, por todos. Quem mais estaria envolvido?

"E se os policiais também estiverem implicados?!", questionava-se.

Jones divagava em desespero, e a insegurança já se punha a afetar-lhe o raciocínio. "Devo fechar as janelas! Talvez colocar um dos armários para bloquear a porta..."

Repentinamente ele levantou-se da cadeira, pôs a xícara sobre a escrivaninha e foi até a sala para pôr em prática aquele insano planejamento, porém, como se impedido pelas mãos da consciência, de súbito estacou.

“O que estou fazendo?! Tenho que me acalmar! Se ele me quisesse morto, eu já estaria. Enquanto eu contribuir para a publicação do livro, estarei seguro, mas e depois? E quando o livro já tiver sido publicado, ele me deixará vivo?”

Aquele pensamento o perturbou. Ele ergueu as mãos, pressionou as têmporas com as pontas dos dedos ao mesmo tempo que contemplava o assoalho fixamente. E, retomando a razão, suspirou, fechou os olhos por alguns segundos, para depois regressar ao quarto; lá se sentou para terminar a bebida, que já estava esfriando.

A aterrorizante reflexão o assustou excessivamente. Ele perguntava-se se seus dias estariam contados, e o que aconteceria após a publicação. Essa dúvida iria torturá-lo até o último momento, até o derradeiro livro sair da impressora. Jones quase se via como um doente terminal, sendo Fergelus a sua mortal e impiedosa enfermidade. Era questão de tempo.

Ele também se preocupava com o jantar de sábado, inquiria-se acerca da possibilidade de haver ali, entre os convidados, alguém que, além de Stafford, tivesse vínculos com Fergelus, e pensou na morte de Spencer.

“Se foi o senhor Fergelus que matou o senhor Spencer e quis fazer parecer um suicídio, não deve ter bebido seu sangue, senão jamais pareceria. Isso é óbvio! Os detetives não mencionaram nada a esse respeito. E se não bebeu, deve estar debilitado. Se ele permanecer sem seus poderes até sábado, não poderá ler meus pensamentos, a não ser que encontre uma vítima antes da reunião. Terei que correr esse risco. Não se engana quem lê pensamentos, é impossível! Tão impossível quanto crer que tudo isso seja real.”

O candeeiro bruxuleava sua flama hipnótica no interior do invólucro de vidro negrejado pela discreta fuligem. Da arredondada chaminé do objeto uma sombria fumaça fina desprendia à semelhança de uma delgada cobra tremulante. O livro estava sobre a cama, como uma solitária rosa negra que descansa no alto de um alvo ataúde.

Jones levantou-se e se aproximou da obra. Por um átimo cogitou queimá-la, arremessá-la na lareira para contemplar suas páginas arderem; talvez seu diabólico conteúdo se sentisse em casa, consumido pelas chamas do inferno, mas sem dúvida que se assim agisse não teria nem mais um dia de existência. A importância que Fergelus atribuía àquele texto maldito era infinitamente maior a que dava à vida humana.

Aquela coisa medonha em forma de livro, para o autor, mais parecia um órgão, talvez até seu coração, se é que ele tinha um. Afinal, ali se registravam a sua história, as suas lembranças, a sua trajetória, a sua própria vida.

E, com o livro lhe pesando nas mãos, Jones tombou sobre o leito com a queda de um derrotado, arrumou o travesseiro, cobriu-se com o lençol, ajustou os óculos e aproximou o candeeiro. Voltou a ler:

Cruzou discretamente toda a República Sereníssima de Gênova, passando pelo território de Módena, Bolonha — um dos Estados Papais — e parte de Florença, então governada pela família Médici, dirigindo-se para as margens do Mar Adriático. O cansaço já podia ser sentido, e ele decidiu buscar alimento. Teria que fazê-lo para poder seguir em sua viagem de aprendizado.

Os séculos escorriam como apenas um dia. Um longo e tedioso dia ornado por violência e miséria. Deuses surgiam e feneciam sob a espada do esquecimento para dar lugar a outros, em um ciclo perpétuo e repetitivo de guerras e massacres. E era à noite que seus pensamentos organizavam-se, cada fato vivido despontava, por mais longínquo que houvesse ocorrido.

Ali, nas imagens que queimavam em sua cabeça estava tudo: culturas, canções, rostos, frases, sabores e sensações. Suas peculiares impressões em face de todo evento vivenciado ao longo dos milênios.

A previsibilidade dos Efêmeros passou a causar-lhe desprezo. Achava-os por demais deficientes em caráter e apenas voltados exclusivamente às próprias necessidades, que, depois de supridas, tornavam-se mais esfomeadas.

Em qualquer ajuda por eles oferecida, em que aparentemente nenhuma exigência em troca havia, sempre estava presente o sentimento da completude pessoal. Eles ocultavam a arrogância atrás do auxílio oferecido. Ajudavam para sentir-se bem, jamais pensando no outro de forma verdadeiramente altruísta. O raciocínio humano era insuficiente, até mesmo o dos chamados "pensadores".

Por mais que em certos Efêmeros a inteligência se destacasse, eles não eram capazes de se libertar da débil têmpera inerente à sua raça. Eram comandados por uma natureza apavorada e vingativa, não se instruíam com os erros perpetrados durante a sua história, passando a repeti-los de forma contumaz e incessante. Essas condutas eram comprovadamente destrutivas e levavam ao mesmo infausto desfecho, que se eternizava com o passar dos séculos.

Em vários campos, descobertas importantes eram feitas, invenções revolucionárias surgiam, suas ciências se desenvolviam, cidades cresciam, mas a moral continuava a mesma. Neles, definitivamente, a evolução intelectual não estava atrelada ao senso de moralidade. Ambos não se misturavam, jamais.

As sociedades apenas evoluíam tecnologicamente, nunca em decência, em solidariedade, em altruísmo. Qual era o problema dos Efêmeros?

Essa brutal e revoltante incapacidade de aprender com os próprios equívocos o enojava. Os Efêmeros nunca possuíam o bastante e jamais estavam satisfeitos com tudo o que acumulavam. Eles o aborreciam. Viviam a pedir enquanto recusavam-se a dar. E toda essa gama de perversões morais eles transmitiam aos seus filhos.

A divisão de classes destacava-se claramente: os ricos legavam seus tesouros aos descendentes, enquanto os pobres disseminavam suas misérias aos sucessores. E assim paralelos seguiam, ocupando o mesmo espaço, coabitando na mesma sociedade, sem se olhar. Por todas as eras a infame e fantasiosa consciência de casta servia para solidificar a imbecilidade da separação.

A inutilidade e o desperdício de toda essa estúpida mecânica eram patentes, e isso fazia aflorar um sentimento de repugnância nele.

Foi na província de Ravena, enquanto a lua prateava as escuras águas do Adriático, que sentado sobre uma rocha fria, silencioso como um predador, ele observou as habitações dos pescadores. Ali vigiava e aguardava o momento de alimentar-se.

Seus olhos fixavam-se naquelas casas rústicas de madeira que se estendiam quase em fila, velhas e desorganizadas. E em muitas delas ele percebeu velas nos umbrais de janelas, decerto para servir de farol aos que se aventuravam no mar.

Vez por outra, movimentos ao interior chamavam-lhe a atenção; eram pessoas que percorriam cômodos, carregando algo ou gesticulando enquanto pareciam conversar, e suas sombras nas paredes sujas assemelhavam-se a finos mantos esvoaçantes.

As ondas sussurravam tranquilas, cobrindo de espumas o vasto tapete de pequenas pedras que adornava a orla, enquanto um vento de salso odor o afagava com cautela. Ao horizonte, e próximos, ele via os pontos luminosos das embarcações subirem e descerem no inebriante ritmo do mar, e quase podia ouvir as conversas daqueles que nelas estavam. Aquelas dispersas luzes sobre o oceano lhe pareciam reflexos das estrelas.

As horas passavam, e aos poucos as atividades se iam cessando. As chamas das velas extinguiam-se, uma a uma, e a região começava a mergulhar na absoluta escuridão. Um latido afastado invadiu a quietude por alguns segundos, para então ser substituído pelo pranto de uma criança. Que logo cessou.

A praia estava deserta e tranquila, tal se envolta à serenidade de um funeral. Embebia-se na penumbra de um exangue luar, que já começava a encobrir-se por densas nuvens cinza. E os primeiros pingos de chuva tombaram mansos, gelados, em compassos tímidos, avigorando-se gradativamente, até que se convertessem em uma pesada borrasca.

A violenta enxurrada, em pouco tempo, a tudo golpeou com a ira de aguerridos gladiadores, tornando a madrugada ensurdecedora. A água desabava sobre os telhados com uma força fenomenal, certamente despertando os que dormiam. Ele teria que ser cuidadoso.

E ele desprendeu um profundo suspiro, deixou-se molhar, permaneceu imóvel e de olhos fechados no topo da grande pedra gelada, como uma das estátuas que havia visto no porto de Roma, para logo depois saltar sobre a areia, pondo-se a caminhar pelas sombras em direção à primeira casa.

A construção de madeira parecia um imenso caixote. Havia janelas laterais, algumas quebradas e remendadas com tábuas, e nas extremidades duas portas. Uma na frente e a outra nos fundos. Pelo telhado espalhavam-se tijolos, grossos tecidos e placas finas de algum material endurecido, de onde uma pequena chaminé despontava.

As águas arremessadas do céu causavam um imenso estrondo quando se chocavam com aquele teto. Se por um lado tal barulho era vantajoso para ocultar seus passos, por outro lhe poderia causar dificuldades, pois manteria a todos despertos.

No interior das primeiras casas ele distinguiu ruídos. Destas se afastaria, pois certamente que não poderia arriscar-se a causar agitação e gritos. Através de suas janelas ele identificou a luz de velas andarilhas e discretos diálogos. No entanto, vinte casas além ele encontrou o silêncio que procurava, pois, à proporção que se locomovia, a impiedosa chuvarada se ia enfraquecendo até diminuir de intensidade, permanecendo em uma débil constância.

Ele tocou com as duas mãos espalmadas em uma porta, pondo entre ambas seu ouvido na madeira. A quietude era absoluta, nem um ronco ou ruído de qualquer espécie podia ser ouvido. Nenhum arrastar de pé ou tosse. Nada. A casa parecia abandonada, mas não estava.

Com cautela ele forçou sua entrada, mas a porta era firme, não abriria sem barulho, então buscou as janelas. A primeira estava tão presa que parecia lacrada, e assim deu-se com as duas seguintes, mas a quarta era o oposto. E por ela conseguiu infiltrar-se em um quarto que parecia ser um depósito.

Apesar das trevas ele distinguiu caixas empilhadas e ferramentas sobre uma mesa rudimentar, além de cadeiras pequenas, que pareciam feitas para crianças. E buscando a porta, tocou a parede, deslizando a mão pelo cômodo até encontrá-la. Por ela saiu.

A serenidade era plena, tal a de um cemitério de madrugada, e com passos prudentes ele vagou pelo ambiente até encontrar outras portas. Abriu a primeira, logo se deparando com alguém sobre um leito. Ele se aproximou.

Era uma jovem que repousava, e os suspiros tranquilos de seu sono casto lhe moviam o busto tão calmamente quanto o fluxo cadenciado do mar que ele acabara de contemplar. A arfadura daquela inocente placidez envolta em pobreza fazia com que o grosso tecido que a ocultava também pulsasse, exibindo as formas de um corpo adolescente que vicejava em esperança.

E sobre ela, com prudência, ele curvou-se, buscando sob o lençol o delgado pescoço alvo, no qual aprofundou as presas, que, brancas e finas, já haviam despontado.

Ali, tomado pelo prazer do feito que perpetrava, ele permaneceu de joelhos ao lado da cama, como se arrebatado por uma compungida oração, sugando a vida daquelas veias jovens, para em seguida rasgar os orifícios feitos pelos dentes com as amoladas unhas e deixar o resto de sangue escorrer para não denunciar o que verdadeiramente havia acontecido.

A regra autoimposta era espontânea, e o forçava a permitir que uma boa quantidade de sangue escoasse ao redor da vítima, mas ele nem sempre agiria assim. Por muitas vezes sugaria tudo, porém ainda cuidando para que as marcas de seus dentes fossem devidamente disfarçadas por meio de um profundo corte.

Não houve reação, nem sequer a pobre mulher moveu-se ou abriu os olhos, apenas expirou tão calmamente quanto dormia, quiçá acreditando que tudo não passava de um sonho. Escapou-lhe a vida no suspiro calmo do ressonar.

Enquanto erguia-se, ele percebeu que no canto do quarto havia um berço no qual se encontrava uma criança parcialmente desperta. E se vergando sobre ela, ele a colheu, levantou-a diante dos olhos, que agora a tudo podiam ver, pois a energia que o sangue trouxera dissipara a escuridão.

E ele resolveu libertar aquele pequeno Efêmero dos sofrimentos vindouros, das decepções que lhe traria a existência. Decerto que o menino seria mais um pescador explorado pelas abastadas famílias que por ali reinavam, seria outra vítima dos sacerdotes enganadores e dos aristocratas arrogantes. Viveria na miséria, atacado pela revolta, pela tristeza, pela fome, por desejos que jamais se realizariam e por incontáveis enfermidades.

E com a criança em seus braços, cravou os dentes na jugular, extraindo parte de seu sangue até enfraquecê-la o suficiente para que morresse em segundos.

Emudecido pelo abalo causado por aquela frase, Jones depositou o livro ao pé do candeeiro, que apagou com um sopro mais parecido a um suspiro de desânimo.

Ele largou a obra como se ela sangrasse em suas mãos, e compreendeu que a imagem da criança sendo assassinada certamente não abandonaria seus pensamentos tão cedo.

"Só um doente faria algo assim...", concluiu, abismado.

Ele virou-se sobre o colchão, a madeira da cama rilhou, seus ossos estalejaram, e sob a macia sinuosidade do cobertor procurou o sono.

XLII

Antes de cruzar a entrada da editora, Jones parou por um segundo, viu o tecido negro preso à porta em sinal de luto pela morte de Spencer, e achou Stafford um hipócrita. Não o conhecia mais, e certamente agora não poderia confiar nele.

Jones não podia conceber que o seu velho patrão estivesse implicado no falecimento do antigo funcionário; era demais! E ainda relutava em crer no que havia testemunhado, pois tentava convencer-se de que o que presenciara fora algum encontro marcado de última hora para acertos referentes à publicação.

Todavia, se assim o fosse, tudo poderia ter sido feito no hotel onde Fergelus estava hospedado, ou até na própria editora, não naquela taverna abandonada, escura, poeirenta, repleta de teias de aranha e sob a luz trêmula de velhos castiçais.

Pelo que Jones sabia, Stafford havia marcado o vindouro jantar para conhecer Fergelus, portanto não existia justificativa para que o primeiro encontro de ambos fosse realizado naquele local tão inadequado. E o misterioso cocheiro surgido sabe-se lá de onde ainda o perturbava. A face do homem estava guardada em algum lugar esfumaçado de sua memória, pronta para ser identificada.

Sua reflexiva taciturnidade despertou a atenção de alguns funcionários, que decerto encaravam tal comportamento como fruto do pesar causado pela morte de Spencer. Muitos se dirigiram a ele com cautela, como se demonstrando respeito por aquela suposta mortificação. Jones percebia o tratamento, e deixava seguir. Melhor guardar suas ideias para si.

A imagem repugnante daquela criança tendo seu sangue absorvido o perturbou durante todo o dia. Jamais lera coisa semelhante, ou sequer pensara em algo dessa natureza. Quem em sã consciência cometeria um ato tão hediondo? Só uma mente desprovida de valores morais básicos e embebida na mais profunda demência ou insensibilidade poderia pensar em discorrer acerca de tal prática.

Jones não se daria ao trabalho de procurar registros históricos que confirmassem a morte daquelas pessoas, pois eram pobres e certamente abandonados pelo Estado. Um crime cometido em 1436 contra miseráveis definitivamente já havia sido apagado pelo tempo.

Enquanto ruminava aqueles desconcertantes pensamentos, um pequeno tumulto entre os empregados chamou-lhe a atenção. Três funcionários discutiam aos cochichos, gesticulando ante uma página que um deles tinha à mão.

Jones aproximou-se e pôde ouvir a conversa:

— Foge à minha compreensão o motivo que levou o bom senhor Stafford a aceitar publicar tal absurdo! Realmente eu não gostaria de me envolver com algo tão incomum e revoltante, mas preciso sustentar-me!

— Tenha calma, Oliver, é só um livro! Sem dúvida que é provocador, mas é só ficção...

— Sim, William, eu sei! Obviamente que é, mas o conteúdo é extremamente perturbador! Não me refiro às partes pedagógicas, pois discorrem sobre sociedades antigas de forma interessante. Eu eliminaria as outras. São muito impactantes para a nossa sociedade. Sinceramente, não creio que esse livro irá vender.

Como Jones, o terceiro homem a tudo ouvia com atenção, mas subitamente interrompeu a conversa e pôs-se a falar:

— Eu creio que sei a razão pela qual o senhor Stafford envolveu-se com essa publicação. Ouvi comentários acerca da situação financeira da editora. Soube que não é das melhores. Eu mesmo não perdi tempo, já estou em busca de um novo emprego! Não aguardarei a confirmação do que me chegou aos ouvidos. Creio que é melhor prevenir.

— Com licença — intrometeu-se Jones com cuidado, e todos se voltaram em sua direção. — Não pude deixar de ouvir a conversa, e gostaria de mais informações. Parece-me algo muito sério de se afirmar. Eu poderia saber onde você ouviu isso, Charles?

Charles Gibbons era pouco mais velho que Jones, tinha trinta anos e trabalhava na editora havia quatro. Apesar da idade, os primeiros sinais da calvície prematura já lhe ornavam a cabeça, e tal fato lhe provocava aborrecimentos. E, como se isso não bastasse, ainda tinha um par de orelhas maiores que o normal, além de constantes dores nas costas. Oliver Callow e William Edgell eram primos, com quarenta e um e trinta e sete anos respectivamente. Edgell, que se empregara na editora dois anos antes, havia conseguido o emprego por indicação de Callow, que lá estava havia quase três. Tinham praticamente a mesma estatura, sendo Callow mais encorpado e loiro, enquanto Edgell era muito magro e ruivo.

Gibbons relutou por alguns segundos em responder, aparentemente por ter percebido que havia falado demais. E um tanto constrangido trouxe a resposta:

— Jones, meu caro... Eu ouvi uma conversa acidentalmente. Não continuei até o fim, pois sou uma pessoa discreta e que sabe respeitar a intimidade alheia...

— Ora, vamos lá, Charles, fale o que o sabe! — impôs Callow, agitado.

Gibbons olhou para os lados, baixou ainda mais o tom da voz e aproximou-se do grupo.

— Eu estava passando pelo corredor próximo à sala do senhor Stafford e ouvi uma conversa. Foi algo rápido. Eu não sou de ficar ouvindo a conversa das pessoas, mas a porta estava entreaberta... O senhor Stafford estava conversando com o senhor Spencer...

— Com o senhor Spencer! — Surpreendeu-se Edgell.

— Sim, conversavam o senhor Stafford e o senhor Spencer no escritório, e ouvi apenas uma frase. O senhor Stafford disse que a editora ia mal.

— Só isso? — ironizou Edgell

— O problema foi o tom que ele usou — enfatizou Gibbons endireitando a postura, ao mesmo tempo que lhe surgia à face uma expressão de dor.

— Então você acha que estamos perto de falir? — inquiriu Callow, agitado.

— Eu não sei. É como eu disse, é melhor prevenir...

Callow ficou pensativo.

Jones tudo ouvia com apreensão enquanto lembrava-se da frase dita por Stafford durante uma conversa: "A publicação dessa obra é importante para reerguer a editora."

— Amigos — iniciou Jones —, realmente não sei o que pensar. Creio que devemos ser cuidadosos e não espalhar interpretações que possam estar equivocadas. Penso que é aconselhável esperar o decorrer dos acontecimentos.

— Jones tem razão — concordou Gibbons —, mas repito: é melhor prevenir.

Tomado pela curiosidade, Jones apontou para os papéis que os homens tinham às mãos.

— Do que se trata?

— Ah! Isso? São as perturbações de um autor letrado, porém imoral — disparou Callow balançando a página que segurava. — É uma folha gravada para testar a tinta da prensa. Ela caiu em minhas mãos e não pude deixar de perceber o que havia sido escrito. Uma insanidade. Esse tal de Fergelus é um doente!

— É só um livro, Oliver... — repetiu Edgell.

— Voltemos ao trabalho! Temos muito que fazer! — disse Gibbons quase em tom imperioso, e todos lentamente se afastaram.

Minutos depois, curvado sobre seus afazeres Jones tentava debalde concentrar-se enquanto pilhas de laudas rabiscadas lhe escapavam das mãos.

"Se Charles entendeu bem o que diz ter ouvido, o senhor Stafford está em apuros financeiros, e talvez se tenha associado ao senhor Fergelus para não perder a editora! Será?!", interrogou-se coçando o queixo. "Agora aquela frase faz sentido... Lembro-me de que ela foi dita sem querer, e do senhor Stafford tentar desconversar... Acho que ele acredita que o livro salvará o seu negócio!

Seguramente é um tema arriscado para uma editora, e ter feito sucesso em outros países não assegura que assim seja aqui, na Inglaterra. Porém, pelo que li até agora, há grande possibilidade. Talvez a obra realmente venda, pois foge totalmente aos padrões da literatura atual. Quem sabe?

Mas até onde vai essa associação? O senhor Stafford não deve ter consciência de que vendeu a alma ao diabo. Assim como o senhor Johnson, ele não tem a menor ideia de quem é o senhor Fergelus!

Terá o senhor Stafford algum envolvimento na morte do senhor Spencer? Não! Claro que não! Isso não é possível! E se tiver, tem tanto quanto eu, que sei da ligação do senhor Fergelus com o fato, e nada posso fazer. Talvez ele seja apenas outra vítima, como eu sou! Todos estão presos a essa teia diabólica! Seja como for, não posso mais confiar nele. Não depois daquele encontro na taverna."

Uma torrente de informações quase diárias mantinha Jones em alerta e muito longe da paz que tanto desejava. Eventos novos se somavam, e ele os associava, criava um nefasto painel que cada vez mais expunha a profunda influência de Fergelus.

Diante dos olhos ele quase distinguia um gráfico salpicado por pontos que representavam a presença de Fergelus em sua vida, pontos vermelhos como sangue, que se espalhavam como as manchas de uma pestilência.

Qualquer direção que tomasse, lá estava o escritor, se não pessoalmente, através de alguma influência. Mesmo em sua casa, em seu próprio quarto, por meio daquela obra. Até Elisabeth o havia encontrado. Tudo era sufocante e aparentemente inevitável.

E já engasgado por tanto alvoroço cerebral, Jones percebeu algo que até então jamais lhe havia passado pela cabeça: "Por que o senhor Stafford me escolheu para encontrar o senhor Fergelus?", perguntou-se repentinamente. "Com a experiência e as habilidades que tem, o senhor Fergelus não faz nada por acaso. Ele se livrou do senhor Spencer, aniquilou aqueles dois malfeitores, matou a mulher que o abordou, assassinou o cocheiro da carruagem roubada, e fez desaparecer a senhora Chaimovich, mas comigo foi diferente. Por quê? Outros funcionários mais antigos poderiam ser solicitados pelo senhor Stafford, mas ele escolheu a mim para participar do processo de publicação. Será que há alguma razão para isso, ou estou divagando?"

Aquela sinistra dúvida passou a assombrá-lo.

"Devo estar interpretando de maneira equivocada! Decerto que me escolheu ao acaso, por eu ser novato, jovem, e estar mais disposto a esforçar-me pelo trabalho."

O fato era que aquela nova incerteza se havia adicionado ao já repleto cabedal de suas preocupações, como um inseto que se mete roupa adentro, e incomoda sem conseguir ser retirado.

Por alguns instantes ele permaneceu absolutamente estático, frio, pesado, tal qual aquela rocha na orla de Ravena, e uma ideia lhe brotou, se desenvolveu à maneira de uma inevitável imposição: iria testar Stafford.

Ele sabia que sua curiosidade tão somente traria mais desespero, e que qualquer resposta que obtivesse do homem de nada adiantaria para pacificar os pensamentos, apenas os incendiaria, mas foi incapaz de resistir, e precisava verificar.

Subitamente ele largou o que estava fazendo, e foi ao encontro do patrão. Cruzou a sala repleta de funcionários, de mesas, de livros, de velhos armários e pilhas de papéis, para chegar à porta do escritório. Ali se anunciou com três discretos golpes.

Do interior da sala surgiu a voz abafada de Stafford:

— Entre!

Jones abriu a porta.

— Bom dia, senhor Stafford!

— Bom dia, Jones! — disse erguendo os olhos e largando os papéis que estava a ler.

— Só vim dizer-lhe que, de minha parte, tudo está pronto para sábado. Não se preocupe.

— Ah, obrigado, Jones! A casa já está sendo devidamente preparada para o evento. Quero que tudo esteja perfeito!

— Sem dúvida que estará! O senhor achará o senhor Fergelus muito peculiar. Finalmente irá conhecê-lo!

— Sim! É um momento que espero com impaciência!

— Então o senhor nunca o viu?

— Jamais! — afirmou com uma quase imperceptível relutância.

Com um aquiescente menear de cabeça, e um sorriso forçado, Jones deixou o patrão em paz.

Parado no corredor, e usando a maçaneta para apoiar-se, ele havia obtido a resposta que esperava, e que definitivamente não desejava. Stafford estava mentindo.

XLIII

Ao sair da editora, Jones decidiu caminhar. Andar, às vezes, o auxiliava a pôr as ideias em ordem, como se o movimento do corpo, em determinadas circunstâncias, servisse para deslocar os pensamentos a ponto de encaixá-los.

Como se não bastasse todas as inquietações que o assolavam, agora ele precisava também preocupar-se com o emprego. Talvez Gibbons estivesse certo e fosse necessário se prevenir, já começar a pesquisar uma atividade nova. Quem sabe um cargo nos correios, como tinha seu pai.

Durante a jornada, Jones lembrou-se de como o pai era dedicado ao trabalho, de como ele havia começado cedo, aos quinze anos, e se tornado chefe de setor aos vinte e um, ali permanecendo até os sessenta e cinco. Fora uma vida dedicada àquela função, da qual obtivera sustento para educar os filhos. Crianças que criara só, depois da morte da esposa.

O homem era um dos funcionários mais antigos, respeitado e até procurado pelos chefes, que, vez por outra, vinham pedir-lhe conselhos. Meses antes de ser dispensado por razão da idade, mesmo cansado e levemente enfermo, até oferecera-se para viajar aos Estados Unidos na intenção de resolver assuntos da instituição. Nesse país permanecera por uma semana.

Jones recordou-se também que, ao regresso do pai, seu estado, que já se punha um tanto fragilizado antes da viagem, agravara-se. E esse evento o acompanhava como uma bola de ferro presa ao tornozelo, pois se sentia pesaroso por ter permitido o cansativo deslocamento. Mas o que abrandava um pouco a sua culpa era o fato de ser impossível argumentar com aquele homem quando ele resolvia fazer algo.

O senhor Elias Philips era teimoso; quando enraizava uma ideia na cabeça ninguém conseguia tirar. Quisera fechar com chave de ouro sua carreira no correio, cumprindo aquela última incumbência autoimposta, e tal afinco custara-lhe a vida.

Jones acreditava que o esforço da longa travessia havia acentuado a debilidade de seu querido pai, porém sentia haver algo mais. Algo que definitivamente ele não conseguia identificar.

Ao retornar, o velho homem parecia excessivamente distraído com o que o cercava, e absorvido por dolorosos pensamentos. Fechara-se em seu próprio mundo, tornando-se taciturno como jamais havia sido. Em seus últimos dois meses de vida, passara a demonstrar claros sinais de insanidade. À noite acordava aos sobressaltos, às vezes gritando, e frequentemente falava só, gesticulando em descontrole. Crises nervosas não eram frequentes, mas ocorriam. Jones chegara a inquiri-lo se algo de incomum havia ocorrido nos Estados Unidos, mas ele sempre desconversava.

A profunda e constante dor que Jones sentia com aquela perda o obrigara a procurar outra residência, pois já não conseguia viver sob aquele teto, que o açoitava com tantas recordações; porém, não se esquivara de levar consigo alguns pertences do pai, que guardava em uma arca no canto de um armário de sua casa.

Aquelas recordações lhe trouxeram tantas saudades que resolveu desviar de seu caminho para ir à casa de Lilian. Ainda era cedo, ele tinha tempo. Sua irmã era o que de mais próximo havia de seu pai, e estar ao lado dela era quase como abraçá-lo.

E buscando uma carruagem, para lá seguiu.

Jones cochilou durante todo o percurso, sendo embalado pelo chacoalhar que antes lhe provocava desconforto. Prostrado no banco de couro, ele encostava-se à janela, quase deformando o rosto de encontro ao vidro. Vez por outra abria os olhos e via os transeuntes perdidos entre o *fog*, que naquela noite parecia menos denso.

Por um momento sentiu-se estranhamente especial por estar ciente de uma verdade que ninguém mais conhecia, mas sabia do peso que era ser detentor de tal informação. E ele almejou mais que tudo estar no lugar daqueles alienados caminhantes, que decerto dirigiam-se para o aconchego de suas casas aquecidas sem preocupar-se com monstros.

Londres seguia em sua rotina: bengalas, cachimbos, casacos e cartolas. Vestidos, crianças, carrinhos e babás. Carruagens, açoites, cavalos e relinchos. E tudo envolto pelo frio. Nada havia mudado, só a sua vida.

Sua racional concepção da realidade estava abalada. Se alguns meses antes alguém lhe dissesse que um ser como Fergelus existia, certamente que tal pessoa seria ridicularizada. E com veemência.

O coche já havia entrado na rua de Lilian e reduzido a velocidade. Reconhecendo o local, Jones preparou-se para saltar, pôs o chapéu, arrumou a gola do cassaco e agarrou a maleta. Seu primeiro passo foi direto em uma poça de água, molhando toda a barra da calça, que foi sacolejada com mau humor. O cocheiro pareceu divertir-se.

Já à porta, Jones usou a aldrava para anunciar-se, alertando a senhora Pritchett de sua presença, que segundos depois veio atendê-lo.

— Bob Jones! Como vai?

"Outra vez esse nome abominável!", pensou.

E tirando o chapéu, respondeu educadamente, mas com pressa:

— Boa tarde! Eu vou bem, senhora Pritchett. Como vai a senhora? É um prazer revê-la. Com licença...

Para evitar prolongar-se nos cumprimentos, e sem dar à mulher tempo de resposta, Jones tratou de galgar as escadas.

Após três moderadas pancadas, a porta de Lilian foi aberta.

— Jô! Que surpresa! Entre...

A expressão de Lilian era um misto de felicidade e preocupação. Ambos beijaram-se, e Jones entrou, ansioso.

— Como vai você? Eu recebi a sua mensagem. Estou com o bilhete aqui...

— Sim, eu sei! Eu estava perturbado quando o enviei. Queria deixar alguma prova...

— Prova?! — disse interrompendo-o. — Você ainda está com aqueles pensamentos?

Jones não sabia o que dizer.

— Melhorei...

— Espero que sim — disse Lilian indo em direção a uma cômoda, de onde tirou um papel de uma gaveta, pondo-se a ler:

— "Lilian, você e Elisabeth correm perigo. Estive na London Gazette e obtive importantes informações sobre crimes similares aos ocorridos recentemente em Londres. Acredito que o assassino seja o mesmo, e que o senhor Fergelus esteja envolvido. O livro desse homem está me perturbando."

— Eu sei o que escrevi!

— Tenho minhas dúvidas. Espero que realmente você esteja melhor, nosso último encontro me deixou preocupada.

— A mim também.

— Esta é uma mensagem muito estranha! Você está se deixando levar por essa leitura. Creio que você precisa realmente de descanso; deve estar trabalhando demais. Como anda o seu sono, tem dormido bem? E se alimentado?

— Durmo depois de ler...

— Esse é o problema! Você carrega para a sua mente todas essas palavras! Isso não pode fazer bem! Tem pesadelos?

— É raro. Não acontecem com frequência... — mentiu, pois não achou prudente revelar que além de haver sonhado com Fergelus ainda fora visitado por uma serpente falante que, em tom quase bíblico, lhe trouxera ameaças.

— Mas acontece! Talvez seja o caso de abandonar esse trabalho, ou recusar-se a ter algum envolvimento com esse livro. Mantenha distância do que o perturba. Isso não está indo nada bem, Jô!

— Hoje mesmo pensei em deixar o trabalho...

— Ouça o conselho de sua irmã mais velha! Procure um médico! Eu sempre irei apoiá-lo, em tudo. Você sabe disso! Mas creio que meu apoio não é o suficiente. Você tem cérebro bastante para saber que precisa de auxílio. Não é vergonha buscar assistência psicológica!

— Eu sei, mas existem coisas que não posso dizer a um alienista! Se você não acreditou em mim, imagine as outras pessoas! Se eu disser o que sei a um médico, ele me internará! Disso eu não tenho dúvida! Definitivamente uma camisa de força não me tornará um homem elegante!

Ele suspirou, parou por um segundo e continuou:

— Vim aqui porque comecei a me lembrar de papai. De como ele ficou no final...

— Eu não o esqueci, você sabe! Penso nele todos os dias, mas temos que lidar com isso, as pessoas morrem... O que se há de fazer?! Convivemos com a morte vinte e quatro horas por dia. É algo estranho de se dizer, mas... a morte faz parte da vida. Ninguém nasce sem estar destinado a morrer.

Jones esboçou um olhar irônico em direção a Lilian.

— Eu não estou tão certo disso!

— Jô... — disse segurando-lhe a mão. — Férias, essa é a palavra! É do que você precisa. Há quanto tempo você trabalha na editora, um ano?

— Quase isso.

— Tão pouco tempo e você já demonstra toda essa fadiga... É preocupante! Imagine só se todos que trabalham com livros se deixassem levar pelas histórias que leem... Encaremos os fatos, Jô, para mim é claro que você ainda não se recuperou da morte de papai, e isso precisa ser resolvido.

— Você tem boas intenções, mas jamais acreditará em mim. Nem você e nem Elisabeth.

— Você contou a Elisabeth?

— Claro. E ela riu...

— Eu não riria, mas a entendo. Calma, Jô, relaxe!

Lilian levantou-se, foi até a pequena cozinha e de lá trouxe uma bandeja com um bule de porcelana e xícaras.

— Vamos tomar chá! Esse é o ritual que o nosso povo tão civilizado inventou para aclarar as reflexões — ironizou. — Respire com calma. Isso tudo será resolvido.

Enquanto bebiam, Jones falava.

— Eu não estou louco. Sei que não posso provar o que digo, sei que é inacreditável, mas é real!

— Eu não disse que você está louco, apenas que precisa de descanso para organizar os pensamentos, e para isso é necessário ajuda. Creio que o que está acontecendo é fruto de um somatório de eventos, a morte de papai, o excesso de trabalho, a responsabilidade do casamento...

— E agora a morte do senhor Spencer — disparou, continuando —, o desagradável interrogatório policial, o possível desemprego... Eu sei de tudo isso...

— Morte de quem? Que interrogatório? Jô, que novidades são essas?! — Espantou-se Lilian, ponto a xícara sobre o pires.

— Pois é... Mais uma morte ocorreu. Dizem que foi suicídio, mas eu não creio. O senhor Spencer era um funcionário antigo da editora. Agora está morto, e a polícia interrogou os funcionários.

— Está vendo o que estou dizendo? É a isso que me refiro! Novos eventos que vieram se somar aos que já o perturbam...

— Os policiais me fizeram perguntas estranhas. Eles próprios pareciam envolvidos em algo. Talvez soubessem de fatos além do caso...

— Um funcionário morto, policiais com envolvimento... Você está se ouvindo? Policiais devem portar-se como a sua função exige. Com o que eles estariam envolvidos, com o crime?

— Creio que não... Não sei mais! Mas eram estranhos.

— Policiais são estranhos quando interrogam, isso é regra. Você está dizendo que eles estão envolvidos no crime que investigam? Jô...

Lilian balançou a cabeça, demonstrando sua desaprovação.

— Você tem que se acalmar e pensar com serenidade.

— Estou no meio de um furacão! E sábado terá esse tal encontro onde o senhor Fergelus estará presente...

— Que encontro?

— Na casa do senhor Stafford. Eu terei que ir, eu e Elisabeth. E o senhor Stafford também está envolvido.

Lilian cobriu os olhos com as mãos e deu um longo suspiro.

— O velho Stafford também está envolvido? Jô! Como isso é possível? Em que esse homem está implicado?! Você sempre falou dele com respeito e admiração. Ele é dono de uma editora, já é um senhor de cabelos brancos!

— Eu sei...

Jones sabia que definitivamente não iria convencê-la de nada e ambos ficaram em silêncio. Para Lilian, eram claros os sinais de perturbação em seu irmão. Suas ideias estavam desorganizadas e ele já demonstrava a presença de um patológico pensamento fixo. Ela estava realmente preocupada, pois passara a crer que Jones já estava a envolver todos que o cercavam em seus devaneios de perseguição.

— Jô... Quero lhe contar uma coisa. Algo que jamais mencionei! — disse com grave inflexão.

Lilian mostrava-se relutante e entristecida, olhava para o tapete bordado do assoalho da sala com profundo pesar, como se buscasse forças para completar uma frase que se arrependera de ter pronunciado. Aquela reação preocupou Jones.

— O que é? Fale!

— Antes de papai falecer, ele me disse uma coisa...

Jones gelou, não conseguia articular qualquer vocábulo. E Lilian continuou:

— Foram as últimas palavras dele... Sabe, os médicos disseram que sua morte foi devido à idade somada à tristeza pela perda de mamãe e o excesso de trabalho. Isso o enfraqueceu até debilitá-lo de uma maneira que levou ao falecimento. Ele quase não se alimentava mais, você sabe... Mas eu acho que havia mais alguma coisa. Acho que a preocupação influiu bastante.

— Preocupação?!

— Sim, com você. Suas últimas palavras foram de inquietação.

— O que ele disse?

— Eu entendi a primeira frase, mas seu complemento não fez sentido. E ainda não faz.

— Diga! — exigiu.

Jones estava aflito e mal conseguia manter a xícara nas mãos.

— Ele disse: "Proteja Jones. Ele sabe".

— Ele quem?

— Eu não sei! Não entendi! Talvez fosse algum devaneio final. Se levarmos em consideração o estado de papai, creio que essa é a melhor explicação.

Jones suspirou e permaneceu calado, tentava digerir aquela enigmática revelação.

Lilian havia ocultado o importante fato por dois longos anos, decerto para não causar mais dor ao irmão. Porém, naquele momento, vendo o seu estado, julgou ser propício revelar tudo. Jones entendeu a atitude como uma tentativa desesperada de mostrar-lhe o quanto seu pai o amava, e que por isso deveria cuidar-se.

As últimas palavras de Elias Johnson foram um apelo pela segurança do filho.

— Agora preciso ir! Prometo que vou tentar me acalmar! Buscarei ajuda! Creio que você tem razão, preciso de um bom descanso.

— Você nem tomou o chá!

— Da próxima vez, tomarei todo o bule. Eu vou me cuidar, mudarei de atitude, cuidarei da saúde e ficarei longe do livro.

Para pacificar Lilian, isso era só o que ele podia dizer.

Pondo a xícara em algum lugar, sem sequer ter provado de seu conteúdo, levantou-se e deu um longo abraço em sua irmã, que ternamente o beijou com lágrimas nos olhos.

XLIV

"Proteja Jones. Ele sabe."

Em sua casa, sobre a poltrona, à exaustão Jones repetia mentalmente aquela frase como um mantra sombrio. Tentava encontrar um sentido, uma explicação para a sentença tão misteriosa. Ele quase podia enxergar as letras da citação balançarem diante dos seus olhos, como a língua bifurcada de uma cobra.

"O que isso quer dizer?! Qual o significado?! Quem é 'ele'? Sou eu?"

O vento insistente que sussurrava lamentos nos vidros da janela não lhe permitia concentrar-se. Uma infinidade de violentos pingos de chuva parecia querer invadir a casa, e as agressivas gotas surravam o telhado, tamborilando a mais desconexa, agitada e incômoda das percussões.

Vez por outra piscavam potentes relâmpagos e os trovões pareciam esbravejar como se o firmamento estivesse em guerra. O carvão crepitava à lareira enquanto as chamas agitavam-se em desespero.

Jones levantou-se, foi até a janela e olhou a rua, que se banhava como ele jamais havia visto. As águas que corriam pela calçada pareciam borrifar uma névoa rasteira que se espalhava, pintando uma alva coloração espumada no cinzento piso das vias londrinas.

Nada podia ser visto além de muito líquido. O som da chuva assemelhava-se ao de centenas de fogueiras estalando, tal se o mundo estivesse em chamas.

De volta à poltrona, nela recostou sua fadiga com um gemido, e por alguns minutos permaneceu apenas contemplando o fogo, inerte e emudecido como uma estátua entediada que fixa os olhos na mesma paisagem. Aquelas flamas saltitantes, inquietas, que pareciam brincar entre si, representavam bem o seu estado mental.

Sua face exibia a preocupação de um século. Ele mal pestanejava enquanto pensamentos dispersos lhe golpeavam o cérebro, como a chuva ao asfalto.

"Por que o senhor Spencer se associaria ao senhor Johnson, sendo um funcionário tão antigo? Talvez ele soubesse da situação da editora e temendo o desemprego optou por receber dinheiro para furtar documentos... É possível, mas jamais saberei. São só conjecturas. E como o senhor Fergelus foi informado disso?"

E logo lhe veio à lembrança aquela estranha manhã, quando descobrira a relação de Johnson e Spencer. Quando vira os dois, de maneira furtiva, conversando na rua.

"O terceiro homem! É claro! Havia alguém, que como eu também estava observando a ambos. Não era o senhor Fergelus, disso tenho certeza. Quem seria? Um de seus capangas! Talvez o tal cocheiro que levou o senhor Stafford à taverna!"

De súbito a insistente voz de Lilian apresentou-se outra vez: "Proteja Jones. Ele sabe".

Ele esfregou os olhos, o rosto e os cabelos, deixou cair as mãos sobre os braços da poltrona, quase os agarrando como quem se prende à vida, e passou a fitar o livro, que estava sobre a otomana. A distância entre ambos era a de suas pernas, mas ali parecia haver um precipício.

O ribombar dos trovões, o coruscar dos relâmpagos e os látegos da chuva pareciam harpear uma desordenada sinfonia cujos acordes instigavam as sombras do fogo a dançarem sobre a capa daquele objeto negro, dando-lhe um aspecto aterrador.

Ele mais parecia uma caixa em que os males do mundo estavam guardados, e já se havia tornado um particular instrumento noturno de tortura psicológica.

"Será que estou me punindo pela morte de papai?", divagava. "Eu não deveria tê-lo deixado viajar! Como ele pôde convencer-me daquilo?! Como?!"

Jones levantou-se e, por alguns segundos, permaneceu de pé contemplando as chamas da lareira, depois se voltou, com certa relutância, para buscar o armário embutido na parede do corredor, no qual um baú com os pertences de seu pai estava guardado. O impulso de vasculhar aquelas lembranças foi mais forte que o natural empenho humano em evitar o sofrimento.

A arca negra ocupava a maior parte do piso de madeira do compartimento, e era pesada, o que lhe valeu certo esforço em arrastá-la para fora. Jones agarrou com as duas mãos uma de suas alças laterais e deslocou-a até a sala, depositando-a junto à lareira, ao lado da poltrona, para em seguida sentar-se.

A tampa rangeu ao ser aberta e os ares do passado invadiram o cômodo. Aquela caixa era como um sarcófago de onde emergia história e tristeza. Ali havia um mundo confinado ao interior de um espaço negro não visitado havia dois anos.

Os trovões continuavam a rolar imensas rochas pelo firmamento, potentes e assustadores relampejos piscavam além da janela enquanto a chuva insistia em surrar o telhado, como uma queda perpétua de milhares de grãos.

Alheio à borrasca, Jones retirou o primeiro objeto do baú, uma lâmina de barbear, a qual afagou com cuidado imaginando-a a deslizar pelo rosto de seu velho pai. E a ferramenta ligeiramente oxidada lembrou-lhe da infância, de quando ao banheiro contemplava-o embevecido a escanhoar-se, achando aquela atividade a mais interessante do mundo.

Entre outras coisas, ele encontrou um par de meias jamais usado, óculos em um estojo de couro marrom, abotoaduras em uma pequena caixa azul, uma bonita caneta prateada e algumas fotos muito borradas em que seus pais, de mãos dadas, exibiam o sorriso próprio dos apaixonados.

Todos aqueles objetos haviam sido guardados por ele, e olhá-los dois anos depois lhe trazia não apenas saudade, mas a dolorosa sensação de vivenciar o momento em que os tinha tocado pela última vez. Antes de ali os ter colocado.

Embaixo de uma pilha de lenços cuidadosamente dobrados ele encontrou um pedaço de papel, e apanhando-o viu que era uma reserva de hotel. Na pequena lauda amarelada de bordas adereçadas por filigranas já descoloridas havia o nome da estalagem onde seu pai havia se hospedado ao tempo que estivera nos Estados Unidos: Hotel Inn, Montchanin Village, Delaware.

Jones deixou o papel cair no interior do baú, e com ele as primeiras lágrimas; logo vieram os contidos soluços. Sem forças para continuar, ele pôs tudo de volta e fechou a arca de um solavanco. A pancada seca da tampa recordou-lhe o fechar do polido ataúde no qual repousara seu pai.

Novamente ele arrastou-a de volta ao armário, e regressou à sala, sentando-se na poltrona, na qual permaneceu recuperando-se, ofegante, enquanto limpava os olhos com um lenço.

Sobre a otomana, o livro mantinha-se pousado com ares de indiferença, quieto, como se a tudo observasse com a impassibilidade digna do mais soturno felino negro, enquanto o ouroboros que lhe tornava a capa sinistra por um momento semelhou-se a uma aldrava, que bem poderia ser a das portas do inferno.

E afastando seu dorso do encosto da poltrona, Jones esticou o braço em direção à obra, tocando-a relutante, para depois agarrá-la e trazê-la a si. Por fim se reclinou e a abriu.

E com a criança em seus braços, cravou os dentes na jugular, extraindo parte de seu sangue até enfraquecê-la o suficiente para que morresse em segundos. Um fluxo morno, quase adocicado, desceu brando pela garganta, e ele passeou a língua pelas gengivas com um deleite inenarrável.

Quiçá para ele, o odor do sangue de uma criança pudesse ser comparado ao que era o perfume das rosas para os Efêmeros. Agradável, relaxante, puro, virginal, talvez até celestial.

Ele surpreendeu-se por achar o sabor do sangue de um recém-nascido esplêndido, e entendeu que aquela peculiar característica se devia ao fato de aquele pequeno organismo ainda não haver sido maculado pelas reações nervosas, tampouco pelas substâncias dos alimentos que o Efêmero adulto ingeria. Era casto, livre de impurezas. Talvez o leite materno houvesse acrescentado algo.

E por um momento lembrou-se da família que extinguira em sua primeira noite pelas ruas da cidade de Ur, com uma diferença: agora seu paladar estava depurado, ele podia saborear com mais entusiasmo e prazer.

Sem mais deter-se, ele tratou de esgueirar-se para sair rapidamente daquela casa, deixando os corpos onde os encontrara, cuidadosamente depositados sobre puídos lençóis cinzentos.

Enquanto afastava-se percebeu com estranheza que suas habilidades estavam muito mais robustecidas. Sentia-se poderoso, indestrutível, e atribuiu tal estado ao sangue da criança. Depois de tantos séculos, ele fizera uma descoberta: os recém-nascidos tornavam-no demasiadamente vigoroso devido à pureza da seiva que lhes corria pelas veias.

Não tardou para que ele abandonasse Ravena, e, após vagar por sessenta e cinco quilômetros, à noite chegou à Rimini, onde buscou uma estalagem.

Quando nutrido, o repouso não se fazia necessário, sendo apenas fundamental aos longos períodos nos quais não ingeria sangue, o que não era o caso, mas naquele momento ele precisava de silêncio para ordenar os pensamentos. Sua condição naturalmente impunha discrição, solitude, apartamento e cautela, e um albergue seguro sem dúvida que seria bem-vindo. Lá também ele poderia desfrutar de uma das poucas coisas que gostava dos Efêmeros: a culinária.

Comer o agradava. Certamente que tal ato, tão humano, não era essencial à sua sobrevivência, mas, vez por outra, para regozijar o paladar ele deliciava-se com saborosos pratos. O alimento dissolvia-se em seu organismo, de nada lhe servia, pois a ação dos nutrientes era nula, mas a degustação satisfazia-o profundamente.

Vinhos e iguarias eram bem acolhidos e auxiliavam a abrandar o perpétuo tédio que o acompanhava como uma sombra. Talvez o fato de possuir a capacidade de sentir prazer em comer servisse para isso, já que os comestíveis não eram essenciais.

Mais que um luxo, a sensação do paladar era uma necessidade.

Por fim, encontrou uma velha estalagem, e lá havia soldados, que bebiam ao redor de uma mesa rústica feita de grossa madeira, repleta de garrafas e singulares petiscos de exótica aparência em pratos amassados de metal escuro. Se ele fosse humano, aquilo lhe reviraria o estômago.

Uma música elevada envolvia o ambiente em acordes de alaúde, e o que aparentava ser um músico sem talento para tão nobre profissão tangia o instrumento como quem disseca um peixe.

Homens abrutalhados conversavam em voz alta. Uns riam exageradamente, outros golpeavam a mesa, deixando claro já terem ingerido bastante bebida. Alguns importunavam as mulheres que os serviam.

Ao entrar, sua presença foi percebida, o que fez com que alguns oficiais o olhassem com desconfiança e comentassem entre si.

Com um sorriso o estalajadeiro o abordou de imediato, decerto à caça de gorjetas, e ofereceu-lhe uma mesa, além de uma garrafa de vinho. Ele sentou-se e observou o local enquanto degustava do líquido de qualidade duvidosa, tão rubro quanto sangue.

Apesar da pobreza que assolava a região, o local era de certa forma aconchegante. Havia uma lareira acesa e enfeites coloridos pendendo do teto. As mesas espalhadas pareciam ter sido recentemente usadas, podendo-se ver líquidos derramados sobre algumas delas, poças que eram enxugadas por uma mulher.

As paredes de madeira eram ornadas por muitos quadros, e o assoalho era feito de pedras encaixadas. Um cão de expressão cansada dormia em um dos cantos, enquanto outro se alimentava dos restos que encontrava pelo chão.

A maior parte dos Efêmeros desprovidos de meios de subsistência buscava se adaptar às dificuldades de sua infeliz condição social recorrendo a festas e substâncias inebriantes. Ele entendia essa conduta como sendo fruto de um profundo sentimento de desesperança e inaptidão em mudar a realidade. Essa era uma regra que ele sempre percebia, não importava a época.

Eles orientavam a revolta no sentido do desgaste do corpo, da perversão do espírito e da corrupção da mente, e não em direção à conquista de conhecimento. Preferiam a preguiça da ignorância, e ainda a conveniência do servilismo, a ter que empreender qualquer esforço para transformar a própria vida. Isso só servia aos interesses dos que lhes governavam.

Não raro os dominados confraternizavam com seus repressores, ou até os defendiam em detrimento dos seus iguais, e isso atestava a ausência de união e consciência política entre os menos favorecidos.

Ali não havia nenhum pensamento digno de ser lido, nada que valesse a pena. As mulheres pensavam em retirar-se para dormir, o estalajadeiro em moedas, e os soldados, em bebida e sexo. Porém, dois deles tinham sede de sangue. Estavam revoltados com uma grande perda financeira, e por este motivo almejavam cometer atos de violência.

Os Efêmeros não aprendiam com seus erros, e não bastasse repeti-los ainda buscavam cometer outros, como se os novos equívocos fossem de alguma maneira resolver os anteriores. Como eram ignorantes e primitivos!

E enquanto ele deliciava-se com um prato de camarões e sorvia daquele vinho de sabor peculiar, aguardava o instante certo para enfrentá-los, pois a violência que tomava o pensamento de ambos o instigou a desafiá-los.

A estupidez dos Efêmeros o revoltava, a grosseria de seus desejos e simplicidade de raciocínio lhe causava desprezo. Suas emoções rudimentares, para ele, assemelhavam-se a dos animais.

Sempre que encontrava homens limitados como aqueles, surgia-lhe um forte desejo de divertir-se com suas insignificâncias e imbecilidades. Havia prazer em matar gente assim. Nesses casos, o sangue sorvido era um detalhe; o que ele queria realmente era aniquilá-los, pois abater os cruéis, injustos e insensíveis lhe enchia de regozijo.

Destruir os que se achavam melhores que os outros era um divertimento. Vê-los sofrer e arquejar até o óbito quase lhe trazia a sensação de um dever cumprido. Por vezes ele achava isso estranho.

Com o tempo esse ato converteu-se em mais uma forma de abrandar o tédio. Era uma diversão que atenuava o peso dos séculos. Caçar à noite o estimulava, mantinha-o alerta, além de propiciar-lhe o contentamento de sentir-se superior.

Os pobres mortais achavam-se tão importantes, o centro do universo, o núcleo excelso ao redor do qual gravitava tudo. Sentiam-se tão potentes, distintos, especiais, todavia eram frágeis como as pétalas de uma rosa seca, tão pútridos em índole quanto um cadáver. Nasciam para morrer, nada mais. O destino de todos era o mesmo, a morte e o esquecimento.

Passou-se o tempo, e embriagados alguns dos soldados partiram, mas não aqueles dois. Eles continuaram a beber, a testar suas resistências, pareciam presos às cadeiras. No furor do entorpecimento alcoólico a tudo brindavam aos gritos, erguendo os copos e chocando-os escandalosamente.

De quando em quando quebrando os canecos, cujos pedaços caíam sobre a mesa, já inteiramente emporcalhada de restos de alimentos e tantos líquidos que parecia haver chovido sobre ela.

Ele gesticulou para que o estalajadeiro se aproximasse, perguntou o preço de um quarto e pagou. E vigilante, à mesa, permaneceu para esperar os soldados saírem.

Cerca de meia hora depois, os homens finalmente se ergueram cambaleantes, derrubaram as cadeiras, arrumaram suas espadas, jogaram algumas moedas sobre a mesa e se retiraram da estalagem conversando, se estapeando como fazem os amigos em momentos de alegria, rindo. Pareciam dois arruaceiros fardados.

Que grande erro é dar autoridade a quem não possui o preparo adequado. Exercer uma função de tamanha responsabilidade requer conhecimento, serenidade, educação e sensibilidade, qualidades que definitivamente faltavam àquele par de trogloditas.

Ele aguardou por alguns segundos até que os bufões uniformizados tivessem alcançado uma distância conveniente, também se ergueu, depositou um par de moedas sobre a mesa, e saiu sem pressa em direção às trevas da rua. Entretanto, antes degustou mais uma taça de vinho.

Era madrugada, e poucas pessoas se arriscavam a circular pelas ruas desertas. Havia gente tossindo deitada no asfalto e cães passeando sem destino. Uma chuva fina caía do céu nublado enquanto a maresia perfumava o ar. A orla estava próxima e o discreto som do mar podia ser ouvido.

Aqueles homens grosseiros caminhavam de forma arrogante, tal fossem os donos do mundo. Falavam em tom elevado, gargalhavam, gesticulavam com o exagero dos ébrios e por vez tropeçavam, demonstrando o estado de embriaguez no qual estavam embebidos. Deviam sentir-se seguros por estarem fardados, pois passeavam sem qualquer inquietação, em nenhum instante olhando para trás.

Em certo momento buscaram o atalho de um beco escuro, e este foi um grande erro. O último que cometeriam.

Ele os acompanhou a cada passo. Manteve uma distância segura e esperou até que estivessem o mais isolados possível. Seus pensamentos eram confusos, bem apropriados ao limitado cérebro que possuíam. Seus batimentos cardíacos estavam irregulares, decerto pelo efeito da exagerada quantidade de álcool consumida; e à vista disso, as pernas fraquejavam, os corpos oscilavam, os braços se agitavam como os de marionetes manipuladas por mãos trêmulas, os sentidos se punham bastante comprometidos. Eram presas fáceis. Quase não valiam o esforço.

E aos poucos ele encurtou o espaço que os separava e apressou o passo, para só ser percebido quando já estava a alguns metros.

Um dos homens virou-se e com um toque rápido no ombro avisou ao outro, que parou. Ambos agora estavam estáticos e com as mãos sobre a empunhadura de suas espadas, prontos para um combate que não teriam a menor chance de vencer.

Ele sorriu e os cumprimentos com ironia, fazendo um gesto com as mãos e encurvando-se levemente como um ator de teatro que ao final da peça agradece ao público.

De forma rude, talvez por achar tratar-se de um mendigo, o mais robusto perguntou o que ele desejava, e ele, em zombaria, deu três toques na própria jugular, sem dizer sequer uma palavra. Os homens se entreolharam embasbacados, sem entender o enigmático ademane, e sacaram suas espadas na intenção de amedrontar aquele que não tinha medo. Como eram estúpidos!

O primeiro teve a espada arrancada da mão tão rapidamente que nem sequer pôde esboçar qualquer reação. Então, diante daquele par de ignorantes ele examinou a lâmina, passando vagarosamente pela extensão de seu fio a ponta de sua unha, que já surgira amolada e pontiaguda; e do metal um ruído penetrante vibrou, misturando-se ao discreto som do oceano que acarinhava a orla.

Ele deu um passo para trás e assumiu uma posição de guarda. Iria divertir-se um pouco. E, proferindo palavras desrespeitosas, o que estava armado adiantou-se em sua direção, desferindo um golpe que foi bloqueado de imediato, e a espada lhe tombou da mão. Os dois soldados estavam perplexos, enquanto ele entretinha-se.

Direcionando a ponta de sua lâmina à espada que estava no solo, gesticulou para que o homem a apanhasse de volta. Ele assim agiu, tentando mais uma vez atingi-lo. Dessa vez seu bloqueio foi seguido por um potente contragolpe que arrancou metade da cabeça do oponente, que caiu com todo peso na areia suja, esguichando uma grande quantidade de sangue e boa parte da massa encefálica.

Novamente ele apontou com a extremidade da lâmina para a espada no solo, ordenando que o outro homem a pegasse, mas este, com sua própria espada na mão, se recusou, profundamente apavorado e trêmulo. Sem esperar qualquer outra reação, ele cravou toda a placa de aço em seu coração, e o soldado tombou morto sobre o outro.

Contemplando com serenidade os corpos mutilados, curioso ele decidiu vasculhar seus órgãos. Seria como uma pesquisa de anatomia. E usando a espada que tinha à mão, dissecou-os por completo, expondo para as estrelas, que pestanejavam horrorizadas, toda a sujeira oculta daquelas entranhas.

Jones fechou o livro, como se tentasse evitar que sangue escorresse de suas páginas, levantou-se da poltrona e caminhou até o quarto. Aquela última passagem o enojara de tal forma que seu estômago se havia revirado em cambalhotas de asco.

Ele entrou no aposento, colocou a obra sobre a escrivaninha e atirou-se na cama.

XLV

Pela rua, Jones apertava o passo como se a lama lhe queimasse as solas. Ele desviava de operários, de cães errantes, de postes, de vendedores itinerantes e de cada pedestre que cruzasse seu caminho; via tudo como um obstáculo a ser contornado. Mal reparava nos rostos amassados pelo cansaço e desfocados pela neblina. Havia dormido demais, e agora quase corria para chegar à editora, que já estava a poucos metros.

A noite de leitura lhe cobrara meia hora a mais de sono. Era a primeira vez que se atrasava para o trabalho, e cada segundo daquela demora carregava o peso da responsabilidade.

Ao abrir a porta, afobado, quase fez tremular o tecido negro do luto por Spencer, que por um segundo lhe pareceu o próprio anjo da morte guardando a entrada da editora. Ele invadiu o lugar com a pressa dos sensatos que se percebem em erro, expondo o semblante tão aborrecido quanto envergonhado enquanto arrumava o nó da gravata.

Callow esboçou um sorriso malicioso e olhou para Edgell, que correspondeu. Jones estava uma hora atrasado, e temia que Stafford o repreendesse.

Após pendurar o casaco e o chapéu, atravessou a sala principal correndo, buscou sua mesa, na qual arremessou a maleta, e após sentar-se foi abordado por Gibbons.

— Boa tarde, Jones! — brincou.

— Bom dia, Charles! — respondeu, aborrecido. — Me atrasei...

— Sim, percebemos! Olhe — continuou encurvando-se, e em tom mais baixo —, o senhor Stafford já perguntou por você duas vezes!

Jones lamentou-se, meneando a cabeça.

— Duas?! — repetiu.

Gibbons, para enfatizar, levantou dois dedos.

— Duas! Creio que é melhor ir falar com ele!

— Obrigado, Charles!

— Não há de quê! — disse apoiando-se sobre a mesa, na clara intenção de aliviar uma dor que parecia estar lhe devorando as costas.

— Você está bem? As costas pioraram?

— Só um milagre me salvará dessas dores! — retorquiu de imediato. — Vá, Jones! Vá falar com o senhor Stafford! Não perca tempo!

Jones ergueu-se da cadeira, que por pouco não caiu, e correu em direção à sala de Stafford. Durante o açodado percurso Gibbons continuou a falar:

— Bata na porta e aguarde, pois ele está com alguém!

As três discretas pancadas na porta de alguém cônscio e intimidado pela própria falha foram seguidas pela voz de Stafford, que parecia mais austera do que o normal. Jones já se preparava para uma advertência.

— Entre!

Ao abrir a porta, Jones deteve-se pelo impacto de um imenso susto. Paralisou *incontinenti*, mal conseguindo mexer-se, como se suas pernas se houvessem convertido em um par de blocos de granito gelado. Ele sentiu na alma o fúnebre bafejo de um vento frio, e seus olhos quase se abriram tanto quanto a boca. Sentado em frente à mesa de Stafford estava Fergelus.

— Entre, Jones! — repetiu.

Fergelus levantou-se, esboçando um sorriso comedido.

— Senhor Philips, seja bem-vindo! Entre, junte-se a nós! — Gesticulou.

Jones estava tão chocado que sentiu o corpo adormecer. Seus pés enraizaram. O pesado edredom do esmorecimento lhe desceu pelo pescoço e cobriu os seus ombros até lhe tomar os braços para mantê-los enrijecidos. A adrenalina queimou em seu estômago, tornando seus gestos lentos e pesados.

— Veja só quem veio nos visitar! — alardeou Stafford erguendo-se com um sorriso. — Eu não esperava por essa surpresa!

Jones emudeceu, a voz lhe havia fugido como se engolida por um abismo. Por pouco não teve força para apertar a mão oferecida por Fergelus.

— Sente-se! — disse Stafford indicando uma cadeira.

Os três se sentaram, e Fergelus iniciou a conversa.

— Eu estava pelas redondezas e resolvi visitar as instalações desta editora. Admito que a organização e o empenho que vi agradaram-me extremamente.

— E finalmente nos conhecemos! — acrescentou Stafford, demonstrando certo nervosismo.

Jones continuou calado; estava perplexo e ainda não conseguira organizar as ideias, enquanto Fergelus parecia divertir-se com isso.

— Senhor Philips, é bom vê-lo em seu ambiente de trabalho. Seu simpático patrão falou-me maravilhas a seu respeito. O que decerto não foi necessário, pois jamais duvidei de suas qualidades profissionais.

— Diga alguma coisa, Jones! — forçou Stafford.

— Agradeço, senhor Fergelus — foi tudo o que ele conseguiu emitir.

E Fergelus continuou a saborear o que parecia ser um momento de vitória:

— Devo confessar que esta visita inesperada me foi tão agradável quanto reveladora. Vez por outra costumo presentear-me com esses divertidos luxos. São os traços jocosos de minha personalidade. Espero não ter incomodado...

— De forma alguma! — respondeu Stafford agitando as mãos.

— Diga-me, senhor Philips — continuou Fergelus —, estou curioso, há quanto tempo trabalha aqui?

— Há cerca de um ano, creio... Quase isso...

— Herdou seu gosto pelos livros de algum familiar?

— De meu pai. Ele era um ávido leitor.

— E a sua mãe?

— Infelizmente não a conheci. Ela faleceu durante meu nascimento.

— Sinto terrivelmente por ouvir isso! Temos algo em comum, isso se deu comigo. Que curiosa coincidência, não acha?

Jones apenas balançou a cabeça.

— Se me permite perguntar, qual era a atividade de seu pai?

— Ele trabalhava nos correios.

— Interessante! Sem dúvida uma importante atividade! E trabalhou por muitos anos?

— Muitos. Eu nem saberia dizer quantos. Começou muito cedo.

— Um homem trabalhador! É bom ouvir isso. E pelo visto era dedicado ao ofício! Suponho que, se começou cedo, deva ter exercido a atividade, talvez, até uma idade avançada...

— Sim, ele faleceu aos sessenta e cinco anos, ainda trabalhando.

— Impressionante!

Fergelus parecia deleitar-se com toda aquela sarcástica encenação. O ar tão bem-humorado que deixava transparecer apenas comprovava sua confiança, e que estava ali com o óbvio intuito de expô-la. Seguramente aquelas perguntas feitas com tanto interesse eram retóricas. Seu propósito era o de demonstrar absoluto domínio e de fazer entender que estava demarcando território.

Fergelus estava apregoando uma incontestável mensagem para Jones, e também para Stafford, que mentia descaradamente por fazer crer que aquele era o seu primeiro encontro com o autor.

E sem pensar duas vezes, Jones em um momento de audácia e imprudência deu vazão a um perigoso empirismo. Iria fazer um teste, um arriscado experimento que poria termo a qualquer dúvida quanto à identidade daquele homem. Ele concentrou-se e buscou isolar na mente uma única frase: "Senhor Fergelus, o senhor está lendo os meus pensamentos?".

— O que acha, senhor Philips?

Foi a sinistra resposta quase imediata, que, seguida por um olhar apavorante e um moderado sorriso, lhe encheu o coração de horror. E apenas para brincar, Fergelus acrescentou:

— O que acha, senhor Philips... de trabalhar aqui?

Fergelus estava jogando. Sua ironia era aterrorizante e ameaçadora, e ao mesmo tempo desagradável. Ele sabia ser o incontestável possuidor do controle da situação, no entanto isso não lhe bastava, queria também mostrar o quanto Jones estava indefeso e entregue aos seus caprichos macabros. E aquele comportamento não apenas despertou no jovem um medo jamais sentido, mas sua raiva.

— É um local que me agrada profundamente! — respondeu.

— Não duvido disso — observou levantando-se. — Agora, senhores, se me dão licença, preciso ir. Ainda tenho algumas tarefas importantes a cumprir. Foi uma satisfação conhecer este encantador espaço. O ambiente dos livros me apraz em demasia.

Jones e Stafford ergueram-se, caminharam até a porta do escritório, e os três saíram.

– Foi um prazer revê-lo, senhor Philips. O aguardarei no sábado.

– Estarei lá.

– O senhor Stafford me disse que sua noiva é uma das convidadas. Creio que ela deve lhe ter dito que nos encontramos por acaso.

– Sim, ela comentou esse fato.

– Foi uma tarde prazerosa e relaxante. Pena que tão curta, mas compensaremos isso durante o evento próximo. Passe bem, senhor Philips.

Ambos apertaram as mãos e Jones dirigiu-se à sua mesa de trabalho, enquanto Fergelus e Stafford afastaram-se até a porta de saída.

Conseguir manter o equilíbrio para exercer a contento suas funções era impossível depois daquele sombrio encontro. Jones reflexionava assustado, tendo a certeza de que aquela visita tivera um propósito além do que ele supusera.

"Por que o senhor Fergelus veio aqui? Para provocar-me? Certamente quis provar que tem tudo sob controle, além de, aparentemente, desejar divertir-se. O livro comprova que ele é sádico e irônico, e que gosta de sentir-se superior...

O senhor Stafford deve ser uma vítima, como eu. Se mente, é porque foi instruído para isso. Ele deve saber muito pouco. Decerto estou bem mais informado sobre o perigo, e é melhor assim, dessa maneira não corre riscos. E por que perguntou tanto sobre papai?"

O fluxo de seu raciocínio foi perturbado por Gibbons, que se aproximou sorrateiro e cheio de curiosidade.

– Jones! Esse é Sacratus Lucian Fergelus?

– Ele mesmo!

– Você o conhece?

– Nos encontramos poucas vezes.

– Sim, eu sei. Você levou o contrato que ele assinou. É um tipo estranho, não acha?

— Nem queira saber o quanto! Ele tem mais de três mil anos de idade, lê pensamentos e alimenta-se de sangue.

Gibbons pôs-se a rir quase que escandalosamente, chamando a atenção de muitos funcionários. Jones permanecia tão sério quanto quem está em um funeral.

— Oliver trouxe-me mais uns escritos dele. Coisa difícil de ser lida! — afirmou enxugando os olhos com um lenço enquanto tentava parar de rir.

— Espere até o livro estar pronto — preveniu Jones em tom sentencioso.

Nesse momento, aproximaram-se Edgell e Callow, e virando-se Gibbons meneou a cabeça em direção a ambos.

— Era ele!

— Era ele, então! Eu estava certo! — confirmou Callow. — O homem que salvará a editora!

— Fale baixo, Oliver! — censurou Edgell. — Não sabemos de nada ainda.

— Eu sei o que ouvi, e já estou procurando emprego — completou Gibbons.

— Viu?! — continuou Callow, dirigindo-se a Edgell. — É melhor sermos precavidos, William. Não podemos ir para a rua dessa maneira. Temos que ter algo preparado.

— Tenham calma, ninguém sabe de absolutamente nada! E cuidado para não serem ouvidos. Não queremos pânico aqui dentro — acalmou-os Jones.

Ele buscava sanar os ânimos exaltados, mas sabia que havia a possibilidade de a suspeita ser autêntica. No entanto, o que ainda lhe trazia certa serenidade era o comportamento de Stafford, que demonstrava disposição. Não parecia estar abatido. Decerto que Fergelus o enchera de esperanças. Mas a que preço?

XLVI

Ao entrar em sua casa, Jones deparou-se com um pequeno envelope branco no chão. Alguém havia enfiado uma mensagem por baixo da porta. O cansaço entorpeceu a sua curiosidade e o impediu de rasgar sem hesitação aquele invólucro. Ele apenas o colheu com preguiça e caminhou com o papel na mão para depositá-lo sobre a otomana ao lado da lareira, que tratou de acender antes sequer de retirar o casaco.

A residência estava mais fria que o habitual, as paredes haviam conservado uma temperatura baixa, e qualquer objeto de metal que ali fosse tocado de pronto atestava que ter inflamado a lareira havia sido uma boa ideia. O *fog* encostava-se nos vidros da janela como um imenso chumaço de algodão cinzento, e parecia querer ser convidado a entrar na sala para também se aquecer junto ao fogo.

À parte de tudo, seus pensamentos estavam tomados pela visita de Fergelus. A presença daquele homem lhe causava tamanha insegurança que tê-lo diante dos olhos o preenchia com a sensação de caminhar à beira de um abismo. Em nada mais pensava.

"Ele jamais me deixará em paz até que o livro tenha sido publicado, isso está claro! Será que irá embora depois disso? O que acontecerá comigo? O jantar na casa do senhor Stafford será terrível; ele lerá o pensamento de todos e sem dúvida se dedicará mais ao meu. Não tenho como controlar o que penso... Estarei completamente indefeso, e serei traído pelo meu próprio raciocínio! Não há como lutar contra isso!"

Depois de um merecido e demorado banho quente, que não alcançou relaxar em nenhum momento, Jones vestia-se quando se lembrou do envelope deixado na otomana. Ele pegou a obra de Fergelus sobre a escrivaninha do quarto e foi até a sala. Lá se sentou na poltrona e agarrou o papel.

"Não há remetente", reparou, rasgando-o em seguida para inteirar-se do conteúdo. E buscando de imediato a assinatura, viu que era de Johnson.

"Senhor Johnson, outra vez! Esse homem é muito insistente!"

Jones inclinou o papel para que as chamas da lareira iluminassem seu texto, e pôs-se a ler:

Senhor Jones Philips, bom dia.

Sinto importuná-lo novamente, mas o assunto, como o senhor sabe, é muito importante. Trata-se do mesmo tema.

Tenho investigado com profundidade e em sigilo, e estabeleci contatos interessantes que me trouxeram novas informações. Inclusive nesse meio-tempo empreendi uma viagem aos Estados Unidos, para pesquisa, e descobri algo que creio ser de seu interesse. Realmente precisamos conversar!

Peço desculpas se o incomodei em nosso último encontro. Sei que a matéria é perturbadora, mas faz-se necessário que seja examinada minuciosamente, pois se trata de algo de extremo perigo.

Por gentileza, venha encontrar-me após o trabalho. Eu o estarei esperando amanhã na taverna Captain Murphy, próxima à editora. Creio que o senhor deve conhecer o estabelecimento.

Espero que aceite o convite. Aguardarei sua chegada até as dezenove horas.

Respeitosamente,

Arthur Johnson.

— Nunca tive tantos problemas na vida! — lamentou-se golpeando a perna com o bilhete.

"Envolver-me com o senhor Johnson só me trará confusão. Preciso ter uma conversa definitiva com ele! O que ele pode dizer que eu já não saiba? Certamente sei bem mais do que ele imagina. E, se eu contar, ele jamais acreditará. Jamais! Admito que ele é muito determinado, por isso sua vida está em risco. Tenho que alertá-lo sobre isso, mas com cuidado para que não desconfie de nada. Sua teimosia lembra-me a de papai."

Jones amassou o bilhete e o arremessou na lareira.

"Irei a esse encontro para pedir que ele se afaste!"

Ele pôs os pés sobre a otomana, fez tombar os chinelos sobre o tapete, agitou os dedos para aquecê-los, que estalejaram, e abriu o livro.

Contemplando com serenidade os corpos mutilados, curioso ele decidiu vasculhar seus órgãos. Seria como uma pesquisa de anatomia. E usando a espada que tinha à mão, dissecou-os por completo, expondo para as estrelas, que pestanejavam horrorizadas, toda a sujeira oculta daquelas entranhas.

Sem desviar os olhos dos corpos abertos, desforrados de suas peles como um leito de caóticos lençóis, ele apertou firme a empunhadura da espada e com algumas estocadas quebrou-lhes as costelas, distinguindo fígados, intestinos e corações. Estes últimos, de cada um dos homens, ele arrancou para segurá-los nas mãos.

Besuntada por óleos, grossos líquidos e sangue, cada peça incrustada mostrava-se organizada no asqueroso interior do torso, como doces em uma caixa, ou como ostras abrigadas na mesma concha. Aquele era um autêntico quebra-cabeça cuidadosamente encastrado pela natureza, no qual predominava matizes esverdeados, brancos e vermelhos, a parecer uma bandeira suja.

E um coração em cada palma, ele os ergueu ante os olhos, como se fossem oferendas a algum terrível deus noturno, pondo-se sorridente a examiná-los com atenção.

O formato daqueles órgãos assemelhava-se ao de uma fruta exótica, mas eram flácidos e de aspecto repulsivo. Para ele, tornou-se incompreensível a razão que levava os poetas a se referirem àquilo com tamanha ênfase e emoção.

Sem deixar-se ter nem mais um segundo pela curiosidade, ele os esmigalhou, apertou-os com vigor e viu amolecidos nacos lhe escaparem por entre os dedos, para em seguida degustar cada um deles. Não sentiu qualquer sabor e os cuspiu de imediato para logo arremessá-los sobre a areia.

Ele caminhou até a praia enquanto lambia as mãos como um animal, deliciando-se com o denso mel rubro que as untava, tal uma criança que se lambuza de chocolate; para, por fim, nas águas do mar, desfazer-se do visgo que colava seus dedos. Não podia chegar à estalagem sujo de sangue.

E quando a ela regressou, subiu as escadas e isolou-se se no quarto que havia alugado.

Transcorreu a noite silenciosa, e as carcaças ali permaneceram apodrecendo ao sopro da maresia como um festim para os insetos, no entanto nas primeiras horas da manhã foram encontradas, e a descontrolada agitação foi fenomenal.

O crime brutal trouxe às ruas centenas de soldados, que, ruidosos, invadiam casas em busca do assassino. Jamais um evento tão grotesco havia ocorrido em Rimini, e todos estavam assombrados.

No início da tarde, militares invadiram a estalagem e vasculharam tudo, a cozinha, a dependência do proprietário, a adega e os quartos dos hóspedes, aprisionando alguns estrangeiros que lá haviam pernoitado, inclusive ele, que se deixou prender por puro divertimento.

Após tantos séculos vagando pelos quatro cantos do mundo, era necessário, vez por outra, entregar-se a determinados prazeres por questão de saúde mental. Havia uma significativa relevância em combater o tédio.

O que para muitos representava um cenário de absoluto terror, para ele nada mais era que distração, pois a imortalidade e as habilidades especiais lhe forneciam a segurança necessária para que encarasse situações desesperadoras como puro desenfado.

Qualquer Efêmero, por mais corajoso que fosse, sucumbiria à pressão causada pela iminência da morte, mas ele não era transitório, e por isso nada temia. E havia ainda o fato de ter uma predileção especial por matar Efêmeros arrogantes e voltados ao abuso de poder. Para ele era como o prato principal de um banquete.

Aterrorizá-los e ridicularizá-los antes de lhes tirar a vida era imensamente aprazível. Ele adorava envolver-se em situações perigosas com o intuito de verificar até onde elas iriam. Em razão disso alguns até poderiam chamá-lo de sádico, mas ele se achava apenas um curioso. Morbidamente curioso, é verdade.

Como os demais capturados, ele foi acorrentado e levado para uma cela coletiva ao interior de uma cadeia com grossas e úmidas paredes de pedra escurecida.

Ali, no sombrio calabouço, todos se torturavam com a expectativa do interrogatório que se seguiria pouco tempo depois.

Os Efêmeros detidos, como sempre se dava em circunstâncias dessa natureza, estavam apavorados. Alguns tremiam, tal se afetados por alguma moléstia, outros vomitavam. Muitos rezavam pelos cantos, enquanto os mais voluntariosos forçavam as grades, nutrindo a estúpida ilusão de que conseguiriam fugir, e esse comportamento o lembrou da agitação dos animais antes do abate.

Aqueles homens não sabiam, mas também eram miseráveis e ignorantes bestas fadadas ao desaparecimento.

A verdade da essência desabrocha em momentos de extrema tensão, e, sendo assim, sem dúvida que a hospitalidade de uma prisão viria a expor o âmago de cada um, fazendo surgir os primeiros traidores. Covardes que, para se libertarem, decidiriam acusar outros. E mais uma vez a índole dos Efêmeros mostrava-se claramente. Eles entregariam qualquer um para terem mais um segundo de vida. Que deplorável povo!

A um canto do calabouço ele observava aquela agitação, podendo ouvir a sinfonia desesperada dos batimentos cardíacos tanto quanto os murmúrios atormentados dos limitados cérebros.

O apoteótico ruído era ensurdecedor, pensamentos desorganizados e absolutamente centrados no ego tornavam o ambiente infecto, bem mais do que as condições higiênicas da repugnante sala. Asco, absoluto e profundo asco, era a palavra mais apropriada para definir o que os Efêmeros o faziam sentir. Principalmente aqueles.

A desgraça da humanidade era a ignorância, disso ele entendia muitíssimo bem, pois seguidamente constatava a sua existência e seus efeitos. A estupidez era cultivada com a mais aprimorada diligência, sendo plantada e regada em todas as épocas.

Três soldados abriram a porta da cela com violência, o ferrolho retiniu, o metal das dobradiças rangeu, e sem escolher agarraram o primeiro prisioneiro que viram, um Efêmero sujo, apavorado e exausto que quase não teve forças sequer para espernear. O homem foi levado para a esperada e temida inquirição.

Os outros que ali estavam e temiam pela própria vida em nenhum momento pensaram em unir-se para resistir ou fugir, cada qual permaneceu pensando em si e desejando que o outro fosse levado. A fragmentação daquela raça era repulsiva. Com os animais irracionais isso não se dava. Sempre que um deles era capturado por um predador, o bando tratava de agitar-se, muitas vezes até atacavam na intenção de libertá-lo. Há mais solidariedade e honra entre feras do que entre humanos.

Aquele cárcere o fez recordar quando fora aprisionado em Roma, fez despertar em sua memória a imagem dos passadiços subterrâneos do Coliseu, mas a situação era diferente. Dali ele poderia fugir quando bem entendesse, pois estava forte. O que queria realmente era ir até o fim, era ver o desfecho de tudo.

Havia quase cinquenta prisioneiros em um espaço onde mal cabiam vinte, e isso o ajudaria a ser um dos últimos interrogados; era o que ele desejava, pois então já seria noite.

E, um a um, os detidos eram levados. Alguns não regressavam, enquanto outros eram trazidos de volta em um estado lastimável. A cela ia se tornando mais vazia, porém repleta de um odor que ele conhecia profundamente, o de sangue. E aquele perfume de vida o instigou a continuar, a esperar até que chegasse a sua vez. Ele nunca estivera tão calmo.

Quando faltavam apenas três prisioneiros intactos dentre os outros destroçados, a porta da cela novamente se abriu e um dos guardas o chamou, apontando, silencioso. Seu momento havia chegado, e ele precisava esconder o sorriso.

Ao levantar-se foi de pronto agarrado e acorrentado. Às suas costas a grossa porta foi fechada de um solavanco, e com dois soldados de cada lado ele foi levado por um corredor que aparentava ser ainda mais infecto do que a cela de que acabara de sair.

Pelas paredes encardidas se espalhavam gravuras quase rupestres de mãos ensanguentadas e esguichos de sangue, e, em alguns pontos do estuque, tufos de cabelos saltavam. Ali, naquele afresco macabro, ele contemplava a história do sofrimento de muitos Efêmeros, mas isso definitivamente não lhe causava nenhuma compaixão, pelo contrário, ele mal podia esperar para estar face a face com o artista que havia elaborado aquela obra. Estava curioso em conhecer um autêntico torturador.

Ao final do infecto corredor, uma porta negra de espessa madeira foi aberta, revelando uma sala repleta de instrumentos que pareciam confeccionados para a agricultura ou medicina. Havia muitas velas acesas para iluminar o espaço, e seus lumes ornavam o cômodo com magníficas sombras tremulantes.

Podiam-se ver lâminas organizadas lado a lado sobre uma mesa rústica, como os finos talheres de prata que por tantas vezes ele contemplara em luxuosos jantares na França, e ainda um barril pleno de água, espadas de diversos tamanhos presas à parede, chicotes e objetos tão estranhos que ele jamais conseguiu identificar. Eram os brinquedos especiais que certos Efêmeros mais insanos utilizavam para o doentio prazer pessoal.

Aquele ambiente primitivo, apesar de imundo, o intrigou sobremaneira, despertou-lhe a vontade de conhecer quem o havia decorado. Decerto que seria alguém muito interessante.

Puseram-no sentado em uma cadeira, que estava em frente a outra. Um par de guardas saiu, e outros dois permaneceram erguidos aos seus flancos.

Minutos depois, entrou um Efêmero, e de pronto os dois soldados que ali estavam bateram continência. Sua face era bronzeada e tinha ao centro um enorme nariz que aparentava estar intumescido; logo abaixo dessa detestável protuberância saltava um bigode cheio, com as extremidades recurvadas para cima. Ocultada por aqueles vastos pelos, mal se podia ver a sua boca.

O homem retirou o chapéu, colocando-o sobre a mesa em que estavam as lâminas, e dirigiu-se à cadeira que estava em frente à dele, sentou-se em silêncio. O interrogatório iria começar.

Jones preferiu deixar o desfecho daquela assustadora cena para mais tarde, pois o encontro com Johnson ainda o preocupava. Ele precisava descobrir alguma forma de avisá-lo do perigo que estava correndo, sem com isso falar demais. Toda aquela investigação só estava aproximando o homem da morte.

Sem dúvida Fergelus estava ciente da existência do repórter e de como era obstinado, e Jones bem sabia que aquela persistência lhe custaria muito caro.

Tudo o que lera fê-lo perceber que Fergelus não era apenas muito prático, mas que sentia prazer em livrar-se de quem estorvava seus planos. Ele era frio, irônico e perigoso, além de agradar-se profundamente em manipular antes de destruir, como um gato que se diverte com um roedor antes de destroçá-lo.

E levantando-se da poltrona, Jones deixou o livro sobre a otomana, indo direto para o leito, no qual se deitou e adormeceu quase que imediatamente.

XLVII

Pela manhã, no escritório de Stafford, Jones sentia-se como um colegial chamado à sala do diretor. Sentado, ele ouvia os conselhos do velho editor acerca de como deveria portar-se durante a festa do dia seguinte:

— Jones, nossa reunião familiar já é amanhã, como você sabe! Quero que tudo saia como esperado. Sei que você tem conhecimento do quanto esse compromisso é importante para a editora — e após dar uma parada para alisar o bigode, continuou —, como sei que você fará o melhor para que a noite seja agradável.

— Claro, senhor, não tenha dúvida! Estou ciente da responsabilidade, não se preocupe!

— Pedi que viesse aqui na intenção de acalmar-me, admito. Eu não me perdoaria se não lhe desse as últimas orientações, mesmo sabendo que são desnecessárias. Convidei poucas pessoas: além de mim e minha esposa, irão minha filha e seu marido, você e sua noiva e mais dois ou três convidados, que ainda confirmarão a presença, e claro, o senhor Fergelus. Os criados estão sob aviso de que devem esperar dez pessoas, podendo alguma faltar.

— Sim, será algo íntimo...

— Isso mesmo! Antes do jantar conversaremos na sala. Lá há um piano que servirá de diversão caso alguém queira arriscar-se a executar alguma melodia. Ali poderemos relaxar enquanto o colóquio flui. Creio ser uma técnica interessante para amenizar qualquer coibição. Você sabe como é, não quero tanta formalidade, pois às vezes isso causa certo acanhamento.

— Boa ideia, senhor. Eu, por exemplo, realmente não estou acostumado a esse tipo de encontro, mas saberei comportar-me — disse em tom irônico.

– Então, está marcado! Amanhã às vinte horas! Esperemos que tudo se encaminhe como o planejado. Obrigado, Jones, pode ir.

A última coisa que Jones queria na vida era ir a essa reunião, mas aquela era uma obrigação relativa ao seu trabalho, e definitivamente não poderia ser evitada.

Por mais que Stafford aparentasse ser avesso ao excesso de formalidade, certamente que sua casa estaria recheada por ela, porém o motivo mais forte para toda a repulsa e o receio que sufocavam Jones era a presença de Fergelus. Isso era óbvio.

Dali a pouco mais de vinte e quatro horas, a morte caminharia com elegância pelos cômodos da aconchegante residência de Stafford, estaria à sua sala, se sentaria à sua mesa e degustaria sua comida. Talvez até beijasse a mão de sua filha.

Jones sabia que todos corriam um considerável risco, mas estava ciente também de que ninguém ali oferecia ameaça a Fergelus, afinal o autor dependia de Stafford. O mais desagradável seria ter os pensamentos lidos, e isso ele não tinha como evitar. Como poderia controlar o que lhe passava pela cabeça, não demonstrar suas fraquezas e seu temor pela segurança de Lilian e Elisabeth? Como poderia esconder que sabia sobre a relação de Stafford e Fergelus? Seria impossível ocultar o encontro com o senhor Johnson, que logo mais ocorreria. Ele estava perdido, daria todas as informações sem sequer abrir a boca.

Por uma questão de sobrevivência, o que Jones precisava fazer era convencer-se realmente de que não deveria tomar qualquer atitude ante o que sabia. Deveria calar-se e principalmente não agir de nenhuma maneira que viesse a prejudicar Fergelus. Essa resolução necessitava ser concreta e imutável. Ele tinha de se persuadir disso, como uma auto-hipnose.

Já que ele não podia evitar ter seus pensamentos lidos, que pelo menos estes não fossem ameaçadores. Para que Fergelus não o matasse, era necessário que soubesse que ele nada faria, apesar de saber de tudo.

E foi essa a resolução que tomou.

"Não há como bloquear meus pensamentos, eles serão lidos, inevitavelmente. A única forma de não ser uma ameaça é sugestionar-me a desistir de qualquer reação. Minha mente precisa aceitar isso. Só posso convencer o senhor Fergelus se convencer-me antes".

E refletindo com mais serenidade, veio-lhe um pensamento que até certo ponto o relaxou: "Talvez todo esse esforço não seja necessário, pois afinal o que efetivamente eu poderia fazer de tão terrível contra um imortal de três mil anos?"

O que Jones havia esquecido é que outros morreram, mesmo sabendo bem menos.

Até então ele só contara o que sabia a Lilian e Elisabeth, que diante da história haviam demonstrado cabal e até desrespeitosa descrença. Ambas não ofereciam nenhum empecilho, isso era claro; eram totalmente inocentes.

Jones, apavorado, torcia para que Fergelus, em vista disso, não se rendesse a seu notório sadismo, e as deixasse em paz.

Por outro lado, poderia falar francamente com ele e dizer que não seria um estorvo aos seus planos, tampouco elas, mas isso iria requerer muita coragem. Exigiria um destemor que Jones sabia não possuir.

"... empreendi uma viagem aos Estados Unidos, para pesquisa, e descobri algo que creio ser de seu interesse. Realmente precisamos conversar." Apesar de ter decidido encontrar Johnson para pedir-lhe que se afastasse, nas últimas duas horas essa frase martelava com insistência os seus pensamentos.

Certamente sua consciência exigia que ele alertasse o repórter sobre a ameaça, e o faria, mas também queria ouvi-lo, pois aquela sentença havia despertado a sede de sua curiosidade.

Por todo o dia ele esperou o encontro, mal conseguindo aplicar-se ao seu ofício. Johnson não era dado a devaneios ou a exageros, e depois da última conversa de ambos, se ele tornou a contatá-lo era porque devia ter algo de grave a dizer. Por mais que a insistência do repórter o perturbasse, ele precisava de respostas.

Jones contou cada minuto da manhã e cada segundo da tarde com uma ânsia torturante, puxando o relógio do bolso por inúmeras vezes. E sua angústia foi percebida por Gibbons, que se aproximou, curioso.

– Jones, você tem algum compromisso no Parlamento, ou está pensando em tentar a profissão de relojoeiro? Jamais vi alguém examinar tanto um relógio!

Com um menear de cabeça, Jones respondeu que sim.

— Pelo visto, deve ser com o primeiro-ministro Disraeli ou talvez com uma magnífica mulher! — Sorriu.

— Eu sou comprometido, Charles...

— Então é com o ministro! Só pode ser! — disse interrompendo-o, com ar jocoso.

Jones riu.

— Não é nada! É só algo incômodo que preciso resolver.

— Deve ser muito incômodo, mesmo! Você está olhando para esse objeto o dia todo! Bem, seja o que for, espero que resolva e volte a presentear-nos com um belo sorriso. Sabe, Jones, rir faz bem! Claro, não por qualquer motivo...

— Obrigado, Charles, seu humor é invejável, e decerto agradável. É do que preciso.

— Bons ventos soprarão do horizonte, no momento certo. Acredite!

O temperamento de Gibbons, mesmo que por alguns minutos, conseguiu esmaecer um pouco a ansiedade de Jones, e isso lhe trouxe a consciência de como sua realidade havia mudado. Depois que conhecera Fergelus tudo passara a ter uma conotação dramática, sombria, e seus dias foram tomados por constantes sobressaltos. Aquela, decididamente, não era a vida que ele queria.

Mesmo se conseguisse sair ileso de toda aquela macabra e temerária situação, certamente jamais seria o mesmo. Só a lembrança de que um dia conhecera alguém como aquele ser bizarro já lhe serviria para causar pesadelos para o resto de seus anos.

Às dezoito horas e trinta minutos ele levantou-se da cadeira, arrumou os papéis sobre a mesa, caminhou até a saída, vestiu o casaco, agarrou a valise, ajustou o chapéu à cabeça, acenou para alguns funcionários, e foi ao tão esperado encontro.

Pisando nas conhecidas calçadas, ele contornou as mesmas esquinas, sempre próximo das paredes dos imóveis como se elas lhe pudessem dar proteção. Seus pensamentos também não diferiam da paisagem, eram os mesmos, assim como o *fog*, no entanto o medo era díspar, e parecia aumentar a cada passo.

Ele se arrependia de ter concordado com a incumbência daquele primeiro encontro com Fergelus, e com murmúrios praguejava contra si, contra sua dedicação ao trabalho. A juvenil devoção profissional o arremessara em um abismo sem fundo.

Naquela noite, que então parecia tão distante, ele poderia ter inventado qualquer coisa, uma dor nas costas, um compromisso familiar, um parente enfermo, um resfriado, mas preferira a tarefa que agora lhe roubava o sono e a paz.

Poucas ruas depois, ao entrar na taverna, por alguns segundos ficou parado à porta, buscando pelo repórter, mas não o encontrou e meteu-se adentro, para mais ao fundo sentar-se. O chapéu e a valise ele colocou sobre a mesa, e o casaco pôs sobre o encosto da cadeira. Johnson ainda não havia chegado, o que era estranho, mas ele o esperaria.

O garçom de sempre se aproximou, ofereceu-lhe o cardápio, e novamente ele pediu chá. Os minutos escorriam, assim como a sua paciência e esperança. Enquanto aguardava Johnson e o chá, para passar o tempo pôs-se a observar os clientes.

Ali estava a mesma senhora que ele vira da última vez, aparentemente continuava a falar da vida alheia, divertindo-se aos cochichos, decerto com alguma nova revelação picante. Dois senhores, um deles bebendo cerveja e o outro com semblante preocupado, se arqueavam sobre um tabuleiro de xadrez. Um casal discutia discretamente, parecia querer resolver seus problemas conjugais, e um funcionário da taverna, com uma pequena toalha sobre um dos ombros, descansava a cabeça sobre os punhos fechados enquanto pousava os cotovelos no balcão.

Outras pessoas comiam, bebiam e conversavam, circulando pelo ambiente levemente esfumaçado por alguns cachimbos e charutos. Os constantes choques estridentes dos talheres nos pratos de louça atestavam que a comida servida ali era saborosa.

Naquele início de noite de sexta-feira, homens e mulheres distraíam-se, alheios às apavorantes verdades conhecidas por Jones. Inocentes, seguiam sua vida da forma que podiam, confraternizando, relaxando, quiçá até revelando segredos.

O entendimento, não obstante o que muitos pensam, nem sempre ilumina, por vezes cobre a concórdia com uma mortalha fria de desesperança e temor. Bem melhor é não saber acerca de tudo o que, no futuro, só trará angústia.

O garçom já havia trazido o chá, e entre goles cuidadosos da bebida fumegante Jones olhou seu relógio. Eram dezenove horas, e Johnson ainda não dera as caras.

Ele mantinha constante vigilância em direção à entrada. Vez por outra desviava o olhar, mas para lá sempre o voltava como se aquela porta verde houvesse adquirido a importância do mais belo afresco.

Jones estava tenso com aquela inesperada demora e, enquanto bebericava a quarta xícara de chá, perguntava-se onde estaria Johnson. "Quando esse homem irá aparecer? Já está ficando tarde!"

Novamente ele verificou o relógio. "Esperarei até as vinte horas, é só o que posso fazer. Esse atraso certamente não é digno de um inglês!"

Às vinte horas e trinta e dois minutos, Jones levantou-se da mesa, vestiu-se e pagou o chá. Não esperaria mais.

"Já esperei por uma hora e meia! Ele não virá...", concluiu.

XLVIII

Jones abriu a porta de sua casa e antes de dar o primeiro passo olhou para o chão; esperava encontrar outro bilhete de Johnson, um que justificasse a sua ausência no encontro que marcara com tanta obstinação. Uma explicação, um pedido de desculpas, talvez a estipulação de uma nova data, qualquer coisa, mas não havia nada.

Ele fechou a porta, girou a chave, deslizou os ferrolhos, pôs a maleta sobre uma cadeira, retirou o casaco, o chapéu e os pendurou nos cabideiros de parede da entrada, para finalmente caminhar até o quarto.

"O senhor Johnson, apesar de inoportuno, é um homem correto. Deve ter ocorrido algo de grave para que faltasse ao compromisso. É pena que eu não tenha mais aquele papel. Não devia tê-lo queimado, talvez nele houvesse algo que deixei passar", lamentou-se balançando a cabeça ao lembrar-se da nota na qual o convite para o encontro havia sido escrito.

Ele sentou-se na cama e se pôs a remover os sapatos.

"Talvez tenha ficado preso ao trabalho... Será que me confundi com o local? Não, claro que não. Ora! Qualquer coisa pode ter acontecido! Por que me preocupar?! Ele entrará novamente em contato!"

Por mais que Jones buscasse respostas, ou justificativas, o receio de que Fergelus fosse a causa daquele sumiço lhe trazia náuseas. Seu semblante já demonstrava preparar-se para funestas notícias vindouras.

Após o banho mais rápido que já tomou na vida, ele se deitou, pronto para voltar a ler, mas a frase de Johnson sobre a viagem não lhe abandonava, só desviava sua atenção da obra que já tinha nas mãos. A curiosidade pairava sobre sua cabeça como uma sombra amaldiçoada.

"O que ele terá para me dizer de tão importante? O que ele descobriu nos Estados Unidos?"

Jones acendeu o candeeiro e o aproximou, arrastou suavemente a sua base de vidro por sobre a madeira negra da mesa de cabeceira, depois girou uma pequena peça lateral e fez subir o pavio embebido em querosene; a chama presa à redoma se elevou. Ele se acomodou sobre os travesseiros sobrepostos e abriu o inevitável livro.

O homem retirou o chapéu, colocando-o sobre a mesa em que estavam as lâminas, e dirigiu-se à cadeira que estava em frente à dele, sentou-se em silêncio. O interrogatório iria começar.

Com entonação incisiva seu nome foi perguntado, e ele inventou um qualquer, que foi prontamente anotado por um dos dois soldados que ali estavam de pé. E quando o questionaram acerca de sua idade, ele deixou escapar um riso contido, o que causou estranheza a todos. Ao indagarem sobre sua profissão, retrucou com ironia que jamais havia pensado nisso.

A segurança que demonstrava apenas trouxe mais empenho àquele homem, que se erguendo apanhou o que aparentava ser uma tesoura de formato peculiar. E passou a balançá-la com suavidade ante os olhos dele, como se com aquele comedido movimento sinuoso buscasse remexer o caldeirão dos medos que definitivamente não existia nas entranhas do arrogante prisioneiro.

Ele, com ares de galhofa, inquiriu o torturador se este tentava hipnotizá-lo com tal objeto, e completou afirmando que se essa era a intenção estava fazendo um péssimo trabalho. O homem olhou indignado e surpreso para os dois soldados, visivelmente sentindo-se ridicularizado, diminuído em sua autoridade. E, tornando-se mais enfurecido ante aquele desdém, fitou-o com uma seriedade ainda mais colérica.

Os pensamentos daquele Efêmero eram confusos, assim como os dos guardas. Em seu cérebro limitado não havia a serenidade profissional, a frieza técnica que o cargo exigia. Sua impassibilidade era um embuste, pois em seu âmago havia a frustração oriunda de um péssimo casamento, a inquietude gerada pelas dívidas, além da revolta por estar quase falido.

Aquele estúpido não era o artista que ele esperava, era simplesmente um ignorante que descarregava seu desencanto com a vida na carne de inocentes. Um pútrido e infeliz serviçal de um Estado corrompido, era um amargurado que aliviava as tensões de seu fracasso na pele dos que injustamente encarcerava.

E lentamente ele oscilou a cabeça em um gesto de notória censura, muxoxou em desânimo, olhou o homem nos olhos e disse estar decepcionado. Afirmou que perdia seu tempo naquela sala, ainda complementou que o achava um ser desprezível.

O torturador, fora de si, em fúria absoluta e com o orgulho estapeado, tentou golpeá-lo com a ponta da tesoura, tal se empunhasse uma adaga, mas, antes que conseguisse, de pronto ele arrebentou as correntes e segurou o pulso do homem, quebrando-o com um forte aperto. E enquanto a fratura expunha o osso que saltava da carne rasgada e o fazia sangrar, gritar e contorcer-se de dor, os guardas intervieram, mas foram dominados com facilidade.

O primeiro teve a cabeça agarrada e os dois olhos perfurados por polegares, que lhe invadiram completamente o crânio, o segundo teve a mandíbula arrancada, para depois tê-la enfiada na garganta. E tudo se deu tão rapidamente que ele sentiu nada ter feito.

O sangue espalhou-se pela sala a uma velocidade espantosa, esguichando nas paredes, escuro, lustroso, grosso como lama, e cobriu o chão sujo como denso mel, fétido, repelente, tão negrejado quanto a penumbra que ocultava os cantos daquela câmara. Duas das velas foram apagadas por jorros certeiros.

Aqueles dois homens tombaram recurvados, contraindo-se no solo pestilento da cela infecta como peixes em solo seco. O som que emitiam parecia o de animais raivosos. A celeuma certamente atrairia outros militares.

Então ele aproximou-se do torturador, agarrou-lhe com firmeza o pescoço, e levou-o até o canto do aposento para esmigalhar sua cabeça de encontro à parede. Os pedaços do reduzido cérebro daquele torpe ignaro passaram a integrar a rústica decoração do ambiente.

Que desperdício monumental de tempo! Ele nem se daria ao trabalho de nutrir-se com todo aquele sangue transbordante. Não valia a pena.

E, em pé, ante os corpos destroçados daquelas coisas insignificantes, ele surpreendeu-se, pois não achava que poderia vivenciar mais desprezo do que já sentia.

Era gigantesco o prazer que o arrebatava ao destruir os fúteis representantes daquela raça malsucedida. E contemplá-los aos pedaços lhe fazia sorrir.

Os dois soldados ainda se debatiam no chão, e desprendiam elevados bramidos suínos que o irritavam. Alcançando-os, pisou em suas cabeças até transformá-las em massas disformes.

Um barulho no corredor o fez voltar-se em direção à porta. Eram os outros soldados, que se aproximavam apressados, pois a gritaria os tinha atraído. O som emitido pelas botas daqueles homens trouxe-lhe a poética imagem de um telhado sendo fustigado por uma vigorosa tormenta.

Com movimentos rápidos ele apagou todas as velas da sala, tornando-a completamente escurecida. E lhe veio uma ideia: a de utilizar o interessante material que estava sobre a mesa. Definitivamente ele não poderia desperdiçar a chance de vê-los em ação.

A porta foi aberta com violência, e o primeiro a surgir foi golpeado com um pequeno machado. A pesada lâmina quebrou-lhe a clavícula esquerda, rompendo sua carne até atingir o coração. Ele caiu por cima da cadeira, afogando-se no próprio sangue. Os outros dois que despontaram esbaforidos tiveram o abdome rasgado de um só golpe por um amolado facão. Pedaços dos intestinos arriaram, e seus corpos quase foram partidos pela metade.

O brutal ataque era executado com extrema velocidade e precisão, sendo impossível qualquer tipo de resistência contra aquele insano impulso assassino. Os enferrujados utensílios de tortura eram brandidos com alegria e destreza, e dilaceravam o couro dos cintos, o tecido dos uniformes e a pele dos soldados como manteiga afagada por ferro quente.

Os três últimos militares foram dissecados vivos com uma pequena lâmina curva, à semelhança de um gancho. Com exatidão cirúrgica seus tendões foram arrancados tão rapidamente que nem sequer puderam sentir, só alguns segundos depois. O que lhes causou uma dor inimaginável. Suas pernas curvaram-se como as dos aracnídeos quando são queimados.

A quantidade de sangue, de ossos e de órgãos expostos era tamanha que seria impossível saber quantos corpos ali se amontoavam. A sala parecia um macabro abatedouro. Quem a visse juraria estar diante do mais diabólico açougue. Os nacos de carne colados às paredes, escalpos peludos, tripas untadas, gorduras amareladas e veias azuis criavam um macabro afresco tão adorável que, por um instante, ele pensou em devorá-los.

E lambendo os lábios, que estavam besuntados de sangue, após o massacre ele andejou calmamente pelo corredor em direção à saída; todavia, antes de deixar o local, tratou de derrubar todas as velas que encontrou pelo caminho, o que em minutos causaria um grande incêndio. Os corpos seriam inevitavelmente incinerados, junto de todos os prisioneiros que ali estavam.

Naquele momento de extremo prazer, de regozijo ante a magnífica obra executada, enquanto as chamas começavam a respirar, a ganhar vida, a elevar-se vitoriosas, a queimar os móveis, as cortinas, os colchões e os corpos, ele compreendeu que a monotonia da imortalidade só poderia ser momentaneamente abrandada pelo uso do escárnio.

Ele entendeu que a zombaria era uma maneira de tornar seus dias menos penosos, era uma peculiaridade de sua natureza que o auxiliava a suportar a infinita dilatação do tempo. Assimilou que traços específicos de sua personalidade espontaneamente eclodiam para mitigar sentimentos prejudiciais, como uma mágica resistência inconsciente ao inevitável desânimo.

Já a uma distância segura, sentado próximo à orla, e após ter retirado com a ajuda do oceano todo o sangue que o cobria, ele viu passar uma multidão desesperada e soldados a cavalo. Todos se dirigiam com muita pressa ao incêndio, cujas labaredas se agitavam e subiam muito alto.

A edificação ardia tal se envolta pelas chamas do inferno, mas o som dela advindo curiosamente lembrava-o ao de uma cachoeira.

Muitos homens tinham à face uma expressão de sincero júbilo ao verem flamejar aquela instalação, decerto que se sentiam felizes por presenciarem a destruição de um local utilizado para a tortura. Alguns nem sequer se aproximavam para ajudar, mantinham distância, enquanto outros se esmeravam por extinguir as esfomeadas espadanas, mas seus esforços eram inúteis. O fogo alastrou-se a uma velocidade espantosa, sendo espanado pelo vento costeiro até envolver todos os cômodos.

E aos poucos a construção se ia desfazendo, tijolo por tijolo, umbral por umbral, lançando brasas e uma copada fumaça enegrecida em várias direções.

As labaredas bailavam com agressividade, abocanhando as paredes e o telhado, que tombou com todo o peso, emitindo um estrondo abafado. A queda do teto fez o fogo saltar, e mais brasas foram expelidas como se cuspidas por um vulcão. As barras de ferro das celas já podiam ser vistas incandescentes.

Olhando o ruidoso espetáculo, ele divertiu-se com a disforme e movediça pintura que as brumas negras lançavam ao céu, nelas podendo distinguir a presença de assombrosos rostos. Quiçá fossem aqueles os semblantes dos que ali foram detidos e martirizados.

Então ele decidiu se aproximar para apreciar o quadro infernal que sua fúria havia pintado naquele início de madrugada de 1436.

O povo ajuntava-se diante das paredes em combustão, tendo nos olhos esbugalhados o reflexo das monstruosas espadanas. Muitos ali gritavam e saltavam como enlouquecidos selvagens, enquanto outros, em silêncio, apenas observavam. O brilho das imensas labaredas esparramava sombras dançantes sobre a areia, tal se fosse outra multidão, talvez uma horda de sombrios demônios rastejantes.

Homens fardados ou em trajes civis, alguns sem camisa e outros cobertos por andrajos, corriam com baldes nas mãos, arremessavam com violência e desespero água sobre as chamas, que só cresciam. O fogo parecia alimentar-se de todo aquele esforço, inflando seu peito vulcânico em sinal de supremacia. E de súbito pingos de chuva começaram a ruir do céu, como um oportuno presente da natureza. Isso causou brados de alegria entre muitos soldados, porém as parcas gotas celestes não foram suficientes para aplacar a ira das flamas, pois seu limitado borrifo manteve-se constante, tornando o que deveria ser uma dádiva em pura zombaria.

Inesperadamente alguém coberto de chamas saltou por uma das portas como uma bola de fogo arremessada de uma catapulta, saindo daquela instalação aos gritos, correndo diante de todos, agitando os braços incendiados. Um dos oficiais tentou acertá-lo com a água do balde que tinha às mãos, sem sucesso, e o homem, que mais parecia um demônio louco, tombou ao solo, contorcendo-se, incinerado por crepitantes fogachos azulados, para só depois ter suas labaredas apagadas.

Toda aquela macabra e trágica exibição o divertiu, presenteando-lhe com uma agradável sensação de poder, que só não era superior ao sentimento de desprezo.

Dando as costas àquele quadro apocalíptico, ele foi-se serenamente, vagou pelas ruas escuras de Rimini até chegar à estalagem, e lá buscou as trevas de seu quarto.

Jones tombou o livro aberto sobre o tórax, e suspirou, quase sem fôlego, enquanto olhava para o teto, recriando a cena que acabara de ler. Ele pôde ouvir os gritos do homem em chamas, o crepitar do fogo que consumia a construção, a correria dos cidadãos, a agitação das tropas, os trotes e relinchos dos cavalos. Até o som distante do mar.

A despeito das vítimas serem torturadores, a maneira impiedosa com que Fergelus havia lidado com todos o terrificou. A ironia que sempre acompanhava as suas observações aparentemente não era apenas para aplacar o tédio que o consumia, decerto que também era fruto do sadismo. E este, além de ser oriundo do claro desprezo que possuía pela humanidade, era alimentado pela segurança fornecida por sua condição de imortal. Assim Jones entendia.

"Ele brinca com a morte!", refletiu. "Ele não apenas mata pela sobrevivência, mas por prazer! É um cruel manipulador que se diverte metendo-se em situações arriscadas."

Jones percebia a clara presença da insanidade naquele comportamento e, se estivesse correto, o perigo seria ainda maior.

"Será que a imortalidade o enlouqueceu? Ele não evita o pior, até o procura! Ele se envolve em circunstâncias pavorosas para levá-las até as últimas consequências. Só um louco agiria assim!"

E, fechando o livro, cuidou de esvaziar a mente, pois o jantar determinado por Stafford seria dali a poucas horas, e ele precisava dormir.

XLIX

Sábado, sete horas da manhã. À mesa da pequena cozinha, diante de um pão besuntado com manteiga, dois ovos fritos, uma xícara de fumacento café e uma reluzente maçã, Jones tentava alimentar-se. Seu apetite não era dos melhores, mas comer era uma necessidade que ele não podia dispensar. Adoecer não estava em seus planos.

Sentado, com os antebraços sobre as pernas e os dedos entrelaçados, em silêncio ele passeava os olhos pelos alimentos, pelo negror do café, pela côdea do pão, pela casca da maçã, e pelos ovos, que, sobre o prato branco, pareciam um mapa. Buscava convencer-se de que deveria comer.

Ele parecia mergulhado em si, e lá, onde quer que estivesse, à cata de coragem procurava persuadir-se de que deveria pelo menos dar uma mordida em qualquer coisa, afinal havia tido o trabalho de preparar a refeição e pô-la sobre a mesa. Ademais desperdiçar comida nunca lhe pareceu recomendável.

Por fim, nutriu-se, devorou o pouco que conseguiu, nem sequer sentindo o gosto do que tinha à boca. Deixou metade do pão e a maçã para depois.

Ele comeu quase que maquinalmente, por obrigação, apenas para robustecer o organismo, pois sentir prazer em uma boa refeição era algo que não experimentava já havia um bom tempo, e atribuía isso à perturbação causada ao longo daquele ano.

Aparentemente sua apetência fugia da normalidade como Fergelus do tédio.

Em tempo algum ele passara por tantas situações turbulentas, e mal sabia como havia conseguido sobreviver a todas. Foram violentos sustos, notícias alarmantes, insanas correrias, um perigoso desastre de carruagem, cadáveres trucidados, espantosos pesadelos, interrogatório policial e até uma fantasmal sombra assassina.

A apreensão o acompanhava diariamente, de quando em quando ele era sacolejado por discretos tremores que surgiam nos dedos para depois se espalharem pelas mãos. Seu estado psicológico já deveria lhe ter vitimado com um severo colapso.

O que o auxiliava era sua peculiar estabilidade emocional. Esta, apesar de tudo, o mantinha relativamente incólume, porém isso não significava que todos aqueles abalos constantes não o estivessem a corroer. A tensão o estava cercando como um monstro sorrateiro que se aproxima e prepara o bote. Seu temor era de que fosse apenas uma questão de tempo para que o equilíbrio se esfacelasse, e, por fim, o esgotamento lhe colhesse.

Por vez, Jones sentia que estava prestes a ruir, sobretudo nos momentos em que era atacado pelo pavor de perder a sua irmã e a sua noiva. Nessas ocasiões, tudo se insuflava com uma densa camada sombria de desespero, e seu coração disparava, seu estômago ardia, para seguir-se uma angustiante sensação de abandono.

Faltava menos de um mês para a chegada de 1876, decerto que Elisabeth e Lilian iriam querer comemorar, e ele definitivamente não poderia ausentar-se, portanto era indispensável manter não apenas o vigor físico em ordem, mas também o equilíbrio mental e emocional.

"Espero que depois do lançamento desse maldito livro, o senhor Fergelus nos deixe em paz! O senhor Stafford ainda não mencionou a data do lançamento, mas certamente será em janeiro. É um bom mês para a difusão de qualquer coisa. Terei que conviver com todo este horror por mais algum tempo..."

Naquele dia, Jones iria almoçar com Elisabeth na casa de Lilian, para mais tarde, com sua noiva, ir ao jantar de Stafford. Seria aprazível poder vê-las novamente e em suas companhias esquecer um pouco todos os sobressaltos que o vinham vitimando com tanta assiduidade.

E, com os cotovelos sobre a mesa, enquanto bebericava o resto do café, a face de Johnson subitamente lhe veio aos pensamentos. Ele ainda não entendia aquela estranha ausência e falta de notícia, nem uma desculpa, sequer um bilhete, nada. A desaparição fora completa. Jones passou a preocupar-se, tornando aquela uma ideia fixa que remoía, e remoía. Seu cérebro ruminava especulações inquietantes, todas relacionadas a Fergelus.

Tão inesperadamente quanto a imagem de Johnson despontou, uma lembrança oculta surgiu, surpreendendo-o: "Eu tenho o endereço do senhor Johnson! Em sua visita ele o deixou escrito em um papel! Como pude esquecer-me disso?!".

Jones largou a xícara, que tilintou sobre o pires, saltou da cadeira, e correu pelos cômodos como um louco em busca daquele pedaço de papel.

Ele revirou todo o quarto, as gavetas da escrivaninha, o armário de roupas e embaixo da cama. Olhou dentro de sua maleta, ao interior da pequena despensa de mantimentos, entre os livros da prateleira e sob a poltrona junto à lareira.

"Não... Eu não o queimei como fiz com o último bilhete! Eu o tenho em algum lugar! Recordo-me claramente quando ele escreveu antes de sair! Tive-o em minhas mãos!"

Depois de promover uma busca frenética e minuciosa, o endereço foi finalmente encontrado no bolso de um casaco dependurado junto à porta de entrada da casa.

"Aqui está!", alegrou-se enquanto segurava o escrito como um troféu. "O procurarei domingo à tarde. Sim... irei à sua residência!"

Jones guardou com cuidado o papel em sua maleta e regressou à mesa, mas o café já estava frio. O que, no entanto, não o impediu de beber.

Com parte do pão que havia sobrado, ele raspou o fundo do prato, embebendo-o no amarelado caldo restante dos ovos fritos, que besuntava a alvura da louça. Comeu sem sentir o sabor.

À sala, com a maçã em uma das mãos e o livro na outra, Jones sentou-se na poltrona. E enquanto mordia a fruta, virava as páginas.

"Lerei um pouco mais desta grandiosa obra", ironizou, "até chegar a hora de partir para encontrá-las".

Ele pôs os calcanhares sobre a otomana e meditou sobre o jantar de mais tarde: "O senhor Fergelus saberá que eu o estou observando, ele perceberá como me desagrada que Elisabeth esteja em sua presença. Como lidar com alguém de quem nada se pode esconder? Muito me admira que o senhor Stafford o tenha convidado para sentar-se à sua mesa, diante de sua família. Ele não sabe o risco que corre! Talvez a relação dos dois seja mais profunda do que eu imagino..."

Jones mordeu a maçã com avidez, mal sentindo o doce caldo que lhe escorria pela boca. Por um instante olhou a fruta sobre sua mão aberta, vendo diante de si um dos corações arrancados por Fergelus, e o rubor untado da casca lhe fez esboçar um esgar de repulsa. Ele a arremessou na lareira e depois de enxugar a mão no lenço abriu o livro:

Dando as costas àquele quadro apocalíptico, ele foi-se serenamente, vagou pelas ruas escuras de Rimini até chegar à estalagem, e lá buscou as trevas de seu quarto.

Por mais poderoso e inteligente que fosse, pesava-lhe, vez por outra, um enfado monumental. Vagar pelas eras, como escravo do tempo, decerto que tinha certas desvantagens, e a invariabilidade era a que mais lhe atormentava. Após tantos séculos nem lhe era mais necessário a habilidade de ler pensamentos, pois os Efêmeros eram absolutamente previsíveis.

Aquele país já lhe havia cansado, a ignorância dos habitantes lhe enfastiava, e a arrogância dos Efêmeros fardados era o que mais aborrecia. Observando como procediam de uniforme, ele havia percebido que aquela vestimenta era exageradamente importante para muitos e que, quanto mais luxuosa, mais discorria acerca da personalidade de quem a portava. A empáfia de seus queixos erguidos exteriorizava não apenas um estúpido orgulho, mas também deixava transparecer o vilipêndio que possuíam por todos os que não integravam a sua execrável confraria.

Os menos favorecidos encaravam os excessos de penduricalhos no traje como um sinal de autoridade inquestionável e diante dele comportavam-se como animais submissos. Em suas mentes limitadas já se havia infiltrado a convicção da inferioridade, o que realmente não passava de uma falácia, pois todos essencialmente eram iguais. Nasciam de equivalente forma, comiam da mesma maneira, bebiam de idêntico modo, cresciam, se reproduziam e depois morriam. Todos eram partes de um mesmo organismo, tal as numerosas árvores de uma extensa floresta.

Se o seu penoso encargo era o de extrair algum conhecimento da humanidade, ele já se via como um especialista. Ela não mais lhe despertava o interesse, ele estava farto de seus reiterados equívocos e sua perpétua imaturidade. Certamente que algumas de suas invenções, descobertas e ideias eram interessantes, mas o recheio psicológico daquele povo deixava a desejar. A humanidade, para ele, era um acidente da vida.

Não obstante, algo que o encantava era a natureza. A vastidão das dunas do deserto o havia envolvido em um profundo estado de introspecção, principalmente à noite, quando a desolada paisagem convertia-se em uma silenciosa e assustadora poesia.

A dança hipnótica do oceano, que se assemelhava a uma imensa alfombra a sacudir-se, arrebatava-lhe o olhar em mágica contemplação. Os Efêmeros não mereciam seus campos verdejantes, suas imponentes montanhas misteriosas, seus rios paradisíacos, suas árvores anciãs ou seus mares inquietos. Nem sequer o perfume das flores.

Eles não eram dignos da brisa salgada do oceano, da fragrância da terra molhada pela chuva ou da quietude de um reflexivo luar em céu desanuviado. A natureza que possibilitava suas inúteis existências não era respeitada, eles a encaravam como sendo algo de sua propriedade, e com ela lidavam usando de absoluto desdém. A ela sugavam como parasitas, tratando-a de forma similar à como se tratavam, com impiedosa descortesia. Se eles agiam com indelicadeza entre si, certamente que não se comportariam diferentemente com ela.

Como uma doença que se propaga, tal a peste negra, ou uma nuvem de gafanhotos sobre a lavoura, os Efêmeros passaram a destruí-la aos poucos, sem nenhum pudor, sujando tudo o que podiam. Eles propagavam a degradação como uma extensão de seu próprio caráter.

Naquela noite agitada ele resolveu que deixaria Rimini, decidiu que por cautela aguardaria algumas horas no quarto para partir com os primeiros raios da manhã. Havia lhe tomado a irrefreável ideia de cruzar o Mar Adriático e entrar em território do Império Otomano.

Vagar por tal região lhe traria novos conhecimentos. Inteirar-se da cultura, observar os costumes, o comportamento, o dia a dia, a índole e perscrutar a psique de um povo não ocidental seria de extremo proveito. E ele atribuiu aquela decisão mais ao irresistível impulso de manter-se em movimento que ao asco que sentia por todos daquela cidade.

Diante da janela do pequeno aposento, de pé, ele contemplou a enrubescida alvorada do Adriático, viu, do sol preguiçoso, derramar-se serenamente o tíbio e diáfano cendal sobre a superfície das águas calmas.

A lua, quase translúcida, ocultava-se distante, com apaixonante timidez, e parecia apoiar-se no corrimão do horizonte, tal se descendo por uma escada de nuvens deslizasse, sonolenta, com destino ao seu quarto de dormir.

Ele observou em silêncio o esvoaçar dos primeiros pássaros, o atracar dos barcos dos pescadores que haviam passado a noite a buscar seu sustento, e ouviu o rilhar ancião das rodas de uma solitária carroça madrugadora. Despontava mais um dia de sua eternidade.

Apesar de já ter admirado infindos amanheceres, ele jamais se entediou diante de tal espetáculo, pois cada aurora lhe parecia única.

A natureza apenas aparentava repetir-se, quando em verdade se renovava, sendo sua constância profundamente agradável e repleta de encantamento.

Isso não acontecia com os Efêmeros; estes, a despeito das faces distintas, das ideias divergentes e histórias muitas vezes contrárias, possuíam essências similares. Eram como um mosaico empastado pelo mesmo concreto.

Jones recolheu as pernas, fechou o livro e o jogou sobre a otomana, ergueu-se da poltrona e olhou o relógio.

— Chega! Agora, vamos ao almoço!

L

Sobre uma mesa coberta por um pano florido de cuja cercadura pendiam franjas, se via uma cesta ornada por laços vermelhos com pequenos pães no interior, pratos fundos encimando rasos, guardanapos bordados e talheres reluzentes. Tudo cercando um elegante recipiente de louça, no qual fumegava uma sopa aromática.

Finas taças translúcidas erguiam-se como torres diante de cada cadeira engavetada sob o móvel, o que dava àquele informal almoço ares de nobreza. E para completar o minucioso arranjo, uma garrafa de vinho e uma jarra de água descansavam em uma das pontas. Lilian se havia esmerado na disposição de cada peça.

E como se toda aquela pompa não bastasse, um lindo buquê de rosas coloridas espalhava pela sala um agradável e discreto perfume.

— A rainha deveria estar aqui — brincava Jones sentado no sofá enquanto acarinhava a mão de Elisabeth.

— Ela deveria nos servir a sopa! — completou Lilian, causando risos.

— O aroma está fenomenal. Espero que ainda me sobre um pouco de fome para mais tarde — disse Elisabeth.

— É pena que você não vá conosco, Lilian, mas creio que é melhor assim! Não quero você no mesmo ambiente que o senhor Fergelus! Eu já lhes falei de como ele é estranho. Não posso evitar esse jantar, se pudesse o faria! E não me agrada nada levar você... — disse Jones voltando-se para Elisabeth.

— Jones... É verdade que ele é um tanto incomum, mas não percebi nada que mereça todo esse cuidado — interrompeu-o Elisabeth e, logo a seguir, rindo, completou: — As piadas que você faz sobre ele me divertem!

— Que piadas? — perguntou Lilian

— Imagine que ele — apontou enquanto ria — disse que o senhor Fergelus é imortal, que é um assassino e que bebe sangue!

Lilian tornou-se séria.

— Jô, isso não são coisas que se diga a Elisabeth!

— Ora! Sossegue, Lilian! Eu acho engraçado! — retorquiu a moça, contendo o riso.

— Não falarei mais desse assunto, apenas não gostaria que vocês se envolvessem com ele — enfatizou Jones.

— Eu nunca o vi, mas você fala tanto dele que me mantém curiosa! Não é aconselhável falar muito sobre o que não se deve fazer, isso só instiga a curiosidade... — disse Lilian e sorridente ordenou: — Agora vamos comer?

Os três se levantaram do sofá e caminharam até a mesa.

— Hum! Que fragrância estupenda! É sopa de quê? — inquiriu Elisabeth com uma expressão divertida enquanto arrastava a cadeira para sentar-se.

— Cenoura, beterraba, cebola e pedaços de galinha. Creio ter acertado no tempero.

— Se o sabor estiver tão bom quanto o aroma, e creio que está, chegaremos ao jantar completamente sem fome — gracejou Jones.

— Então tratem de não exagerar, se for possível, assim sobrará para mim.

Sentaram-se, começaram a se servir.

— Elisabeth — iniciou Lilian enquanto lhe servia a iguaria com uma concha —, lembro que você me falou outro dia sobre um desaparecimento...

— Sim! — interrompeu Jones voltando-se para Elisabeth. — Quais as novidades?

— Nenhuma! A senhora Chaimovich ainda não apareceu! A polícia já esteve na floricultura, mas até agora não há notícias.

— Ela sofria de alguma enfermidade? Tinha problemas de memória?

— Não que eu saiba. Isso, sim, é que é estranho, desaparecer dessa maneira, sem deixar nenhum vestígio. Como se nunca houvesse existido...

— Mas certamente que buscas estão sendo feitas...

— Sim, Lilian, claro, mas nada se revolveu! Ela sumiu completamente!

— Já há quanto tempo?

— Não sei. Bastante...

Fez-se um instante de silêncio espontâneo, e os três refletiram sobre toda a estranheza que envolvia aquele caso. Jones desconfiava do envolvimento de Fergelus, mas não tornaria a falar no assunto.

E enquanto ele contemplava a bela face de sua noiva, meditava sobre o jantar que se aproximava: "Eu não deveria levar Elisabeth. Poderia ter inventado alguma desculpa para o senhor Stafford, mas fui pego de surpresa! Esse foi um grande erro! Também jamais deveria ter falado com ela sobre isso! Será que ainda posso consertar tudo?".

De súbito ele voltou-se em direção à moça, que já aproximava a colher dos lábios para provar do perfumado caldo.

— Elisabeth... O que você acha de não ir a esse jantar? — disparou.

— Como?! — Surpreendeu-se congelando o movimento antes de o talher lhe tocar a boca.

— Você não gostaria de ficar aqui com Lilian? — insistiu.

Agora era Lilian que se surpreendia, e encarando o irmão com severidade o interpelou, abismada:

— Não estou entendendo, Jô!

— Perguntei se Elisabeth não gostaria de ficar aqui...

— Sim, eu ouvi a pergunta! Refiro-me ao motivo dela. Você não quer que Elisabeth vá a esse jantar? Por quê? Ah! Já sei! Novamente esse assunto!

— Não quero discutir — disse Jones balançando as mãos —, apenas perguntei...

— Jô... Acho que será um evento interessante! Não é sempre que um patrão convida um funcionário para jantar em sua casa. É uma grande oportunidade profissional. Não desperdice essa chance de mostrar seu talento e caráter. Quem sabe você saia de lá com uma promoção!

— Foi o que eu disse a ele! — afirmou Elisabeth, ainda perplexa com o que Jones havia proposto. — Por que você me fez essa pergunta? — indagou largando a colher dentro do prato.

— Desculpe... Apenas me preocupo com você.

— Sim, eu sei, mas que mal fará ir com você a um jantar na casa de seu patrão? Não acha que sou digna de aparecer do seu lado? Não acha que está exagerando?

Definitivamente Jones não via exageros, mas, para evitar desentendimentos, teria que concordar e não mais perseverar no tema. A noite seria perigosa e pelo visto ele nada poderia fazer para evitá-la. Sentia-se culpado por ter dito a Stafford que a levaria, e mais ainda por ter citado o jantar a ela.

"Eu deveria ter ficado de boca fechada! Estúpido!"

– Sim, devo estar exagerando! Claro! Eu é que não sou digno de aparecer do seu – brincou lhe tomando a mão. – Desculpe, meu amor!

– Lilian! Você sabe de alguma coisa? Que assunto é esse que você citou? – questionou, tensa.

– Não é nada! Jô preocupa-se à toa. São só as aflições naturais de um homem apaixonado! – afirmou Lilian em tom irônico, mas com claro objetivo de pacificar a situação.

– É alguma coisa com relação ao senhor Fergelus, eu sei! – insistiu.

– Sim, é verdade – admitiu Jones –, eu não acho que ele seja boa influência.

– Bobagem! Não sou uma menininha. Sei me defender.

"Contra ele? Não! Ninguém sabe!", pensou Jones.

– Sim, eu sei. Tenho certeza disso! Peço desculpas mais uma vez.

– Desculpas aceitas. Não se esqueça de que sou professora de crianças, e o abalo psicológico que isso causa não deve ser subestimado – brincou.

– Vamos comer. Vai esfriar! – determinou Lilian, tentando pôr um fim naquele assunto.

Entre goles de vinho, dentadas no pão e colheradas de sopa, Jones tentava ocultar a extrema inquietação que lhe trazia a ideia de Elisabeth estar presente na mesma sala que Fergelus. Mal sentia o sabor daquela maravilhosa refeição. E seu estado foi percebido por Lilian, que preferiu não lhe chamar a atenção.

Jones estava disperso, alimentava-se mecanicamente enquanto olhava para um ponto qualquer, quase sem pestanejar. A apreensão era evidente em seu semblante.

– O que acharam? – perguntou Lilian olhando com ênfase para a sopa.

– Fantástica! – replicou Elisabeth. – Perfeita! Não consigo parar...

— Sirva-se de mais, então! Mas cuidado para não se empanzinar. Se o jantar for como penso que será, haverá muito que comer. E lembrem-se, vocês ainda têm que vestir-se para a ocasião. Não podem sair daqui muito tarde.

— Sim, certamente, mas ainda temos tempo.

— Ah! Esqueci de contar uma coisa maravilhosa que aconteceu! — enunciou Lilian levantando os talheres como troféus. — Como pude esquecer-me disso!

— O que houve? — interessou-se Jones. — Conte-me, o que fez minha irmã sorrir desse jeito?

— O orfanato recebeu uma doação inacreditável! Praticamente todos os problemas foram resolvidos! Pagamos as contas atrasadas, enchemos a despensa de mantimentos, compramos livros e até reformamos o telhado! Não é formidável?!

— Doação de quem? — indagou Elisabeth com semblante espantado.

— Não sabemos! Foi uma contribuição anônima. Algo tão maravilhoso não deveria permanecer sem autoria. Eu queria poder abraçar essa pessoa! Esse dinheiro veio em muito boa hora!

— Mas... Simplesmente receberam a quantia, sem qualquer mensagem... Nada? — questionou Jones com seriedade.

— Exato! Não sei a razão desse segredo. Um ato tão bonito merecia ser honrado, mas o que importa é que o bem foi feito. Que seja! — disse dando de ombros. — É claro que tenho curiosidade de saber quem foi, mas não perderei meu sono por isso, pelo contrário, até o recuperei!

— Fico muito feliz por você e, claro, pelas crianças! — Alegrou-se Elisabeth tocando a mão de Lilian.

O almoço transcorreu entre risos, elogios à comida e observações irônicas sobre os mais variados assuntos; esta era a especialidade de Lilian e Jones quando estavam juntos. E Elisabeth, como sempre, divertia-se com isso.

Após a agradável refeição, eles deixaram a mesa e foram para o sofá, mas antes Lilian caminhou até a janela, passando a observar a rua com certa inquietação. Jones percebeu o incomum comportamento de sua irmã.

— Algum problema, Lilian?

— Não, Jô! Não é nada! É que tenho visto com frequência um homem circulando. Já há uma semana que o mesmo cavalheiro caminha pela rua olhando para a minha janela...

— Decerto algum pretendente? — brincou Elisabeth.

Lilian riu com ironia e foi ao encontro dos dois, que já estavam sentados no sofá.

— Como é esse homem? Alto? Usa bengala... — interessou-se Jones.

— Não — respondeu com notório desinteresse. — Estatura normal. Não vi bengala alguma. Deve ser algum novo morador.

— Vestia-se com elegância? Andava como um nobre?

— Não — repetiu. — Mas por que tantas perguntas? Era um homem comum. Em nada diferente dos outros. Não pude ver o rosto, a neblina sempre dificulta, e certamente que não andava como um nobre. Parecia mancar...

— Mancar?! — alarmou-se.

— Sim... Que há de errado em mancar? Coxear não torna ninguém um inimigo em potencial. Muitas pessoas mancam. Por que você está tão assustado?

E mudando para o tom de uma irmã preocupada, prosseguiu:

— Jô, você anda bastante nervoso! Eu entendo, mas procure acalmar-se!

— Sim... Claro! Você tem razão!

Jones, aterrorizado, perguntava-se se aquele homem claudicante seria o mesmo que havia acompanhado Stafford na furtiva visita noturna à taverna de Fergelus.

“Não! Não pode ser! Claro que não é ele! Estou me deixando levar pela imaginação! Não existe apenas um homem coxo em Londres!”

Após algum tempo de conversa, com uma expressão de desânimo Elisabeth levantou-se.

— Está na hora! Temos que ir!

— É verdade! Se apressem! Vocês ainda precisam se vestir! Depois marcaremos outro almoço! — prometeu Lilian, abraçando-os ao mesmo tempo.

LI

Às dezenove horas e quarenta e cinco minutos, Jones e Elisabeth saltavam da carruagem em frente à casa da família Stafford.

A expectativa de entrar naquela residência de fachada tão austera e que em nada se destacava das outras casas da rua fazia borbulhar no estômago do jovem o mal-estar de quem prevê o pior. Ao contrário de sua noiva, que, inocente, ansiava apenas por uma noite agradável cercada por pessoas interessantes e amigáveis.

— Jamais estive aqui — comentou Jones enquanto ajustava o casaco.

— Então estar aqui é um bom sinal! É o reconhecimento de sua dedicação e a prova de que você está sendo visto com outros olhos! — respondeu Elisabeth agarrando-o carinhosamente pelo braço.

"Visto com outros olhos...", pensou Jones com inquietação.

— Está com frio, meu amor?

— Sim... Estou... — respondeu segurando-o com mais força.

— Lá dentro você poderá se aquecer à lareira.

— Você parece um pouco nervoso.

— Quase em pânico, para ser mais preciso.

Elisabeth sorriu e ambos caminharam abraçados em direção à porta.

A discreta casa de esquina aparentava ser muito bem cuidada, era grande e tinha um aspecto sóbrio, sem exageros estéticos. Havia nas paredes de pequenos tijolos marrons quatro janelas de alvos umbrais no primeiro andar, e duas ao térreo, que estavam iluminadas e deixavam transparecer movimentos além de seus vidros. Entre estas uma porta de um vermelho fosco com um círculo de vidro à altura dos olhos tornava a fachada mais elegante.

Jones abriu o portão de madeira da cerca branca que circundava a propriedade, e ambos entraram. Após atravessarem uma pequena área de terra cravejada por pedras redondas, uma escada de três degraus levou-os à varanda coberta. Ali ele puxou uma corrente fina e fez soar um sino.

Uma empregada fardada abriu a porta, convidando-os a entrar. Ambos penduraram seus casacos e, atravessando um pequeno corredor, foram levados à sala.

— Jones! — festejou Stafford abrindo os braços, aproximando-se. — Que bom que chegou! Finalmente você veio conhecer o meu lar! Essa deve ser a sua noiva. Muito prazer, senhorita...

— Elisabeth Chapman — apresentou-se ela.

— Sejam muito bem-vindos!

Após beijar a mão de Elisabeth e apertar a de Jones, ele os levou até o sofá.

A lareira crepitava, tornando o ambiente bem aquecido. Sobre ela uma prateleira de mármore encimada por retratos com belas molduras dava ao local um aspecto tão refinado quanto aconchegante, e mais ao alto, acima de tudo, um quadro largo que retratava Stafford, a esposa e a filha expunha a imagem de uma família feliz.

Um extenso tapete marrom-claro bordado com linhas triangulares em tom negro espalhava-se pelo assoalho, enquanto elegantes cadeiras de encosto verde acolchoado destoavam discretamente das paredes em nuance cinza.

Havia um pequeno piano negro bem envernizado ao lado da janela emoldurada por uma grossa e elegante cortina branca cujas bordas apresentavam filigranas prateadas. A um canto da sala uma pequena mesa com bebidas e petiscos convidava a todos para que se servissem.

No sofá já havia três pessoas sentadas, que se levantaram com a aproximação de Stafford e do casal.

— Amigos — anunciou Stafford em tom solene —, quero lhes apresentar Jones Philips, o melhor funcionário da editora, e sua noiva, a senhorita Elisabeth Chapman.

O primeiro a cumprimentá-los foi o advogado Costel Ungureanu Turner. Um jovem de trinta e poucos anos, filho de dois grandes amigos de infância de Stafford. Logo em seguida a sua esposa estendeu a mão, a senhora Margareth Turner. Uma linda ruiva de olhos castanhos.

Seguiram-se as reverências e gentilezas executadas com um franco sorriso pelo juiz aposentado Samuel Haylock, um senhor de sessenta anos, bom amigo de Stafford que já publicara alguns livros jurídicos em sua editora.

– Sentem-se! – apontou Stafford para o sofá, passando a chamar sua esposa e filha, que estavam em outro cômodo. – Agatha, Gisele, venham aqui!

– Já vamos! – alguém gritou.

O primeiro a despontar foi Jonathan Allen, genro de Stafford. Um próspero comerciante de roupas masculinas. Jones e Elisabeth se levantaram.

– Este é Jonathan – apresentou Stafford –, marido de minha filha.

– Muito prazer – disse o homem oferecendo a mão amistosamente.

– O prazer é todo meu, senhor Allen.

– Chame-me de Jonathan! – pediu sorrindo.

Nesse momento a esposa e a filha de Stafford surgiram.

– Ah! Venham! – Apressou-as oscilando as mãos. – Estes são Jones Philips e Elisabeth Chapman!

– Como vão?! Muito prazer! – recebeu-os Gisele sorrindo, para ser imitada por Agatha, a simpática esposa do velho editor.

– É um prazer! Fiquem à vontade! Sirvam-se do que desejarem para abrir o apetite antes do jantar. Nosso convidado de honra ainda não chegou.

– Agradeço, senhora – concordou Jones, meneando a cabeça respeitosamente.

– Agora vou ter que subir – apontou Gisele para as escadas –, volto logo em seguida. Meus gêmeos estão lá em cima com a empregada.

– Ah! Você trouxe seus filhos?! E são gêmeos?! – Admirou-se Elisabeth.

– Sim! Eles têm três anos. Não pude deixá-los em casa.

– Meus dois eu deixei em boas mãos – disse Margareth, intrometendo-se na conversa – Minha mãe os adora, e não suporta ficar um minuto longe deles.

— São gêmeos também? — perguntou Elisabeth.

— Não! Um tem quatro anos e o outro, seis.

— Vamos lá, belisquem algo, meus amigos! Esses aperitivos são saborosos, mas não exagerem, o jantar logo estará à mesa. — Stafford parecia muito alegre. — E não se esqueçam que as bebidas são por conta da casa!

Haylock sorriu.

— Benjamim, não vá se embebedar! Não quero ter que jogar água na sua cabeça novamente!

Stafford gargalhou, para depois, com uma expressão divertida, pôr o dedo indicador em posição vertical sobre a própria boca, silvando como uma cobra em claro sinal para que Haylock se calasse.

— Esses dois, quando jovens, foram grandes desordeiros! — revelou Agatha, rindo e balançando a cabeça em um gesto cômico de censura. — Agora me deem licença, vou ver como está o jantar.

— E eu, como estão os gêmeos!

Gisele e Agatha deixaram a sala abraçadas enquanto Stafford as olhava.

— Diga-me, Jones... Posso chamá-lo de Jones?

— Claro, Jonathan!

— Diga-me, Jones... Você, que trabalha em uma editora, nunca pensou em escrever um livro?

— É uma boa pergunta! Isso já me passou pela cabeça, mas o problema é a falta de tempo. Há muito trabalho a ser feito!

— Ah! A mim também falta tempo. Sabe, eu estou pensando em escrever um livro de horror, ao estilo do senhor Poe.

— Mesmo? Interessante!

— Sim, mas me falta um bom tema.

Jones pensou de imediato no livro de Fergelus.

— Um tema, sim. Muitas vezes ele está diante de nossos olhos! — observou.

— É um bom conselho, Jones. Procurarei ser mais observador. Conversaremos sobre isso — disse em tom introspectivo. — Bem, me dê licença, vou subir para ver os gêmeos.

— Claro, fique à vontade!

— Crianças dão muito trabalho. Elas é que realmente tomam bastante tempo.

— Imagino!

Jonathan saiu do cômodo, indo em direção às escadas, e por elas subiu com muita pressa. Junto aos petiscos, Elisabeth e Margareth conversavam, enquanto próximos à lareira Stafford e Haylock cochichavam, parecendo divertir-se.

E Jones sentindo-se um tanto deslocado aproximou-se de Costel.

— Senhor Turner, permita-me fazer-lhe uma pergunta. Estou curioso. Percebi como seu nome é incomum. Qual a origem?

— Pode me chamar de Costel. Não sejamos formais.

— Com prazer! Chame-me de Jones. — Sorriu.

— Costel é o diminutivo romeno de Constantin. Meus avós vieram da Romênia e trouxeram minha mãe ainda pequena. Aqui, na Inglaterra, em Manchester, ela conheceu meu pai, que era um advogado inglês. Ambos já faleceram.

— Sinto muito ouvir isso.

— Já faz alguns anos! O senhor Stafford conheceu a ambos. Na verdade, ele os apresentou.

— Mesmo?! Que surpresa!

— O juiz Haylock também os conheceu. Aliás, juiz aposentado... bem, uma vez juiz, sempre juiz. — Sorriu enquanto olhava para Haylock. — Ele tem até o mesmo nome de meu pai, Samuel.

Jones, durante a conversa, percebeu que Stafford olhava com insistência para o relógio de parede. Na certa se perguntava quando Fergelus bateria à sua porta. Ainda faltavam cinco minutos para as vinte e uma horas, então não se podia dizer que ele estava atrasado.

— Tive receio de estar chegando muito cedo — revelou Jones a Costel —, mas vi que todos já estavam aqui...

— Não, de forma alguma! Nós é que chegamos. Viemos todos juntos, menos o juiz Haylock, que chegou pouco depois.

Nesse momento, sons à escada chamaram a atenção dos dois. Era Jonathan que descia.

– Está tudo bem lá em cima. Nenhum choro, só muita urina. Impressionante!

Costel riu.

– Prepare-se, Jones, esse é o seu destino... a urina – anunciou Jonathan tocando-lhe o ombro.

– No devido tempo... – gesticulou Jones com a palma da mão erguida.

– Mas... Onde estávamos? Ah, sim! Um conto de horror!

– Um conto de horror?! – repetiu Costel, intrigado.

– Sim, estávamos falando de um tema. Eu já toquei nesse assunto com você, Costel, sobre o livro de horror que estou pensando em escrever.

– Ah! Claro! Lembro-me! Ainda não conseguiu pensar em nada?

– Nada! Temas sobre velhos fantasmas são muito comuns hoje em dia. Eu quero algo diferente!

– Vou repetir o que eu lhe disse há alguns dias: folclore romeno – enfatizou Costel.

– Sim, pode ser... Como se chama a tal criatura de que você falou?

– Strigoi.

– Isso, Strigoi! Que é...?

Costel meneou a cabeça.

– Jonathan, você não ouve nada do que eu digo! Já lhe expliquei...

– É uma criatura que chupa o sangue das pessoas, é isso? – inquiriu, sem jeito.

Jones voltou-se de imediato para Costel.

– Por favor, explique-me do que se trata. Eu não conhecia essa lenda – pediu.

– Não é nada de mais, Jones. É uma velha fábula da Romênia, como tantas outras que existem pelo mundo. Minha avó contava essas histórias à minha mãe, e através dela eu soube alguma coisa. Não sou uma autoridade nesse assunto...

Após tomar um gole de sua bebida, Costel continuou:

— É apenas um conto para assustar, todos os países têm os seus. É natural que o ser humano utilize sua imaginação para explicar o que não entende...

— Ou invente uma mentira para acobertar algo — completou Jonathan.

— Sem dúvida! As lendas surgem de uma interpretação equivocada ou de um embuste proposital, e assim vão passando pelas gerações. Que grande absurdo é se perpetuar uma mentira desse tipo!

— Sim, é verdade! Acreditar nesse tipo de coisa é de uma imaturidade brutal... — afirmou Jones sentindo-se um mentiroso, e prosseguiu: — Porém, decerto que é uma história curiosa. Conte-me mais... — interessou-se.

— Não sei muito. A lenda diz que os Strigoi são espíritos perturbados que saem de suas tumbas. São almas de pessoas que, quando vivas, tiveram uma existência turbulenta, problemática, uma vida mal vivida. Diz também que eles se alimentam da energia vital das pessoas através do ato de sugar seu sangue...

— Hum! Agora me recordo que você falou a esse respeito. Talvez eu escreva sobre isso. Parece ser um tema interessante — comentou Jonathan com uma expressão de profundo interesse.

— Para evitar que o morto se tornasse um Strigoi, havia várias maneiras — seguiu Costel —, dentre elas queimar o corpo antes do enterro. Veja só até onde chega a ignorância humana!

— Você me inspirou, Costel! Acho que escreverei sobre isso. O que mais você sabe?

— Nada! Nada mais! Você terá que pesquisar! Ouvi essa história quando era pequeno.

— Hum! Procurarei algo na biblioteca, é um lugar que me agrada. Eu gostaria de passar mais tempo lá, mas sabe como é... O trabalho.

— Vocês conhecem o convidado que estamos esperando? — inquiriu Costel, mudando de assunto.

— Nunca o vi, mas sei que é um escritor de sucesso. Ainda não li nada dele. Espero poder fazer-lhe algumas perguntas.

— E você, Jones?

— Sim, eu o conheço.

— Ah! Claro... — disse Costel interrompendo-o. — Benjamin disse que você participou do processo de contratação. É verdade! Eu havia me esquecido!

— Como ele é, Jones? — inquiriu Jonathan com semblante curioso.

— Vocês verão... — replicou em tom quase enigmático.

Elisabeth e Margareth aproximaram-se dos três ao mesmo tempo que Gisele descia às escadas com uma expressão de cansaço.

— Tudo está sob controle — disse a mulher enquanto esfregava as mãos, demonstrando que as havia lavado.

— E a urina? — inquiriu Jonathan.

— Devidamente limpa, mas o lençol terá que ser lavado...

— Não se preocupe com isso! — acalmou-a Stafford acercando-se com Haylock. — É para esse tipo de coisa que servem os avós!

Agatha inesperadamente invadiu a sala.

— Benjamim, esse convidado não vem?!

O relógio soou nove badaladas ao mesmo tempo que o sino da porta se agitava.

Fergelus havia chegado.

LII

Com profunda curiosidade todos se voltaram para a entrada, que não podia ser vista devido a uma parede que a separava da sala, enquanto surgia a empregada, que prontamente saiu de algum cômodo para dirigir-se à porta. Stafford apressou-se por impedi-la, dando ordens para que regressasse. Ele iria atender.

Jones aproximou-se de Elisabeth em um espontâneo comportamento de defesa e permaneceu ao lado dela. Nos segundos que se seguiram, a apreensão o tornou quase lívido e ele se arrependeu de estar ali com a mulher que amava. Um vento frio passeou, sorrateiro, pela sua nuca.

Ouviu-se a porta abrir e Stafford dar as boas-vindas ao convidado:

– Seja bem-vindo, senhor Fergelus. Dê-me seu casaco!

– Boa noite, senhor Stafford, é um prazer revê-lo – respondeu.

– Entre! – disse o editor sorrindo enquanto estendia a mão para o interior da casa.

Tensos instantes de silêncio se seguiram, como os que precedem a expectativa de uma perturbadora notícia, para logo depois ambos despontarem saindo do corredor e entrando na sala. Fergelus, como sempre, trajava-se de forma esmerada e elegante. As roupas negras pareciam ter sido feitas sob medida para seu talhe esguio. Sua altura e suas maneiras de imediato chamaram a atenção.

Agatha adiantou-se ao encontro dos dois.

– Senhor Fergelus – disse Stafford, levemente nervoso –, esta é Agatha, minha esposa.

Fergelus curvou-se com refinamento e beijou-lhe a mão.

– É um imenso prazer conhecê-la, senhora.

— Esta é minha filha, Gisele — continuou Stafford.

— Senhora... — cumprimentou-a da mesma forma.

— Esse é Jonathan Allen, marido de minha filha.

Fergelus apertou-lhe a mão.

— Muito prazer, senhor Fergelus. Se me permite dizer, o senhor está muito elegante. Como comerciante do ramo de roupas masculinas, reconheço um homem de bom gosto.

— Bondade sua, senhor Allen — agradeceu com um discreto sorriso e menear de cabeça.

— Esse é o juiz Samuel Haylock, um amigo de longa data!

Stafford parecia agitado ao apresentar os convidados.

— Juiz aposentado — corrigiu Haylock, estendendo a mão.

— Uma vez juiz, sempre juiz. É o que dizem... — ironizou Fergelus. E a frase trouxe ares de alegria à face avermelhada do velho magistrado.

Apesar de aquela ser uma expressão relativamente comum, Jones, *incontinenti*, percebeu que tal frase já havia sido dita naquela sala. Fato que o alertou.

"Começou! Ele já está dentro da mente de todos!", refletiu, assustado.

— Esse é o senhor Costel Ungureanu Turner — retomou Stafford.

— É um belo nome, Constantin. Muito prazer.

— Muito prazer, senhor Fergelus! Interessante que o senhor saiba disso! Jamais encontrei alguém que conhecesse o nome!

— Eu já estive na Romênia, há muitos anos. Um país extremamente interessante. Ainda me lembro de seus córregos paradisíacos e magníficas florestas. Isso sem falar dos imponentes castelos.

Stafford continuava as apresentações.

— Essa é Margareth, a esposa de Costel.

— É um prazer, senhora.

Após beijar a mão de Margareth, Fergelus voltou-se para Jones e Elisabeth.

— Esse belíssimo casal eu já conheço. Senhor Philips, como vai?

— Muito bem, senhor Fergelus.

— Alegro-me em ouvir isso. Senhorita Elisabeth, é um prazer revê-la.

— Senhor Fergelus, seja bem-vindo. — Sorriu Elisabeth.

– Agradeço.

Após cumprimentar a todos, Fergelus voltou-se para o piano próximo à janela.

– Que peça magnífica!

Stafford orgulhou-se.

– Sim, comprei-o há muitos anos em um leilão.

– Posso? – disse estendendo a mão em direção ao instrumento.

– Claro! – Surpreendeu-se Stafford. – Por favor!

Enquanto Fergelus dirigia-se ao piano e era o centro das atenções, o coração de Jones disparava, pois, ao contrário de todos que contemplavam o autor de forma tão respeitosa e quase embevecida, ele sabia exatamente o perigo que estava a passear tão galantemente pela sala de Stafford. Aquelas maneiras polidas e controladas não o enganavam. Tal comportamento em nada caracterizava o assassino sádico e brutal que estava diante de seus olhos.

A morte fora convidada para aquela aconchegante residência, e ao que tudo indicava iria presentear os convidados com alguma melodia.

"Preciso manter Elisabeth longe dele!", pensava. "Ele já deve estar lendo o pensamento de todos, inclusive o meu!"

Fergelus, ao se sentar sobre o pequeno banco do piano, olhou para Jones de forma irônica, e a expressão que tinha à face provocou-lhe não apenas um desagradável arrepio, mas confirmou o que ele acabara de pensar.

– O senhor vai tocar algo? Essa será uma grande surpresa! – observou Stafford, encantado.

– Se irei tocar, não sei, mas decerto que tentarei. Desde já – disse voltando-se para todos – peço que me perdoem caso a sensibilidade geral sinta-se ofendida com meus acordes amadores... Vejamos...

E sobre as teclas bicolores ele desceu com leveza aqueles dedos que por tantas vezes tiraram vidas, afagou-as com diligência e carinho, fazendo surgir as primeiras notas. Instantaneamente estabeleceu-se o silêncio absoluto na sala. O grupo, de pé, aparentava ter-se petrificado ante a beleza da composição. O espanto foi integral.

Os acordes continuaram calmos, sedutores e relaxantes, trazendo o magistral noturno número 20, de Chopin. Fergelus, mesmo ligeiramente arqueado sobre o piano, não perdia sua peculiar e sedutora elegância. Expondo uma invejável e apurada técnica.

— Ele é um grande pianista! Por essa eu não esperava! — sussurrou Jonathan ao ouvido de Costel.

Agatha e Gisele estavam encantadas, enquanto Elisabeth e Margareth mal conseguiam mover-se. Todos pareciam ter sido arrebatados pela estranha e agradável mágica sonora que se espalhava em harmonia celestial pelo cômodo. A introspectiva quietude era sepulcral.

Fergelus tocou com cabal precisão, primorosa afinação, equilíbrio e maestria toda a música, cada nota, cada acorde. Seus artelhos saltavam com absoluta perfeição, prudência e delicadeza. Por fim, quando deu-se o termo da composição, foi saudado com um caloroso aplauso, seguido por elogios fervorosos.

— Senhor Fergelus! — aturdiu-se Haylock. — Isso foi surpreendente! Maravilhoso!

— Admirável! Congratulações! — falou Costel em tom elevado.

Em pé ao lado do piano, Fergelus agradeceu, curvando-se como um grande concertista ante uma agitada plateia.

— Agradeço a todos. Admito que estou um tanto enferrujado, mas acredito ter agradado a tão esplêndido auditório. Espero que um dia possam ver-me ao violino.

Stafford deu um passo à frente, apertando-lhe a mão com entusiasmo.

— Formidável!

"Ele já conquistou a todos!", analisava Jones.

— Senhor Fergelus, onde aprendeu a tocar? — inquiriu Agatha, boquiaberta.

— Com um amigo chamado Frederic.

— Frederic Chopin? — brincou Gisele.

— Ele mesmo.

Todos riram.

Enquanto os absortos convidados cercavam Fergelus, Agatha meneou as mãos discretamente em direção a Stafford, avisando que iria ver se tudo já estava organizado para o jantar, e saiu da sala. Gisele a acompanhou.

— Então o senhor também toca violino? — perguntou Margareth.

— Tão mal quanto o piano.

— Ora, o senhor é modesto, senhor Fergelus! Brindou-nos hoje, sem dúvida, com uma notável apresentação! — elogiou Costel com um sorriso enquanto segurava carinhosamente a mão da esposa. — Certamente deve ter estudado muito para chegar a essa perfeição!

— Tempo é algo que tenho em demasia, e o utilizo de maneira adequada. É necessário ocupar-se com algo para evitar que os dias tornem-se excessivamente maçantes.

— Concordo plenamente!

Afastando-se do piano, o grupo se dividiu com espontaneidade. Stafford e Haylock passaram a devorar os petiscos, Margareth, Elisabeth e Costel recostaram-se ao sofá, e Jones preferiu manter uma distância segura, apenas observar.

E Jonathan, arrastando uma cadeira, iniciou a conversa:

— Senhor Fergelus, estou curioso, de que se trata o seu livro? Pergunto isso pelo fato de estar seriamente inclinado a também escrever um.

— Ah! Interessante! Espero poder lê-lo brevemente. Eu não saberia como classificar a minha obra. Talvez tenha sido apenas uma infrutífera tentativa de afugentar o tédio, ou, quem sabe, se olharmos com mais cuidado, seja uma crônica da uniformidade humana. Mas não quero limitá-la com definições. Aguardo do leitor sua própria interpretação. E o seu livro, senhor Allen, qual é o tema?

— Tenho em mente algo relativo ao horror...

— Ao horror? Original. E já escreveu algo que nos possa narrar?

— Ainda não... — lamentou-se, cabisbaixo. — É que me falta tempo...

— Tempo... — enfatizou Fergelus.

— Sim, o tempo é um problema.

— Não tenho dúvidas quanto a isso!

— Costel me aconselhou a escrever sobre lendas romenas. Especificamente sobre... — Jonathan parou por um segundo, tentando lembrar-se da palavra.

— Strigoi! — Costel, que como Margareth e Elisabeth, ouvia a conversa com atenção, acrescentou de onde estava balançando a cabeça enquanto ria. — Você sempre esquece esse nome!

— Strigoi! Sim, eu conheço esse pitoresco folclore — disse Fergelus alisando vagarosamente o simétrico bigode. — São almas atormentadas que abandonam túmulos para sugar a vitalidade das vítimas através do sangue...

— Por falar nisso, me lembrei de uma coisa! — interrompeu Costel aproximando-se com as sobrancelhas arqueadas. — Jonathan, você me havia perguntado se eu recordava algo mais referente a esse tema, e me veio à mente uma notícia que ouvi há alguns anos. Algo ocorrido na Polônia... creio. Há mais de trezentos anos.

— Você ouviu a notícia há trezentos anos! — brincou.

Costel riu.

— O quê?! Diga, estou curioso! — insistiu Jonathan.

Margareth e Elisabeth se achegaram para ouvir, com visível interesse.

— Não sei dos pormenores, mas lembro-me de uma história... Provavelmente algum mal-entendido...

— Conte! — novamente apressou-o Jonathan.

— Pelo que ouvi, e realmente não creio que tenha acontecido como me foi narrado, algumas crianças morreram, atacadas...

— Por um Strigoi?! Você está brincando?! — alarmou-se Jonathan quase saltando da cadeira.

— Obviamente não morreram pelo ataque de tal coisa. Isso é um absurdo completo! — enfatizou Costel. — O que ouvi é que, em algumas fazendas de certa região da Polônia do século XV, um grande número de ovelhas teve o sangue retirado. Foram mutiladas! E as tais crianças desapareceram pelas cidades vizinhas. Claro que isso é apenas uma história. Lendas do povo do campo...

— As crianças foram levadas, nunca mais se ouviu falar delas — disse Jones, rompendo o reflexivo silêncio que o calara até então.

Todos olharam em sua direção, inclusive Fergelus.

— Sim! Isso mesmo! Como você sabe dessa história, Jones? — perguntou Costel, admirado.

— Da mesma forma que você. Ouvi em algum lugar — respondeu em tom enigmático.

— Mesmo sendo apenas uma história para assustar, é algo horrível para se dizer de crianças — lamentou-se Elisabeth. — Isso me faz lembrar as crianças do orfanato... — disse olhando para Jones.

— Eu soube que em Londres há alguns — disse Fergelus voltando-se para ela.

— Sim, e a irmã de Jones trabalha em um deles!

— É mesmo, senhor Philips?! Sinta-se orgulhoso dela!

— Certamente que me sinto, senhor Fergelus!

— Deve ser muito difícil laborar em tal lugar sem a devida atenção dos órgãos governamentais. Mas ainda há a esperança de doações — observou Fergelus.

— Sim, e isso ocorreu recentemente no orfanato em que ela trabalha! Houve uma generosa doação de fonte desconhecida! — explicou.

— De fonte desconhecida! Ora, vejam! Que interessante, senhorita Elisabeth! É revigorante saber que neste mundo ainda existem pessoas de bom coração — disse o autor.

E naquele instante, com um sorriso, Agatha e Gisele entraram na sala, trazendo um anúncio:

— O jantar será servido!

LIII

Os que estavam sentados trataram de levantar-se, e os que se punham de pé cuidaram de sair da sala, disfarçando a fome que sentiam com gestos comedidos.

— Ah! Maravilhoso! Vamos comer, estou faminto! — brincou Stafford.

— Pensei que já houvesse matado a fome com esses petiscos! — ironizou Agatha, provocando riso em alguns.

— Sempre há espaço para boa comida! — Sorriu Haylock, para em seguida arremessar à boca mais um tira-gosto dos tantos que já havia devorado com avidez.

Todos se dirigiram à sala de jantar, que estava bem iluminada, o que destacava à mesa a prataria dos talheres cuidadosamente polida. Os pratos de fina louça não podiam ser mais requintados, eram tão alvos que doíam nos olhos, e exibiam esmeradas gravuras de carruagens em disparada, onde cocheiros erguiam alto seus açoites.

Um par de grandes bandejas oblongas cobertas por saborosas saladas e nacos torrados de galinha com batatas chamavam a atenção. Várias garrafas de vinho e água estavam espalhadas em pontos estratégicos, dando ares de um proposital desleixo, decerto na intenção de abrandar a formalidade do evento. Ao centro da mesa, duas largas travessas fundas e fumegantes manavam a fragrância de excelentes refeições, enquanto delicadas taças de cristal completavam o aprazível cenário.

— Senhor Fergelus, aceita sentar-se no lugar de destaque? — inquiriu Stafford arrastando a cadeira da cabeceira.

— Nada me agradaria mais, porém não me atreverei. Este é o seu trono. Contento-me com a honra de um lugar ao seu lado — respondeu.

Stafford riu e aquiesceu, movendo a cadeira que flanqueava a sua para dar lugar ao autor.

Jones constrangia-se com tais formalidades, mas sorria com discrição e fingia achar tudo agradável. Não que lhe fosse aborrecido estar ali, mas ele preferia que houvesse menos protocolo. O excesso de etiqueta se tornava desconfortável e lhe fazia não saber onde enfiar as mãos.

Os pares se sentaram lado a lado, tendo Agatha ocupado o lugar à esquerda de Stafford, e Haylock, que era viúvo, a outra extremidade da mesa.

Encostado na parede um casal de empregados fardados permanecia de pé, próximo à cozinha, ambos rígidos como um par de militares montando guarda.

– Senhor Hawley e senhora Lavely, podem retirar-se – iniciou Stafford após ter se sentado –, e fartem-se à vontade na cozinha. Hoje nos serviremos – disse dirigindo-se aos elegantes serviçais –, mas peço que permaneçam atentos.

Ambos retiraram-se com semblantes iluminados.

Jonathan foi o primeiro a se servir, trazendo ao seu prato bons pedaços de galinha e batata, para depois cobri-los com fartos punhados de salada. Costel destampou umas das fundas travessas, inclinando-se para explorar o que havia em seu interior. E depois de inalar profundamente a fragrância do conteúdo, deixou transparecer seu imenso prazer com um sorriso seguido de um gemido de satisfação.

– Ensopado de carne!

– Exato! Com cenoura, cebola, repolho e tomate. Espero não ter exagerado nos condimentos – disse Agatha balançando as mãos.

– É obra da senhora?! – admirou-se Costel.

– Sim! E hoje, de acordo com Benjamin, não há regras. Comecem a comer por onde bem entenderem! Aqui – disse destampando a segunda travessa – há um caldo especial de ervilhas com agrião e espinafre que, creio, será do agrado de todos.

– Está cheirando muito bem! – destacou Jonathan. – É gengibre?

– Sim! Há pitadas...

Fergelus serviu-se sem pressa enquanto fitava o alimento como se ele lhe contasse um importante segredo, trazendo ao prato calmamente alguns pedaços de galinha, que se pôs a cortar com lentidão.

— Espero que o senhor goste! — disse Agatha dirigindo-se a ele.

— Carnes sempre foram o meu forte. Comer bem é um dos poucos luxos a que me dou o direito. O sabor dos alimentos é algo que sempre me agradou.

— A mim também! — gracejou Haylock de boca cheia.

— Samuel, olhe os modos! — censurou-o Agatha, para logo regressar a Fergelus. — O senhor não é de alimentar-se muito, suponho...

— Alimento-me sempre que necessário. Entendo que o ato de comer não consiste apenas em ingerir substâncias nutritivas, mas também de degustá-las com atenção. Mascar cada fibra vagarosamente para sentir o sabor é um instante de deleite solitário, é um momento especial e único. O segundo pedaço jamais será igual ao primeiro, por isso creio que a mordida inicial deve ser executada com diligência e concentração.

— O senhor é um poeta da gastronomia! — brincou Gisele.

— Alimentar-se, para alguns, é quase um ato automático. Algo cumprido por fria obrigação. Estes desperdiçam um dos poucos prazeres da existência, o paladar. Cada alimento tem seu gosto peculiar, quase como uma personalidade.

— Um poeta! Sem dúvida! — disse Jonathan. — E excelente pianista! Espero poder adquirir seu livro, muito em breve.

— Sim! E irá! Estou cuidando disso — interrompeu Stafford, que falava enquanto erguia um garfo com uma batata espetada.

— Se o senhor escrever como se expressa, sem dúvida que seu livro será um sucesso — elogiou Costel. — Concordo com Gisele, suas palavras me soam como poesia.

— Poesia... — disse Fergelus quase sussurrando e de maneira compenetrada. — Certa vez conheci um poeta do qual jamais soube o nome. Na verdade, conheci muitos, mas este, pela tristeza que carregava na alma, escrevia verdadeiras odes à melancolia.

— Cite-nos algum poema desse homem! — solicitou Elisabeth.

Fergelus depositou os talheres à beira do prato, e por instantes parecia vasculhar a memória em busca do que lhe fora pedido, em seguida entrelaçou os dedos e repousou as mãos sobre a mesa.

— O poema é intitulado "Choro": "Reminiscências, as escleras enrubescem, quando sangram as cicatrizes guardadas. E ao ruírem à boca lágrimas derramadas, avinagrados fluidos os olhos desfalecem. Qual doída peçonha de certeira trajetória, perfaz o plangor uma rota tão meticulosa que aos lábios deságua a poção venenosa da pungente acrimônia de nossa memória. Silenciosa verte da prantina mais sofrida a angústia d'alma, ao âmago comprimida. Agoirenta morbidade que o peito definha. A enlutar a fronte com o adeus do sorriso, tal se a vindoira morte acentuasse o aviso de que esfaimada aos poucos se avizinha".

Todos se entreolharam admirados.

– Lindo, senhor Fergelus! Profundo, interessante, mas muito triste! Jamais ouvi esse poema! – disse Margareth. – Que pena que o senhor não sabe o nome de quem o compôs...

– O que sei é que faleceu jovem. Tirou a própria vida.

– Chocante! Sem dúvida um grande talento desperdiçado! – lamentou-se Jonathan.

– A morte não é um assunto recomendável para este jantar – admoestou-os Agatha com o dedo alçado como uma bandeira, e em tom de conselho.

– Sim, concordo, apesar de ela ser o assunto atual dos jornais – completou Haylock.

– É verdade! – concordou Costel, surpreso, virando-se em direção ao velho juiz. – O que está acontecendo em nossa cidade?!

– É um mistério! Jamais me deparei com algo semelhante em meus anos como magistrado! A aposentadoria não é motivo para manter-me desinformado, busco inteirar-me das notícias policiais. Sabe como é... força do hábito!

– O senhor sabe algo que o público desconhece, então?! – questionou Costel.

– Não... Nada. O que sei é o que está nos jornais, e isso é exatamente o que a polícia sabe. Pessoas mortas e sem sangue. Onde já se viu isso?!

– Vamos parar de falar sobre essas coisas! – insistiu Agatha em tom de súplica.

– Claro... Claro! Peço desculpas, minha querida amiga! Esse não é um tema recomendável para um jantar – concordou Haylock. – Talvez para depois dele, só para os curiosos, e de forma discreta – completou com um ligeiro sorriso irônico, e virou uma taça de vinho.

Sem envolver-se no debate, Jones murmurava ao ouvido de Elisabeth.

— Espero que não fiquemos até muito tarde...

— Não, não ficaremos. Mas não podemos sair às pressas.

— Não, certamente que não...

Percebendo os sussurros de Jones, Stafford engoliu o pedaço de carne que mascava, e logo após sorver um bom gole de vinho dirigiu-se a ele de forma jovial.

— Jones! Qual a sua opinião?

— Eu não saberia dizer, senhor Stafford. Não entendo absolutamente nada de investigação policial, tampouco de assassinatos.

— Eu me referi à comida! — Gargalhou, sendo imitado por Jonathan.

— Ah! Obviamente! Está maravilhosa! Sem dúvida! A salada está fresca, apetitosa e crocante. Eu me satisfaria só com ela, mas diante de tantos pratos esplêndidos prefiro misturá-la sem culpa.

— É assim que se fala, Jones! Coma bastante, se fortaleça, pois ainda temos muito trabalho pela frente! Mas hoje não! E aproveite para beber um pouco de vinho. É o melhor remédio para dormir.

Jones sabia que, a despeito de todo o contentamento que aquele agradável encontro proporcionava a todos, ele tão só expunha a superfície do que de fato ali estava a acontecer silenciosamente. O simpático evento nada mais era que um tecido fino a ocultar o que ocorria em um sombrio subterrâneo. Fergelus, sem dúvida, já estava ciente do que cada um dos convidados guardava de mais entranhado nos pensamentos. Sua mente doentia já devia ter vasculhado o âmago de todos.

Decerto que ele não estava ali para abrandar o perpétuo tédio que implacavelmente o perseguia, tampouco para degustar a saborosa refeição servida, mas para informar-se. Para esmiuçar a mente de Stafford, de Jones e Elisabeth. E sabe-se lá mais o quê.

"O piano, a poesia, o discurso sobre os alimentos, é tudo parte de sua manipulação! Ele brinca, joga, engana e aproveita-se da ingenuidade! Não faz nada sem um propósito! Seja para obter vantagens materiais ou simplesmente suprir alguma carência existencial, suas intenções são sempre voltadas para o próprio bem-estar! Para seu prazer!", pensava Jones enquanto mascava um bom pedaço de galinha. "É estranho saber o que ninguém mais sabe!"

O jantar seguia. Tilintavam os talheres na louça dos pratos, saltavam rolhas das garrafas de vinho, brindes retiniam e risos despontavam. As conversas ramificavam-se, se espalhando pelos mais variados assuntos. Em alguns convidados, a bebida já iniciava seus efeitos desinibidores.

— A sopa está divina! O ensopado extremamente bem-feito! A galinha escandalosamente crocante, e a batata desfaz-se na boca! É um banquete! — dizia Haylock, maravilhado, enquanto enchia mais uma taça com vinho. — A salada complementa tudo com talento! Vou repetir essa refeição!

— Pela quarta vez! — brincou Stafford, rindo. — Cuidado com esse vinho, Sam!

— Ora, Benjamin, deixe o homem beber! Depois de tanto trabalho, ele merece! — interveio Agatha levantando uma taça de água em direção a Haylock, que fez o mesmo com a sua.

— Senhor Fergelus, o senhor surpreendeu-me por saber acerca de meu nome, mas não sei nada sobre o seu. De onde vem? — inquiriu Costel. — É latim, estou certo?

— Essa é uma interessante pergunta. Meu nome é um pequeno quebra-cabeça, no qual as peças estão encaixadas de forma equivocada. Há muito de latim, sem dúvida, mas sua origem é universal. Sem querer parecer indelicado, permita-me não discorrer detalhadamente sobre o assunto. É um segredo de escritor que cultivo por razões pessoais e comerciais. Nem tudo deve ser revelado, pois é necessário conservar o mistério, e o público parece gostar disso.

— Ah! Entendo! O segredo, sem dúvida, é importante na área literária.

— Seguramente — concordou Fergelus

— Diga-me, senhor Fergelus — agora Jonathan se metia na conversa. — De onde vem a sua inspiração? A minha falha vergonhosamente!

— Outro interessante questionamento. A inspiração vem do que observo, do que ouço, do que experimento... Em um escritor, o crivo da percepção necessariamente precisa ser burilado. As informações que lhe chegam necessitam sempre ser esquadrinhadas com precisão. Se assim não o for, ele corre o risco de deixar-se levar por uma idiossincrasia fantasiosa. Decerto que não me refiro às obras de ficção; estas estão livres por serem frutos da imaginação, não tendo compromisso com a realidade.

— Ficção... — refletia Costel — é uma palavra intrigante. O que é delírio para uns, é a realidade para outros. Hoje em dia, ainda, muitos creem em coisas que são oriundas de meros erros de interpretação.

— Precisamente — confirmou Fergelus. — Como muitos também negam realidades apenas por estas não se encaixarem em seus entendimentos.

Costel pareceu não entender aquela declaração.

— O senhor diz que há fatos que não são aceitos? Fatos realmente comprovados?

— Ah! Esta é a questão! É como o senhor disse: o que é delírio para uns, é a realidade para outros. E torno a dizer: o entendimento humano é limitado, e tudo o que ele não consegue ver como realidade tende a lançar na área da fantasia.

— Eu não estou entendendo nada! — Sorriu Margareth. — Mas a conversa está interessante.

— Senhor Fergelus, por gentileza, explique-se mais claramente. Este é um assunto complexo e creio não ter entendido — insistiu Costel.

— Tentarei. Existe a realidade que se encaixa na lógica humana, e a realidade não aceita, por ser entendida como fictícia. Esta última é negada pelo fato do cérebro humano se recusar a aquiescer o que não pode explicar. O que não pode ser explicado não deve ser classificado obrigatoriamente como fantasia.

— Hum! Começo a entender...

— Há muito no mundo que o ser humano desconhece e, justamente por isso, pelo fato de ignorar algo, não pode defini-lo como sendo um delírio. Quantas florestas virgens ainda não foram exploradas? O homem conhece em sua totalidade os animais marinhos? E as montanhas inexploradas das exóticas terras distantes, o que se sabe delas? O que já se descobriu da própria mente, de seus recônditos e estranhas tendências?

O ser humano mal sabe de si, e este fato definitivamente deveria alertá-lo quanto à sua incapacidade de definir com precisão o que é real ou ficção.

— É um pensamento extremamente interessante, senhor Fergelus! — Admirou-se Costel. — Sem dúvida que sairei deste jantar com muitas reflexões.

LIV

Jones, em silêncio, a tudo escutava com atenção, e sabia exatamente ao que Fergelus se referia. Ele falava de si mesmo, de sua própria vida, de como sua assustadora condição era inexplicável e jamais poderia ser entendida pela cerceada mente humana. Ele era como um ser das histórias dos povos antigos, um ser cuja existência, se estivesse registrada nos quebradiços e amarelecidos papiros ou nos livros carcomidos das culturas ancestrais, seria facilmente classificado pelos estudiosos como folclórico.

Ele era como os fantasmas dos velhos castelos, era como os gnomos e duendes, como as fadas, como os monstros dos contos infantis, como os próprios strigois, mas existia, e estava ali diante de todos, conversando serenamente enquanto bebia vinho. Um ser imortal e com estranhos e perigosos poderes. Algo incompreensível para a lógica científica e inaceitável para a racionalidade. Ele definitivamente não era um erro de interpretação, ele era exatamente o que era. E era real.

Após fartarem-se com muitas garrafas de vinho e quase extinguirem todos os alimentos que estavam sobre a mesa, os convidados passaram a demonstrar a prostração característica dos exagerados comensais. A glutonaria que se havia estabelecido de forma gradativa, mas elegante, dava lugar então à preguiça e a conversas divertidas.

Alguns se levantaram acreditando que o movimento os ajudaria na digestão. Se haviam saciado como uma esfaimada nuvem de gafanhotos sobre suculenta plantação.

— Não sei quanto a vocês, mas eu nunca comi tanto em minha vida! — disse Haylock com as mãos sobre o abdome.

— Eu não aguento mais! — ria Agatha.

— O senhor comeu pouco, senhor Fergelus — observou Elisabeth.

— Comi o suficiente e aproveitei o magnífico sabor de cada pedaço. Minhas congratulações à cozinheira — elogiou voltando-se para Agatha, que sorrindo meneou a cabeça com orgulho e timidez, para em seguida levantar-se.

— Obrigada, senhor Fergelus! Foi uma comida especial para um convidado especial! Gisele, vamos ver como estão as coisas lá dentro...

Enquanto Gisele e Agatha seguiam para a cozinha, os demais se dirigiram à sala, ficando Jonathan e Stafford à mesa. Alguns se sentaram no sofá próximo ao piano, outros se instalaram sobre as cadeiras.

— O sono já está me derrubando. Nem sei como conseguirei dormir hoje depois de comer tanto! — disse Haylock enxugando a testa com um lenço.

— Exageramos, sem dúvida, mas, se há algo que me fará dormir, será o vinho — dirigiu-se Costel ao velho juiz.

— Não podemos ir muito tarde. Lembre-se das crianças — preveniu Margareth.

— Não as esqueci nem por um minuto. Não nos demoraremos — respondeu Costel.

— Senhor Fergelus, perdoe-me se sou indiscreta, mas o senhor tem filhos? — inquiriu Margareth.

— Não. Nem sequer fui casado — retorquiu com ironia.

— Isso talvez por ainda não ter encontrado a pessoa certa — insistiu de forma jovial.

— Creio que tal pessoa não sobreviveria em minha companhia.

— Mas por quê?! — Assustou-se.

— Sou muito velho e temo ser enfadonho — lamentou-se esboçando um sorriso sarcástico.

— Velho! O senhor não aparenta ter mais de quarenta anos e não é enfadonho!

— Agradeço a delicadeza, mas ninguém se atreveria a relacionar-se com um idoso de mais de quatro mil anos.

— Ora, se esquecermos Benjamin, achei que eu fosse o mais velho nesta casa! — brincou Haylock.

Margareth e Costel riram.

– O senhor não parece ser tão idoso. Está extremamente bem conservado para quem possui quatro mil anos. Creio que o bom humor ajuda! – disse Costel rindo, e incentivando o que lhe pareceu uma brincadeira.

– Sim, e a alimentação também contribui decisivamente – completou Fergelus.

– O senhor é muito espirituoso! – Divertia-se Margareth.

Enquanto todos conversavam, Elisabeth e Jones trocavam sussurros.

– Você não falou muito hoje, Jones...

– Sim, mas pensei demais. Esse talvez tenha sido o meu erro.

Jones referia-se a ter os pensamentos lidos por Fergelus, mas Elisabeth achou tratar-se de outra coisa.

– O que você tem?

– Nada. Perdoe-me por preocupá-la. Estou bem. Apenas cansado e acho que comi demais – justificou-se.

– Todos comemos muito! – riu, e acrescentou: – Não vamos muito tarde, o vinho me deu sono.

– Iremos logo.

Stafford e Jonathan entraram na sala, sentaram-se com a visível prostração dos empanturrados.

– Espero que o jantar tenha sido do agrado de todos! – disse Stafford ocultando a boca com a mão no intuito de evitar a indelicadeza da eructação que se formava.

– Você está brincando, Benjamin?! – Espantou-se Haylock.

– Não duvide disso! – reagiu Costel prontamente. – Nós não aguentávamos mais!

– Foi maravilhoso. Estávamos comentando sobre isso... – observou Jones.

– Senhor Philips, o que está achando do livro? – disparou Fergelus inesperadamente.

– Ah! Você tem o livro do senhor Fergelus! – agora era Jonathan que, admirado, interrompia. – E não nos disse nada! Fale-nos a respeito, Jones!

— Mas sem revelações, pois irei adquiri-lo! — advertiu Costel oscilando o dedo.

Jones se viu em um impasse. Obviamente Fergelus estava dentro de sua mente naquele instante.

— Sem dúvida é um livro muito interessante, repleto de dados históricos e acontecimentos pitorescos. Ele é tão assustador quanto didático, e requer uma leitura criteriosa. Eu sempre o leio à noite, pois o silêncio é fundamental para que o enredo seja bem entendido e até vivenciado. Creio que será um sucesso de vendas pelo fato do tema ser absolutamente incomum em nossa época.

— Muito bem dito, Jones! — elogiou Stafford em tom elevado. — Admito que não o li todo, pois, além de me faltar tempo, certas partes me assustaram. E minha vista não é mais a mesma... Mas prometo ao senhor Fergelus que o lerei com dedicação.

— Agora estou ainda mais curioso! — afirmou Jonathan.

— Aguarde! Você poderá lê-lo em breve! — acalmou-o Stafford, completando: — O livro que Jones possui é a edição dos Estados Unidos, presenteado pelo próprio autor.

— Mas que honra! — encantou-se Costel remexendo-se no sofá.

— Senhor Philips, perdoe-me por insistir, mas o que pensa o senhor acerca do personagem? — inquiriu Fergelus com manifesta curiosidade.

Jones suspirou, sentiu-se interrogado, e certamente era o que Fergelus queria.

— O personagem é complexo. Quiçá eu possa até dizer que ele é um estudioso do comportamento humano, apesar da humanidade não lhe agradar. Ele não sabe quem é, desconhece de onde veio e qual sua função no mundo. Talvez isso o torne similar àqueles dos quais ele se alimenta...

— O personagem se alimenta de pessoas! — Espantou-se Margareth.

— Jones! Não conte! Lembre-se, ainda não li! — insistiu Costel.

— Não... Não contarei nada! — Sorriu enquanto meneava as mãos.

— Continue, senhor Philips — persistiu Fergelus.

Jones sabia que Fergelus o estava provocando, por pura diversão, pois todas as palavras que estavam prestes a sair de sua boca decerto que já eram previamente conhecidas. Ele compreendia que estava sendo usado como um brinquedo, mas teria que responder em razão da presença de todos. Mais uma vez Fergelus lhe mostrava quem estava no comando.

— O personagem é torturado pelo tédio, e isso se dá pelo fato de ele estar preso a um mundo sem novidades, no qual os acontecimentos são repetitivos, e, para livrar-se dessa sensação, ou pelo menos abrandá-la, ele busca brincar com a vida de todos. A manipulação o diverte. Ele esmera-se por controlar tudo ao seu redor e disso extrai um sentimento de superioridade ante os demais. Decerto que sua condição o difere das pessoas, não há dúvida, mas como elas ele também está encarcerado. Podemos afirmar que ele é um prisioneiro da vida...

— Agradeço, senhor Philips. É o suficiente — disse Fergelus interrompendo-o. — Certamente que sua análise foi aguda e curiosa.

— Sim, é o suficiente! Não conte mais! — Gesticulou Costel.

— É um protagonista interessante. Como o senhor chegou até ele, senhor Fergelus? Em quem se baseou para criá-lo? E como ele se chama? — interrogou Jonathan.

— Sinto-me lisonjeado por tantas perguntas, mas saibam que nem todas poderão ser respondidas, por puro segredo profissional. O personagem surgiu a partir do próprio tédio do autor. Ele é embasado no somatório do enfado da humanidade, e na tristeza disfarçada de cada um. No desânimo natural e nem sempre percebido, oriundo da certeza inconsciente da transitoriedade. Quanto ao nome, eis o segredo.

— É uma obra profunda, então! — observou Elisabeth.

— Como um abismo — respondeu Fergelus antes de levar uma taça de vinho à boca.

Surgindo do outro cômodo, Agatha e Gisele entraram na sala com uma bandeja repleta de doces:

— Agora, a sobremesa!

— Eu não aguento mais! — disse Haylock com os olhos esbugalhados. — Mas abrirei uma exceção. Não por gula, mas por sentir que ainda há espaço — gracejou afagando o abdome.

— Tenho certeza disso! — Divertiu-se Stafford.

— Sim, pequeno, mas há. E seguramente não tenho nenhuma intenção de ofender tão ilustres anfitriões.

— Está bem tarde! É quase meia-noite — informou Costel, olhando o relógio retirado do bolso. — Sinto muito, mas teremos que partir...

— Todos nós! — completou Gisele. — Espero que os gêmeos não despertem.

— E eu agradeço a todos por terem vindo. Foi uma noite extremamente agradável. Espero que possamos repeti-la em breve! — manifestou-se Stafford com visíveis ares de felicidade.

— Avise-me com três dias de antecedência, farei jejum! — brincou Haylock abocanhando um doce enquanto segurava outros dois.

Fergelus levantou-se do sofá com calma e elegância. Erguendo-se em toda a sua altura.

— Senhores... e senhoras, desculpo-me se pareço grosseiro, mas realmente já chegou a minha hora de partir. Foi uma noite memorável. Espero não os ter entediado com minhas maneiras de eremita. Agradeço a todos pela simpática e agradável acolhida. O banquete estava maravilhoso, e a companhia, impecável.

Todos se levantaram.

— O prazer foi nosso, senhor Fergelus! O senhor tem razão, é hora de dormir, ou tentar... Espero que possamos nos ver brevemente, sinto que o senhor pode me dar bons conselhos quanto ao meu livro — disse Jonathan estendendo a mão, que de pronto foi apertada por Fergelus.

— O farei com todo prazer.

— Tê-lo conhecido foi uma experiência incomum, senhor Fergelus! E sua apresentação ao piano foi impressionante! — elogiou Haylock.

— A plateia ajudou-me, por ser compreensiva — disse curvando-se com discrição.

— Espero que o senhor nos dê o prazer de mais visitas. Não seja acanhado, venha quando quiser — solicitou Agatha enquanto abraçava Gisele.

— Assim espero. Nada me daria mais felicidade — pronunciou-se, para depois beijar-lhe a mão, e em seguida repetir o gesto com Gisele.

— Foi uma noite didática e intrigante, senhor Fergelus! Sem dúvida que foi um prazer conhecê-lo!

— Penso da mesma maneira, senhor Turner.

— Eu achei o poema muito triste — lamentou-se Margareth.

— Assim como foi seu autor. Boa noite, senhora Turner.

Voltando-se para Jones e Elisabeth, Fergelus estendeu a mão.

— Foi um prazer revê-la, senhorita Elisabeth. Senhor Philips... Agradeço a franqueza em sua interpretação do perfil do personagem. Boa noite. Bom descanso.

E após ser cumprimentado alegremente por todos os embevecidos convidados, Fergelus dirigiu-se com Stafford à saída. Lá permaneceram conversando em tom discreto por alguns minutos antes de a porta bater.

— Ah! Esquecemos de planejar o que fazer na festa de Ano-novo! — lastimou-se Agatha levantando os braços. — Que falha imperdoável!

— Teremos tempo, mamãe! — acalmou-a Gisele.

A um canto da sala, Elisabeth sussurrava na orelha de Jones:

— Estou com muito sono. Vamos com o senhor Fergelus, ainda há tempo de alcançá-lo!

Se havia algo que Jones definitivamente não desejava era caminhar com Elisabeth pelas ruas escuras de Londres, à meia-noite, em companhia de Fergelus.

— Iremos, em alguns minutos!

LV

Uma hora da manhã. Com os pés doloridos e a barriga cheia, Jones revirava-se na cama. Seu abdome gemia, torturado; agitava-se, tanto em razão da má digestão causada pelo excesso de comida quanto pelos efeitos nervosos daquele encontro ameaçador.

"O jantar foi bem mais calmo do que eu esperava, mas antes da tempestade o clima é ameno. Não posso me deixar levar por essa quietude disfarçada! O senhor Fergelus é astucioso, e terríveis novidades surgirão! Tenho certeza disso! Ele poderia ter inventado qualquer desculpa para faltar ao evento, mas não o fez.

Será que me iludo quando penso que tudo o que ele executa tem um propósito maléfico? Será que há, às vezes, apenas a simples vontade de dissipar o tédio, de conversar?

Creio que me excedi ao interpretá-lo daquela forma! Isso poderá me trazer problemas! Não há como esconder dele o que se pensa. Eu fui verdadeiro! Mas será que agi corretamente? Ele mal se aproximou de Elisabeth! Foi simpático e agradável com os convidados, mas isso não me engana! Se precisasse ele mataria a todos, ali mesmo!"

Ele prosseguiu a revolver-se sobre o leito, talvez quase como no forno girou o suculento galináceo que havia degustado. Os lençóis se tornaram cálidos, o colchão, desconfortável, e o seu corpo, a cada segundo, um estorvo ainda maior.

"Jamais comerei dessa maneira depois do horário habitual de minhas refeições!", lamentou-se. "Se mantive a boca em silêncio, seja pelo medo ou por causa da comida, o mesmo deveria ter feito, ou pelo menos tentado, com os pensamentos!"

E suas ponderações críticas foram abruptamente envolvidas por outra ainda mais perturbadora: "Por que o senhor Fergelus demonstrou tanto interesse quando se referiu a doações para orfanatos? Que relevância ele veria nisso?".

Bastaram alguns minutos analisando o tema para que seu rosto se modificasse: "Não é possível que tenha sido ele que auxiliou o orfanato de Lilian! Por que ele faria isso?! Decerto que a benevolência não é uma de suas qualidades. Que ideia insana de minha parte!".

Jones estava confuso, como sempre lhe acontecia quando o assunto era Fergelus. "Se a doação veio realmente dele, foi para avisar-me que tudo está sob seu controle! Que ele não só me tem nas mãos, ou a Elisabeth, mas também tem a Lilian! Não! Não pode ser! Minha imaginação está indo longe demais!"

A perplexidade o abateu severamente, ele sentiu-se sufocado, aturdido ante a ideia dos implacáveis olhos de Fergelus se terem posto sobre sua irmã. "Como é possível que alguém seja tão manipulador?! Ele é um gênio!"

E Jones pôs-se a desenlear aquela teia que mais parecia uma complexa equação: "Vamos ver... Costel se referiu ao ataque que houve na Polônia, e isso fez com que eu falasse nas crianças desaparecidas... Depois Elisabeth externou sua tristeza se referindo às crianças do orfanato, e, por fim, o senhor Fergelus iniciou o assunto sobre doações. Hum... O tema fez Elisabeth recordar-se da notícia que Lilian nos havia dado durante o almoço... Uma coisa levou a outra, mas nada foi por acaso! O senhor Fergelus manipulou a conversa para que o assunto da doação surgisse! E mesmo agora, neste momento, ele está manobrando meu raciocínio! Ele sabia que eu iria perceber sua maquinação! Ele leu os meus pensamentos e chegou até a história da senhora Chaimovich!"

A ausência do sono reparador, o sobressalto contínuo, e a exaustão decorrente do perpétuo estado de angústia haviam arremessado Jones àquelas insanas meditações, e as sensações que tais pensamentos lhe despertavam eram assustadoras, profundamente desagradáveis. A inteligência de Fergelus era digna do mais equilibrado, extraordinário e metódico dos cérebros. Ele era como um frio cientista que se diverte torturando cobaias.

"Como pude pensar tudo isso! Essas conclusões são absurdas! São insanas! Ele está me enlouquecendo! Não sei mais o que é real!"

Jones esfregou a cabeça com as duas mãos, sentou-se na cama e passou a duvidar da própria saúde mental. A convivência com Fergelus era um suplício que incendiava seu raciocínio, e, por vezes, o fazia questionar se todas as deduções referentes àquela incomum circunstância eram tão somente frutos distorcidos de puras divagações.

"Mais tarde irei à casa do senhor Johnson, e terei com ele uma conversa definitiva! Talvez se eu souber como explicar algo tão fantástico ele se torne um aliado! Eu o convencerei, direi tudo o que sei! Mesmo que passe por louco! Falarei da taverna, dos bandidos mortos, da moça do guarda-chuva, do senhor Stafford!"

Jones petrificou diante do que acabara de pensar. Seu bom senso o esmurrou no estômago, e ele se assustou com o absurdo que era aquela decisão.

"Não! Não! Tenho que me acalmar! Não posso fazer isso! Se o senhor Johnson publicar algo, Lilian e Elisabeth estarão perdidas! Sei que ele tem algo para me revelar, e é necessário que eu saiba do que se trata... Tenho de ouvi-lo com tranquilidade... Não posso demonstrar inquietação! Não direi nada... Meu silêncio é o que nos mantém vivos!"

Se Jones estivesse em pleno usufruto de seu raciocínio, jamais ousaria pensar de tal maneira. Em tempo algum cogitaria revelar a verdade. Depois de tudo o que lera, e do que vira, seria uma imensurável ignorância desafiar alguém como Fergelus. Ele condenou-se por ter considerado, mesmo que por um segundo, divulgar o que sabia.

A confusão martirizava seu juízo, o pavor se remexia em suas entranhas, e a esperança, a cada dia, estertorava, moribunda. Sua razão estava embaralhada, e precisava urgentemente se acomodar à brutal realidade.

Ele rendeu-se à insônia que lhe queimava os olhos, sucumbiu ao seu sombrio "vício noturno", e, deixando-se ter pela compulsão, agarrou o livro. Decidiu ler até desmaiar de cansaço.

Despontava mais um dia de sua eternidade.

Apesar de já ter admirado infindos amanheceres, ele jamais se entediou diante de tal espetáculo, pois cada aurora lhe parecia única.

A natureza apenas aparentava repetir-se, quando em verdade se renovava, sendo sua constância profundamente agradável e repleta de encantamento.

Isso não acontecia com os Efêmeros. Estes, a despeito das faces distintas, das ideias divergentes e histórias muitas vezes contrárias, possuíam essências similares. Eram como um mosaico empastado pelo mesmo concreto.

Aquele seria seu último dia em Rimini. Partiria para explorar as exóticas terras dos otomanos, e ele temia que, apesar das diferenças entre aqueles povos, não encontrasse grandes novidades, pois, afinal, todos eram Efêmeros.

Sua repulsa pelo imutável caráter dos humanos só não era maior que sua natural necessidade de manter-se em movimento, e aquela forma de comportar-se lhe era plenamente espontânea, instintiva.

Conservar-se em constante locomoção tinha seus perigos, mas instalar-se em algum lugar seria um grande equívoco, pois fatalmente seria descoberto. O impulso de permanecer em trânsito era um imperativo psicológico, involuntário, que o auxiliava na aquisição de conhecimento e experiência, além de ajudá-lo a ocultar-se.

E dando às costas ao magnífico aflorar do sol que se derramava pelo batente da janela, ele saiu do quarto. Buscaria um transporte para cruzar o Mar Adriático.

Se haviam passado quase seis horas desde o incêndio, mas pareciam minutos, pois a cada passo ele encontrava soldados e rostos assustados. A repressão militar tornara-se tão intensa quanto o odor da fumaça que ainda empesteava as ruas. Os comentários acerca do dramático evento eram constantes, os cidadãos não falavam de outra coisa.

Na taverna, o tema era único e repleto de floreios fantasiosos. Uns diziam que a pavorosa queimada fora trabalho de um violento grupo de rebeldes; outros que os próprios oficiais haviam incinerado os prisioneiros, enquanto os mais insanos defendiam a ação da justiça divina. Qualquer história inventada, por mais imaginativa que fosse, jamais poderia sequer aproximar-se da verdade, e isso, sem dúvida, lhe era bastante vantajoso.

O percurso até a orla estava repleto de transeuntes, e, claro, de forças militares sedentas por capturar alguém. Vez por outra ele era observado com desconfiança, mas sem ser molestado.

Pesadas e barulhentas carroças passavam deixando cair feixes de feno, enquanto cães de rua eram enxotados. Alguns porcos guiados por um maltrapilho assustavam-se com o som de um ou outro grito que surgia da multidão. O brilho do sol deitava-se sobre muros esverdeados de musgo, nos quais pássaros buscavam alimento, uma brisa morna fazia ondular a copa de árvores finas.

Uma idosa desfazia-se da água de uma bacia enferrujada, arremessando-a por sobre o umbral de sua varanda, e o líquido sujo quando estapeou o solo fez subir as centenas de moscas negras que se alimentavam de uma carcaça de gato.

A vida seguia em Rimini naquela manhã quente de 1436.

Pelo caminho ele contemplou os escombros da construção que havia ardido. O teto tombara plenamente, e as paredes que ainda sobravam erigidas tinham ao topo vulcanizado o formato denteado da cimalha dos muros de um castelo, assemelhando-se a uma coroa enegrecida. A fuligem tomava as barras de ferro das celas e das janelas.

Do interior das ruínas esfumaçadas cadáveres rijos e retorcidos ainda eram retirados por militares, que gesticulavam com veemência ordenando algo ou apenas discutindo.

Os poucos corpos que ainda eram encontrados, aos poucos, iam sendo postos lado a lado, junto aos que ali já estavam, e cada um parecia uma escultura besuntada por lama negra. Eram autênticas estátuas esculpidas pela morte, nas mais variadas e peculiares posições.

Um dos cadáveres não tinha antebraços, e em outro faltava parte do crânio, sendo quase todos desprovidos de dedos. Alguns careciam de pernas, tendo tão somente pedaços de ossos para além da carne fétida e negrejada. Todos exibiam formas recurvadas, monstruosas, como se criaturas oriundas do mais horrendo pesadelo.

Ali, prostrados sobre a terra molhada e pastosa, ele viu a mais pura das artes representada.

A despeito do evidente perigo que era deslocar-se pela cidade em pleno esplendor da luz solar, e naquelas condições de exagerada tensão popular, ele decidiu percorrer as ruas pela última vez antes de partir. Usaria o seu tempo ali para explorar enquanto a noite não despontava. Ele poderia dar-se a esse ousado luxo, pois sempre haveria barcos atracados, e valer-se de um deles para ir-se não seria oneroso.

Por horas vagou observando a entediante rotina do povo. Ouviu seus comentários maldosos e dispensáveis, seus lamentos incessantes e protestos infrutíferos. Desviou da sujeira dos lixos empilhados, das águas fétidas que acumulavam pelos cantos das calçadas e dos obesos e enormes ratos que corriam, despreocupados, pelos imundos recônditos dos becos.

Muitos Efêmeros viviam como animais, talvez até em piores condições, dormindo sobre úmidos entulhos de madeira, cobertos por panos encarvoados e se alimentando de restos. Alguns eram tão magros que pareciam esqueletos, e quando se contorciam em tosses secas e hécticas lhes saltavam do abdome feixes de costelas semelhantes ao fole de um acordeão, enquanto outros, gordos, bem nutridos, de roupas vistosas, dentes brancos e faces coradas obtinham seu sustento valendo-se de artifícios detestáveis.

A opulência contrastava com a miséria como a noite se contrapunha ao dia. O que se descortinava ao se distinguir lado a lado a indigência e a pompa era a marca feroz da injustiça.

E foi após uma das curvas mais desertas e afastadas do dentro da cidade que ele deu com uma pequena casa construída com grandes blocos vermelhos de pedra, em cujo umbral superior da entrada balançava um discreto ornato de ossos entrelaçados. Ele deteve-se ante o sóbrio oscilar daquela peça que desprendia um hipnótico ruído oco quando tocada pela brisa.

Como se sabendo que ele ali estava, rangeram as oxidadas dobradiças da porta e uma velha despontou do interior da rústica habitação. A anciã coberta por andrajos imobilizou-se à entrada tal uma estátua; parecia aguardar algo. Ao contemplar seu rosto vincado pelo tempo, ele espantou-se. Era a cópia exata da sacerdotisa do deserto da Suméria.

Com a limitada desenvoltura imposta pela idade, a anciã volteou a cabeça em sua direção, e lhe notou a presença, olhando-o com manifesto espanto. Ele, intrigado, caminhou em silêncio ao encontro da mulher, percebendo pela expressão de curiosidade aflorada que o choque havia sido o mesmo. Talvez maior.

Certamente que aquela não era a sacerdotisa, mas a semelhança era assustadora, e após terem se entreolhado com assombro ela o convidou a entrar.

A casa era pobre e escura, tendo apenas dois cômodos e uma limitada lareira em que ardia um fogo baixo. Os jarros de argila em um canto o remeteram de imediato à sua ancestral habitação no deserto, e o catre rústico encostado à parede apenas solidificou ainda mais a presença daquelas distantes lembranças.

Ela segurou-o pela mão, abrindo-a, aparentemente para ler a sorte. E em tom enigmático disse-lhe que era uma cigana, e que durante a infância por muitas vezes havia sonhado com aquele momento. Disse também que os sonhos cessaram, mas que havia poucos dias tinham regressado, e neles lhe fora dito por uma imensa cobra negra que o homem que não era homem, o deus que não era deus viria ao seu encontro. E que ela deveria dizer-lhe para continuar a jornada.

E deslizando o fino e encarquilhado dedo sobre a sua palma, ela seguiu as linhas das rugas, dizendo que jamais havia visto o que ali se registrava. Afirmou, admirada, que ele era infinitamente velho, mas não tão velho quanto ainda seria. E que uma força incompreensível e sombria o acompanhava. Relatou que ele jamais estaria inteiramente só, e que sua viagem seria perigosa e banhada no sangue de muitos.

Aquele encontro era a prova de que, apesar da ausência da cobra fantástica, ele permanecia sendo observado por ela.

Enquanto desenrolava-se a peculiar e reveladora conversa, o modesto fogo que bailava à lareira se havia erguido a grande altura, passando a tomar forma. E seu contorno remetia ao humano, pois nele conseguia-se distinguir uma cabeça, ombros e um corpo.

A pequena sala em que inicialmente reinava a penumbra punha-se então completamente iluminada por aquele brilho intenso. Porém, a coloração do encorpado e fremente lume aos poucos se foi modificando, até tornar-se negro, sem que com isso houvesse regressado a escuridão ao cômodo. Em todo o tempo que caminhara sobre a Terra, ele jamais vira flamas negrejadas.

Aquela incomum manifestação era viva e poderosa e trazia ao pequeno ambiente tal quantidade de energia que por pouco a vibração não pôde ser tocada. Ele sentiu em seu corpo o ar estremecido, como se milhões de formigas marchassem sobre sua pele.

A aparição despertou o terror da velha cigana, que, alarmada, largou a sua mão, mas logo voltou a tomá-la. Como se obrigada a fazê-lo, continuou o seu discurso, dizendo-lhe que sua jornada prosseguiria para muito além do despontar de povos que nem sequer ainda existiam, e que continuaria mesmo depois que houvessem se extinguido.

Fechando os olhos fortemente, a velha estremeceu, e ainda mais concentrada pôs-se em profundo transe, passando a falar em tom sentencioso:

— Ouça! Muitos ainda buscarão destruí-lo utilizando dos meios mais incomuns e desesperados, mas todos falharão, pois, além de extremamente forte e dotado de fantástica inteligência, ainda o escuda a dádiva da imortalidade. Nenhum ser humano será capaz de enfrentá-lo, muito menos de vencê-lo; não haverá um digno sequer de tentar. Em todos os seus incontáveis séculos de vida, jamais surgiu ou surgirá qualquer força, natural ou não, capaz de derrotá-lo. O senhor é um estranho produto da natureza. Da mesma natureza que dizem ter sido elaborada pela onipotente divindade invisível. É o ser sagrado e maldito, que sob a forma de um homem vagará pelas eras a acumular riqueza e conhecimento. O ser que viverá entre os Efêmeros, deles extraindo energia. E o mágico elixir que o protegerá será colhido das veias dos seres que sonham.

Tendo proferido aquela última frase, soltou-lhe a mão para tombar ao piso de esteiras com todo o peso de seu corpo franzino ao mesmo tempo que o bizarro fogo retornava ao estado inicial: tacanho e abatido. O miserável aposento subitamente regressava às trevas.

Ele, então, se abaixou lentamente, curvando-se sobre e velha cigana, para constatar que não havia mais vida em sua frágil matéria. O delicado sopro de sua prolongada existência subitamente fora retirado, tal se ela houvesse vivido apenas para ser a portadora daquela importante mensagem. O esforço para transmitir as revelações decerto que fora muito agressivo para a sua idade. Ela exercera, enfim, sua inevitável e destinada função com competência.

E saindo com cautela da pequena casa ele percebeu que já era noite. As horas se haviam passado como que por mágica, sem que ele, em momento algum, se houvesse dado conta. Sua percepção o informava de que não estivera ao interior da construção por mais de vinte minutos, todavia a realidade lhe mostrava que ali havia estado por todo o dia.

Aquela experiência lhe causou profunda estranheza, sem dúvida quebrou a rotina da qual tanto se queixava, e a aparição do fogo negro lhe trouxe a sensação de ser detentor de um poder ainda maior do que imaginava.

Jones fechou os olhos, repousou o livro sobre a barriga e bocejou, mas aquele indício de sono vindouro era apenas um disfarce de seu cansaço. Sua mente trabalhava.

O encontro com Johnson, que já se aproximava, não lhe saía da cabeça, e ele buscava nos inquietos pensamentos as palavras que deveriam ser ditas ao repórter.

Por maior que fosse a sua inclinação em divulgar tudo o que sabia, sempre lhe abalroava a percepção do limite imposto pela prudência. Ele possuía plena consciência de que não estava lidando com algo que poderia ser resolvido pela ação humana, portanto de nada adiantaria envolver as autoridades. Fergelus não temia as leis das civilizações, pois tinha as suas.

"Conversarei com o senhor Johnson calmamente e o escutarei com atenção. Sei que o fato de eu ir procurá-lo lhe soará estranho, tão estranho quanto foi para mim ele não ter ido ao compromisso. Ele também me deve explicações."

Abrindo os olhos, Jones fitou o teto, que naquele momento lhe pareceu a tampa de uma caixa sufocante.

"Se o senhor Johnson crê que o senhor Fergelus é humano, e um assassino, talvez isso me sirva de algo. Pelo menos sabe que ele é perigoso e que deve ser detido. Isso já é alguma coisa! Suas investigações já devem estar bem adiantadas... Sei como ele é determinado. Deve ter novas informações. O que será que ele tem para me dizer de tão importante?"

Duas horas da manhã, e o silêncio da rua era aterrador, mas o colossal ruído de suas reflexões era bem mais. Fergelus se instalara em seus pensamentos como um vírus macabro que roubava a serenidade e a esperança. Envolvia-o com um manto de pavor e constante inquietude que tornava a vida um ininterrupto sobressalto.

Jones temia encontrá-lo no dobrar de cada esquina, despontando com elegância e placidez ante seus olhos assombrados. Ele era o seu pesadelo acordado, era o tormento de suas meditações.

A constante frieza, o sarcasmo e o equilíbrio que o autor exibia apenas comprovavam a presença de um elevado grau de confiança e manipulação. Jones estava emaranhado em uma rede sombria de pânico e insegurança, esperava não ser devorado pelo refinado aracnídeo do deserto que a havia tecido.

"Algum dia a minha hora irá chegar, e eu serei apenas mais uma vítima insignificante e esquecida. Alguém que foi descartado após servir para um propósito. Como a velha cigana, ou como a própria mãe do senhor Fergelus."

Ele ergueu o livro do abdômen, aproximou-o dos olhos e voltou a ler.

LVI

De pé, diante da orla fria, o salso bafejo marítimo lhe trazia a fragrância das plantas aquáticas, e vez por outra carregava o nauseante perfume encorpado de alguma dama da noite que, talvez, pelas proximidades, estivesse a exercer sua difícil profissão nos braços de um pescador.

Os botes, lado a lado, sobre a areia descansavam da labuta madrugadora, a aguardar o vindouro golpe das ondas matinais. O oceano silvava envolto em solidão enquanto as estrelas o salpicavam de reflexos.

A rota que ele tinha em mente era longa: iria cruzar o Adriático a remo. Sem dúvida que para qualquer Efêmero aquela seria uma aventura estafante e talvez impossível, mas não para alguém de sua natureza. Restava-lhe apenas alimentar-se, sorver a quantidade necessária de sangue para que pudesse concretizar o que planejava.

Vagando pela praia deserta, ele escutou murmúrios próximos, distinguiu a certa distância uma fogueira, e ao redor, alguns homens bebendo. Eram pescadores que confabulavam amenidades, riam e gesticulavam com veemência, decerto a divulgar fictícias histórias aventurescas. Vendo-o aproximar-se eles se voltaram, surpresos, pensando tratar-se de algum esfomeado mendigo saído das trevas.

Eram cinco andrajosos indivíduos queimados de sol, que, embriagados, mal conseguiam manter o equilíbrio. Plantadas na areia, algumas garrafas espalhadas confirmavam que já haviam bebido bastante e certamente ali estavam para aquecer-se.

Não havia opção. Seguramente o estado de higiene daquelas criaturas lhe provocava repulsa, mas às vezes certos sacrifícios em nome de uma causa maior se faziam necessários. Então, suas unhas retráteis alonga-

ram-se com discrição, por cerca de dois centímetros, já sentindo às pontas os nacos de carne que rasgariam.

Ao acercar-se, ele foi convidado a se sentar, mas preferiu segurar o primeiro homem pelos cabelos e erguê-lo a pouca altura, para depois decepar-lhe a cabeça com um golpe preciso. Os demais mal conseguiram mover-se, foram abatidos instantaneamente, com extrema selvageria e a uma velocidade inimaginável.

Em torno da fogueira, ele alimentou-se com fartura, extraindo por completo o sangue daqueles cinco ébrios maltrapilhos, para logo após o macabro banquete lançar seus corpos e crânios no fogo. As chamas subiram foscas, crepitando abafadas enquanto incineravam a carne dos cadáveres. A fumaça tornou-se densa e negrejada, dispersando o fétido odor dos Efêmeros tostados.

Por um momento ele sentiu-se compelido a degustar um naco daquela matéria frita, mas preferiu não perder mais tempo, pois agora estava muito bem nutrido e já com força suficiente para percorrer o longo caminho até o Império Otomano.

Tomando um par de remos, ele os pôs dentro de um barco, que empurrou até o mar. E saltando para seu interior, iniciou a jornada. Um pequeno mastro enrolado pelo sujo tecido da vela estava deitado sobre a embarcação, dificultando seus movimentos iniciais, mas ele planejava erguê-lo assim que estivesse a uma boa distância da orla. O que se daria logo, pois a correnteza o estava auxiliando.

O Mar Adriático tem cento e trinta e um mil e cinquenta quilômetros quadrados de superfície, com uma profundidade média de mil duzentos e vinte e três metros; havia muita água pela frente, e ele jamais se envolvera em uma aventura dessa natureza, pois sempre navegava nos porões dos navios.

Guiar uma embarcação pelo mar, sozinho, seria uma experiência nova que quebraria o marasmo de sua rotina. Talvez ali, tão afastado dos Efêmeros e de seus estúpidos pensamentos, encontrasse um pouco de paz, tendo por companhia apenas a brisa e os animais marinhos.

Ele direcionou a proa ao destino, recolheu os remos e ergueu a vela.

A embarcação singrou por águas negras e profundas, no embalo sereno da inebriante dança das vagas. Apesar de o vento se mostrar propenso a uma boa navegação, as ondas não pareciam estar sendo bafejadas a ponto de se elevarem e facilitar o percurso. Deitava-se o vasto tapete prateado do luar sobre as exíguas elevações movediças, que bailavam com placidez, tornando manso o velejar, até repousante.

O brando chacoalhar daquele líquido infinito tornou-se quase narcótico e levou-o a recostar em uma das extremidades do bote para contemplar o céu, que estava cravejado de estrelas bruxuleantes.

Ali ele recordou tudo o que havia vivenciado até então e questionou-se sobre o que ainda o esperava. Sentia-se solitário, apesar de saber que não estava, pois era certo que a serpente negra sempre o acompanharia. Aquele silêncio quase que absoluto, preenchido pelo cauteloso silvo das pequenas ondas, só era perturbado pelos distantes clamores de uma baleia.

A sensação reconfortante do meneio bonançoso e compassado o fez desejar estar ali para sempre, sob a abóbada constelada, envolto pela taciturnidade do universo, no entanto ele sabia que aquele melancólico sentimento se dispersaria assim que uma guerra surgisse. O odor do sangue, os gritos de ódio e terror, o cheiro da fumaça, o desespero de cada semblante, o trote apressado dos cavalos, o violento entrevero, os golpes de espada, o fogo desordenado e toda a destrutiva realidade que permeava a essência dos Efêmeros tratariam de arremessá-lo de volta à selvageria e ao prazer de exercer a sua natureza.

Ver-se envolvido em massacres era só uma questão de tempo.

De vela hasteada e intumescida como um ventre pleno, ele remou sobre um mar que em alguns trechos foi hostil, parecendo querer a todo custo arrancá-lo de sua vasta corcunda agitada. Viu enormes barbatanas fenderem a superfície das águas escuras e, vez por outra, negras e encorpadas nuvens chorarem violentas borrascas. Ao céu contemplou raios amarelos ruírem agressivamente como um açoite, e ouviu estrondosos trovões calarem o silêncio.

Enquanto o barco era levado, a curvatura das frondosas ondas trazia imagens das sinuosas dunas do deserto, e nelas ele quase pôde ver o reflexo do seu passado. Naquelas lustrosas superfícies polidas e azuladas povos afogavam-se em sua memória como se a magnitude do infindo anil movediço nada mais fosse que um rio de sangue.

Por quase treze horas e cerca de duzentos e catorze quilômetros ele desbravou a brutal inquietude das vagas — que se haviam tornado indômitas —, de início boiando sob o manto de uma lua maternal, para depois arrastar-se abaixo de um inclemente sol.

O bote, a princípio embalado por um balanço pacato, nas últimas horas do percurso passou a ser vascolejado vigorosamente, como se punido por uma natureza vingativa, e seguiu por poucos quilômetros em vias de naufragar; até, por fim, em dia claro, aportar na costa do Império Otomano.

Tendo a proa se chocado contra as primeiras rochas da orla, abriu-se ante seus olhos a vasta região montanhosa dos Bálcãs, onde as florestas dominavam e gigantescos montes espalhavam-se como infinitas corcovas. Ali era o domínio dos turco-otomanos, um povo oriundo das estepes além do Mar de Aral — um lago de água salgada de sessenta e oito mil quilômetros quadrados, por mil e cem quilômetros cúbicos, e trinta e um metros de profundidade —, localizado na Ásia Central.

Esse povo, que começara como nômade, de início havia sido contratado pelos sultões como mercenários para resistir às invasões dos mongóis, passando, mais tarde, a reclamar a posse de uma região. Com o tempo, a expansão do território adquirido se daria em direção ao ocidente, pois o leste e o sul já eram dominados por outras nações muçulmanas, e, em concordância com seus princípios religiosos, seguidores do Islã eram proibidos de lutar entre si. Essa fora uma péssima notícia para os cristãos.

Exatamente cento e dez anos antes de ele aportar, em 1326, os Otomanos haviam conquistado a cidade bizantina de Bursa, uma cidade a noroeste da Turquia, e isso mudaria a realidade daquele povo, visto que se estabeleceria um local fixo para o governo, cujo chefe então era Osman I. De seu nome seria derivada a palavra Otomano.

Esse grande e temido líder certa feita sonhara com uma árvore encantada na qual a imensa quantidade de galhos lhe fizera interpretar que teria um vasto império, uma descendência influente e poderosa. E assim dera-se, e ele gerara uma aguerrida linhagem que iria dominar uma ampla extensão de terra, bem como pontos estratégicos que ligariam três continentes.

Próximo ao local de seu atraque ele avistou um pequeno rebanho de ovelhas sendo guiado por alguns homens que eram escoltados por ghazis. Os ghazis eram os seguidores de Osman Gazi — outro nome pelo qual era conhecido Osman I — e se intitulavam os Guerreiros da Fé. Eles se incumbiam da missão de levar o islamismo ao mundo e eram como combatentes livres que lutavam pela expansão do império. Seus ânimos também eram voltados à glória que seguramente seria presenteada pela conquista. Eram corajosos combatentes que invadiam regiões nunca dantes visitadas, jamais pensando na própria segurança.

Montados em robustos cavalos, vestiam-se com grossos tecidos e espessos coletes feitos de pele de animais. Suas faces eram bronzeadas, e os olhos tão escuros quanto as copadas barbas. Alguns seguravam arcos para flechas, outros espadas ou lanças, que brandiam enquanto cavalgavam. Seus estranhos chapéus de material rígido lembravam pratos fundos, amarrados ao queixo por uma tira de couro resistente. A destreza que exibiam sobre a montaria atestava que eram bravos e experientes lutadores.

Oculto por alguns arbustos esbranquiçados pelas camadas de neve ele se manteve em silêncio e observou a movimentação com autêntica curiosidade, sem esperar que, por azar, uma ovelha desgarrada denunciasse o seu esconderijo. Fato que o divertiu.

Alertas, os ghazis levaram os cavalos ao seu encontro e o cercaram. Os homens, com suas amoladas espadas erguidas, esboçavam semblantes de profunda surpresa, certamente acreditando terem capturado um andarilho cristão, ou até um espião.

O primeiro deles, com aspecto mais belicoso, descreveu um movimento circular com a perna por sobre a montaria, exibindo a bota rústica, para se deixar cair no solo nevado. Em seguida pôs-se em posição de guarda e aproximou-se. Os outros dois o imitaram, tendo um deles retesado a linha de seu arco, no qual descansava uma pontiaguda seta.

E a poucos metros dele, hesitantes, aos gritos tentaram estabelecer conversação. O idioma lhe era familiar, lembrava outras línguas que havia ouvido em terras distantes, mas a estrutura era diferente. Aquele vernáculo, que precedia o turco moderno, era incorporado por expressões e estruturas sintáticas do vocabulário árabe e persa. Que ele dominava com certos limites.

Com autoridade lhe foi perguntado o que estava fazendo ali, e quem era.

Ele poderia matá-los com extrema facilidade, mas preferiu agir como aquele que observa com atenção o locomover de uma frágil formiga, e não a esmaga apenas em virtude de achar sem propósito empreender tal ação.

Levantando-se do abrigo com extrema calma ele disse que a orla o havia convidado a sentar-se, pois seu aspecto, de tão sereno e paradisíaco, o fizera sentir-se propenso a compor um poema.

Os homens se entreolharam com evidente espanto, e com ainda mais cautela se aproximaram. Inquiriram-no com violência se estava portando algum tipo de arma. Com incomum placidez ele disse que não, completando que o que lhe faltava realmente eram papel e pena, pois a inspiração já estava a lhe abordar.

Os guerreiros, sem perder mais tempo, investiram contra ele, segurando-o com força, para depois amarrá-lo. E deixar-se aprisionar daquela maneira foi muito divertido.

LVII

Dois dos sujos barbudos o puseram sobre um dos cavalos, cobriram seus olhos com um trapo e o levaram a uma aldeia muito próxima; o percurso não foi longo. Lá, com muita pressa, após retirarem o tecido de seu rosto o jogaram em um frio cômodo de pedra, sem janelas, com uma porta muito grossa de madeira.

Ao canto da pequena sala, amarrado, ele permaneceu encostado à parede, sentado sobre um punhado de feno, aguardando o interrogatório que inevitavelmente ocorreria em breve.

Para qualquer um, aquela seria uma realidade aterradora, um momento crítico em que a percepção da morte iminente roubaria qualquer esperança, mas não para ele. A despeito da coça que fatalmente levaria, ele só pensou em como fora desconfortável ter sido posto amarrado e de olhos cobertos sobre um cavalo.

Estar ali o instigava, o distraia, e, como era de seu feitio, ele passou a aguardar com serenidade, apenas para ver o desfecho de tudo. Era um leão a brincar com ovelhas.

Os Efêmeros quando ocupavam posições de autoridade adoravam exercer ações violentas para obter informação. A prática do interrogatório apenas consolidava a sua percepção de que os humanos eram inevitavelmente corrompidos pelo poder.

Quando se viam acomodados a um patamar de destaque social ou profissional, dele usufruíam sem piedade, em detrimento de quem quer que fosse. Raros eram aqueles que não utilizavam a soberania conquistada para cometer as mais infames atrocidades.

Por muitas vezes ele evitava ler pensamentos, pois a surpresa o agradava, por pior que se apresentasse. Ele desejava de fato abismar-se ante o inesperado, o que não acontecia, e em vista disso frequentemente pensava em como deveria ser monótona a vida de uma divindade que tudo sabe.

Reiteradamente, no desenrolar de cada evento do qual era testemunha ou o qual protagonizava, vinha-lhe a certeza de que a existência, quando isenta de imprevistos, nada mais era que uma sádica penalidade. E era exatamente o que ali estava a fazer, bloqueara-se para permanecer desinformado.

Negar a sua natureza era sem dúvida um procedimento perigoso, no entanto se havia tornado um ato de necessária rebeldia em nome da luta contra o tédio. Que divertimento há em tudo saber?

Decerto que ele não era tão irresponsável a ponto de abster-se de tal habilidade quando ela era necessária, mas a ideia de que algum dia seria surpreendido sempre o cativava.

O teto do cômodo rudimentar era feito de madeira velha entrelaçada por arbustos úmidos, o que possibilitava a entrada de pequenos feixes de luz, mas o ambiente ainda permanecia tomado por uma penumbra cinza, pela qual se espargia uma névoa diáfana e esbranquiçada trazida pelo frio.

Do lado de fora, cavalos podiam ser ouvidos, seus trotes e relinchos. O berrar de cabras e o roncar de porcos espalhavam-se, enquanto conversas e gritos asseveravam que o local era densamente povoado apesar de ser apenas um lugarejo afastado. Vez por outra se ouvia o som estridente do encontro de metais, certamente alguém testava a sua espada e mantinha-se pronto para futuras batalhas. Como qualquer povoado de outro lugar do mundo, a vida seguia.

Marcas na parede comprovavam que muitos haviam sido aprisionados naquele local, e o odor de sangue ainda podia ser sentido. Todas as prisões eram rigorosamente iguais. Os Efêmeros pareciam ter recebido a mesma educação, pois agiam implacavelmente de forma similar, eram brutos e contrários ao conhecimento, desprovidos de sede por informação e encarcerados a uma similaridade comportamental aterradora. Não passavam de amontoados de frívola gordura.

Seria muito fácil arrebentar as cordas que lhe envolviam os pulsos e sair daquele lugar para ceifar a vida de todos, mas ele preferiu ficar ali e nutrir aquele teatro.

Cerca de meia hora depois, quatro homens entraram, e a postura que assumiram em muito lembrou a dos soldados de Rimini. A situação assemelhava-se à pela qual ele havia passado, quando àquela terra fora retirado de sua cela para ser levado ao encontro de um estúpido torturador. O qual trucidara com extremo prazer.

As roupas eram outras, a língua, as faces, a cor da pele, a região e a religião. A cultura mudara, mas os Efêmeros eram sempre os mesmos.

Os homens o seguraram firmemente, e ele foi erguido com rapidez e brutalidade para ser levado através da aldeia. No trajeto, aos empurrões, os olhos dos guerreiros, de suas mulheres, dos velhos e das crianças voltaram-se raivosos e espantados em sua direção. E ao longo do caminho ele pôde ver aquele povo de nômades, agora estabelecido como sedentário, erigindo moradias, poços, armazéns, e até o que lhe pareceu uma pequena mesquita coberta de neve. Os postos de vigilância estavam espalhados por locais estratégicos e havia muitos cavalos amarrados. Para um local ainda em construção, havia muitas pessoas. Era uma das várias colônias que se expandiam rapidamente.

As montanhas cercavam a paisagem até onde os olhos alcançavam, algumas se erguiam altas em imensos e disformes pedregulhos, enquanto outras se pintavam por um vasto tapete verde, mas todas salpicadas por grossos nacos de neve. O excesso de cordilheiras de picos alvos e brumosos tornava a região de vales estreitos, de planícies limitadas e de pequenos rios espalhados em uma terra difícil, pois reduzia as áreas cultiváveis. Uma marmórea cerração besuntava o horizonte azulado, a temperatura era muito baixa, o ar, fino e gelado. Ali, os raios do sol apenas amornavam a pele com carícias quase irrelevantes.

Por fim, os homens entraram em uma larga tenda de tecido grosso, cujos móveis arrumados ao interior chamavam a atenção pelo talhe esmerado. Lá o arremessaram no chão repleto de tapetes bordados.

Ao erguer a cabeça, ele se viu diante de alguém que lhe pareceu ser o chefe daquele pelotão. O homem, sentado de forma elegante, vestia-se com refinada indumentária e seus modos em nada se assemelhavam à rudeza de seus comandados.

Este, com um gesto sereno, solicitou que o levantassem, e foi obedecido de imediato.

Apoiando os cotovelos nos braços laterais da poltrona de madeira na qual se recostava, o líder entrelaçou os dedos, descansou sobre as mãos o queixo adornado por uma barba cheia, e o olhou fixamente por alguns segundos como se o analisasse antes de proferir a primeira pergunta. Então com um olhar severo, e ensaiando um italiano limitado, o inquiriu com autoridade, perguntando-lhe quem era.

Diante da dificuldade linguística de seu inquiridor, ele respondeu em perfeito árabe que era apenas um navegante que aportou à costa em razão da brutal correnteza. Disse que havia perdido o controle de sua embarcação.

Não satisfeito, o homem continuou, e em tom hostil se aferrou, perguntando onde ele havia aprendido aquele idioma e se ele realmente era apenas um pescador perdido, disse que se estivesse mentindo seria decapitado.

Diante de tal ameaça, ele respondeu:

— "Deus recompensa os verazes, por sua veracidade, e castiga os hipócritas como Lhe apraz; ou então os absolve, porque Deus é indulgente, misericordiosíssimo!" — Depois acrescentou que a língua havia aprendido com um amigo.

O homem espantou-se diante daquela inesperada citação do Corão, saltou da cadeira que estava sobre um ponto mais alto do piso, para aproximar-se, e com um patente olhar de curiosidade perguntou-lhe se conhecia o Livro Sagrado. Era evidente que sim, pois em todos os seus séculos de existência tivera a oportunidade de ler um grande número de obras de conteúdo religioso, bem como compêndios filosóficos e científicos que mais tarde integrariam os raros acervos dos museus.

Ele respondeu com outra passagem das escrituras:

— "Os que forjam mentiras são aqueles que não creem nos versículos de Deus. Tais são os mentirosos."

Os guardas trocaram olhares embasbacados, percebendo de imediato que, apesar do aspecto do prisioneiro, estavam diante de alguém incomum e erudito.

E o chefe continuou o interrogatório, dizendo que ele poderia ser um espião, e que apenas decorara aqueles textos para poder livrar-se das punições que fatalmente o vitimariam caso fosse capturado. Com o dedo em riste, tal se erguesse uma cimitarra, gritou para que ele tivesse cuidado com suas palavras.

Por mais uma vez, para o assombro de todos, ele prosseguiu, dessa feita citando o próprio Mohamed, dizendo:

— "Os sinais do hipócrita são três: quando ele fala, mente; quando faz uma promessa, não a cumpre; e quando algo lhe é confiado, ele trai essa confiança."

Após ter proferido a frase, seus olhos profundos abalroaram os do homem, que já demonstrava os primeiros sinais de uma extrema admiração. Este deu um passo para trás, pois se viu envolvido em uma situação estranhamente inesperada. Seu semblante modificara-se, assumindo uma expressão de grande surpresa.

Foi-lhe perguntado como um simples pescador estrangeiro havia aprendido aquelas frases, e ele respondeu com peculiar serenidade que o conteúdo do Livro Sagrado sempre foi de seu entranhado interesse, por ser relevante e verdadeiro. E que algo tão precioso que fora transmitido pelo próprio Deus deveria ser aprendido por todos.

Desconfiado, o chefe guerreiro insistiu, interrogando-o mais vigorosamente. Inquiriu-lhe acerca do que esperava encontrar no Corão.

Novamente ele citou Mohamed, e disse:

— "Quem busca o conhecimento e o acha, obterá dois prêmios: um por procurá-lo, e o outro por achá-lo. Se não o encontrar, ainda restará o primeiro prêmio."

Aquele foi o golpe final. Todos estavam realmente impressionados, e o chefe, por mais inflexível que aparentasse ser, deixou-se levar por aquelas palavras, que lhe atingiram a sensibilidade e a fé. O guerreiro teve a alma desarmada.

O homem pôs a mão sobre um dos ombros dele e o fitou com manifesto fascínio, para logo ordenar aos guardas que o levassem de volta à cela, ainda os instruiu que lá fosse muito bem vigiado, além de alimentado, e que permanecesse desamarrado. Estaria em observação.

Assim foi feito.

Já na cela, enquanto recostava-se na parede gelada, ele esboçou o sorriso de escárnio característico dos que se elevam no próprio conceito. Pensava em como era fácil usar seus conhecimentos para enganar qualquer Efêmero: bastava tão somente dizer o que queriam ouvir.

Do mais andrajoso mendigo ao maior dos líderes, todos, sem exceção, poderiam ser ludibriados por meio das crenças que tinham. Agir de tal forma lhe pareceu extremamente vantajoso e cômico, além de simples e divertido. Os próprios Efêmeros utilizavam essa técnica desonesta para iludir aos que possuíam fé sincera, e com isso assoberbar os bolsos.

Nascia ali, no Império Otomano, em 1436, uma nova modalidade de jocoso embuste: "A ironia voltada à manipulação do ego", que até certo ponto era mais prazenteira que o deboche que precedia a morte.

Aquele procedimento, sem dúvida, o ajudaria a dissipar o tédio, e poderia ser usado para fortalecer a confiança de todos, assim possibilitando que ele não corresse tanto perigo. Fora um golpe de mestre que seguramente só lhe traria benefícios.

A limitada e fantasiosa mente dos Efêmeros era de uma fragilidade revoltante e deliciosa. Eles eram crianças tolas que acreditavam em tudo. Para eles era muito mais fácil crer em excêntricos milagres do que em incontestáveis fatos, e isso atestava o rasteiro patamar no qual ainda chafurdavam suas inteligências.

Ele mesmo era a prova viva de que coisas estranhas realmente existiam. A serpente que o acompanhava, e o fogo negro surgido em Rimini também comprovavam isso, no entanto nem toda a crença cultural pode ser classificada como uma verdade inquestionável, principalmente pelo fato de muitos deuses se contradizerem, e isso era um indício claro de que tinham sido apenas criados de acordo com o cerceado pensamento dos próprios Efêmeros.

Essas divindades eram frutos de folclores regionais alimentados a partir da ignorância. Lendas fomentadas com base em um absoluto desconhecimento da natureza e da ciência. E estúpido era que estas tolas concepções gerassem tantas guerras e regras primitivas de comportamento.

A exaustão já macerava o debilitado corpo de Jones. Seus olhos pareciam estar sob ferro em brasa, e ele não aguentava mais esforçar-se por continuar a ler.

No dia seguinte, iria ao tão esperado encontro com o desaparecido Johnson, e com ele teria uma conversa grave e categórica. Procuraria alimentar-se bem pela manhã, e talvez ler mais um pouco, para à tarde resolver aquela questão.

E, pondo o livro em um lugar qualquer, virou-se com dificuldade, deixando escapar um gemido de dor e preguiça. Fechou os olhos, limpou a mente, suspirou e foi colhido pelo sono, que se espraiou por sua consciência como o mar sobre as areias da orla de Rimini.

LVIII

Pela manhã, um ruidoso baque o fez despertar assustado, e a contragosto ele se obrigou a se sentar na cama. Pôs os pés no chão gelado, para logo calçar os chinelos e abandonar as cobertas. Levantou-se, cambaleante esfregou os olhos, e com uma monumental preguiça foi até a janela. Uma carroça arriava pesadas caixas de madeira.

Com a visão ainda embaciada, ele olhou o relógio e suspirou de indignação.

– Mas que idiotas! Quem faz um barulho desses às oito horas da manhã de um domingo?! – praguejou enquanto caminhava até o banheiro.

Depois de banhar o rosto, ele sentou-se na cadeira da cozinha, pôs os cotovelos sobre a mesa e envolveu a cabeça com as mãos. Seu corpo suplicava por regressar ao leito, todavia sua mente já iniciava um torturante trabalho de raciocínio. Ele mal conseguia abrir os olhos e uma miscelânea de pensamentos já o fustigava:

"Minha compulsão de ler esse livro é tão forte quanto a do senhor Fergelus em andar pelo mundo. Sinto que, se pudesse, passaria o dia a lê-lo. O gosto por essa leitura me enfeitiçou, mas não posso deixar que ele seja maior que a obrigação de encontrar o calcanhar de Aquiles desse desgraçado! Preciso achar uma maneira de combatê-lo ou de pelo menos conseguir fugir.

A história é muito envolvente, e o fato de eu saber que não é uma ficção me instiga ainda mais a conhecê-la. Se o senhor Fergelus foge do tédio no correr do tempo, talvez eu fuja da vida no virar das páginas dessa obra maldita!"

Jones esquentou um bule de água e preparou o café, abriu um pão ao meio, salpicou manteiga, cortou um naco de queijo e o jogou entre as bandas. Ele mascou o alimento sem sequer sentir o sabor, por um fugaz instante até esquecendo-se do que tinha à boca. Seus pensamentos se perdiam no labirinto de introspecção que se havia tornado a sua vida. Somente a desconfortável ação do abrasante líquido negro em seus lábios o convencia de que estava comendo alguma coisa.

À tarde ele iria à casa de Johnson, afinal já havia dois dias não tinha notícias dele. "Não será muito educado de minha parte bater na porta do senhor Johnson em um domingo, mas creio que ele me deve explicações por ter faltado ao encontro. O mínimo que ele poderia ter feito era enviar uma mensagem..."

Após haver finalizado a sua modesta e rápida refeição, Jones regressou ao quarto, pois ainda queria deitar-se por mais algum tempo para aproveitar aquele resto de manhã. E as molas da armação da cama rangeram quando seu corpo tombou sobre o colchão, assim como ele também gemeu por se ter recostado na maciez do leito, que ainda estava quente.

Com a espontaneidade de quem respira e nem sequer percebe o natural efeito de tal ato nos próprios pulmões, sua mão deslizou como uma áspide pelos lençóis até tocar o livro. Ele o segurou, trouxe-o diante dos olhos e o abriu.

Essas divindades eram frutos de folclores regionais alimentados a partir da ignorância. Lendas fomentadas com base em um absoluto desconhecimento da natureza e da ciência. E estúpido era que estas tolas concepções gerassem tantas guerras e regras primitivas de comportamento.

Por dois dias ele foi alimentado com iguarias selecionadas, e os guardas não mais o tratavam com desprezo. Um canto de sua cela foi forrado com tecidos e peles para que ali dormisse e se aquecesse. Via-se a pureza da água a ele fornecida e a qualidade dos suculentos comestíveis servidos no prato limpo. Ele bebia do líquido fresco e saboreava com agrado os manjares, como se o ato de ingerir comida fosse imperioso para o vigor de seu organismo. As vitaminas não lhe eram necessárias, o que realmente o cativava era o sabor. E vez por outra ele pensava sobre o tema.

Se nutrir-se não era uma basilar imposição orgânica, então qual a função do paladar? A resposta lhe parecia óbvia: o prazer da gustação.

E aquilo aparentava ser mais um artifício de sua condição, cuja finalidade era tão somente a de livrá-lo do tédio, pois uma eternidade sem qualquer tipo de prazer definitivamente não seria algo agradável.

O diferenciado tratamento que estava a receber, pleno de cuidados e respeito, era devido ao fato de haver caído nas graças do chefe daquele pequeno exército. Ele havia realmente impressionado o homem com seu conhecimento do Corão*.*

No terceiro dia, ele foi retirado da cela de uma forma mais branda. Não foi erguido com violência ou ofendido, tampouco empurrado. Os guardas nem sequer elevavam o tom de voz. Novas roupas lhe foram dadas, e pôde banhar-se em um tipo de elegante piscina de madeira.

Mulheres lhe foram oferecidas, tantas quantas ele pudesse escolher, e isso o fez pensar nas milhares de vezes em que estivera com elas. Certamente que aquele estranho oferecimento era apenas um ardiloso teste, pois ele sabia que um verdadeiro religioso — como o comandante que o interrogara aparentava ser — jamais agiria de tal maneira.

Para ele, o sexo não era tão prazeroso quanto se fazia para os mortais, e ele já havia intuído o motivo: o prazer sexual poderia facilmente desviá-lo do caminho.

Sem dúvida que tal prática abrandaria o tédio causado pela eternidade, todavia seria uma trilha perigosa, pois fatalmente ele se deixaria dominar por ela, como sempre acontecia com os Efêmeros.

Sua natureza era sábia, era capaz de dosar tudo para que nenhum embuste dos desejos pudesse descontrolá-lo. Seu pronunciado e irresistível poder de sedução não era voltado ao deleite pessoal, mas a um propósito, ao de manipular, ao de atravessar as eras sem dificuldades, sem ser percebido. E se por vezes ele o utilizava para divertir-se com a fragilidade dos Efêmeros, aquela era uma exceção permitida para tornar a sua jornada menos penosa.

Após rejeitar todas as mulheres e haver terminado o banho, ele foi levado à tenda do comandante, e lá permaneceu sozinho, diante de uma mesa repleta de comida.

Toda aquela preparação havia sido voltada para o encontro de ambos, para a conversa que se avizinhava. Ele, pelo visto, havia causado uma excelente impressão.

O dia estava muito claro, a luz solar espalhava-se pelo interior da tenda, que era de tecido vermelho, e uma tonalidade enrubescida se destacava sobre a tampa de algumas travessas de metal. O pano que cobria a entrada tremulava ao sopro de uma brisa fria, que também trazia para dentro alvas partículas de gelo fino.

Ao redor da ampla cabana, se podia ouvir o trote de cavalos, o rilhar das rodas de carroças e muitas conversas. O som dos passos pesados dos guerreiros aprofundando-se nas camadas de neve era constante. O golpe de martelos, o arranhar de serrotes e o retinir de espadas mesclavam-se na aguerrida sinfonia da rotina daquele povo.

E alheio a tudo isso, sentado à cabeceira da mesa de madeira grossa, ele servia-se. Destampava travessas, sentia fragrâncias incomuns, e contemplava alimentos que em tempo algum havia visto.

A culinária dos Efêmeros era fascinante! E naquele momento, com um sorriso, enquanto degustava o que lhe surgia aos olhos, ele resolveu jamais matar um bom cozinheiro, porém sem dúvida que abriria uma exceção para os maus. Quiçá o sangue destes fosse mais saboroso que seus banquetes.

Após provar de cada prato ele recostou-se em um dos tapetes que forravam o chão, ainda sentindo à boca os aromáticos condimentos daquela cultura, enquanto passeava os olhos pelo teto da cabana e por toda a sua extensão.

Aquele era um ambiente bem cuidado, repleto de almofadas e móveis de tamanho médio, no qual panos e vasos pareciam ter sido postos com cuidado sobre pontos determinados.

Do outro lado do recinto, sobre uma pequena mesa ele encontrou o Corão, e levantando-se caminhou até a obra, tomando-a nas mãos. A grossa capa verde ornada com letras douradas bem demonstrava o cuidado que haviam tido com aquela edição. O livro possuía um acabamento esmerado e imponente, que comprovava a importância que lhe era atribuída.

Sua capacidade de memorização era impressionante, mas certamente que jamais conseguiria decorar um livro de mais de mil páginas em poucos minutos. Nem ele seria capaz disso.

Cerca de meia hora depois, passos aproximaram-se da tenda, e subitamente o líder entrou com ares vitoriosos, sendo escoltado por quatro homens armados.

Ele, virando-se, pôs a mão sobre o coração, e disse:

— As-Salamu Alaikum.

E prontamente foi respondido pelo chefe otomano com o mesmo gesto.

— Waaleikum As-Salaam.

Dispensando os guarda-costas, o líder, em silêncio, apontou para uma das cadeiras, convidando-o a sentar-se. Ele o fez, e o homem recostou-se à outra.

Ao perceber o livro em suas mãos, sorriu, e balançando a cabeça em sinal de aprovação perguntou se conhecia seu conteúdo. Ao que ele respondeu:

— Não tanto quando Alláh conhece os homens. — Completando aquela frase com uma passagem da obra: — "Alláh é conhecedor do mistério dos céus e da terra, porque conhece bem as intimidades dos corações."

Curioso, o homem enrugou a testa e alisou a barba, pois era extremamente inusitado encontrar alguém que conhecesse o Corão sem que professasse o islamismo.

Nunca lhe fora tão fácil manipular um Efêmero.

A religião desempenhava um papel importante na filosofia de vida de todos os povos que ele conhecera. O respeito derivado do medo era a regra imutável que guiava aqueles que se recusavam a questionar. Todos temiam a morte, mas demonstravam crer que depois dela seriam levados a algum lugar celestial de felicidade constante.

Inquietar-se, pois, em razão da inevitável morte vindoura, e ainda assim, ao mesmo tempo, ter a certeza de que ela seria a passagem para a alegria perpétua era um pensamento contraditório. Essas incoerências muitas vezes para ele tornavam os Efêmeros um grande mistério.

Sua própria mente os traía com frequência, e, por mais que grandes líderes despontassem do cerne das nações, estes também possuíam fraquezas. Não havia patamares de diferenças, todos eram iguais.

Estar ali, tendo aquela conversa, o divertia profundamente. Por que os mataria, se enganá-los era muito mais prazeroso?

Erguendo-se com altivez, o homem convidou-o a acompanhá-lo através do acampamento, e ambos saíram da tenda, lado a lado, mas sempre seguidos pelos seguranças.

O vento cortante havia aumentado a velocidade, e várias fogueiras dispersas — que em vão buscavam afugentar o frio — agitavam-se, estapeadas por vigorosas refregas.

A fumaça emanada da lenha ardente era abundante, mas o fumo que subia alto não trazia o temor de serem descobertos, pois toda a vasta região estava dominada por aquele povo. À época, os otomanos continuavam a se expandir, desde as margens do Adriático até várias porções do Oriente, pondo a Europa em estado de temor constante.

Invadindo o pensamento daquele homem, ele informou-se sobre suas reais intenções: estava a recrutar combatentes de outras nacionalidades para integrar um exército que se juntaria às tropas orientais além das fronteiras do império.

Aquela foi uma excelente notícia! Isso iria facilitar muito o seu trânsito; ele passaria por todo aquele domínio com salvo-conduto e ainda acompanhado por guerreiros armados. Era uma grande oportunidade de percorrer uma vasta região.

Os combates que inevitavelmente ocorreriam apenas serviriam para lhe nutrir com boas quantidades de sangue, porém, em cada um deles, ele precisaria ser cuidadoso para que no calor da contenda não se deixasse descobrir.

Manter-se oculto sempre fora sua natural estratégia, pois sabia que, caso fosse descoberto, fatalmente a história humana de alguma maneira seria modificada, e isso ele precisava evitar a todo custo.

Foi escondendo-se que conseguira atravessar as eras, mas fora por razão de alguns deslizes que lendas foram criadas. Suas ações descuidadas deram vez à criação de estranhas histórias que se incorporaram à cultura de alguns povos. Ele era o demônio que atacava à noite, era o monstro dos antigos e assustadores contos infantis, era a entidade diabólica temida pelas civilizações ancestrais, era a sombra assassina que se alimentava de recém-nascidos.

Estátuas, que em nada se assemelhavam ao seu talhe, foram erguidas sobre pedestais em que vísceras humanas eram espalhadas. Ele era muitas vezes adorado como um deus da morte, da vingança e do sangue.

Esse fora o legado com que sua imprudência presenteara a humanidade.

A aldeia fortificada lhe foi apresentada com reservas, apenas para dar-lhe a impressão de que já havia conquistado a confiança de todos, vez que os pontos que lhe foram mostrados não tinham importância estratégica.

Certamente que seus conhecimentos do Corão surpreenderam aqueles homens, servindo de incentivo para convencê-los a recrutá-lo, e isso também gerou o bom tratamento que passou a ter, porém ainda não estavam de todo convencidos, isso só se daria com o tempo.

Jones fechou o livro, massageou a nuca, fez pender a cabeça para um lado, depois para o outro, na intenção de exercitar os músculos do pescoço. Espreguiçou-se, e pôde ouvir os vários estalidos das costas. Após sentar-se sobre o colchão, passou a planejar o dia: "Um bom banho é do que eu preciso! Tomarei um café forte e andarei parte do caminho até a casa do senhor Johnson... Preciso de exercícios! Lerei novamente o endereço dele para me certificar de que conheço a área".

Entre gemidos de desânimo, ele saiu da cama.

LIX

Às catorze horas Jones golpeava a porta da casa de Johnson e recostava-se no umbral da entrada para aguardar ser atendido.

Durante os instantes de espera introspectiva ele passou a observar algumas crianças que brincavam em um parque próximo. O corre-corre, a gritaria estridente, a divertida e enervante desorganização, e uma ou outra queda sem maiores consequências traziam àquele bairro um tempero familiar, quase uma mágica natalina.

Ali, ao redor dos brinquedos de ferro, movimentando gangorras e empurrando com cuidado balanços que rangiam correntes oxidadas, jovens mães inquietas gesticulavam, advertiam com o dedo em riste enquanto, vez por outra, estapeavam o pó acumulado nas pequenas roupas de seus rebentos.

E ele desejou ter passado por aquilo, sentiu saudade do que jamais havia vivenciado, sendo envolvido por um doloroso sentimento próprio dos "órfãos de nascença". Ele, como Fergelus, havia chegado à vida no exato momento de um adeus, havia sido retirado do ventre de uma mãe que nunca conheceria. A vantagem que Jones tinha sobre o autor era o fato de poder ver a face daquela que o gerara, mesmo tão borrada, em velhas fotografias.

Apesar dos delgados raios do sol conquistarem as frestas das copadas nuvens, o dia permanecia cinzento. Uma brisa discreta brincava com as tênues brumas do *fog*, e ainda sacolejava com timidez as vegetações secas de jardins malcuidados, enquanto fumaças pesadas, grotescas, e muito altas pintavam imagens fantasmais nos reflexos das vidraças de algumas janelas.

Jones bateu novamente na porta, com mais força, aproximou a orelha da madeira para tentar perceber algum ruído no interior da casa, mas reinava o absoluto silêncio. Nenhum som denunciava a presença de alguém.

"Acho que ele não está!", lamentou-se. "Eu vou aguardar... de hoje não passa! Espero que ele não tenha viajado!"

Ao voltar-se para a rua, notou além dos vidros da janela da casa vizinha um rosto curioso que o observava, e com um sorriso acenou, sendo correspondido. A senhora que lá estava tinha uma xícara nas mãos, e parecia cuidar da própria vida enquanto observava a dos outros. Ela pôs o recipiente sobre algum lugar e abriu a janela.

— Boa tarde, senhor! Posso ajudá-lo?

— Boa tarde, senhora! Espero que sim. Vim ver o senhor Arthur Johnson, mas creio que ele não está em casa...

— Não sei lhe informar... Sei que ele estava sexta-feira. Ele e outro senhor.

— Por volta de que horas?

— Às dezessete horas — disse com convicção. — Sei disso por ser a hora que sempre passeio com Fairchild... meu cão.

— Entendo...

— Passei pela frente da casa e vi pela janela que havia alguém com o senhor Johnson.

— Acho que esperarei mais um pouco...

— Como quiser — disse sorrindo.

— A senhora viu a pessoa que estava com ele? — indagou, curioso.

— Só de costas, quando saiu pelos fundos. Eu achei estranho sair daquela maneira...

— De que maneira, senhora?

— Ora! Pelos fundos! Acho que estava ferido... Não sei...

— Ferido? — admirou-se.

— Sim, mas não tenho certeza. Apenas parecia mancar um pouco, quase nem dava para notar...

— E a senhora não o viu mais?

— Não, ele saiu pelos fundos e desapareceu.

— Me refiro ao senhor Johnson.

— Ah! Não... Desde sexta-feira que não o vejo, mas ele é muito ocupado. Agora me dê licença, está um pouco frio...

— Claro, senhora! Agradeço a ajuda.

A mulher fechou a janela com certa dificuldade e fez correr as cortinas brancas, ocultando o interior da residência. Jones coçou o queixo em um gesto espontâneo de dúvida, tendo à face uma expressão de inquietude.

— Um homem manco! — sussurrou. — Novamente!

"E se for o mesmo que guiou a carruagem do senhor Stafford até a taverna do senhor Fergelus? Será que é o homem que observa Lilian?"

A ansiedade fez arder o seu estômago. "Se ele esteve aqui, o senhor Johnson sabe mais do que eu imagino, e realmente me deve explicações! Ele terá que me dizer tudo o que sabe!", decidiu.

Outra vez, com mais insistência e força, ele golpeou a porta, dando cinco vigorosas pancadas de forma a fazer com que a tranca clicasse um ruído metálico, e aguardou alguns segundos antes de repeti-las, no entanto, ao perceber a inutilidade daquele esforço, desencorajou-se, pois já estava chamando a atenção dos transeuntes. Suas roupas escuras e maneiras suspeitas destacavam-no no palco da varanda alva, como uma mancha barulhenta em uma silenciosa parede branca.

A ansiedade que esboçava no rosto poderia assustar alguém, afinal ele jamais havia estado ali e decerto que, sendo um bairro familiar, a polícia seria alertada.

"Vou embora! Que perda de tempo! Mas voltarei... Não, melhor ir ao jornal procurá-lo! Farei isso segunda-feira."

Jones afastou-se da casa com passos acelerados, porém a certa distância se deteve, pensativo. "Não! Eu preciso insistir! Tenho que ter certeza de que não há ninguém lá! Quero explicações!"

Ele contemplou a residência como um desafio, sua expressão mostrava que uma ideia perigosa estava em gestação. Seus olhos analisavam a construção de cima a baixo, de ponta a ponta, como um alpinista antes de escalar a montanha que o provoca.

A casa era de tamanho médio e sem primeiro andar. Na fachada havia apenas uma porta, que era ladeada por duas janelas. Uma escada de dois degraus levava a uma pequena varanda quadrada e sem cobertura, na qual uma cadeira de ferro encostava-se à parede branca. Era tudo muito prático e sem ostentação. Na área frontal não havia cerca, e o piso era de pequenos blocos de cimento.

Havia dois estreitos corredores laterais, que separavam a residência das outras casas, levando à parte dos fundos, onde um muro de cerca de um metro de altura delimitava a propriedade.

Sorrateiramente, esmerando-se por não ser visto, nervoso, Jones entrou por um dos corredores, caminhou até a parte traseira da residência, e lá, no pequeno muro, reparou a existência de um portão de ferro que levava a outra rua.

— Foi por aqui que o manco escapou — murmurou.

No quintal, que aparentava ter cerca de quatro metros de extensão por seis de largura, havia uma pequena mesa redonda e quatro cadeiras, tendo do outro lado uma pá e uma vassoura encostadas à parede. A fachada traseira seguia o padrão da frontal, mas sem degraus, e as janelas eram menores.

Jones aproximou-se da porta, desferiu três golpes discretos com o nó do dedo indicador e chamou por Johnson.

— Senhor Johnson! Sou eu, Jones Philips!

Deu-se a expectativa envolta pelo mais acentuado silêncio, e ele repetiu o procedimento, socou a madeira duas vezes com impaciência.

— Senhor Johnson! Abra a porta! — quase gritou. — Sou eu, Jones Philips! Precisamos conversar!

Instintivamente ele pôs a mão sobre a maçaneta e a girou; a porta abriu, não estava trancada. As dobradiças rangeram, cansadas, como se espreguiçassem após despertarem de um profundo sono, e aquele som agudo, arranhado, violou o funéreo remanso. Ele estremeceu.

A porta estava então totalmente aberta, e revelava o interior da casa plenamente escuro. Um inusitado e ameno odor desagradável mesclado aos ares de um ambiente abafadiço lhe atacou com um início de enjoo, e ele retirou do bolso um lenço, que logo cuidou de colocar sobre o nariz. Aparentemente não havia ninguém, e já havia algum tempo.

— Mas que cheiro é esse?! — murmurou exibindo um esgar de repulsa.

Com extrema cautela Jones deu o primeiro passo, fez deslizar o pé esquerdo sobre um pequeno tapete marrom, e entrou na casa.

— Senhor Johnson! — anunciou. — Estou entrando! É Jones Philips!

A penumbra que abrangia os cômodos era invadida com brandura por acanhados filetes de luz que entravam pelas brechas das janelas semiabertas, dando ao ambiente um aspecto onírico. A quietude era tão arraigada que nem sequer o som da rua podia ser percebido. Jones apenas distinguia os ruídos amedrontados do próprio coração.

A cada movimento, vagarosamente ele infiltrava-se mais naquele tétrico recinto enquanto seu instinto alarmado lhe informava que algo terrível se avizinhava.

"Eu não deveria estar aqui!", buscava convencer-se na intenção de desistir.

Qualquer ruído, por menor que fosse, alastrava-se pela casa. Seus passos prudentes faziam o assoalho de madeira gemer, trazendo uma agressiva sensação de insegurança. Jones temia que o manco pudesse estar oculto em algum lugar, apenas esperando para atacá-lo pelas costas. Por certo que a possibilidade desse evento ocorrer era remota, mas a ameaça não lhe saía da cabeça e lhe trazia estremecimentos ao corpo.

Após atravessar a pequena cozinha, ele alcançou a sala, e parado sob o umbral pôde ver papéis espalhados pelo chão. A brancura das páginas destacava-se em todo aquele breu. Aparentemente a casa havia sido vasculhada, pois a desordem era proeminente. Havia uma cadeira tombada e uma das cortinas da janela da frente estava arriada. Os móveis, levemente desorganizados, pareciam ter sido deixados naquela posição durante uma faxina interrompida. Um amplo tapete de tão remexido parecia uma cordilheira a esparramar-se pela dimensão da dependência.

O cenário aos poucos lhe convencia de que ali havia ocorrido uma luta feroz.

Dando mais um passo, ele pisou em alguns cacos de vidro, e ante a taciturnidade da atmosfera o ruído foi ainda maior que os estalidos da velha madeira do pavimento. Jones estacou, apavorado. A tensão era absoluta, e ele pensou em deixar tudo para trás e correr, mas algo insólito lhe chamou a atenção: em uma das extremidades daquele caótico espaço, ele distinguiu um volume estranho e retorcido que se evidenciava em meio à penumbra. E apertando os olhos fixou-os na intenção de que se adaptassem ao negror, para em seguida distinguir alguém deitado de bruços. Ele aproximou-se e reconheceu Johnson, imóvel e sem respirar.

Paralisado, de pé no centro da sala Jones desesperou-se, passou a tremer tanto que deixou cair o lenço que lhe cobria as narinas, mas rapidamente o apanhou e acercou-se do corpo.

Apesar da penumbra, ele conseguiu observar algo na têmpora esquerda de Johnson, uma área mais escurecida, o que lhe pareceu ser uma profunda pancada, ou algo semelhante.

– Senhor Johnson! – murmurou arqueando-se e com voz trêmula, em uma vã tentativa de obter a resposta que jamais ouviria.

Naquele momento percebeu que do corpo manava uma fétida exalação. Era aquele o horrível cheiro que tomava a casa. Sem dúvida que o homem estava morto. Ele percebeu também uma mancha mais escura no piso, próxima ao abdome do cadáver, e entendeu que era sangue.

Em vão ele tentou controlar-se, pensou até em chamar a polícia, mas desistiu da ideia; isso só lhe causaria um grande problema, afinal, o mal já estava feito. E aos poucos passou a afastar-se do cadáver, sem perdê-lo de vista, tropeçando nos objetos espalhados pelo assoalho.

Jones alcançou o umbral que havia atravessado para entrar na sala, guardou o lenço no bolso, deu as costas àquela bárbara cena, apressou os passos até a porta, saiu e fechou-a cuidadosamente.

Com extremo cuidado fugiu da propriedade pelo portão de ferro, exatamente como o manco havia feito, enquanto as crianças ainda brincavam no parque.

LX

Com a cabeça pressionada entre as mãos estremecidas, cabisbaixo e sentado aos pés da cama do quarto, a todo custo Jones empenhava-se em manter o controle. A respiração descompassada e o patente desespero que lhe deformava a face bem representavam a débil condição de seu estado emocional.

A imagem medonha do cadáver prostrado ainda lhe feria os olhos, e o odor nauseabundo que reinava naquele sombrio ambiente continuava a impregnar seu olfato.

Ter conseguido chegar à sua casa nunca fora tão difícil, por todas as esquinas, os parques, os becos, as ruas, as vielas e nos próprios semblantes dos que pelo caminho lhe cruzaram os passos ele distinguiu com inquietante clareza a figura deformada do repórter morto.

"Não foi o senhor Fergelus que cometeu esse crime! Não... Não foi! Não dessa vez! Foi o manco! O senhor Johnson morreu por saber demais, e, conhecendo-o como eu o conheci, não é incorreto pensar que ele estava preparando uma detalhada reportagem sobre as atividades do senhor Fergelus. O manco revirou a casa e deve ter levado tudo o que ele estava escrevendo. Esse homem é extremamente perigoso! Se ele tocar em Lilian, eu o matarei!"

Ao ser tomado por aquela ideia, que lhe pareceu bem possível de ser posta em prática, seu rosto transfigurou-se, assumindo uma expressão de ódio.

"O senhor Johnson foi assassinado na sexta-feira, por isso faltou ao encontro! Enquanto eu o esperava, ele estava morto! Que coisa horrível! A culpa é minha, eu o envolvi em tudo isso! A senhora da janela foi precisa na hora em que o viu, e não pode ter sido uma coincidência que isso tenha acontecido no dia em que marcou o compromisso! Ele ia me revelar algo, e deve ter sido morto por esse motivo! Quando o corpo for encontrado, será um escândalo!"

Subitamente Jones largou a cabeça e arregalou os olhos. "Eu serei suspeito!", espantou-se. "Aquela senhora será interrogada pela polícia e irá me identificar facilmente! Eu fiquei parado diante da casa por todo aquele tempo!"

Apoiando-se na cama ele saltou e ficou de pé, passou a andar pelo cômodo para ordenar os pensamentos. Foi até o armário, regressou ao local em que estava, aproximou-se da escrivaninha, apoiou-se na parede, olhou para o chão, para o teto e para a janela.

"Ela dirá que viu o manco, isso poderá me ajudar de alguma maneira... mas ainda serei suspeito, pois estive lá! Ela não me viu entrar na casa, por isso ninguém saberá que vi o corpo! O que direi? Serei interrogado novamente!"

Jones se sentia como um criminoso que precisa ser maquiavélico para planejar a melhor maneira de encobrir seu crime.

"Direi a verdade! Que o senhor Johnson faltou a um encontro marcado, e que eu fui à sua casa para saber a razão! Direi que bati na sua porta, e aquela senhora poderá confirmar isso. Posso dizer que ele não atendeu e eu fui embora! Preciso evitar qualquer detalhe que torne a história complicada! Tudo deve ser simples. O garçom da taverna Captain Murphy irá comprovar que estive lá, mas e se a polícia perguntar o motivo do nosso encontro? Direi que íamos tomar cerveja juntos, para conversar, nada mais."

Ele saiu do quarto e alcançou a cozinha. Lá vasculhou o armário e encontrou ao fundo da prateleira uma velha garrafa de uísque empoeirada. Com afinco arrancou a rolha do gargalo, que ali parecia haver sido colada, e o estalo contido da cilíndrica cortiça soou abafado. Ele precisava beber algo.

Agarrando um copo, sentou-se, e pôs a bebida sobre a mesa. O primeiro gole desceu pela garganta como fogo, e ele tossiu, esboçando uma careta desconcertante. O segundo pendeu mais ameno, mas não tanto quanto o terceiro.

"Amanhã o senhor Johnson faltará ao trabalho, e será procurado. Creio que até terça-feira encontrarão o seu corpo... Tenho que me preparar para a tempestade que se aproxima!"

Depois de bebericar por algum tempo, Jones passou a expor leves sinais de tontura; seus olhos já experimentavam o discreto peso do sono provocado pelo álcool. Ele suspirou, esfregou o rosto, agitou a cabeça, deixou a garrafa sobre a mesa da cozinha e voltou ao quarto. Lá se jogou sobre a cama. O relógio marcava dezoito horas quando ele olhou para o livro.

Aquela obra se tornara a sua bíblia, a mortalha negra que recobria a sua paz. Seus olhos fixos na capa solene e sombria pareciam não pestanejar, tal se a imagem do ouroboros o estivesse a hipnotizar ou a amaldiçoá-lo.

Cada lauda virada era um tempo esvaído de sua vida, e as próximas talvez os dias que lhe restavam. As letras escuras no papel um tanto amarelado eram como aros que faziam de cada frase uma corrente. Aquelas sentenças forjadas com atilamento bem poderiam ser os literários grilhões que aprisionavam sua concórdia e lhe asfixiavam a serenidade, que, agora, nada mais era que uma sensação havia muito passada.

Nenhum acontecimento, por mais trágico que fosse, lhe subtraía a compulsão de ter aquele livro nas mãos, de abri-lo, de explorar seu texto, de senti-lo penetrar a sua alma como o odor abominável de carne podre que empesteava a casa de Johnson.

E agarrando-o como um alcoólatra que segura a garrafa que ama e odeia, ele passou a lê-lo.

Certamente que seus conhecimentos do Corão surpreenderam aqueles homens, servindo de incentivo para convencê-los a recrutá-lo, e isso também gerou o bom tratamento que passou a ter, porém ainda não estavam de todo convencidos; isso só se daria com o tempo.

Em 1436 reinava Murad II, o sexto sultão otomano, filho de Mohamed I, sendo seu governo distinguido, desde o começo, por revoltas e por uma grande guerra que duraria vinte e cinco anos contra os senhores feudais cristãos da Península dos Bálcãs e Beyliks da Anatólia, também conhecida como Ásia Menor.

Os Beyliks eram pequenos principados nas terras abaixo do Mar Negro, governados por Beys, que eram líderes turcos de áreas cuja extensão se assemelhava à do império otomano, que até então não era tão vasto quanto se tornaria.

O próprio território otomano em 1300 era um Beylik, que em apenas cinquenta e nove anos se expandiria em suas duas extremidades, tendo uma delas ocupado a orla diante de Constantinopla, no Mar de Mármara.

Nem sendo seguidores da mesma religião os Efêmeros se entendiam, e justificavam aquela primitiva natureza aguerrida com o argumento da "interpretação", que na verdade não passa de uma forma de impor um ponto de vista.

De início a regra era que muçulmanos não deveriam lutar entre si, mas isso mudaria, pois a corrupta humanidade de cada um iria sobrepor-se à fé. Como sempre.

O chefe dos ghazis que o acolhera era um dos homens de confiança de Murad II, e em razão disso detinha muito poder. Alguns anos antes, em 1421, ele havia integrado um novo exército chamado Azab, que nada mais era que uma milícia camponesa formada por jovens solteiros. Daí vem o nome "Azab", solteiro.

Os Azab eram voluntários, recebiam soldo apenas quando em batalha, e ainda tinham a liberdade de optar por deixar o exército. Porém ele continuou, dedicou-se às armas com afinco, participando bravamente do interrompido cerco à Constantinopla em 1422. E por seus atos de dedicação e coragem não apenas tornou-se admirado pelo sultão, como também foi agraciado com a chefia de um exército e o controle de uma região próxima ao Adriático.

O culto otomano chamava-se Said Fuad, que em uma tradução mais simples e aproximada significa "coração feliz", o que definitivamente não possuía. E agora ele tinha um plano: à semelhança do exército Azab, criaria uma nova milícia, dessa vez de estrangeiros simpatizantes para lutar contra os feudos Bálcãs e ampliar o império em direção aos Beyliks, assim cercando Constantinopla.

O audacioso projeto havia sido aprovado por Murad II, que, confiante, deixara a execução da empreitada nas mãos de seu dedicado súdito.

Durante a caminhada o colóquio estabelecido entre ambos havia sido espantoso e revelador para o líder, que se vira enfeitiçado com tamanho discernimento. Contudo, apesar da surpresa que havia sido encontrar alguém tão inteligente, ele ainda tinha ressalvas em contar todo o plano.

Suas reservas foram inúteis, pois ele já havia vasculhado a mente do afamado ghazi, pondo-se a par de tudo, de cada minúcia do grandioso planejamento.

Sem dúvida que o cérebro daquele homem era metódico e equilibrado. Não fora à toa ter se tornado um líder, mas, como todo Efêmero, tinha suas falhas, e uma delas foi deixar-se encantar pelos conhecimentos corânicos de um estranho.

Após lhe haver mostrado parte do acampamento, que era quilométrico, bem povoado, próximo ao mar e propenso a se tornar uma cidade, o homem levou-o à sua tenda, e lá sobre tapetes e almofadas se sentaram.

Ali os dois passaram horas conversando sobre música, religião, estratégia militar, arte, filosofia, astronomia, medicina, antigas civilizações, cultura dos povos e até sobre culinária.

Apesar da pouca idade e da origem camponesa, aquele homem era bastante inteligente e muito astuto, tendo lhe feito infinitas perguntas sobre a Itália, terra que, com o tempo, almejava conquistar para o seu sultão.

O hábil ghazi acreditava estar diante de um autêntico italiano, letrado além do comum, versado como jamais havia visto, e de extrema sensibilidade. Mas, apesar do despertado interesse, da surpresa que era ter encontrado um indivíduo que fugia à rude normalidade, ainda se mantinha bastante desconfiado, como era inevitável que ocorresse a alguém de inteligência meticulosa que ocupava aquela importante posição. Todavia, suas estratégicas incertezas foram dissipadas quando lhe foi narrada uma simples mentira.

A história elaborada com maestria falava de um homem que, por defender o amigo muçulmano, fora perseguido pelo Estado e, em razão disso, pagara muito caro, perdendo seu primogênito. Contou ainda que o tal homem havia tirado a vida de um oficial de alta graduação, tornando-se um insurgente caçado que, para não ser vítima das leis injustas de sua terra, furtara um barco e fugiu, sendo capturado em terras Bálcãs.

Assumindo a identidade do personagem ele tocou o coração do comandante, que também havia perdido um filho. E essa informação, que estava guardada em uma área dolorosa do cérebro daquele ghazi, havia se convertido em seu ponto fraco.

O embuste bem arquitetado conseguiu convencer ao astucioso líder otomano de que à sua frente estava não apenas um simpatizante do islamismo, mas um homem revoltado com a decadência moral dos governos ocidentais. Ele mesmo, que era muito vivido e já havia participado de batalhas sangrentas, possuía a sua arraigada dor existencial, que tentava aplacar na ponta de uma amolada cimitarra.

Todas as respostas que o líder Said Fuad queria ouvir lhe foram dadas, pois muitas delas já se encontravam em sua própria cabeça, que previamente havia sido esmiuçada com diligência.

Seu poder de persuasão envolveu aquele homem tão preparado na vida e na guerra de tal forma que na manhã seguinte seria designado como chefe da primeira milícia formada. E esta, após um obstinado e necessário treinamento, seria enviada em direção a Bucareste junto de um pelotão de otomanos para se unir a outro que lá já se encontrava. Ao caminho, teriam que combater os feudos balcânicos para abrir um corredor até o destino e ampliar o império.

Muitos cristãos, sentindo-se ameaçados, preferiram fugir a colaborar, enquanto outros optaram por combater os otomanos violentamente; mas, apesar de tudo, até aquele momento se havia conseguido arregimentar mais de quinhentos seguidores, que em busca do soldo prometido resolveram arriscar-se na ousada aventura.

Certamente poucos sobreviveriam, mas para muitos a guerra era melhor que a fome e a miséria. Lá teriam proteção, capacitação bélica, um teto, alimento e dinheiro. Era mais do que poderiam esperar se permanecessem em seus países.

A estratégica e cruel ideia de Fuad era colocar aqueles homens para ir à frente de seu pelotão, e assim evitar que se avantajasse o número de baixas otomanas. Muitos sabiam que fatalmente estariam cavalgando para a morte, mas a insanidade que os dominava enchia-os de coragem. Eles eram ignorantes e violentos a ponto de participarem de tal estupidez. Muitos aventureiros e mercenários em busca de ação e riquezas se uniram ao batalhão, o que inevitavelmente no futuro criaria problemas de conduta, mas Fuad já havia previsto isso, e a ordem era para matar todos que perpetrassem indisciplina.

Não tardou muito para que, durante o treinamento, algumas discórdias surgissem, e isso muito o favoreceu, pois, já antecipando o fato, em conversa com Fuad oferecera-se para realizar as execuções. E ainda o aconselhara que elas fossem feitas sigilosamente, em um local afastado, onde apenas ele e o condenado estivessem presentes, para que assim o ato não fomentasse uma rebelião. Era tudo o que ele precisava para poder nutrir-se com sangue.

No primeiro mês ele cortou cinco cabeças, fartando-se com os grossos e potentes esguichos lançados pelas jugulares. E o sangue que lhe descia quente pela garganta robustecia seu corpo e suas habilidades.

Após o treinamento de poucos meses, os homens estavam aptos para o combate. A técnica otomana para o manuseio das flechas, lanças e espadas era agressiva, mortal e primorosa. Seus conhecimentos da arte da guerra expandiram-se demasiadamente com aquele povo. Se ele já era um guerreiro impiedoso, um assassino brutal, ali depurou o seu método e aumentou a sua eficiência.

Era nas áreas onde imperava a brutalidade que ele mais se divertia. Agradava-lhe o inesperado, quando parava de ler mentes com a intenção de ser surpreendido. E ainda mais se deleitava em encurralar suas vítimas para revelar sua identidade antes de matá-las. Ele costumava observar as atrocidades cometidas nos campos de batalha para superá-las em ações futuras. E assim foi deixando ao longo das pelejas uma infinidade de corpos mutilados.

Em batalha, sob extrema tensão e risco de morte, os Efêmeros expunham duas tendências ocultas e permanentes: uns fugiam em desespero enquanto outros se tornavam animais selvagens. Para ele, no entanto, o que deveria ser pavor e angústia eram presentes que lhe assoberbavam com uma magnífica sensação de poder tão prazerosa quanto o sabor que a adrenalina dava ao sangue.

As lutas animalescas eram como uma brincadeira. Arrancar braços com golpes de espada tornara-se uma diversão, e pintar a face com o sangue do inimigo quase um ritual. Por vez os cegava com a ponta de um punhal para vê-los correr, enlouquecidos, em plena gritaria do combate. Mas foi quando começou a dissecá-los para expor seus órgãos como afronta ao exército inimigo, e a desmembrar suas montarias, que passou a ser temido pelos seus próprios companheiros.

Em uma batalha, aos brados, e após ter aberto o tórax de um homem, diante de todos ele devorou o seu coração, o que mesmo naquele ambiente sanguinário causou um forte choque de profundo asco e horror a ambos os exércitos.

Fuad, com o tempo, passou a temê-lo, pois se questionava acerca de sua sanidade. Os homens de seu batalhão tanto quanto os próprios otomanos o viam como um monstro sanguinário. Alguns até afirmavam que ele havia sido enviado pelo Diabo.

As contendas se seguiam por dias, semanas e meses. Agora, ele ia à frente de seu pelotão, que havia sido bastante reduzido. Os confrontos eram rotineiros e os corpos espalhavam-se, avermelhando o verde da relva e a alvura da neve. Centenas de cadáveres com vísceras expostas se haviam tornado uma horripilante alfombra a cobrir a planície de destruição e crueldade. E quando chovia, o amplo terreno pintava-se em larga extensão com o pegajoso rubor escuro de um oceano de sangue.

O fogo que ardia nas pontas das centenas de flechas arremessadas incendiava carroças, casas e tendas, arrasando igrejas, mosteiros e florestas, a erguer um número incontável de colunas de vasta fumaça enegrecida, que subia e se abria no céu como as asas da morte.

Por onde ele cavalgava nada sobrevivia, os rios tornavam-se rubros e os povoados convertiam-se em cinzas, enquanto relâmpagos rasgavam o firmamento e trovões pareciam querer demolir montanhas. Seus feitos eram tão animalescos que muitos otomanos se recusaram a guerrear ao seu lado.

Valendo-se de sua imortalidade e força ele arriscava-se a cada combate, lutando em campo aberto sem preocupar-se com os que o seguiam. Não havia sequer um dia em que não promovesse impressionantes carnificinas. Sua temida destreza com a espada estava se tornando lendária, e sua coragem, uma ameaça para os comandantes otomanos.

À noite, ele esgueirava-se sozinho por acampamentos inimigos, e lá massacrava a todos sem piedade, não deixando escapar mulheres, crianças ou qualquer animal. E quando todos estavam mortos, deles nutria-se.

Seguindo o seu exemplo, alguns combatentes da milícia passaram a pintar o rosto com o sangue dos inimigos abatidos, e isso desagradou profundamente a Fuad, que então viu nele não mais um homem que buscava justiça, mas apenas um medonho selvagem guiado pela monstruosa sede de sangue.

Porém, apesar de seus métodos serem bárbaros, eram efetivos, auxiliavam demasiadamente a expansão do império, e por esse fato seguiram sendo tolerados, mas com antipatia.

Foram longos quinze anos de espantosos massacres ininterruptos, até que seu pelotão estivesse totalmente dizimado, ainda que ao longo do tempo houvesse aumentado de integrantes com a chegada de novos mercenários.

Em 1451 faleceu o sultão Murad II com quarenta e sete anos, passando o comando para seu filho de apenas dezenove, Maomé II, que viria a ser conhecido como O Conquistador.

Dois anos depois, em 1453, com vinte e um anos, Maomé II, comandando um exército de quase duzentos mil soldados e trezentos e vinte navios, tomou Constantinopla, pondo término ao Império Romano do Oriente. Finalmente Roma caía.

Tendo o império otomano se expandido para além da Ásia Menor e dominado o comércio marítimo do Mar Negro, Mediterrâneo e parte do Vermelho, Fuad, após três anos, resolveu declarar a seus comandantes subordinados que não via mais função para seu bravo e sanguinário guerreiro, e que havia decidido descartá-lo.

A verdade era que, após vê-lo por tantos anos em ação, seu temor cresceu, pois gradativamente vinha perdendo autoridade ante aquele líder que despontava. Se ao início encantara-se por seus conhecimentos, agora se sentia encurralado por sua bravura.

E foi em uma noite, a poucos quilômetros do território que só quatrocentos anos mais tarde se chamaria Romênia, que seis homens foram designados para matá-lo.

Três pares de guerreiros brutais, treinados, fortemente armados e silenciosos, sob ordens diretas de Fuad, atravessaram sorrateiramente as habitações que se espalhavam pela ampla extensão de terra, indo em direção à localidade mais afastada e deserta, que era onde ele isolava-se em uma tenda.

Ele já havia tomado conhecimento do plano, e como sempre estava preparado para surpreender mortalmente qualquer um que tentasse intimidá-lo. A traição de Fuad já era esperada. Mesmo que ele não tivesse lido seus pensamentos teria certeza que fatalmente ela ocorreria. Ele conhecia aquele homem muito bem, cada milímetro do seu cérebro, que vasculhara por todos aqueles anos em que se divertira promovendo massacres em nome do exército otomano.

O interior de sua tenda estava escuro. Do lado de fora as poucas fogueiras dispersas projetavam o bailar das chamas no tecido grosso, e as sombras que oscilavam pareciam vaporosas bandeiras enlutadas. Vez por outra o calmo trote de um cavalo podia ser ouvido pelas proximidades, ainda o sopro acanhado do vento frio a acariciar a copa das árvores, mas o silêncio se esmerava por imperar enquanto ele aguardava para alimentar-se.

Aqueles brutos Efêmeros que caminhavam confiantes, apertando a empunhadura de suas gélidas espadas, e tomados pela tensão própria da expectativa do que almejavam praticar, estavam com os minutos contados, a cada passo aproximavam-se de uma morte jamais imaginada.

Ele levantou-se do chão coberto por uma grossa alfombra, almofadas e peles de ovelha, remexeu nos lençóis para criar a ilusão de que permanecia deitado, dirigiu-se a um dos cantos da tenda, ali se pôs de pé à distância de dois braços da entrada, e com um sorriso percebeu a chegada dos assassinos.

Os homens sussurravam entre si, planejando como se daria a ação. O plano era cercar o lugar onde acreditavam que ele dormia, e todos, ao mesmo tempo, descerem suas espadas com a máxima força que pudessem empregar.

O primeiro entrou com muita cautela, para ser seguido pelo segundo, e logo após pelos outros. Mesmo nada distinguindo, cuidaram para que os olhos buscassem acostumar-se às trevas, e quando conseguiram ver o que lhes pareceu ser alguém deitado, se aproximaram, erguendo as pesadas lâminas.

Os movimentos foram violentos e certeiros; cada homem desferiu um número incontável de fortes estocadas sobre o exato local de onde ele se havia erguido segundos antes.

Quase sincronizado, o deslocamento dos metais parecia o das engrenagens de uma máquina enlouquecida. Subiam e desciam como pistões mortais e amolados. E após terem a certeza da missão cumprida pararam, ofegantes.

Eles murmuraram agitados e se sentiram vitoriosos por acreditarem ter acabado de assassinar o maior guerreiro do exército otomano. Seus olhos brilharam com a esperança de serem regiamente recompensados por isso.

Um deles saiu da tenda às pressas, voltando instantes depois com uma tocha que havia retirado de uma das fogueiras, e, aproximando a madeira inflamada para verificar o resultado daquele selvagem esforço, tremeu, quase a deixando cair. Os seis homens, assustados, viram que o leito rudimentar estava vazio; não havia corpo esmigalhado, ou sequer uma gota de sangue, apenas tiras de pano.

Sem mais esperar, do canto em que se ocultava, com ironia, ele lhes perguntou se estavam com insônia. Os Efêmeros voltaram-se com um susto gigantesco, um até deixou cair a espada. E logo em seguida foram atacados com extrema violência.

Os dois primeiros tiveram suas gargantas dilaceradas, outro, que mal pôde esboçar qualquer reação, teve os olhos perfurados por dedos, enquanto os três que brandiam inutilmente os sabres tiveram as cabeças esmagadas por potentes pancadas. Os gritos ensurdecedores encheram a tenda, mas foram calados de imediato pela morte que ali estava presente.

Ele agarrou o crânio do que bradava sem olhos e o girou quase que completamente, em uma volta de mais de cento e oitenta graus. Os ossos estalejaram muito alto e em sequência, lhe parecendo o crepitar das fogueiras próximas. O sangue esguichado pintou a tenda com planícies vermelhas, em um magnífico quadro repleto de árvores e montanhas. Um entardecer relaxante a despontar sobre a cordilheira dos Cárpatos surgiu no tecido da cabana, vivo e pulsante, iluminando-se ao pano graças às chamas das fogueiras. E ali, sobre os corpos retorcidos, ele sorveu o sangue de cada um.

Era início de madrugada, e as pálpebras de Jones pesavam como um livro antigo. Seus olhos, já encobertos pela turvação do cansaço, não suportaram mais continuar a leitura.

Aos poucos a obra que tinha nas mãos lhe pendeu sobre tórax como uma mortalha negra que se prostra com serenidade, e deixando-se levar pela exaustão ele dormiu.

LXI

Segunda-feira. Na editora, Jones inquietava-se ante a expectativa da tempestade que iria desabar sobre a sua cabeça em algum dia da semana.

Inevitavelmente dariam por falta de Johnson no jornal. Com o tempo o procurariam, o corpo seria encontrado, as investigações se estabeleceriam, a senhora da janela seria interpelada, e ele seria chamado para o depoimento. Essa era a sequência lógica. Até que isso acontecesse, a angustiante espera o deixaria tenso, porém a necessidade o ajudaria a pensar no que dizer. Ainda havia algum tempo para preparar-se.

"Que tragédia!", pensou ao lembrar-se do cadáver de Johnson. "Ele não merecia morrer daquela maneira! Preciso descobrir quem é esse manco desgraçado e qual a relação dele com o senhor Fergelus!"

E desanuviou-se em sua memória, como um alerta da consciência, a imagem da manhã em que muito cedo testemunhara o suspeito encontro entre Spencer e Johnson.

"Aquele homem observando os dois... Era o manco! Se ele matou o senhor Johnson também assassinou o senhor Spencer! O maldito deve ser o cão de guarda do senhor Fergelus. O desgraçado é muito familiar... Eu já o vi antes!"

A feroz sensação que o sufocava advinha da percepção de estar preso ao centro de uma teia repleta de aranhas esfomeadas e peçonhentas. O perigo espalhava-se como a neblina, o cercava como uma horda de sombras maliciosas dignas do mais sinistro pesadelo. Como se não bastasse sentir-se a cada segundo ameaçado por Fergelus, agora esse outro personagem somava-se à trama, trazendo perigo a todos.

Jones instintivamente fechou as mãos com força, como se fosse iniciar um combate.

"Se for o mesmo homem que Lilian viu da janela, então ela corre perigo! Ele a está observando..."

Ante a possibilidade de sua irmã sofrer um atentado, o pavor lhe invadiu a alma, no entanto mais forte foi a adrenalina que fez seus músculos tremerem, e a revolta que lhe despertou o instinto de proteção. Ele pensou em armar-se.

"Tenho que buscar uma forma real de defendê-la! A partir de hoje carregarei uma faca!"

E a imagem daquele homem saltando da carruagem para acompanhar Stafford até o interior da taverna de Fergelus também despontou de sua perturbadora meditação.

"O senhor Stafford é tão amigável, tem uma bela família e bons amigos... Será que ele está mais envolvido do que imagino? Tenho agora que desconfiar de todos! Não posso dar-me ao luxo de baixar a guarda! É fundamental manter-me alerta até com os funcionários da editora! Preciso contar tudo a Lilian, mas... sem provas ela jamais acreditará que tudo isso é real, como não acreditou quando tivemos aquela conversa! Ela acha que eu estou com problemas psicológicos, mas não a culpo... Se alguém me contasse tudo o que eu lhe contei, fatalmente eu também não acreditaria, por mais que fosse íntimo da pessoa. Eu suspeitaria da possibilidade de um desequilíbrio mental."

Provas, era isso o que Jones deveria esmerar-se por conseguir! Algo palpável, indiscutível, claro, que confirmasse o impossível. Algo que convencesse Lílian de uma vez por todas de que Fergelus era o que ele afirmava ser: um imortal com mais de quatro mil anos que havia assassinado centenas de pessoas ao longo da história da humanidade. Um ser que decidira, por tédio, escrever um livro sobre a própria vida. Uma estranha criação sabe-se lá de quem que podia ler pensamentos, influenciar decisões e que bebia sangue para ter seus diabólicos poderes fortalecidos.

Talvez nem com todas as provas do mundo alguém conseguisse crer nisso.

– Pensamentos... Pensamentos – disse Charles Gibbons aproximando-se com ares de riso enquanto afagava a calvície prematura.

Jones meneou a cabeça.

– Tornou-se uma regra...

– Às vezes as reflexões me carregam; é natural, meu amigo! Só não deixe que o senhor Stafford perceba. Hoje ele chegou meio aborrecido e pode não gostar – aconselhou, coçando uma das avantajadas orelhas.

– Sim, Charles, você está certo...

– Você está com o semblante de quem não anda dormindo bem. Não deixe que os pensamentos atrapalhem seu descanso. A saúde é só o que temos na vida.

– Certíssimo, mais uma vez. O que há com o senhor Stafford?

– É sobre o livro! Ele quer que nos empenhemos mais! Disse que já estamos próximos do final do ano e ele deseja lançar em janeiro.

– O livro do senhor Fergelus...

– Esse mesmo! Ele parecia decidido, falou até para reduzirmos o trabalho com as outras obras. Esse livro parece ser importante para ele!

– É que ele descobriu um grande autor e quer dar prioridade – disse com ironia.

– É o que parece. Andei lendo mais um pouco o original... – Gibbons levantou as sobrancelhas. – O que acha da obra, Jones? Penso que é muito estranha... Nunca li nada igual. A descrição dos ambientes é muito precisa. Ele deve ter pesquisado muito. O personagem é um sádico que brinca com a vida de suas vítimas. Se esse livro não for um grande sucesso, sem dúvida que será um imenso fracasso. Não há meio-termo.

– Eu, sinceramente, não saberia dizer com precisão. É uma obra curiosa, fruto de uma mente doentia.

– Mente doentia! – repetiu Gibbons enfatizando a definição. – Você foi muito preciso, e eu concordo! O sangue jorra como as águas de uma cachoeira enquanto ele filosofa sobre o fracasso da humanidade. Como um personagem tão meditativo pode ser tão sanguinário? – inquiriu massageando a zona lombar, que parecia estar dolorida.

– Não me pergunte. Esse livro é um pesadelo... Você está bem?

— São minhas costas, como sempre! Ainda bem que tudo é ficção. Se esse homem vivesse entre nós estaríamos perdidos! Seríamos tão somente carne para ser devorada... Ah! Essa dor! Gostaria de encontrar uma cura!

Jones manteve-se em silêncio. Apenas ouvia as acuradas impressões de Gibbons, que definia a obra com maestria e o personagem, com crueza e veracidade, sem sequer dar-se conta da exatidão de suas palavras. E enquanto o homem gesticulava e falava com tanta veemência, Jones quase sentia pena de sua inocência.

Até certo ponto aquela ingenuidade lhe fazia sentir-se como alguém especial pelo fato de ser portador de um importante segredo, todavia era impossível não desejar também estar envolto por aquela ignorância. A paz da desinformação por vezes é uma dádiva extremamente agradável e conveniente.

E Gibbons continuava:

— Por certo que não é um livro para os românticos. Estes deixemos nas mãos da senhorita Austen! O interessante dessa obra é que ela tem um recheio didático, narra acontecimentos históricos, citando datas e nomes. Isso dá um caráter de realidade. O autor soube ser competente em manipular os fatos para mesclá-los à ficção. Isso é que é o mais assustador... Parece que ele esteve lá. Não é interessante?!

Gibbons parou por um segundo, passando a rir.

— Agora eu é que estou divagando! Tenho muito que fazer! O senhor Stafford não pode nos surpreender aqui conversando! Vamos trabalhar, Jones!

Gibbons saiu da sala, deixando Jones acompanhado por graves pensamentos e grandes estantes com um número quase infinito de papéis e livros.

Por mais dedicado que fosse o esforço, conservar a mente focada no trabalho era impossível; tudo à volta era ocupado por Fergelus. Era indiscutível que Jones se havia tornado uma das tantas marionetes daquele angustiante teatro macabro, um títere aprisionado nas cordas de um brutal manipulador. Fergelus era a sombra que o perseguia, a neblina que o envolvia e o ar que ele respirava. A presença dele era tão acentuada e inevitável que a Jones era inverossímil pensar em Lilian ou em Elisabeth sem que a imagem do autor despontasse como uma ameaça iminente.

Seu rosto era visto na face das pessoas, e até nos espelhos. Fergelus era um abismo em sua vida e uma enfermidade em sua consciência. Jones mal se lembrava da última vez que pudera descansar em paz, sentir prazer ao degustar uma boa refeição, ou de quando havia gargalhado. Seus dias, agora, eram devotados à leitura daquele livro e à aflição por perceber que todos ao seu redor estavam em perigo constante.

E ainda havia a detestável e assustadora sensação de estar sendo vigiado por alguém, como se inserido em seu meio social e profissional houvesse um espião observando cada um de seus passos. Ele se sentia limitado, reprimido e sufocado. Por mais paradoxal, talvez o único momento em que realmente estivesse em segurança fosse durante a leitura do livro, pois ali estava absorto por algo aprovado pelo mal que o perseguia.

E uma dúvida insistia: "Além do senhor Stafford, eu sou o único que está lidando diretamente com a publicação desse livro... Acho que fui escolhido por alguma razão! O que levaria o senhor Fergelus a me designar para essa tarefa? Se ele realmente agiu assim, então antes do nosso primeiro encontro já sabia quem eu era! Como? Por informações do senhor Stafford? É possível, mas e se for por outro motivo?".

Cabisbaixo Jones achou aquilo uma insanidade. "Não... Ou foi aleatoriamente, ou o senhor Stafford o informou... Não deve haver outra explicação, não estou pensando com clareza! Mesmo sabendo que o senhor Fergelus é metódico, devo ter sido selecionado por casualidade. Pelo que mais seria?"

A fluidez de suas preocupantes meditações foi interrompida pela aproximação de Oliver Callow, que alisando os loiros cabelos dirigiu-lhe a palavra com um sorriso:

– Já tem algo planejado para o Ano-novo?

– Creio que o passarei com familiares. Por quê?

– Por nada! Só estou puxando conversa. Hoje o tédio está de matar. Todos estão dedicados ao livro de Sacratus Lucian Fergelus – pronunciou com sarcástica imponência –, e eu não aguento mais ouvir os comentários sobre o conteúdo. Eu queria me afastar um pouco!

– Sim, Charles falou sobre isso.

– Eu nunca vi o senhor Stafford pedir que deixássemos todos os livros de lado para cuidar exclusivamente de um.

– Para ele deve ser importante.

– Ah! Sem dúvida! A conversa de Charles sobre a falência ainda me preocupa.

— Não há de ser nada. O senhor Stafford avisaria a todos se isso fosse verdade.

— Mas Charles disse que ouviu!

— Ele pode ter-se enganado, ou pode ter ouvido apenas um comentário pessimista e emocional do senhor Stafford. Essas coisas acontecem. As pessoas deixam-se levar pelo momento. Se houver algum problema, será sanado. Tenhamos calma.

— Você não está preocupado com seu emprego?

— Certamente que sim. Quem não estaria? Mas não quero entrar em pânico. Se há algo de que definitivamente não preciso, é de um problema novo. Os que tenho já me bastam. E garanto que se a notícia for verdadeira, sairemos daqui com excelentes cartas de recomendação.

Ambos viraram-se em atenção à entrada de William Edgell, que se avizinhando serenamente interrompeu a conversa.

— Estou como Charles, minhas costas estão me matando!

— O lançamento do livro será no ano que vem — disse Callow dirigindo-se a Edgell.

— Sim, eu sei. Temos muita revisão ainda pela frente. Esse Fergelus é exigente. O senhor Stafford nos passou uma lista de detalhes específicos: capa, tipo de página, tamanho das letras, e sei lá mais o quê! Até agora não encontrei nenhum erro de grafia no original, e ele exige que a impressão fique igual. A sorte é que não faremos hora extra. Isso já nos foi dito. Pelo que parece ele não quer cansar ninguém além do necessário.

— Que bom coração — ironizou Callow. — Essa é apenas a primeira parte do trabalho. Depois das chapas prontas para a impressão, teremos que buscar erros em cada uma, e no papel impresso. Nunca vi tamanho perfeccionismo!

— Quanto mais cedo terminarmos, mais cedo estaremos em casa. Vamos fazer o serviço para o qual estamos sendo pagos — advertiu Jones em tom sentencioso.

— Então vamos dar logo um fim a isso — disse Callow agarrando Edgell pelo braço, para sair da sala quase o arrastando.

Jones tinha de volta a sua introspectiva e aterrorizada solidão.

Naquele final de tarde, ao caminhar pelas escuras ruas londrinas após o dia monótono de trabalho, Jones soprava as algodoadas névoas da neblina enquanto tomava uma importante e definitiva decisão.

"Vou colaborar! Estou de mãos atadas! Não posso arriscar a vida de Lilian e Elisabeth, tampouco a minha. O senhor Fergelus é impiedoso, e, tendo agora como colaborador o manco assassino, tudo se tornou ainda mais perigoso. Não serei um empecilho, farei o meu serviço e continuarei a ler o livro, nada mais. Não me envolverei mais nesse assunto. O livro será publicado e ele irá embora, assim como vem fazendo. Por certo que outras pessoas morrerão, aqui ou em outros países, e isso terei que guardar na consciência, mas qualquer esforço de minha parte para impedi-lo será fatal. O que posso fazer contra ele?!"

Durante o percurso Jones manteve-se tenso, seguidas vezes olhando para trás na intenção de certificar-se de que não estava sendo seguido. A apreensão não apenas o fazia temer pela sua vida, mas pela de quem ele amava. Não podia mais confiar em ninguém, nem em Gibbons, em Callow ou Edgell. Nem sequer nos convidados do jantar de Stafford. Todos eram inimigos em potencial, e culpados até que se provasse o contrário. Ele vivia um autêntico inferno.

Levando-se em consideração o poder de influência de Fergelus, nem na família de Stafford ele podia fiar-se, e, apesar de entender essa desconfiança como um exagero, não ousaria contradizer seu instinto, por mais insano que pudesse mostrar-se.

Até dos empregados que estavam presentes ao jantar ele suspeitou. Jones estava doente. Sua mente isolava-se em um devaneio de perseguição, no qual via na própria sombra um mortal agressor. As únicas pessoas em quem realmente podia confiar eram Lilian e Elisabeth, ninguém mais, talvez nem na inofensiva senhora Pritchett.

Ao dobrar a esquina em busca de uma carruagem, ele percebeu a uns cinquenta metros atrás alguém encoberto pela neblina. Alguém que surgira como se por mágica. Um homem que não estava ali antes, e que não havia sido notado em nenhuma das vezes que verificara a retaguarda.

Com passos sorrateiros, o estranho aproximava-se muito apressado, como se prestes a realizar algum ato agressivo. Destacando-se à rua deserta, silenciosa e sombria.

A névoa ocultava-lhe a face, sendo impossível identificar suas feições, e o choque de seus sapatos com o asfalto não gerava absolutamente nenhum ruído. Era como um felino que se aproximava na intenção de colher a sua presa.

Jones, de imediato, foi tomado por um pânico visceral, percebendo que não chegaria à carruagem a tempo. A velocidade com que o homem se locomovia inevitavelmente iria propiciar o encontro de ambos.

Apertando com toda força a alça de sua maleta, Jones preparou-se para utilizá-la como arma de defesa. Ele se pôs alerta e na iminência de atacar. O sangue lhe correu pesado pelas veias, os ombros se contraíram, os músculos enrijeceram, mas as pernas fraquejaram.

As abatidas luzes dos postes amarelavam a neblina, que estava densa e ocupava a rua como frondentes e asfixiantes fumaças de cachimbos em uma sala fechada. Trêmulo, ele preparou-se para o ataque, e virando-se viu que o homem já estava a poucos passos.

Não pensou duas vezes, desferiu um golpe certeiro em sua cabeça, fazendo-o tombar ao chão. Seu grito foi alto.

– Jones! Você está louco! Mas que diabos, homem!

Era Gibbons.

LXII

Cerca de meia hora depois da descabida agressão, Gibbons, ajudado por Jones, comprimia o ferimento com um lenço enquanto ambos bebiam cerveja a uma das mesas da taverna Captain Murphy. A pancada não lhe arrancara sangue, apenas lhe fizera um imperceptível arranhão. O susto fora pior.

– O que deu em você, Jones?!

– Eu pensei que seria atacado!

– Por quem?! Você tem algum inimigo?!

– Não! Claro que não! Eu achei que fosse um criminoso em busca de dinheiro. Sinto muito, Charles! Não sei como desculpar-me.

– Pague minha cerveja e ficamos quites – concluiu com uma expressão de dor enquanto pressionava o lenço sobre o local do golpe.

– Ora, Charles! Não há nada aí! – disse indicando a lesão que não havia. – O que eu deveria pensar?! Você surgiu silencioso!

– Eu estava indo ao seu encontro para andarmos juntos até a carruagem.

– Você sabia que era eu?

– Claro!

– Por que não me chamou?

– Sei lá por quê! Eu não queria gritar na rua!

– Sem dúvida que essa não é uma boa razão para ser atacado.

– Ah! Concordo plenamente!

– Mas você há de concordar também que aproximar-se de alguém em uma rua escura e deserta pode ser perigoso. Veja só – apontou para a janela – como está o *fog*!

— Estou ciente disso, agora! Pelo menos me rendeu uma cerveja.

— Não faça isso novamente só para que eu lhe pague outra.

— Asseguro-lhe que não!

— Não fez grande estrago — acalmou-o Jones olhando para o ferimento.

— Só no meu orgulho, e nas minhas nádegas... Caí sentado!

Jones balançou a cabeça, contendo o riso.

— Ficarei aborrecido se você contar isso a alguém...

— Não se preocupe. Ficará entre nós. Não quero passar por desordeiro.

— Sorte que não foi no outro sujeito! Esse chamaria a polícia!

— Que sujeito?

— O homem que estava do outro lado da rua. Aquele, sim, podia ser um malfeitor, e você nem o viu.

— Como era esse homem?

— Não faço ideia. Só estava parado, encostado à parede e aparentemente olhando para você. Talvez só estivesse esperando alguém.

— Mas... ele mancava?

— Se ele mancava?! Não sei! Ele estava parado, lhe disse. Não posso saber se um homem manca se ele não caminha. Que história é essa? Você tem medo de mancos agora?

— Não, não é nada. Só estou curioso.

— Vamos terminar essa cerveja. Não quero demorar muito — anunciou erguendo a caneca na intenção de um brinde. Ao que foi imitado por Jones, que chocou a sua de encontro à dele.

— Sim, nem eu. Espero não ter lhe prejudicado mais ainda às costas. Por falar nisso, como está esse problema?

Gibbons, ante aquela pergunta, pareceu ser pego de surpresa.

— Bem... Está bem melhor! Tenho feito exercícios! — gaguejou.

Já à porta da taverna, ambos se despediam com um forte aperto de mão. Ele se desculpou novamente. E enquanto Gibbons se afastava, Jones observava as cercanias em busca de uma carruagem. Não andaria mais a pé por ruas desertas.

"Arrisquei-me muito! Pobre Charles! O que ele estará pensando de mim? Se eu estivesse com uma faca poderia ter sido bem pior! Mas não vou abandonar a ideia... Quando chegar em casa, a primeira coisa que farei será colocar uma faca em minha maleta. A maior que eu encontrar."

Durante todo o trajeto, através das janelas da carruagem, com insistência Jones vasculhou diligentemente as ruas pouco movimentadas e escurecidas. Queria certificar-se de que não estava sendo seguido.

A revelação feita por Gibbons de que havia mais alguém naquela rua o deixou de cabelos em pé. Mesmo que o tal sujeito encostado à parede não fosse quem ele pensava, e provavelmente não era, ainda lhe atacava o receio de estar sendo seguido por um assassino.

Como se não bastasse temer as pessoas de seu convívio, agora estava a assustar-se com estranhos. Talvez nem na própria polícia ele devesse confiar.

Ao saltar da carruagem, em frente à sua casa, ele olhou toda a área antes de entrar, examinou os espaços entre as brumas, as esquinas, até as copas das árvores, e ao interior da residência observou a rua pelas janelas, depois as fechaduras da porta.

Tudo estava muito bem fechado, mas mesmo assim ele dormiria com a porta do quarto trancada e com uma faca embaixo do travesseiro. Não era mais possível respirar em paz, nem por um minuto.

Jones sentia-se acuado, apesar de para ele não existir motivo aparente para tal apreensão, pois afinal nada havia feito para despertar a ira de Fergelus. Estava seguindo as regras e mantendo a boca fechada, pois tinha muito a perder. Talvez até reagisse se estivesse correndo risco sozinho, mas havia Lilian e Elisabeth.

Segurando uma faca, antes de entrar ao quarto, ele pensou em Johnson, em como seu cadáver naquele exato momento ainda estava prostrado no chão da sala, apenas esperando para ser encontrado pela polícia, por um vizinho ou colega repórter.

Pensou também que o coitado não escreveria mais artigos para o jornal, e nem veria a comemoração do Ano-novo, que estava próximo. Lembrou-se ainda da casa vasculhada, compreendendo que aquele era um claro indício de que o manco procurava algo além das reportagens que ainda não haviam sido publicadas. Seguramente, o assassino buscara informações adicionais de vital importância.

Jones não queria terminar daquele jeito, mas a vantagem que tinha sobre Johnson era que sabia da existência daquele brutal colaborador de Fergelus, e isso certamente lhe era proveitoso. Apenas precisava recordar-se de onde o tinha visto antes, pois talvez essa lembrança o ajudasse de alguma maneira a não ser mais uma vítima de sua crueldade.

Ele entrou no aposento, fechou a porta e girou a chave. Não satisfeito, agarrou a cadeira da escrivaninha e encaixou seu encosto abaixo da maçaneta, como um artifício complementar para evitar uma possível tentativa de arrombamento. Foi até a janela, e com olhos assustados, mas alertas, vasculhou a rua mais uma vez: estava deserta. Apenas o copado *fog* espalhava-se vagaroso, a navegar bafejado por uma brisa debilitada.

Após o banho, ele acendeu o lampião e apagou a luz, deitou-se, pôs a faca ao lado, cobriu-se com os lençóis frios, arrumou os travesseiros, encaixou as hastes dos óculos atrás das orelhas e, por fim, pegou o livro.

— Vamos ver... Onde está? Aqui!

O sangue esguichado pintou a tenda com planícies vermelhas, em um magnífico quadro repleto de árvores e montanhas. Um entardecer relaxante a despontar sobre a cordilheira dos Cárpatos surgiu no tecido da cabana, vivo e pulsante, iluminando-se ao pano graças às chamas das fogueiras. E ali, sobre os corpos retorcidos, ele sorveu o sangue de cada um.

Como um poderoso abutre arqueado sobre carcaças ele alimentou-se fartamente, lambeu cada gota que lhe escorria dos cantos da boca. E seu rosto besuntado assumiu uma expressão demoníaca de prazer, que se acentuou devido ao lume fraco das fogueiras, que passeava brilhos inquietos pelo interior da cabana.

Os jorros de vida cuspidos pelas carótidas se foram enfraquecendo, até cessar, e permaneceram apenas os corpos mutilados, sobrepostos, oleosos, cobertos de carnes dilaceradas, sangue e silêncio.

Ele levantou-se e buscou um pano qualquer, que utilizou para limpar-se, depois, pleno de regozijo, contemplou a magnífica obra que sua natureza havia concebido. E surgiu em sua mente a imagem daqueles homens recebendo a paga pelo crime fracassado. Ele viu tudo o que eles haviam visto, e ouviu cada palavra que haviam ouvido.

Agora, iria à procura daquele que planejara sua morte impossível. Caçaria Fuad, queria aquele último presente antes de partir. Precisava olhar nos olhos do homem antes de matá-lo para ver o medo aflorar quando suas presas se mostrassem.

O cheiro do pavor desprendido pelo corpo de quem estava prestes a morrer era um perfume que o agradava profundamente. Aquela era a característica fragrância humana, era o odor padrão dos Efêmeros. Olência que ele vinha sentindo por todo o tempo de sua vida, e que era emanada desde crianças até velhos.

Os maiores guerreiros cheiravam a temor, os grandes pensadores, os ignorantes, os conquistadores, os imperadores, os covardes e os recém-nascidos. Todos exalavam a mesma essência: a do horror.

Os Efêmeros viviam com medo, com medo de morrer, com medo da infelicidade, com medo da rejeição, do passado, do presente, do futuro e da própria vida. Se havia uma palavra que também poderia classificar aquela raça, além de "ignorância" e "agressividade", era "medo".

Ele, que ali estava de pé, vitorioso e forte, diante das vidas que acabara de tirar, personificava o que mais se temia. Ele era o medo humano convertido em imortalidade. Era a sombra que invadia os pesadelos e que ceifava os audaciosos. Era o monstro que devorava os bravos e temerosos. Ele era a morte.

Saindo da tenda, ele deixou os cadáveres estropiados e retorcidos para trás, meteu-se pela área repleta de pedras, árvores, neve e grama que margeava por poucos quilômetros o vasto povoado erigido pelos otomanos nos últimos anos. Desviou das fogueiras, entrou por caminhos escuros, cruzou estreitas passagens e largas estradas. Suas pegadas aprofundavam-se na neve macia, carimbando de sangue o percurso trilhado em silêncio.

Ao trajeto ele deparou-se com muitos guardas em vários pontos de vigília, que o reconhecendo não esboçaram reações de animosidade. Estes foram mortos, um a um. Gargantas arrancadas, cabeças decepadas, membros extirpados e órgãos esparramados acarpetaram as terras próximas da fronteira, em um espetáculo aterrador de malignidade extrema.

O sangue derramava-se, sendo consumido por ele tanto quanto era pela areia, como se o solo, além de devorar a carne dos cadáveres enterrados, também se deleitasse em sugar o que lhes corria pelas veias. O níveo assoalho gelado tingiu-se de morte, enrubescendo-se quase como o céu do deserto da Suméria ao crepúsculo, e os corpos amontoados pareciam ter sido esmagados sob as patas de furiosos cavalos em disparada; se aglomeravam revolvidos à semelhança de insetos calcinados.

Enfim, entrando no que se poderia chamar de pequena cidade, onde pontiagudas cúpulas de elevadas mesquitas pareciam querer alfinetar nuvens, ele sorrateiramente desviou de patrulhas, entranhando-se por afunilados becos escuros.

Ele evitou os transeuntes que caminhavam solitários; era estratégico não atacar mais ninguém, pois os gritos trariam às janelas a multidão de pessoas que naquela hora ressonava em colchões de palha, e inevitavelmente o exército.

Pelos labirintos das construções de tijolos e madeira, ele buscou a morada de Said Fuad, subiu escadarias, escalou paredes e saltou por telhados, como um ladrão. As presas da morte avizinhavam-se do líder otomano. O homem que participara de grandes batalhas, comandando uma desmesurada tropa sedenta por conquistas, morreria naquela noite.

Do alto de uma mesquita, enquanto observava a luxuosa residência de Fuad, ele lembrou-se da catedral de Barcelona, de cujo topo, entre gárgulas, contemplara a peste corroer a cidade espanhola, vira a pobreza, o abuso de poder, a injustiça e a violência. Ali, as construções eram diferentes, como a região, o povo, a cultura e o idioma, mas os Efêmeros eram os mesmos, e de tanto pensar nisso ele achou-se repetitivo.

Os homens eram sempre divididos em classes nas quais os poderes militar, político e financeiro deitavam-se à mesma cama que o religioso, gerando desta nefasta cópula a miséria e a ignorância. Os facínoras se eternizavam como ele, apenas mudavam de face, de religião, de etnia. Suas convicções eram idênticas, eles enganavam, roubavam e matavam por hegemonia e lucro.

A invejável morada de Fuad, cercada por grande quantidade de lamparinas a óleo, além de bastante iluminada estava protegida por muitos sentinelas que, atentos e bem armados, percorriam com os olhos inquietos toda a área que a rodeava. Nos telhados, homens munidos de escudos movimentavam-se, tensos, enxergando perigo em qualquer pedaço de escuridão.

Ele havia contado exatos cinquenta soldados na área externa, e sabia que ao interior haveria mais, porém o número destes sem dúvida seria bem menor. Devido a isso, a estratégia, então, seria infiltrar-se e começar a agir de dentro para fora, como fizera com sua mãe. Dessa forma, o sucesso estaria garantido. Fuad seria um dos primeiros a sucumbir, do resto ele poderia escapar ou matar se fosse preciso.

Agarrando-se pela fachada da mesquita, ele saltou para o terraço de uma casa, e com extrema cautela empenhou-se em atrair o guarda que estava mais afastado dos demais; fez discretos ruídos para que só ele ouvisse. E tendo o homem se aproximado, curioso quanto ao barulho desconhecido, foi golpeado na cabeça.

Desacordando-o, ele retirou-lhe o uniforme. Agora poderia matá-lo, pois não desejava que suas roupas se embebessem em sangue. Tão somente, com apática facilidade, arrancou-lhe a garganta, para evitar que naquele silêncio o som do despedaçamento de ossos chamasse a atenção dos outros.

Vestindo-se com aquelas roupas, tomou as armas e caminhou com destino a casa, que mais parecia uma fortificação. A despeito do brilho espalhado pelas chamas das incontáveis lamparinas, ele alcançou esconder a face, bem conhecida dos soldados. Não demorou a entrar sem dificuldade.

As dependências eram decoradas com apuro e destoavam dos cômodos rústicos tão comuns às casas daquela região. Sobre o chão, tapetes limpos e macios forravam o ambiente de ponta a ponta, utensílios de prata polida adornavam mesas cobertas de frutas e papéis enrolados. Almofadas coloridas encostadas a móveis envernizados, e ainda vários quadros com a face de sultões, presos às paredes sem manchas, atestavam o esmero nos detalhes. Tudo parecia milimetricamente planejado, como a estratégia de uma importante batalha.

Um dos soldados da guarda pessoal de Fuad surgiu e sem reconhecê-lo perguntou com superioridade, entre sussurros, o que ele fazia ali. Ele respondeu que era portador de uma informação secreta, de uma importante notícia que precisava ser transmitida com urgência. Usar de tal artifício o divertiu.

Ouvindo isso, o homem o levou de imediato à presença do líder. Ambos caminharam ao longo de um corredor parcamente iluminado por lamparinas dependuradas ao teto, até a porta do aposento principal em que o comandante estava. O guarda fez soar a madeira com dois golpes e anunciou a presença do mensageiro.

Quando se descerrou a porta e as dobradiças rangeram, o primeiro a tombar dentro do quarto foi o próprio guarda, com metade do crânio arrancado. O esguicho de sangue espalhou-se desordenadamente, golpeando a face e as roupas de Fuad, que saltou para trás e permaneceu paralisado de susto.

Cara a cara com o homem que o acolhera ao seio do Império Otomano para depois ordenar seu assassinato, ele desejou boa noite, entrou, e logo o segurou pelo pescoço. O chefe guerreiro não conseguiu gritar ou esboçar resistência, e foi arremessado ao chão com tamanha força que ali se pôs imóvel, como caça abatida. O som de ossos quebrados atestou que ele não se levantaria.

E, fitando com prazer a dor estampada na fronte de sua futura vítima, ele citou o Corão: "Ó humanos, desfrutai de todo lícito e do que a terra contém de salutar e não sigais os passos de Satanás, porque é vosso inimigo declarado".

Ignorando Fuad por instantes, deu-lhe as costas, arqueou-se sobre o guarda morto e dele bebeu do sangue que escorria do disforme buraco que tinha à cabeça. E voltando-se para o assustado líder, com um sorriso mostrou suas presas, fazendo também surgir as unhas, que exibia erguendo a mão ante o próprio rosto.

A horrenda face do monstro que se expunha provocou no homem um urro de repulsa e terror. Aquela seria a última imagem que veria em sua vida.

Então ele se aproximou, agachou-se ao seu lado, e com suavidade rasgou-lhe a jugular com a ponta da unha do indicador direito para que o sangue escorresse vagarosamente. Olhou-o nos olhos e perguntou:

— Como é morrer?

Fuad, mudo, próximo do derradeiro suspiro, poderia ter ensaiado uma frase de efeito que bem registrasse o orgulho de um homem que não deseja morrer sem deixar pelo menos um ensinamento, todavia o assombro calou qualquer arrogância.

Ele continuou, com real interesse.

— Como é saber que você jamais voltará a sentir o calor do sol, ou a apreciar a timidez da lua? Como você se sente em saber que nunca mais poderá sentir o perfume de uma flor, ou ouvir o vento que sopra de madrugada? O que acha de jamais voltar a ler o Corão, ou de provar o sabor de um alimento?

Por um átimo ele quase desejou ser aquele homem que partia e deixava para trás o barbarismo, a sujeira e a monotonia do mundo.

Sem perder mais tempo, lançou-se sobre o vaidoso otomano, rasgou-lhe o tórax, quebrou-lhe as costelas, e de ali extraiu o coração ainda quente, pulsante, para comê-lo. O corpo foi violentamente desmembrado e o sangue, bebido.

Um barulho no corredor o fez perceber a correria dos vigias, que, alertados pelos gritos de seu chefe, com impressionante celeuma acabavam de invadir a casa. E agarrando os dois braços arrancados do cadáver para usá-los como arma, ele apressou-se por encontrá-los.

O primeiro guarda a entrar no quarto recebeu uma pancada tão forte na cabeça que fez saltar-lhe um dos olhos, o segundo teve o ombro esquerdo quebrado, e o próximo, o peito afundado, o que lhe fez golfar sangue.

Ele jogou-se sobre os outros que surgiam do corredor golpeando a todos com suas novas e estranhas armas. As paredes e o teto pintaram-se com litros de sangue jorrado enquanto os corpos caiam um a um. E quando apenas sobraram em suas mãos os ossos dos braços de Fuad, ele passou a enterrá-los no pescoço dos vigilantes que ainda teimavam em despontar aguerridos.

Enquanto os golpeava, sorria, sentindo-se como se abaixo de uma cachoeira de águas vermelhas e quentes, a banhar-se prazerosamente. Os esguichos saltavam-lhe a boca sem que os procurasse, e muitos daqueles homens nem sequer conseguiram tocá-lo, por escorregarem na grande quantidade de sangue que se espalhava pelo piso.

Sem muito esforço, ele exterminou a todos, porém o imenso tumulto e barulho causados pela agitação atraíram outros pelotões, bem mais numerosos. E essa era a deixa para que ele fugisse. A festa chegara ao final.

Saindo por uma das janelas, ele voltou a perambular pelas trevas dos becos enquanto o exército, em desespero, ocupava a casa. Era preciso retirar-se dali o mais rápido possível antes que o apoteótico rebuliço despertasse a cidade e não mais houvesse lugar para se esconder. E foi o que fez.

Regressando à área onde sua tenda estava erguida, ele atravessou toda a vasta extensão daquelas terras até alcançar a fronteira. Lá mergulhou no Rio Danúbio para retirar a imensa quantidade de sangue que lhe cobria o corpo e, enquanto nadava pelas calmas águas geladas, se aproximava do Principado da Valáquia.

Todo aquele grotesco banho de sangue acelerou o ritmo cardíaco de Jones, que durante a angustiante leitura criou com clareza diante dos olhos imagens dos corpos sendo mutilados. A tensão da aventura o colhera de tal forma que ele se sentiu como uma testemunha daquela narrativa. A minúcia do relato o remeteu ao quarto de Fuad, e à agonia dos últimos momentos de vida daquele homem.

Ele fechou o livro e o largou no chão, ao lado da cama, apagou o lampião e introduzir a faca embaixo do travesseiro. Tentaria dormir, apesar de ter a certeza de que seria impossível.

LXIII

Às dez horas da manhã, curvado sobre a sua mesa de trabalho, Jones parecia tomado pelos detalhes da atividade que executava, nem de longe deixava transparecer que o semblante grave que expunha era devido à inquietação brindada pela angústia.

Quem por ele passava entendia aquele foco como uma dedicada entrega profissional, sem dar-se conta que tamanho empenho nada mais era que uma frustrada tentativa de se livrar de tudo o que realmente o estava a corroer.

– Jones – surgiu Edgell –, o senhor Stafford quer lhe falar! Pediu-me para avisá-lo de que ele o espera em sua sala.

– Hã? Ah! Obrigado, William! – Assustou-se, para logo levantar-se arrastando a cadeira.

Ao dar três pancadas na porta da sala de seu velho patrão, ele ouviu uma tosse breve, seguida de um pigarro e um resmungo qualquer, para, por fim, distinguir a voz do homem:

– Entre!

– Senhor Stafford, bom dia! O senhor quer falar comigo?

– Sim, Jones, entre e feche a porta.

Jones entrou e sentou-se.

– O jantar foi maravilhoso, muito familiar. O que achou? – inquiriu, animado.

– Sem dúvida de que foi um evento agradável! Boa conversa, ambiente acolhedor e uma comida bem saborosa! Sua casa é confortável!

– Sim! Tudo foi melhor do que o planejado!

– Eu agradeço por ter me convidado.

— Não agradeça, foi um prazer! E o senhor Fergelus fez questão de sua presença... Quero lhe avisar sobre três coisas... Vamos por partes: primeiro você deve saber que pedi urgência no livro do senhor Fergelus...

— Sim, sei...

— Quero lançá-lo em janeiro, por isso deixe os outros um pouco de lado...

— Há muitos...

— Sim... Eu sei que estamos muito atarefados, e isso é bom, mas quero que o livro dele tenha prioridade. Os outros são bons livros, mas sem muito conteúdo, e algo me diz que não teremos boas vendas com eles. Não que sejam inúteis... não estou dizendo isso. Se fossem, eu não teria adquirido os direitos de publicação. É que muitas vezes o lucro vem com a quantidade e não com a qualidade, mas essa é outra história...

— Entendo.

— Portanto, dedique-se a ele, faça as correções necessárias e preste atenção nas placas de impressão. Não quero erros!

— Estamos todos nos esforçando.

— Eu sei disso, e agradeço o empenho! O segundo ponto é a pequena festa de Ano-novo que teremos em nossa casa. Quero sua presença!

— Festa! — Surpreendeu-se.

— Sim, mas não será nada muito dispendioso. Será como o jantar, e todos que lá estiveram também participarão. Serão os mesmos convidados. E o senhor Fergelus também irá.

— Senhor Stafford, eu adoraria ir, mas tenho uma irmã e sempre passo com ela...

— Ora, Jones, leve-a também! — impôs, antes de ouvir o final da frase. — Além de sua simpática noiva, claro! Leve ambas!

Jones engoliu as palavras e qualquer desculpa enquanto Stafford continuava.

— O terceiro ponto é o lançamento da obra. Ele será feito aqui no salão de vendas, em janeiro. Já enviei o aviso para os jornais, como uma prévia, pois ainda não escolhemos a data. Os críticos e jornalistas do ramo também já foram devidamente informados.

— Será um grande acontecimento... — disfarçou na intenção de ocultar o espanto que lhe havia causado o convite.

— Espero, Jones! Espero! Pois bem, então fique avisado sobre a festa e fale com sua irmã. Temos que ter uma boa relação com nossos autores, e a presença do senhor Fergelus em minha casa ajudará muito nisso. O livro dele será um sucesso e poderá sanar o ligeiro problema no fluxo de caixa. Por enquanto é isso.

— Sim, senhor! Com licença. — Levantou-se.

Ao sair da sala, após fechar a porta, ainda com a mão no contorno gelado da maçaneta ele parou no corredor.

"Ligeiro problema no fluxo de caixa?", repetiu mentalmente, "Então realmente é isso! Não há erro de interpretação ou boato! A editora vai mal e o senhor Stafford quer valer-se dessa maldita obra para resolver o problema! Sem dúvida que ele deixou escapar essa informação!"

— Ainda está doendo, mas a cerveja ajudou! — disse Gibbons, que naquele momento cruzava o corredor.

— O quê?! — Voltou-se Jones, sem entender.

— O ataque selvagem que sofri ontem! Esqueceu?!

— Ah! Claro! Claro! Mais uma vez me desculpo...

— Ora, deixe isso para lá! Estou brincando com você! — disse enquanto distanciava-se rindo.

Cabisbaixo, Jones caminhou até a sua mesa, sentou-se e fingiu trabalhar enquanto a mente revolvia como um caldeirão fumegante.

"Um jantar com o senhor Fergelus, novamente! Que tortura! E dessa vez terei que levar Lilian! Não! Não posso fazer isso! Preciso falar com ela, e com Elisabeth! Hoje!"

Em uma reação espontânea ele pendeu o corpo e abriu a maleta que estava ao lado da cadeira, aos pés da mesa, para olhar a faca que ali havia colocado. E a segurou com cuidado para que não fosse vista, sentiu-lhe o peso, a frigidez da empunhadura, e quase a sensação de seu uso assassino, sendo logo invadido por mil pensamentos assustadores nos quais reinava o temor de que um dia fosse obrigado a cravar aquela lâmina em alguém.

Era certo que tal ato ele não gostaria de praticar, mas para defender-se, ou a Lilian e Elisabeth, sentia-se capaz de qualquer coisa.

— Jones!

A voz de Oliver Callow surgida logo atrás o pegou de surpresa, e ele largou a faca, deixando-a cair no fundo da maleta. Absorto pelas mórbidas considerações, não havia ouvido os passos do homem, e desejou com todas as forças que ele não tivesse visto a arma em suas mãos.

— Sim, Oliver! — acudiu, aturdido.

— Preciso de sua ajuda na verificação das placas de impressão.

— Claro! Qual o problema?

— Não há problema, só creio que dois pares de olhos sejam melhores que um. O trabalho tem que estar perfeito. O senhor Stafford já nos deu mil recomendações, e nenhum erro será tolerado. Temos que verificar tudo a cada etapa.

— Então, vamos! — Ergueu-se.

Cerca de uma hora após o final do expediente, Jones chegava à porta da casa de Lilian, agitado, abatido, ofegante. Aqueles dois últimos dias na editora foram particularmente estafantes. Ele preferia revisar os originais de dez livros ao mesmo tempo a ter que ler o de Fergelus novamente, desde o início.

As mesmas frases, as mesmas situações, os mesmos sentimentos e o sangue derramado o perseguiam, de dia e de noite. Sua existência estava girando ao redor daquele horror como um inseto inebriado que circunda o brilho de uma vela morrediça.

As horas eram recheadas por pequenos sustos e grandes medos, a tensão e a desconfiança se haviam estabelecido como estacas cravadas no peito de sua saudosa concórdia. Ele sentia-se vigiado pelas ruas, no trabalho, em sua casa, e o pior, em sua própria mente.

A notícia desagradável daquela terça-feira fora a festa de Ano-novo. Ter que encontrar Fergelus outra vez lhe era bastante penoso, principalmente após o texto de sua última leitura. Aquele estranho ser não era apenas sádico, mas vingativo. Não deixava nada passar. Perseguia e manipulava suas vítimas com prazer e dedicação, e, enquanto não as destruía, não sossegava. Aparentemente o autor não fora incumbido apenas do dever de analisar a humanidade, de investigar as suas falhas e os seus medos, mas também de massacrá-la, de puni-la como se houvesse sido criado para isso.

E descansando quatro dedos sobre a aldrava da porta, Jones desferiu três golpes. Segundos depois a velha senhora Pritchett a abriu, como sempre pondo a sua cabeça branca para fora. Talvez a excêntrica idosa achasse que poderia cegar qualquer possível invasor ofuscando-o com a alvura de seus cabelos.

— Bob Jones! Que boa surpresa!

"Meu Deus... Esse nome novamente!", lamentou esboçando um sorriso forçado.

— Boa noite, senhora Pritchett, sem dúvida que é um prazer revê-la. Como vai?

— Bem! Bem... na verdade não muito bem. As pernas doem, sabe? Esse clima não muda. Bom... Londres não muda. Londres é Londres. O que se pode fazer, não é verdade? Meus ossos nasceram em Londres, e eles doem. Se Londres não muda, acho que meus ossos também não.

— Jamais ouvi algo mais lógico! Com licença, senhora, preciso falar com Lilian.

— Ela está lá! — disse apontando para o alto das escadas. — Você sabe como chegar, não sabe?

— Tentarei! Creio que subir as escadas será um bom começo.

— Vá, Bob Jones, vá!

— Obrigado, senhora! Com sua licença.

"Meus ossos nasceram em Londres?", pensou Jones com uma estranha expressão enquanto dirigia-se ao quarto de Lilian.

A porta se abriu quase que de imediato após quatro pancadas desferidas.

— Jô! Que bom que você apareceu!

Após um longo abraço, Jones entrou.

— Você sabia que nossos ossos nasceram em Londres? — inquiriu com ares de riso.

— Não só eles... O que isso quer dizer?

— Não sei, foi a senhora Pritchett que me disse.

— Ela está meio senil, infelizmente. É uma pessoa muito boa, mas sinto que em pouco tempo não conseguirá mais pensar com clareza. A neta dela virá morar aqui para ajudá-la — lamentou-se.

— É pena, mas a vinda da neta é uma boa notícia.

— Alguma razão especial para você estar aqui ou apenas veio matar a saudade?

— Não me fale em matar! Preciso conversar com você.

— Tudo bem, sente-se. Vou fazer chá.

— Não precisa! Não quero perder tempo!

— Mas que pressa é essa?! Vamos ao assunto, então! Fale!

— É sobre um convite do senhor Stafford.

— Por falar nele, como foi o jantar?

— No geral, não foi ruim. É disso que quero falar, bem, não desse jantar, mas de outro.

— Haverá outro?!

— Sim, e você foi convidada.

— Eu?!

— Escute! O senhor Stafford quer dar um jantar, ou uma festa, não sei ao certo, só sei que será algo discreto e com poucos convidados. Algo para o Ano-novo. E eu terei que ir. Eu e Elisabeth. Durante a conversa que tivemos, falei que sempre comemoro com você, então ele me pediu para também lhe levar.

— É um convite irrecusável... Creio que sobreviverei!

— O senhor Fergelus estará presente.

— Mesmo?! Finalmente poderei conhecê-lo!

O rosto de Jones tornou-se sombrio como o de uma estátua egípcia.

— Esse é o meu medo! Preste atenção no que irei lhe contar...

O tom severo daquela frase tão enfatizada pelo dedo erguido fez com que Lilian o olhasse com interesse. E ele iniciou:

— Lembro-me de que você falou de um homem estranho que circula por essa rua...

— Sim... O que eu vi da janela? O que há com ele?

— Ele é um assassino! — disparou. — Neste momento há o cadáver de alguém que foi morto por ele na sala de uma casa! Está lá desde sexta-feira. Eu o vi! É o senhor Johnson, o jornalista que investigava a vida do senhor Fergelus! E eu sei que o homem que você vê por essa janela — apontou — o matou! Ainda não sei quem é esse homem, mas descobrirei! Ele matou o senhor Spencer também. Não sei com que finalidade ele colabora com o senhor Fergelus, se por medo ou se para adquirir alguma vantagem. Esse homem é extremamente perigoso! Eu já estou procurando me defender... – disse, e logo abriu a maleta, dela retirando a faca, o que fez com que Lilian se afastasse um pouco, assustada.

– Espere! – disse ela, erguendo as mãos espalmadas. – Você está andando com uma faca?!

– É necessário, agora mais do que nunca! Preciso me proteger!

– Mas que história é essa de cadáver?! Jô, você não procurou um profissional para cuidar desses delírios?! Você não pode andar por aí com isso!

– Será que você poderia me ouvir?! – exigiu balançando a faca, para depois voltar a guardá-la. – Eu não estou louco, não são delírios, acredite! Há um homem que trabalha para o senhor Fergelus, e ele é um assassino! Como se não bastasse o senhor Fergelus matar, esse capanga também mata em seu nome. E tudo isso para que um livro seja publicado! Já ouvi falar de muitas razões para se matar alguém, mas nunca uma como essa!

Depois de proferir aquela última frase Jones esbugalhou os olhos e emudeceu, as palavras se recusaram a sair, seu coração disparou, ele petrificou-se como se vitimado por um grande susto.

– Que grande besteira eu fiz! Como pude ser tão idiota?! Agora você sabe de tudo! Ele lerá seu pensamento e saberá o que você sabe!

– Quem lerá meu pensamento, o senhor Fergelus?

– Sim! Ele saberá que eu lhe contei!

– Você está afirmando aqui, na minha frente, que o senhor Fergelus lê pensamentos?!

Jones calou-se.

– Jô... Eu definitivamente não sei o que está acontecendo, só sei que não é bom! Nada bom! Eu queria que você estivesse no meu lugar...

– E eu queria que você acreditasse em mim!

– Tudo o que eu posso afirmar é que eu acredito que você acredita, e que eu estou do seu lado, como sempre estive e estarei...

– Você não pode ir a essa festa!

Lilian suspirou, voltando ao seu peculiar estado de equilíbrio.

– Jô, eu irei! Agora eu quero ir, e vou! Quero conhecer esse homem que tanto o perturba! E sabe o que acho? Acho que terei uma conversa com ele e com o velho Stafford sobre a quantidade de trabalho que estão lhe impondo. Sou ou não sou a sua irmã mais velha?!

— Se você fizer isso será o nosso fim!

— Não! Creio que será o fim de seu emprego, e talvez isso seja muito bom para a sua saúde! Você já pensou em fazer outra coisa, ou até trabalhar em outra editora?

— Eu estou preso, não há como escapar! Acredite! Peço-lhe, não faça isso! Você não pode ir a essa festa!

Jones suplicava trêmulo, com os olhos umedecidos, suas mãos quase tocavam uma à outra como se ele estivesse na iminência de iniciar uma prece.

— E ficarei aqui sozinha no Ano-novo? Jô, vamos raciocinar juntos... Você diz que estamos em perigo...

— Estamos, sim! O senhor Fergelus tem olhos em todos os lugares, é um manipulador frio. Um assassino sádico e brutal...

— Calma! Você disse que ele e o tal contratado matam para proteger o livro... É isso?

— Sim! Esse livro é de extrema importância para ele...

— Deve ser mesmo, a ponto de matar por isso... Então, escute, deixe que o livro seja publicado. Simples assim! Problema resolvido!

— Eu pensei nisso, em colaborar! Em apenas fechar a minha boca, mas pessoas morreram. Como posso conviver com isso? Pensei em ir à polícia!

— Não vá à polícia com essa história. As coisas ficarão bem mais complicadas! — preveniu em tom sentencioso.

— Mas a polícia já esteve na editora, e falou com todos! Homens foram lá investigar a morte do senhor Spencer!

— É normal que façam isso, afinal ele trabalhava lá, não é?

— Sim, e irão me procurar, pois eu estive na casa do senhor Johnson, que agora está morto... Só que ainda não encontraram o corpo...

— Quem é Johnson? É o jornalista? Ele está morto? Como?

— Eu acabei de lhe dizer isso! Você não está me ouvindo!

— Eu estou lhe ouvindo muito bem! Você é que parece não ouvir as palavras que saem de sua boca!

— O senhor Johnson é um jornalista... foi um jornalista, coitado! Agora está morto! Ele foi assassinado pelo manco, e a vizinha viu quando ele saiu de lá! Como me viu também à porta da casa dele... — Jones parecia em grande confusão.

– Manco? Que manco? Que vizinha?

– Johnson foi assassinado pelo manco... Pelo homem que você vê da janela. A vizinha da casa viu quando ele saiu de lá! – Jones parou novamente de falar, e pondo as mãos sobre a cabeça fechou os olhos. – Não! Novamente, não! Diabos! Estou falando tudo! Não posso falar mais, ele lerá seus pensamentos! Você está me fazendo dizer coisas que não devo! Você não pode ir a esse jantar! – gritava.

– Jô! Acalme-se! Não podemos assustar a senhora Pritchett! Respire – disse pondo a mão em seu ombro. – Certamente que há algo de estranho em toda essa história, mas você deve conter-se e não se deixar levar por fantasias. Diga-me, você se sente perseguido? Passou a desconfiar de todos no trabalho, até de estranhos à rua? Não dorme como deveria? Tem pesadelos?

– Eu sei onde você está querendo chegar! – a interrompeu. – Quando acharem o cadáver do senhor Johnson você verá finalmente que isso não é uma fantasia!

– A melhor forma de resolver isso é confrontar o seu medo! O que você mais teme?

– Temo por você e por Elisabeth!

– Mas Elisabeth já encontrou o senhor Fergelus, e nada aconteceu! Agora, é a minha vez.

– Tudo o que estamos falando, ele saberá!

– Pelo fato de ler pensamentos! Jô, ninguém pode fazer isso!

– Se você for a essa festa, será perigoso! – insistiu.

– Eu irei! E prometo que não falarei com o senhor Fergelus, ou com o senhor Stafford sobre o seu excesso de trabalho. Você precisa me ver junto a ele, como viu Elisabeth, só assim saberá que nada nos acontecerá! Creio que você está fazendo uma mescla de realidade com fantasia. Podemos resolver isso juntos, mas é necessário ajuda profissional. E não ande com essa faca! Temo que em um momento de descontrole você possa se ferir ou a alguém!

– Tem outra coisa... Eu desconfio que foi o senhor Fergelus que fez a doação para o orfanato no qual você trabalha.

– Como você sabe disso?

– No jantar, ele fez menção ao descaso do governo com relação a crianças de orfanatos, e referiu-se a doações.

– Ora, isso só prova que ele está informado quanto a esse problema. E se foi realmente ele, o que duvido, isso é uma coisa muito boa!

— Mas ele não fez isso com boas intenções!

— Uma pessoa faz uma generosa doação para um orfanato e você diz que não é por ter boas intenções? Isso me soa muito estranho!

Jones já havia percebido o quanto era difícil convencer Lilian de toda aquela história. Era a sua segunda tentativa frustrada. A mente questionadora e lógica de sua irmã jamais aceitaria seus argumentos. Ela rebatia todas as suas alegações tal os estudiosos advogados que se esmeram em convencer um juiz durante um importante julgamento. Sem dúvida que ela estava agindo daquela forma para ajudá-lo, para mostrar-lhe que tudo não passava de uma criação fantasiosa de alguém que precisava buscar um tratamento com urgência.

— Peço-lhe que tome cuidado ao andar pelas ruas! Pelo menos, faça isso, Lilian!

— Sempre tomo! Jamais saio à noite e não ando por locais desertos ou desconhecidos. Essa porta — disse apontando — vive trancada! Não se preocupe. Eu estou bem, preocupe-se com você, como eu me preocupo. Se estou sendo questionadora é para o seu bem. Quero que você tenha uma vida normal e produtiva. Que se case com Elisabeth e seja feliz.

Era inútil, impossível. De tanto arrazoar não havia mais saliva, e ele lastimava-se por ter contado à sua irmã sobre a festa. Cometera um erro duplo e fatal: primeiro por ter mencionado o jantar de fim de ano e depois por haver discorrido sobre tudo o que sabia. Agora já estava feito e não havia como voltar atrás. A cada passo seu descuido apenas piorava a situação, e isso era devido ao desequilíbrio causado pelo pavor. Jones perdera a fleuma que tanto o descrevia para se deixar ter por um temerário descomedimento.

Já à porta, ambos se despediam com um longo e afetuoso abraço.

— Sinto muito por tudo isso, Lilian! É que me preocupo com você!

— Tenha calma, apenas trabalhe. Ocupe a sua cabeça e dedique-se ao que for construtivo. É como eu disse, se você crê que o pivô desse problema é o livro, ajude a publicá-lo e não aja como se quisesse impedir. Haverá muitos outros, e todos serão publicados. Ele é apenas uma obra de ficção escrita por alguém que impressiona, mas que é tão humano quanto você, com seus erros, dúvidas e medos. E, Jô! Livre-se dessa faca!

LXIV

O lume do candeeiro sobre a mesa de cabeceira bruxuleava, refletia na lâmina da faca que Jones tinha nas mãos, e o brilho ofuscante do metal passeava por seus olhos. Aquele era um objeto comum, existente em tantas outras cozinhas: cabo sem verniz de madeira marrom e fria, fio amolado, ponta fina e coronha arredondada. Era um simples utensílio vulgar utilizado para cortar alimentos que, esquecido ao fundo de uma gaveta, não alertava para o quanto seria mortal em um combate.

Jones não seguiria os carinhosos e categóricos conselhos de sua irmã, pois ela não estava ciente do perigo que a espreitava. Aquela faca era o único objeto que poderia fornecer-lhe algum tipo de proteção contra qualquer ato agressivo, ainda que, por vezes, ele achasse que não teria a menor chance.

De tanto manuseá-la, ele decidiu criar uma bainha para a arma; não mais a levaria dentro da maleta, era aconselhável, estratégico e lógico tê-la próxima das mãos.

Jones vasculhou a despensa e lá encontrou pedaços de couro, que utilizou com questionável habilidade para criar um rudimentar invólucro no qual introduziu a lâmina. Dessa forma poderia portá-la à cintura sem se cortar. Não havia garantias de que ele iria conseguir se defender com sucesso, mas pelo menos surpreenderia quem quer que o tentasse ferir, e teria alguma chance de revide.

Por fim, entre a calça do pijama e a pele, ele depositou a faca enfiada na bainha, deixando-a descansar ali por alguns segundos, para subitamente puxar a lâmina de seu interior, empunhando-a com uma postura ameaçadora. E seus olhos brilharam.

— Será uma surpresa! — murmurou.

Aquela pantomima infantil lhe chegou quase como a brincadeira de uma criança, que se imaginando a empunhar uma espada finge pelejar com ameaçadores piratas. Todavia o tema era sério, e não era longínqua a real possibilidade de que se desse o indesejado confronto. Jones o tinha quase como inevitável e, quando o considerava, o peso daquele pensamento lhe descia sobre a cabeça com a força da inquietação de um combatente que aguarda a guerra que se avizinha.

Às vinte e duas horas, depois de haver encaixado o topo do encosto da cadeira abaixo da maçaneta da porta trancada, Jones deitou-se, com a faca abrigada na grosseira bainha sobre a cama.

Com o livro nas mãos ele continuou com a encarceradora e mórbida rotina de todas as noites. Por um momento contemplou a capa da obra, em seguida observou o cabo daquela arma silenciosa recostada sobre o lençol branco. E os dois objetos, tão diferentes, pareciam se complementar.

"Espero que Lilian não esteja certa. Não posso deixar a faca na gaveta... Se a polícia me revistar será um grande problema! Mas por que faria isso?"

Esquecendo-se da faca, voltou-se para o livro e o abriu.

Era preciso retirar-se dali o mais rápido possível antes que o apoteótico rebuliço despertasse a cidade e não mais houvesse lugar para se esconder. E foi o que fez.

Regressando à área onde sua tenda estava erguida, ele atravessou toda a vasta extensão daquelas terras até alcançar a fronteira. Lá mergulhou no Rio Danúbio para retirar a imensa quantidade de sangue que lhe cobria o corpo e, enquanto nadava pelas calmas águas geladas, se aproximava do Principado da Valáquia.

Durante as braçadas, colhido pela correnteza do rio profundo, eclodiram imagens das memórias de cada homem que trucidara. Nas lembranças trazidas pelo sangue que sorvera, ele viu a infância de suas vítimas, a inocente puerícia dos guerreiros nos acamamentos, experimentou a simplicidade de suas vidas, ouviu as orações nas mesquitas, e sentiu os momentos de angústia. Observou as brincadeiras, as travessuras, os risos, as correrias saudáveis e confusas de crianças que vivem o presente, lhes sentiu as culpas, os medos, as alegrias, as tristezas e os desejos reprimidos da maturidade. Essas percepções nele ficariam registradas como tantas outras já estavam. Se os vivos eram empecilhos, os mortos eram afrescos.

Em 1456, após chegar à outra margem do segundo rio mais longo da Europa, pisou em território valaquiano. A Valáquia era um dos três principados integrantes da região que mais tarde se chamaria Romênia, sendo os outros a Transilvânia e a Moldávia.

Aqueles eram tempos de guerra e de violentos conflitos internos. Disputas pelo trono haviam mergulhado os povoados e planícies em sangue. A influência otomana estendia-se à Valáquia e a Moldávia, o que causava tensões constantes, pois a Transilvânia estava desde o século XII sob controle húngaro.

Ele estava entrando em um território profundamente atribulado, e precisaria redobrar seus cuidados para não se expor. Depois do incidente ocorrido na casa de Fuad, a alguns quilômetros dali, sem dúvida ele já estava com a cabeça a prêmio, tendo todo um brutal e numeroso exército em seu encalço. Agora estava em outra região, e pelo tempo que ali estivesse teria que adaptar-se àquele povo e àquela cultura.

A paisagem era oposta à do deserto mediterrâneo de sua puerícia. Havia árvores em abundância sobre terrenos irregulares cobertos por ampla vegetação. A região era montanhosa, de difícil acesso, mas prazerosa de percorrer.

Pequenas luzes oscilantes de fogueiras afastadas destacavam-se à escuridão, e ardendo nas subidas das montanhas pareciam estrelas solitárias dependuradas no céu.

Os povoados eram pequenos e dispersos, com serenos córregos próximos, margeados por tapetes de pedras. O som dos rios mesclava-se a ruídos constantes oriundos da floresta, certamente feitos por animais. O vento passeava e remexia as folhas, vez por outra carregando um odor de fumaça. O frio espalhava uma bruma pálida e diáfana que se iluminava discretamente ao ser trespassada pelos feixes prateados do luar.

E ali, oculto atrás de alguns arbustos, ele viu uma tropa valaquiana deslocar-se sobre enormes cavalos. Os Efêmeros fortemente armados vigiavam as margens do Danúbio na intenção de precaver-se contra uma possível invasão otomana.

As escuras águas do rio moviam-se serenas, criando reduzidas ondulações, que se repetiam infinitamente, enquanto o brando trote dos cavalos e os sussurros dos soldados evidenciavam-se ante o silêncio noturno.

Quando os homens se distanciaram, ele ergueu-se e caminhou até a floresta. Sua prioridade era encontrar alguma habitação, e lá buscar roupas; precisava livrar-se do traje otomano.

A história do território era repleta de contendas internas e externas, mesmo antes da ameaça otomana. Rebeliões contra os senhores feudais, chamados voivodas, por ali ocorriam com frequência. Os Efêmeros da nobreza — que não era de sentimento — exploravam seus empregados com leis severas, obrigando-os a trabalhar sem qualquer recompensa, e muitas vezes isso causava revoltas. Os servos insurgentes passavam a ser procurados pelas autoridades, e muitos preferiam apenas deixar aquelas terras a resistir, decidiam fugir da repressão para não serem perseguidos e encarcerados, ou mortos.

Muitos servos se submetiam, à medida que outros se rebelavam, enquanto os senhores os reprimiam, e mais sangue era derramado. A regra se eternizava e expunha com nitidez a natureza da qual os mortais eram constituídos.

Em cada território que ele entrava, em cada nova cultura que conhecia, em qualquer época, observava que as injustiças se repetiam. Os Efêmeros andavam em círculos como ébrios inebriados por uma moral deturpada. Jamais aprendiam com sua própria história. Eles se escravizavam e se matavam sem a mais diminuta consciência do quão primitivo era.

No século XII, os mongóis invadiram a região, causando o declínio da população em quase cinquenta por cento. Otomanos, mongóis, romanos, sumérios, não importava, todos eram rigorosamente iguais. As roupas mudavam, os idiomas eram diferentes, mas a essência era a mesma.

Em 1418 a Valáquia e a Moldávia estavam em decadência. As seguidas discórdias com a Hungria e a Polônia, somadas às revoltas populares, à corrupção e aos desentendimentos internos entre os nobres provocaram uma substancial debilidade dos principados, e isso levara o trono a ser ocupado por onze príncipes em vinte e cinco anos. Enquanto a estupidez e a discórdia imperavam, os otomanos se robusteciam.

Mas em 1456 o imponente príncipe atual da Valáquia se havia revelado um grande estrategista, pois, além de sua primeira tentativa fracassada de recuperar o trono ter-se dado com ajuda otomana, a segunda, e vitoriosa, fora com o auxílio dos húngaros.

Em momentos diferentes, utilizando de inteligência e estratégia, ele conseguira apoio de dois inimigos que se digladiavam mortalmente, valendo-se da intenção de ambos de instalarem um títere ao poder, para enganá-los e reaver suas terras e autoridade.

O reinado era do príncipe Vlad III, chamado o Empalador. E este seria um dos Efêmeros mais sádicos, astuciosos e aguerridos que conheceu.

Vlad III, também conhecido como Vlad Draculea, ou filho do dragão, assim era chamado por ser descendente de Vlad II, ou Vlad Dracul, da dinastia Draculesti, pertencente à Ordem do Dragão, uma instituição similar a dos cavaleiros da Inglaterra, criada por Sigismundo, líder do império Romano-Germânico e rei da Hungria, em 1408.

A ordem do Dragão tinha por finalidade proteger a família real, defender a cruz e batalhar contra os inimigos, que à época eram os otomanos.

Tendo falecido o imperador Sigismundo, em 1437, a influência húngara enfraquecera, e Vlad Dracul, como artifício político, prestara homenagem a Murad II, aproximando-se do sultão otomano, que desejava invadir a Transilvânia para chegar às portas da Hungria, pois era necessário proteger seu principado contra o exército de Jánus Hunyadi, também chamado Corvinus, príncipe da Transilvânia. Corvinus havia viajado à Valáquia para persuadi-lo a juntar-se à guerra que promoveria contra os islâmicos conquistadores.

Hunyadi, em uma campanha sangrenta, derrotara os invasores muçulmanos, pacificando a Transilvânia, e este fato alertara o sultão, que ordenara a Vlad II que viesse ao seu encontro. Vlad II, então fora a Edirne, terceira capital do Império Otomano, para reunir-se com o sultão, deixando seu filho Mircea como governante, porém lá fora preso, e durante sua ausência Janus Hunyadi invadira o território valaquiano para depor Mircea e fazer chegar ao poder um primo de Vlad II. Após um ano, Dracul, apoiado por tropas otomanas, o arrancara do trono.

Mas a ajuda do sultão não fora gratuita. Para obter o seu apoio, Dracul prometera o pagamento de um tributo anual, apoiara suas ações bélicas, além de comprometer-se a enviar jovens da Valáquia para servir em seu exército. Não satisfeito, Murad II tomara como reféns seus dois filhos, Vlad III e Radu.

Mircea achara inaceitável o acordo com os otomanos, e os atacara com seu exército. Vlad II não o apoiara, mas também não lhe fizera oposição.

Mircea demonstrou grande capacidade como comandante obtendo de volta uma grande fortaleza que havia sido tomada pelos otomanos, mas essa fora devolvida por Vlad II como demonstração de apoio e sinal de que temia pelas vidas de seus dois filhos prisioneiros.

Pouco tempo depois, Vladislau I, rei da Hungria usara de sua força e influência para combater os otomanos, enviando Janus Hunyadi como comandante de seus exércitos. Hunyadi, para obter o apoio de Vlad II, apelara para que ele cumprisse seu juramento de membro da ordem do Dragão, mas fora inútil.

A antipatia entre Hunyadi e Vlad II se robustecera dramaticamente até que um dia Dracul e seu filho Mircea foram mortos.

Agora o reino estava entregue, e somente em 1448 Vlad III Draculea assumiria o trono com ajuda otomana, no entanto, dois meses depois, ele teria que fugir para a Moldávia, onde reinava o seu primo, Bodano II, pois Corvino novamente o atacaria.

A situação política da Moldávia não era diferente, e quando Bodano II fora assassinado, Vlad III, percebendo que o governante colocado em seu trono, na Valáquia, tendia ao interesse otomano, aliara-se a Corvino, seu inimigo, que o aceitara para que lutassem contra os muçulmanos. Assim, Vlad III conseguira brilhantemente, e em momentos diferentes, manipular dois exércitos rivais ao seu favor.

Em 1456, enquanto Corvino combatia os otomanos, Vlad III invadira a Valáquia e resgatou seu trono. Voltando-se contra os otomanos. A capacidade tática de Vlad III os surpreenderia, pois ele passara a resistir com extrema violência e competência contra as tentativas de invasão de seu principado.

Os Efêmeros jogavam com o poder como sádicas crianças que torturam pequenos animais. Seus exércitos empreendiam batalhas ferozes e inúteis apenas para que os soberanos garantissem suas riquezas. Milhares sucumbiam enquanto a nobreza, o clero e a aristocracia solidificavam os alicerces e seu poderio.

Não há maior títere do que o soldado, que dá a própria vida em nome da ganância de seus governantes. São pobres que, em nome de causas fantasiosas, lutam entre si e reprimem a quem deveriam defender. São marionetes treinadas e fardadas, manipuladas pelas vorazes mãos da cobiça de seus verdadeiros inimigos.

Enquanto os ignorantes se destroem, os regentes enriquecem. Foi assim, e sempre será.

Diante de toda aquela insana conjuntura política, em que a vida dos sem berço era apenas um detalhe insignificante, e o poder, uma meta a ser alcançada a todo custo, ainda trajando roupas otomanas ele perambulou pela conflituosa região. Silencioso, cuidadoso, escondendo-se, ele havia cruzado uma vasta boscagem mantendo-se afastado de qualquer ruído que atestasse a presença de soldados.

A área estava agitada; se sentia a fragrância da tensão, o odor do medo e o bafio dos cadáveres. Patrulhas muito bem armadas circulavam com frequência, esperando os inevitáveis embates com o inimigo.

Ele conhecia muito bem os otomanos e sabia que não desistiriam de expandir seu império, devorariam toda a área que pudessem sem aceitar qualquer oposição. Quanto aos valaquianos, estes que tão corajosamente guardavam as fronteiras de sua terra, resistiriam até o último homem, pois o exército era numeroso, aguerrido e bem treinado.

Os otomanos sempre surgiam como um enxame de abelhas raivosas, e focos de batalhas encarniçadas ocorriam, pela orla do Danúbio, pelas matas, pelas montanhas, e com frequência pelos povoados. Os soldados valaquianos resistiam, lutavam com uma fúria inimaginável e, por muitas vezes, à custa de inúmeras vidas conseguiam rechaçar os agressores muçulmanos.

A primitividade dos Efêmeros eclodia com todo vigor aos momentos do confronto, a violência animalesca, insana, excessiva, dominava seus atos e pensamentos, atrocidades eram cometidas repetidamente, pois a regra não era apenas vencer. Não bastava afugentar o inimigo, ou tirar-lhes a vida, era fundamental que seus corpos fossem usados como um aviso, e à vista disso suas carcaças eram mutiladas, queimadas e deixadas ao solo, como uma advertência.

Em alguns trechos do rio Danúbio se podia ver pelas margens dezenas de defuntos mutilados ou calcinados como velhos troncos aduncos e apodrecidos. Muitos boiavam sendo levados pela correnteza, serenamente dançando ao ritmo das pequenas ondulações. Eram incontáveis despojos arroxeados, intumescidos, fétidos, de olhos saltados e bocas abertas, alguns sem cabeça, outros sem os membros.

O cheiro da morte empesteava algumas áreas quando a brisa trazia o odor das carnes humanas em decomposição, e espalhava-se um encorpado miasma que adentrava, violento, pelas narinas como densa fumaça. Vez por outra, algum membro amputado podia ser visto sobre rochas, sendo possível também distinguir vísceras espalhadas serem abocanhadas por pequenos animais.

Para ele, aquilo era um espetáculo prazeroso. Não que o agradasse sentir a fétida exalação dos pútridos cadáveres, todavia o fato de ela estar ali, pairando como o perfume da destruição, já atestava a presença constante da morte, e esta o alimentava com uma encantadora sensação de poder. Há maior deleite para um imortal que presenciar a finitude dos que ele despreza?

E só durante o acanhado romper dos preambulares raios da manhã, quando o melancólico lusco-fusco ornava a paisagem de solidão, foi que ele encontrou um pequeno povoado cercado pela floresta, um local que aparentava estar deserto, pois não havia fogueiras ou movimento. Certamente uma aldeia cujos moradores partiram em desespero, amedrontados pelos constantes ataques otomanos.

Ele abandonou a frondosa vegetação que o ocultava no intuito de explorar o interior das casas, no entanto havia dado apenas alguns passos quando algo o forçou a parar. Em cada ponto de sua matéria ancestral ele experimentou os tremores de uma peculiar energia, e com clareza sentiu o poderoso surgimento de uma presença que havia muitos séculos estava ausente.

A potente sensação era similar a que lhe havia tomado no deserto da Suméria e à margem do Mar Mediterrâneo. Um profundo e vigoroso abalo o arrebatou integralmente, e ele já sabia do que se tratava.

Virando-se, caminhou de volta alguns passos mata adentro, sentou-se sobre uma pedra e aguardou.

O silêncio então quase que absoluto foi logo dissipado pelo brando ruído das plantas rasteiras; algo roçagava por elas, calmamente, e se aproximava. As ramagens moviam-se, a descrever a trajetória feita pelo estranho ser que deslizava pela terra. E quando parou, um breve silvo pode ser ouvido.

Aos poucos, ante seus pés, uma cabeça negra de serpente erigiu-se vagarosa como uma flor amaldiçoada que brota, pondo-se imóvel ao atingir certa altura.

Naqueles segundos em que permaneceu estático, ele recordou de toda a sua jornada, de cada evento, de cada sensação vivenciada e paisagem. Desabrocharam lembranças de frases proferidas, de pensamentos lidos e batalhas realizadas. Os detalhes da face de reis e mendigos, soberanos e vassalos, senhores e escravos. O rosto de cada um dos milhares de Efêmeros que havia matado. Das mulheres e crianças assassinadas. Da selvagem contenda ao Coliseu, do fogo de trevas surgido à casa da velha em Rimini, das irmãs francesas mortas ao leito, da madrugada em que cruzara as esquinas da fortaleza sumeriana, e da habitação que o protegera quando viera ao mundo.

As memórias contidas no sangue sorvido de todas as suas vítimas lhe trouxeram um número infinito, insano e torturante de imagens e sensações. Gestos, olhares, pensamentos, sonhos, lágrimas, decepções, alegrias, paixões, sabores de alimentos, doenças, vergonhas, poemas lidos, ordens recebidas; prazeres vivenciados, algias experimentadas, tudo, e ainda o preciso momento da morte de cada uma delas, no qual a assustadora figura do monstro que as havia matado permanecia como último registro.

Os olhos da serpente negra fitaram os seus, e um sussurro lhe chegou aos atentos ouvidos:

— Longo caminho trilhaste, mas um maior ainda desponta, e a distância até o seu final esboçará a sensação de infinitude. Falsa ela é! A jornada que começa, termina. Todo percurso tem um fim. E assim será, no devido tempo. Continua! Há uma razão, que ainda não te compete conhecer.

"Não há Efêmero que te possa sobrepujar, por mais poderoso que seja. Tampouco retirar de teu sangue, pois essa coleta só cabe a ti.

"Ouve! A rúbea seiva da vida que recolhes para nutrir tuas defesas torna-se poderosa quando percorre teu corpo, e dela podes utilizar as propriedades. Suas gotas conservarão a saúde dos Efêmeros aprisionados que te servirão de fonte. Estes, pela falta de alimentação, permanecerão enfraquecidos demais para mover-se, mas serão fortes o suficiente para produzir o sangue de que necessitas.

"As gotas também sanarão limitadamente, por curto espaço de tempo, os males dos que utilizares para te auxiliar. Precisando eles de doses regulares, até que resolvas descartá-los. Porém, a ninguém teu sangue tornará imortal, pois és único. A imortalidade não te poderá ser suprimida jamais, nem por mãos efêmeras, nem pelas tuas.

"Segue! As eras te aguardam. Interfere sem te mostrar, aprende sem te revelar. A solitude é teu abrigo e o segredo é tua segurança.

"Ouve! Teu nome agora será revelado! Ele é uma pedra quebrada, justaposta de forma invertida..."

E tendo feito a grande serpente negra aquela última revelação, recolheu a cabeça para dentro das folhagens, e retornou pelo caminho percorrido até desaparecer na penumbra da floresta.

As informações trazidas pelo espantoso ofídio foram de extrema importância. Agora ele sabia que com gotas de seu próprio sangue poderia aprisionar Efêmeros para deles se servir em momentos nos quais seria desaconselhável expor-se. Intuiu que poderia mantê-los amarrados, desnutridos, sem que morressem, bastando tão somente tocar-lhes os lábios com o sangue, e que uma diminuta quantidade seria o suficiente para que continuassem sãos, porém sem consciência. Eles permaneceriam estáticos, silentes, como estátuas vivas, tomados pelo extremo estado de fraqueza orgânica inerente à falta de alimentação. Sabia também que poderia ter seguidores, Efêmeros que negociariam vitalidade em troca de servidão.

Ele ergueu-se da rocha, permaneceu por alguns minutos em pé, assimilando aquele novo conhecimento e já o adaptando aos seus astuciosos planos, para em seguida caminhar em direção ao povoado.

E, saindo da floresta, desceu por uma encosta pedregosa, íngreme, cujo sopé era rasgado por um pequeno córrego. Apesar de algumas nuvens espessas acobertarem o sol, a manhã trazia uma luminosidade reveladora que pousava alguns raios sobre um estreito riacho, dele fazendo saltar um tímido arco-íris.

— O nome! — quase gritou enquanto sacolejava o livro.

"A serpente revelou o nome dele!"

Jones recordou a frase dita por Fergelus em resposta a uma pergunta durante o jantar à casa de Stafford: "Meu nome é um pequeno quebra-cabeça, no qual as peças estão encaixadas de forma equivocada". Comparou-a com o que foi anunciado pela serpente negra: "Ouve! Teu nome agora será revelado! Ele é uma pedra quebrada, justaposta de forma invertida".

— O que diabos isso significa?

Em silêncio ele esfregou o rosto e pensou em Lilian. Olhou para a faca e a segurou, pondo o livro fechado no chão. Por alguns segundos imaginou o que faria com aquilo, quase podendo sentir o abalo que lhe causaria aprofundá-la no ventre de algum agressor. Depois fitou a porta trancada, e a cadeira que ali havia posto como tentativa de impedir uma invasão. Ele estava seguro, pelo menos naquele momento.

Ele olhou para a janela fechada, inseriu a faca sob o travesseiro e apagou o lampião.

LXV

Ao chegar à editora, antes sequer de fechar a porta, Jones viu um grande alvoroço. Funcionários agitados comentavam o que parecia ter grande importância, gesticulando com ênfase à semelhança de italianos em uma animada conversa.

Oliver Callow, avistando-o, veio ao seu encontro.

— Bom dia, Jones! Você não vai adivinhar o que aconteceu! — disse, assustado.

— Bom dia, Oliver! Tenho certeza que não! O que houve?

— Alguém invadiu a editora!

— Houve um roubo aqui? — Sobressaltou-se.

— Sim! Quebraram a porta dos fundos para entrar!

— A editora foi roubada! — repetiu para confirmar como se não acreditasse.

— O senhor Stafford está verificando o escritório, alguns estão tentando consertar os estragos da porta! Durante o tempo em que trabalho aqui isso jamais aconteceu! Não temos mais segurança nem em nosso trabalho! Londres está se corroendo por dentro! — lamentou-se. Prosseguiu como se proferisse um discurso: — São assassinos pelas ruas e ladrões nos escritórios! Os lares estão ameaçados! Somos um país civilizado, ou estamos regressando à barbárie? Quanta decadência! O que se pode fazer?! Imagine só, roubar uma editora! O que esse ladrão queria, livros?

— Vou falar com o senhor Stafford! — avisou apontando em direção ao escritório, e deixou Callow lastimando-se sozinho.

No caminho ele deu com Gibbons, que apresentava um semblante grave.

— Agora eu entendo você, Jones... — afirmou, agitado.

— Como disse?!

— A pancada que você me deu... Agora eu entendo você! Há malfeitores por todos os lugares! Tomarei mais cuidado!

— Vou falar com o senhor Stafford — repetiu, novamente exibindo o dedo indicador.

Jones atravessou o salão, entrou no corredor, e bateu na porta do escritório de Stafford.

— Entre! Entre! — ordenou.

— Senhor Stafford, bom dia. Eu acabei de saber o que aconteceu. Há algo que eu possa fazer para ajudar? Algo de valor foi roubado?

Stafford não exibia sinais de preocupação, qualquer tipo de nervosismo ou revolta própria de quem se vê em uma situação como aquela. Se os sentia, estavam muito bem disfarçados. Seu rosto estava calmo. Em nada seus gestos se diferenciavam do que Jones via todos os dias.

— Não, Jones! Está tudo bem! Estou achando tudo muito estranho! Nada foi roubado!

— Nada?! O senhor verificou com cuidado?

— Sem dúvida! Absolutamente nada de valor foi roubado! Não costumo guardar dinheiro aqui, mas há livros raros e pequenas estatuetas de alto preço no interior do cofre, e nem sequer tentaram abri-lo! — explicou ostentando no rosto uma expressão de profunda dúvida enquanto coçava a cabeça com uma das mãos e apontava, com a outra, para a grossa caixa de ferro de onde alavancas negras saltavam e um brasão dourado com a marca Milners podia ser visto.

— Mas isso é muito estranho!

— Sim, muito!

— O senhor não percebeu nada de anormal? Algo revirado, quebrado, sumido, ou coisa do tipo?

— Sim, algumas gavetas, mas não havia nada de mais nelas. Só papéis. Já verifiquei toda a editora e nada foi mexido. Tudo está como sempre esteve, exceto minhas gavetas.

— Papéis importantes?

— Não! Eram bilhetes guardados. Coisas que eu deveria ter jogado fora. Na verdade, só lixo foi levado.

— Lixo?! — Espantou-se.

— Para mim, sim, mas aparentemente para o ladrão, não. Realmente não consigo entender o motivo que levaria alguém a arrombar uma propriedade para apropriar-se de papéis sem nenhuma importância. O único prejuízo real foi a porta dos fundos. Nada mais. Ela terá que ser consertada o mais rápido possível. Tratarei disso hoje!

— Desculpe insistir nisso, é que estou interessado e preocupado! Jamais vi isso acontecer sequer pelas redondezas... Eram bilhetes pessoais?

— Agradeço por sua preocupação, Jones. Você está parecendo um daqueles curiosos detetives! — brincou. — Não! Eram recados enviados por autores. Fui acumulando, quando deveria ter jogado fora. Não sei o motivo de tê-los guardado — deu de ombros, rebaixando os cantos da boca —, talvez por desleixo...

— Mas, se foram roubados, tinham algum valor...

— Não creio! — Balançou a cabeça. — Eram simples recados sobre horários, reuniões, encontros marcados, esse tipo de coisa. Acho que o ladrão enganou-se.

— Encontros... reuniões — murmurou Jones, pensando em voz alta.

— Sim, só isso! Bilhetes com endereços de encontros, mudanças de horários...

O instinto de Jones estava badalando, e ele não sabia se aquela reação era devido ao interesse natural que despontaria em qualquer um, ou ao medo que o havia tornado suscetível a delírios de perseguição.

— Senhor Stafford... Por favor, tenho uma dúvida... Em algum desses bilhetes havia algo referente a qualquer reunião de que eu tenha participado?

— Ah! — concluiu Stafford com ar jocoso. — Percebi o seu interesse! Você está preocupado por achar que o ladrão levou alguma informação sobre você! Mas isso é um absurdo, Jones! O sujeito deve ter levado por engano. É a única explicação que posso dar!

Jones riu.

— De certa forma sim, mas realmente estou só curioso — justificou-se.

— Eu entendo, estou brincando! — acalmou-o com uma expressão paternal, e completou: — Sinto dizer-lhe que sim. Havia bilhetes do senhor Fergelus relativos à mudança de local para a assinatura do contrato. Sim... creio que era isso...

— Mesmo que nada de valor tenha sido levado, eu sinto muito pelo desagradável evento! Não vou mais incomodá-lo com minhas perguntas.

— Obrigado, Jones. Eu também sinto, mas creio que devemos nos alegrar por nada de mais sério ter acontecido. Realmente isso é muito estranho.

Jones meneou a cabeça demonstrando pesar e saiu do escritório. Na sala os funcionários ainda estavam chocados. Edgell aproximou-se.

— Bom dia, Jones. Alguma novidade? O que o senhor Stafford disse?

Gibbons e Callow se achegaram, curiosos.

— Bom dia, William! Pelo que entendi, nada foi roubado.

— Nada?! Então concluo que o ladrão não teve tempo! Acho que quando o senhor Stafford chegou, o homem ainda deveria estar aqui, e fugiu de mãos vazias! Que perigo!

Gibbons interrompeu a conversa:

— Sim, ele frequentemente chega mais cedo, antes de todos — esclareceu, e virando-se para Jones perguntou: — O senhor Stafford não comentou nada sobre ter ouvido algo?

— Não, nada. Não acho provável que o ladrão tenha invadido a editora pela manhã. É notório o fato de que ladrões agem mais à noite. Na escuridão eles têm mais segurança de não serem apanhados.

— Sim, é verdade. Algo mais foi destruído, além da porta?

— Pelo que sei, não.

Naquele instante Stafford surgiu no salão, e todos o olharam, inquietos.

— Bom dia, senhores! Tenham calma! Não há motivo para pânico! — anunciou mostrando as palmas das mãos, que balançavam serenamente. — Como todos puderam perceber, tivemos um arrombamento, mas tudo está tranquilo. Nada de valor foi roubado, só alguns papéis. Está tudo bem! Não foi agradável encontrar minhas gavetas reviradas logo pela manhã, mas é como eu disse a Jones... O único estrago foi a porta dos fundos. Chamarei alguém para consertá-la ainda hoje. Vamos trabalhar! Foi só um susto!

Depois do pequeno pronunciamento pacificador, ele regressou ao escritório, tão manso quanto havia surgido. A aparente calma de Stafford serenou os ânimos de todos, que estavam bem nervosos e revoltados.

— Se o senhor Stafford está calmo... fiquemos também — pronunciou-se Gibbons. — Se nada de valou foi afanado, vamos trabalhar!

Gibbons, enquanto afastava-se, esbarrou em uma das mesas e derrubou um livro, cujo estrondo ao piso chamou a atenção de quem estava próximo. Com uma expressão jovial, mas mostrando-se envergonhado pela falta de jeito, ele se curvou com agilidade e apanhou a obra, jogando-a novamente onde estava.

Aos poucos os grupos dispersaram-se, e cada empregado voltou às suas atividades. Jones a todos observava, e enquanto se dirigia à sua mesa pensava:

"Não posso atribuir todo acontecimento desagradável ao senhor Fergelus. Tenho que ter senso crítico, equilíbrio e inteligência, ou esse temor se transformará em loucura! Se é que já não se transformou! Sempre que algo insólito acontece ao meu redor é impossível não achar que ele seja o culpado. De tudo o que li, vi e sei, eu não me surpreenderia se as menores coisas estivessem sendo manipuladas. É estranho que só alguns papéis tenham sido levados, mas a polícia se encarregará disso..."

Ao pensar na polícia, ele foi acometido de imediato por outro pensamento, bem mais angustiante: "Até o momento não fui procurado! Acho que ainda não encontraram o corpo do senhor Johnson, mas encontrarão! Muito em breve! É inevitável! É pura questão de tempo!".

Estremecendo, ele pensou no cadáver se decompondo no piso da sala escura, e como o odor do ambiente deveria estar, naquele instante, insuportável.

Curioso, Jones foi até os fundos para examinar a porta rompida. A madeira havia sido quebrada ao lado da fechadura, decerto que por alguma haste de ferro ou algo semelhante. E como um detetive ele imaginou os passos do invasor pela editora, tentou enxergar os cômodos a partir dos olhos do homem, e viu cada móvel, livro, estante e ambiente, até chegar ao escritório.

"Aparentemente, quem quer que tenha sido, seguiu em direção à sala do senhor Stafford, e nem se deu ao trabalho de disfarçar isso. Nada fora de lá foi vasculhado, tudo está no seu lugar. O sujeito parece ter entrado aqui com o propósito de levar aqueles papéis, mas por quê? Que lógica tem isso?"

Interrompendo as detetivescas ponderações, a voz de Edgell surgiu do outro extremo da sala:

— Jones! Charles, Oliver e eu vamos sair mais tarde para tomar uma cerveja, logo após o final do expediente. O que acha de nos acompanhar?

— Durante a semana?!

— Será coisa rápida, só para conversarmos um pouco! Iremos ao Captain Murphy. Que tal? Coisa de uma ou duas horas.

— Tudo bem, estou precisando mesmo relaxar... — concordou.

— Esplêndido! Avisarei a eles!

Jones voltou à sua mesa e debruçou-se sobre papéis, mas ainda pensando no triste destino de Johnson, que se havia tornado uma pobre vítima da agudeza jornalística, do instinto investigativo e da ousadia profissional.

Desde que conhecera Fergelus, ao interior daquela sinistra taverna empoeirada, sua vida havia mudado consideravelmente. Agora, funestos eventos se acumulavam e lhe perseguiam com uma constância aterradora. A morte escurecia a sua sombra, a insônia o havia abraçado, a inapetência lhe enchia o estômago, e o medo lhe apertava a garganta. Em tempo algum ele se sentira tão desprotegido, tão sufocado, tão entregue aos caprichosos revezes do acaso.

O vulto destruidor daquele ser havia tomado toda a cidade como um *fog* mortal desprendido das asas escuras de uma imensa ave de mau agouro, e Jones se via como o ponto central de todas aquelas infaustas ocorrências. Percebia-se tal o trepidante lume de uma vela negra que é circundado por um venenoso inseto, quiçá como um equilibrista vendado sobre um lago de crocodilos.

"Algumas cervejas não me farão mal...", buscou convencer-se entre suspiros.

Pouco depois do trabalho, por volta das dezoito horas e trinta e cinco minutos, os quatro homens andavam pelas ruas esfumaçadas de Londres com destino à Taverna Captain Murphy; local onde Jones havia estado pela última vez enquanto esperava por Johnson. E durante o curto percurso de algumas quadras discorriam relaxadamente acerca de suas impressões quanto ao desagradável episódio ocorrido.

— Que dia! — comentava Gibbons meneando a cabeça.

— Quem invadiria uma editora? — perguntou Callow.

— Ora, Oliver! Certamente alguém em busca de dinheiro, não de livros.

— O estranho é que nada foi revirado — disse Jones.

— É verdade! Mas aquele estrago na porta deve ter custado caro — analisou Edgell.

— A empresa pagou, não nós! Agora a porta foi reforçada! Dei uma boa olhada nela depois de instalada. O material é bem melhor! — observou Gibbons, para logo apontar em direção à taverna. — Estamos chegando.

— Estou salivando! — gracejou Callow.

— Não quero demorar, estou muito cansado — avisou Jones.

— Não seja um estraga-prazer, Jones! Vamos aproveitar o momento, não sairemos tarde. Amanhã cedo ainda há trabalho. Temos aquele livro maldito para ler — lamentou-se Gibbons.

— Só um louco para escrever algo assim! — completou Edgell. — Eu nunca li um livro tão estranho!

— Enfim, chegamos! — regozijou-se Gibbons estendendo a mão para tocar a maçaneta e abrir a porta.

Do alto o pequeno sino tilintou.

A taverna estava calma, sem música ou muitos clientes, como era próprio durante dias de semana àquele horário. Três senhores nos fundos conversavam enquanto bebiam, e dois outros, mais jovens, perto da entrada, serviam-se de algum alimento tendo duas xícaras fumegantes de café ao lado.

— Não bebam o café daqui — preveniu Jones, contendo o riso.

Todos penduraram seus casacos à entrada e se dirigiram a uma mesa mais ao centro. O garçom se aproximou.

— Boa noite! Quatro cervejas, por favor — pediu Gibbons levantando quatro dedos antes de o rapaz sequer abrir a boca.

O funcionário de avental verde apenas aquiesceu com um gesto de cabeça, para logo apressar-se em executar o pedido.

— William, o que você estava dizendo sobre o livro? — iniciou Callow.

— Eu disse que só um louco escreveria aquilo.

— Olhe... — disse Gibbons, reflexivo, para logo manter-se em silêncio, o que despertou a expectativa de todos. — Devo admitir que estou achando bem interessante! É uma grande aventura!

— Onde estão as suas severas críticas? — brincou Jones. — Lembro-me de ouvi-las...

— Sim... É verdade — interrompeu —, mas posso mudar de ideia, não?

— Sem dúvida! Então está gostando da obra?

— Posso dizer que sim! A trama é fascinante! A narrativa, minuciosa! As impressões do personagem são graves, críticas, um pouco desagradáveis, é verdade, mas dizem muito sobre o comportamento humano! Precisamos nos esmerar para que nada atrase! O lançamento será em janeiro. Cada letra tem que estar em seu devido lugar, sem erros. É uma obra jamais vista! Para nossa época é uma inovação, não acham? Espero que os leitores do século XIX deem uma boa acolhida ao tema.

Jones estranhou aquela mudança. Gibbons em alguns momentos não parecia o mesmo, estava um tanto introspectivo e expunha certo nervosismo contido. A alteração, ainda que não tão acentuada, fora percebida e trazia também algo de mais saudável, de ágil, que ele não conseguia identificar. Certa jovialidade desabrochada, mais iniciativa. Parecia bem seguro de si, como alguém que herda uma grande fortuna e passa a achar que tudo pode.

— Diga-me, Jones. O que acha do senhor Fergelus?

A pergunta disparada soou sem sentido, parecia ter surgido de parte alguma, como se lhe houvesse caído à cabeça sem prévia motivação. Jones foi pego de surpresa.

— Charles... Sinceramente, eu não saberia responder — retorquiu na intenção de ocultar o que realmente pensava. — É uma pessoa elegante, erudita e talentosa...

— Não me refiro às qualidades profissionais ou gostos estéticos, mas à forma de ele ser. Sua personalidade.

— Ele é um... — Jones relutou em classificá-lo como humano, mas continuou — homem interessante, determinado, inteligente e sensível.

— Sensível?! — Gibbons parecia duvidar.

— Sim, à sua maneira — completou.

— Entendo... Creio que você tem razão. É necessário um apurado poder de observação para escrever tantas frases reflexivas.

As cervejas chegaram, e todos demonstraram animação, agitando-se nas cadeiras como se diante de uma autoridade. As canecas, com um barulho surdo, foram postas sobre a mesa, diante de cada um, para depois serem agarradas quase que às pressas e ao mesmo tempo levantadas.

— Ao livro! — disse Gibbons, propondo um brinde.

Jones achou o comportamento extravagante, peculiar e inadequado à personalidade do homem, mas não criou caso.

— Ao livro! — repetiu, sendo imitado pelos outros.

Após um longo e profundo gole, as canecas voltaram à mesa, chocando-se contra a madeira. Todos se reclinaram, mais relaxados, aos encostos das cadeiras, enquanto Jones puxou seu relógio do bolso.

— Está com pressa, Jones? — inquiriu Edgell sorrindo.

— Não, aqui está bem agradável, ainda não está na hora de partir. Não quero ir tarde, pois ando muito cansado ultimamente.

— Eu também! — disse Callow. — Minhas costas andam reclamando!

Aquela simples observação dita de forma tão casual fez girar de imediato as engrenagens da mente de Jones. E como se um botão fosse acionado, ou, como se por algum sombrio truque de mágica, uma imagem invasiva aportou em suas lembranças. Ele acabara de perceber o que ninguém mais havia notado: "Na noite em que derrubei Charles, ele não sentiu dor alguma! Onde foi parar a eterna dor nas costas? Será que essa desconfiança não é apenas uma fantasia? E hoje pela manhã ele deixou cair um livro, para apanhá-lo sem problemas!".

Jones fitou Gibbons com desconfiança, para em seguida desviar o olhar e recordar-se do trecho que havia lido, no qual a serpente negra fazia revelações sobre o sangue de Fergelus: "As gotas também sanarão limitadamente, por curto espaço de tempo, os males dos que utilizares para te auxiliar. Precisando eles de doses regulares, até que resolvas descartá-los..."

— Mais uma! — pediu Edgell elevando a voz enquanto levantava a caneca quase vazia em direção ao garçom.

— Quatro! — completou Gibbons, fazendo o mesmo.

— Mal terminei a minha, calma! — disse Callow.

Mais que embebido em cerveja, Jones estava mergulhado em inquietudes. A desconfiança o havia inebriado bem mais que a generosa dose de bebida que sorvera: "Charles não pode estar envolvido nisso! Não é possível! O senhor Fergelus conseguiu invadir a minha cabeça! Agora desconfio de todos! Não posso ter certeza da implicação de Charles, mas terei cuidado mesmo assim, e ficarei de olho em William e Oliver!".

— Três! — interveio Jones levantando três dedos.

— Que é isso, Jones?! Mais uma! — admirou-se Edgell.

— No momento não! Estou caindo de sono... E com dor nas costas — disse olhando para Gibbons como se o provocasse. — Minha caneca ainda está cheia, bebo devagar.

— É compreensível! E você não bebe devagar, acho que nós é que bebemos rápido — brincou Callow, tocando sua caneca na de Jones.

Às vinte e uma horas o quarteto levantou-se vagaroso das cadeiras, arrastando-as no assoalho de madeira como se pesassem toneladas. Após três horas de cervejas e conversas, Gibbons e Callow já demonstravam uma evidente propensão à embriaguez, o que era comprovado pela vermelhidão dos olhos, certo desequilíbrio, piadas inconvenientes e gestos lentos. Jones e Edgell permaneciam alerta e firmes.

Tendo quitado o garçom pelas bebidas, eles agarraram os casacos e saíram, despedindo-se à rua com apertos de mãos e toques no ombro. Os três se distanciaram, caminhando com serenidade, para sumirem em meio ao nevoeiro, e Jones permaneceu diante da taverna para encontrar uma carruagem.

Ele não se arriscaria mais a andar por Londres à noite, especialmente por ruas escuras. As brumas estavam mais espessas, o fluxo dos transeuntes, reduzido, e os coches distanciados passavam com longos intervalos. As luzes dos postes atravessavam seus feixes pálidos por entre o *fog*, como amoladas garras que dilaceram a tenra carne de presas, no entanto aquela tênue fluorescência de nada adiantava, pois as trevas se espalhavam.

Algum tempo se passou antes que ele chegasse à sua casa e quando lá, diante da residência, saltou do coche, e percebeu com inquietação homens à porta. Era a polícia.

LXVI

Aguardavam-no três homens cujas feições ocultas pelas brumas foram aos poucos tomando forma à medida que Jones se aproximava. O primeiro era alto, com talvez quarenta anos, tendo o rosto liso, como se houvesse se escanhoado recentemente. O segundo era baixo e gordo, com um bem cuidado bigode branco, aparentava sessenta, e o terceiro estava fardado. Este, por estar mais afastado, tinha o semblante indistinguível.

Ao avizinhar-se, foi abordado pelo primeiro.

– Boa noite! Senhor Philips?

– Boa noite. Sim. O que deseja?

– Sou o detetive Aidan Culbert, esse – disse, mostrando o distintivo e apontando para o outro – é o detetive George Wannell, e aquele é o guarda Maxwell Eymer.

O guarda estava a alguns passos, e sua face permanecia coberta pela neblina.

– Podemos conversar?

– Sim, sem dúvida. Acompanhem-me.

Jones abriu a porta, entrou e acendeu a luz. Os detetives o seguiram, ficando o guarda do lado de fora. Ele pôs a valise sobre uma cadeira e tirou o casaco, pendurando-o à entrada. Os detetives permaneceram com os seus, como se não fossem demorar, e isso o acalmou.

– Sentem-se, senhores. Qual o motivo desta visita tão incomum, e a esta hora? – inquiriu recostando-se à poltrona, ao que foi imitado por ambos.

Naquele momento Jones ouviu um barulho à porta, e percebeu que o guarda havia entrado. Porém, em vez de caminhar até a sala, o homem permaneceu no pequeno corredor da entrada, sem ser visto. Como se fizesse uma discreta proteção aos detetives.

E o mais velho iniciou com uma pergunta que claramente era retórica:

— Senhor Philips, o senhor conhece Arthur Johnson?

— Sim, conheço.

De modo imperceptível, Jones respirou fundo. Manter a calma era fundamental.

— Quando o senhor o viu pela última vez?

— Aqui! Nesta sala! — respondeu apontando em direção ao assoalho.

— Lembra-se quando? — perguntou Culbert.

— Realmente não. Já faz algum tempo.

— E sobre o que conversaram?

— Falamos de assuntos gerais. Nada específico... O dia a dia... Política... Trabalho... Essas coisas — discorreu sentindo que não estava a enganar ninguém.

— O senhor pode afirmar que sua relação com ele era amistosa?

— Sem dúvida! Perdoe-me, mas qual o motivo dessas perguntas?

— Estamos em uma investigação, e suas respostas podem nos ajudar a resolvê-la. Gostaríamos que cooperasse. Isso não vai demorar.

— Não há problema. Apenas estou curioso — justificou-se balançando as mãos.

— É compreensível. O senhor foi à casa do senhor Johnson recentemente? — disparou.

"Eles encontraram o corpo e falaram com a vizinha!", pensou, com todas as forças cuidando de manter a calma.

— Sim, no domingo.

— O que o senhor foi fazer lá?

— Fui encontrá-lo, pois ele havia faltado a um encontro que marcamos. Lembro-me de que falei com uma das vizinhas.

— Estamos a par disso. Onde seria esse encontro?

— Na Taverna Captain Murphy, próxima à editora Stafford, onde trabalho. Como disse, eu fui ao encontro, mas ele não.

— Em que dia o senhor esteve lá?

— Na sexta-feira, após as dezoito horas.

Wannell tirou do bolso um pequeno caderno, no qual passou a anotar aqueles dados.

— Captain... Murphy — disse enquanto escrevia. — Certo. O senhor conseguiu falar com o senhor Johnson no domingo?

— Infelizmente não. Bati à porta, mas ele não atendeu. Concluí que não estava em casa, e parti.

— E sobre esse encontro que não ocorreu... Ele foi marcado por algum motivo em particular?

— Não... Apenas para pôr o assunto em dia. Para tomarmos cervejas e relaxar.

— Entendo... Diga-me, senhor Philips — continuou Culbert. — O senhor conheceu os detetives Eglington e Lawford?

— Esses nomes me são familiares... Eles estavam investigando a morte do senhor Spencer, não é isso? Eles foram à editora Stafford interrogar os funcionários.

— Precisamente! — disse Wannell, lhe apontando o lápis. — O senhor pode nos dar alguma informação sobre o que aconteceu a esse funcionário... o senhor Spencer?

— Nenhuma. Respondi todas as perguntas relativas a esse caso aos detetives.

Culbert, recostando-se mais confortavelmente, olhou-o nos olhos e perguntou:

— O senhor conhece algum autor que ache suspeito?

Aquele abrupto questionamento arrojado sem piedade atingiu Jones como uma bala, e ele estremeceu.

— Para mim, todos são. Não entendi a sua pergunta! — retorquiu, tentando controlar-se.

Culbert sorriu e pendeu o corpo em direção a Jones, como se o quisesse intimidar, e continuou:

— Senhor Philips, eu vou lhe explicar o motivo de estarmos aqui. Os detetives Eglington e Lawford estão desaparecidos, e nós — disse apontando para Wannell — estamos cuidando do caso. Vasculhamos as mesas de ambos e encontramos anotações referentes ao senhor Arthur Johnson, então fomos à casa dele e o achamos morto. Assassinado.

Jones se remexeu, arregalou os olhos e arqueou as sobrancelhas, e tal reação, de todo verdadeira, deu-se muito mais pela forma com que a notícia havia sido transmitida do que pelo fato de a polícia ter encontrado o cadáver. Agora ele deveria ser muito cauteloso, e mentir, ainda que não fosse culpado do crime.

— Morto! — repetiu fingindo surpresa.

— Sim, não tenho qualquer dúvida, e ao fazermos uma minuciosa varredura no interior da casa, que estava revirada como se um furacão houvesse dado uma festa, encontramos alguns apontamentos interessantes. Ao que parece quem revolveu a residência não foi tão preciso na busca que fez. Entre os papéis esbarramos com o seu nome.

— O meu! — alarmou-se.

— Sim, o seu. Nas anotações que encontramos ficou claro que o senhor estava sendo investigado pelo senhor Johnson. Saberia me dizer por qual motivo?

— Eu não faço a menor ideia!

— Havia também algo referente a um autor...

— Que autor? — indagou interrompendo-o.

— Seu nome não é citado. Nos apontamentos só estava escrito "o autor". Este também estava sendo investigado por ele. O senhor não sabe a quem ele se referia?

— Certamente que não!

— O endereço "Hotel Inn, Montchanin Village, Delaware" lhe diz algo?

— Delaware? Não! Nunca estive nos Estados Unidos! Senhores, o que está acontecendo realmente? Estou sendo acusado de algo?

— Ainda não, senhor Philips! — disse Wannell em tom de ameaça. — Só as investigações dirão. Tenho aqui escritas as frases que encontramos na casa do senhor Johnson, uma delas dizia literalmente "investigar Jones", a outra... deixe-me ver... "O autor viajou para os Estados Unidos em março de 1873. Hospedou-se no Hotel Inn, em Montchanin Village, Delaware", e ainda "investigar o autor". O senhor não sabe nada sobre isso? — insistiu.

— Não sei de absolutamente nada! Não sei quem é esse autor, e desconheço a razão de ser investigado pelo senhor Johnson! Isso é muito estranho!

Todas as palavras de Jones estavam sendo anotadas no caderno de Wannell, que se esmerava por não perder nenhuma frase. O lápis saltava na mão do homem como se estivesse a ferver, e o roçagar da ponta fina na superfície da pequena página amarelada desprendia um ruído enervante.

— Sem dúvida que é estranho. Por isso estamos aqui. O senhor estava sendo investigado por um jornalista que apareceu morto. Não acha isso suspeito?

— Acho que ele poderia estar investigando muitas pessoas, afinal, era seu trabalho, e uma delas deve tê-lo assassinado. Quem sabe não foi esse autor! Talvez os senhores encontrem outros nomes anotados, inclusive o dele.

— Não havia nenhum outro nome. Quem quer que tenha remexido a casa deve tê-los levado consigo. Deixou apenas o seu, além desse endereço nos Estados Unidos. Já entramos em contato com a polícia de lá. Eles também estão investigando.

— Pois bem, senhor Philips — ergueu-se Wannell, para ser de imediato seguido por Culbert —, não vamos mais incomodá-lo, já temos tudo o que viemos buscar, mas esteja pronto para ser chamado à chefatura assim que sua presença for solicitada. Tenha uma boa noite.

— Certamente, senhores! Espero que encontrem quem cometeu esse crime! Boa noite.

Os detetives saltaram das cadeiras e atravessaram o cômodo com agilidade, sendo seguidos por Jones, que se apressava em levá-los até a porta, pois desejava livrar-se deles o mais rápido possível.

No curto percurso, ao olhar para o guarda que estava em pé logo adiante, estacou com um susto tremendo. Sentiu as pernas falharem e os pés colarem no assoalho. Naquele instante foi tomado por um terror tão colossal e entranhado que achou que fosse perder os sentidos ali mesmo. Seu coração disparou, bateu tão rápido que chegou a doer, e ele pôs a mão no peito, sentindo o belicoso palpitar do tórax tal se fosse explodir. Seus pulmões se comprimiram e o ar por um segundo tornou-se raro.

Ele reconheceu naquele homem fardado o guarda que havia acompanhado Eglington e Lawford à editora para interrogar os funcionários sobre a morte de Spencer, distinguindo também em sua face rosada o rosto do cocheiro que havia levado Stafford à taverna de Fergelus. Dentro de sua casa, diante de seus olhos, estava o manco.

Jones, paralisado, viu os detetives saírem e a porta fechar-se. Permaneceu de pé, gelado e endurecido como uma estátua, mal conseguia pestanejar. Um calor lhe ardeu na face como se próxima estivesse de uma lareira fartamente inflamada, e só aos poucos seu corpo amoleceu, até que ele se sentou no piso, com uma patética expressão de absoluto assombro.

Minutos depois, recuperando-se parcialmente, ele levantou-se em profundo silêncio, parecendo empreender um imenso esforço, para, apoiando-se ao encosto da poltrona, deixar-se cair com todo o peso no tenro assento do móvel.

— O manco! — balbuciou. — Ele é um policial!

O homem havia ouvido toda a conversa daquela sala, cada contido suspiro nervoso, cada mentira, cada palavra, frase, pergunta e resposta, talvez até o enervante arranhar da ponta do lápis no papel, e levaria as informações colhidas aos ouvidos de Fergelus. Se Jones já se sentia inseguro, agora tinha certeza de que estava perdido, de que definitivamente não poderia confiar em ninguém.

Sentado, com a boca entreaberta e as pernas frouxas, a adrenalina lhe queimava o estômago, e ele o massageava enquanto fitava um ponto qualquer da sala.

"Maxwell Eymer, esse é o seu nome! Ele sabe quem sou, e é óbvio que não esteve aqui por acaso! Mas ele não sabe que sei quem ele é! Isso me dá uma vantagem..."

E lhe veio ao pensamento o endereço citado pelo detetive: "'Hotel Inn, Montchanin Village, Delaware.' Por que agora isso me soa tão familiar?!"

FIM DO PRIMEIRO LIVRO

Grupo Editorial
coerência

Esta obra foi composta na fonte ITC Legacy Serif,
tamanho 11 pt, e impressa em papel pólen soft 70g/m².
São Paulo, setembro de 2021